君特·格拉斯
文集

Günter Grass
Werke

母 鼠

Die Rättin

〔德〕**君特·格拉斯** 著
魏育青 译

著作权合同登记号　图字 01-2020-5874

Günter Grass
DIE RÄTTIN
© Steidl Verlag, Göttingen 1999
Chinese language edition arranged through
HERCULES Business & Culture GmbH, Germany
Simplified Chinese translation Copyright
© People's Literature Publishing House, Beiging 2022

图书在版编目(CIP)数据

母鼠/(德)君特·格拉斯著;魏育青译.—北京:人民文学出版社,2022(2023.7重
(君特·格拉斯文集)
ISBN 978-7-02-017162-0

Ⅰ.①母… Ⅱ.①君…②魏… Ⅲ.①长篇小说—德国—现代
Ⅳ.①I516.45

中国版本图书馆 CIP 数据核字(2022)第 079919 号

责任编辑　欧阳韬
装帧设计　刘　远
责任印制　任　祎

出版发行　人民文学出版社
社　　址　北京市朝内大街 166 号
邮政编码　100705

印　　刷　北京盛通印刷股份有限公司
经　　销　全国新华书店等

字　　数　348 千字
开　　本　880 毫米×1230 毫米　1/32
印　　张　12.875　插页 1
印　　数　3001—5000
版　　次　2022 年 7 月北京第 1 版
印　　次　2023 年 7 月第 2 次印刷

书　　号　978-7-02-017162-0
定　　价　99.00 元

如有印装质量问题,请与本社图书销售中心调换。电话:010-65233595

目 录

末世画面,启蒙祭文,抑或休克疗法?(译本序) ……………… 1

第一章　愿望实现了——诺亚方舟上无老鼠一席之地——人类只留下垃圾——一艘屡屡易名的船——恐龙灭绝——老熟人露面了——邀请去波兰的明信片——练习直立行走——织针咯哒咯哒响个不停 …………… 1

第二章　点了造假大师的名——老鼠成了时髦——对结局持有异议——汉塞尔和格蕾特尔逃之夭夭——第三套节目播放关于哈默尔恩的内容——有个人不知道是否该踏上旅程——船停在曾发生不幸的地方——接着菜单上有肉丸子——在人群中自焚——成群的老鼠到处妨碍交通 ………………………………… 30

第三章　奇迹发生了——汉塞尔和格蕾特尔想做城里人——我们的马策拉特先生怀疑理性——五张吊床有了主人——第三套节目应该闭嘴——斯泰厄换季大拍卖——波兰闹饥荒——一位女影星成了圣人——火鸡创造了历史 ……………………………………… 60

第四章　进行告别——合同谈妥可以签字了——汉塞尔和格蕾特尔到了——发现鼠屎——浓厚的周日气氛——最后的时刻——金币绰绰有余——马尔斯卡特必须入伍——离不开女人——船泊白垩岩 …………… 90

第五章　太空舱绕轨道运转——我们的马策拉特先生颇为悲

观——母鼠抱怨为什么没有恐惧——格但斯克城外表完好——女人们为水母争吵不休——汉塞尔和格蕾特尔呼吁行动——人类的教育继续下去——颁奖仪式上的讲演 ………………………………… 126

第六章 "鼠人"并非不可想象——放哨时做梦——母鼠在此熟门熟路——卡舒贝血脉遍布全球——给女人们起假名——清场结束开辟后人类时代——发现我是故障原因——有钱就有权——威廉·格林计上心来 …… 154

第七章 在联邦议会发表演讲——七个小矮人各有特点——五个女人上岸想经历些什么——水母歌声起伏——我们的马策拉特先生到达目的地——马尔斯卡特在圣所做哥特式体操——孤独的母鼠长吁短叹——睡美人用纺锤戳自己——船停泊在维纳塔上方 ………… 189

第八章 默哀五分钟——祝寿活动有序进行——母鼠讲述关于异端邪说的事情——影片里现实中布谷鸟挂钟都在响——女人们把自己打扮得漂漂亮亮——奥斯卡钻到了裙子底下——几乎一切都到了末日——主教山上竖起了十字架 …………………………… 228

第九章 女人们又复活了——国家没了政府——忍饥挨饿——搬走了两具干尸及所有附件——不久开始耕作——老鼠、飞鸟、向日葵成了一景——人类只是似乎存在——到处在发芽、抽条、长蔓——奥斯卡又来插嘴——第一次辅音转移后庆祝收获感恩节 ……… 260

第十章 庆典时风雨大作——我们的马策拉特先生固执已见——母鼠说漂泊的船骸上有秘密——王子溜之大吉——哈默尔恩传来新消息——密密麻麻的老鼠满怀期待——没有特拉沃明德来的邮件——新时代来临时钟声悠扬 ……………………………………… 296

第十一章 "来客"定居下来——睡美人行动可怕的结局——

哈默尔恩的三胞胎出人意料——吕贝克假画案做出判决——仓库岛挤不下了——我们的马策拉特先生又是什么都能未卜先知——"沃森克里克"使得一切秩序井然——鸿雁传佳音——乐声带来了安慰 ………………………… 326

第十二章 一辆马车驶进过去的岁月——两位老人回首往事——又一个秀发鬈曲的达姆罗卡——博物馆里搜集的展品——喂肥的老鼠——霪耗给寿宴蒙上阴影——团结工会获胜——人类消亡，只留下最后破碎的希望 ………………………… 357

末世画面，启蒙祭文，抑或休克疗法？（译本序）

"全世界都在读他的作品,唯独在德国他受到敌视。"——德国作家托马斯·布鲁西希如此评价君特·格拉斯的境遇。① 这位诺贝尔文学奖得主在国际上被视为当代德语文学的招牌,"共和国的纹章兽"②,但在德国国内他从未得到过众口交誉的好运,而是不断受到各方的指责。从二十世纪五十年代奠定其文学地位的杰作《铁皮鼓》到九十年代的《辽阔的原野》③,其作品常常掀起轩然大波,堪称德国文坛一大景观。口无遮拦、被国外报纸称为"民族良心"的格拉斯经常处于各种矛盾的交汇点,他与"文学教皇"莱希-拉尼茨基、著名作家马丁·瓦尔泽、风头甚健的哲学家彼得·斯洛特迪克等人之间或明或暗的论战早已成了德国文学界乃至思想界的经典公案。

被称为"新三部曲"之一④的《母鼠》1986年问世,德国文学评论界又沸沸扬扬起来。赞之者称《母鼠》开创了一种"未来型的叙述方式",集格拉斯所有作品之大成,它的出版是"一件大事"⑤。已故著名文学理论家汉斯·迈尔说:"我要斩钉截铁地指出,我认为此书是一部语言艺术和叙事艺术的巨著。"⑥贬之者认为这部作品不啻一场"灾难"——"灾难"两

---

① Der Spiegel 04.10.1999,S.296.
② Horst Krüger 语,见 Der Spiegel 04.10.1999,S.296.
③ 又译《欲说还休》《旷野》《说来话长》。
④ Heinrich Vormweg 认为《相聚在特尔各特》《比目鱼》和《母鼠》也是三部曲,但与以前的"但泽三部曲"不同。参见 Heinrich Vormweg:Günter Grass. Mitselbstdarstellungen und Bilddokumenten. Reinbeck bei Hamburg:Rowohlt 1999.
⑤ Vormweg 1999,S.119.
⑥ Mayer,Hans:Günter Grass und seine Tiere. In:Text+Kritik IX-1997,S.81.

1

字恐怕不仅指该书的主题而言。总的看来,至少在作品问世之初,表示不理解的负面批评占了上风:有人断定这部作品是"危言耸听",有人视之为一本自我膨胀者的"论点选辑",枯燥得让人"难以卒读",作者好为人师指点江山,妄图一揽子解决人类社会所有问题。甚至青少年另类文化圈子里向格拉斯发难者也不乏其人,尽管平心而论格拉斯在《母鼠》中还是用同情的笔调描写与老鼠为伍的"朋客"的。①

格拉斯本人却对此不以为然,在斯德哥尔摩颁奖仪式上讲演时提及"母鼠",说"是它获得了诺贝尔奖"。此言虽然可能暗指《母鼠》第五章结尾处关于应让老鼠得奖的情节,但一定程度上仍然表露了这部作品在格拉斯心目中的地位。《母鼠》的酝酿过程是从另一次得奖开始的。1982年格拉斯在意大利罗马获费尔特里内利奖,在演讲中即对能否寄希望于未来表示怀疑,认为自己是在人类"自愿的自毁过程"中写作。此后他暂时搁笔,重操旧业,听从女儿劳拉的建议从事起了陶艺制作。在此过程中逐步形成了《母鼠》的构思,据说前二十多页手稿就是烧在陶土片上的。

肯定《母鼠》的汉斯·迈尔也承认:"当然,谁要是期待这部新作井井有条地讲述一个有主人公、有人物、时间地点交代明确的好听故事,谁就会再次失望。"②这部小说——作者有意识避免使用任何体裁名称,在此姑且称之为小说——的叙事结构扑朔迷离,大部分由五条情节线索交织而成,给读者以眼花缭乱的感觉。

故事以"我"想要一只老鼠作圣诞礼物并且如愿以偿开始。这只母鼠与格拉斯以前笔下的比目鱼一样能说会道,它不断闯入第一人称叙述者的梦境,与"我"唇枪舌剑。"我"先是在自己家里,后来孤悬太空,与地球断绝了所有联系,却在梦境中目睹了那里发生的悲

---

① 有关的负面评论可参见 Grass, Günter; Zimmermann. Harro: Vom Abenteuer der Aufklärung. Werkstattgespräch. Göttingen: Steidl 1999, S. 191 以及 Meist milde Töne-Nobelpreis für Günter Grass. Fachdienst Germanistik 11. 1999, S. 1-5.

② Mayer 1997, S. 81.

2

剧,体验了这人类自我毁灭的过程。第一条情节就是这样在人鼠对话中展开的。

情节之二的主角是奥斯卡·马策拉特,《铁皮鼓》的主人公又被格拉斯重新发掘出来了。《铁皮鼓》终曲时奥斯卡刚到而立之年,《母鼠》中再度登场时已是六旬老翁:他现在成了传媒业大亨,踏上归途,回到阔别多年的但泽城和卡舒贝地区庆祝外祖母安娜·科尔雅切克的一百零七岁华诞。奥斯卡对媒体的潜能极感兴趣,有不少拍摄计划如"后事"系列,懂得如何用图像展现未来,演绎布洛赫①的"尚未"概念,以或实或幻、真伪难辨的画面对公众进行控制。

另两条情节是以两部影片脚本的形式展开的。其中酷似连环漫画的《格林兄弟的森林》反映了童话人物在濒死森林的背景下的逃亡和反抗。读者熟悉的童话人物聚集在"松脆小屋",意识到随着森林死亡自己便无立足之地,于是揭竿而起,但不敌政界要人和经济巨头,最后全军覆没。绿色的童话世界彻底崩溃了。

另一部影片《造假的五十年代》叙述的是以修复艺术品为业的马尔斯卡特的故事。他以自己的湿壁画冒充古代哥特式作品,通过想象"创造"了吕贝克圣母教堂的奇迹。后来他良心发现自首了,但教会和有关要人却竭力阻止真相大白于天下。二战后两个德国的领导人阿登纳、乌布利希和同样擅长以假乱真的马尔斯卡特组成了三驾马车,象征着德意志大地上二十世纪五十年代的造假史。

第五条情节发生在波罗的海上。五个女人登上考察船"新伊瑟贝尔号"出海考察水母密度,水母密度大意味着生态失衡。但女船长达姆罗卡的真正意图是前往维纳塔,一座传说中沉没海底的城市象征着母权制的乌托邦。

无论是故地重游的奥斯卡·马策拉特,还是考察船上寻找最后归宿的海上五女最后都到达了目的地。然而此刻由于电脑故障,

---

① 布洛赫(1885—1977),德国著名学者,著有《乌托邦的精神》《希望的原则》等。

"大爆炸"发生了。只有奥斯卡和外祖母的干尸一起成了人类残余的象征。老鼠劫后余生,在人类留下的垃圾堆里接受了人类的行为方式,开始直立行走,耕种土地,并且建立了宗教;但也继承了人类的缺陷,种族矛盾和信仰冲突再度尖锐化,"像人类一样争吵什么是正道,每张嘴脸上都荡漾着自以为是的神情,非此即彼的论调简直和人类毫无二致。我们吵翻了,恨不得把对方撕碎了才解气"。"大爆炸"前在人类实验室经基因控制产生的新物种——人鼠参半的"沃森克里克"在后人类时代成了霸主又失去权柄。历史的荒诞周而复始了。

五条情节线索错综复杂,构成了作品叙述的落差。《母鼠》以独特的方式处理时间,对循序渐进的时间直线性进行质疑,构建了独特的"时间现实"。格拉斯反对遗忘过去,反对浅薄的"现在"概念,反对盲目乐观地放眼未来,为此他甚至杜撰了一个将"过去"(Vergangenheit)、"现在"(Gegenwart)、"未来"(Zukunft)合三为一的新词"昔今未"(Vergegenkunft)。[①] 不但时间层面频繁切换相互渗透,梦境和现实也被玩弄于股掌之中,纠缠在一起难解难分。尤其在小说的后部分,现实概念更难以确定:是真现实,还是虚现实,是梦中的现实,还是媒介的现实?连谁梦见谁都不明朗。人与鼠的梦中相会究竟是怎么回事,是母鼠作为"我"想象的产物不断闯入"我"的梦境,还是人类真的已不复存在,第一人称叙述者只是作为唯一的劫后余生者出现在母鼠的梦境里,因为母鼠威胁会忘了他,不再让他进入梦境,从而使他化为"子虚乌有"?"我"真的是在后人类时代,在绕地运行的太空舱里与母鼠对话?抑或,喋喋不休的母鼠以及在中子弹袭击后保留完好的但泽城里建立起来的鼠国,都只是"我"的一场噩梦而已?是否意在让读者接受这种"荒谬性",一如格拉斯赞赏的加缪笔下的西西弗斯那样不得不接受荒谬?

---

① Grass/Zimmermann 1999, S. 38.

不少格拉斯先前塑造的人物在《母鼠》里汇聚一堂。有些评论家说的所谓"集大成",或许也是指《母鼠》断断续续地列举了格拉斯迄今作品的各种主题。这种特殊的互文性,这种自我引用现象使得《母鼠》显得像一篇祭文,一篇表示"告别"的文字,一部对自己迄今为止在注定消亡的"人类时代"的作品、对其中典型的人类命运进行总结的悼词。

在形式上,《母鼠》是否也在对迄今为止的文学传统作一较为全面的回顾?从作为德国民族语言开端的路德本《圣经》直至奥威尔《一九八四》之类的反乌托邦作品,《母鼠》中均有涉及。每章由冗长的定语从句组成、译文甚难表达的标题有巴洛克之风,德国浪漫派所谓"超越体验的总体作品"的理想似乎也被重新拾起了。格拉斯以小说闻名,但诗却是其文学创作的萌芽。这不仅指他首先以诗作登上文坛,也指其著名小说大都有诗作为先声:如《圆柱圣徒》之于《铁皮鼓》,《稻草人》之于《狗年月》。可能受歌德《威廉·麦斯特》及德国浪漫主义文学的影响,诗和小说相互融合的特点从二十世纪七十年代初的《蜗牛日记》起更加明显。《母鼠》与1977年问世的宏篇巨制《比目鱼》颇为类似,也夹杂了不少诗歌,不同的是均无独立的标题。这些诗歌有时总揽全书内容,交代各条情节,如《我的海流向东方》;有时具备浓缩功能,如快镜头般回放德国史的《从前有个国家,叫德意志》;大多数诗歌则在各个叙述层面和情节线索之间起承上启下的连接作用。《母鼠》结构开放,使人想起不少现代派作品,却并不刻意追求全新的表现形式,"因为该说的都说了,现在只剩下告别了"。

"告别"两字似可视为《母鼠》的关键词,其内涵在第四章开头那首著名的《梦境中,我必须告别……》中得到了淋漓尽致的阐发。诗中谈到了人生的种种乐事,从细小物件到人类理念不厌其烦地一一列举。作者留恋人生,认为美好莫过于此,然而环境污染、军备竞赛等等问题正严重威胁着人类的继续生存,用虚拟式写就的告别可能随时会转化为残酷的事实。

然而世人继续我行我素,闭目塞听,以致《母鼠》作者对人类的未来产生了极度的忧虑。上文提到的格拉斯在费尔特里内利奖颁发仪式上的演讲的题目就是《人类已然开始毁灭》,他指出:"我想写的那本书,再也不能装出一副拥有未来的样子了。"他大声疾呼,在《母鼠》里描绘了一幅幅骇人画面,试图通过"危言耸听",释放世人心理结构中被压抑的一切。要挽救人类的未来,必须先使人类学会恐惧,意识到问题的严重性,意识到不得不与人类文明"告别"的可能性确实存在。

与其说《母鼠》是杞人忧天式的道德说教,毋宁说是"文学形式的休克疗法"。贯穿全书的人鼠对话就常常围绕着这一主题展开,关于两种可能性的交锋异常激烈:对话的一方是不断高呼"你们完了"的母鼠,另一方是站在人类立场上、被讽刺地单独安排在太空舱里的"我"。这位第一人称叙述者虽然多少意识到人类受到的威胁,但仍幻想人类还有把握局面的希望,还远远谈不上"告别"。"我"竭力反驳母鼠的断言,但这位动物对手的理由似乎更具说服力,最后"我"似乎理屈词穷了。作为一种象征,作为一种不断遭人排斥、最终却比人类生存得更长久的造物的象征,母鼠究竟给了我们什么启示呢?悲观主义的末世论?或者说,格拉斯长期坚持的"人类教育"启蒙工程以失败告终了:"关于教育的长谈/没有结论就已中断,/无果而终?"

小说开头就间接地提到了德国启蒙主义重要代表人物莱辛的论著《论人类的教育》。德国启蒙主义运动注重教育,试图通过教育使人走出康德在其关于启蒙的著名定义中称为"人类咎由自取的未成年状态"的泥潭。崇尚理性的启蒙,其伟大功绩自不待言,但启蒙也是一柄双刃剑,当年"日内瓦公民"卢梭就意识到的内在矛盾随着历史发展日益彰显出来了。当理性概念被绝对化、被简化成了"技术""可行性"之类的概念时,当人类进步被等同于物质增长和效益提高时,欧洲的启蒙就逐渐走进了死胡同,对此霍克海默尔和阿多诺在其著名的《启蒙的辩证法》里作了发人深思的批判。在格拉斯看来,人类自我毁灭的过程开始了,而这在某种意义上也是一种"启蒙的表现"。我们的未来概念也随之改变了,至少直线进步论视野里的光明未来不复存在了。生态环境这一人类生存的基础受到威胁,核武器更是悬在人类头上的达摩克利斯之剑,看来人类还没学会走出"咎由自取的未成年状态"。如果说当年启蒙运动旨在摆脱中世纪的宗教迷信和传统迷信,那么今天启蒙主义者的后代们面临的是另一种迷信:对技术进步的迷信,对工具理性的迷信,对数字技术的迷信。

《母鼠》中的"大爆炸"便是人类无法控制技术的结果。在自动操作的电脑系统面前,人类一筹莫展,显得那么无能为力。不过格拉斯认为,说到底"故障原因"并非技术,而是我们本身的狂妄自大。世人不愿看到这一点,依然追求"更快更高更远",对科研的自由原则丝毫不加限制。核技术可能导致"大爆炸",人对世界的统治臻于基因控制:"搬俩过来,弄仨过去,/大自然有什么了不起?/我们无所不能,甚至能替上帝纠错。"熟悉德语文学的读者或许会想起布莱希特,他在《伽利略传》等剧作中提出的关于科学家社会责任的问题看来远未过时,人类对科技可能带来的后果并无足够深刻的认识和足够清醒的估计。倘若继续掉以轻心,那么也许真会如格拉斯所说:"我们如同魔术学徒傻站着,无法使扫帚停下来。"[①]这意味着启蒙的失败,灾难的原因是人不尊重自己作为自然本质的规定性,没意识到自己的可能性和局限性。

在格拉斯看来,人是有天生结构缺陷的"曲木",没有动物的本能,不会自然而然地做正确的事。但人能思想,"曲木"是有思想的武器。被事实证明误入歧途的启蒙只能以启蒙的手段来调节,换言之要以启蒙拯救启蒙。毋庸讳言,格拉斯在这问题上的态度给人以动摇不定的感觉。在与不来梅广播电台文学节目主持齐默尔曼的访

[①] Grass/Zimmermann 1999, S. 203.

谈中，格拉斯一方面认为，虽然一切都预示着灾难，但"我甚至相信，一切还在我们手中"，即是说，只要我们愿意，还能悬崖勒马；但另一方面又流露出明显的悲观情绪："一切在我们手中，或者说，曾在我们手中"，即是说，良机已失，现在为时已晚。① 在《母鼠》的一片告别声中，不抱希望的悲观态度似乎占了上风。

启蒙一直是格氏作品的重要主题。在《母鼠》之前，格拉斯曾以其著名的"蜗牛理论"倡导在今天忙忙碌碌的世界里已成稀罕之物的"闲适"，呼吁世人"少安毋躁"，企图延缓这步履匆匆的名为进步实乃自毁的进程。但在《母鼠》里，读者连能看到的希望曙光也几近于无了。"人类的教育"失败了。小说中进行启蒙的是起着教育台功能的德国地方电视台第三套节目。但这些节目都是"诚实的制造假象者"，读者不难察觉《母鼠》中格拉斯对传媒的批判，对"虚伪启蒙"的批判。

既然人是有结构缺陷的"曲木"，那么强行扳直便有断裂之虞。作为反对纯粹工具理性、技术理性的作家，格拉斯竭力为人身上"偏离的""被贬毁的"成分平反，比如所谓"非理性"领域。他把神话、寓言和童话世界置于这领域之中，在启蒙的意义上反对曲解启蒙，反对将启蒙简单化、平面化，反对那种认为一切都应是"实在的""理性的"看法。人类处于一种"精神分裂状态"，必须承认这是一种常态。《母鼠》中的童话世界和动物世界就是与人性的这另一半相联系的。

格拉斯认为童话乃是"别样真实"的载体。这种似乎将真实和虚构颠倒过来的观点可以回溯到德国浪漫主义。德国浪漫主义抨击工业化、技术进步等等给人类精神和社会带来的负面作用，认为源自启蒙运动的这些变化导致了人与自然、主体和世界之间的异化和疏离，鼓吹"生活再诗化"，要求艺术、科学、宗教合而为一。这种诗学观最重要的媒介之一便是童话。著名德国浪漫主义诗人诺瓦利斯就

---

① Grass/Zimmermann 1999, S. 198.

曾在一首诗里写道:为"永恒之世界历史"做证的并非"数据",而是"童话与诗歌"。①

格拉斯多次强调指出:他的写作生涯离开童话的力量是不可想象的。在他看来,童话和神话"是我们现实的一部分,或者更确切地说,是我们现实的双层底"②。童话能使人窥见"别样真实",即扩展人类生存的真实。赋予想象以一定地位,引入了这扩展了的现实概念,克服了编年史式的时间线性,但这却绝不意味着只剩下脱离此时此地的彼岸性了。格拉斯无意以童话取代,而是要以童话补充现实和历史。唯有这"两种"真实的结合才能使我们更全面地认识历史和现状。

二十世纪七十年代问世的《比目鱼》便以与传统历史观背道而驰的模式,奉献给读者一篇宏大的童话,试图揭示历史的"别样真实"。采用童话叙事并非要取消启蒙,而是要对人类自己进行启蒙,使人类认识到启蒙不能简化为一种"进步乐观主义"。在某种程度上,理性对数据的信仰实际上已带有难以称为理性的特征。《比目鱼》时代的格拉斯虽然对"希望原则"提出了质疑,但尚未走到与"希望原则"告别的地步,并未完全排除设计美好未来的可能性。但在《母鼠》中,这本来就不强烈的乌托邦之光更加暗淡了。叙事在此再无主动的建设性功能,而只有消极和防卫性功能了,读者难以排除这样的印象:火亡的进程不可逆转,甚至连拖延末日来临也是勉为其难的事了。

"没了希望。/因为据说这儿写着:没了森林,童话就不复存在。"在《母鼠》中,格拉斯似乎判处了童话的死刑。童话之死是作为"最后的童话"来叙述的。《格林兄弟的森林》一反童话的时地不确定性,与二十世纪八十年代的德国政坛紧密联系,从而变得现实化

---

① 参见 Filz, Walter: Dann leben sie noch heute? Zur Rolle des Märchens in „Butt" und „Rättin. In: Text+Kritik IX-1997, S. 96-97。
② Filz 1997, S. 98.

了。讽刺色彩异常浓烈,联邦总理视察由布景和录音组成的所谓森林,格林兄弟作为内阁成员看到森林濒死的真相但仍抱有幻想,总理的儿女却无情地摧毁了假象,作为汉塞尔和格蕾特尔来到林中的"松脆小屋",与其他童话人物一起以自己特有的方式反对环境污染和森林死亡:播撒魔种使大地重新变得郁郁葱葱,策划"睡美人行动"使整个政府陷入沉睡。格林兄弟开始执政。他们想重建"美好的过去",但自己否定了童话的重要性:人们"把我们简简单单的家庭童话也过于当回事了";这两位"童话大叔"害怕暴力和强权,只知息事宁人,所以对森林之死难辞其咎。

如果说童话的常见结尾是主人公借助某种力量获得胜利,那么《母鼠》中格林兄弟好景不长,财阀、教授、主教和将军大联盟发动的政变彻底粉碎了童话革命,"格林兄弟的石像就轰然倒下四分五裂了"。这大联盟的口号是毁灭森林,取消童话,经济效益至上,在凸显绩效意志的现代人眼里。大自然不过是偷懒的所在,童话更是哄小孩的把戏而已。瘸侏儒看得很清楚:"他们早觉得我们可有可无了。"

浪漫主义的德意志森林是童话赖以生存的空间和起源地,是童话的"群落生境"。在《母鼠》的作者看来,森林死亡不仅是生态问题,也意味着精神灾难和文化衰亡,诚如莴苣姑娘所言:"没了童话人类难免贫困化。"世人只剩下了对数据和技术的信仰,经过工具理性反童话的"清障龙"的无情扫荡,心灵、想象、精神的空间日益逼仄、几近于无了。

《格林兄弟的森林》向读者展现的是童话的末路。如果同意《比目鱼》中的定义,认为口传的才算真正的童话,写成文字便近赝品,那么"我"提供给制片商奥斯卡的这部无声片脚本就更是赝品的拓片了。"松脆小屋"俨然是一座陈列僵死道具的博物馆,聚集在那里的童话人物重复扮演以往角色,其形象全靠程式化、历史化的动作支撑,成了无血无肉的残余。在此不妨提一下《母鼠》中的诗句"每个童话/都得到了解释,/善良和邪恶的仙女参加了研习班",格拉斯事实上以此抨击了德国二十世纪七十年代"研究童话的专家和探赜索隐的学者",他们的童话研究导致了童话的僵化。童话叙事的前提和要素是"迷路",是脱离规定的道路,而以数学理性和机械标准进行"准确的"阐释就难免消减其神秘性和自由度,使童话失去其最为宝贵的想象活力:"画眉嘴国王从此一无所有。/孩子们再也不会迷路。/七再也无深意,不过是个数。"

在无声片脚本这尚待实现的媒体现实中,最后只有汉塞尔和格蕾特尔逃脱了"清障龙"的魔爪,乘着倒驶的白马车遁入了"昔日世界",因为制片商奥斯卡认为"总得有人逃走才行"。童话遁入过去而有了未来,在过去中发现了未来?第一人称叙述者也想通过奥斯卡及其外祖母的继续存在继续他的人类童话,但格拉斯借母鼠之口将尚怀希望的想法斥之为"一个美梦罢了",放弃了希望包括渐进论希望。"蜗牛原则"不可能实现的乌托邦,也许在这个意义上可以将《母鼠》称为童话?

或许《母鼠》中的"新伊瑟贝尔号"是一种希望的象征?这艘考察船最后目的地是海底乌托邦"女性王国"维纳塔。相对于男性原则而言,格拉斯的未来希望更多地基于女性原则。如果说男性原则代表了"进步"和"文明",那么女性原则体现了"他者"的特征,从这种雌伏状态、较为"宁静"的自然状态中透出一丝希望。虽然格拉斯并不认定女性优于男性,甚至将女权运动视为男性错误的翻版,但他似乎还是倾向于赞同女性的生存方式,认为可能通过女性的影响拨正男性的统治方式和交往方式,视之为一种纠偏和补充的可能性。[①]他是否在以静制动,期待出现较为完美的第三者呢?

《母鼠》中女人在考察船甲板上慢条斯理地编织,与男性迫不及待地追求"更高更快更远"的进步信仰形成对比。这种不断编织象

---

① Garde. Barbara: Die Frauengasse ist eine Gasse, durch die man lebenslang geht. In: Text+Kritik IX-1997.

征着一种以柔克刚的力量,一种与最终将导致世界毁灭的男性原则抗衡的力量:"手中咯哒咯哒的织针与消逝的时光抗争,与逼近的虚无抗争,与末日的开始抗争,与所有的厄运抗争。"她们这种不停顿、不离线的编织动作,不仅酷似对格拉斯创作颇有影响的法国作家加缪笔下周而复始往山顶推巨石的西西弗斯,而且也让读者想起格拉斯本人的"蜗牛原则"。

然而海上织女们最终也没有逃脱末日的灾难,她们离维纳塔近在咫尺时化为了灰烬。女性原则也破灭了。但糅杂着理想女性达姆罗卡形象的母鼠还存在于"我"这人类硕果独存者的脑海里或者梦境中,作为超越时空的"女性"存在将"我"和后人类时代的地球联系在一起。或许母鼠还是代表着无望年代的一线希望?"即使世界毁灭了,你的那些风流韵事也没个完!"("风流韵事"或译为"与女人们的那些故事")《母鼠》中的这句话由马丁·路德的名言变化而来:"即使我知道世界明天就会毁灭,今天我还会种一棵苹果树。"①格拉斯的"苹果树"是女性原则。

格拉斯文学世界里的女性形象大都体现了造物原则,是赋予生命的"母性"原则。母鼠自诩生命之母,"不但是狗、马、猪,连人类也得溯源到我们这些首批哺乳动物。"男性人物怀有一种恋母情结,希望回归母腹这最后的避难空间。《母鼠》中奥斯卡最终蜷缩在外祖母的层层裙子下,和《铁皮鼓》卷首卡舒贝土豆地里的著名场景遥相呼应,构成了作家笔下这个最著名人物形象的起点和终点。

有些女性主义文学批评家认为格拉斯作品中的女性描写落入了"永恒女性的窠臼"。女性成了适合男性投射其欲望其恐惧的屏幕,缺乏具体明确的特征。格拉斯笔下的女人与其说是普通生活中的女

---

① 这句话二战后出现,著名诗人戈特弗里德·本1956年有诗题为《路德的苹果树指什么?》,但据《杜登词典》(1993年版第12卷第491页)称在马丁·路德著作里找不到任何证据。

人,毋宁说是某种"原型",是男性眼里的女人,代表了男性所不是或不愿是的一切。1977年创刊的妇女杂志《埃玛》在同年七月将格拉斯选为"本月帕夏"①,不满《比目鱼》对妇女运动的描写,认为有男权主义和性别歧视的倾向。有些女读者认为格拉斯小说对女性充满了粗暴的男性幻想。从《铁皮鼓》中奥斯卡母亲生于传奇般的野合,到《母鼠》中哈默尔恩少女和老鼠的交媾,格拉斯作品中确实不乏此类能激起某些女权主义者怒火的例子。

称倾向女性原则的格拉斯为"帕夏"实在有欠公允。德国二十世纪七十年代妇女解放运动兴起,格拉斯是最早开始事实上关注女性问题的作家之一。《比目鱼》涉及了男性以自己的幻想歪曲女性、将她们当作女巫进行迫害的历史问题。八十年代的《母鼠》中女巫成了理想化形象,在实行母权制的"松脆小屋"里,女巫是汇聚在此的童话人物的首领,"女巫呜呼,童话哀哉"。大大小小的女巫们是团结一致的姐妹,她们有无政府主义倾向,反对现存制度,倡导维护自然生态,连小便都成了一种能源政策。女巫在性和政治方面都异常活跃,成了另类运动的船头雕像。不过童话人物中的女性也是各各不一的:格蕾特尔和女巫一样极有主见,与之相反的是白雪公主,她只会低三下四地扮演使唤丫头兼卖淫女的角色。在妇女问题上,《母鼠》中的格林兄弟是远离世事的空想家,其价值取向正如当年搜集童话时一样,大体是以某种过去的理念、某种原本的规范为依归的。威廉·格林写了"妇德"的象征——在德国的土耳其妇女的头巾,却回避现代知识妇女的问题。

《新约》末卷《约翰启示录》用大量篇幅描绘了世界末日时的种种异象。有些批评家常将《母鼠》中的人类悲剧与此联系起来。格拉斯却坚决反对将自己的这部小说视为《约翰启示录》意义上的

---

① 帕夏原指土耳其、埃及等国的高级军官和官吏,在此意为轻视妇女并喜欢让妇女服侍的人。

Apokalypse(末日预言,天启)。《约翰启示录》意义上的 Apokalypse 演示了神性力量对人类罪孽的惩罚,刻画了人类无法摆脱的命运。而《母鼠》要表达的是:我们迄今的所作所为是人为,所以人本应能够力挽狂澜,我们本可以避免这种命运。换句话说,"大爆炸"并非《约翰启示录》意义上的天谴,并非命中注定的灾难,并非某种神秘命运的降临,而是人类的自我毁灭。但小说的末世画面仍不妨称为 Apokalypse,因为这个词也有"揭露"的意思,而《母鼠》"揭露"了人类自作自受、咎由自取,而且还乐于闭目塞听、打着乐观进步主义的旗号自欺欺人:"在人类历史的最后阶段,人类学会了一种语言,用它能使你心平气和,遇事讲情面从不点名,即使把胡话当作真知卖听上去也蛮像回事的。真佩服,这种语言你们的大头目和政治家们运用自如,得心应手。他们说什么'我们的安全是随着威胁的增加而增加的',说什么'进步是要付出代价的',说什么'科技发展的步伐不可阻挡',说什么'我们总不能回到石器时代'。人们居然听信了诸如此类的鬼话,于是就在危机四伏中照旧过日子,忙于商海搏击或者寻欢作乐,感叹死于'警世火'的那些人可惜了,称他们过于敏感所以无力忍受时代的矛盾。摇头叹息几句后,便对此不再理会,其他要做的事已经够烦神的了。"

  在当代作家里,格拉斯是与基督教有千丝万缕联系的一位,如诗歌作品中多处与《圣经》有关,早年的"但泽三部曲"中不少情节画面都涉及弥撒、圣事、圣礼,《比目鱼》中有教会史、救赎史的章节。《母鼠》可从与基督教的关系进行阐释的地方比比皆是:后人类时代发生宗教战争,"我"让女人登上一艘现代的诺亚方舟,不是以圣母马利亚抱着耶稣基督的尸体痛哭的画像,而是以奥斯卡及其外祖母科尔雅切克的干尸作为礼拜的偶像……

  在格拉斯早年的人生经历中,天主教占有重要的地位。他是所谓"混合婚姻"的后代,按天主教受洗,受天主教教育,熟悉教会的弥撒、忏悔等礼仪,具有广博的神学知识,教会在论战中对这样一位懂行的对手也不能不认真地对待。不过对格拉斯而言,"从十四岁起,信仰实体就几乎不复存在了"。① 1974年,他退出了教会,认为教会再次采取了不支持弱者的立场,一如其在第三帝国时所为。

格拉斯作品与天主教的关联可以这样解释:天主教礼仪具有强烈感性。他作为学雕塑出身的作家,写作"但泽三部曲"时即对"可触可摸可闻的"情有独钟,甚至到1982年在一次谈话中还承认,天主教特有的"视觉、听觉、嗅觉刺激"至今还能给他的写作带来某种意义。格拉斯对基督教也有理性的探索。有人提出这样的问题,格拉斯作品是否体现了一种"对传统基督教教义的批判性接受",比如探讨人类的良知和罪孽问题,却不承认、不寄希望于神的宽恕和拯救。利用教会的某些礼仪形式"宣告一种没有神学上层建筑的基督教人类学,宣告人类堕落需要拯救而不得拯救,目的是达到'透明'而不是'超越'"②。《母鼠》中不乏上帝造物时"马虎行事"的叙述,在格拉斯看来,造物的堕落甚至应归咎于造物主,人的缺陷与神的失误有关,而且上帝让人类统治大地也助长了人类的狂妄。

《母鼠》中有关《圣经》的情节略去了天堂和原罪,直接从大洪水和诺亚方舟开始。虽然"人从小就心思邪恶"(《创世记》8章21节),所以上帝对人已不抱大的幻想:"那位老想报复,咒骂自己当初过于草率的全能上帝,最后是这样评论人类的:人在地上罪恶很大,终日思想的尽都是恶。"但神与人第二次结盟,又把统治大地的权力交给了堕落的人。格拉斯不相信前有和谐的天堂,也不相信后有"天上的耶路撒冷"。救赎三段式"天堂——造物的堕落——上帝的王国"被格拉斯斩头去尾,没了本源和目的,只剩下中间一段,表达了对神拯救人这一宗教"希望原则"的怀疑态度。格拉斯认为,与其在罪孽问题上寄希望于朋霍费尔称为"廉价恩典"③的东西,还不如

---

① Neuhaus, Volker: Das christliche Erbe bei Günter Grass. In: Text+Kritik IX-1997, S. 111.
② Neuhaus 1997, S. 110-113.
③ 朋霍费尔(1906—1945),德国基督教思想家。"廉价恩典"可参见朋霍费尔《伦理学》中译本导言,汉语基督教文化研究所香港2000年版,第xxvii页。

认识自己，改变思想，达到一种"尘世的成年状态"①。读过《铁皮鼓》著名章节《有信有望有爱》的人都知道："信仰"被虚伪地滥用，"仁爱"是面对兄弟受难的缄默，"希望"则成了在需要负起责任改变意识时逃之夭夭。在《母鼠》中，具备危机意识的母鼠更是明确地把人类的"希望原则"砸得粉碎，声明自己得以存活下来完全是放弃盲目希望的结果："是他们这种一方面忙于鼓起希望、一方面又无所作为的做法，是他们的这种让人陷入绝望的不断希望。正是这些向我们发出了警告。"

在格拉斯看来，要使造物之间平等对话，唯有将人从万灵之长的宝座上拉下来，剥夺其上帝般统治世界的权力，这和基督教要让人统治世界的主张背道而驰。让人独霸世界的结果如何，我们仅从上世纪的人类灾难上就应该能看清楚了。所以要给一切造物以发言权。"我们全部的想象世界，我们的图像世界和艺术世界都是各种各样的动物。我们要解释自己的错误和道德、愚蠢与疏忽时，总是要仰仗动物故事。"②

作为画家，格拉斯就塑造过不少动物的形象；他登上文坛的第一部诗集就是《风信鸡的优点》。以后作品的标题更是展现了丰富多彩的动物世界：《猫与鼠》《狗年月》《蜗牛日记》《比目鱼》《母鼠》《铃蟾的叫声》……对老鼠形象，格拉斯很早就感兴趣，二十世纪五十年代的《洪水》中就有两只会说话的老鼠。对真实生活中的现象，对活生生的造物，格拉斯并未刻意区分所谓"美"与"丑"，一般认为丑恶肮脏、令人作呕的东西在他那里都被认真对待。老鼠也不例外。

《母鼠》的鼠类在《圣经》大洪水时代被拒绝在拯救生灵的诺亚方舟之外，从此具备独特的生存意志，在鼠语叫作"乌特莫兮"的毁灭性结局来临前就未雨绸缪做好准备了，生存能力均非人类能及。但在人类历史的长河中，鼠类同犹太人一样，到处受到指责，常被视

---

① Neuhaus 1997, S. 115–117.
② 参见 Grass/Zimmermann 1999, S. 210, 204。

作要对一切苦难和灾祸负责的替罪羊,广泛流传的哈默尔恩故事就是典型的例子。

这部小说有个怪异的名字——Die Rättin。德文"老鼠"一词Ratte本来就是阴性名词,现在再度阴性化,更凸显了"母鼠"的生造性。母鼠这一虚拟形象本质却是个实实在在的反乌托邦主义者,在与"我"的论战中毫不让步,逼"我"直面人类自制的灾难和危机,逼"我"与给人类带来欢乐和可能带来欢乐的一切告别:"我们还是忧心忡忡地看着人类如何糟蹋江河海洋,如何执意让空气肮脏不堪,如何面对濒死的森林却袖手旁观,最多只会抱怨。作为生活就意味着力求生存的老鼠,我们只能这样猜测,生活对人大概已是味同嚼蜡了。他们大概是沽腻了。他们大概是活够了。他们放弃了自我,只不过还有点矫揉造作。他们拿自己的未来开玩笑,把自己早先设施齐全的一排排居所不当回事,却认为虚无是值得盯住不放的东西。他们的任何作为——他们一如既往还是有所作为的——都带有一股无意义的气味,而且是一股让我们老鼠感到恶心的酸臭。⋯⋯你们风光过了,如今已是明日黄花,成了虚幻的记忆。你们再也不能说三道四,不会再有什么前景。你们算玩完了,而且是彻底玩完了。早该这样了。"虽然"我"总是回避问题,但母鼠不带幻想地揭露现状,冷静地指出必然会怎样,不给"我"以任何推托的借口。在一定程度上,母鼠代表了人性中较好的一面,不过分狂妄的一面,合乎自然的一面,未丧失原始恐惧的一面。

后人类时代的人鼠或曰鼠人则是鼠性和人性结合的产物,它们既有鼠类坚强的生存意志,又有人类邪恶的权力意识。鼠人统治了老鼠,人类历史似乎又重新开始了。这是否反映了作者通过历史循环论更突出了其反乌托邦立场?《母鼠》中有一处暗示故事发生在1984年("今年是中国农历的鼠年,是勤奋收藏和扩大生产的一年"),小说也常被视为是格拉斯的《一九八四》。读者确实不难发现《母鼠》中奥威尔式政治科幻小说的成分。不同的是《一九八四》中老鼠是"第一号引起恐慌者",在格拉斯小说里,母鼠似乎是后人类时代生命继续存在的希望载体:"未来完全属于我们,属于我们老鼠。我看见鼠群在飞快地繁殖。地球终于给了它们无人的空间。海里又会鱼虾成群。城背后的山峦上又会树木葱茏。鸟儿在天空飞翔。从未想到过的生灵都冒了出来,其中终于有了哺乳类的丽蝇。古老的但泽城却无可奈何花落去了:雕梁画栋的墙面脱落了,大大小小的塔楼开裂了散架了,哥特式山墙倾斜了倒塌了。慢慢地全垮了,砖瓦建筑、圣母教堂、所有教堂,全垮了。"

"《铁皮鼓》是五十年代的作品,《狗年月》是六十年代的作品,《比目鱼》的叙事立场带有七十年代踏上新征途的希望,但也反映了初露端倪的失望,《母鼠》则诞生在八十年代。"[1]这部被格拉斯认为是批评二十世纪八十年代"二次复辟"、闭目塞听、放弃社会责任等现象的作品,使用了文学形式的休克疗法,属于古已有之的警世文学,是"一种警告,而且是一种无情的、不给任何玄思的逃避行为留下小路的警告"[2]。警世文学的目的是启蒙。格拉斯是启蒙者,抨击的只是肤浅、片面的"启蒙"。警世是通过讽刺来进行的,夸张与怪诞是题中应有之义。格拉斯在《母鼠》中以非凡的想象力描绘的末世画面虽然不是真实的,但确实不能完全排除其产生的可能性。格拉斯说他最殷切的希望就是人能放弃自大的英雄幻想,在一个新的启蒙过程中学会使打着"启蒙"旗号的疯狂——如核武器、基因控制、环境污染等——停息下来。当然人类没有毁灭,但我们只是和大难擦肩而过,危险性依然存在,问题并没有解决。

只要"我死后管他洪水滔天"或者"桥到船头自然直"的心态尚在流行,《母鼠》的主题也许就不会过时。

魏 育 青

---

[1] Grass/Zimmermann 1999, S. 192.
[2] Grass/Zimmermann 1999, S. 209.

献给乌特

第 一 章

愿望实现了——诺亚方舟上无老鼠一席之地——人类只留下垃圾——一艘屡屡易名的船——恐龙灭绝——老熟人露面了——邀请去波兰的明信片——练习直立行走——织针咯哒咯哒响个不停

今年圣诞节我想要只老鼠,我不是想为一首关于人类教育的诗①找些有刺激性词语吗。原本打算以海为题,写我的波罗的海小水坑,但最终还是动物占了上风。我如愿以偿了,圣诞树下的老鼠给我带来了惊喜。

那只铁丝笼并非随意搁在一边,而是在冷杉枝叶掩隐下,和圣诞树上低垂的饰物融为一体,把树下本来属于马槽和那几个名人的位置给占了。铁丝笼漆得白白的,内置一间袖珍木屋,木屋里放着奶瓶和食盆。老鼠就这么作为礼物放在圣诞树下,好像这是理所当然的,是再正常自然不过的事情,不会有人说什么。

对沙沙作响的纸张,老鼠并不感到怎么好奇。它在笼底铺的木刨花里窜来窜去,又轻轻一蹦,蹲在它的小木屋顶上了,圣诞树上一只装饰用的金球上映出它抖动的胡须。从一开始就让人吃惊的是,它的长尾巴竟然光溜溜的,爪子酷似人的五指。

---

① 指德国启蒙时代的著名诗人莱辛(1729—1781)1780年所著以人类教育为题的名作。

这畜生不脏,只是偶尔留下几块小指甲般大小的鼠屎。蜡烛味、冷杉香,再加上几分尴尬状,几块蜂蜜饼,这样按传统配方营造的圣诞夜气息盖住了小老鼠发出的气味。这件礼物是从一个养蛇人那里买来的,他住在吉森,养老鼠作蛇食。

当然也少不了别的惊喜,鼠笼左右摆着些或实用或多余的礼物。如今送礼是越来越难了。哪有地方搁啊。真糟糕,我们都不知道该要什么了。要什么就有什么,所有愿望全得到了满足。不如这样说吧,我们缺的就是"缺些什么",看来是得缺些什么才好。但大家还是无情地继续送礼。你不知道什么时候就会从什么好心人那儿得到什么礼物。我是既富又穷,在此情况下问我圣诞节有何愿望,我就说想要只老鼠。

我当然成了嘲讽的对象。问题接踵而来:你这把年纪了还要老鼠?非要老鼠不行吗?就因为眼下时兴这个?干吗不要乌鸦?或者像去年那样来些嘴吹出来的玻璃器皿?——这不,想要什么就是什么。

必须是只母老鼠,但不要那种红眼睛的小白鼠,不要舍林公司和位于勒弗库森的拜耳公司用来做实验的小白鼠。

不过灰褐色的老鼠,说得难听点就是下水道里的老鼠,商店里会进货、有出售吗?

宠物商店一般只出售没坏名声、无不良记录、不在成语里以反面形象出现的啮齿目动物。

据说快到基督降临节期间第四个星期日,吉森方面才有音信传来。有个只卖常规宠物的女贩子,她的儿子反正要经伊策霍到北方去看未婚妻,顺便帮忙捎来了我想要的老鼠。那笼子本来完全可以用来关金仓鼠。

圣诞夜,这关在笼子里的母鼠给我带来了惊喜,而我差不多已把自己的愿望忘到九霄云外了。我和它说话,傻乎乎的。然后放别人送的唱片。礼物中有一把剃须刷,惹人发笑。书成堆,其中有本写乌泽多姆岛的。孩子们心满意足。轧碎核桃,礼物包装纸折好,猩红和锌绿的丝带两端捻好,然后卷起放好——什么都别扔!——以便后用。

软衬里的拖鞋。还有别的杂七杂八的东西。太太赠我老鼠,怎能来而不往。送她的礼物包在薄薄的棉纸里:手工着色的地图上标着维纳塔①,这座沉没海底的城市与波莫瑞海岸遥遥相对。一幅漂亮的版画,尽管霉点斑斑,旁边还有一道裂痕。

蜡烛越燃越短,家人围坐在一起。压抑的气氛,节日的盛宴。次日来的第一批客人夸这老鼠好不可爱。

我的圣诞鼠。想不出别的称呼。它有五只粉红色小脚趾,捧着核桃仁、杏仁或者专用的压缩饲料。起先我还担心自己的指甲,但不久就开始款待它:葡萄干、饼干屑、蛋黄。

它紧靠在我身边。它用胡须能感到我的存在,玩弄着我对它来说近在咫尺的恐惧。于是叫它别烦我。暂且计划里还没老鼠,似乎将来没老鼠也会发生一些事情,似乎只要海里掀起小浪,森林毁于人类,甚至还会有一个小驼背踏上旅途,那么缺了老鼠也没什么妨碍。

近来老鼠闯入了我的梦境。诸如学校的琐碎事,肉体的不满足,反正睡梦强加给我的甚至我醒时也会被卷入的一切里都会有它的身影。无论白天黑夜,我的梦境都是它圈定的势力范围。任何乱糟糟的画面里都有它尾巴光溜溜的形象。到处都留下它的气味。无论用什么来抵挡——比如用满满一橱谎言,那橱还是双层底——它都能咬穿。它不停啮咬,它自以为是。我再也没说话的份,它开始教训我。

住嘴!它说。你们风光过了,如今已是明日黄花,成了虚幻的记忆。你们再也不能说三道四,不会再有什么前景。你们算玩完了,而且是彻底玩完了。早该这样了。

将来只有鼠类独领风骚。开始时老鼠也寥寥无几,因为几乎所

---

① 传说中沉入波罗的海的城市。

有生命都完结了。但那母鼠已经在繁衍了,边繁衍边谈论我们的下场。它时而尖着嗓子长吁短叹,好像在教刚生下的幼鼠如何悼念我们,时而用它那难懂的鼠语冷嘲热讽,仿佛对人类的仇恨至今未消:你们完了,完了!

我反唇相讥:不,母鼠,不!我们还在,人数还不少呢。每逢正点新闻节目都会报道我们做了些什么。我们冥思苦想,制订出种种有望成功的计划。至少在相当长一段时间内,我们还会继续存在。连那个动不动要插嘴干预的小驼背也这么认为。最近有次我下楼去地下储藏室找储藏过冬的苹果,他说:也许人类会灭亡,但何时关门大吉,最终决定权还在我们手里。

鼠类史!说起这来它如数家珍。不仅在暖和的地方,据说连爱斯基摩人的圆顶冰屋里都有老鼠出没。老鼠随着被流放者移居西伯利亚。上船加入极地专家行列的老鼠发现了南极和北极。再荒凉偏僻的地方老鼠也不怕。它们跟着骆驼商队穿越戈壁滩,随着虔诚的朝圣者前往麦加和耶路撒冷。人类史上有不少游牧民族,成群结队的老鼠和他们一起浪迹天涯。它们随着哥特人[①]来到黑海边,随着亚历山大向印度进发,和汉尼拔一起翻过阿尔卑斯山,跟在旺达尔人[②]后面攻占了罗马,还和拿破仑大军一起往返莫斯科。它们还跟着摩西和以色列民族滴水未沾地穿越红海[③],在汛的荒野里品尝神赐的吗哪[④],从那古老年代起就有不少垃圾[⑤]。

母鼠知道的可真多。它的叫声激起了阵阵回音:泰初有禁![⑥]当初人类的上帝怒吼:我要使洪水泛滥在地上,毁灭天下。凡地上有

---

① 日耳曼民族的一支。
② 属日耳曼民族,公元四至五世纪进入高卢、西班牙、北非等地,并攻占罗马。
③ 《旧约·出埃及记》:"摩西向海伸杖,耶和华便用大东风,使海水一夜退去,水便分开,海就成了干地。以色列人下海中走干地⋯⋯"
④ 以色列人经过荒野时获得的耶和华赐的食物,见《旧约·出埃及记》第16章。
⑤ 《旧约·出埃及记》第16章:"然而他们不听摩西的话,内中有留到早晨的,就生虫变臭了⋯⋯"
⑥ 《新约·约翰福音》有"太初有道⋯⋯",歌德《浮士德》有"泰初有为"等名句。

血肉、有气息的活物,无一不死。① 我们上不了船。诺亚把方舟变成了动物园,却严禁我们入内,尽管天上那位老在惩罚、独独对他开恩的上帝说得十分清楚:凡洁净的畜类,你要带七公七母;不洁净的畜类,你要带一公一母,因为我要降雨在地上四十昼夜,把我所造的各种活物都从地上除灭。② 我造他们后悔了。③

诺亚按上帝旨意行事,把活物带进方舟,飞鸟各从其类,牲畜各从其类,地上的昆虫各从其类。④ 惟独不带我们鼠类,连一公一母也不带。在他看来,我们既不属于洁净的畜类,也不属于不洁净的畜类。成见这么早就深深地扎下了根,从一开始起就痛恨,就要消灭所有让人见了憋气、直犯恶心的东西。人生来讨厌我们老鼠,所以诺亚没有严格按照上帝的吩咐行事。他拒绝了我们,惟独划掉了我们,而别的活物却都在名单上。

蟑螂、十字蜘蛛、伸不直身子的蠕虫,甚至跳蚤、浑身疙瘩的蛤蟆、红红绿绿的苍蝇,他都各带了一公一母,偏偏不让我们登上方舟。似乎我们该完蛋,像无数堕落的人一样。那位老想报复,咒骂自己当初过于草率的全能上帝,最后是这样评论人类的:人在地上罪恶很大,终日所思想的尽都是恶。⑤

于是上帝开始降雨,整整四十昼夜。地上都被水淹了,唯一得救的是方舟里的生灵。水势渐渐退去,几座山顶露了出来。先后放了乌鸦和鸽子出去,晚上鸽子回来时嘴里叼着一片橄榄叶。不过鸽子给诺亚带回的不只是绿叶,还有惊人的消息:它在无任何生命气息和生命迹象的地方发现了鼠屎,而且是新鲜的鼠屎。

对他的笨拙感到厌烦的上帝笑了起来,因为我们顽强的生命力战胜了诺亚的倔强。上帝一如既往地高高在上发号施令:今后公鼠

---

① 《旧约·创世记》第6章第17节。
② 《旧约·创世记》第7章第2—5节。
③ 《旧约·创世记》第6章第7节。
④ 《旧约·创世记》第6章第20节。
⑤ 《旧约·创世记》第6章第5节。

母鼠要与人为伍,带来所有预告的祸害……

上帝还作了许多未载入经书的预告,托付我们传播鼠疫,还按照全能者的习惯捏造了自己在其他方面的全能。他说是他亲自使我们免遭灭顶之灾,是他亲手使不洁净的畜类中有一公一母活了下来。在上帝之手中,诺亚放出去的鸽子发现了新鲜鼠屎。我们得以生生不息,全靠了他的神掌。他说我们是在他掌心里生下九只幼鼠,在地上水势浩大的一百五十天内又繁衍成了一大群。作为全能的上帝,他就有这么大的巴掌。

听了这番话,诺亚固执地保持沉默,按从小养成的习惯动着坏脑筋。方舟终于搁在亚拉腊山上,荒芜的大地已全被我们占领了。其实我们并非在上帝巨掌上,而是在地道里躲过了洪灾。当初是我们让年迈老鼠用身体堵住了地道口,从而在犹如水中气泡的地下巢穴里逃过了一劫。是我们这些顽强的鼠类!是我们这些尾巴拖得老长、胡须能预感未来的生灵!是我们这些不断长牙的动物!我们是与人类须臾不离的脚注,是人类身上赘生的评语!我们不屈不挠!

不久我们在诺亚方舟上安营扎寨了。他怎么防备也白搭,他的食物就是我们的美餐。我们的繁殖速度远远超过诺亚周围的人以及其他被选的动物,很快就子孙满堂了。人类休想再摆脱我们。

诺亚在上帝面前佯装谦恭,却把自己视为上帝。他说:我心如此顽固,无视上帝圣言。但按这位全能者的意志,鼠类和我们一起在大地上活下来了。它们该受到诅咒,在我们的阴影下,在垃圾成堆的地方掘洞。

这一愿望已然成真,我梦境中的母鼠说。人类到哪儿,哪儿就留下垃圾。即使在寻求终极真理和追随上帝的途中,他们也扔下了垃圾。层层叠叠的垃圾上,只要你去挖就不难辨出他们的踪迹。人类的垃圾比人类的本身更长命。唯有垃圾比人类更持久!

它尾巴光溜溜的,一会儿这样一会儿那样拖在地上。哦,我可爱的圣诞鼠,瞧它长得多快啊。时而躁动不安,时而呆若木鸡,只有胡须在微微颤动,它就这样始终占着我的梦境。有时它唠叨个不停,好像非得用它那废话连篇的吱吱鼠语把大千世界连鸡毛带蒜皮都聊遍似的。有时它又好为人师,尖声地给我讲授鼠类史。最后它斩钉截铁地下了定论,似乎肚子里吞下了路德译的《圣经》,吞下了大大小小的先知书、所罗门《箴言》、耶利米《哀歌》,捎带着还吞下了各种伪经书、火炉内那些男人哼的歌词、全部的《诗篇》,连《约翰启示录》也揭开一个又一个的封印①全吃了。

千真万确,你们完了! 只听它这样宣告。宛如当年死去的基督在世界巅峰,母鼠如今在垃圾山上慷慨陈词,声震寰宇:如果没有我们,谁会再谈论你们。你们人类留下了什么,我们一一列举以免淡忘。垃圾席卷大地,平原因而不断向远处伸展,海滩上遍布、山谷里也填满了垃圾。人工合成的材料漂在团团泡沫上,还装着番茄酱的锡软管永不腐烂。丢弃的鞋子既不是用皮革也不是用稻草做的,它们随着沙子移动,最后汇集在肮脏的浅坑里,在那儿等待它们的是帆船运动员的手套和滑稽的浴场玩具。这一切都在喋喋不休地谈论你们。你们和你们的历史封存在透明文件套里,封存在塑料保鲜袋里,封存在合成树脂里。你们在芯片中,在夹子上,一去不复返的人类。

此外还留下了些什么? 在你们马戏团围栏里叮当作响地滚动的是废铜烂铁。没有可供我们啃咬的纸片,只有破帐篷卷在立柱和铁架上。曾经流淌过的泡沫在一大块冻状物里颤动,似乎还有活力。到处是空油桶,犹如乌合之众。暗盒里的电影胶片散落一路:《凯恩号哗变》《日瓦戈医生》《唐老鸭》《正午》《淘金记》……这些会动的世态,这些场面曾使你们乐不可支或者热泪盈眶。

哦,你们那些堆成山的报废汽车,以前里面可以住人。还有集装箱和其他可堆放的东西。那些你们称为保险箱或保险柜的玩意儿,如今都已废弃不用,箱盖柜门洞开,无秘密可言了。我们什么都知道,没有我们不知道的! 还有那些渗漏的容器,里面是你们存放、遗

---

① 《新约·启示录》中系羔羊揭开七印展开书卷,见第5—8章。

忘或者误认为可以一笔勾销的东西;你们的有毒垃圾堆放场成千上万,是我们用气味划定边界,以告诫世人——实际上是告诫我们自己,因为世上只有我们硕果独存了。

不得不承认,你们的垃圾蔚为大观!每当风暴挟裹着放射性尘土,从远方翻山越岭把笨重的建筑构件带到平原,我们只能叹为观止。瞧,又吹过来一块玻璃纤维屋顶!不由想起当初人类的异想天开,高了还想高,险了还要险……看哪,看这人类进步的结晶是如何掉在地上摔成八瓣的!

在梦中,我看见冻状物在颤抖,看见电影胶片散了一路,看见废铜烂铁在叮当滚动,看见塑料薄膜在随风飘荡,看见有毒物质从容器渗漏出来。我看见它在垃圾山上宣布人类的终结。这些,它嚷道,就是你们留下的遗产!

不,母鼠,不!我大声反驳。我们生生不息。要做的事都安排了,比如和税务局、牙科大夫约好了时间。度假的机票也已预定。明天是星期三,后天是……何况我面前还站着个小驼背,他说:这些,还有这些,都得记下来,即使要完蛋,我们也得预做准备。

  我的海,流向东方,
  流向北面的哈帕兰达①,
  我的海,波罗的海。
  从狂风怒吼的哥特兰岛什么还会出现。
  海藻如何夺走空气,
  使得鲱鱼、鲭鱼和三刺鱼气息奄奄。

  我要以话语推延末日,
  所以不妨从水母讲起。
  水母会越来越多,
  多得一望无际,

---

① 瑞典地名。

只到大海,我的大海,
成为水母独霸的领地。

或者我让连环画中的英雄,
俄国海军上将,瑞典人,邓尼茨①,
还有别的人物登场露面,
直到搁浅船只的财物
在海滩上堆得满满,
——比如航海日志,船舱木板,
登记在册的给养口粮——
直到庆祝完所有的海难。

棕榈星期日②天火降临
吕贝克城及城里的教堂,
砖瓦建筑内墙面腾起烈焰;
画家马尔斯卡特再次登上脚手架,
以免我们从此
和哥特式艺术永别。

或者我因为舍不下美人,
让格赖夫斯瓦尔德③的女管风琴师
用她河边卵石般滚动的卷舌音发言。
屈指算来,她已经经历了
前前后后十一位教士,
保持着定旋律④以不变应万变。

---
① 邓尼茨(1891—1980),德国海军将领,二战结束前被希特勒指定为继承人。
② 复活节前的星期日。
③ 德国地名,在梅克伦堡-前波莫瑞州。
④ 对位音乐中的主旋律,是一种形式保持不变,用增加对位声部来发的旋律。

现在她和维茨拉夫的女儿同名。
现在达姆罗卡不再说
比目鱼告诉她何事。
现在她在风琴凳上笑谈
以往的十一位教士:
第一个是萨克森来的伪君子……

我请你们赴宴:安娜·科尔雅切克①
一百零七岁了,她原籍比绍,
就是紧邻马塔尼亚的菲尔埃克。
用鱼冻、蘑菇、糕饼祝寿,
卡舒贝的血脉布遍天下,
寿筵上来自全球的宾客。

来自海外,来自芝加哥,
来自澳大利亚的路途最远。
凡在西方混得好的都会来
向留在拉姆考、卡尔图济
以及科科什肯的亲友炫耀
有德国马克的日子多么舒坦。

列宁造船厂派来五人代表团,
教会的黑袍带来祝福的吉言。
祝寿的不但有国家邮局,
而且有作为国家的波兰。

---

① 《铁皮鼓》中主人公奥斯卡·马策拉特的外祖母。

我们的马策拉特先生①,
也带着司机和寿礼赶来。

可是终结！何时是终结？
维纳塔！维纳塔在何方？
因为有时女人也得干活,
能干水手活的她们扬帆启航;
至多根据漂流瓶的情况
还能估摸出她们的航向。

没了希望。
因为据说这儿写着:
没了森林,童话就不复存在。
剪断领带只留个结在脖子上。
终于男人们隐退,
留下一片虚无白茫茫。

海底的维纳塔在女人眼底出现,
但达姆罗卡消失了,此刻为时已晚。
"现在完了",安娜·科尔雅切克说着方言。
啊,既然一切虚无,还能再有什么？
于是母鼠入我梦境,我写道:
新伊瑟贝尔成了老鼠上了岸。②

一八九九年十月,造船商古斯塔夫·容格接到订单,建造一艘木底铁船多拉号。一九〇〇年三月,多拉号在韦沃尔斯弗莱特造船厂下水。这艘按汉堡格拉斯凯勒船闸尺寸定制的阿尔斯特河平底船将

---

① 《铁皮鼓》的主人公奥斯卡·马策拉特。
② 此诗如全书各情节总纲,提及的人或事详见以下各章。

会有什么遭遇,船主理查德·尼克尔斯一无所知。在大声宣告之后,新世纪露面了,它步履沉重,腰缠万贯,一副要把整个世界全买下来的派头。

多拉号约长十八米,宽四点七米,总登记吨位三十八点五吨,能载重七十吨却只标明六十五吨。这艘货船适宜装载粮食、肉畜、建筑木料和砖瓦。

船主尼克尔斯不仅在易北河、斯托尔河和奥斯特河运货,而且还来往于德国和丹麦各港口,直至日德兰半岛和波莫瑞地区。顺风时他这艘货船的航速可达四节。

一九一二年,多拉号卖给了约翰·海因里希·容克劳斯船长。他使这艘船安然度过了第一次世界大战。一九二八年,即在德国发行货币"地产抵押马克"①的那段日子里,他还让人在船上装了台十八马力的热球发动机。船尾黑底白漆标明的船籍港从韦沃尔斯弗莱特改成了克劳特桑德,后来容克劳斯把船又转让给了济夫努夫河畔的卡明来的保尔·岑茨船长。卡明是波莫瑞地区的一个小城,今天叫卡缅。

在那个地方,多拉号颇令人注目。这艘平底船驶抵格赖夫斯瓦尔德浅海湾时,波莫瑞海岸的船长们轻蔑地把它称为"横爬船"。船上装的依然是粮食、肉畜以及羽衣甘蓝之类的蔬菜,但也运些木料、砖瓦、水泥。直到第二次世界大战人们一直在大兴土木,造了不少兵营和棚屋。不过后来多拉号再次易主,归奥托·施特瓦塞了,船尾标的船籍港成了沃林。沃林是一座城市和岛屿的名字,和乌泽多姆岛一样位于波莫瑞海岸。

一九四五年一至五月间,大大小小的船只载满平民和士兵航行在波罗的海上,不过并非所有船只都能抵达西方的吕贝克、基尔、哥本哈根等城市的港口而获救。多拉号在苏联第二军团推进到波罗的海之前,也从西普鲁士的但泽运送难民到施特拉尔松去。那时,古斯

---

① 第一次世界大战后德国为稳定币值而发行的临时通货。

特洛夫号遭了灭顶之灾,阿科纳角号在诺伊施塔特湾葬身火海,到处甚至在瑞典中立区都有无数尸体漂上海岸。幸存者以为已躲过劫难,所以把这结局称作"零点",好像之前什么都没发生过似的。

十年后,到处是武力支撑着的和平景象。这艘木底船还是那么长,还是那么宽,装着一台三十六马力的布龙斯柴油发动机。它不再叫多拉号,新主人即吕根岛科尔德维茨公司给它起名为伊瑟贝尔号。新船名或许和一篇记录下来的低地德语童话①有关,德国搜集童话成风,吕根岛也不例外。

船用的渔夫老婆的名字。她贪得无厌地向会说话的比目鱼要这要那,最后甚至想得到类似上帝的待遇。伊瑟贝尔号好长一段时间仍在浅海湾、佩讷河入海口和阿赫特湖运货,只到和平依然靠武力支撑着的六十年代后期,船主打算将船报废,让铁船进水沉在乌泽多姆岛的瓦尔特港作防波堤基。船尾最后标明的船籍港是沃尔加斯特市。

结果船没有沉掉,因为它在因冷战而走运的西德找到了一位女主顾。女主顾当年从格赖夫斯瓦尔德辗转移居吕贝克,但依然对波莫瑞地区的破烂一往情深,不管旧货是吕根岛、乌泽多姆岛本地的还是像这条木底铁船一样来自外地的,她本来想找一条如今物以稀为贵的浅海拖网渔船。

与其出身相应,这位女主顾不懂什么叫让步。经过旷日持久的谈判,这笔生意终于拍板成交,因为最后的船主德意志民主共和国渴望得到西方的硬通货。把这艘货船运到西方的费用甚至高于购船的开销。

过去的多拉号即现在的伊瑟贝尔号久久地停泊在特拉沃明德。船身和主桅杆是漆黑的,驾驶室和甲板上别的建筑蓝白相间。每逢漫长的周末或者在度假的几星期里,新主人——我喜欢她,所以称她达姆罗卡——就在船上擦啊修啊油漆啊忙个不停,直到七十年代末

---

① 指《渔夫和他的妻子》,渔夫的妻子名叫伊瑟贝尔。

获得沿海航行执照,尽管她本来的职业是管风琴师,从小就手脚并用,为上帝和巴赫效劳。她把管风琴连同教堂和教士一股脑儿抛到了九霄云外,摆脱了音乐的苦役,从此被称为达姆罗卡船长,虽然她更多的是住在船上而不是扬帆出海。她闲来无事常呆呆地站在甲板上,手里始终不离始终半满的咖啡壶。

直到八十年代初达姆罗卡才制订了一个计划。她打算先在吕贝克海湾及去丹麦的线路上试航,然后从按中国农历属于鼠年的那一年的五月底起实施这一计划。

这艘一九〇〇年造的木底帆船三番五次更换主人和船籍港,原本的后桅杆没了,但最近一次改装后多了台大马力柴油发动机。如今它好像非得体现某种纲领似的,叫什么新伊瑟贝尔号,不久就会由妇女来充当船员。在特拉沃明德港,这艘货船被改装为科研考察船。船前部用木板隔开作女海员们的小卧室。船艄扩建成储藏柜,放些行李袋、书籍、编织针线和急救用品。中部货舱里会放上长长的工作台供以后科研用。装有一百八十马力新发动机的轮机舱上面是驾驶室,就是一间四面开窗的小木亭。往船尾去可见小厨房,不,与其说是厨房,不如说是间搭建出来的小棚。

来了五个女人就人满为患了。船上本来地方有限,住的条件也不怎么样。一切都有特定用途:研究用的工作台同时也得当餐桌。新伊瑟贝尔号将在联邦德国、丹麦、瑞典和——如果获准的话——民主德国沿海航行。任务很明确:定点测量波罗的海西部的水母密度。波罗的海水母泛滥现象日益严重,这不单单体现在统计数字上,而且影响了沿海浴场的旅游业。以浮游生物和鲭鱼幼体为食的海月水母对渔业也是有害的。因此,设在基尔的海洋研究所分配了若干科研项目。当然经费总是捉襟见肘的。当然要研究的并非水母泛滥的原因,而只是水母总量的上下浮动。当然现在就知道,测出的数据将会是非常可怕的。

这番话是船上的女人们说的。她们个个爱闹爱笑爱挖苦人,说话尖刻,万不得已的时候还很恶毒。她们都不再是妙龄少女,头上都泛出几丝白发了。船启航了,左舷的防波堤上游客们在挥手致意。密密麻麻的水母被船头分为两半,又在船尾翻着漩涡再度会合。

为了这次航行,五个女人按我的脚本情节接受了短期训练。她们学会了打结和曳绳。套住系索耳,卷起缆绳,这些活对她们来说也易如反掌。她们多多少少还能辨出航道特点,像真正的水手那样把握航向。女船长达姆罗卡把自己的执照配上镜框挂在驾驶室里,除此之外没有饰物,只有一架新的地图回波探测仪伴随着陈旧的指南针,以及一台能收听各国广播的短波收音机。

虽然谁都知道,波罗的海里海藻泛滥像杂草丛生的荒地,海草成灾像胡子拉碴的老头,到处都是水母,外加含汞含铅含诸如此类元素的东西;但还是得考察一下这些现象哪里或多或少存在,哪里暂时没有,哪里特别严重,尽管别处对此已经作了定论。所以考察船上安了不少测量仪器,其中有一台"测量鲨",大家戏称它为"水母计数仪"。此外,浮游生物、鲭鱼幼体,凡水母吃的都得测大小称重量,都得确定数据。女人中有一位受过海洋学培训,对所有过时的测量数据了如指掌,对波罗的海西部的生物量能说出小数点后几位。以下就称她为女海洋学家。

西北风轻轻吹拂着,考察船出发了。女人们心情和海面一样平静,胸有成竹地干起了海员的活。如我所愿,她们渐渐习惯了以各自的职能相称:"喂,轮机长!"要不就是:"海洋学家跑哪儿去了?"只有最年长的那位例外,虽然她负责伙食,但我不想别人叫她"随船厨师",所以姑且称为"大姐"。

先不忙放下"测量鲨",还有时间谈古论今。离荷尔斯泰因海滨浴场三海里时,女船长给女舵手讲起往事来:她对教区忠心耿耿有十七年之久,前前后后和十一个教士打过交道。比如她嫌第一个教士——"他是个伪君子,来自萨克森"——布道总是太长,便唱起"够了够了"让他别再啰嗦。见生性严肃的女舵手只是内心在笑脸上不露声色,达姆罗卡只得长话短说,直奔这第一个教士的死因:他突然从管风琴楼厢上摔下来一命呜呼。"这样就只剩下十个教士了……"

不，我梦境中的母鼠说，这种陈词滥调我们已经腻了。颠来倒去尽这些东西。黑字白纸写在书上。乌七八糟的知识，教会通行的拉丁文。我们老鼠就是吃这些东西吃得脑满肠肥，满腹经纶。这些霉迹斑斑的羊皮纸，干巴巴的皮面大开本，夹满书签的全集，还有比谁都博学的大百科全书。从达朗贝尔①到狄德罗，没我们不知道的，神圣的启蒙运动及以后那些让人恶心的认识论。人类理性鼓捣出来的东西，没我们不知道的。

其实远在奥古斯丁②时代，我们就吃得太多了。从圣加仑到瑞典乌普萨拉，每家修道院的图书馆都让我们长知识。俗话说的"书老鼠"就是书呆子的意思吧，不管这词儿到底是指什么，反正我们是博食群书。闹饥荒的时候我们用名句箴言啊什么的填肚子。文艺书，实用书，我们都见识过。苏格拉底前的学者，以诡辩出名的古希腊学者，我们都美美地饱餐过。经院哲学家更是再也吃不下了！他们那些曲里拐弯的长句子被我们越咬越短，味道总是好极了。脚注是多么可口的配料！从一开始起我们就洞明世事，什么论文、著述、按语、观点，对我们来说只是自作聪明的消遣。

哦，你们思考的汗水，你们写作的墨水都流成了河！你们涂黑了多少张纸，为了促进人类的教育！撰文商榷，发表宣言。孵出多少词语，刻出多少字节，数了多少音步，解出多少含义。如此这般自以为是。人总是觉得没什么不能质疑。每一句话都要反驳七次。没有一座讲坛上不在争论地球到底是不是圆的，或者面包到底是不是主的肉身。我们尤其喜欢你们关于神学问题的口角。《圣经》确实怎么解读都行。

母鼠不愿听达姆罗卡和她那些教士的故事，讲起了它还能记得

---

① 达朗贝尔(1717—1783)，法国思想家、数学家、哲学家、物理学家。
② 奥古斯丁(354—430)，古罗马基督教神学家。

的路德前后的宗教狂年代:僧侣之间的争吵,神学家之间的分歧。老是在何为正道真言的问题上众说纷纭。当然不久就会,或者很快又会谈起诺亚。它让我梦见了方舟,方舟分上、中、下三层,就像上帝希望的那样。

是的,它喊道,诺亚应该让我们进入他那用歌斐木建造的方舟。摩西一书①里并未写着:老鼠滚出去!《圣经》上印得明明白白,蛇"必受诅咒,比一切的牲畜野兽更甚",但却有一公一母两条蛇上了诺亚的木船。连蛇都让上,我们为什么就不让上?真他妈的岂有此理!我们上诉,一再上诉。

梦境特有的流动画面上,我目睹诺亚让洁净的畜类七公七母以及不洁净的畜类一公一母顺着跳板上了多层的方舟。他马戏团经理一般欣赏着手下的这些动物。各种动物应有尽有,有的一溜小跑,有的忽闪而过,有的踩着脚,有的跛着步,有的爬,有的窜,有的扑腾着翅膀,有的蜷曲着身子,都上了船,连一雌一雄俩蚯蚓也没遗漏。成双捉对上船避难的还有骆驼、大象、老虎、羚羊、仙鹤、猫头鹰、蚂蚁、蜗牛。狗、猫、熊、狐狸都是一公一母结伴而来,甚至还有不少啮齿目动物,如睡鼠、鼹鼠,包括树林里、田野上、沙漠里活动的那些也叫什么"鼠"的家伙。可偏偏没有我们老鼠的份。每当公老鼠和母老鼠也想排队上船,享受同等的避难权,总是听到有人咆哮:滚!滚一边去!严禁入内!

咆哮的并非诺亚,他一声不吭地指引动物上船,站在方舟入口处板着脸检查名单。名单实际上是泥牌,他在上面刻记号。咆哮的是他的儿子闪、含、雅弗,就是后来接受上天神谕"你们要生养众多,遍满地"②的那三个粗汉。三人不是喊"快滚开!"就是叱"老鼠不得入内!"就这样把父亲的话付诸实施。你只能可怜巴巴地看着《圣经》年代的这一对老鼠被棍棒从绵羊板结的脏毛里、从河马垂到地面的

---

① 即《创世记》。
② 《旧约·创世记》第9章第1节。

17

大肚子底下赶了出来，一顿猛揍赶下了跳板。在猴子和猪的嘲笑声中，这对老鼠终于低头认输了。

母鼠说，方舟上很快就满员了，若不是上帝的神掌保护了我们，不，准确地说，若不是我们钻到地下，堵住了地道出口，躲进了犹如水中气泡的地下巢穴，今天哪还会有我们存在！世上哪还会有谁能活得比人类更长久！

我们的存在由来已久。至少在白垩纪晚期就有我们了，那时人类连影子还没有呢！那时到处是恐龙和其他类似的巨兽，它们把木贼属和蕨类的植物啃得精光。这些愚蠢的冷血动物下的蛋大得可笑，蛋里钻出新的丑八怪，又长成模样不敢恭维的巨兽。我们觉得大自然这样也太过分了，忍无可忍，于是——那时我们个子比现在小，和加拉帕戈斯群岛①的老鼠差不多——就去弄开这些巨蛋。在夜晚的寒风里，恐龙只能傻乎乎地愣在那里，拿我们没办法。它们是情绪经常恶劣的大自然一时心血来潮的产物，此刻那些与庞大躯体不成比例的、造物主当时心不在焉地捏成的小脑袋只能看着我们，看着我们这些从一开始就是温血和胎生的哺乳类动物，看着我们这些灵活的老鼠用不断生长的牙齿在它们的巨蛋上咬出一个个洞来。巨蛋刚生下来还没有孵化，不管蛋壳多硬多厚，我们不停地咬，直到里面的东西流出来，引发我们的欢乐，成为我们的美餐。

可怜的恐龙！母鼠嘲讽道，露出不断生长的牙齿。它如数家珍：暴龙和梁龙这两种体重可达八十吨的怪物，有鳞的蜥脚类亚目和有甲兽脚亚目——十五米长的食肉霸王龙便属此类，长着鸟足的蜥蜴类爬行动物，还有长角的肿角龙属。这些巨兽全都如梦似真地浮现在我眼前。还有两栖类动物和会飞的蜥蜴。

上帝啊，我惊呼起来，这些家伙一个比一个可怕。

母鼠说，这些家伙不久就呜呼哀哉了。恐龙生下的巨蛋完了，再也孵不出丑八怪后代了，它们只得步履蹒跚来到沼泽地，无声无息、

---

① 位于厄瓜多尔，达尔文曾在此考察。

外貌完整地陷没在里面了。所以人类后来在好奇心驱动下东挖西掘地发现的恐龙骨架还是井井有条的。人类建起了宽敞的博物馆，把恐龙骨头一块块拼好，竖起的每副骨架都能撑满一座大厅。虽然在值得一看的巨蛋上可见我们的齿印，但谁都不愿，连研究白垩纪晚期的专家和进化论的大师们都不愿去证实我们的功绩。他们说，至今尚不清楚是什么导致恐龙灭绝，估计原因是恐龙蛋的多层结构以及气候骤变和暴风雨引发的洪灾。就是不肯归功于我们鼠类。

我梦境中的母鼠就这么抱怨来着，在此之前它愤愤不平地演示了好几次当初是怎么咬开恐龙蛋的。要不是我们，它叫道，这些怪物至今还在横行霸道呢。是我们为模样不怪的新生命开辟了空间。全靠我们孜孜不倦地啃啊咬啊，其他温血哺乳动物才能进化繁衍，其中就有今天家畜的先辈。不单是狗、马、猪，连人类也得溯源到我们这些首批哺乳动物。可人类却恩将仇报，从诺亚开始就恩将仇报，不让公鼠和母鼠登上方舟……

现在该迎接一个人的到来了。这人自称是老熟人，说他曾经在此，如今要卷土重来。好吧，要来就来吧。

我们的这位马策拉特先生久经风霜，很快就要过六十大寿了。吃官司，关进疗养护理院，外加难以估量的罪责问题，即使撇开这些不谈，奥斯卡获释后的日子过得也很艰难：逐渐富裕的道路坎坷不平。小时候众人瞩目，老去时却无声无息，年龄教会了他把亏损当作微利记在账上。家里依然吵吵闹闹——还是为了玛丽亚[①]，特别是为了儿子库尔特，但岁月已把他变成了普通的纳税人和自由的企业家。他明显地老了。

他就这样被人淡忘了，虽然我们能感觉到他必定还在，在什么地方隐居着。你只要呼唤一声："你好，奥斯卡！"他就会出现在你面前侃侃而谈；因为没什么迹象表明他已经故世了。

[①] 《铁皮鼓》中的少女，与奥斯卡相爱后又嫁给了奥斯卡的父亲，生下了库尔特。

至少我没有让我们的马策拉特先生离开人世。但我也想不起他有什么特别的故事了。过了二十岁生日之后他就杳无音讯,再也不露面了。① 或者是我让他与世隔绝的?

直到不久之前我们才相遇。那天我只是想去地下储藏室找几个皱巴巴的过冬苹果,最多还惦记着我的圣诞鼠,不料却发生了这次堪称高水平的会面:他似在非在,他突然留下一道身影,做出在那儿的样子。他要让我注意他,问起他。我已经注意他了:是什么使他冷不丁冒了出来?他觉得自己复出的时机成熟了?

他外祖母安娜·科尔雅切克的一百零七岁寿辰要到了。自从在日历上为此作了记号,就有人小声问起我们的马策拉特先生了。一张邀请的明信片还真寄到了他那儿。在卡舒贝②已经为祝寿做准备了,他当然在邀请之列。不过不是请他去比绍,那里的耕地已经成了水泥跑道,也不是请他去附近叫马特恩的村子。他有兴趣长途跋涉吗?能让他由玛丽亚和小库尔特陪同前来吗?一想到返乡,我们的奥斯卡是否会感到害怕?

还有,他的健康状况怎样?这小驼背如今穿什么衣服?应不应该、可不可以重新让他复活?

我得小心翼翼地说服自己可以这样,而梦境中的母鼠却丝毫也不反对马策拉特先生复活。它还在列举能证明我们存在的垃圾,只是顺带说:他这次出现不会像以前那样无节制,会收敛一点的。他明白是什么得到了无情的证实……

于是我叫了一声"你好,奥斯卡"。果然他应声而至,带着他的近郊别墅和奔驰豪华车,带着他的总公司和分公司、利润和积累、应收款项和损耗折旧,带着他挖空心思制订的预支计划来了。随之而来的还有剩下的那些爱闹的家人,还有因为及时进军录像业所以市场份额不断增长的制片厂。声名狼藉的色情连续剧现已停播,取而

---

① 《铁皮鼓》中奥斯卡·马策拉特的故事到他三十岁生日时结束。
② 卡舒贝地区,原西普鲁士西北部和波美拉尼亚东北部地区。

代之的是他的教学片。这些教学片被誉为功德无量,厚厚的录像带如今像学校午餐一样往越来越多的学生肚子里塞。他应声而至,带着他天生的传媒癖,带着他的铺垫欲和倒叙欲来了。我只需抛出诱饵,只需扔块面包,他,我们的马策拉特先生,就会出现。

"奥斯卡,你对森林毁灭持何看法?你怎么估计波罗的海西部水母泛滥的危险?你认为海底城市维纳塔的具体方位在哪里?你是否去过哈默尔恩①?你是否也认为末日将临了?"

他振作精神,不是因为森林濒临绝境,也不是因为水母泛滥成灾,而是由于我问他对马尔斯卡特案件持何见解。"你还记得吧,奥斯卡,那是在五十年代……"是这问题使他心神不定,但愿很快还能让他打开话匣子。

他收藏那个年代的物品,不限于当时流行的腰子形矮桌。他小心翼翼地把流行唱片《伟大的冒牌货》放在转盘上,这架白色唱机是注重造型美的百灵公司的产品,审理马尔斯卡特案件那会儿被人称作"白雪公主的棺材"。如此比喻不无道理,瞧那颜色,还有那有机玻璃的盖子。

我正在他的近郊别墅里,他让我看地下储藏室。除了一间之外,那些储藏室都令人好奇,因为都关得严严实实的,里面堆满了德国东山再起的那些年里的东西。有间比较宽敞的被用来放映私人电影,我看见铁皮圆盒上写的片名是《茜茜公主》《银色森林护林员》《罪女》②,感到我们的马策拉特先生至今还对那充满海市蜃楼的十年时光依依不舍,尽管他制作的录像带表明他是个注目于未来的人。

"是的,"他说,"五十年代其实并未过去。我们至今还靠那时打下基础的骗术过活。这类哄人的把戏非常管用。有了它们就能消磨时光,而且还能带来丰厚利润。"

他自豪地指给我看一辆梅塞施密特微型汽车。车停放在小平台

---

① 在德国下萨克森州。
② 均为德国二十世纪五十年代的影片。

上,把一间小储藏室撑得满满的。车看上去还像新的,一前一后可容两人。糊着奶黄色壁纸的墙上挂着几组镜框。一张照片上是我们的马策拉特先生坐在后座,显然屁股下垫了什么,因为前面驾驶座上愁眉苦脸的那位看上去和他一般大。另一张照片上是他俩站在车前,个子高低悬殊。

"这就是他!"我叫道,"再清楚不过了!我认出他了,尽管他戴着驾驶帽……"

我们的马策拉特先生露出了侏儒特有的微笑。确切地说,他是内心在笑,因为他的驼背在不停起伏。"对!"他大声地说,"这就是布鲁诺①。他过去是我的护理员,但也是我的患难之交。一位忠实的朋友。出院时我请他以后在护理院外也要帮助我,和我一起分享重获的自由,他转身便去考了张驾驶执照。他开车棒极了,虽然有点固执。嗨,我说这些干什么,你还不了解他吗?"

我们的马策拉特先生讲起了他和布鲁诺·明斯特尔贝格当初在一九五五年是怎么"白手起家"的。有了梅塞施密特微型汽车之后不久就弄了一辆博格瓦德,接着又购置了奔驰车,型号是190SL。如今这车成了稀世珍品,他的司机还开着呢。他有若干理由不去波兰,不过要是去的话,他还是相信这辆永不磨损的德国精品车。哦,忘记说了,坐微型汽车那会儿,以画家马尔斯卡特命名的案件审理完毕了。

他还在对判决结果耿耿于怀,认为马尔斯卡特和自己意气相投,甚至称他是"伟人马尔斯卡特"。但转眼我们这位马策拉特先生已经和他的博物馆一起消失了……

我坐在轮椅上动弹不得,扯着嗓门嚷嚷,好像梦境里有个喇叭在身边:我们没完!大家都好好地活着呢!我不会轻信你这一套!

可它不为所动,继续尖叫。起先听它的鼠语——"多明舍格利普希乌特莫夯!"——不知所云,后来才明白它说的是什么:好啊,他

---

① 《铁皮鼓》中奥斯卡的护理员。

们不存在了!他们把一切都搞砸了。好像不昂着脑袋想出什么花样来就不行似的。即使东西多得要压死他们,他们还是不知足,从不知足。实在不行,他们还会发明什么"需求"。贪得无厌的馋鬼!自以为是的笨蛋!老是同室操戈。床上感到害怕,就到外面冒险。讨厌自己的爹娘,就葬送自己的孩子。既是奴隶主又是奴隶。虔诚的伪善者!剥削者!没有天性,所以那么残忍。把他们上帝的独子都钉在十字架上了,还赞美自己的凶器。他们完了,这可真棒!

不,我坐在轮椅中叫道,不!我没完!我们大家都没完!我们活蹦乱跳的,一肚子新点子。一切都该变得更好,对,变得更合乎人性。我只要中止纷乱的梦境,我们人类就又存在了,一切就又会蓬勃向上、奋勇向前了,我就又会读报,用早餐,然后⋯⋯

但我的喇叭怎么也敌不过它的尖叫:真棒,他们不再思维了,不再想什么新花招,不再策划,不再设计,不再制定目标,不再说什么我能我要我会我此外还打算等等了。这些傻瓜完了,连带他们的理性,他们大得过分的脑袋,他们有效的、一直到最后都行之有效的逻辑。

不,我没完,我还在。可我说这些有什么用,它的嗓门比我高,稳操胜券:他们完了,完了!完了好,没谁会为此怅然若失。人类以为在他们这畸形物种完蛋之后,寿终正寝之后,蒸发、干枯或者烧完之后,太阳就不会再坚定地升起和落下了。其实谁也不会把他们的灭亡当回事,月亮不会,星星也不会。甚至潮涨潮落也不会中止,即使海水有时会咆哮或者寻访新的海岸。他们完了世界就有了安宁,没了喧闹。时间依然流逝,似乎从未被计过数,似乎不曾在日历中坐牢。

不!不对!我喊着,要求更正,而且马上:我估计现在是早上五点半,七点过后我将被闹钟唤醒,然后离开我这会儿坐在上面动弹不得的、真他妈的舒适极了的轮椅,开始我新的一天——星期三,今天是星期三!吃完早饭后就,不,在刷牙之后,但在享用热茶、黑麦面包、香肠、奶酪和鸡蛋之前,在报纸对我胡说八道些什么之前,就纯洁无邪地开始我新的一大⋯⋯

但我没法说服母鼠,相反老鼠越来越多,好几窝老鼠齐声尖叫着占满了梦境。只听它们又操起了鼠语:弗奇米德明舍,施图比希格姆美德努兮!意思是:只有尘土还在飞扬,他们连影子也没留下,棒极了!

只有他们的垃圾还在释放射线,只有他们的毒物从铁桶里漫溢出来。若没有我们,谁还会知道他们。一窝窝老鼠尖叫着,鼠子鼠孙都这样尖叫着。现在他们完了,所以不妨以友好甚至宽容的态度对他们来一番追思。

我只能靠在轮椅上,母鼠又开始了独白:是的,我们敬佩他们能直立行走,敬佩这种姿态本身,敬佩他们超越时代的杰作。几百年来无论是身背枷锁走向断头台,还是终生在走廊里来回奔波,被头儿的秘书们当皮球踢来踢去,他们都直立行走,最多也就是弯着腰,但极少用四肢爬行。瞧这些令人敬佩的两脚动物:上班途中,流放途中,慷慨赴死的途中,前进时引吭高歌,后退时一言不发。我们记得人类的这种姿态,不管他们是一块砖一块砖地砌起了埃及金字塔和中国长城,还是在灼热的沼泽地里开挖一道又一道运河,或者在凡尔登和斯大林格勒使自己的人数有减无增。他们在哪儿上阵,就在哪儿坚守。谁要是擅自退却,军法从事就地枪决。我们经常对自己说,他们无论走上哪条歧途,使他们与众不同的是直立行走的姿态。怪路也好,弯路也罢,他们是一步一步地向前走的。还有他们组织的正步走、大游行和阅兵式,他们举行的舞会和赛跑!我们这样教育后代:看哪,这就是人,这就是人的杰出之处,这就是人的优美所在。饥肠辘辘排数小时的长队,被自己的同类折磨得弯腰曲背或者被他们称为良心的虚拟负担压成罗锅,在他们那位复仇上帝的诅咒下、在沉甸甸十字架重压下喘不过气来,即使这时,他们还是如此。看哪,这些光怪陆离、永不雷同的受难画!无论什么磨难他们都能挺住。每次摔倒后他们都会直立起来继续前进,好像无论现在还是将来都要为我们树立榜样,为我们这些始终与他们近在咫尺的老鼠树立榜样。

母鼠温柔地劝着我,不再说吱吱的鼠语,不再像犹太德语说的那样"上火"。我坐在轮椅上,这轮椅忽忽悠悠,越来越像在宇宙飞船里。它叫我"朋友",后来又叫我"好朋友"。你瞧,朋友,我们也开始练习直立行走了。伸展四肢,脸朝天嗅气味,不过我们要完全掌握人的姿势还有待时日。

果然只见一只只、一窝窝、一群群老鼠全在练习直立行走。最初是在某某不毛之地,接着我突然觉得它们的练习场似曾相识。是好像有点面熟。我看见老鼠先在广场上、后在街道上练习两脚动物的走路姿势;那些街道在山墙造型优美的建筑物之间蜿蜒通向教堂大门。终于,一座哥特式教堂门开了,可以看见里面拱顶的大厅,老鼠在修长的立柱脚下站了起来,才几秒钟就跌倒,但马上又直起身来。我看见一群群老鼠顺着教堂正殿的石板地面拥向圣所①,连几间侧殿里也是,直到祭坛前都鼠山鼠海。这不是吕贝克的圣母教堂,也不是波罗的海沿岸别的哥特式砖结构教堂,而是,毫无疑问,是但泽的圣母大教堂,波兰语叫 Kościół Najświętszej Panny Marii,老鼠们就在这座教堂里练习全新的走路姿势。

好,我叫道,多好啊!该在什么地方的还在什么地方。一砖一瓦都不缺。山墙塔尖连个角也不缺。怎么会是末日呢,母鼠,圣母大教堂这以砖石为血肉的老母鸡不是依然在,怎么说好呢,依然在孵蛋?

我觉得母鼠在微笑。是啊,好朋友。看上去一切都像连环画里那样还在坚守岗位。这是有道理的。这座城市但泽——或者叫格但斯克,你怎么称呼你的故乡都行——到末日注定会不同凡响:既抢夺,又保存,只掠取生命,但敬重死物。看,山墙无一倒塌,塔尖无一缺损。奇怪的是拱顶结构依然向上延伸直至冠石。叶尖饰,圆花窗,永不消逝的美丽!除了人类之外,一切安然无恙。真感到欣慰,不只是垃圾说明你们曾经存在……

  消灭点心时我被逮住。
  脆盐棒让人看了垂涎欲滴,

---

① 或译"主圣坛区"。

插在玻璃杯里呈扇形散开。

起先我还一根根地品味，
但越咬越快，越咬越短，
不尽不休，干脆一把把狼吞虎咽。

满嘴的糊糊，味道真咸，
我大叫还要，贪得无厌。
这点心东道主家里取之不竭。

后来梦中向母鼠求教，
因为我对盐棒点心穷追不舍，
一心要消灭，牙齿咯咯直咬。

日日夜夜找东西替补，
这是你狂热的怪癖，
回答我的是梦境中的母鼠。

不过是谁呢，我说，
我究竟要把谁消灭，
或是成批或是单独？

母鼠说，首先是你本身，
总是从私人的范围
开始自我消灭的过程。

　　她们在海上编织，船半速行驶时织，船抛锚停泊时也织。她们的编织动作有某种"上层建筑"，这"上层建筑"确实存在，因为她们编织出来的不仅是那些或平针或拱针——可数的网状图案。比如她们在干编织活这点上就有高度一致性，尽管谁都想让别人不舒坦。

新伊瑟贝尔号上现在有五个女人。本该是十二个,按我本来的设想该有这么些女人报名坐这艘过去的平底货船出海考察,但因为在卢森堡要开一个五天的会议,意大利斯特龙博利岛上要办三周外带共同编织机会的专题研讨班,所以人数不足,我原先的估计过高了。新伊瑟贝尔号的报名者减至九人,又减至七人,因为先有两位必须立刻带上编织活到黑森林去,接着又是两位接到邀请,带着毛线和织针到易北河下游地区去了。好斗的女人到处走俏,不仅仅在我脑海里是热门人物,她们在卢森堡抱怨母乳中含有二噁英,在斯特龙博利岛上反对在地中海竭泽而渔,在黑森林谈起了森林毁灭的问题,在易北河下游两岸抨击核电站过于集中。她们能说会道,鉴定和反鉴定之类的事也从难不倒她们。她们知识渊博,舌战群儒,连男人们都称赞她们好样的。谁都无法否定她们指出的事实。最后总是她们赢得舌战。但这辉煌战果无济于事,森林继续被毁,毒物继续泄漏,没人知道还有什么地方能搁垃圾,网眼过密所以地中海里最后的鱼儿也没了生路。

看来女人们只剩手里的编织没白忙活,菱形或者重重叠叠不知什么形的图案织成了,网格交叉、环环相套的衣物织成了。这还不算什么,编织活起先遭人嘲笑,被称作婆娘的怪癖,如今在集会和示威时却成了好斗的织女们与日俱增的力量的源泉,那些对手无论是男是女都认识到了这一点。当然,女人的论据并非来自手中那些结成双面珍珠花样的毛线;毛线筐边上是文件夹和统计表,她们赖以与对手交锋的知识就在那儿随时备用。在这过程中,在这持续不断、严谨有序但又不无温馨感的打毛线过程中,在这无声的数针过程中,织女们的论据光明磊落地一再重复。她们编织时表现出来的无情虽然不能使对手信服,但却给对手留下了深刻印象,长此以往还能拖垮对手,如果时间和毛线一样有存货的话。

不过女人们编织也为了自己,自己人在一起即眼下无对手在场时女人们也在编织,好像要永不断线似的。所以,我脑海里的女人,那事实存在的女人,那剩下的五个坐新伊瑟贝尔号去波罗的海西部测量水母的女人，就把编织工具和毛线带上了考察船。大量的毛线，有色的、无色的、漂白的。

五个女人中唯独最年长的上船时没带织针和毛线。她瘦小，但很结实。你看不出这劳累的女人快七十五岁了，只有在她突然心情忧郁的时候才是例外。这老妇毫不讳言自己坚决反对这么傻乎乎地编啊结的，她连基本动作都不会，干这活她会心神不宁或者头晕眼花的。但要论擦洗论烧烤，她比那些对编织爱不释手的女人可强多了，所以就主管厨房："你们听着，姐妹们。我给你们弄饭吃，不过别让我看见你们干什么编织活。"

纵然狂风大作，其他四位女航海家也放不下手里的毛线团和编织针。女船长上前双手把舵顶住来自西北的暴风雨，女舵手刚被换下就忙不迭地抓起纯羊毛线，编结起单色带花的毛衣来。毛衣非常宽大，像是为一个虎背熊腰的男人结的。不过没提到过、哪怕只是隐隐约约地暗示过有这么个壮汉，似乎不能放他出来乱说乱动。

西风逐渐减弱，女舵手双手接过舵保持航向。我打心眼里愿意称之为达姆罗卡的女船长才得闲，就马上拿起用毛线余料编织的彩色毯子，一边仔细地给花样繁多的补丁收口，扩大正方形图案，一边不住地观察罗盘和气压仪。要不然她就是在缝合各各不一的补丁，补丁的图案有螺旋形状的，有棱纹式样的，有一行行脱针网眼的，还有像骑士甲胄那样带鳞片的。

至于女轮机长，除非她不得不钻进狭窄的轮机舱维修柴油机，否则你就可以肯定，她手中编织的那件酷似印第安人披巾的怪物又在不断长大了。她是劳碌命，一辈子做牛马。据说她劳碌总为别人，从不为自己。

女海洋学家也是如此。她只要不在中舱的长桌上或者玻璃缸里测定海月水母的重量和长度，就会习惯地拼命编织，两针平两针拱地为孙辈结童装，其中有可爱的小连衫裤，上面的图案据称是冷杉球果或者沙钟。纤纤玉指刚才还在灵巧地摆弄水母的口腕，这会儿就映着粉红或者天蓝的色彩，在细纺毛线上来回穿梭了。

在特拉沃明德港,她们不仅备足了给养,加满了柴油,而且弄来不少毛线,足够用到丹麦默恩岛的首府斯泰厄。

不过这会儿离斯泰厄港还远着呢。新伊瑟贝尔号发出突突的响声——是气冷的多伊茨柴油发动机的响声——驶入诺伊施塔特湾。尽管没把那叫"测量鲨"的仪器放下去对水母进行取样,但女人们恐怕还是暂时编结不成了。

不,母鼠!我是把毛线和织针认真当回事的,无论毛线断了,网眼散了,还是结得过松,不弄紧不行等,我都不会笑。

我听惯了这种咯哒咯哒的编织声。从孩提时起到眼前这件毛衣,都是女人们充满爱心地编织衣物给我御寒的。无论什么时候,总有人在为我编织什么,当然图案有简有繁。

即使我的圣诞鼠不相信我,那么至少你,母鼠,应该相信我不会嘲笑那些编织不止的女人。无论天南海北,她们都在编织,或是迫不得已,或是乐于助人,或者出于悲愤。我听见她们倔强地或者出于无奈的痛苦以手中咯哒咯哒的织针与消逝的时光抗争,与逼近的虚无抗争,与末日的开始抗争,与所有的厄运抗争。要是这种咯哒咯哒的响声突然停下,那就不妙了!我以男人只是愚蠢而已的敬而远之态度,看着她们埋头编织。

母鼠,如今无论在树林内还是在江河中,无论在平原上还是在山区里,无论在宣言和祷告中还是在横幅大标语和小字印刷品上,甚至在我们机关算尽所以空空如也的头脑里,种种迹象都表明我们控制世界的线已经告罄。如今,末日不过是在一天天暂延而已。如今只剩下编织的女人还能与之抗争,而男人们只会无谓空谈,做不出任何一件能使寒士温暖的实事——连一条保暖的腕套也做不出来。

第二章

点了造假大师的名——老鼠成了时髦——对结局持有异议——汉塞尔和格蕾特尔逃之夭夭——第三套节目播放关于哈默尔恩的内容——有个人不知道是否该踏上旅程——船停在曾发生不幸的地方——接着菜单上有肉丸子——在人群中自焚——成群的老鼠到处妨碍交通

制片厂里具有震撼力、符合传媒轰动要求的片子所剩无几了,于是我们的马策拉特先生对他手下那些主管说:"让我们创造未来吧!"他明白自己的号召会引起什么反响。但当我从自己的题材库发掘出"森林灭绝"这最后的童话,建议他采用,或者希望他能拍摄波罗的海水母泛滥现象这一人类创造的未来时,他却连连摆手:"末世情调太浓了!为什么要圣父般地画句号!为什么要大清盘似的描绘末日惨景!为什么老要炮制这类最后的探戈!"不过他愿意——用他的话说是愉快地——以马尔斯卡特案件为题材拍部片子,如果我能提供足够的关于五十年代的资料的话。好像旧事重提就能创造未来似的!

在我们的交谈过程中,他慢慢形成了以阿登纳①、马尔斯卡特②、乌布利希③的时代为题的设想。"三个造假大师!"他叫道,"如果你能给我这暂时还是赤裸裸的观点套上外衣,那么它拍成片子后就有说服力了。"

不管我怎样劝马策拉特先生放弃这涉及整个德国的"造假三巨头"的构思,他还是觉得以马尔斯卡特案件为题很有成功的希望。最后我总算把他的好奇心引到了一个项目上,这项目传奇般的铺垫材料可以提供足够的借口,准能引他上钩。

他在老板办公室里的橡皮树之间来回踱步,接着伫立在正面墙上的书写板前犹豫不决。最后这小驼背总算回到写字桌旁安静下来了,我赶紧进言:"你听我说,亲爱的奥斯卡,威悉河畔的哈默尔恩正在准备庆典,纪念七百年前的那个捕鼠人。当年天下大乱,人心狂躁,大家看见天上的征兆,觉得末日即将来临。捕鼠人便把千把只、没准更多的老鼠引到河里全淹死了。根据别的传说,他还拐走了孩子,那些孩子从此就杳无音信。自相矛盾的素材比比皆是。把一二八四年的幻觉和今天的恐惧结合起来,把中世纪鞭笞派④的行为和当前聚众闹事的现象结合起来,使之符合传媒要求,岂不是很好?一二八四年的捕鼠人提供足够的素材。比如笛子⑤。笛声尖而甜美,颤悠悠如白雪飞舞,如银珠一串。在你的时代到来前很久,就有一种乐器被用来诱惑世人了。奥斯卡,对你来说媒体始终等于信息,为什么不抓住、不赶快抓住这素材?!"

我们的马策拉特先生不吭气,在我眼前消失了。有谁插了进来,尖声尖气地闲聊起什么"想当年"来,似乎万事皆休,似乎我们只存

---

① 阿登纳(1876—1967),德意志联邦共和国第一任总理。
② 下文的"造假画家"。
③ 乌布利希(1893—1973),1949年任德意志民主共和国部长会议第一副主席,1954年当选为德国统一社会党第一书记。
④ 中古时期一种宗教派别,主张以皮鞭自笞忏悔。
⑤ 中世纪著名传说中的捕鼠人吹笛诱出了哈默尔恩市的所有老鼠,后来又拐走了所有小孩。

31

在于回忆中,似乎非得用那半是嘲讽半是孝敬的口气给我们致什么悼词——不过说话的不再是我们的小驼背,而是它,母鼠,我梦境中的母鼠……

末日临近那会儿,我们成了时髦。有些青年人喜欢成群结队,发型和衣着别具一格,以此区别于其他同龄人。他们自称"髯客",别人也称他们"髯客"或者"朋客"。虽然还是少数,但在某些城区撑起了市面。他们自己惊恐不安,也让别人惊恐不安。铁链以及其他当啷作响的金属挂件在他们身上都成了首饰。他们招摇过市,俨然活的废铜烂铁,被人丢弃、扫到路边的垃圾。

也许正因为被归入渣滓一类,"髯客"们买了些实验室里常见的幼鼠,按时喂食使幼鼠适应自己。他们把幼鼠搁在肩头,放在敞开的衬衣里,顶在头上,呵护有加。举手投足都离不了幼鼠,带着他们这些叫人恶心的动物选民四处转悠:经过车水马龙的广场,沿着琳琅满目的橱窗,穿越城市公园和休闲草地,来到教堂和银行的大门前,和老鼠如胶似漆,恍若融为一体了。

但他们并非只对红眼睛的小白鼠情有独钟。不久我们这些灰不溜秋的、被人养大喂蛇用的老鼠也进了宠物店。末日将临时,我们成了紧俏商品,比那些一直娇生惯养、经常暴饮暴食的金仓鼠和豚鼠更能得到少年儿童的青睐。继"髯客"之后,富家子弟也把老鼠当宠物了。在人类漫长的历史上,上流社会第一次向我们这样的老鼠敞开了大门,连上了年纪的人也开始喜欢我们。这起先还只是一种时髦,后来就成了公认的需求。听说有一位五十五岁左右的男人甚至希望自己的圣诞礼物是一只老鼠。

我们终于得到认可了。人们把我们带到光天化日之下,使我们这些怕光的下水道老鼠摆脱了阴沟的臭味。他们发现我们确属高智商动物,带我们在公共场所抛头露面还拍照留念,承认我们可与人类为伍。我们老鼠终于登上了公众化的大雅之堂。胜利了!虽然晚了点儿,但毕竟还是登上了诺亚方舟!当然我们不免有点受宠若惊。

希望的曙光出现了:人类能有自救的见识。

起先他们很幽默,称我们是公众老鼠。但"髯客"的时髦后来逐渐风行开来,连白领、官员都把自己的爱鼠带进办公室、税务局,我们可以和青年基督徒一起参加这教派那教派的礼拜,可以去市政厅和大学阶梯教室,可以进会议厅和老板办公室,最后甚至被各兵种的新兵带入了军事禁区。于是我们听到有人开始抗议了,接着在议会中进行了质询。激烈辩论之后作出了决议:应该立法严禁携带老鼠在公共场合露面。理由是:老鼠尤其是灰鼠的公众化有碍治安,不符合卫生防病的要求,此外还伤害民众健康的情感。

多可笑,多无聊!再说,愿意颁布这样一部法律的人也达不到多数。有几个议员厚着脸把我们带进了议院,举行了一次所谓老鼠听证会。提的都是些早在诺亚时代就该提的问题,那时我们,公鼠和母鼠,想登上救命的方舟却遭到了拒绝。

老鼠现在能告诉我们什么呢?其中一个迟到的问题是这样措辞的。老鼠愿意帮助我们渡过难关吗?——难道和人类千百年来的感觉不同,老鼠和我们的关系变近了不成?

这次受到新的关注,我们倍感荣幸,不由开始不计较人类根深蒂固的仇恨。但面对突如其来的眷顾,我们还是惊讶不已。我们觉得纳闷,年轻人对我们真亲热,有几分腼腆,同时又有几分狂放,尤其是那些被视为渣滓的"髯客"。无论他们把我们放在脖子上,紧挨着突突跳动的动脉,还是亮出骨瘦如柴的躯体,供我们作栖身之所,我们都感到吃惊:今天才对我们如此温和,瞧这多年积压如今过剩了的柔情,瞧这忘我的献身精神!我们可以顺着他们的脊椎跑上跑下,躲在他们的腋窝里睡觉。我们的皮毛痒得他们咻咻直笑。他们觉得我们冰凉滑爽的尾巴就像纤纤玉指。他们颤动着抹成黑色的双唇低语着什么,几乎是在无声地喘息,仿佛我们的耳朵最适于听他们忏悔:他们吞吞吐吐地发了那么多火,诉了那么多苦,那么多患得患失的恐惧,在自己寻找的死神面前感到恐惧,在自己渴望的生活面前也感到恐惧。他们乞求爱,他们说:老鼠,你开口呀!老鼠,我们该怎么办才好?老鼠,帮帮我们吧!——唉,他们就这样让我们耳根不得清静。

恐惧无处不在。非但他们黑咕隆咚的住处里有恐惧,而且他们画得五彩斑斓的幸福中也有恐惧。怪不得他们的颜色如此刺眼。始终惊恐不安的孩子互相涂抹死神的白色,预感不祥似的用腐尸的绿色描绘自己。甚至他们的黄色、他们的橙色都使人想起霉烂和腐朽。他们的蓝色在呼唤末日。他们在灰白的底色上涂上炫目的大红,在紫色上勾出惨白的蛆虫。背部由下而上,从胸部到颈部再到面部,一些人画的是黑白相间的栅格,另一些人画的是酷似鞭痕的血印。他们想看见自己鲜血淋漓的样子。他们精心梳理的头发什么颜色都有。哦,他们在倒闭的厂区隆重上演《死之舞》①,他们被拽回中世纪,好像鞭笞派教徒附身了。

凡属于人的,他们都对之怀有深仇大恨,时刻准备发起冲锋,同时又总是遭人追逐。他们把铁链弄得丁零当啷直响,对苦役船上的生活熟悉极了。他们愿意变成动物,变得和我们一样,尽管对我们的情况不甚了了。他们成双捉对外出时,简直就是公鼠和母鼠。他们也如此相称,显得那么温情脉脉,那么充满挑逗。他们把帽子剪成我们脑袋的样子,戴的面具夸大我们的表情,直至显出几分妖气。他们在屁股后面挂上光溜溜的长尾巴,步行或开车从四面八方涌往一处,似乎条条大路都通向那里,似乎唯独在那里才能找到幸福。

是的,他们成群结队地往那儿拥去。那地方臭名昭著,不会找不到。那儿有块磁石召唤他们前去集合。长话短说:他们要在那儿会面,把那个属于我们传奇的城市挤得水泄不通。在那儿他们打算举办庆祝活动,想要大闹一场,把我们推出来大肆炫耀,做畜生状吓唬当地的市民。

他们没闹成。不过即使他们要闹也会被赶走,保安自始至终无处不在。唉,他们想成为老鼠,最后却依然是可怜巴巴的、被人遗弃

---

① 中世纪绘画题材,象征死亡的骷髅带领众人走向死亡的舞蹈,显示死亡的力量,表明社会等级不同者在死神面前并无区别。

的、也被我们老鼠遗弃的"髯客"。我们对他们有好感,以前对人还从未有过好感呢。他们从出娘胎起就是没救的浪子,只有我们老鼠喜欢他们。我梦中的母鼠如是说。要知道什么地方能避难,末日时我们就带上他们了……

凭什么说"完了",老鼠!事情都还没结束呢。洞还没有堵住。谜还没有解开。以前也还从来没有这么多线头等着结上。到处是半吊子、半瓶醋的活计。什么都是那些半瓶醋们奸笑着说了算。报纸都在嚷嚷,流言对此一字不提。我们连半道还没到呢,甚至可以说是倒退了。

所以你不能说什么"完了""算了""够了"。听上去像开小差,像要就这么溜之大吉。而且是半途脱逃,在最必要的事情做完之前,在这个还没完工、那个尚未就绪的时候就开溜。你看,退休金尚无保障,垃圾的事尚未办妥。既然我们还没能控制住钢铁危机,还无法解决其他问题,比如搬走黄油堆成的座座小山,把有线电缆铺向四面八方,最后完成人口普查,解决外国人问题;那么就得坚持,坚持到利息降低,坚持到繁荣昌盛,我们都盼着如此,不如此便一无所有,因为以前从不曾见过一线曙光,也从不曾拥有物中精华,蛋里总是没有蛋黄。

不,老鼠,不!一切都还没完呢。尤其是现在,大国终于开始会谈,以便及时达成决议,正确的决议,因为这会儿谁都明白:只有双方同时采取措施达到均衡,我们才值得信任,才不会反复无常。在最后一分钟里做到也行,有总比没有强。

可你呢,老鼠,却大谈什么"剪切""淡出""气数已尽""够了""大清盘""祷告毕""俱往矣""不复存在""闭幕""世界末日",就是说"到期该结账了"。但我们负有使命,负有义务,即便不是对我们自己,那么对我们的孩子也负有义务,这样我们才不会有朝一日感到羞愧,才不会胸无大志,我是指没有宏伟的目标,比如人类的教育,或者度过最严重的饥荒,清除堆成山的垃圾,至少眼不见为净,直到最终采取配套措施,让易北河和莱茵河又有了几条鱼儿。对啊,我们还要裁军,事不宜迟,马上裁军。

可你却说什么"结束了"。好像我们已经完了似的。好像我们早就鸡飞蛋打了似的。好像我们不是还有这件事或者那件事得做似的。而且是很快就得做,不,是马上就得做,因为现在谁都明白了或者说有几分开窍了,除了维持和平和多争取那么点儿公正之外,如今该对森林——不只是德国森林,而是所有森林——稍加关注了,纵然我们再也无法挽救森林,至少也得把它们拍摄下来。并且要拍下各种情调、寒来暑往各种色彩的森林,并以文件形式保存下来,而不是仅仅留在我们或者我们孩子的记忆中。这是因为,老鼠,没有森林我们就倒霉了。由于这个缘故,当然也因为我们难辞其咎,我们不得不扪心自问,森林——不只是德国森林,这我已经说过了——对我们暗示了什么,不,是明示了什么?至少孩子们的录像带上还得有一点儿我们的镜头,只要时间还允许。

而且要赶在你这老鼠说什么"结束""剪切""够了"之前。什么时候结束,得由我们来拍板。是我们掌握着舵把。是我们控制着电钮。说到底,最后是要我们在子孙面前为垃圾山问题、外国人问题,为饥荒问题至少为最严重的饥荒问题,也为堆积如山的黄油问题负责的。

> 因为森林
> 毁于人类之手,
> 童话便逃之夭夭,
> 纺锤不知
> 谁是它扎的目标①,
> 姑娘连一棵树
> 也无法抱住,

---

① 格林童话《睡美人》。

她的双手已被父亲砍掉。①
第三个愿望没有宣告。

画眉嘴国王从此一无所有。②
孩子们再也不会迷路。
七再也无深意,不过是个数。③

因为森林毁于人类之手,
童话就步行进了城,
悲惨的尾声。

这段路我很熟。从劳特巴赫,就是歌里唱的以前丢袜子的地方④,通过一度茂盛的混交林"德意志童话之路"蜿蜒远去。

从林间蜿蜒远去的也可能是其他什么路,通往法耳茨森林,北上黑森林,南下巴伐利亚森林,进入菲希特尔山脉或者索林山、施佩萨特山。林区都受到了举国上下时而否认时而证实的伤害,只不过伤害在有些地方要第二眼才能发觉,在有些地方则赫然眼前罢了。有报道说林子里针叶发黄了,不是回光返照枝叶疯长,就是树冠稀疏树心腐烂,枯枝掉在地上,光秃秃的死树干上树皮剥落。所以故事开始时就要提问:这条从劳特巴赫来的路被如此亲切地称作"德意志童话之路",但还能称多久?

所以我也没让总理车队经过黑森林或者菲希特尔山脉,而是堪为楷模地来到这里。总理和随行的部长们专家们来了,前面是蓝光闪烁的警灯开道,两侧安排了警察卫队。通过濒死的森林时,一辆辆黑色大轿车的窗帘拉得严严实实。从车上的三角座旗能辨出哪辆是

---

① 格林童话《没有手的姑娘》。
② 格林童话《画眉嘴国王》。
③ 著名童话《小拇指》里就有七兄弟、七里靴,《白雪公主》里有七个小矮人等。
④ 1820年左右的南德民歌《我在劳特巴赫丢了袜子》。

总理专车。估计总理通过濒死的森林时会在车内阅读正反双方专家的鉴定意见、有害物质统计资料以及银枞树死亡率图表,因为他身为总理必须勤快地全面地了解详情。不过他也可能在车里放松神经准备待会儿粉墨登场,在填纵横字谜,而且知道荷尔德林①的大名该往哪儿填,为自己纵横驰骋的文化素养感到自豪。

错了,他既未看资料也没填字谜。总理专车里正洋溢着天伦之乐,只是有点压抑。考虑到公众形象,也由于我构思的情节需要,总理此次出行由夫人、儿子和女儿陪同。

他何许人也?和别的总理差不多,属于我们熟悉的类型:老实巴交的,模样有点可怜。这会儿他正在吃,不,正在往嘴里塞一片涂满奶酪的面包。见他这样,讲究整洁的夫人一脸不快。

总理的女儿拉开了窗帘,车驶过时能看见一块木刻的路标,上面雕的两个小矮人拥着一排凸起的花体字:德意志童话之路。(我们的马策拉特先生如果资助拍摄濒死的森林,那么影片开始时车队就会在这儿以步行的速度缓缓驶过。)

死树环绕的森林停车场,大伙儿正在恭候总理及其随员。有些人手忙脚乱地做最后的准备,因为开道的警察已在步话机里通知车队马上就到。

林业工人按规定头戴安全帽,由护林官指挥,在钢管脚手架旁竖起一块有大树那么高的布景。布景上画着生机勃勃的森林,看来是画家莫里茨·封·施温德②的风格:布满节疤的橡树,色彩深沉的冷杉,稀稀拉拉的山毛榉背后是茂密得无路可走的原始森林,当然也少不了蕨类植物和矮乔木。

特种车上伸出一架云梯,上面站着一位画家正往手绘树冠上补画各类鸣禽,有云雀,有欧鸲,有夜莺,还有几只叫鸫的鸟儿。他手脚麻利,画得那么快,像拿计件工资似的。护林官大叫:"加油干,伙计

---

① 荷尔德林(1770—1843),德国诗人。
② 莫里茨·封·施温德(1804—1871),奥地利画家,其作品多以传说童话为题。

们！总理马上就到！"接下去的话大概是他对自己说的："真叫人受不了！"

　　林业工人三下五除二地把场地打扫干净了。开道的警察各就各位，开始警戒。躲在布景后的调音师打开录音机，耳畔顿时响起了丰富多彩的鸣禽大合唱，合唱者有刚刚绘就的云雀、欧鸲、鸫，还有一只黄鹂和若干林鸽。特种车边撤边放下站着画家的云梯，以致森林布景上最后一只鸟功败垂成，它本来完全可以成为一只生命不息鸣叫不止的布谷鸟。这时，护林官脸上已经挤出了欢迎的神态。

　　警灯闪烁，总理的车队到了。轿车的窗帘拉开了。面对气象万千的大自然，来客们啧啧连声。总理偕妻子儿女下了车，部长和专家们也下了车。报社和电视记者蜂拥而上。好像这也是一种不能遗漏的信息似的，媒体工作人员注意到总理做了好几次深呼吸。他的随同也做了好几次深呼吸。

　　刚进入公众的视线，总理十三岁的儿子和十二岁的女儿就各自戴上了随身听耳塞。他俩目光内敛，一副心不在焉的神情，总理夫人见状颇为不快："你们这样就听不见林子里鸟叫了。"但她的告诫就像布景后播放鸟鸣声的录音机一样，没有引起丝毫反应。（根据我的设想，总理的儿女应该偏胖；不过让这俩孩子瘦一点甚至弱不禁风也行，如果我们的马策拉特先生坚持要这种类型的话。总理全家着装统一，都是仿护林官制服的装束：粗呢上衣，灯笼裤，系带的靴子，鹿角做的纽扣。）

　　不远处，男声合唱队和化了装的演员挤到了手绘的森林布景前，部长和专家们则随意地围站在总理身边，其中有主管森林、河流、湖泊和空气的部长雅各布·格林，边上是他任国务秘书的弟弟威廉·格林。

　　考虑到情节需要，也为了增强民间文学的氛围，我们愿意这样古为今用，让身穿当代服装的雅各布·格林对弟弟说："画家施温德这次的活又干得不赖。"只见威廉·格林听后一脸苦笑。格林兄弟都会坚持不懈地表明自己的努力，表明自己永不过时的"百折不挠"精神,仿佛对自己一再失败的经历情有独钟。这两个正直的男子汉万不得已时甚至甘愿交出乌纱帽,但依然是两个擅长讲童话故事的大叔,懂得如何眨眼示意。他们早知道布景背后的真相,却并不咕咕哝哝发牢骚,因为他们不想使事情变得更糟。

警察在一旁检查合唱队员是否夹带凶器,但一无所获。检查完毕,歌手们全都登上了平台。合唱队长打着手势,指挥他们时而轻柔时而高亢唱起了"是谁让你高高耸立,美丽的森林……"①,总理听了,情不自禁地跟唱起来。

化了装的演员也通过了安全检查。雅各布·格林和威廉·格林——以下简称为格林兄弟——示意他们可以上演童话剧了。演员们穿着极富品位,有古德意志之风。七个小矮人围着文静的白雪公主,睡美人和纺锤边是吻醒公主的王子,戴着长假发的准是莴苣姑娘,汉塞尔和格蕾特尔②鞠躬,行屈膝礼,向总理夫妇献上了几件寓意深远的礼物:一根冷杉苗木,满满一筐橡实和山毛榉果,一支历史悠久用得发亮的森林号角。男声合唱队里有人张着嘴有人噘着嘴:"汉塞尔和格蕾特尔在林中迷了路……"连警察也兴致盎然地看着这些刚才被他们鉴定为良民的合唱队员的表演。

表演够了,现在该总理讲话。他训练有素地念着讲稿,对象与其说是在场的部长,不如说是周围的传媒。他绘声绘色地宣称世界非常完美,只是正受到灾难的威胁。"所以我们再度面临命运的考验!"他叫道,仿佛德意志民族自古以来就注定要不断接受命运的考验。

因为我们希望拍摄的是无声片,最多必要时加几行字幕,所以跃入你们眼帘的是总理讲话中描绘的森林在无可挑剔地飒飒作响。影片开始时渐渐淡入的林中教堂。正在吃草的狍子。受惊跳开的小

---

① 德国诗人艾兴多夫(1788—1857)长篇小说《预感与现实》中一首诗的首句,流传甚广。在森林死亡的今天颇具讽刺意味。
② 均为《格林童话》中的人物。

鹿。树梢,名句飘落①。公主安卧青苔地上,一个男童及时赶到,把魔角②里的东西全倒了出来:鲜花,蜻蜓,蝴蝶……

因为总理描绘的气氛到此为止了,因为必须添些什么继续渲染这种气氛,所以总理最后一句话是:"德意志森林,愿你青春永驻!"——这句话言简意赅,特别适合无声片字幕——刚说完,他的儿子和女儿就跳入了画面。

这俩孩子胖也好瘦也罢,反正他们开始用礼品筐里的橡实和山毛榉果砸父亲了。那支有了年头但越用越亮的森林号角被总理的女儿弄得坑坑洼洼的。总理的儿子折断了冷杉苗木,摘下随身听耳塞,蹦到台上,对着惊恐不安的部长和专家,对着胆战心惊的童话演员和合唱队员,对着又变得心神不定起来的警察和便衣,对着所有奋笔疾书的报社记者和不为所动继续拍摄的电视台记者,也对着格林兄弟,大唱起反调来。

"你又在瞎扯了!"他冲着当总理的父亲大嚷,开始描绘起现实来。你们可以看见废弃的汽车堆积如山,路上的汽车首尾相衔,工厂的烟囱吞云吐雾,水泥搅拌机贪食无厌。砍树木,平土地,浇水泥,忙得不亦乐乎。天上下着臭名远扬的酸雨。建筑业大亨和工业界巨头坐在长桌边发号施令,或者在私下交易中轻轻松松地捞进一把把千元现钞。而与此同时,森林正在毁灭。森林在众目睽睽下死去。停止呼吸但依然挺立的树尸直插云霄。所以,公主躺在死去的森林里沉睡,刚才的那个男童把另一支魔角里的东西全倒了出来:垃圾,装有毒物质的罐头,废铜烂铁。好像是为了象征性地表示废气,男童朝公主放了个屁,公主的脸顿时起了皱纹,屁的含铅量高得够呛。

"这就是你的德意志森林!"总理儿子的这最后一句话和相应的字幕结束之后,总理女儿开始动手了。她操起一把在刚才的短暂插曲中乘机从护林官那里偷来的剪子,咔嚓咔嚓剪断了所有把森林布

---

① 仿歌德名句"树梢,微风敛迹"。
② 德国有民间采风和从民间搜集的民歌集《男童的神奇号角》。

41

景高高挂起、为保险起见还打了结的绳子。在慢镜头中，布景缓缓落下。手绘的鸣禽没一只飞走、躲避、逃逸。狍子、兔子、刺猬谁也没有溜之大吉。不仅钢管脚手架赫然眼前，整片死去的森林也一览无遗了。

总理的女儿关掉了播放鸟鸣声的录音机。周围顿时一片沉寂，只有枯枝在喀嚓喀嚓断裂。随着骗局的破产，乌鸦扑扑地飞起。徘徊的恐惧，赤裸裸的死神。

在两排目瞪口呆的童话演员之间，睡美人和吻醒她的王子自我解嘲般地大笑起来。威廉·格林对雅各布·格林说："我的上帝！真相就这样大白了。"这句话用作字幕倒挺合适。

时光被吓得凝固了，我乘机想象起被写进二十世纪后期的格林兄弟会是怎样：他们只是偶尔动摇，虽然聪明而敏感，但内心却苦于缺乏彻底性。总之，崇尚自由的格林兄弟这会儿都绝望地绞着手。正这么想象着，我们的无声片从凝固的时光中挣脱起来，开始进入新的情节：总理的儿子和女儿一把抓下童话人物汉塞尔和格蕾特尔扮演者头上的小帽，扔掉了随身听，冲着父母还有电视摄像机做了个鬼脸，自作主张地扮作汉塞尔和格蕾特尔跑进了森林，全不把格林童话的本来情节当回事儿。

总理夫人大叫："汉斯！玛加蕾特！快回来！"

媒体一见此情此景如获至宝。记者们对着采访机录下简短有力的报道，新闻摄影师来不及端起照相机，便从胯间连珠炮似的拍下两个孩子匆匆远去的背影。电视摄像机毫不留情地把一切记录下来。总理的儿女逃进了森林，这似乎成了划时代的大事。精于此道的警察正要追捕逃犯，总理拦住了他们。只听他在喊："又多了两个遁世者！忘恩负义的家伙！我们得学会想开点儿。"他使劲摆出大将风度，脸上却不由自主地露出了值得作一番分析的奸笑。

远远地还能看见这两个忘恩负义的遁世者隐没在枯死的树木之间，这时威廉·格林低声对雅各布·格林说："你瞧，亲爱的哥哥，古老的童话并未完结。"

为了冲淡这久久不肯散去的可怕气氛,男声合唱团忙不迭地集合起来,在团长的驱使下唱起了一支欢快的歌。但这首歌唱得轻而单调,尽管歌词可能是"绿森林,绿森林,木材大拍卖"①。天又来添乱,下起了酸雨。总理忽然想吃点儿宽心的甜食。两个孩子已经从视野中消失了。

我和圣诞鼠从第三套广播里不但获悉今年是中国农历的鼠年,是勤奋收藏和扩大生产的一年。其中一档伴随着阵阵笛声的文化节目还提醒威悉河畔的人们:逢五逢十该纪念这座城市的传奇故事,今年又是时候了。安排了一位波西米亚诗人讲话,一出木偶戏首演,举办相关的学术报告会,还准备发行捕鼠人带纪念邮戳的纪念邮票。当然少不了节日大游行,让今天这些市民的孩子穿上中世纪的服装,跟在几乎原汁原味的捕鼠人后面跑。除了展出相关的美术作品之外,还计划在修道院前推销一只捕鼠人造型的巨无霸蛋糕。市旅游局欢呼雀跃,看来旅游者会急剧增加,甚至还会有海外来客,美国得克萨斯州的捕鼠人迷俱乐部、日本的"哈默尔恩之子"均已报名。市政厅发言人虽然担心会有人来捣蛋——倘若大都市的那些"髇客"或"朋客"带着他们的宠物来犯,我们会采取措施的——,但他信心十足,因为是逢五逢十而且有史为证的整年,教会方面也会与民同乐。教区牧师已答应参加了。

这些便是我和圣诞鼠从第三套节目的《文化天地》里听来的。播音员声音非常悦耳,千锤百炼,炉火纯青,虽然总带一点嘲讽插几句批评,但他消息灵通,而且极其准确,关于哈默尔恩,关于哈默尔恩的背景和背运,都比我们知道的多得多。这符合传媒要求的声音来自一架收音机,就搁在我放工具的架子上面,圣诞鼠住的小木屋右边。我人坐在小母鼠左侧,心却早就飞往哈默尔恩了。

我们要到那儿去。我们要到那儿去探寻这古老谎言的根源。我

---

① 1890年的柏林民歌。"绿森林"系柏林西部地名。

们义不容辞。至少有一点是毋庸置疑的:无论在七百年前还是在这以后的几个世纪里都没有关于老鼠和捕鼠人的记载,只是据说有个吹笛子的,"在约翰和保罗节"将一百三十个孩子诱出了城,带进山里无影无踪了。这些孩子无一生还。

他们是从东门出城的吗?会不会是塞德明德战役①后扣留人质事件被写进了传奇故事?会不会是那些跳着蹦着四散而去的舞蹈病人?

历史文献里没有记载。几百年后,市教会编年史还会记载与哈默尔恩有关的一切,每次火灾,每次威悉河发大水,每次黑死病流行,都会载入史册,唯独不会有哈默尔恩孩子出走的内容。这是一个不怎么可信的故事,官方文献上只字不提,与其说是某个笛手的鬼把戏,不如说可能与驱赶当时讨厌的鞭笞派或者引诱哈默尔恩年轻市民东迁有关。何况老鼠和捕鼠者的情节是这可疑传说中的"约翰和保罗节"过后五百年才加上去的。文人墨客争相吟诵,歌德是始作俑者。

后来格林兄弟发现,在不少传说里哈默尔恩孩子出走的故事和一般的捕鼠人故事混在一起了。因为这两位童话搜集者无论听到什么,无论是在炉边长凳上,还是在纺车边或八月炎热的夜晚,听到什么传说都记下来,所以我们就能读到这样的故事:一个衣着引人注目的小伙子到哈默尔恩城来灭鼠,说好是有报酬的。他以与众不同的笛声把老鼠全引进威悉河淹死了。因为市长和市议员们反悔不给工钱,捕鼠者就又吹起笛子,把在别的传说中点过数的孩子们总共一百三十人,全诱入骷髅山里,就此音信全无。

一个有道德寓意的故事,除了老鼠之外还惩罚了言而无信的市民,也教训了经不住诱惑的孩子。

不仅是孩子。谁轻率从事,谁傻绵羊似的盲从,谁自以为是地轻

---

① 塞德明德是与哈默尔恩故事有关的地名,传说该战役中死了不少哈默尔恩青年人。

44

信,不经理性思考,别人许诺什么都信以为真,谁就会上捕鼠者的钩。因此,捕鼠者早就是个政坛人物了。传单和宣传小册子上写着:他煽动农民,教唆穷人贪婪,挑拨市民骚乱,提出些只有鬼知道如何回答的问题。谁听了他的话,谁就也会煽风点火,在地下秘密活动,然后揭竿而起,成为假革命家兼异教徒。捕鼠者们衣着时而朴素时而华丽,名字也在不断更改,他们就这样把一群群无助的农民,把叛乱的手工业行会,把误入歧途和不走正道者带进了不幸之中,起先还只是把少数激进者,到末了把各国人民全都诱入了深渊。不久前,轻信的德国人民就成了牺牲品。依然是这类捕鼠者作怪,不过这次没有叫嚣"老鼠意味着我们的灾难"——如此大概难以奏效——,而是喋喋不休地把灾难全归咎于犹太人,直到差不多每个德国人都自以为明白灾难的源头在哪里,是谁带来并传播了不幸,因而该用笛声引出集中起来,像耗子一样消灭干净。

就这么简单。就这么轻而易举地就能从各种传说里——你只要好好地拼凑——引申出一种道德寓意来,乃至这种道德开花结果,结出罪恶之果。

我们的马策拉特先生也这样认为。他像被追逐的小动物,一辈子都在、即使想装作捕鼠者也在寻找避难所。他说:"每当人们谈论老鼠和消灭老鼠的时候,别的生灵,一看便知并非老鼠的生灵,就会像老鼠一样被除掉。"

他有地址,能收发信件。自从两年前胆囊结石去掉之后,他就自称身体健康,但还是抱怨小便困难。令人精疲力竭的会议之后,或者在总是唇枪舌剑的媒体代表大会期间,他常常尿潴留,很痛苦,估计是劳累刺激了前列腺。尽管如此,他还是害怕泌尿科大夫的手术刀。

近来他开始收集金币,戴丝织领带,爱上了镶红宝石的领带别针,刮完脸后搽科隆香水,晚上想要带点旧时薰衣草的香味,兴许是想回忆自己可怜的妈妈,她当年身上就散发着这种久久不去的香味。他的头发犹如花环,精心地吹成波浪,银白色的光泽映在衣领上;要是这一圈头发忽略不计,他就是光头了。无论春夏秋冬都晒得黑亮黑亮的秃顶好像抛过光,你会忍不住伸手去摸上一摸。听说是有几位女士没顶住诱惑——对这始终在流传的谣言他从不反驳。

他很少在社交场合露面,但一旦自己做东,这驼背侏儒就会站到精选特邀的高个子男女嘉宾中间,仿佛刻意要突出自己依然五短的身材。正因为此,他手下从管理到制作各个部门的雇员,身高都超过一米八。影视界都知道他的这一怪癖,但已经没人再讥笑他,何况市场份额清楚地表明到底是谁高出谁一头。他安排日程总是未雨绸缪:强调劳逸结合原则,一阶段全力以赴制作录像,另一阶段去僻静地方好好休息。并非只是为了敏感的前列腺他才去以下疗养胜地的:马林巴德、巴登-巴登、意大利卢卡和瑞士的巴特欣茨纳赫。他的口头禅经常被人引用:"未来只属于老鼠,当然也属于我们的录像带。"

疗养期间他也进行并非疗养内容的思考,脑海里多层次的命题和反命题源源不断。他时而打算把尚待出现的事物拍成构筑完毕的未来,以便这未来一旦要成为现在,录像带已然存在;时而他又希望把影视媒体问世前发生的一切都拍摄下来,比如登上诺亚方舟的场景。严格对照名单,凡有生命有气息的活物都应该成双捉对地上镜头:公猪和母猪、雌鹅和雄鹅、公马和母马……要多拍那特别的一对:不让上方舟他们并不沮丧,仍然想方设法要混进获准登船的啮齿目动物的行列。

他很少休息。一休息他就会觉得童年的重要,如今渐渐老去,更想回到儿时;从地窖的楼梯上摔下,去大夫那儿就诊,到处都是护士[①]……但尽管他选中的那些女人竭力要求,他不再记叙自己的出身,更不写忏悔录。"这一切都过去了,"他说,"我们生活在今天,而且每天都可能是最后一天。"

现在他就盼望今年九月到来,不过究竟怎么过自己的六十大寿,

[①] 有关情节见《铁皮鼓》。

他还没准主意:独自过——只在各种照片的簇拥下——还是在那些长腿宾客堆里过?

在此之前先得庆祝外祖母安娜·科尔雅切克的寿辰,精选礼品。在瑞士巴特欣茨纳赫他还想出一件能给人带来惊喜的东西,疗养刚结束就让人去制作了。

他的写字桌大得惊人,总是显得空荡荡的,上面只有一张明信片,是以前叫马特恩、现在叫马特尼亚的那个教区的神甫代笔写的请柬:"兹邀请外孙奥斯卡·马策拉特先生参加本人一百零七岁生日庆祝会。"

这句话他翻来覆去读了好多遍,但就是不知道是否该去。一方面害怕回归故里,另一方面却又在准备礼品,逢人便说即将到来的寿辰庆典。他喜欢大家都叫他"我们的马策拉特先生",所以不会扭头不听周围的人窃窃私语:"你想想,我们的马策拉特先生可能要到波兰去。你知道吗,我们的马策拉特先生正在计划波兰之行?"

他还是举棋不定。这个故意停止不再长高、但后来还是长高了几厘米的人①又在玩他的老把戏了:我应该还是不应该……

再说,平时出门总是任劳任怨当司机的布鲁诺这次也表示担忧,变着法子找理由,即使不能取消,也要推迟这次旅行。他说医生建议不要出远门,波兰政局也不稳定,得留神那些动辄军法从事、想怎么就怎么的家伙。他拿不出确凿证据,只是暗示我们的马策拉特先生目前在波兰不受欢迎。

签证尚未申请,但奥斯卡已经买了丝织领带,穿上了颇具运动员风度的大方格衣服。他不考虑乘飞机,甚至不打算乘火车。"如果决定要去,"他说,"就坐奔驰车去。"

为防万一,又多收集了点金币,尽管或者说正因为随着美元的上涨金价在走低。他似乎会被迫离开我们较长时间,所以对每个人都提了建议,比如建议我把精力集中在马尔斯卡特案件上。我请他考

---

① 有关情节见《铁皮鼓》。

虑给我其他项目,他匆匆说了句"森林和哈默尔恩的题材我们以后再谈",便扔下了我和我满肚子的故事不管了。我的这些故事同时喷涌而出了。

机帆船新伊瑟贝尔号经过平坦的费马恩岛,驶向默恩岛陡峭的白垩岩海岸。在此之前,考察船上的女人们按预定方案先对吕贝克海湾进行测样。因为关于狭长的基尔港湾的情况已经有了足够数据,所以她们开始在此对浮游生物的纵向运动进行考察。"测量鲨"放下了水,带着六张网,沿着测量路线大约在水下十八至二十三米之间,收回间隔五分钟,五级水深测量的以及纯粹纵向测量的网可以同时收回。

女舵手把分级的水母计数仪放下水的当儿,女海洋学家和女轮机长在研究海月水母。它们直径超过四厘米,是口腕处的数据。小的水母是碟状幼体,大的水母叫"美杜莎"①。测量体积时得先把"美杜莎"身上的海水稍稍滴干,然后弄成一团放入注满福尔马林的圆柱形容器里。当然由此引起的体积缩小是测量时必须考虑的因素。经过为时两天的定形,大小不一的水母的直径大约都会减少百分之四。这些以及其他的一些知识——比如怎样对鲱鱼幼体和"美杜莎"的体重作对比性测量——是女海洋学家在半路出家的专业学习中逐渐掌握的。她知道,女轮机长本在运输公司就职,女舵手本在掌管一家律师事务所,她俩如今要给"美杜莎"和碟状幼体计数,称重,测体积,在专业知识方面得补不少课才行。她耐心地讲解应用海洋学知识。还从来没有谁这么心平气和地谈论过"美杜莎"。

女人们用她们的特殊装备进行捕捞,先是在离蒂门多弗海滩两海里远的水面,然后在沙尔博伊茨和哈夫克鲁格,这会儿又在诺伊施塔特湾到波罗的海佩尔策哈根角进行测样了。再往北去,水母密度

---

① 美杜莎是希腊神话中的蛇发女怪,被其目光触及者即化为石头。水母的触手看上去像美杜莎头上盘踞的毒蛇,故有此名。

开始降低。但在荷尔斯泰因东部海岸的水面上,海洋学及应用海洋学突然开辟了一个新领域,因为女舵手对女船长说:"七十年代初,我们大概就是在这里捕到了比目鱼①。纯属偶然。用的是指甲剪。那家伙真会吹牛!尽是些希望和许诺,天花乱坠。结果什么都没有兑现,都像你看一眼就会缩掉的水母。"

好像那条比目鱼真能听见似的,女舵手朝着平静的海面大叫起来:"喂,比目鱼!你可把我们给捉弄得不轻!一切还是照旧。握印把子的还是那些男人。他们,只有他们才有发言权,尽管局势恶化的速度天天加快。我们当时想:现在终于轮到女人了,婆娘们开始明智地掌权了。结果呢,一场空。或者你对此还有什么高见?开口呀,比目鱼,说话呀,你这牛皮大王!"

虽然大海依然沉默,但女舵手的怒吼——已有好多年没人这么呼唤过那条会说话的比目鱼了——却把女海洋学家和女轮机长引了出来,她俩刚才正在以前的货舱里测量最后一网水母。在甲板上一露面,女轮机长就扯直了嗓门:"别再翻那些陈谷子烂芝麻了好不好!"

女海洋学家说:"也别再抱怨个没完了好不好!我们这条船上就不准男人上来了,你难道还不知足?"

厨房里传来了大姐的声音:"有比目鱼也好,没比目鱼也罢,反正这儿尽出新鲜事!让我们在这儿抛锚吧。"

女船长放慢航速,然后关掉发动机,遵命放下了两舷的船锚,似乎从现在起发号施令的是这位大姐了。与此同时,女海洋学家脱下透明的一次性手套扔进海里,依次指着佩尔策哈根角、诺伊施塔特和沙尔博伊茨的方向说:"那三艘船当时就停在那里。蒂尔贝克号、阿科纳角号和德意志号停泊在那里的时候,我才十二岁,还扎着蝴蝶结小辫呢。我们被遣散出柏林,两次被炸弹轰了出来。那是一九四五

---

① 格林童话《渔夫和他的妻子》、格拉斯二十世纪七十年代的长篇小说《比目鱼》中均有比目鱼。

年四月，完蛋之前。每天清晨我上学时都看见那几艘船停在那儿，像画出来似的。我的确也在厨房里用水彩笔画船，三艘都画了。大人们说：船上是集中营囚徒。那年五月三日，母亲又送我进城，因为在诺伊施塔特有凭票供应的食糖卖，经过海滩时我发觉那几艘船有点不对劲。船受到了攻击，浓烟滚滚。今天我们当然知道了详情：集中营囚徒来自诺因加默，还有几百名来自斯图特霍夫。攻击这几艘船的是英国'飓风'导弹舰。从海滩上望去挺滑稽的，像一场演习。不管怎么说吧，反正阿科纳角号上火光冲天，不久就翻船了。德意志号上没有集中营的人，它同样被打沉了。蒂尔贝克号上的囚徒把床单当白旗挂了出来，后来也在烈焰中搁浅了。当然啦，在海滩上看不见船肚子里发生了什么，也无法想象，尽管我在这以后好长一段时间内都在用水彩笔画这几艘烈火熊熊的船，哦，上帝。不管怎么说吧，反正受到攻击之前，阿科纳角号和蒂尔贝克号上约有九千个集中营囚徒。每天要饿死足足三百个。还有五千七左右的囚徒——波兰人、乌克兰人、德国人，当然还有犹太人——不是葬身火海，就是喂了鱼虾，好不容易游上岸的也在海滩上挨了枪子，是被党卫军①和海军别动队就地正法的。这是我亲眼所见，当时我十二岁，扎着小辫站在这儿看热闹。站在这儿看热闹的还有很多从诺伊施塔特来的大人，他们看着那些集中营囚徒刚哆哆嗦嗦上了岸就给崩了。他们当然推说自己什么也没看见，什么也没听到，直到今天还这么说。连在英国这事也没人提。不过是一桩不幸的事故罢了。尸体漂了整整两年，把这儿浴场的生意——和平不是很快就到来了吗——全搅了。船的残骸触目惊心地躺在那儿好久，直到有一天被拉走当废铁处理了。"

女海洋学家还知道汉堡的纳粹行政区头目叫什么，以及那三条船的船长姓甚名谁。她滔滔不绝时其他女人就朝大海张望，却没发现有什么特别的景象。风平浪静，细雨如丝，多雨的夏天常这样。厨房里大姐发话了："还用说吗，这些个事不能写进历史，不过是傻乎

---

① 纳粹的特务组织和军事组织。

乎地出了次故障罢了。让人心烦,忘了得了,像老人们说的那样,把它抛到脑后。开饭吧?今天有肉丸、炒洋葱,外加土豆泥和拌黄瓜。"

因为没什么再可说的了,女船长收起两舷的船锚,宣布航向为大海。真棒,发动机顺从地响了起来。达姆罗卡坐在女舵手旁边,守着她的咖啡壶。"赶紧离开这儿!"她只说了这么一句,但胸有成竹,只有她才知道这次航行真正的目的。我也希望她们别再纠缠旧尘往事,把精力重新集中在海月水母上。

中舱的工作台上刚才堆满了测量数据表,现在全都挪开准备吃饭。大家不得不称赞肉丸子的味道,惊叹女厨师的手艺。聊聊天气和细雨绵绵的夏天。不再纠缠如烟往事,这可真好。女人们吃着肉丸子和土豆泥,就着瓶子喝啤酒。女船长吃完就去驾驶舱换女舵手。

直到船驶过平坦的费马恩岛,大家才带着编织活聚集在甲板上。海上微风拂面,微波荡漾。远处雨雾蒙蒙,偶尔也会漏出几缕阳光。丹麦洛兰岛平坦的海岸刚在左舷露面,伊瑟贝尔号就开始穿越水母时而稠密时而稀疏的海域。在此不准备收集数据,"测量鲨"可以稍事休息。机帆船航速八点五节。

但突然她们不再海阔天空地闲聊了,原因只是东南方出现了一条白色渡轮。我也无法阻止女海洋学家放下手里的编织活又谈起集中营囚徒船来。因为女轮机长愿闻其详:"为什么把囚徒弄到船上去?为什么英国人不这样呢?"所以我让在厨房里忙着洗涮的大姐高声回答:"哦,是啊!有些人饥肠辘辘,陷入火海,后来游上岸又马上被毙了。有些人让别人挨饿、烧死、淹死,还袖手旁观,看着游上岸的寥寥几人被人就地正法。都是人自己,都是人对人干的事。可是老鼠呢?谁又想到那些烧死或淹死的老鼠呢?我敢打赌,当时船上有不少老鼠,肯定有几千只……"

这时我梦中的母鼠——它没有出现遮住眼前船的画面——开口了:这话不对,有点出入。我们虽然一直和人类关系密切,但懂得躲避人类的灾难。我们能未卜先知。别指望我们留在那几条臭名昭著的船上。尽管我们热爱人类,但不愿和他们一起葬身火海或者鱼腹。

梦境里的不是轮椅,而是太空舱。我系着安全带坐在里面,除了沿轨道运行别无选择。我对航天之类的劳什子一窍不通,我没有专业知识的负担,不会熟练地摘星捞月,不懂如何指名道姓同某个银河外星系对话。我不具备外语知识,不像宇航员那样张口就来,甚至也不像如今的小学生那样会讲不少洋话。我是个傻乎乎的老古董,连电话都让我感到是一种难以理解的奇迹。这样的我却端坐在太空舱呼叫:"地球!地球快回答!"

但眼前显示屏上只有母鼠。只有它在回答,喋喋不休。我都要绝望地大喊了:我们还在!我们没完!我们永不放弃!——可是它无动于衷,仍然大谈往事,既伤感又耐心,如同要在我面前扮演慈母。

朋友,母鼠说,你听着。你呼叫地球,这里就是地球在说话。你希望"地球快回答!",这里就是地球在回答:我们钻进了地下,我们不是能未卜先知吗。人类好像除了发疯别的什么也不会。当他们又一次发疯时,不过这也是最后一次发疯,野心勃勃,彻底想入非非,我们就钻入了地下。别说这是本能的直觉,其实多亏了代代相传的知识,多亏了我们自诺亚时代起因为历经此类磨难而练就的好记性,多亏了这些知识和记忆的指点,我们才钻入地下活了下来,那里的通道像气泡,全靠完善的堵漏系统。"船要沉鼠溜走",这句常常脱口而出的人类格言并非空穴来风。当初诺亚横竖不让我们登上歌斐木造的方舟——三百埃伦①长,五十埃伦宽,三十埃伦高,从此以后我们见船就心里起疑。我们常听说有老鼠胆怯地——在人类看来是胆怯地——离船而去,不久就会发现它们离开的船真的遭到了灭顶之灾。

不错,母鼠说,这句格言奠定了我们的声誉。但到最后遭灭顶之灾的是地球这艘大船时,却没有其他星球可供逃难了。所以我们在

---

① 德国旧长度单位(60—80厘米)。

人类的掩体系统、地面房屋和地下建筑底下掏啊挖啊寻找藏身之处。我们还储藏口粮,这种事在人类时代只有孟加拉田鼠才会干。

虽然我在太空舱里不断鼓捣,试着让显示屏上出现较为悦目的画面,但母鼠还是把我带进了自成系统的地道。经过纵横交叉的通道来到鼠窝,又穿过狭窄的隘口见到一些巨大的口袋,像谷仓装满了各种粮食。一个迷宫般错综复杂的地下世界赫然眼前。

我想去亮处,做好梦:达姆罗卡!

母鼠说:没别的避难所了。

我骂起我们的马策拉特先生来,他怎么还不点头同意我制作那部关于濒死森林的片子!母鼠叽叽喳喳地抢过了我的话头:是什么向我们发出了警告?是人类的普遍情绪,是人类强调过头却又毫无根据的对和平的希望,是这种靠希望存活、靠自我吞噬存活的希望,是他们这种一方面忙于鼓起希望、一方面又无所作为的做法,是他们这种让人陷入绝望的不断希望。正是这些向我们发出了警告。

他们以不得不如此为借口。他们一再拖延,仿佛有的是时间,无穷无尽的时间。他们的政治家兴许觉得这很滑稽,至少他们一直到最后都在奸笑。哦,他们嘴里的那些废话!人类以前还能想出一些意义深远的、虽说经常是奇特的主意,临近末日时却只会旧调重弹,拾起老掉牙的怪癖,比如按照方舟原则和遴选原则建造宇宙飞船和决定宇航员名单。显然,人在自弃。人的头脑发明了这一切,人的思想曾经是有模有样的,人曾经为自己的头脑感到自豪,为它战胜了黑暗、迷信、蒙昧主义者和女人变巫婆的邪说而感到自豪,人的精神曾经贡献出无数意义非凡的巨著;但后来人却放弃了自己的头脑,只想跟着感觉走,尽管人的感觉比人的本能更差劲。

总之,我梦境中的母鼠说,越来越多的人追求无埋性的生活。文人墨客们像占卜者和大祭司那样信口开河。任何问题只要没有解决,都被他们称为神话。最后连几年来司空见惯的、起先有板有眼有根有据因而堪称明智的和平运动集会都成了闹哄哄的宗教式骚动。遗憾的是,我们的"髯客",我们慢慢相爱的"髯客"也参与其中。我们老鼠还记得中世纪的鞭笞派队伍，被恐惧驱使着席卷基督教西方世界，记得他们发狂似的用皮鞭抽打，掀起大规模迫害，而且没什么能使他们住手，因为当时瘟疫流行，那玩意儿叫什么"抽人鞭"。接着就寻找元凶，还真的找到了：据说瘟疫是我们和犹太人带来和传播的。从威尼斯或者热那亚传来的。当然这是旧事，不过旧事常新……

至少在人类史即将告终时我们发现鞭笞派又卷土重来了，尽管这次不是针对犹太人和我们的。准确地说，游行聚会之后有人自焚，起先是个别的，后来便是集体自焚。第一次是在阿姆斯特丹，接着在斯图加特，然后同时在德累斯顿、斯德哥尔摩和苏黎世，最终成了欧洲大小城市里的日常现象：无论在足球场还是在展览馆，在教徒大会上还是在野营场所，到处有人自焚。后来全世界都对这种时髦——如果可以称作时髦的话——趋之若鹜，先是在亚特兰大和华盛顿，后在东京和京都，当然也少不了广岛。到末了甚至从落后国家也传来了集体自焚的报道，这时苏联也在劫难逃了，不明不白的不祥之火从基辅蔓延到了莫斯科和列宁格勒。丧失理性的地方——在此还应提到罗马和波兰的琴斯托霍瓦省——情形都一样：年轻人紧紧抱成团。听说科隆大教堂门前广场上这样的团体五百也不止。他们聚在一起祈祷，唱歌，把"和平"字眼塞进每句祷文和歌词，突然沉默下来，围成一圈打开汽油桶，轮流传着点燃了"警世火"。大结局前这种现象屡见不鲜。

啊，人性！哦，这样的人类！即使在绝望和迷惘时，他们也把一切都组织得有条不紊。纠察在准备自焚的各团体之间维持秩序。救护车随时待命，数量与聚集的人头相应。引人注目的是这些团体中有带着幼儿的母亲，带着学生的老师，还有教士、神甫带着讲授基督教义的教师和快要受坚信礼的少年。内卡苏尔姆和沃尔夫斯堡的那些大企业赔了学徒又折师傅。在有些城市的部队驻地，入伍宣誓仪式还没结束，新兵就点起了"警世火"。这种自焚行为是人类自我毁灭的前奏，到后来报纸、广播和电视非常理智，在有关报道中不再公布每天丧生的人数。

我看见了母鼠列举的这一切,看见"警世火"突然照亮了城市的背景,看见他们消失在熊熊烈火中:自焚的有母亲和婴儿,有老师和学生,有家庭神甫和小基督徒,有师傅和前后簇拥的学徒,还有入伍宣誓仪式上的新兵。我喊叫,却被困在这太空舱里动弹不得。快停下!快醒来!我大声喊叫。我恳求,哀告,柔声地称它小乖鼠,小圣诞鼠。我突然提出荒唐的建议:当初本来完全可以这样或者那样的。母鼠却依然实事求是地描述着往事。

当初本可以做得好一点的……开始时确实也想抑制一下这种日益蔓延的疯狂,强行驱散聚集的人群。但后来在布鲁塞尔、纽伦堡和布拉格连警察也改换门庭了,先是三三两两,接着便成百上千地加入自焚者行列警告世人了。这样就没法再派警察维持秩序了。只好袖手旁观,看着他们点燃"警世火",这在人口密集的城市成了日常现象,就像在偏远地区饥饿是日常现象一样。在这由浓烟、臭味以及——如某位名记者所言——有增无减的自杀欲组成的背景下,政治家们很容易给自己的忙碌抹上一层理性的油彩。于是有一阵子不少上了点年纪、向来忧心忡忡的人甚至参加了另一派,那派人与和平运动背道而驰,以"扩军和平"为口号,本来应者寥寥。点"警世火"时如若两派发生冲突,丧命者当然会相应地增多。

我觉得母鼠似乎在地道里笑。也可能它根本没笑,而只是我待在太空舱觉得这一切太滑稽了,滑稽得让人笑破肚皮。我有想法便直言不讳:别说笑话了,母鼠!别拿我们取笑了。你们躲在老鼠洞里笑得倒轻巧!

言之有理,母鼠说,但你还是该听听是什么促使我们潜入地下的,伙计!在人类历史的最后阶段,人类学会了一种语言,用它能使你心平气和,遇事讲情面从不点名,即使把胡话当作真知卖听上去也蛮像回事的。真佩服,这种语言你们的大头目和政治家们运用自如,得心应手。他们说什么"我们的安全是随着威胁的增加而增加的",说什么"进步是要付出代价的",说什么"科技发展的步伐不可阻挡",说什么"我们总不能回到石器时代"。人们居然听信了诸如此类的鬼话,于是就在危机四伏中照旧过日子,忙于商海搏击或者寻欢作乐,感叹死于"警世火"的那些人可惜了,称他们过于敏感所以无力忍受时代的矛盾。摇头叹息几句后,便对此不再理会,其他要做的事已经够烦神的了。大家虽然嘴里不明说"我死之后管他洪水滔天"①,自己的生活却安排得尽可能舒适。其实谁心里都有数,人性失败了,从诺亚时代到现在无数次尝试让人不要太残忍,结果全白搭了。作为硕果仅存的世界观,末世主义拉到了赞成票和追随者。对朋友熟人随口便说:来我家玩趁早,晚了就来不及了。见面寒暄时说:还能再见到你,太好了。分别时人们不再说再见。语气亲切但若有所思地对孩子们说:本不该把你们生下来的,小宝贝。开始算总账了。家庭聚会、官方仪式甚至大桥竣工典礼上都会引用带有浓厚末世情调的格言名句。面对如此局面,我们老鼠不往地下钻更待何时。

我不再反驳。这太空舱住着也能凑合了。为什么还要回到地球去?为什么还要呼叫"地球快回答"?我摆弄着那些不知派何用处的按钮、开关和仪器,只见可供消遣的画面一幅幅闪过,挺逗的。我想自己是在做美梦,但还是倾听着母鼠的高论。好,同意。

它还在津津乐道我们的最后阶段:自有鼠以来我们就喜欢人类,钻入地下时先向他们发出警告。我们有几十万之众,都离开了人类纵横交错的地下交通系统以及我们钟爱的故乡地下排水系统,告别了在垃圾山、废料堆、屠宰场、港区、高楼供应管道以及我们其他的栖息地。我们一反常态,大白天在全欧各大都市的主要街道上奔跑。成群逃命的老鼠大军,势不可当的老鼠洪流。不久我们的计划又升级了。不再每天一次,而是每天两次跑过通往红场的高尔基大街,在华盛顿我们围着白宫转三圈,在伦敦我们从四面八方跑向特拉法尔加广场,在巴黎两股对面涌来的老鼠洪流把香榭丽舍大街堵得严严实实。就这样向人类宣告了我们的担忧。既然人类相信视觉,我们

---

① 法国国王路易十五的情妇庞帕多侯爵夫人(1721—1764)的名句。

就让自己可怕地进入他们的视野,在豪华大街和林荫大道上来回奔跑。背后的尾巴都翘得高高的。我们想以此暗示人类:瞧,我们多么害怕呀!连我们都明白,这世界日薄西山了。和你们一样,我们对《圣经》有关章节了如指掌。我们被末日恐惧驱赶着逃命,这意味着:你们这些人,别不见棺材不落泪了!别自掘坟墓了!格言充满了智慧,这是明摆着的……

我做吃惊状:后来呢?你们引起了恐慌,是吗?只听见尖叫声,不是吗?好像人类当初耽误的现在全要补上似的,我开始想象起来:下午,下班回家的时候,家庭主妇拎着大包小包……

母鼠声音疲惫,回想起往事来还是那么失望:虽然听见行人惊叫,他们没准还看出了我们上演集体大逃亡的用心;虽然各地市中心交通立即陷入了瘫痪,虽然主要街道两旁窗前挤满了好奇的脑袋;但仅此而已,充其量就是有人为电视台大拍特拍,拍我们如何触目惊心地跑过塞纳河上的座座桥梁,如何三番五次地跑过白金汉宫,如何围着日内瓦的艺术喷泉转圈子。游客们咔嚓咔嚓直按快门。我们这种风驰电掣般的游行示威经常延续数小时,所以镜头是拍不胜拍的。

难道,我大声说,他们就没有,我意思是就没有采取相应措施吗?至少出动高压喷水车吧,或者派一架直升飞机,要不索性就……

采取了相应措施,母鼠说,当然他们首先想到的是毒药。只是在少数几个大城市里用了毁灭性手段来对付我们的大队人马。在罗马他们甚至还用上了火焰喷射器,结果威尼托大道沿线转眼就成了一片火海。好些人丢了性命,抵消了我们的减员。他们真蠢,到最后还是想以武力解决问题。只有在中国式的人性占统治地位的北京、香港和新加坡,只有在我们虽然未被奉若神明、但至少始终得到尊重的新德里和加尔各答,我们这些移动式警告牌发出的呼吁才得到了理解。但电脑系统的中央主机不在这些城市。

我想不出更好的措辞,只能说"可惜""真可惜"。你们已经尽力了,竭尽全力了。母鼠,你们真是赴汤蹈火在所不惜。

只是到后来,母鼠说,在全部努力付诸东流之后,我们才钻入地下。

这样做是不对的！我叫起来,至少是太早了！不管怎样,你们本来完全可以再来一次,再来一次……

我们是再来了一次,好几天……

哦不！我大声叫道,你们抛下我们人类不管了,至少是为时过早了……

母鼠似乎想证实当初确实百般努力均告无效似的,太空舱里我眼前的显示屏上急速闪现出一幅幅老鼠和"髯客"的画面来;好几百温柔的"髯客"带着老鼠前往哈默尔恩,人群中点燃了"警世火",然后是转着圈子和从两边汇合的老鼠洪流。接着我看见它们钻入了地下。它们像楔子一样掘起泥土,成千上万的窟窿里吐出了沙子、砾石和泥灰。起先尾巴还露在外面,不久就好像被大地吞噬了。到处一样,没有先后,这么多末日画面,到最后就像拌色拉一样混乱,还不断有母鼠形象掺杂其中,当然现在是不声不响钻在地下的母鼠。然后又看见我们的马策拉特先生准备讲话,看见总理的儿女扮成汉塞尔和格蕾特尔在死森林里奔跑;紧接着又出现了母鼠,不,是我的圣诞鼠,蜷缩着睡觉或者做楚楚可怜状;随后是画家马尔斯卡特在调色准备制造神奇的哥特式作品;突然达姆罗卡露面了,她和其他女人一起忙着编织,在布满水母的海面上航行;最后又是老鼠越钻越深,孩子们越走越远,在尸体般僵硬的森林里……

总算得救了,现在我们的马策拉特先生终于拿出了填得工工整整的申请表格。他要去波兰,出发去波兰。

也该出发了,我醒来时自语道,因为在拉姆考和马特恩之间卡舒贝人已经准备祝寿了。据说一百零七这个数字是用鲜花扎成的。

到最后没什么理由可以大笑了,政治家们只好挤出表示共识的奸笑。

没有什么滑稽事了,他们便开始在世界各地无动机地狞笑。

道貌岸然的脸上风云突变了。

不是尴尬的微笑。

只是最终的鬼脸。

尽管如此,大家仍然认为这是心情愉快的表现,于是拍下这些达成共识的政治家们的狞笑和鬼脸。

最后一次峰会的照片证明这种好心情极富感染力。

他们会找到理由脱离严肃的轨道,人们如是说。

因为会开到了最后,所以幽默也维持到了最后。

第 三 章

奇迹发生了——汉塞尔和格蕾特尔想做城里人——我们的马策拉特先生怀疑理性——五张吊床有了主人——第三套节目应该闭嘴——斯泰厄换季大拍卖——波兰闹饥荒——一位女影星成了圣人——火鸡创造了历史

圣诞鼠不喜欢我对画家马尔斯卡特的案件追根究底。只要我摊开有关此案的报道和评论，比如《东普鲁士的奥伊伦斯皮格尔[①]》之类，它就在旁边的鼠笼里躁动不安。只要我开始将报纸照片上的马尔斯卡特和我心里想象的马尔斯卡特两相比较，它就惊跳起来。马尔斯卡特看上去极圆滑，像是经历了几百年风风雨雨，不妨拿掉乱蓬蓬的羊毛帽，换上带两尖角的响铃帽，再配上喙形尖头鞋、开衩裤和宽大的袖子。

广播里正在播送媒体报道。我俩听到了有关录像带市场的新闻，称这市场前景光明的不只是我们的马策拉特先生。我从圣诞鼠的笼子边伸手去按开关，不由分说便让第三套节目闭了嘴。钻故纸堆研究马尔斯卡特案件，怎容得杂音在旁分心。这点我的圣诞鼠必须理解，即使它酷爱收听科技新闻或者易北河、萨尔河水位报告。

[①] 奥伊伦斯皮格尔，德国十四世纪农民出身的讽刺家。

既没有滑稽举动也不搞恶意把戏。他不是戴响铃帽的小丑。我发现,马尔斯卡特鼻根处的弧度特有动感,因而眉毛极具表情,似乎他接二连三地看到了奇迹。这样的鼻子在马尔斯卡特的壁画上不断再现,无论在石勒苏益格大教堂还是在吕贝克圣母教堂,画上那些小天使和老圣徒都长着这样的鼻子。他们全都悲痛地睁大眼睛,看到的比《圣经》年代能看到的更多。他们全都嗅觉非凡,不但能预测福祉,而且也能逆料灾难。这得归功于他们的鼻子。五十年代初有人对马尔斯卡特的哥特式壁画信以为真,在其博士论文中这样写道:"教堂正厅和圣所的人像鼻子都很高,异乎寻常地高。高鼻子有力地烘托了圣徒先知先觉的目光,还流露出一股北国的无畏气度。其他哥特式鼎盛期的壁画均未能成功地表现这种气度,唯一的例外是石勒苏益格大教堂。根据救世主以及其他立柱壁画人物的鼻子造型可以推断,吕贝克正厅和圣所画师也在石勒苏益格大教堂工作过。"

我隐隐感到,为什么我一翻五十年代的故纸堆圣诞鼠就躁动不安,甚至连葵花子也顾不上吃了。好像我不应该回忆往事,而应该仅仅生活在今天,并且还得不断自问,明天就可能发生灾难。

好吧,亲爱的母鼠,我说,会来的,我们破产的日子会来的。但在我清盘之前先得弄明白:马尔斯卡特尽管薪水微薄,画的东西却酷似哥特式真迹;他的这种才能当年为何符合时代潮流,为何符合造假的基本需求和普遍心态?就像死森林里乌鸦叫,这种骗局总有一天会露馅,不管眼下多么时髦。啊,谁说"谎言腿短",当年它可是健步如飞呢。

二战结束后的几年里,德国人装得好像前些年只是做了一场噩梦,只是幻觉,最好存而不论以免噩梦再来。让人轻松的梦才热门。我记得,当时有一个郎中周游全国,兜售锡箔做的神丸,号称能治百病,老百姓习惯地趋之若鹜。在泡沫橡胶的软垫上做美梦,那时买成套沙发不是允许分期付款吗?大大小小的画报上尽登些哪位王子和哪位公主结婚的照片。在意大利卡普利岛的海面上,红日西沉,日复一日。

在这些后来成了糊墙纸的画面上,所有经历的苦难仿佛都是空穴来风。人们早已厌倦的政治却由于不可抗力的缘故依然还在老家伙手里,对这些老家伙来说,问题的关键不在于国家一分为二,而在于分裂纯属偶然。

瞧,这帮老头使德国人摇身一变,由战败者变为战胜者的盟友。德国人由于天生勤奋,神奇地熬过了战乱,马上成了这边或那边胜利者阵营中的得力一员。转眼又神气起来了,又武装起来了。因此人民感谢两位恩人,尽管他们也恨俗称"山羊胡子"的乌布利希,老狐狸阿登纳虽然得到了他们的选票,却得不到他们的衷心拥戴,至少不像当年的希特勒得到统一德国民族的狂热支持。

马尔斯卡特生逢其时。他的壁画被信以为真,被誉为"吕贝克奇迹"。原因是,如果一个民族始终感到自己被不幸追逐着,捎带着也给其他民族造成了不幸,那么突然这么多哥特式风格的圣徒从天而降,他们便觉得自己在世俗领域里也不愁没有上帝保佑。接着果然奇迹不断,其中包括经济奇迹,它带来的油水早在五十年代初就颇为可观了:据说暂驻波恩的政府数给了吕贝克教会主事十八万马克票子,以便有越来越多的圣徒问世,以便——劳有所得么——画家马尔斯卡特干一小时能赚九十五芬尼。

对此以及其他种种奇迹,我的圣诞鼠却兴味索然。这种今天依然基于以往奇迹的财富,对它来说不足挂齿。它本来完全可以说"这是白送的罢了!"并且高瞻远瞩地预言:"以后连财富的影子都不会留下。"可它却只是在木刨花堆里不安地窜来窜去,对我的历史回眸漠不关心。不管它黑亮的眼珠盯着什么,反正里面没有马尔斯卡特的身影。

我后来让汉塞尔和格蕾特尔在死森林里飞跑,联邦总理这对在逃的儿女不愿按我剧本的设计行事,投奔"髇客"去了,因为比起死寂的森林来,"髇客"那里热闹多了。直到这时,我的圣诞鼠才开始以母鼠的身份说:他俩不错,没一丁点儿过去的痕迹。你看,他俩随身带着什么,和谁柔情脉脉,在谁耳边说悄悄话,是谁光溜溜的尾巴挠得他俩哧哧直笑,他俩喜欢谁所以谁又用皮毛抚爱他俩,谁才值得汉塞尔和格蕾特尔信赖……

我看见了,看见总理夫妇的这对在逃儿女随身带着两只老鼠。这两只老鼠没准以前是实验室里的小白鼠,但现在双双染了色,一只锌绿色,另一只紫色;正如汉塞尔的易洛魁人①发式是锌绿色的,格蕾特尔头上无数僵硬的辫子是紫色的。看上去这俩孩子和他们的宠物融为一体了。

我打算使他们重返死森林,甩掉身上的小动物,回到我剧本规定的情节中来。他们却对剧本的道德寓意嗤之以鼻。他们只想带着色彩刺眼的老鼠加入"髯客"中刺眼的行列。"髯客"越来越多,目光所及尽是"髯客"蜂拥而来,固执己见但步调一致,身上都挂满了破铜烂铁。汉塞尔和格蕾特尔也学会了如此装束,和"髯客"毫无二致。多亏了几把挂锁和一些特大别针,身上的破衣烂衫才没完全散架。我开始给这群"髯客"点数,梦中的母鼠也帮着点数,结果是人鼠各一百三十。

我叫道,我得告诉我们的马策拉特先生,汉塞尔和格蕾特尔——他们和从总理夫妇身边逃走的那对儿女惊人地相似——现在成了地道的"髯客",蜗居在柏林克罗依茨贝格区②,怪模怪样扮鬼脸吓唬世人。这群人滑稽极了,你没法好好劝他们回头。他们全带着老鼠躲进了最后一批强占房③中的一幢,背朝大街,窗户钉得死死的。

母鼠你看,我叫道,太典型了,这群人中格蕾特尔说了算,她向汉塞尔和其他人发号施令。汉塞尔说,要是那些家伙带着木夯来撞门,我们全都完蛋。格蕾特尔却说:如果那些家伙来逼我们搬家,我们就到哈默尔恩去,像当年那样进山,当年局面和今天一样糟糕。汉塞尔

---

① 北美印第安人。
② 原西柏林外国移民及边缘群体集中居住的地区。
③ 德国大城市里被贫困的边缘群体占领的空置旧房,警方常来驱其离开。

说：你们瞧瞧这些所谓正常人！他们根本就不明白自己死到临头了！

这时我梦境中的母鼠说：孩子们在哭喊，大家却都听而不闻。所以我们就未雨绸缪地对众鼠说：我们得钻入地下。可惜了那些人类，尤其是那些对我们竭尽温柔的"髯客"。

我们的马策拉特先生突然有了兴趣。昨天他还持反对态度，今天他一下子对汉塞尔和格蕾特尔产生了好感。他站在橡胶树之间犹如宽银幕般的写字石板前说：

"除了森林，汉塞尔和格蕾特尔的故事我还是挺中意的。不过还得加油添醋。如果决定摄制，这部片子不妨这样开头：天下的老鼠都出洞了，在光天化日之下公开示威。一分为二的柏林市也不例外。柏林墙两边的老鼠同时跑到了主要街道上。如果说在东柏林它们认为法兰克福大街是理想的示威地点，那么在西柏林选帝侯大道①便是首选，从纪念教堂②一直到哈伦湖，路线够长了。

"老鼠就这样粉墨登场了。东西柏林的交通马上局部瘫痪，导致连环撞车事故，各种车辆横七竖八撞在一起。车里惊魂未定的人们发现，无数老鼠从两边拥来，又经过被迫停下的瓦特堡车、欧宝车、塔特拉车和福特车远去。但谁都没有，无论步行的还是开车的都没有理解这次不宣而战的游行示威的深层含义。在东柏林，人们感到这不利于社会主义事业，所以家丑不可外扬。在西柏林，这一事件被认为具有短期的轰动效应。无论在东柏林还是在西柏林，大家都压低嗓门说，这些老鼠是从柏林的'那一半'过来的。

"消息通过电传打字机传开了，天南海北都发生了老鼠游行事件，连莫斯科和华盛顿也不例外！在世界范围进行时间上的比较后发现，全球的老鼠在三天内先后准时上街示威，而且都在下午四点半。这时谁也不敢再胡扯什么'这纯属偶然'了。甚至政界要人都

---

① 西柏林著名商业街。
② 位于西柏林选帝侯大街东端，其废墟今为反战纪念碑。

找不到合适的词儿来安慰被这丑闻弄得心神不定的国民,只得保持缄默,一脸奸笑但一声不吭。到后来洪水退去,人们才读到几篇稍微琢磨出一点全球性老鼠游行有何含义的评论。但老鼠此举的启蒙意图还是不为人知。

"动物学家们大谈什么啮齿目动物具有高度发达的警报系统。研究动物行为的专家熟练地操起了'恐慌综合征'之类的术语。神学家们呼吁全体基督徒认真倾听上帝通过等而下之的生物发出的警世圣言,今后只能从信仰中汲取力量。据说这是一种难以解释的现象。报上文艺版引用了一些《约翰启示录》①以及诺斯特拉达姆斯②、卡夫卡③、加缪④、印度吠陀⑤的名言。如此而已。西柏林几家报纸一如既往地开门见山:这事当然得由克罗依茨贝格区的'髹客'负责,全是他们的爱鼠癖惹出的祸。自从'髹客'带着老鼠到处游逛,这些小畜生就变得时髦起来了。连正常人都见怪不怪了。现在不能再拖了,必须立刻采取强硬措施。

"只有几封孩子写的读者来信说到了点子上:'我认为这是老鼠害怕了,因为人类不怎么懂害怕。''我想,这是老鼠打算在一切完蛋之前向我们人类告别。''我小妹在电视里看到老鼠游行后说:先是仁慈的上帝撇下我们走了,现在连老鼠也开溜了。'

"但不久后发生其他大事:美元汇率暴涨,孟加拉国陷入动乱,土耳其发生地震,苏联购买大量小麦。回头来看老鼠铺天盖地这件事,报上便说这不过是全世界做的一场噩梦而已。"

至少我们的马策拉特先生就这么认为。他跳起身来,矮矮的个子站在橡胶树之间巨无霸写字板前,抛出了一连串数字想证明什么。他打算通过镜头的快速切换和剧情层面的插入,从东京跳到斯德哥

---

① 《圣经·新约》的最后一书,多半包含默示和异象。
② 诺斯特拉达姆斯(1503—1566),法国占星学家、医学家、预言家。
③ 卡夫卡(1883—1924),奥地利小说家。
④ 加缪(1913—1960),法国作家。
⑤ 印度最古老的宗教文献和文学作品的总称。

尔摩，从悉尼跳到蒙特利尔，从东柏林跳到西柏林，把呆若木鸡的行人、强行干预的警察、投入使用的高压水枪和火焰喷射器、着火和混乱的场面、发生在英国索霍区的恐慌和里约热内卢的抢劫，把老鼠铺天盖地拥来时发生的一切，都摄入他的录像带。

他说："在这些压抑的场景中，要让观众不断看见那两个孩子带着染成锌绿色和紫色的爱鼠，看见他们如何奔逃，如何和别的孩子聚众闹事，占领空关的房子住进去，又被野蛮地撵出来，继续奔逃，又被警察和警犬盯上，追啊赶啊，直到在老鼠那里找到栖身之地。老鼠铺天盖地出现之后，他们就和老鼠一起消失了，但愿是得救了。"

他陷入沉思，似乎在计算这盒录像带的市场成功率。过了片刻他又说："您应该想象这部片子是全景式的，在细节方面是由几条连续不断、奔腾不息的情节流组成的。要把一种热热闹闹的无情和严肃体现出来，对，要把这最后的示威中超人性的伟大体现出来。"

我们就视觉启蒙的可能性问题争了起来：我认为应该拍成一部供电影院放映的片子，他却断言只有录像巨片和家庭影院才有发展前景。这样吵了一会儿，我们的马策拉特先生突然说："也许我们拍摄这一切时都应借鉴启蒙电影大师的手法，仿效伟大的沃尔特·迪斯尼。观众对纪实文献片已经厌倦了。全是真事看得太累。何况也没人再相信真事了。只有运用动画特技合成的梦境才是和谐的事实。我们别再欺骗自己了，事实就是唐老鸭，预言事实的就是米老鼠！——当然让汉塞尔和格蕾特尔作为'骗客'在森林里跑，这种构思不赖；但最好我们还要发明一种超级老鼠，按节目顺序妙趣横生地加以描绘，作为众鼠之王，对，是母鼠，就是说把您的母鼠定为率领众鼠游行的女王。罗马、布鲁塞尔、莫斯科、华盛顿，无论在哪里，这位具有超级智慧的女王总走在前面。在我们这部动画片中，这母鼠不妨干脆起名玛丽，不，多罗特娅，不，我想起来了，就叫伊瑟贝尔，作为媒体偶像……"

这番话我们的马策拉特先生在每周节目安排例会上都要向手下重复一遍。那些高头大马的女士和男士纷纷点头称是。他叫人把适应媒体要求的方针写在石板上,让制作部门知道他们该干什么。

我梦境中的母鼠却说:现在无论是启蒙动画片还是别的什么,都为时已晚了。

> 我不是说了:一切虚无。
> 词语跌进了它的深窟。
> 现在只有余话而已。
>
> 关于教育的长谈
> 没有结论就已中断,
> 无果而终。
>
> 最后的报道。
> 临近收场时宣布了什么,
> 紧接着却又辟谣。
>
> 人类的最后几个成员
> 到了最后关头
> 又试图从头再来。
>
> 据说在什么地方
> 旺季到了尾声还有
> 鼓起希望的廉价理由。
>
> 到末了谈的是
> 善恶以及
> 无所谓善恶。
>
> 然而上帝,
> 或者说连上帝也

总有借口。

流传下来的只是
暂时延期的
决议。

以为这是在逗趣,
可我们突然间
再也笑不出来。

不管怎样,毕竟
此后没人再挨饿,
全球都没有。

但临末了还是
有不少人希望
再听一次莫扎特。

  这些小岛名闻天下。人们在这里让蘑菇云冉冉升起,据称是试验。在这些小岛上我们自身也经受了考验,所以不妨将我们的行为称为比基尼①反射。自那以后,我们就心中有底了。只有我们才能觉察沉船的先兆,但今后我们预感的对象不再仅仅是海难,而是也包括其他灾难了,如大火、洪水、地震、干旱,所以我们知道及时搬家。每次草原大火前,我们都明智地溜之大吉。此外我们还知道哪些动物不久将会灭绝,不管它们眼下多么强壮有力多么生气勃勃。坦白地说,对那些身材蠢笨的恐龙我们是助了一臂之力,以缩短其灭绝的过程。至于人类,我们还是愿意和他们继续做伴的,尽管他们痛恨有关"鼠"字的一切。顺便提一下,他们认为像老鼠的不仅有犹太人,

---

① 马绍尔群岛北端的珊瑚岛,为1946年美国核武器实验基地。

还有日本人，被称为小日本佬的日本人。

对广岛和长崎的毁灭性打击出乎我们意料。打那以后，我们在自己的预感系统中输入了这种新危险的信息。所以后来美国人、法国人、英国人通过原子弹和氢弹试验将南太平洋上的几个小岛夷为平地，就是我们意料之中的事了。虽然那里的鼠类不能像当初来时那样坐船逃走，但是地下可以权充避难所。小岛居民刚撤离，我们就在深深的地下修建了纵横交错的紧急通道。按照"反诺亚原则"，也多亏年迈的老鼠自愿捐躯堵住入口，那里的紧急通道宛如水中气泡，成了我们赖以生存的空间。事先我们就考虑广积粮，弄了些椰子肉和花生米以防不测。但尽管如此，活下来的老鼠还是寥若晨星。

我觉得母鼠似乎停下来想了一想，要不，它停下来是为了缅怀比基尼岛和其他核试验岛上牺牲的同类？

过了片刻——只要能以时间尺度来丈量梦境——它又刻意不带任何感情色彩地说：好多年后，人们在受灾小岛上测量放射性，认为指标依然偏高，不能让思乡心切的当地人回归故园。他们断言那儿任何生物都无法存活，虽然明摆着我们在小岛上健康地繁衍。

人类并没从我们的存活中悟出多少道理来。人类没任何反应，充其量报屁股上有几条花边新闻，这些与其说是新闻不如说是作为奇闻在广为流传。充其量有人早餐看晨报时会露出惊讶的微笑：瞧，这些小畜生的生命力真顽强，总能大难不死。

人就是这样，无论男女。他们大声嚷嚷自以为是，或者感到地位稳固而一言不发。他们胡扯什么长生不死，尽管他们也隐隐约约地感到，只有我们这些生命力特强的小畜生才有长生不死的法术。

我们天南海北到处——这次可不是在三五个小岛上——钻入地下时真是不畏艰难。土块再坚硬也得让路，不让路就咬碎它。什么也挡不住我们的牙齿，牙齿是我们耐力的化身。我们掘穿了他们的水泥层。有些地区废弃的矿井可供利用。罗马时代的墓窖得到了扩建。在那个对你——对现在孤悬太空的你，我的朋友——来说特别有意思的城市里，我们还利用了哈格尔山的掩蔽工事，哈格尔山自古以来就和主教山并肩俯瞰该城。大地的冰碛层在此形成丘陵。据说普鲁茨①王和普鲁茨神雅格尔就住在哈格尔山上。当年瑞典人就在这山里掘过坑道,而真正的掩蔽工事则是拿破仑时代的见证:砌得非常坚固的营房和马厩,在"中间那次战争"即二战时还做过弹药库。我们对那儿早就了如指掌,所以没费什么事就修了些更深的紧急通道和住所。不过,我们在格但斯克及周边地区的鼠群只有少数在哈格尔山避难,大部队都用爪掘用牙咬钻入了卡舒贝腹地的地下。地面上暂时没我们什么事了。

我可不想钻到那下面去。小时候我在掩蔽工事里玩耍,见过不知是谁的碎骨头和天灵盖。母鼠要钻就钻好了,我才不稀罕呢!母鼠要深深地钻入地下,悉听尊便!但愿世上的老鼠都和它一起被大地吞掉!我翻开新的一页,希望生活能够继续下去。我要戴上戒指,以后脸上起皱,变得年老体弱,到了没牙的时候也还要给我的达姆罗卡讲可怕的童话:很久很久以前……

如果要让这部无力拯救森林的无声片仍然题为《森林》,如果要争取一向对灾难情有独钟、一向悲观的马策拉特先生同意制作,那么我就得告诉他片子情节是如何发展的,在死森林等等地方发生了什么,还得向他详细描述片中的人物,因为这位对自己身躯的具体特点讳莫如深的奥斯卡喜欢了解细节。他会打破砂锅问到底:总理夫妇长得怎么样?他们的孩子在成为汉塞尔和格蕾特尔之前怎么变坏的?这两个孩子是不是所谓"福利社会的牺牲品"?是不是要永远做"髭客"?

我们的马策拉特先生去波兰前就要得到这些问题的答案,所以我得赶紧确定构思。片中的总理无论如何不能是当前执政总理的翻版。不过我刚眯起眼睛想象一部无声片中的总理该怎么样,马上就浮现出不少积木般的玩意儿,可以用来搭个总理。必须把他设计为

---

① 按下文应为普鲁士的前身。

不稳定的,以免和真的总理过于相像。

所以我建议片中的总理应是这样的:他上场时缺乏自信,手都不知往哪儿搁,讲演总怕脱稿,但出于某些至多能以重力定律进行解释的原因,他的乌纱帽还是戴得牢牢的。不管怎样你别想绕过他。

那么总理夫人呢?她不断在手提包里翻找什么。啊,这会儿要在家里该多好,在家里舒服。她本来日子可以过得很舒心,如果他不当什么总理,她就不必从早到晚当总理夫人了。

可怜的孩子,他们真感到乏味。整天被人呼来唤去,其实他们更乐意在别的地方站站跑跑,懒洋洋地坐坐,没人来管头管脚。看得出他们厌烦眼下的生活,恶心得都快吐了。当然他们想去当"髯客",随身带着染色的老鼠。但不能允许他们这样,因为我们的马策拉特先生最近说过:"不管怎样,他们应该跑到死森林中去,而不是在城市的丛林里闲逛。"

为了最终争取他来制作这部片子,我还会给总理的孩子添加一些性格,这些性格要能让我们的奥斯卡想起童年时代的人物来。难道不是仔细观察就能发现,总理的女儿和图拉·波克里弗克①——那瘦弱的姑娘在椴木街租木匠师傅利贝瑙的房子住,叫图拉,大家都叫她图拉——确有几分相似?

还有,总理的儿子老是目光阴沉地死盯着不在眼前的东西,这模样不是使人想起施丢特贝克,就是那个作为青年团伙首领把但泽城及港区搞得鸡犬不宁的小子?那是在上次战争接近尾声的时候,施丢特贝克和他的"撒灰者"团伙臭名远扬,连第三帝国西普鲁士区之外的人也知道。难道当初不是这样吗,小奥斯卡心情忧郁地刚离开朗富尔区的圣心教堂就遇上了施丢特贝克及其手下?②

总之不妨把那姑娘和小子想象为总理的孩子:她,什么鬼主意都想得出来;他,粗暴地拒人于千里之外;她,天不怕地不怕;他,摩拳擦

---

① 格拉斯"但泽三部曲"《狗年月》中出现过的人物。
② 施丢特贝克和"撒灰者"团伙的故事见《铁皮鼓》第一篇。

掌准备大干;她,十三岁半;他,十五岁;她和他,当年是战火中的孩子,如今是持续和平期间生涩的青果。他和她都有随身听,耳朵里回响着截然不同的音乐。

谈到这俩,我们的马策拉特先生想起了自己小时认识的那些半大孩子。"对,"他说,"那小波克里弗克尤其轻佻,大家叫她图拉,不过她还有个化名叫卢奇·伦万德①。我可不想要这样的妹妹。她身上尽是木工胶水的气味,战争快结束时在有轨电车上当售票员。没错!是五路电车,在黑雷桑格尔和柳树巷之间来回开。据说,她乘古斯特洛夫号离开了但泽丢了命。图拉·波克里弗克,我今天想起来还浑身起鸡皮疙瘩。"

他陷入沉默,给人一种上了年纪难免走神的印象。我不想让他找任何借口,催他,他便大声说:"哦,是的,当然还有那团伙的头目。别问我是否还记得他,施丢特贝克以及他干的那些勾当当初谁人不知何人不晓。这可怜的小子。满脑子馊主意。后来对他采取了果断措施。他是否熬过了那场战争?他后来成了什么?他有教育天才,到最后准是块做老师的料。"

我想让马策拉特先生同意我的建议,他却有点累了,显得心不在焉。对儿时的回忆使他精疲力竭了。他用手搓着宽阔的前额,好像要把那些特别揪心的思绪搓掉似的。然后他猛地抖擞起精神,又摆出爱拿主意的老板架子:"行,他俩适合做汉塞尔和格蕾特尔,不,他俩就是汉塞尔和格蕾特尔。我能想象,这施丢特贝克是如何把总理的森林聚会搅成一锅粥的。我能想象,这轻佻的图拉是如何剪断绳子使森林布景掉在地上的。您干吧,赶紧动手吧!等我从波兰回来,我们马上就制作这部片子。——奇怪,我眼前又浮现出他俩的形象,我看见他俩是汉塞尔和格蕾特尔,手拉手在跑,越跑越远,跑进了死森林……"

---

① 《铁皮鼓》第二篇中卢奇是施丢特贝克团伙成员的妹妹,又见《狗年月》第二篇。

新伊瑟贝尔号机帆船的柴油机轰轰直响。随着船身晃动,船前部的几张吊床也在摇摆。吊床若躺着人,头脚两端钩子上的绳索就会绷紧;可现在是白天,船在风平浪静的海面上向默恩岛驶去,所以吊床绳索松松垮垮地左右晃动,好像在说:欢迎新客人,可以换床位。

当初在特拉沃明德港非得让这些女人上船,别的女人就不行吗?比如那些报了名的女人?当然她们后来退出了,宁愿睡在家里的床上。

我留下了五个女人,或者说只给我留下了五位女人。我作出了我的选择,或者说我没有其他选择。我愿意,或者说我可以让吊床拥有这些而不是别的主人。女人们却经常换床位,每次有人起来值班就打乱计划,躺的位置总是有悖我的愿望:在一身油迹的女轮机长昨天睡过的地方,今天醒来的却是披着睡袍的女海洋学家;左舷最靠边的吊床上不是那个除了棉袜一丝不挂的女舵手,而是穿着长睡衣的达姆罗卡;大姐穿着小花衬衣蜷曲在右舷床位不挪窝,用她的话来说就是"和哪个婆娘都不换",我也只好随她去,尽管按我心思她最好躺到中间那张吊床上去。

她们睡觉就这么紧挨着,因为这船从下水之日起一直仅四点七米宽。女人中唯独达姆罗卡头朝着船航行方向。四肢伸得老长、几乎是趴着呼呼睡的那位是女舵手。令人望之生怜的是女海洋学家和大姐的睡姿,她俩胎儿般侧身蜷曲着,其中一个嘴里仿佛还在吮吸着什么。女轮机长辗转反侧,衣服都被汗水浸透了。放松仰卧的是女船长,她有时打鼾,强度不亚于女舵手,但伴有啸叫声。女海洋学家呜咽着,显然她在梦中回到了童年。女轮机长喘息着,好像睡梦里还驮着重物。冷不丁说起梦话、嘟囔着骂人的,那是大姐。

她们在做什么梦我没法知道更多,尽管我和她们近在咫尺。真好,只有五个女人上了船。倘若报名的十二个全来了,会挤得我脑子或者其他什么地方都受不了的。

其实开这条船有三个女人就行了,对我来说也够了。当初要是选三个的话,那么除了达姆罗卡和女海洋学家之外第三个该是谁呢?

也许是大姐吧,她总在你面前,在你旁边,在你背后嘟嘟囔囔,忍受着一切。

我拿不定主意该选谁。所以太挤了。后来正好报名者中有七个退出,正中下怀:我和船都受不了那么多人。

可我为什么就不能只跟达姆罗卡一个人出海呢?我当她的见习水手!是我来当她手下的见习水手!是,遵命!大人!遵命!由我来这样诺诺连声!那样她就必须对我进行培训,教我如何打结,起锚,辨认航标,维修柴油机,操作"测量鲨"数那无穷无尽叫什么"美杜莎"的海月水母……

机帆船接近默恩岛了。思绪飘荡,心不在焉。吊床空空的,显得优哉游哉。甲板上已洒下晨光,但连值完勤的也不愿躺下休息,无论我怎么催女舵手,尤其是催那位女海洋学家。大家都把睡袋带上来通风晾晒了——当然没忘了带编织活。我从左舷到右舷挨个检查吊床,其中三张已经松了,我拉紧绳索,在挂钩上打了个更牢靠的结。吊床中有两张绳网是无色的,可能是在帆船运动器械商店里买的。其余的吊床都有颜色,一张红白相间,一张蓝黄交错已有些褪色,还有一张是用染红的绳子结成的。这些有色吊床还配有花边、缘饰和流苏,是南美产品。

现在想知道自己在这儿干吗。我胆怯、腼腆,怕给人发觉。我的担心由来已久:谎言有朝一日会被揭穿,最后只剩下真理百无聊赖。

甲板上传来了她们的脚步声。今天是洗衣的日子。她们把花的和白的衣物晾在长绳上,微风吹拂下会在前桅和驾驶舱之间有趣地飘扬。女人们唱着歌,唱着洗衣时该唱的歌。达姆罗卡把她的咖啡壶放在哪儿,或者说还能放在哪儿?但愿天别下雨。

甲板下只有我孤身一人。我偷偷地翻看她们别的家当,那些东西不是搁在吊床下就是放在船头柜中的海员行李袋里或者箱子里,堂而皇之地都没锁上。也不要脸了,什么都去摸上一摸。我找以前或者更早时候的信件——坦白书和保证书,却找不到一张可以证明我身份的纸片。我飞快地翻阅照片,上面都不见本人的尊容。还有些纪念品、首饰、银项链,但没一件是我送的礼物。一切都是陌生的,都没有留下我的痕迹。她们把我除名了,理由是我不怎么适宜航海。我这块料只配待在岸上。

只有那张已经泛黄、边缘破损的地图还有几分眼熟。是在达姆罗卡行李袋中那堆衣物里找到的。地图折叠了三层,打开后发现画着波莫瑞海岸及周边岛屿。拉丁文标题半是古雅体半是哥特体:波罗的海,俗称东海。下面的纹章是两个蒙面男子抬着雕头狮身兽。这手工着色的雕版地图上一半陆地一半大海,上面用红笔在乌泽多姆岛之前和佩内明德以东的位置画了个圈,旁边写着那海底城市的名字。这下我心里有底了,知道这次航行的目的地了,于是把雕版地图折叠好放回行李袋。

甲板上她们已经升旗般地晾好了衣服,在玩命般地编织。过了一会五张吊床剧烈晃动起来,因为风向转了东北,新伊瑟贝尔号绕过丹麦法尔斯特岛南端调整了航向。

我不知道达姆罗卡何时定的计划。但至少几个月前在岸上就定了,因为当时就提出了在民主德国领海过境航行的申请,研究目的一栏填的是测量水母。申请虽然早就提了,但要到哥特兰岛首府维斯比才能在港务长那儿拿到盖了章的证件。别的女人,尤其是女舵手,早就隐约感到这次航行不仅是为了水母。她和大姐曾在驾驶舱里看见达姆罗卡蹲在船头向海里说着什么,起码一小时之久。那是在费马恩岛以东的海面上,用"测量鲨"拉上最后一网水母之后。据说,"她是在和比目鱼……"

"昨晚她又这样了。"女轮机长语气非常肯定。那时格伦海峡开始出现在左舷,默恩岛还在前面,晾的衣物早就干了,傍晚时东北风转了东风并逐渐减弱。

我虽没看到比目鱼,但听见她和它在没完没了地说话,而且说的是低地德语。女轮机长说自己不懂低地德语,接着又自语道:"真遗憾。"但是那不断的呼喊声"比目鱼!""比目鱼!"女轮机长听得明明白白。还听见达姆罗卡和比目鱼在大谈什么维纳塔,这海底凹处是根据那个沉没的城市命名的。

现在女人们都知道这次航行还有其他目的了,尽管女海洋学家还在絮絮叨叨:"这我不信,你们尽瞎猜。我们正开往默恩岛陡崖和斯泰厄。计划里要是真安排了这种胡闹,我才不会参与呢,甭说跟你们一起干了。"

女舵手也不想去那儿。"从未说过要到那儿去。去是违反约定的。"她们俩抗议归抗议,最后都还是会参与的。维纳塔这个词萦绕心头。

"正是去那儿,"大姐说,"你们会到那儿去的。没别的选择。"

不仅女舵手感到累了。为妇女事业南征北战,马不停蹄地斗争,不单和不可救药的男人斗,而且也在自己女人圈子里斗,这导致了意志衰竭,不再努力在一个装聋作哑的社会里遏制男性势力建立女性王国。实现这一蓝图的努力早已放弃,虽然她们尤其是女舵手还在再三重申:"我们要……我们得……我们本应从一开始起就彻底……"

所以先后在博岛水域和在默恩岛陡崖前捞水母和鲱鱼苗的同时,女人们的思绪飞到一个水下王国去了。比目鱼说这是许诺给她们的王国,对所有女人开放。据说它和女船长达姆罗卡用低地德语交谈时,曾甩出这么一句话:"婆娘们,你们得到那下面去。"

女人们可以在五张吊床上做五彩缤纷的维纳塔梦。她们紧挨着睡,只要她们愿意,她们的女性王国同样近在咫尺了。机帆船只是略有颠簸,不久就泊在了斯泰厄港的糖厂码头,紧靠着通往内城的桥,背对着堆成山的焦炭和浅绿色的仓房。平缓的水面发出腐臭味。海藻密密麻麻。水母层层叠叠。

五个女人都在睡觉。"在默恩岛,"达姆罗卡说,"我们不必值班了。"她们就像我愿意看到的那样躺着:睡觉时老爱叽叽咕咕骂人的大姐蜷缩在中间,右舷是张着嘴的女舵手,左舷是安安静静仰卧着的达姆罗卡,夹在她和大姐之间的是弯身侧睡的女海洋学家,在大姐和女舵手之间辗转反侧的是女轮机长。

明天女人们打算上岸逛街,斯泰厄城里正在换季大拍卖。船上的储备亟待补充,快用完了的不仅是毛线。大姐还不知道自己是否应该跟她们进城。

亚特兰蒂斯①乌托邦——维纳塔。不过据说真有过这么一座城市,住着索布人。有人说,它沉没在乌泽多姆岛前的海底。但波兰考古学家最近在沃林挖出了墙垣遗址、器皿残片和阿拉伯钱币。维纳塔起初不叫维纳塔。据说城里很长一段时期是妇女说了算,直到后来男人也想拥有发言权。不知哪辈子的旧事。后来男人发号施令了。于是穷奢极欲,连给孩子的玩具都是金的。到末了维纳塔连带它的所有财富沉入海底,就等着有朝一日得到拯救。当然由女人来拯救,一共五个女人,其中一个是索布人后裔,名叫达姆罗卡。

它白天昏昏欲睡,蜷缩在一边不听我的故事。不过它乐意和我一起收听第三套节目。第三套节目早晨是面向大众的教育节目,接着是华丽的巴洛克音乐,有时插进点儿新闻,还有媒体报道,然后播送《每日回音》,最后又是巴洛克音乐,不过这次是巴洛克宗教音乐。

它对水位的兴趣大得惊人。什么易北河在德绍的水位还是一八〇啦,在马格德堡的水位涨到了一六〇加一啦,这些对它来说都是值得一听的内容。它每天都在听,萨尔河在哈勒-特罗塔的水位有多高,从盖斯特哈赫特到弗利根贝格又到了标尺上哪个位置。可一旦开始播送时事新闻,我的圣诞鼠立刻兴趣全无。没解决的问题到处都是,据说只有危机与日俱增。不算尾巴的话,我的这只幼鼠约有食指那么长,它的个子就像危机与日俱增,各种危机因为相互间挨得太紧,所以最后盘根错节都长到一块儿去了,形象地说就是长成了所谓"鼠王"②。

比如在媒体报道里就是一波未平一波又起,有线电视还没担忧

---

① 传说中的岛屿,据说位于大西洋直布罗陀海峡以西,后沉于海底。
② 指一胎生的挤在窝里尾巴缠结在一起的小老鼠,转义指纠缠不清的一堆事情。

过来呢，又得为更大的卫星电视问题烦心。我们的马策拉特先生喜欢在大石板上设计媒体大联盟的宏伟蓝图，对此有他的高见："请您相信我的话，明天我们就创造这么一种现实，由它对未来施行媒体手术，摘除所有模糊和偶然的东西。将来发生的任何事情都是可以预制的。"

那么，老鼠，我们的媒体联盟怎么样了？晚上，长足个子的你拖着肥硕的尾巴闯入我的梦境。连我的白日梦里也少不了老鼠。好像你要无处不在，甚至在我认为是我家园属我私有的地方你都要插足，留下气味，划定地盘，不给我留下任何回避的空间。

第三套节目该住嘴了。不要再播大众教育课程，弄得连孩子都懂核裂变。自从新伊瑟贝尔号停泊在斯泰厄港后，我更愿意做的事是开一张长长的礼品单。该考虑我们的马策拉特先生带什么礼品到波兰去了，因为他终于为自己和车夫申请了签证。

除了给外祖母的寿礼，行李里还应有一小袋蓝白相间的塑料玩具小人。这么多玩具小人像会给不断成长的卡舒贝儿童带来欢乐。

此外我还知道安娜·科尔雅切克的一百零七岁寿辰是如何准备的。弄来了整袋整袋的食糖和面粉，因为要烤许多面糕点和罂粟糕点。猪头汤现在就开始炖了，直到它会自己结冻。数一数密封大口瓶，里面装满去年秋天的蘑菇，有几瓶中的还沾着少许沙土。有人带来了荷兰芹菜，做凉拌生菜绰绰有余。按照远方来客的愿望熬了点猪油。从卡什姆肯和科科什肯，从四面八方弄来了鸡蛋。还得关心是否有足够盛开的芍药可供采摘。靠教堂帮助准备了一百零七根蜡烛。只是瓶里还没有马铃薯酒。

至于画家马尔斯卡特我暂且只能说这些：一旦得到母鼠准许，我就汇报他的情况。比如他何时何地出生，学的什么手艺，漫游年代[1]去过哪里，是什么让他在高高的脚手架上做哥特式的梦，为什么在吕贝克这个不仅以糖杏仁泥闻名的城市对他进行审判。

---

[1] 指手艺工人在外流动干活学习的时期。

也许我应该,只要汉塞尔和格蕾特尔还在死森林里狂奔,我就应该补充说明一下那些女人进城逛街的情况。只有四个女人上了岸。大姐说她得先把红甘蓝烧好。

默恩岛上的斯泰厄首先是购物中心,主要街道上终年写着"乌德萨克"①。女人们开始大买特买。在一家名叫"伊尔玛"的自助商店里,她们采购了满满三车的东西:罐头食品、瓶装食品、包着保鲜膜的水果和蔬菜、真空包装的冷藏肉制品、各色松脆麸皮面包、软奶酪和辣味蛋黄酱,为女海洋学家买了点爆米花,还有其他杂七杂八的东西,如洗涤剂和不少瓶装啤酒,替大姐买了两瓶茴香烧酒,外加新鲜香菜香葱。她们大包小包地拎得够呛。面包房里有环形糕饼,鱼摊上有生鲱鱼,烟杂店里有报纸还有她们都抽的玩意儿。

第二次上街时大姐也去了。女轮机长买机油和灯油,女海洋学家去了邮局。到处都在大拍卖,所以女舵手在特价商品堆里翻寻套衫。达姆罗卡则跑到默恩岛银行斜对面的毛线店里买毛线,补充船上的储备。大姐还买了一小袋甘草蜜饯。

直到现在,小老鼠,直到所有买来的东西都在船的艏部、中部和厨房里放好后,我们才开始重新收听第三套节目。琉特琴②曲播完之后一般是新闻。听听吧,看又是谁在辟谣……

> 我梦见我休息了,歇业,
> 我的锦葵高高地放在窗前。
>
> 朋友们过来隔着篱笆说道:
> 你终于歇业休息,这可真好。
>
> 我也在葫芦架下自语:
> 你能歇业休息了,终于终于。

---

① 丹麦语"大拍卖"。
② 一种类似琵琶的拨弦乐器。

心情悠闲地四周瞧，
世界和我的宅基一般大小。

能使刺激我的不再刺激，
因为我已经歇业休息。

万事都有归属，成为记忆，
蒙上尘土，独自安息。

如果我回眸往事作一总结，
那么退休是我应得的待遇。

啊，梦里但愿没谁插嘴，但愿
我能幸福地坐这儿无欲无求。

其实你也可以，母鼠，
求求你是否也赶快休息。

巨大的食欲随母鼠而来，
在桌床之间转悠着发情。

为了让它安静下来，
我故意跳到了篱笆之外。

如今我俩都在外冶游，
朋友们心中开始忧愁。

奥克塞莫希舍姆美希多希塔拉姆！它叫道。那意思大概是：是恐惧催我们快走。然后它又改口说：其实当初大可不必急急忙忙。

还有点时间呢,因为人类的压台戏长歌当哭可以拖上很久。那么大排场的演出,仿佛死也要死得富丽堂皇。

母鼠慢慢道来:钻入地下之前,我们先转移历年的积蓄,撤离首次核打击的目标如莱茵河美因河流域、萨克森人口密集区和施瓦本基地。我们还在更大的范围内把富余物资从米兰和巴黎搬到瑞士腹地。奥地利山谷也可利用。早就该这样合理安排空间了。因为波兰又开始闹饥荒需要援助,所以不单人类,连我们鼠类也从富足有余的西方调运食品——人类通过邮局寄食品包裹,我们则通过所谓"旱鼠桥梁"①,不久波兰人和波兰鼠的粮荒就有所缓解了。除了实物外,我们还转移了受灾鼠群,比如鲁尔区的那些。顺带说一句,鲁尔区以前住的主要是波兰移民。

这番话是我梦境中的母鼠对它新近生下的一窝鼠崽子说的。它自豪地给我看这些鼠宝宝,说明新一代在过渡期未受影响。接着它得解答鼠宝宝提出的问题:谁是"波兰人"?"德国人"到底是什么意思?他们看上去有什么不同?他们都到哪儿去了?大爆炸前也有波兰老鼠和德国老鼠吗?为什么人全呜呼哀哉了,我们老鼠却还在?

我的梦延续多久,母鼠就耐心地回答多久,回答这一窝九只鼠宝宝的问题。它把导致贫困的计划经济运用到老鼠的日常生活中。你想想:不让每个家族在一目了然的范围内自给自足,而是在一个凌驾所有老鼠家族之上的偏僻地方把粮食集中起来进行再分配。这样做的结果就是运输途中产生损耗,工作起来吊儿郎当,看见别的老鼠嘴里的就眼红。难怪多年来困扰波兰的是典型的短缺经济,而与此同时仓库里却满满当当什么都有:粗面包、黄油、猪油、连罐称重的猪肉,味道特别鲜美的是波兰香肠。多可怜哪,像人一样乱来!

母鼠的叫声至今还带着几分激动——即使今天,因为担心是个敏感问题,也只能压低嗓门说:那种在德国人看来是波兰特色的经济

---

① 可能影射西方盟国 1948 年和 1949 年通过"空中桥梁"维持对被封锁的西柏林的供应一事。

观念在波兰老鼠身上也是根深蒂固的。波兰人和德国人尽管外貌无大差异,关系却总不好,有时还剑拔弩张。德国鼠和波兰鼠之间的关系也差不多:这种恨,这种对爱的极度吝啬……

但这些是人类史上的事,母鼠说,都已经过去很久了。它给小鼠们讲骑士团的故事,讲在坦嫩贝格战场①上是怎么变得脑满肠肥的。它讲到波兰多次分裂,当年不仅是俄国人和奥地利人,普鲁士人也分得了一杯羹,直到拿破仑崛起。后来得便宜的主要是俾斯麦,但再后来波兰又挂起双头鹰成了国家,直到一个叫希特勒的和一个叫斯大林的瓜分了整个波兰。不过波兰还不服输,像歌中唱的那样,重新……

讲到这儿母鼠停了一会——这没什么结果!——又对它那窝九只小鼠说:不只是波兰人和德国人这样。在人类时代,这种刽子手行径还发生在塞尔维亚人和克罗地亚人、英国人和爱尔兰人、土耳其人和库尔德人、黑人和黑人、黄种人和黄种人、基督徒和犹太人、犹太人和阿拉伯人、基督徒和基督徒、印第安人和爱斯基摩人之间。他们相互谩骂残杀,都想饿死对方灭绝对方。这一切都是先在他们脑子里萌芽的。因为人类构思了自己的灭亡,并且按照计划实现了自己的灭亡,所以现在人类不复存在了。也许他们是要证明自己并非只能在脑子里构思灭亡。我们承认,他们成功地证明了这一点。不过也有可能是这样的:我们老鼠自古就有求生意志,而他们却使自己的求生意志逐渐消退了。总而言之,求生意志不再合他们口味了。他们自暴自弃,尽管不共戴天唇枪舌剑,但在使自己完蛋这目标上他们毫无分歧。多明舍尼夫特伦乌特莫希!它叫道。

听了它这番最终陈述,我默然了。它的那窝幼鼠也不再提问,只是奉行《圣经》中"你们要生养众多"的神谕,生气勃勃地活着。躁动不安,尾巴的位置瞬息万变。眨眼工夫,鼠宝宝就成年了,又生下了新的鼠宝宝。因为它们如此忘我地只管"生养众多",我在梦境中得

---

① 1410年波兰立陶宛联军战胜德国条顿骑士团的战役。

以捕捉其他画面:先是紧跟着在死森林里奔跑的孩子,离开他们才几步之遥;接着又在遍布水母的大海里倒腾什么,激起童年课间休息在庭院里玩耍时的恐惧,精疲力竭,最后终于捕捉到了画家马尔斯卡特的形象,不过他这会儿不在高高的脚手架上龙飞凤舞地描摹哥特式湿壁画①,而是在吕贝克的尼德雷格尔②咖啡馆里,正和我们的马策拉特先生一起一小块一小块往嘴里塞糖杏仁泥小蛋糕。在我的梦里他俩是一对知己。他们笑着交流经验,闲聊着消磨五十年代的时间。

从前有个国家,叫德意志,
有丘陵有平地,风景秀丽,
就是不知该往何处去。
挑起战火,想要称霸世界,
所以只剩下弹丸之地。
于是有了一个主意,这主意穿着靴子
作为战神出去,闯荡世界,
作为战神归来,不吭声无害的样子,
似乎穿的拖鞋是毡制,
似乎在外没见什么恶东西。
但是反观就知这穿靴的主意
原来是罪孽,那么多人命归西。
于是这个叫德意志的国家分而治之。
周而复始,如今它还是
不知往何处去,尽管风景秀丽,
有丘陵,有平地。
燃起第三次战争的烈火
犹豫片刻后,双方都乐意。

---

① 湿壁画是文艺复兴时期许多欧洲画家喜欢在墙完全干燥之前绘画,使颜料慢慢渗入后墙画一体。
② 吕贝克家族名,以制作糖杏仁泥闻名。

从此后死寂无声,大地安息。

从前有一位画家,据说因造假而闻名。不过这故事还没开始就得更正,因为他从不造假,而是双手并用描画真正的哥特式作品。谁要是连这也不相信,那些鉴定书就全白写了。

我们的画家一九一三年出生在东普鲁士布雷格尔河畔一个叫柯尼斯堡的城市。这个古董商的儿子是在渐渐变灰变暗的油画和闪耀着陈年金色的圣母像之间长大的。四周的艺术品有真有假,他犹如被罩在清漆层下,总是紧挨着木蠹虫,滚在积满灰尘的破烂堆里,就这样度过了童年。他常看着父亲干活,父亲的拿手好戏是把还愿感恩用的木板油画和荷兰细密铜版画家的尺幅小品偷偷地做旧。公立学校毕业后,他跟一个以装饰内墙壁为业的当学徒,该学的手艺都学了,收工回家后就复制十四世纪北德的木板油画。就这样,他很早就对哥特式的甜酸苦辣深有体会。

马尔斯卡特一家——我们这位画家的父亲叫马尔斯卡特——住在柯尼斯堡的弗林森温克尔街区。

布雷格尔河流入新潟湖①,新潟湖在皮劳②与波罗的海相连。如今柯尼斯堡改称加里宁格勒,连那河也改名了③。没有什么弗林森温克尔了;只有越来越破碎的记忆,只有终生守在柯尼斯堡的哲学家伊曼努尔·康德写的那些不管用的著作,再加上根据这城市命名的可口菜肴——比如肉丸子蘸又甜又酸的醋续随子酱——,还有一些东普鲁士的名字,像什么库尔布容、阿德罗梅特、马古尔、托尔克米特、马尔斯卡特。这些名字都来自普鲁茨,普鲁茨灭后才有普鲁士。普鲁茨当年接受这些名字时没掺半点假,所以在此,在造假事件和最后的假画官司发生之前,我们得说马尔斯卡特这个名字是真的。

洛塔尔·马尔斯卡特上了几天工艺美术学校,在哥特式艺术方

---

① 今称维斯瓦湾。
② 今称波罗的斯克。
③ 现名普列戈利亚河。

面没学到什么新东西。之后他就背着毛皮背囊漫游去了。他穿着膝下扎起的灯笼裤,脚蹬轻便凉鞋,据说一直漫游到了意大利,懂得山外有山了,懂得机不可失了。三十年代中期,有不少工匠和乞丐在外漫游,挨家挨户地找活干,他是其中一员。今天到东家修补猪圈,明天到西家拍打地毯,没几天能吃饱肚子,到处流浪,居无定所。这时发生了历史性的大事,先是在柏林,后是在整个德国。不过马尔斯卡特对此嗤之以鼻。

尽管如此,他在帝国首都时来运转了。在柏林利希特费尔德地方找工作时,他认识了以擅长修复艺术品著名的美术教授恩斯特·法伊。法伊给他一份热汤和几枚硬币,让他油漆花园栅栏。干这活走会儿神也不碍事,于是眼前浮现出一张美人脸,时而悲切,时而调皮,漂亮得让人五体投地。即使在收工后或刚拿起刷子油漆花园栅栏时,这张脸也挥之不去。马尔斯卡特常去看电影,先是在胡贝图斯宫里,后来则三天两头看到人气极旺的女影星汉茜·克诺特克①。她的形象深深地融入了马尔斯卡特的艺术风格,后来北德那些砖结构教堂的哥特式壁画上留下了她的影响,对此谁还会感到意外。总之,艺术品修复能手法伊教授不久就发现这个油漆篱笆的小伙子具有特殊的天赋。法伊教授之所以形成这种看法,或许还因为马尔斯卡特的鼻子酷似奥伊伦斯皮格尔,眉毛的弧度酷似先知先觉者,以及他给每根篱笆桩刷油漆时的那种即使不是深情至少也是谦恭的敬业精神。

一九三六年春天他和法伊的儿子迪特里希,就是那个长睫毛窄脑袋使众人为之倾倒的小伙子,开着浅黄色的DKW跑车②到石益苏勒格的施莱湾去。北海和波罗的海之间的陆地有一半是根据这个城市命名的。城里大教堂有活等着他俩去干。

英俊的迪特里希懂得如何使自己在这个以大教堂闻名的城市不

---

① 汉茜·克诺特克(1914—2014),1934年至1974年活跃于影坛。
② 德国车名,1928—1966年间生产。

管走到哪里,尤其在教区乐室里给人留下值得信赖的印象,所以不久就有一群牧师女儿围着他转了。马尔斯卡特还是觉得汉茜·克诺特克出演主角或配角的影片特别解闷,他从迪特里希那儿只学会了一项功夫:调配一种特别的赤褐色,这颜色适合用来勾勒大教堂中尖拱顶十字形回廊各顶面的轮廓。完全靠自己努力,他学会了旧翻新新做旧,学会了用碎瓦和钢丝刷把新画做旧。剩下的活只要一只装满石灰浆的粉袋就能对付了。

马尔斯卡特必须画得很快,因为十字形回廊涂层上赤褐色轮廓没干之前就得让它看上去是哥特式时代的。原画的残余还依稀可辨,于是他信心倍增,大处线条分明,小处别出心裁,用他那统一而活泼的笔法完成了十块顶面中九面的轮廓画,只有西端最后一面还空着。

他画了三圣王和朝拜,画了施洗约翰和在伯利恒屠杀儿童,画了逃出埃及、犹大之吻、赎罪自答等等,一般十字形回廊里该画的都画了。每幅尖拱顶画都在下端加了一条动物花纹缘饰,比如表现赎罪自答的那幅下端是雄鸡和鹿的圆形雕饰交替,表现犹大之吻的那幅下端是鹰和狮。不过,这里尤其值得一提的是第四幅,从西往东数的第四幅下端的花纹缘饰创造了历史,就是说引起了争论。

当英俊的法伊用搭配得使牧师女儿心旌动摇的小花篮向她们表示爱慕,邀请小姐们去施莱湾荡舟时,马尔斯卡特却在石益苏勒格大教堂里独自苦干。他在圣所四周窗洞里和一排排立柱上飞快地画了二十六个头像,然后分别加上圆边框。头像中有个是高鼻子,弯弯的眉毛线条鲜明,耳朵后面还夹着一支香烟。这支香烟虽然隐藏得很巧妙,但还是证明马尔斯卡特在那些年里爱抽朱诺女神牌。广告上不是说"朱诺当然丰满醇厚"吗!

此外,他还叼着烟往采光的窗洞和高耸的圣所立柱上画他少年时代在布雷格尔河畔认识的那些人。在柯尼斯堡学徒时的速写派上了用场,他当年从一开始时就卖力地在本子上勾勒老工匠的形象,不断地画师傅,画别的学徒,但也没放过父亲古董店里的顾客,比如律师马克西米利安·利希滕施泰因和卫生顾问耶斯纳。这些在胸中酝酿已久的人物如今出现在教堂里填补空白了。

然后马尔斯卡特按照屡试不爽的方法处理这些注定是虔信上帝的头像,用碎瓦片和钢丝刷建立了差不多七百年的时间跨度,再用粉袋进行最后加工。他锲而不舍,直到他创造的二十六个圣人虽然略有缺损,轮廓线也不齐整,但还是从遥远的哥特式时代向圣所和教堂中厅投下虔诚的目光。最后一幅头像完成于一九三八年五月三日。外面接二连三地发生历史大事,德国越来越幅员辽阔,而这时洛塔尔·马尔斯卡特在搭得高高的脚手架上庆祝自己的二十五岁生日。直到晚上他才和法伊一起应邀去大教堂牧师处做客,被牧师的千金们前后簇拥着,她们不是叫古德龙或弗莱阿,就是叫海克、德特或者斯万蒂耶。

有香车叶草波列酒。我们看见他的窘样,这不是他该待的地方。当年马尔斯卡特不去电影院就去施莱湾渔村散心。那时在放汉茜·克诺特克的电影《沼泽村的少女》。

大教堂有三厅,罗马式中厅的拱顶上画着救世主耶稣基督,让人啧啧称奇脖子抽筋。这也是他的大作,至今风采不减当年:构图寓意丰富,包括洪水过后的彩虹①,画面上虽然各种风格相互抵触,但还是浑然一体,使美术史专家们百思不得其解。最后他们只好宣布,马尔斯卡特笔下的救世主耶稣基督是划时代的艺术品。

总之,不计其数的鉴定书里尽管没有——连括号里也没有——提到画家姓甚名谁,但都对其作品推崇备至,甚至誉之为"纯种艺术"。特别具有德意志人种特色的据说是窗洞里和立柱上那些北欧气质的头像,还有日耳曼鲁内文②写的"死者事业驰名世界"或者诸如此类押头韵的胡话。这几个鲁内文是马尔斯卡特按照法伊的愿望胡乱写在空白的涂料层上或是他的救世主耶稣基督周围的,法伊就

---

① 《旧约·创世记》第 8 章第 12—16 节。
② 日耳曼族最古老的文字。

是想媚俗，顺应三十年代后期的时尚。

有位搞艺术史的值得一提，他叫哈姆肯斯，在专业杂志上撰文，比所有专家学者更赞赏那些封圣英雄头像坚毅的目光、挺拔的鼻梁以及极具北国气质的下巴。作品以神速做旧，因而马尔斯卡特以小时计的工钱有了可观的提高；所谓旧画刚刚杀青，哈姆肯斯就让人拍下了这些雅利安的头颅，接着遵照帝国党卫军首脑的命令，"德意志祖先遗产"理事会将这套真实性确定无疑的照片全部买下，组织起巡回展览来。

马尔斯卡特的作品大获好评。大教堂十字形回廊里有幅以屠杀儿童为题的画，他在下端添了一条动物花纹缘饰作为这幅作品的结束，不料这条缘饰却带来了无可挽回的后果。原因是：汉茜·克诺特克作为怀抱圣婴的圣母这动人景象下面的缘饰有七个圆形图案，马尔斯卡特在其中四个上表现的不是鹿和雄鸡，也不是雕头狮身兽和北山羊，而是清晰可辨、赫然眼前的火鸡，余下的三个幸亏动用了碎瓦、钢丝刷和粉袋，上面只有隐隐约约的家禽影子。

虽然不过才四只完整的火鸡，但这已经足够了。证据已经确凿了。迄今只是靠不住的猜测或者被当作种族主义一厢情愿的幻想而遭到嘲笑的一切，现在终于是毋庸置疑的了。多亏了马尔斯卡特，历史露出了真相。难道这些哥特式早期绘画不是清清楚楚地说明，把美国家禽带到欧洲的并不是罗曼语国家的什么哥伦布，而是诺曼人，即日耳曼人，下巴特征明显的高鼻子北方人。此后，马尔斯卡特的火鸡，这些以敏锐的目光造就的简简单单的赤褐色轮廓画，就不得不在无数专家鉴定中为改写早就该改写的历史效劳了。所谓火鸡之争在专家那里争得不可开交，从一九三九年春天起开始争，经过大战爆发的秋天，只要前线还在捷报频传就继续争，即使后来斯大林格勒战役打响，即使后来城市化为废墟，即使后来盟军登陆战争快打败了，他们仍然在争，心无旁骛地争。我敢说，甚至今天火鸡之争还在暗地里继续着。

不过，马尔斯卡特其实从一开始时就在他的哥特式早期和鼎盛期原创作品上署了名,以各种语言字母混合而成的缩写 t. f. L. M.——即"洛塔尔·马尔斯卡特独立绘制"——署了名,尽管被缠绕交错的阿拉贝斯克装饰线条遮住了,上面还薄薄地覆盖了一层颜色。马尔斯卡特不是造假者。别的人,那些在事关国运的大规模造假年代控告和惩罚他的人,才是五十年代中期真正的造假者。那些人至今还是造假者,尽管不在其位了,但威风不倒。他们互相挤眉弄眼,往身上挂满勋章。他们的美酒和尸体妥善地藏入了地窖。

从前有个国家叫德意志……

第 四 章

进行告别——合同谈妥可以签字了——汉塞尔和格蕾特尔到了——发现鼠屎——浓厚的周日气氛——最后的时刻——金币绰绰有余——马尔斯卡特必须入伍——离不开女人——船泊白垩岩

梦境中,我必须告别,
和四周投下阴影的一切告别:
和这么多表示占有的代词,
和列着种种失物的清单告别。
告别,和使人昏昏欲睡的芬芳告别,
和使我难以入眠的气味告别,
和甜、苦、酸告别,
和胡椒子的火辣辣告别。
告别,和时光的嘀嗒嘀嗒告别,
和周一的烦恼、周三可怜的利润告别,
一旦感到无聊,和周日及其隐患告别。
告别,和所有约定期限告别,
管他将来有什么事必须办完。

在梦境中,我必须告别,

和所有思想告别,无论死的还是活的,
和意义告别,意义背后找意义的意义,
还得和希望这位马拉松长跑者告别。
告别,和积累愤怒而带来的复利,
和储存梦幻而赢得的收益,
和白纸黑字记载的一切,
和变成形象记忆、变成骑士纪念碑的一切
告别。
告别,和人为的所有画面告别,
和吟唱苦难的曲子告别,
和交错的歌声,和欢呼的六重唱告别,
和热情洋溢的乐器,
和上帝,和巴赫告别。

梦境中,我必须告别,
和词语光秃秃的枝丫告别,
和词语的蓓蕾、花朵和果实告别,
和一年四季告别,四季
对各自的情调腻烦透了,执意告别,
春雾,晚夏,冬衣。呼叫四月!四月!
再说一次秋水仙、雪片莲,
干旱,严冬,解冻,
逃脱雪中痕。
或许告别时樱桃已熟,
或许布谷鸟失态叫个不停,再让
豌豆绿油油地蹦出壳;要不就是
蒲公英:现在才知它意欲何为。

我梦见,我必须和桌、门、床告别,

使桌、床负重,使门大开,
为告别加以考验。
我最后一天上学,拼写朋友的名字,
背诵朋友的电话号码,债务得偿还;
忘了它吧,或者,不值得争吵,
这是我写给敌人的临别赠言。
我一下子有了时间。
好像训练有素,善于告别,
我的双眸搜索着四周的地平线,
搜索丘陵,一层层一叠叠,
搜索城市,在大河的两岸,
仿佛是要想起、宽恕、拯救
明摆着的东西:虽然已被放弃,
但依然清醒,依然实实在在。

梦境中,我必须告别,
和你,你,还有你告别,和我的不足,
和残留的自我,和在小数点之后
几年来备受冷落者告别。
告别,和再熟悉不过的异国他乡,
和客客气气但振振有词的习惯,
和我们注册和确认了的仇恨告别。
没什么比你的寒冷离我更近,
忆起那么多爱,颠倒黑白,
到最后一切都有归属:别针成堆。
只剩下告别,和你的故事告别,
你的故事总是在寻找码头和轮船,
满载难民从施特拉尔松,
从火光冲天的城市驶来的轮船;

和我的玻璃器皿,和碎片,
和始终只是碎片
只记得自己是碎片的碎片告别。
不,不再做头手倒立。

也不再有痛苦。
没有什么和期望的相反。
这结局课本里学过,
这告别班级里练过。看啊,一丝不挂的
秘密多么便宜!情报再不值钱。
敌人解了密的梦境在廉价拍卖。
终于,特权取消,
我们的决算达到了平衡,
理性最后一次凯旋,
一切有气息的生命,一切飞禽走兽,
一切还没想到的和也许还会诞生的,
无一例外,没有区别,
全都完结,全都淘汰。

我梦见必须和所有造物告别,
以免诺亚为之打造方舟的鸟兽,
以免它们余味犹在;
但我同时又梦见,在鱼、羊、鸡
和人类同归于尽之后,
只有一只母鼠硕果仅存,
生下一窝九崽独享未来。①

我们从不这样!它吱吱叫着,矢口否认。我们从不这样顾影自

---

① 这首诗是全书主旨所在。

怜,不照镜子不碍事。我们从不认为荒唐话有什么深意,也没什么身外的目标在吸引、提升或罢免我们。"超鼠"?哪有什么"超鼠"!

我们也没什么思维的高层建筑,不会在这样的大厦鼓捣什么超验一直超到星光灿烂的高空,超出什么长生不死的妄想来。我们不搞人类这套把戏也子孙满堂,不过从来没有点过数。我们是缺乏自我存在意识,不过这并没让我们饿肚子。

只要提到苦难,比如《圣经》中的那些,人类就硬拿我们来作形象化的比喻。即使在适合作比喻这点上我们堪为典范,但却没有什么堪为我们的典范,谁也不能做我们的榜样,其他动物当然不行,但人类也不行。多年来,从有老鼠以来,我们一直追随人类。人类虽然使我们感到惊奇,但从未能成为我们的上帝。只要他们确实存在或者投下阴影,就不能成为我们的上帝。

只是在他们完蛋之后,我们才怅然若失起来。真可惜,不仅他们厨房里生生熟熟的粮食和泔脚再没有了,而且他们的思想,确实全都被我们吞下肚的那些思想,也不复存在了。我们多么想再给丰衣足食的他们——形象地说就是——端端痰盂,就像以前习惯的那样。我们是他们神志昏迷时的小卒,我们是他们惊恐万状时的模特。

所以人类发明了不少与我们有关的形象化词语。他们害怕鼠疫,他们诅咒鼠害。我们成了邪恶的化身,总在他们灵魂深处的魔穴里招之即来。他们排泄的黏液或固体,他们的粪便,他们散发着酸臭味的渣滓,他们喉咙不舒服喷出来的污物,我们都清除了,都吃掉了,从不讨价还价,为了不让他们这些神经过敏者看到有碍观瞻的东西。他们的呕吐物我们见了高兴,他们见了我们却恶心。我们比蜘蛛更让他们感到恶心。无论水母、蛆还是等足类怪虫,都不及我们恶心。偶尔提到我们,他们就会透不过气来。看见我们,他们就直反胃。他们尤其厌恶我们的尾巴,因为光溜溜没有毛,而且特别长。我们是恶心的代名词。有些书里把自我厌恶当作人类的一种特别存在方式来赞颂,你甚至可以在字里行间读到我们;人类如果相互厌恶——自古以来他们就有理由这样——我们就得挺身而出,帮他们这样称呼敌人,称呼眼前众多的敌人:你这老鼠!你们这些鼠崽子!鼠辈!

人类什么都做得出来,所以他们同室操戈时就在同类身上寻找我们,而且不费什么周折就找到了,做上记号消灭掉。他们铲除异教徒和变态者,铲除自己眼里的劣等人,铲除被他们归入社会渣滓的那些人即今天的群氓和昨日的贵族,但这时他们总是说什么这些鼠崽子必须铲除。

不过也许是这样:无论用马钱子碱还是用砒霜都对付不了我们,尽管人类三天两头更新灭鼠方法,到末了还嚷嚷什么超声波有效,但依然不能消灭我们繁衍的子孙,世上的鼠口和人口一样与日俱增。因为没法消灭我们,他们就找自己的同类代替,而且不出所料:他们成功地消灭了同类。

直到现在,梦境中的母鼠说,我们才开始设想他们的形象,寻找并发现他们,这些附在我们鼠类身上的人类。他们越变越美,要照镜子;匀称的身段,直立的姿势,都是我们练习、不断练习的内容。我们发现了自己的欠缺,没什么感情,也不善于发脾气。啊,要能像他们那样动不动就害臊脸红该多好。啊,要能像他们有想法哪怕只有一个该多好,要能像他们具备头脑产物[①]的才能该多好。

不,我们老鼠不愿像人类和自己的辉煌告别那样和人类告别。不,母鼠说,在他们灭绝之前,我们绝不放弃他们。

两人的晚餐。他点了狍脊肉加鸡油菌和越桔。我们的马策拉特先生叠着两个枕头坐在对面,要我介绍一下如何在以濒死森林为题的无声片中让历史人物格林兄弟扮演现代角色。这部片子一方面要表达控诉,以便在最后关头挽救森林,另一方面也要体现告别,因为现在已经晚了,为时太晚了。

他说:"关于格林兄弟的这个问题没有眉目,我就不到波兰去。

[①] 格拉斯1979—1980年访问中国后写有小说《大脑产儿或德国人正在死绝》,反映德国人口死绝的危险以及面对科学技术负面影响的失落感。

何况在那儿天主教的云端里也有不少传统的东西丧失殆尽了。"

我一直介绍到饭后甜食——香草汁红甜羹——端上桌：如果雅各布·格林任环保部长，那么就无妨让威廉·格林当国务秘书负责处理森林破坏日益加剧的问题。总之，他俩都明白自己要对森林负责，知道什么是毒素什么是侵害，并且动用联邦国库资助臭氧层的研究。他们都早就提出无限制增长可能影响生态系统稳定的观点，当时却遭到世人嘲笑。他们对能源工业的批评可圈可点，但却没带来任何实际效果。他们提出的一整套必要措施没有遭到非议，但就是未能在议会里取得多数。他们多次提出辞职，但至今还干着这两份差事。

有人说，格林兄弟过于推崇自由主义。他们宽宏大量，默默地让各位部长畅所欲言，自己发言时却常被别人粗暴地打断，被别人大声的插话搅得心烦意乱，被其他部长讥嘲为不识时务的空想家，充其量也就是被当作枭——枭这种鸟还是有的——供起来，大家养得起他们，有国宾来访总理就让他们出来撑撑场面。

尽管是现代角色，格林兄弟还是原汁原味的格林兄弟。除了那些虽然无效但颇受好评的政务之外，他们还进行社会调查，统计数据，在外籍工人那里采取各种文化样本，此外还收集新词汇，一如当年搜集童话、传说和单词并按 A 到 Z 的字母排序，直到雅各布在快接近字母 F 时被埋在无数雪花般的纸片底下。

他们还发表作品。威廉·格林《论土耳其妇女在联邦德国日常生活中的作用》一文甚至连女权主义者也点头称是，而现代雅各布·格林的著作也继续得到重视，因为他的《玩具小人德语》以泛滥成灾的玩具小人的"塑料语言"为例，证明了语言在普遍堕落，书面德语正日趋衰亡，"一度繁花似锦的词语大地如今杂草丛生"。几年前格林兄弟和其他学者一起反对修改宪法，此举得到了举国上下不少人的赞同。他们一如既往巧舌如簧，却没有起到任何实际效果，据说得从这个分裂国家两边共同的传统中去寻找原因。

不过在我这部以濒死森林为题的片子里，格林兄弟置身于直线发展的童话情节中,所以他俩的业余活动和种种顾虑都只能作为脚注引起诸位的注意。比如在兄弟俩紧挨一起、大门敞开的办公室里就能发现有关他们搜集狂的佐证:威廉的办公室略小,塞满社会学著作的书架之间的那幅壁挂就是用三十块或者更多土耳其客籍工人妻子的五彩头巾连接而成的;雅各布坐在部长办公室里,在普鲁士学者萨维尼①的相片镜框旁边放着一个引人注目的多层玻璃柜,里面分门别类地陈列着玩具小人。作为研究者,格林兄弟不乏讽刺色彩。

我一边把剩下的几滴香草汁拌进剩下的几口红甜羹,一边回答我们马策拉特先生的其他问题:是的,他俩都会奏乐,要求学校开设高级音乐课程,还主张根据质量优劣对影片进行资助。原则上他们并不反对新传媒,但对不加控制建立传媒大同盟的做法提出了警告。

我们互相举杯祝酒。不,不,格林兄弟看来不是书呆子,他们离婚了,喜欢换换女人。你能看见他们穿得像体坛健儿,并非唯有两人在一起时才上照。他们戴着图案和粗花呢上衣很相配的领结,甚至假期也是在施佩萨特山、孚日山以及其他有森林的地方结伴度过的。这部片子不妨干脆简称《森林》,或者考究一点起名《格林兄弟的森林》,不过得赶紧拍摄,趁现在还能见着几片森林。

"可是为什么,"我们的马策拉特先生呷了口咖啡,问道,"你要拍摄一部充满暴力的影片呢?"

因为该说的都说了,现在只剩下告别了。先是和冷杉、云杉、松树,包括欧洲赤松告别,然后和光秃秃的欧洲山毛榉告别,和所余无几的橡树林告别,和假挪威槭、欧洲白蜡木、桦树、桤树告别,和反正已经病恹恹的榆树告别,和稀稀拉拉的树林边缘和那里矮乔木下遍布的蘑菇告别。没有了树冠,下面的蕨类植物何处藏身?还能往哪儿逃,想迷路都没地方了。

和茂密树林中的十字路口②告别。和令人称奇的蚂蚁山告别。

---

① 萨维尼(1779—1861),德国著名学者。
② 德国传说中鬼怪聚会的地方。

告别,却不知道和什么告别。和那许多围着栅栏的育林区告别,它们曾是我们利润和圣诞树的来源。和蛀空了的树木告别,树洞曾给各种恐惧留下地盘。和那流淌的树脂告别,它把小甲虫永远封存起来。和那弯曲的树根告别,我被它绊了个趔趄,终于找到了一片象征幸运的四瓣苜蓿叶。和蛤蟆菌告别,它能把你带入不同寻常的梦幻。和褐真菌告别,残余的树桩是它的家园。和美味的喇叭菌告别,它慢吞吞地张开喇叭口,远处的喧闹来自一种叫白鬼笔的植物。林中路,砍伐区,禁猎区,告别,和所有这些与森林有关的词语告别。

最后,我们还要和自相矛盾的指路牌告别,和"野人"客栈告别,和绿色,和上升的树液,和飘落的树叶,和所有以此情此景开头的书信告别。一切关于森林、关于林中林的文字都会被彻底抹去。不见了刻在树皮上的誓言。不见了压着冷杉往下掉的积雪。再也不会有布谷鸟教我们数数①。我们不会再有童话为伴。

所以要拍一部无声片。因为摄影机镜头能使我们如同最后一次见到森林。在这种情况下谁还会多嘴,濒死的森林里此时无声胜有声。只有不断向前推进、跳跃的情节,只有那些呼叫、哀号需要配上字幕,而且必须言简意赅②:啊,没人知道可真好。镜子镜子,挂在墙上。在那七山的背后。为什么你的耳朵那么大?垂下你的头发。我的孩子,我的鹿! 国王的小女儿。鲜血流进了鞋子里。风,风,天堂的孩子⋯⋯

汉塞尔和格蕾特尔虽然还默默无声地在死森林里奔跑,但以后,不,很快森林就会热闹非凡,用记号指引孩子们到达目的地,看到字幕上的欢迎词:"嗨,你们终于来了!"

我们的马策拉特先生健谈,也一直称自己话多。这时连他也理解了,这部该由他——舍他其谁?——来制作的影片必须是部无声

---

① 民间传说布谷鸟叫的次数能预言人的寿命。
② 这些字幕不少句子显然出自格林童话《白雪公主》《小红帽》《莴苣姑娘》《青蛙王子》《灰姑娘》等。

片。他小指翘得高高地搅着咖啡,一声不吭。

现在我是否应该逼他点头同意制作这部片子?他得明白:他不发话,出行计划就会拖延。

他拿出签证给我看,企图转移我的注意力。

我指着制作合同:"这儿,就这儿还缺您的签字哪,请吧。"

他表示遗憾,说目前市场上录像片滞销。

我不要什么录像片:"我要拍的是电影院里放的无声片,带字幕的。"

他说:"等我从波兰平安归来,也许我会……"我答道:"顺带说一句,我可能会坚持到您的签证过期。"

"简直是敲诈!"他竟然这样说,"您作为编剧可真傲慢!"随后只得点头:"那好吧,反正森林也只有在影片中才可能得救了。"

我赶忙说:"那么,我明天就能祝您一路顺风了?"

我们的马策拉特先生替我付了这顿晚餐的账,包括狍脊肉等等,给了跑堂可观的小费,接着在片名一栏里写上"格林兄弟的森林",以聚特林字体①签了名:"奥斯卡·马策拉特-布朗斯基。"他一边干这几件事,一边唠唠叨叨地谈他的旅行以及波兰的政治局势。最后他说:"我本来想要一部以画家马尔斯卡特为题的片子。他的那些哥特体作品我挺喜欢。"

在周围尸僵般的死寂中,他们手挽着手在死森林里跑,跑过垃圾山,跑过有毒废品堆放场,跑过军事禁区。(总理夫妇此时对报界称自己作为父母心情极为悲伤。大街广告柱上,电视荧屏上,寻找总理后代的启事遍布全国:儿子约翰内斯,女儿玛加蕾特。)

现在不再手挽着手了,但汉塞尔和格蕾特尔还在跑,好像他们除了跑什么都不会似的。他们跑得并不费力,也无丝毫绝望的感觉。有时是汉塞尔打头,有时是格蕾特尔领先。死森林看上去酷似如今

---

① 1935—1941年德国学校使用的德语手写体。

照片上的埃尔茨山脉,可随着他们奔跑的脚步,森林变绿了,起先还是犹犹豫豫,接着似乎决心已定,然后便轰轰烈烈地绿将起来,绿得越来越浓烈,越来越稠厚,就像连环画里那样,最后一座绿得密不透风的童话森林赫然眼前了。

松鸦和猫头鹰扑棱棱飞起。嘎嘎作响的树木扮着鬼脸。青苔地上一下蹿出了不少蘑菇。眯缝着眼睛的土地神躲在树根下,好像是块茎和树墩的一部分。忙忙碌碌的蚂蚁群里伸出一只手来给孩子指路。矮乔木后冲出独角兽,一只眼睛闪着火光,一只眼睛透着悲伤,转身隐没在山毛榉树间,似乎要到别处去独一无二地风光风光。

他们只有一丁点儿害怕。格蕾特尔说:"反正这里不会有真的怪兽!"他俩注视着林子,好像是第一次为之感到惊讶。于是不再奔跑,开始寻找摸索起来。在粗得两人难以合抱的树干之间他们失散了又会合,头顶上绿荫如盖,只有几条缝隙漏下丝丝日光。蕨类植物齐胸高,他俩好像在其中游泳。

终于飞来了一只林鸽,身后拖着金线,引领汉塞尔和格蕾特尔穿过密林,直到眼前豁然开朗。

这块林中空地上有一幢两层木屋,旁边幽黑的池塘里浮着七只天鹅。楼顶盖的是木瓦,孩子走近后发现上面描着"松脆小屋"字样,啊,这是林中客栈。边上是牲口棚,棚前圈起的空地上有一头狍子在朝这边张望,栅栏外的狼停下脚步,转眼又开始来回奔跑。

汉塞尔和格蕾特尔犹豫不决地走近砖砌的汲水井,井边有个身穿长裙的女人正在睡觉。她额上蹲着一只青蛙,呼哧呼哧像在打气。汉塞尔和格蕾特尔交换了一下眼色,看得出他们大致知道这个故事。(因此,女人额上的青蛙呼吸时不必用字幕详加说明。)

洞开的窗口飘出白窗帘。木屋前有台老式自动售货机,机身铁皮上画着姜饼和其他松脆可口的糕点。汉塞尔从裤兜里掏硬币,可是他既找不到零钱也找不到投币口,只看见一行花里胡哨的哥特体字母:"孩子们,请随意取用!"

格蕾特尔先在自动售货机上拉货匣,取出一小袋榛子仁。接着汉塞尔拉出另一只货匣,惊奇地发现里面有一小袋蜂蜜。在这座先是死气沉沉、继而生气勃勃的森林里跑到现在也饿了,他俩狼吞虎咽地把袋里食物一扫而光。

他们边嚼边在第三个小袋子里找到了山毛榉果。这时盛开的野蔷薇丛后站起个女人来,她刚才大概在躺椅上看报睡着了。那是张《森林信使报》,出版日期是上世纪初耶拿和奥尔斯泰特大战[1]爆发前夕。这半老徐娘美丑参半,满头卷发夹,脖子上挂着用一片片风干的耳朵穿成的项链。当她准备扣上大花朵图案的晨衣遮盖文胸时,汉塞尔看见了一对丰乳,比他有时梦见的还要肥大。格蕾特尔认出她就是上述童话里的女巫。

(倘若我们的马策拉特先生想知道这女巫是如何既丑又美,那么就得拍彩色无声片,给女巫上色:她的头发不是红色的,但常常斜着琥珀色的眼珠看人。)她没有一点儿吃惊的样子就说出了字幕上的台词:"啊,孩子们,你们终于来了!"

她走过来拉汉塞尔的耳朵,所以离汉塞尔近在咫尺的不仅有梦中丰乳,而且还有一片片风干耳朵穿成的项链。突然,她像是要阻止邪念滋生,摇起一只她以前驱鬼用的木制拨浪鼓,摇得飞快,而且越来越快。(虽说是部无声片,但这种噪音和鸟鸣之类的自然声响一样,还是在允许之列。)

嗒嗒嗒的拨浪鼓没有白摇。瞧,住店的客人一个个全走出了"松脆小屋"。其中有与其说是苗条不如说是干瘪的白雪公主,挽着她的是恶继母,身穿旅游服显得五大三粗;有睡眼惺忪揉着眼睛的睡美人,那不得不三番五次吻醒她的王子就像个被雇来照看嗜睡症患者的护工;有小红帽,她头戴特有的标志巴斯克帽[2],脚蹬同样显眼的靴子,还领着耳背的外婆;有巨人山妖[3],工装裤的胸兜里插着多

---

[1] 指1806年10月14日拿破仑大胜普鲁士萨克森军队。
[2] 一种扁圆形无檐软帽。
[3] 巨人山脉(波兰、捷克、斯洛伐克)的山妖吕贝察尔。

101

功能钳和折尺,表明他是个实实在在干活的房屋管理员。楼上窗前是莴苣姑娘①,她在随风飘荡的窗帘之间让自己的长发随风飘荡,以便你能马上知道她姓甚名谁。此外还有手挽手的情侣中最悲伤的一对:裹在黑天鹅绒里的约琳德和约林格尔②。

住店的客人均已年老色衰。大家都很高兴,等得望眼欲穿的汉塞尔和格蕾特尔终于来了。不过谁也不问他们从何处来。恶继母说:"在我们这儿你们就算到家了。"只有小红帽说话莽撞:"我还一直以为汉塞尔和格蕾特尔是无产者的孩子,而不是两个在福利社会里被惯坏了又出走的另类。"女巫再次摇响了拨浪鼓。

现在走来的姑娘残臂上满是血痂,两只断手用绳扎着挂在背上③。(倘若我们的马策拉特先生见到此情此景提出异议——"观众受不了这样残酷的镜头"——,那么我就会大声回敬他一句:"您这是在搞出版审查!"然后再让他回忆童年,他那童年简直就是精挑的鬼怪聚会的岔路口。何况《没有手的姑娘》是格林童话的代表作,而山妖,按照马策拉特先生的意愿在这部片子里以房屋管理员身份上场的山妖,只是一篇伤感的艺术童话④中的人物,出自穆塞乌斯⑤笔下。)

等大家到齐,侏儒怪才穿着工作服出来跑堂。他脚步轻轻但不无夸张地一瘸一拐来到木屋前,手里是满满的托盘,给所有下榻"松脆小屋"的客人端来了五光十色的饮料:"好的,一杯沙棘福利普酒⑥!来一小杯野蔷薇果酒怎么样?要不,来一份野蜂蜜鸡尾酒?"他对汉塞尔和格蕾特尔说的话打在字幕上:"你们俩么,孩子,还是来点欧洲草莓汁,棒极了,现榨的。"

---

① 格林童话《莴苣姑娘》中的主角。
② 格林童话《约琳德和约林格尔》中的主角。
③ 格林童话《没有手的姑娘》中的主角。
④ 指非搜集于民间,而是作家创作的童话。
⑤ 穆塞乌斯(1735—1787),德国作家,著有童话集。
⑥ 一种用生鸡蛋、糖等调制成的鸡尾酒。

大家喝着，呷着，闲聊着，窃窃私语着，约琳德和约林格尔则相视无言，目光中闪烁着黑色天鹅绒般的悲哀。尽职的王子不断地吻醒他的睡美人。小红帽凑近外婆耳朵放肆地大叫："别把自己又灌醉了！"女巫——现在她戴起了眼镜——抚摸着汉塞尔而不是格蕾特尔。瘸侏儒殷勤地把一杯接骨木果汁端到无手姑娘嘴边，恶继母在不知从哪辈子起就吵架的白雪公主和芮苣姑娘之间进行调解，山妖似乎要卖弄自己拔树的力气，为客栈的厨房准备了几大堆木柴。这时天空乌云密布，转眼暴雨如注，井边那台由玻璃管组成的测量仪上指针大幅度偏转，尖厉的警铃声随即响起：和全国各地一样，这儿也下起了酸雨，连童话中的角色也害怕的酸雨。

于是，青蛙从呼呼大睡的女人额上扑通一下跳入井里，随即井里便露出一位身穿紧身潜水服却头顶冠冕的蛙王[①]。已显出贵妇态的公主醒了，揉着刚才青蛙蹲过的前额，好像有点头疼。蛙王扶她起来，伸出手臂让她挽着。与此同时，大家一溜烟地跑回屋去，落在最后的是汉塞尔和格蕾特尔，还有女巫。女巫最后还读了读测量仪上令人震惊的数字："即使我们的童话森林也受不了这个！"

走进"松脆小屋"如同跨入一家博物馆：陈列架、玻璃柜里塞得满满当当。每件展品都配有文字说明牌。白雪公主指给汉塞尔和格蕾特尔看她那小小的玻璃棺材，躺在里面像个布娃娃多么可爱。棺材旁边是咬过一口的毒苹果，和原物同样大小，密封在合成树脂里供人观赏。

恶继母把汉塞尔和格蕾特尔从白雪公主的棺材旁拉开，带他们来到自己的魔镜前。魔镜嵌在一只木盒正面，意味深长地放在房间中央的五斗橱上。五斗橱抽屉里可能是藏书，比如童话集最早的版本，外加几部本草入门。

谁都想给汉塞尔和格蕾特尔看自己的展品。山妖炫耀他那根满是节疤的木棍，一瘸一拐跑堂的侏儒怪让他们注意一条泡在酒精里

[①] 格林童话《青蛙王子》。

的腿，按某些以他名字为题的童话版本的说法，那腿是他因名字被人猜出愤而拉断的。蛙王宣布眼前的球确是金的："真正的杜卡特金①！"就是他夫人当年还是国王家小公主的时候滚到井里的那只金球。无手姑娘用残臂指着她父亲的斧子。有只玻璃柜里的展品说明牌不仅字体端正，而且日期无误："公元一七八九年五月""公元一八〇六年秋季"，在此见到的是女巫搜集的小骨头。七只钩子上挂着七顶小矮人的帽子，好像这批哥儿们随时会出现。

此外还有几幅套色版画，是格林兄弟的肖像。四壁挂满了美术家路德维希·里希特②和莫里茨·封·施温德的工笔画。还能欣赏到几张剪纸，不来梅的乐师③、狼和七只小山羊④都在上面。其他童话题材的作品恕不一一列举。（或许该把一张照片偷偷地混入其中，就是我们的马策拉特先生小时候穿水手服、脖子上挂铁皮鼓的那张，虽然我本来更想找张他谢顶以后做制片商的照片配上镜框。）

并不都是僵死的博物馆展品，屋角里就站着几把扫帚和打谷用的连枷。女巫一个手势，扫帚和连枷便开始起舞，在屋里绕着魔镜追那一瘸一拐的跑堂侏儒怪。瘸侏儒哀号着助兴，不时被轻轻地打上几下，好像他就该挨揍似的。边上的童话人物有点无聊地看着这出上演过于频繁的闹剧。无手姑娘对这套把戏不屑一顾。约琳德和约林格尔也不为所动，只顾自己温情脉脉。唯有汉塞尔和格蕾特尔露出惊奇的神色。

女巫吩咐扫帚、连枷安静下来回到墙角，接着便要求恶继母上场，以实际行动证明自己会施魔法。女巫用手指着魔镜，脸上露出讥嘲的奸笑和几颗大金牙，但还是不失尊重对手的风度，似乎现在该一决雌雄了。

恶继母当仁不让，马上应战。她上衣侧袋里藏着一只袖珍漆盒，

---

① 杜卡特是十四至十九世纪的欧洲通用金币。
② 路德维希·里希特(1803—1884)，德国民俗画家。
③ 格林童话《不来梅的乐师》。
④ 格林童话《狼和七只小山羊》。

刚用小指按了按上面的键盘，魔镜立刻有了动静，闪烁几下后开始播出汉塞尔和格蕾特尔的童话故事来。

如同在熟悉的电视屏幕上，总理家这对出走的儿女观赏着他们前身的故事，一部无声片时代的黑白片。严格依照格林兄弟书中的情节，身无分文的父母，编箩筐的或者扎扫帚的穷光蛋，不止一次地遗弃饥肠辘辘的后代。"松脆小屋"是用松脆糕点砌起来的。最后汉塞尔和格蕾特尔——不过他们酷似总理家出走的儿女（尽管如此还是要能让我们的马策拉特先生回忆起施丢特贝克和图拉·波克里弗克）——把女巫扔进了炉门……

母鼠在我的梦境中笑着，看来身为鼠类也能笑:皮笑肉不笑，纵情大笑，高声狂笑，或者慈眉善目眯眯笑。可不是吗，母鼠笑道，不光童话，你们所有故事都是这样结束的。扔进炉门完事！你们苦思冥想，到末了还不得这样解决问题。我们不屑一顾的那些谎言，你们却一本正经地当真了。其实我们不必感到意外甚至大失所望，因为人类的闹剧总是这么收场的，毫无新意。我们笑吧——以前人类时代是怎么说的？——解放啦！

我太吃惊了，到现在才明白，母鼠是在笑我们的结局，它就这么笑着对此深表遗憾:当然我们也觉得你们的下场太惨。这种大毁灭弄得我们也很尴尬。我们还是不能理解你们设计的结局，不能理解这种你们人类特有的编剧手法:打开炉门！扔进女巫！关上炉门！烧死女巫！拉起大幕！结束演出！我们常说:竟会有这等事！前天还在充满希望地畅谈人类的教育，说要开设新课，要让公正评分成为规范，要使人在各方面都变得更好。可是今天，准确地说是从昨天开始，学校就不开学了！我们叫道:真不像话！难以置信！许多任务没有完成。教学目标没有达到。这种设计得如此巧妙、不断改变教育目标、最后却一事无成的教育学真可悲！这支教师队伍真可悲！不过，说什么是我们造成了你们灭亡，是我们导致了学校关门，是我们毁了教学计划和教师饭碗，这种话其实 点也不滑稽。说它引人发笑,是因为它是人类最后的笑话。

母鼠停了下来,不再冷嘲热讽。最后它发出一声苦笑,开始实事求是起来:当然我们能够理解,起初相互打击还局限在欧洲中程范围内,双方——人类本性自古如此——都马上提出了"谁之过"的问题。双方都认定这种带来严重后果的误解正是对手的目的所在,此外两边的安全体系都排除了这种误解并非故意的可能性,所以他们就在公众场合——在暂时还有公众的场合——不厌其烦地宣布了整整半天:不是我们,是对方先动手的。不计那些花里胡哨的修饰词,两大保护国的指责几乎一字不差。人类在毁灭之前就是如此接近,如此相似。不过后来,那引得我们发笑的笑话还真被当回事了。

伙计,你听我慢慢道来,母鼠说,第一次和第二次打击已无法制止,你再也辨不清边界找不到敌人,一片死寂没有丝毫生命迹象,可敬、美好、古老的欧洲总算太平了;这时西方保护国那座庞大的、因为编制全球决战程序所以酷似古罗马角斗场的电脑中心里有了惊人的发现,发现了意料之外和难以想象的异物:先是一星半点,接着越来越多。这些小指长短的东西先是被称为污垢、兽粪、大便,后来被称为鼠屎,他们未经论证就给这些东西定名为鼠屎。

母鼠咪咪地笑起来。鼠屎这单词引得它咪咪地笑。它不断变换重音,操着鼠语说"卡波赖屎洛塔莫屎",兴致勃勃地玩起了文字游戏,傻乎乎地把这偶尔发现的怪词变来变去:鼠屎、鼠矢、鼠湿、鼠拭……①。它不时发笑,断断续续地向我讲起了《圣经》时代的往事,当初诺亚就被鼠屎吓得不轻……鼠屎在上帝手掌上!它嚷道。我对发现鼠屎这件事不以为然,大叫这是无稽之谈!保姆骗孩子的童话!母鼠这才又实事求是起来。

好吧,言归正传,它说,双方继续相互打击,战火很快蔓及全欧。于是他们给东方保护国的战略电脑中心打电话,顺便提一下,线路非

---

① 原文是将 Rattenköttel 这个词的字母顺序改为:Kattenröttel, Tarrentöckel, Lettöknettar。

常通畅,因为双方保护国都愿意自始至终能通过危机热线进行沟通。他们从电话中得知,东方的安全部一处也发现了动物的粪便,可能是鼠屎;是也好不是也罢,反正由于动物的影响"世界和平"程序启动了,申诉到哪一级也无济于事,一切已在按预定程序进行。

但不管怎样,母鼠说,双方毕竟还是又谈了一会儿,而且语气不同寻常地温和。两大保护国以史无前例的坦诚态度在热线电话里交换了异物的测量数据。他们对比测量的结果,双方都感到意外的是竟然达成了共识。他们的"大头目"——我们这样称他们的国家首脑——是两位老先生,迄今为止相互之间极少说话,星期天发表演讲时也只说对方的坏话,不过此时此刻他们要尝试直接对话了。咳嗽几声清清嗓子后,对话顺利开始。这白发苍苍的两位先对以前没机会交谈表示遗憾,时间安排不过来呀。接着闲聊起来,互相问候贵体安否,不免同病相怜起来。如此这般寒暄过后方才交换信息,双方以保卫和平为己任的安全系统之间不断升级的第二次及第三次打击犹如噩耗。其原因他俩起先都感到莫名其妙,然后又都觉得毋庸置疑:这,还有这,都是确凿的证明。

母鼠犹豫着,不知是否该讲下去。过了一会它拾起话头时,语调里满是惋惜。它说:我们老鼠痛心地发现,只要一问"谁之过",双方的保护国就以惊人速度达成共识。他们都说,在"电脑受到老鼠干扰"的警报发出之后,他们觉得自己开始面对魔鬼般的第三股势力;必须看到,他们这两股和平势力正受到全球串通一气的鼠类威胁;撇开是谁幕后策划的问题暂且不谈,天下的老鼠早就合谋要消灭人类了;这一计划由来已久:六百多年前它们就蓄意扩散鼠疫,不知有多少人成了牺牲品;后来这计划没能得逞,如今它们又打算用核武器来灭绝人类了。所有这些都是按照一种逻辑,遗憾的是这逻辑和人类逻辑颇为相似。老鼠实施的计划显然是从头到尾深思熟虑的。它们极狂妄,甚至公开宣布它们的这一最终解决方案①。现在才想起真

---

① "最终解决方案"是臭名昭著的纳粹用语,意为彻底消灭犹太人的计划。

有点晚了,老鼠不久前不是在光天化日之下上街示威吗,闹得所有大都市不得安宁。而且这种铺天盖地到处都是的动物突然无影无踪了,这就更能说明问题了。唉,要是当初理解这前兆就好了!唉,要是当初发出警报就好了,向全球发出警报!

可不是,母鼠说,他们当初要这样就好了!它继续回顾道:两大保护国直到最后毁灭都在宣称,超级大国无论甲方的还是乙方的都不曾按下核电钮,准确地说,是老鼠的指令启动了"促进和平"和"世界和平"这两项程序,而且我们现在知道尽管存在时差但却是同时启动的。一旦启动就无法停止,因为最终命令权都交给大型电脑了。所以准会进入"保持和平"程序的第二阶段,也就是发射洲际导弹的阶段。此刻的你来我往将决定人类的命运。两位国家元首互相大声祝福:愿上帝,或者别的谁也行,保护我国也保护贵国!

这是一个虔诚的愿望,但为时已晚,母鼠说。两大保护国刚在"谁之过"的问题上达成共识,就破口大骂起第三股势力来:该诅咒的老鼠!这些渣滓!这窝无赖!这帮忘恩负义的崽子!人类顺带着养了鼠类几千年,每次熬过饥荒后总忘不了把它们也喂肥,生产的粮食——玉米麦子大米小米——有三分之一都进了老鼠肚子。棉花收成减少五成。可现在呢,它们就是这样来表示感谢的!

不过,母鼠说,双方也承认了自己的失误。两位国家元首都承认当初疏于防范,没有在电脑安全系统中采取预防鼠害的措施。本来该在那数百万乃至上千万的芯片啊什么上放点毒药的。此外当初还可以用鼠耳受不了的持续声波即超声波对所有大型计算机进行监视。可是这一切本该采取的措施都未采取。东方"大头目"吼道:谁会想到这些呢!西方那个平易近人的老头却风趣起来:您听过这个笑话吗,总书记先生?有一个俄国人、一个德国人和一个美国人来到天堂⋯⋯

但转眼他俩又异口同声地抱怨起来:显然这一切都该归咎于老鼠,但也不能完全排除另一种可能性,就是某些圈子,嗯,某些出身的人,或者说白了,就是犹太教徒包括犹太复国狂,总之犹太人,全球串通一气的犹太人,他们可能会有兴趣搞阴谋,按计划养一些高智商老鼠再对它们进行特殊训练,正如几千年来尽人皆知的那样,老鼠差不多和犹太人一样狡猾……

母鼠又与众不同地笑了起来,不过这次不是纵声大笑,而是闷在心里笑,憋得浑身直哆嗦。它嘴里吐出断断续续的鼠语单词:福策……伊利!戈雷梅希……伊普兮!然后又从满腔悲愤变成了一脸严肃:是啊,这些个陈词滥调我们太耳熟了:老鼠和犹太人有罪,犹太人和老鼠有罪。以前曾借助鼠疫,最近则使用核能——这不是他们发明的吗?他们是想复仇,早就定下这个目标了,这是他们唯一的目标。邪恶,狡猾,无人性。锡安山①的愿望就这样实现了。明摆着的事:犹太人和老鼠这对难兄难弟该对人类的灾难负责!

你们的"头目"就是这样破口大骂的,母鼠说。两位年迈的国家元首要么这样破口大骂,要么就互表惋惜之情:真糟糕,怎么会出这样的事!何况在直到昨天还在进行的谈判中我们之间的分歧已经缩小,在充满信任的气氛中分歧越缩越小了。

这,我听见自己在梦中大叫,这简直荒唐极了!

是的,母鼠说,的确荒唐极了。

怎么可能是老鼠?我表示怀疑。

是谁说,不是我们就是犹太人干的?母鼠叫道。

就是说,根本不是老鼠干的?

我们要干完全也有这个能力。

就是说,是人类言行不一自取灭亡了……

大功告成了,全按预定……

难道就没谁想到悬崖勒马?

别逼我出洋相行不行!母鼠说罢蜷缩起身子,好像要睡觉了。

嘿,老鼠,我喊道,说呀,说些什么呀,你总不能就此不吭声吧!

---

① 锡安山在耶路撒冷旧城内,犹太人视为民族和圣殿、全城的象征。

只听母鼠说:好吧,最后我再说一小段逸事。两大保护国老态龙钟的首脑在他们的角斗场里只得干瞪眼,一边看着他们成千上万的洲际导弹,看着他们那些名叫"和平卫士""人类之友"或者其他什么的洲际导弹飞向各自的目标包括战略安全中心,一边通过翻译不停地向对方说对不起。这种连连道歉的姿态真是充满了人情味。

如心怀叵测的罪犯不能越狱
我胸中的怒火不能爆发。
阻碍它的是理智,
一道只让远见穿越的篱笆。

淤积的怒火越烧越稠,
如同奶酪渐渐发透。
就这样我远远地看见他们
准备收场,细枝末节也不遗漏。

坚定的大天使堪当此任,
粉碎了我们小小的恐惧:
或者,无论如何要活着,
似乎活着本身就是价值。

怒火不能爆发,向何处去?
写进封封信里,分而治之?
写信的结果只是信来信往,
表示深深的惋惜,既然事已如此。

抑或,该把怒火关在家里,
训练它伺候锅碗瓢盆?
还是该让怒火冷却成石,
收场之后永世长存?

没了理智篱笆的拘囿，
终于怒火获得了自由。
它成了见证往事的化石，
它，我以前不能爆发的怒火。

　　孤悬太空观察宇宙。我想离开太空舱，到了瑞典或孟加拉湾就下去，可是究竟什么在阻止我？为什么梦境，怎么看都不像梦境的梦境，会有如此大的束缚力？梦境中发生的一切到底按谁的逻辑？

　　让我在这里纯属用人不当。连本宇航员手册都没给，就让我这样系着保险带，除了睡衣一丝不挂。我对太空知之甚少，除了乏味的月球，除了银河和大熊星座，走运的话最多还能找到名叫火星的小亮点。该死，可怕的土星躲哪儿去了？我虽然听说过一些占星术格言，知道人马座多么自以为是，天蝎座上升对天秤座多么不利，但对头顶上何为恒星何为行星却一无所知。在宇宙中我是个饭桶，却不得不在这儿充什么证人。

　　糟透了，比起以前电影中的情景有过之而无不及。那些电影在人类毁灭前不久赢得了热衷自我毁灭的观众，成了全球的票房大热门。我还记得倒计时的紧张镜头，记得银幕上那些庄严地打开支架的发射塔。那些片子的摄影技巧极为高超，逼真地表现了恐惧的每一阶段。死者数以亿计，这种前所未有的规模铺展得酣畅淋漓。所以此刻太空舱外的景象对我并不陌生，甚至可以说是非常眼熟的。

　　这意味着用不着作什么证。恐怖场面不必大肆渲染。发生的并非不可想象的事情。最坏的预言得到了证实。毋庸赘言，说一句就够了：从太空舱的椭圆窗看出去，正对着的地球上尤其欧洲地区糟透了，不，到处一样，都糟透了。

　　但我还像个傻瓜似的吼：地球！地球你在哪儿，地球赶快回答！我不厌其烦地呼叫我那颗蔚蓝色的、现在却染上斑斑黑点的行星。

　　起初还传来几句乱七八糟的回话。这毕竟给我一种亲切感，因为我在那些特技完美的大决战影片中听到过类似的说话声：叽叽呱呱含混不清,缩略语、暗号、咒骂声、密码还有鬼知道什么的全都搅和在一起。但不久就只有我自己的声音在可怕地回响了。我想找个伴说话——你认为怎样,奥斯卡?快去波兰看外婆了,高兴吗?——或者努力在无声片里拯救森林,间或大声吩咐我的达姆罗卡开动考察船的马达;但不管我干什么,眼前却只有它,只有它,只有它:迫不及待,暴跳如雷,浑身汗毛直竖,嗅觉灵敏的胡子也一根根全翘着。

这算什么名堂,母鼠?我根本不适合宇航!对我的抗议它置若罔闻。梦开始的时候——倘若梦还能开始还有结束的话——还让它发笑的东西,就是鼠屎,小指长短散落在大型电脑旁的鼠屎,这会儿更使它火上加油:这是他们的典型作风!我们领教过。多方便呀,人类把自己的失误硬栽到我们头上就行了。无论出什么岔子,我们都得当替罪羊,从古到今一贯如此。不管是被瘟疫、伤寒、霍乱弄得元气大伤,还是发生饥荒时只知哄抬粮价,他们总是说:老鼠是我们的灾难;有时或者经常还马上补一句:犹太人是我们的灾难。这么多成堆的灾难他们不愿承受,于是就打算减轻负担,消除灾难的问题就提上了议事日程。在世界各民族中德国人当仁不让,觉得自己的天职就是为人类减轻负担,凡是老鼠格杀勿论,不杀我们的话就杀犹太人。无论在索比堡,在特雷布林卡,还是在奥斯维辛,我们都在场,棚屋底下棚屋之间都有我们的踪迹。我们并没给集中营老鼠点过数,但从那时起我们就知道,人是多么彻底地把自己的同类变成了数字,变成了可以随意抹去、随意划掉的数字。这叫作一笔勾销。干掉了多少,账上记得清清楚楚。他们怎么会放过我们,我们和犹太人是他们最廉价的借口。他们从诺亚时代起就如此,江山易改本性难移。所以一直到最后他们还在宣称:是老鼠干的!老鼠这样老鼠那样,明摆着是老鼠,该死的老鼠!而且不但是俄国佬,老美那儿也一样,所有电脑系统都被老鼠糟蹋了。他们就这样孩子气地诿过于鼠,直到自己一命呜呼。

我还从未见过这梦中母鼠如此跳来跳去忘乎所以:一会儿趴下窥视什么,一会儿又直起身咄咄逼人,好像旋转舞跳得着了魔。为什么它不像先前那样笑？为什么它不再尽情地跟我这块供它磨牙的油石说笑话？对它来说，难道还有谁比待在太空舱里的我更加可笑？母鼠，我叫道，快笑我吧！

它却依然一脸怨恨，不住地为自己开脱，竭力表明自己是无辜的，不该判为有罪。它耿耿于怀地要求拿出具体证明。它问我，好像我是能使别人令行禁止的最高法院：为什么不假思索就把双方电脑中心发现的粪便称为鼠屎？为什么不对这些排泄物进行检测？为什么认定启动决战程序者不可能是别的啮齿目动物？比如你们那些可爱的金仓鼠？或者更有可能当初发现的是鼹鼠的粪便？为什么咬定是我们，硬说是我们老鼠干的？

我做愤慨状，痛斥东西集团全都做事马虎，在鼠屎问题上老美和俄国佬竟然全都失察，这简直是丑闻！不过我心里却在暗想：肯定是老鼠干的。除了老鼠，谁还会这么目标明确地……

母鼠声音低了下来，好像火已经发完。我听见它嘀咕：只要世界上还有人愿听，他们就满世界宣扬这是我们乱翻东西作的孽：我们这外来势力启动了"促进和平"和"世界和平"，这两项程序的启动指令无法更改，一旦启动就会运行到底。通报结束！

现在母鼠安静下来了，不再跳来蹦去，也不再东闻西嗅。它说：我们知道是鼹鼠干的。不是自愿的——它们太蠢，从来不懂自愿去干点什么——而是按照人类的计划行事。他们计划让经过训练的鼹鼠破坏对方保护国的发令电脑，使得对方无力还击。一个狡诈的计划。

就是实验室里那些红眼白毛的鼹鼠。这是实验室里的老鼠告诉我们的，它们虽然也不是聪明绝顶，但说话还是可信的。经过几年实验，人们培养出了几窝鼹鼠并训练它们做预定动作，还真成功了，仿佛它们吃的是硅饲料。当然啦，基因工程师也功不可没。不管怎么说吧，反正两大保护国的安全部门同时设法使这些经过特别训练的"小鼠"潜入敌营，好像是随着脉冲混进去的。

事实证明，这活干得他妈的漂亮极了。当然话又得说回来，干得漂亮的只不过是把经过训练的"小鼠"巧妙地安插进去这件事罢了。母鼠若有所思地补充道:鼹鼠本身确实没训练好,因为它们没能让电脑系统陷入瘫痪,而是愚蠢地——鼹鼠生来愚蠢——在双方的电脑中心同时启动了倒计时程序,或者我们以后就这样措辞:启动了大爆炸程序。

可是,母鼠,我叫道,这实在是太滑稽了!

在某种程度上是的,它答道,只要想到那些傻乎乎的鼹鼠就会觉得滑稽。

我说,我觉得断定"是'鼹鼠'在电脑里"总比恶意假设"是老鼠干的"要可信得多,也要中听得多!

是的是的,母鼠同意我的看法。它现在又快活起来了,虽然说起话来还有几分深思状:其实听听这种马后炮的说法我们应该快活才是。鼹鼠,那些一点儿大的实验室鼹鼠,竟导致了人类毁灭,竟使自豪、杰出、无所不能的人类烟消云散了;尽管是一场悲剧,但难道不是既荒唐又不无说服力吗?当然,这一切听上去有点草率,自重的人谁会让自己如此平淡地出局呢?

母鼠若有所思起来:我觉得……

你快说呀!我叫道。

缺了点什么。

不错!我叫道,看问题的角度!

母鼠说:这一切让我感到是疏忽,人类做事总那么马虎。

我点头称是:可悲的事故。

所以我认为,母鼠说,最初的怀疑,最初那种发现了鼠屎而顺理成章地惊呼"是老鼠在电脑里"的怀疑,其实也没大错,因为这事本来完全也可以由我们而不是由那些傻乎乎的鼹鼠来干的。至于要干的理由么,我们有的是。

为了在斯泰厄和克林特港节省费用,新伊瑟贝尔号星期天停在默恩岛陡崖,准备星期一驶往哥特兰岛。就马尔斯卡特案件作了最后指示之后,我们的马策拉特先生决定星期三再去参加一个钱币拍卖会,星期四出发,星期五赶紧穿越波兰,星期六赶在安娜·科尔雅切克生日前抵达卡舒贝。但按照我的构思,他将推迟到星期五启程,因为事情发生那天应该是星期天。

放在星期天比较合适,我梦境中的老鼠说,星期天本身就是倒霉的日子。草率创世后的这第七天从一开始起就是为了取消创世成果而存在的。在人类历史上,星期天——也可以称作安息日①或者其他什么——总是被用来宣布上星期的一切全部作废。

总而言之,母鼠叫道——每当我发牢骚提疑问妨碍它滔滔不绝时,它总是这样叫——总而言之,尽管控制系统之间并不兼容,双方的中央地下室里却同样都洋溢着周日气氛,所有电脑显示器以及覆盖各大洲的荧屏上都特有光泽。一种心情,不妨称作"全球性休假前心情"吧,正在弥漫开来。大厅里没有苍蝇却嗡嗡地响,是周日特有的无聊在嗡嗡地响。谁喜欢人类的行为举止,谁就会觉得现在酷似创世后的第七天:大功告成,尽管个别地方有待改进。

当然在中央地下室外面少不了爱吹毛求疵的悲观论者,他们即便在星期天也要鸡蛋里面挑骨头。但局面还算令人满意。虽然双方剑拔弩张,但剑拔弩张就能放心了:仔细分级进行威慑,监督别人同时也自我监督,把职权移交给电脑芯片,这样一来,那些做事马虎、从诺亚时代起就惯于违规操作的人就不能随意决策了。传统的不安全因素,就是那些可爱但常常心血来潮、生来就会把事情搞糟的人,就只有次要的辅助功能了,就不用再负责了。

我们看见他们在更深刻的意义上获得了自由,他们卸下重任一身轻了。因此他们敢于在各个电脑终端之间闹着玩。虽然没明说可以,但也睁一只眼闭一只眼,默许他们输入幼稚可笑的词语,储存这个保护国周日棒球赛的战况或那个保护国周末足球赛的结果,作出滑稽的评论,只要大屏幕上太平无事就行——大屏幕上确实太平

———
① 犹太人恪守的休息日。

无事。

哦，相互一致，真是妙极了！最新的情况了如指掌，大家为自己无所不知而孩子般地欣喜若狂。世界时间和当地时间可以比较，星期天在这边曙光初露，在那边夕阳西下了。常规提问使一切更加保险。再说大家也明白，承担责任者不在这儿。只消做点辅助性工作，万无一失绝出不了岔子。

世界时间和当地时间都在流逝。获胜的是基辅"迪纳摩"足球队和洛杉矶"道奇"棒球队。榜上排名略有变化，并无引起轰动的起伏。还有一些基本上喜人的消息。没有地方发生地震或者洪灾，没有飞机遭到劫持，甚至连条政变的消息都没有。只是中央主机里发出一些监控仪未得指令无法监控的异常噪声。偶然找到屎粒后才发现——为时已晚——这轻微的沙沙声源于一股不属于任何一方的势力。

我们没有什么星期天，母鼠说，但我们知道，两大保护国势力范围内的人是享受星期天的。每逢星期天全世界都昏昏欲睡，但下意识里敏感易怒。我们知道，人一向是什么都干得出来，而且能同时干完全相反的事情。我们知道，人总是神思恍惚心不在焉，总是惦念着自己的愿望或对遭受的损失耿耿于怀，总是感到自己缺少爱，总是寻找报复机会，在善恶之间左右徘徊。

我们发现，本来便是分裂的人到了星期天就更是四分五裂了。只能勉强说他还在，其实他已经迷失在自己五花八门的生存状态中了。他像散落一地的面包碎屑，虽然工作热情高涨。再说，那时人类社会沉浸在无边的伤感之中，好像喜欢以目光和自己的所爱——诀别，包括那些抓不住摸不着所以只能用概念来包装的，比如上帝，还有自由以及他们认为是进步、理性的东西。安全中心每台仪器四周同样弥漫着这种伤感的气氛。

所以我们觉得星期天比较合适。所以事情发生在初夏的一个周日。是六月里，体育运动的旺季。我们习惯地利用下水道，穿过铺设在中央地下室地基里的供应管道，由下而上向电脑主机发起攻击。这轻金属做的玩意儿不难对付,我们对此了如指掌,一看便知何处何物给何人,于是摆弄起眼前娇小玲珑的物件,在关键部位输入了我们的编码。编码马上感染了所有相连的安全系统,不过我们让监控程序正常运转以制造假象。一旦我们的口令"诺亚"在这边和那边发出了脉冲,双方的控制中心便都开始倒计时,虽有时差,但无先后。

我们只不过,母鼠说,启动了人类早为自己预备好了的程序。储存的弹药足以使——用他们那位只想报复的上帝的话来说——"凡地上有血肉、有血气的活物无一不死"。而且必须再三地不断地这样做,因为人类想要彻底干净地消灭自己及所有生物。许勒斯波尔埃雷兮!地球上关门大吉!

启动现成程序时我们几乎没发出声响,再加上正值漫长的星期天本来就没人注意,所以我们没被发现,因而也就有必要留下一些痕迹,我们离开机箱时留下了名片。这不无危险的举动只是碰巧获得了成功。他们后来发现了异物,先是猜想进而认识到:完了,以后再也不会有星期天了。

自那以后我们鼠类常谈起大爆炸。不不,母鼠叫道,我们不后悔。这势在必行。在此之前我们不知警告过他们多少次了,全都白搭。我们大白天上街游行,意思表达得够清楚了。但还是没发生任何能减轻我们忧虑的事情。只有些歇斯底里的反应,可笑极了,几乎不足挂齿:在最后那个星期日前不久,据说波罗的海西部上空发现了异常的云图,不是点点白云从西北往东南移动,而是成百上千成千上万小云朵排成不见首尾的队列穿越先是瑞典南方后是哥特兰岛的天幕;飞云如鼠,奔鼠如云,不,不是小羊羔般的卷积云,清清楚楚是老鼠形状的灰云,撒开四腿急急忙忙奔去,长尾巴恰似鼠与鼠之间的连字符。这天象,这可怕的黄道十二宫①,人们在丹麦的岛屿,在船上,

---

① 又名黄道带。天球上黄道两边的一条带,分为白羊、金牛、巨蟹、狮子、天蝎、人马等十二宫。

在波罗的海岸边都目睹了,还拍了照片和录像,说是上帝伸出告诫世人的手指。连无神论者也惊呼:这是典型的世界末日图!

别信他们,伙计。虽然我们神通广大,比如最近就启动了"促进和平"和"世界和平"这两套人类程序,从此取消了安宁的周日;但要弄出什么云图来上天充当黄道十二宫,我们还没这份能耐。

我不同意,母鼠!难道你不是还待在白漆笼子里躺在木刨花上,明天我会换上新刨花,让你这茁壮成长的圣诞鼠今后也过得舒坦。难道我不是也好好地在你身边,面前全是记事的纸条。我们的日历上排满了计划,考察船要准时到达维斯比,"髯客"去哈默尔恩的行程也已确定。我们的马策拉特先生一旦持有效签证去波兰,我们还要祝他一路顺风,不过先要请他告诉我们,在奔驰车后备厢里都堆了些什么给外祖母的寿礼。

我们看见他和自己收藏的金币告别,出发前把金币寄存在银行保险柜里。我们看见他用手掂量着曼斯弗雷德双杜卡特币、价值十法郎的金路易、尼古拉二世时代的卢布,还有一把萨克森和拿骚的塔勒①。看着他和金币难舍难分的样子不由你不动情:他在一只小匣子的抽屉里垫上天鹅绒,放进金币,其中有巴伐利亚的金马克斯,有但泽珍贵的、铸于一五五五年的西吉斯蒙德·奥古斯特杜卡特,有几枚色雷斯②的十德拉赫马③,还有一块崭新的 24K 中国金币,上面镌刻着憨态可掬的大熊猫。见他这样,我们还是觉得他并非和金币永别,他在从波兰回来之前就预见这些宝贝会升值,尽管现在金价一路下跌。

他又往准备带到波兰去的小匣子里放其他钱币,也是他天南地北搜集来的:镌刻着非洲跳羚的一盎司克鲁格④,重量不等的瑞士弗

---

① 十八世纪还通用的德国货币。
② 巴尔干半岛地名。
③ 希腊货币单位。
④ 南非金币。

蕾内利①,一枚德国皇族霍恩洛厄的丧币②新铸似的闪闪发光。还有两枚纪念舞蹈家乌兰诺娃和歌唱家夏里亚宾③的苏联金币。我们见了不禁自问,他为什么一面这样告别,一面又这样精选?他是不是舍不下金币?是想用金币让波兰走运吗?现在他又往里放墨西哥钱币,最后再加上如今称霸全球的金美元。

无论我们马策拉特先生计划的是什么,反正他心里想着未来,气喘吁吁地不断有约见,如同我忙得只好不断找借口推迟一样。我日程排得满满的,要关心那艘正按航向前进的船,还不能忘了画家马尔斯卡特:他刚凭感觉完成了石勒苏益格大教堂的内部装饰画,就又在别处接受了创造哥特式全盛期作品的任务,比如一九三九年初到九月间他的画笔使吕贝克圣灵医院声誉鹊起,不过以拌糖杏仁泥和那桩案子出名的城市吕贝克至今不愿承认。美术史专家一直在嚷嚷:"这是真正的哥特式!"而画家则毫不怀疑是自己的手迹,愤愤不平地辩白:"这是真正的马尔斯卡特!"他如今早就隐居起来了,来客得叫船家摆渡才到得了德彭沼泽地的那座小岛。

有人问起时他说:我在圣灵医院的画也能乱真,后来当兵了才罢手。波兰边界上到处升起二战硝烟后没几个月,马尔斯卡特就应征入伍了。

画家只得告别他那些赤褐色轮廓画、钢丝刷和粉袋,告别北德宗教建筑里在高高的脚手架上自得其乐的生活,告别穿堂风和夏天总也不好的感冒,但他始终没有放弃希望:战后会有这座或那座教堂向他敞开大门,让他继续挥舞擅长哥特式的巧手,依旧高高在上、混淆古今地为圣所、立柱和窗框造福。

那么我们呢?我们并不逊色,也在希望。我和圣诞鼠的生活依旧井井有条,休息时欣赏第三套节目。看,我们安然无恙!有关于我

---

① 1897—1949年发行的有女郎头像的瑞士金币的俗称。
② 1786年的普鲁士币,上有弗里德里希大帝的头像。
③ 夏里亚宾(1883—1938),苏联男低音歌唱家。

们的详细评论！我们收听广播，知道什么事情发生了、进行着、推迟了。即使水位报告对我们来说也是值得了解的信息。无论自己本身还是那些森林，我们都不放弃。我们置身于未来，尽管我必须承认住的楼层偏低要有受灾的心理准备，因为我不但梦见得和一切告别，我还梦见得和一切"有血肉、有血气的活物"告别……

斯泰厄港大小商家挂满"乌德萨克"的牌子，是丹麦文，意为"换季大拍卖"。女人们找到一家不降价的毛线店，买了些漂白或者染色毛线回到船上。船停泊在离默恩岛陡崖不到一海里的地方，正对晃眼的白垩岩海岸。陡峭的白垩岩高耸着，视线好时从它林木茂盛的圆峰顶可以看见吕根岛前希登塞岛上的山头。她们在事关重大的地方抛下了双锚。

"这是德隆宁卡姆伦、德隆宁施托伦，那是施托勒斯克林特、许切达尔斯克林特、利勒克林特……"达姆罗卡一口丹麦文指点江山。海水发绿，朝阳辉映下的石垩岩海岸使它蒙上一层浑浊的乳白。暮色苍茫时，海岸便笼罩在阴影下，道道裂缝也不再像刚才那样黑白分明历历在目了。苍白的岩石横眉冷对着大海，大海变得和东西两大阵营涂着伪装色的战舰一样，灰蒙蒙的。

"就是在这儿，"女舵手说，"听说那些婆娘当初怀着鬼知道什么希望时就是在这儿放掉比目鱼的。"但她并没呼唤比目鱼，她既不想引诱它"开口呀，比目鱼"，也不想诅咒它"你这骗子！你这吹牛大王！你这混蛋！"。

她们蜷缩在驾驶舱前避风处。或是注视着水波不兴的海面，或是眺望着布满罅隙的石垩岩，五个女人中有四个边织边谈自家身世，似乎要一尽方休：身边长长的毛线，嘴里长长的怨言，都像在大拍卖。

大姐虽然不编结，但也在谈自家身世，当然手里并不闲着，先是削土豆皮，接着洗胡萝卜，最后取出鲱鱼内脏放进牛奶和鱼卵。波罗的海鲱鱼比北海鲱鱼个小，但极鲜美，在市场上是越来越罕见了。

女人们你方说罢我登场，但说的都是同样的故事，都在说以前的男人,说那些遭遗弃的、被拖垮的、刚强的、疲惫的、肯吃苦的、不中用的、可爱过一阵但现在成了糟糠的男人,说和这个或者那个男人生的孩子,说孩子也不小了,都成人了。可见新伊瑟贝尔号上的女人都早过了妙龄,不仅是那位连自己多大都不再关心的大姐上了岁数。

女舵手说得出三个女儿的名字,三个女儿各有父亲。她告诉大家:"她们都独立了,不再像我以前那样三番五次受人牵制。我当年总是犹豫不决,总是傻乎乎地劝自己:俩人也能过日子。结果呢,每次都不行。什么也没留下,除了这几个丫头。我为她们耗尽心血,的确耗尽了心血,就是为了让她们别像我这样笨头笨脑地一而再、再而三地上当受骗。"

说归说,干归干,她结着三个男人可以穿的毛衣,褒贬参半评论女儿们的三个父亲:"一个是酒鬼,另一个乱搞女人,还有一个整天寻思升官发财。我不想叹苦经,也没怎么原谅自己。三个都有动人的地方,就是都不行。拖得太久了。每次都是我吃亏。这档子事今天才算彻底甩开了。"

女轮机长不同,她至今难以在两个男人之间作出选择。一个是以色列人,另一个是巴勒斯坦人,都住在耶路撒冷,都不愿意取长补短成为一个完美的男人。她总是说:"要能把这两人捏成一个该多好!其实他们并不是截然相反的,并不像他们透过太阳镜片对视时那样对立。他们完全可以成为铁哥们,这俩车迷在生意方面也可以合作,比如为什么不能一起开修车铺,买卖二手车什么的。可他们非吵个你死我活不行。我夹在中间像只傻母鸡。我当时根本弄不懂谁是谁非,包括在政治方面。两个都能说会道,一套一套挺有逻辑。谁也不肯让步。谁都始终有理。我一劝,他们就发火:别管闲事!他们利用了我,背着我说什么看谁能把这有情结的德国娘们弄到手。我是有情结,满满两箱子呢。整整齐齐地从家里带来的。总想什么事都做得尽善尽美,希望他们能握手言和,成为兄弟,呃,两人捏成一个。可是他们眼里只有自己,最后我带着不知和这个还是那个作孽出来的孩子远走高飞了。给他们留了张条了:等你们和好了再给我写信。不过我现在不想要他们了,即使他们和好了也不要。和他们的事算结束了!"女轮机长说。她最近开始编结男袜了。

接着她谈起了儿子,"他不肯服兵役",以便大家明白男袜是给谁编结的。女海洋学家也在编结,不过原因是她早早地、用她的话来说"过早地"当上了祖母。是小孩衣服,她在不停地编结粉红或者浅蓝的小孩衣服。

发生在她身上的事大都出了偏差砸了锅,而且不是太早就是太晚,所以她总爱在故事开始和结束时说明时间:"这我早该知道或者早该感觉到,不是吗?现在当然太晚了。要是我那会儿及时而且独自去伦敦该多好!我晚了好几年才去布鲁塞尔,要是在这之前就去了伦敦该多好!但过后我才明白过来,太晚了。假如我不是先在口译学校混,拿了一个学位又拿一个学位,最后成了家庭妇女,而且是有学位的家庭妇女,假如不是这样,假如我从一开始就攻读海洋学,那该多好!可是我当时偏不!生了一个孩子又一个孩子,而且都生得太早。离婚又离得太晚。后来新汉子又认识得太早了。现在我开始为自己活着了,只为自己活着,谁知又过早地当了奶奶。你们说这事儿怪不?"

"天哪!"大姐叫了起来,她没在为谁编结什么,而是忙着洗胡萝卜。"天哪!你们这帮娘儿们可真是疯了。好像遍地的屎都是男人们拉的!我只有过一个,已经死了。他就那样,我就跟他了。也不知道算是早了还是晚了。我跟了他,一直跟着他,直到有一天他突然断气离开了我。他的位子没让给别的男人。对,这位子现在还空着,而且不是空一半,还像他活着时那样。嗯,他也不好弄,爱较劲。他也干些坏事。那是些怎样的坏事呵,哦,上帝。有时我只好把气往肚里咽。或者干脆装没看见。心想他会回来的。他的确也回来。但有次他是带着个娘儿们回来的。那女的家住威斯巴登,活像个衣服架子挂着几片不规矩的布条。他让我和这叫什么英格的时髦妞儿好好相处。我说有她没我,有我没她。他一听就没怎么犹豫。这以后就太平了。那些年能熬过来不容易。战前,战后,还有夹在当中的战争。

今天可能遭难,明天也会。"大姐摆了摆手,大声说:"只有真正的爱才管用!"

达姆罗卡静静地用毛线头结毯子,毯子大得足够给五个女人带来温暖。赶在女舵手再次发言前,她开口了:"说到爱,我一直还行,因为我是慢性子。不知道爱何时开始何时结束,也就不会感到什么特别糟糕。即使眼前空空的我也会爱。爱可不能自己留着独吞。至于男人么,嗯,我现在的这个还凑合,不出门的话也常来……"

达姆罗卡又陷入了沉默,她是慢性子,现在得喘口气。不过当她看见大姐放在砧板上的那一排头尾相衔腹中塞满牛奶拌鱼卵的鲱鱼时,便开始点数,一共十一条。她不由得笑出声来,因为数着数着她想起了当年在管风琴凳上受的罪。

"你们知道,"达姆罗卡说,"十七年里十一个神父。现在十一个都被我甩掉了。第一个没什么好说的。第二个你们也知道。第三个死得正是时候。第四个么,我觉得他太像施瓦本人①,热衷顿悟。虽然他对礼拜仪式一窍不通,但主耶稣总爱和他说话,即使他蹲在厕所里也不放过……"

达姆罗卡就这样让这些穿黑袍的鱼贯而入,十一个神父一个不漏:"第五个来自耳岑,对利口酒情有独钟……第六个想过另类生活……第七个的老婆跟教堂差役私奔了……然后是第八个……还有第九个……"

其他女人一边编结一边插嘴,似乎手上嘴里都不能断线。直到白垩岩隐没在暮色中,她们才发现毛线虽没完结,但可做话题的男人消耗殆尽了。于是她们默默地吃起胡萝卜烧土豆来,用黄油和香菜调味,外加十一条油煎鲱鱼。灰白色的默恩岛陡崖越来越近了。因为话已说尽,所以谁都不再吭声。这些故事只能让人听着感到累。

大家随着女轮机长来到船艄部。海上风平浪静,她们的吊床却紧挨在一起左右摇晃。大姐啪嗒啪嗒洗完盘子也顺着扶梯下来了。

---

① 施瓦本是德国南部地区名。有施瓦本人要到四十岁才懂事的传说。

只有右舷的吊床还空着。达姆罗卡还在甲板上守着咖啡壶,她叫道:"我听完海洋天气预报就来。"

北方的夏夜总是姗姗来迟,乌云从西北逐渐散开,但天仍很亮,小而密的云絮飘浮着,好像飞禽走兽。海面风平浪静,天幕上却热闹非凡。不过我的达姆罗卡无意解释天象,她在寻找别的安慰。

她在驾驶室后面呼唤比目鱼,前后三次。比目鱼早先只对男人说话,只和男人风雨同舟,只为男人的事情出谋划策。它有不少难得的主意,直到它漫长的故事以悲剧告终。它悔悟了,从此只想依附女人,跟着那些婆娘。这条被呼唤了三次的比目鱼此刻正在回答达姆罗卡的问题。达姆罗卡蹲在船尾,头发垂到膝盖上。

我耳边飘来她和它的谈话声。她慢慢地提问,它简短地回答。比目鱼或许就在水里近在咫尺的地方,不过我看不见它,我看见别的女人顺着扶梯从船艏部走上甲板,领头的是女轮机长。她们围着手持煤油灯的大姐,远远站着。此刻我要是在甲板下面,那么无论哪张吊床都可以去睡一睡。但不行,我出局了,和我也告别了。

达姆罗卡结束了和比目鱼的谈话,但依然蹲着,所以长发依然垂膝。见别的女人围着煤油灯聚集在船头上,她并不惊讶。她们在灯光照耀下一步步地靠近,好一幅四女图。走在最前面的大姐问:"怎么样,它告诉你了些什么?"

达姆罗卡虽然细声慢语,不时还停顿一下,但不给别人插嘴的机会。她没有发号施令,但语气极为坚决:"刻不容缓。我们得马上起锚,直接去哥特兰岛。我们的证件在那儿了,已经盖好了章。只有半天时间可以在维斯比上岸。测量水母的活结束了。比目鱼告诉我说:快完了。它说,最迟星期六太阳落山前我们必须到达乌泽多姆岛海面,就是维纳塔海凹的上方。"

> 默恩岛海岸遍地都是
> 白垩岩上崩裂下来的石头,
> 灰蒙蒙黑乎乎的石头,
> 据说比任何想象还要悠久。

年复一年我们夏季旅游,
总要在此仰首观赏
那高高的白垩岩圆山头。
名叫陡崖,都是丹麦文写就。
然后只见我们脚下
陡崖下遍地凝固而成的燧石,
有些还带着深深的裂口。

只是偶然地,而且越来越偶然,
当运气拂面而过犹如海鸥,
我们能发现动物化石,
比如海胆变成的石头。

告别默恩岛,不再回眸,
告别这夏季和孩子的岛屿,我们本可以
在此变得更像丹麦人,继续逗留。
告别雷达,在山毛榉林上空
保护我们的雷达使我们无忧。
但愿我们能在白垩岩中栖身,
保存到七千五百万年之后,
等到新物种前来旅游,
欣喜若狂地发现我们的化石残片:
我的耳朵,还有你指指点点的手。

第 五 章

> 太空舱绕轨道运转——我们的马策拉特先生颇为悲观——母鼠抱怨为什么没有恐惧——格但斯克城外表完好——女人们为水母争吵不休——汉塞尔和格蕾特尔呼吁行动——人类的教育继续下去——颁奖仪式上的讲演

梦境中我竭力想见到旅游度假的景象,却听见母鼠打开了话匣子:后来,两大保护国的地下中心都成了对方攻击的目标,预定的时间一到彻底摧毁,什么也没留下,连会尖叫的也没留下,因为我们那些经过特殊训练的老鼠一直坚持到最后完成任务。从陆上到水里直至高高的太空都没了动静,只有阵阵旋风把核爆的烟尘吹遍全球,弄得到处暗无天日。总之,末日来临时只有一颗无关紧要的观察卫星还在轨道上,但那是颗载人卫星,上面那家伙技术差劲,既听不懂宇航员的语言,又看不懂仍然卖力运转的测试仪发出的数据。这样的人是否有宇航资格,是大可怀疑的。他不断地呼唤:地球!快回答,地球!我们见状只好体谅地低声告诉他,如今他在太空轨道上是多么孤苦伶仃,为什么人类的电讯已经中止,以及地球上只有我们硕果独存。只要我们离开地道——当然这是不无危险的举动,就会对他大喊:别伤心,朋友,我们不会丢下你不管。今后只要你呼叫"地球,回答",我们就会回话。

不！我喊道，不！我怎么来报道达姆罗卡的行踪，如果母鼠总是这么不停地插嘴？我如何描绘达姆罗卡浓密的头发，如果每次做梦总是光滑的鼠皮赫然眼前？我怎么能说女人们离开默恩岛陡峭的白垩岩海岸直驶波罗的海东部的哥特兰岛，如果这次旅行以及执意去波兰的马策拉特先生的旅行已经告终，属于过去，从昨天起——从何时起，母鼠？——一去不复返了？啊，如果说还有希望，还有一点生命气息，还有羞答答的人类迹象，那么就是：我们还在。我们又开始活动了，几个幸存者重新拿起了锄头铁锹。我们将来要……

是啊是啊，母鼠说，无论电影里还是生活中，你们习惯这样设想灾后的情形：主人公总能劫后余生，还有救命的方舟，当然每次都是最新的船型，兴致勃勃地大谈什么你们的历史将延续下去。可是，你们的历史结束了。我们对此深感遗憾！

它的声音又带上了一丝怜悯：哦，人类！他们完了我们还在，我们会怀念他们的。在他们的阴影下生活了那么多年，我们不禁自问：人类完了，还能有老鼠吗？我们尽管受得了他们留下的放射污染，但还是可能免不了逐渐衰弱。对人类的苦苦思念会使我们变得病恹恹的。啊，大爆炸刚过去我们就说，但愿能留下他们给我们做伴，哪怕只留下几个也好！末日到来前我们就大喊：多系明尼舍希斯索雷兮！我们老鼠载入了人类的史册；史册不存，老鼠焉附？他们总是害怕这儿或那儿有老鼠，害怕老鼠会在抽水马桶里咬屁股；如果他们不再这么害怕，那我们还算是什么？人类时代显然要完但还没完的那会儿，我们就预感到了失去人类的痛苦，打算给自己留下适量的人。可惜到最后只留下一个。啊，如果没有你，没有在太空舱里沿轨道运行的你，没有一头漂亮鬈发、满肚子谎言故事的你，没有你这位给我们留下了人类形象的朋友，我们老鼠非急疯了不行！

母鼠哀叹着。它这样怀念我们的时候，我们已经无可挽回地完蛋了。但我还想扭转乾坤，用事实予以反驳。我大叫：不！不！不！好像这样大叫就能驱散梦境。我发誓马上就能听到第三套节目播送报刊摘要，马上就会看到另外的现实。我说：不久就会有无铅汽油供应。我断言：饥荒会自然而然地过去。我和它谈到必定会举行的下一次经济峰会，谈到斯德哥尔摩等地的和平努力，甚至谈到了教皇最近的出巡计划。我们还是有希望的，怀疑归怀疑希望归希望，我叫道，不信就这样完了。你听着，母鼠！我决定今天就种一棵树。

它听后像对孩子那样对我说：好吧，继续干吧。伙计，想做什么梦就做什么梦好了！能要多少女人就要多少女人好了，还有马尔斯卡特的哥特式壁画，你那位马策拉特先生的金杜卡特！我们欣赏你的借口。我们知道的真情不必成为你的负担。去装作好像人类还存在的样子吧。去相信你们还有无数还是勤劳的吧。你还有各种计划。你还想拯救森林。让森林恢复生机吧。让考察船扬帆远航吧。让你爱不够的那些女人去把波罗的海的水母和鲱鱼苗数得一清二楚吧。让那画家不停地往石灰墙上画火鸡和圣母继续蒙人吧。让你那位小驼背不要拖拖拉拉赶紧去波兰吧，否则签证要过期了。

还有，母鼠消失前又说，去听吧，就当还有新闻广播，还有第三套节目吧……

必须劝他放弃此行，劝他发个电报回去："此行因病取消，望谅"，就说前列腺发炎了。外祖母会谅解的。善良的安娜·科尔雅切克一直善解人意。

确实也很难设想他还经得住这次还乡之旅。无数往事会被唤醒，让他受惊吓动感情。离开老板办公室，离开大得出奇的写字台和橡皮树，他身后会突然出现另一幅背景：他的出身，卡舒贝牲口圈的气味。

应该体谅他，因为你只要问起他的童年，他就会东拉西扯绕圈子回避。从地窖台阶上摔下那件事他三言两语便带过，称自己那时的个子长得较为"克制"和"缓慢"，仿佛早年的经历还在使他痛苦万分。他虽然并不否认那些我们耳熟能详的阶段，比如在但泽市郊朗富尔的奇遇和在旧城以及卡舒贝腹地的游历，但有些事比如他对保卫波兰邮局作出的贡献和在塔楼上唱碎玻璃的技艺，他也不愿加以证实。对在演讲台底下表演节目和在大西洋壁垒参加短暂的巡回演出这两点，他不置可否，至多说上一句："我在童年和少年时期是经历了不少怪事。"要不他就这样措辞："尤其是您对小说①里写的不能全信，虽然我早年的经历远远超出某些摇笔杆子的想象。"

在我们马策拉特先生看来，对这类提问最好不置一词，一笑了之。你要是刨根问底，他就会不客气地打断："别谈我的童年了，我们还是来关心一下明天天气如何吧。预报说雨还不会停，真可怕！"

所以我认为他不该去波兰。这会是一次没有归程的旅行，可能有去无回。他的前列腺炎不是闹着玩的，很敏感，弄不好就复发。说什么"不去的话，他这人物就没根了"，完全是一派胡言！成功的企业家离开了原来的背景也能生存。杜塞尔多夫这种例子数不胜数。我昨天去上卡塞尔为他送行，尽管一排排房间毫无生气，我还是觉得这别墅挺适合他住的。我劝他："奥斯卡，你最好还是别去。"

他不听我劝，谈起了玛丽亚和她每天为小库尔特生的闲气——"这小子借债，到处借债！"——，骂他那已经四十五六岁开始发福的儿子是不肖之子。然后他带我去地窖里的收藏室，又领我来到客厅介绍这介绍那，似乎那些五十年代的摆设，比如搜集的那些珍贵的玻璃碎片，是最近才购置的宝贝。"我和玻璃早就有一种特殊的关系"，听了他这句话我颇为不快。一直到站在当时著名音乐小丑贝布拉②的相片镜框前，他才把我当同时代人，说："您知道，贝布拉当音乐会经纪人能成功全靠我神奇的能力。不知有多少次剧场爆满，演出大获成功呵！"③他以一句"那还是我做独立艺人时的事情"打开了话匣子，滔滔不绝地谈起了他最爱谈的话题：五十年代初期，他、玛丽亚和小库尔特，还有画家马尔斯卡特。他愿意看到马尔斯卡特站在那两位当年的政坛要人中间。

---

① 以上诸情节均可参见格拉斯的长篇小说《铁皮鼓》。
② 《铁皮鼓》中的人物。
③ 奥斯卡的经历见《铁皮鼓》。

他想知道我具体的构思——"我很注重细节!"——,我答应再作加工,但又抱怨关于马尔斯卡特从四十年代初到四五年五月军旅生涯的素材少得可怜。我谨慎地表示了疑虑,认为不宜简单地将那两个不共戴天的政要和这位迟到的哥特式画家混为一谈,不宜贸然地将他们称为三驾马车。接着我就转了话题,开门见山地问起我们的马策拉特先生给一百零七岁的外祖母买了什么寿礼。

他答道去过钱币商店,指给我看一个适合放首饰的漆盒,又说:"我还订了蛋糕,是特高的树形蛋糕,已经到货了。此外还有一盒特制的录像带。等着瞧吧,不知道我那些迷信的卡舒贝老乡是否会接受这神奇的玩意儿。"

接着我们的马策拉特先生兴致勃勃地谈起他弄来了满满一袋玩具小人,准备送给卡舒贝成群的孩子。他提起粗麻布口袋,拎在手里好似掂量什么珍宝,叫道:"有一百三十个哪!瞧,"——他从口袋里随意拿出几个——"都是些勤劳的小家伙。看,这是泥水匠,那是机械师。这两个在打网球,那两个在喝啤酒。这个,还有那个在种地,拿着锄头和镰刀。还演奏乡村音乐哪:吹喇叭的,吹笛子的,拉低音提琴,还有这个——您瞧,您快瞧啊!——在敲一面红白两色的鼓。"

刚说出这个迄今忌讳的词,我们的马策拉特先生就陷入了沉默。才过片刻他又开口了,不过只谈业务。他背着手,小步地踱来踱去,谈起录像片市场上的愈演愈烈的竞争,谈起剽窃、抢夺等制片商的不法行为。拍过时的东西,比如供电影院播放的片子,资金问题没法解决。不过推出"森林死亡"的题材也许能从国家那里捞点资助。这想法不错,但剧本要有烘云托月的次要情节。"比如可以设想,"他建议道,"让瘌㾌儒怪坠入爱河,让他爱上那个双手被砍断的姑娘。这样能弄出些催人泪下的场面来。"接着他又问是否可以让《格林兄弟的森林》这部无声片有个大团圆结尾,即使难以想象,但是否就一定难以实现呢?"难道童话都非得以悲剧告终!"

最后奥斯卡走到一面为运动健将度身定做的镜子前,理了理领带,扭动身子顾影自怜,一边咯吱咯吱地梳头,使那永远金光闪烁的秃顶周围的一圈银发富有动态,一边问道:"另外,您的圣诞鼠怎样了?您还一直梦见那场大灾难吗?"

起身告辞时我祝他一路顺风,顺便问起为安娜·科尔雅切克准备的多层树形蛋糕是否有九十四厘米高。我们的马策拉特先生虽然嘴角挤出了一丝微笑,瞪圆的眼睛里却带着恐惧。自从行期决定以后——他终于决定明天出发了——,他觉得有一种越来越强烈的不祥之兆。

他该发个电报。他该听我的劝告。既然觉得到处都是不祥之兆,就不该去波兰。我们的马策拉特先生忧心忡忡。

我们不知问过自己多少次"为什么"。但自从大爆炸后我们就知道你们缺的是什么。你们缺的是恐惧,母鼠说着又用鼠语重复了一遍,多希明舍济于莫斯巴雷莫兮!接着它用闲聊的口气详谈起我们的事来:人类有无数原因感到恐惧,什么都要安全,甚至还为坏天气和婚外情买了保险。人类越来越追求万无一失。尽管如此,尽管小的恐惧多如牛毛稍纵即逝,但大的恐惧却可以说是变得七零八落了。在神坛前你们相互嚷嚷保证安全:现在我们不必再恐惧了,我们不再担惊受怕,我们可以进行威慑。关键是威慑必须可信。这点俄国人明白,美国佬也清楚。越威慑越安全。

你们就这样鼓起勇气,母鼠说。通过互相威慑,你们按部就班地驱除了恐惧。严禁恐惧上门,不准恐惧在任何地方露面。谁也不愿被人看到自己感到恐惧。到末了,人类就丧失了任何恐惧的勇气。谁如果依然胆敢公开自己的恐惧,甚至像"髯客"那样借老鼠的形象展示自己的恐惧,似乎老鼠就是恐惧的化身,谁就没人理睬。你们想要摆脱恐惧,想要无畏,就像你们想要无忧、无罪、无债一样,就像你们一直想要摆脱责任、障碍、顾虑、老鼠、犹太人一样。但没有恐惧的人特别危险。

叽叽喳喳用鼠语发了一通火后,母鼠说:这是因为我们发现,你们没有恐惧所以变得盲目和愚蠢起来。宣传海报上有一条豪言壮语："为了自由，再大的牺牲也在所不惜"，但其实你们的自由早就成了安全这尊偶像前的祭品。面对无处不在的技术，你们是失去自由的阶下囚。无处不在的技术把一切，连最后的那点怀疑都封存起来了，以至于末日时你们就这样不负责任地灭亡了。你们这些傻瓜！你们把仅存的理性都弄得像奶酪碎屑喂了贪食的电脑，期望它们能担起责任来。但你们还是再三否认自己的恐惧，把它里三层外三层地包裹起来埋在心中，不准它出来，不准它露面，不准它叫"妈呀！"

可你瞧，母鼠说，我们感到恐惧也表露恐惧。你们其实完全可以到我们这儿来对我们说：教教我们吧，亲爱的老鼠，教教我们如何和你们共同生活。我们人类愚蠢地相信，人是足够有余的。我们做的想的，我们硬塞进诗句和画面或者谱成多声部乐曲表达的，一直都是长生不死的愿望。但最近一种感觉开始困扰我们：可能将来我们会死绝，只有你们硕果独存。教教我们吧，恳请你们教教我们如何和你们一样长生不死。我们不会再干对不起你们的坏事，也不会再说对不起你们的坏话了。教教我们吧！

倘若你们当初苦苦哀求，我们会大声回答"瞎闹什么"，母鼠说，我们会吃惊地一口回绝。因为即使我们也不免一死。鼠类也是命有定期的，自从有鼠类以来我们就知道自己命有定期。但如果能教你们的话，那么第一课会给你们这样启蒙：从现在起，人类的教育不能再侈谈什么长生不死。人活多久就活多久。死了就什么也没了，除了垃圾什么也不会留下。你们这些人必须感到恐惧，感到害怕，像我们这样命有定期，那样你们没准还能多活几天。

但人类却不和我们老鼠谈，母鼠说，他们迷上了大决战不能自拔，再警告也白搭。我们免费上街鼠窜，成群结队地做受惊狂奔状。他们不知恐惧，我们想方设法使他们感到恐惧，恐惧对人生而言不可或缺。我们设法使天上乌云翻滚，犹如老鼠在奔逃，但这最后的尝试也失败了，只引起他们几句傻话，说什么这是幻觉而已，或者引用《圣经》中有关的只言片语了事。这下我们忍无可忍了，只好不管他们了,和他们一刀两断,赶在他们出乎我们意料地按下电钮之前……

我默不作声:说吧,母鼠,你爱怎么说就怎么说吧!

它好为人师地发了好一阵子高论,突然发现我在太空舱里,话锋一转冲我来了:朋友,只有你还听劝,还算明理——但也为时已晚了,就像我们鼠类以前说的:多希明舍尼贝勒特乌特莫兮!但我们还是给你带来了佳音。你的老家还有几分以前的模样,看上去还像哥特式。这也许在你意料之外,但却是人类最后未雨绸缪的结果。

你瞧,母鼠叫道。但眼前除了它一无所有,只听它在言之凿凿:有四五枚炸弹在格但斯克上空引爆,不过那是些手下留情的特制核弹,虽然在市区、维斯瓦河入海口周围,甚至卡舒贝地区毁灭了全部生命,但由于冲击波较弱,而且多弹头在九百米高空引爆,所以城里古迹全保存下来了,周围住房和港口设施也安然无恙。这些建筑的墙面啊结构啊都还好好的,只有叫吊车门的木城门烧了,玻璃窗包括教堂的也都碎了。

别的地方可就惨了,它说,工业城市格丁尼亚及相邻的韦伊海罗沃市和索波特市被夷为平地,只有你老家那儿还能住。天寒地冻,天昏地暗,滚滚烟尘给所有劫后余生的老房子蒙上了一层黑,但这对市容并无大碍,还是挺漂亮的,你该高兴才是!

母鼠接下去的滔滔高论非常专业,在梦里听着也让人累得慌。长话短说吧,它的意思大致是:这种特制武器是由那种与"长矛式"短程战术导弹配套的中子弹头发展而来。中子弹在人类末期是有争议和受排斥的,被称为非人道武器,因为它只对固体不形成伤害。从老鼠角度来看,我们并无义务对此非议作出反驳,但不妨为这种后来高度发达的武器系统说句好话:通过生产这种大面积有效的中子弹,人们终于能保护文化遗迹了。何况两大保护国都拥有这种保护文化遗产的能力。就我们所知,全世界不少古建筑集中区都安然无恙。只可惜虽经多方努力,耶路撒冷还是毁了。不过吉萨[①]附近的金字

[①] 埃及旅游城市,市郊有著名的金字塔、狮身人面像等古迹。

塔旧貌依然。两大保护国总算及时达成了协议,精选了一批保护区,按照最终文化协定的精神在电脑中心重新进行了编程……

母鼠在我的梦境中一直居无定所,现在它报告将近尾声时又坐在一只十五世纪晚期用铜皮精制的佛兰德罐子里了。它一边侃侃而谈,一边不断地撞,弄得罐子滚将起来,它不得不反向跑动以保持平衡。

这罐子难道不是精美绝伦,它叫道,难道不是质地优良值得保存吗?

我答道:这个以及其他类似的罐子我在屠夫街博物馆里见过。那时我还是个学生,但对艺术非常着迷,隔三岔五就去博物馆,夹着速写本,满脑子怪念头。有时连课间休息时也往那儿跑,因为离学校没几步路……

母鼠在滚个不停的罐子里说:屠夫街博物馆的这件展品和别的艺术品一起保留下来了,多亏了那种特制炸弹。人类历史即将告终那会儿,大家称它"艺术之友",尽管谁都知道,这种友谊的界限极为分明……

说着它轻轻一跳离开了佛兰德铜罐。罐子继续叮当作响了好一会儿,母鼠又在我眼前作开了报告:哦,到处都是同样的景象。在西方未遭破坏的文化中心,人在萎缩,因为断气前体内水分都会挥发掉。大爆炸都过去几个月了,外面依旧天昏地暗天寒地冻,当我们老鼠在一片朦胧中钻出来准备清理现场时,还看见人类极度萎缩的干尸,大都趴在地上,挣扎着想站又站不起来的样子,好像临死还要直立行走。瞧他们的姿态!形形色色痛苦的肢体语言!使我们想起了早期哥特式的冗奋。不,人类从未像现在脱水状态下一样具备如此丰富的表现力。

我看见梦境中的母鼠招来的往昔情景,看见了大街边广场上缩得侏儒般大小的干尸相互支撑着想站立起来的样子,看见他们背后文艺复兴时代的宫殿和哥特式山墙面街建筑的露台上蒙着厚厚一层黑黑的烟尘,看见即使在烟尘笼罩下砖砌教堂的大门依然雄伟壮丽:

半圆拱和桃尖拱完好如初,立柱没有开裂,圣徒像也还都在,尖塔依旧屹立,拱顶冠石、十字花饰、屋脊小钟楼什么都不缺。但人都成了干瘪的皮囊,我觉得最后只配用来喂老鼠。

不听我的,还能会怎么样:新伊瑟贝尔号虽然在平静的海面上开足马力驶向哥特兰岛,但在这艘时速八节的船上各种意见针锋相对。

女人们在甲板上吵个不停,时而轻声,时而尖叫,针尖对麦芒,她们抬起杠来真伤人。那些女王互相为难的悲剧,古往今来一直在上演。永不过时的角色。谩骂声和诅咒声。个性一个比一个鲜明。神态丰富多彩,双手直指苍穹。点点戳戳相互指责,嘴里喃喃赌咒发誓。头发内心乱作一团,举手投足有张有合。她们走来走去,把甲板当成了露天舞台,脚下时而像装了弹簧时而又像生了根,始终充满张力。看得出这些女人多年来训练有素精于此道,只有争吵起来感觉良好的人才会这样争吵。

她们在争吵什么呢?要保住、夺回或者瓜分谁的财产?你们这些女王啊,是那顶王冠引得你们争吵不休?

她们是在为航向争吵不休:新伊瑟贝尔号该按预定计划对瑞典南部海面的水母进行扫荡式的测量呢,还是仅仅因为比目鱼发了话就得直接开往哥特兰岛的维斯比,然后就像被比目鱼撵着似的马不停蹄地驶向乌泽多姆岛平坦的海岸?

这是女舵手的声音:"测量水母是当务之急!你们什么时候才能明白,波罗的海有朝一日会完蛋!不,不只是水下三十米的地方,而是全部发臭,彻底完蛋!"

"不过话得说回来,一九八一年基尔海湾也差不多快完蛋了,但第二年——瞧这儿的测量数据,你们明白了没有——又活过来了。绝处逢生,全靠了气候变化、风量增大和潮流移位。"说话的是女海洋学家,她最近不仅对海洋学而且对一切都感到厌烦,打算和达姆罗卡一起去维纳塔。

乱发飞舞的女舵手吼叫起来:"什么气候,什么风量!全是屁话!这种波动起伏又不是人力所能左右的。趋势是要完蛋!"

女轮机长过来帮腔:"还有水母呢?我们的水母怎么办?那些袅袅婷婷的'美杜莎'呢?我们那些该诅咒的考察对象海月水母呢?"

达姆罗卡屡屡示意别再用"测量鲨"捞水母,一声不吭地忙着保持航向,所以现在女海洋学家替她发言:"其实水母证明波罗的海有生命力,因为哪儿有生命,那儿就有浮游生物;哪儿有浮游生物,那儿就有足够的鲱鱼苗;哪儿有大量的鲱鱼苗和浮游生物,比如在基尔海湾,那儿的水母就多得惊人。懂了吗?"

"是啊!"女舵手叫了起来,"直到海里全是水母,全是海月水母方才罢休!"

女轮机长固执己见:"我们的任务是……"达姆罗卡不吱声,大姐边听边摇头。女人们休息的时候,大姐就在厨房里对她们叫,不是"水母你们是捞不完的!"就是"典型的婆娘斗嘴!"要不就是"别再说那些该死的水母好不好!不然的话我就煮上几个水母拌大葱莳萝给你们尝尝!"

诚然她们是在为航向争吵,但暗地里她们都被个人恩怨纠缠着,叠床架屋盘根错节的恩怨。可能是又想起了以前的刻薄话,但这些话与我无关,所以我都忘了。她们五个虽然朝夕相处,心情开朗时也脱口而出以姐妹相称,但还是相互不和,冲撞摩擦是常有的事。女王们都挤在一起了。没准会发生谋杀,酝酿已久或者是心血来潮的谋杀。我不由想起毒发夹和毒药粉。哪个女人会在达姆罗卡的咖啡壶里放砒霜或者马钱子碱?仇恨的火苗在跳跃,看到对手必除之而后快。如俗话说的那样:她们合不拢。不过我还是想让她们和睦相处。

没提到比目鱼,因为只有达姆罗卡和它说话。女人们只要吵架就拿水母开刀。心里暗想的是我,尤其是新目的地维纳塔,嘴里明说的却是:什么时候波罗的海会完蛋?水母泛滥现象是一种危险呢,还是应该视为生命力的佐证?我们究竟为什么要为海月水母争吵不休?

海月水母是樽海绵属,不是蜇人的"火水母",就是说没什么危险。它淡蓝带点奶白色,看上去有点平淡乏味,但在有些人眼里却很美,他们惊叹它通体透明或者变得虔诚起来,好像面对的是天使。

北纬七十度和南纬七十度之间的近海水域中几乎都有大量海月水母或者俗称的"耳朵水母"。它们顺水漂流,走南闯北,在香港和马尔维纳斯群岛海面上留下踪迹,在黑海、日本领海和秘鲁领海里成群出现。发电站冷却水进口被它们堵得严严实实。不但飞蝗、啃食树皮的小蠹虫和老鼠,海月水母也被不分青红皂白地称为一害。

"美杜莎"分雌雄两性,所以女舵手愤愤不平起来,说"这真是大自然中的怪事儿"。但她很快就心平气和了,因为女海洋学家告诉她,雄体的精子并非直接地而是通过食物进入雌体的。卵巢受精不过是附带现象。成熟的卵子经胃部进入孵化囊,等等。

伊瑟贝尔号上的餐厅和共同活动室就在供研究用的舱房里,舷窗间挂着好些关于海月水母生长周期、当地风量影响水母和海月水母数量的示意图。第一张是基尔海湾的水母密度,第二张是吕贝克海湾的水母密度,第三张是默恩岛陡峭的石垩岩海岸的水母密度,第四张是瑞典岛礁的水母密度,第五张是哥特兰岛和厄兰岛之间的水母密度,第六张是吕根岛以东狭海湾和乌泽多姆岛附近海面的水母密度。示意图是女海洋学家挂的,她还在上面用清晰的字母写了些什么,所有图都以七十年代末八十年代初的考察数据为依据。

"这些数据都老掉牙了!"对研究不以为然、坚信眼见为实的女轮机长说,"前天从默恩岛陡崖出发时,那台可爱的测量仪告诉我这海都水母泛滥到了什么程度了。我们该在螺旋桨上装台水母计数器才是。不管怎样吧,通过水母海域时我发觉航速降低了一节。你们的那些'美杜莎'的刹车功能真不错!"

灰白的云朵被风吹碎,一缕缕急急飘过天幕,海面却依然平静,新伊瑟贝尔号把波恩霍尔姆岛甩到身后,向哥特兰岛的维斯比驶去。虽然离海岸越远水母越少,但测量的次数却不寻常地频繁。女舵手提出减速航行时每半小时放出一次"测量鲨"。女轮机长表示赞同,女海洋学家作出让步——"既然接受了这倒霉的考察任务,也只好这样了!",大姐忽左忽右没个准主意。在这种情况下,达姆罗卡只得勉强同意减速,做了个表明谦让即美德的手势,将把握方向的大权交给了女舵手。

大姐对她说:"别愁眉苦脸的!"

达姆罗卡像是在自言自语:"这样我们会耽误时间的。"

女海洋学家说:"这些测量没意义。水母数量极有限,和一九八一年相比不算什么。"

达姆罗卡突然——我不懂为什么——又兴奋起来了,说:"水母泛滥的年头以前一直也有。当年哥特人抓阄决定首次大迁移时就这样。他们划船离开哥特兰岛时恼火极了,据说整整花了半天才划出水母区,扬帆远航创造历史去了。后来在公元一六三〇年——是那年的七月二十六日——古斯塔夫·阿道夫①乘船去乌泽多姆岛,准备率领一万五千名瑞典和芬兰农夫在佩内明德附近登陆。那时他们不是和蒂利将军②或者华伦斯坦③较量,而是不得不先和水母殊死搏斗。水母是不可救药的天主教徒④,像肉冻一样把这位瑞典国王的登陆船只围困得水泄不通。尽管水母作梗,哥特人还是挺进罗马,到达了自己的终点。尽管水母作梗,瑞典人还是在德国快活了不少日子。你们看,完全没必要激动。以前都有过,没什么了不起。大海的历史比我们的担忧要悠久得多呢。"

瞧她这头浓密的鬈发,犹如任凭风云变幻决不动摇的信心!她既是灯塔又是暗礁。她的顽强能疏通任何争执,如同梳理一件匆匆结成的毛衣。这些比喻对她完全适用。我只得乞灵于达姆罗卡的头发。她的船又全速前进了。女舵手也不再发牢骚。女海洋学家记录着最后的数据。女轮机长不知在什么地方吹着走调的口哨。大姐在

---

① 古斯塔夫·阿道夫(1611—1632),瑞典国王。
② 蒂利(1559—1632),巴伐利亚将军。
③ 华伦斯坦(1583—1634),三十年战争时德皇军队的统帅。德国诗人席勒著有名剧《华伦斯坦》。
④ 三十年战争时与包括瑞典国王在内的新教对阵的是天主教,故有此说。

厨房里烧柯尼斯堡糖醋续随子酱肉丸,女人都喜欢这道我最爱吃的菜肴。风从陆地吹来,海上波涛不兴,我做起了美梦。母鼠没来插话,只有我们的马策拉特先生用汽车里的电话和我谈了几句:他和司机在赶路,奔驰车这会儿正行驶在杜塞尔多夫和多特蒙德之间。他希望我充分利用他出门的这段时间。马尔斯卡特案件能使黑咕隆咚的五十年代明朗化。他不愿在波兰还为此担心。他当然会回来。他是不倒翁,奥斯卡说,任何人包括我都不可能使他一蹶不振。他警告说不要心存幻想。电话指示到此结束。

啊,达姆罗卡!看哪,海上微波荡漾,看不出半点狰狞的模样。什么世界末日,全是胡扯!梦中的我还有成堆的计划。明天我还要再去拯救森林呢。

孩子们,我们玩迷路游戏
发现自己跑得太快。

如今我们知道七山后面,
是唤作"七山后"①的旅馆。
那儿书报亭有可爱的纪念品出售,
来自我们生疏的时代。
那时对以童话人物命名的侏儒综合征,
我们还觉得和波希米亚语一样奇怪。

每个童话都得到了解释。
善良和邪恶的仙女参加了研习班。
小矮人组成的合作社。
巫婆和她的社交圈。
资本主义晚期的汉塞尔和格蕾特尔,

---

① 取白雪公主与七个小矮人故事为背景。

还有属于青鬃王①康采恩的一切。
在一次个案研究中还探讨了
睡美人的深度睡眠。

不过根据格林兄弟的见解,
孩子们只要迷路,还能迷路,
就已得救,就已脱险。

  黑白片放映完毕,魔镜上白茫茫一片。汉塞尔和格蕾特尔的童话结束了,大家笑着,连女巫也笑着,对自己刚才被扔进炉门并无怨恨。一身黑色潜水服的蛙王拥抱着总理的孩子,总理的孩子却感到蛙王以前的故事荒诞不经,怎么看都不像是真事。汉塞尔对格蕾特尔说:"唉,这故事如果去掉大团圆结尾就带劲了,你说呢?"
  下榻"松脆小屋"的客人都谈起了美好的过去:那时童话能预言未来,稻草可以纺成金子②,三片羽毛给人心愿成真的希望③,他们使劲地想召回这美好的过去,却变得越来越悲哀。伤感是会传染的。
  雨不再下了,青蛙国王只得重新跳进井里。贵妇似的半老公主又躺了下来,以便这位青蛙模样的国王跳上额头,缓解她的头疼。
  无手姑娘蹲在屋内楼梯上,断手松松垮垮地挂在绳上,两眼直瞪瞪地看着自己结满血痂的残臂。
  莴苣姑娘在"松脆小屋"楼上窗前梳头,金发随风飘荡,一幅挥之不去的画面。
  小屋和牲口棚前,约琳德和约林格尔通哑语似的打着手势,传达各自的悲伤,讲述以前那惨不忍闻的故事。
  王子还是得不断地吻醒睡美人,他干起这活来心不在焉,但好歹尽职。睡美人一次次惊奇地睁开双眼,又一次次被睡意征服。(如

---

① 又译画眉嘴国王,《格林童话》中的人物。
② 格林童话《侏儒怪》。
③ 格林童话《三片羽毛》。

果我没误解我们马策拉特先生的话,那么在片中还应详细谈这种吻人的强迫症。)

屋里的瘸侏儒还神思恍惚地站在那大瓶前,酒精中完好地浸泡着他当年一怒之下拉断的——自膝盖以下拉断的——那条腿。

外婆好像不愿再多事,她目光呆滞地看着小红帽朝狼跑去,爬进笼子,拉开狼肚子上的拉链,钻了进去又从里面拉上拉链。

恶继母打开魔镜,看见自己在黑白童话片里和镜子说话,又看见白雪公主漂亮的小脸蛋。她关了魔镜,满目凶光地找起白雪公主来,最后发现那丫头在抚摩一件透明的展品,就是那具小玻璃棺材。

甚至女巫也是心事重重的样子,摆弄着项链即那串风干的耳朵。看管房屋的仆人山妖直愣愣地盯着她的丰乳,怎么也舍不得把视线移开。

汉塞尔和格蕾特尔扮着鬼脸没话找话,想让童话人物们高兴起来。但一切努力都是徒劳。不管是叫"来,瘸侏儒,让你以前的断腿安息吧!"还是喊"女巫,我能为你做些什么",全都白搭。忧愁像有魔力似的附在众人身上。老伤痛还没好,更大的新苦恼又在眼前了。

七个小矮人出远门回来了,手提销售员的箱子,身穿法兰绒的细条西服,板着脸取下七只挂钩上的七顶帽子。他们带来了坏消息,还掏出些糟得不能再糟的证据来:有说明树木分权不正常"患锡条症①"的死丫杈,有病树皮,有针叶发黄往下掉的冷杉树枝,有干枯的树根。还有些照片,你能看见病树的各个部位都开始从里往外烂。

这些证据把童话人物拉回到当今的现实,连小红帽也从狼肚子里爬了出来。字幕上打出了"新枝是回光返照,树林其实已惊慌失措"的字样,七个小矮人用病入膏肓的树枝证明了假繁荣掩盖不了真恐慌。

按下按钮启动魔镜,事实立刻得以证明:随着无声片字幕上打出了恶继母的话"镜子镜子,挂在墙上,德国大地上哪有森林死亡",可

---

① 指类似圣诞树上装饰用的锡纸泊窄条。

以看到来自菲希特尔山脉、巴伐利亚树林、黑森林、施佩萨特山、索林根和图林根森林的画面。森林遭了风灾,西山坡光秃秃的,只见倒下的树、死去的树,还有咬树的小蠹虫。

巨人山妖不再死盯着女巫,他现在想要看巨人山脉:"我是从那儿来的!"话音刚落,一大片死去的森林赫然眼前。

看来大难已经临头。大家都觉得森林一完自己也就死到临头了。白雪公主和七个小矮人哭了起来。女巫没有发作,听任看管房屋的仆人山妖把脑袋伸到她双乳之间。小红帽又想钻到狼肚子里去了。汉塞尔却不让众人作鸟兽散,大叫:"不准临阵脱逃!"

有主意了。汉塞尔和格蕾特尔你一言我一语,说的话全打在了字幕上:"你们都别伤心了。我们知道向谁求助了。格林兄弟旧时的照片不是挂在你们的墙上吗,现在他俩是部长和国务秘书了,都在一个管特殊事务的部里,负责处理森林死亡的问题。他俩还是那么和善。格林兄弟会帮助你们的。现在还不算太晚。你们再也不能逆来顺受了。你听见没有,女巫!森林完了你们也就完了。没有森林也就没有你们的存在。起来反抗!听见了吗,快起来反抗!"

七个小矮人首先响应:"起来反抗!起来反抗!"其他人也跟着嗷傲叫,"松脆小屋"里顿时群情激奋。接着众人出了屋子,精神抖擞地准备出发了。

山妖和七个小矮人从牲口棚里推出一辆老福特车。这车好久没加汽油了,所以得由女巫来弄点什么代替汽油。这事她擅长,不是有老验方吗?

大家招呼着哄笑着,把女巫抬到了老福特车的发动机防护罩上。她在漏斗旁蹲下,撩起裙子,对准目标撒起尿来,油箱里立刻响起了噼噼啪啪的声音。甚至无手姑娘也让她的断手鼓起掌来。大家都乐坏了,只有外婆在叫骂,喝令小红帽快回来。恶继母可能也是一脸惊愕。真没想到,约琳德和约林格尔竟然在微笑。女巫一边经久不息地撒尿,一边那双琥珀色的眼睛斜睨着。小矮人们嚷嚷着:"再来点,女巫,多加点!"终于她以女巫特有的方式给老福特车加满了油。

瘸侏儒开始确定代表团人选。女巫鼓动恶继母参加,恶继母偏不干:"我还是留下,在这儿密切注意事态的发展。"既然恶继母退出了,睡美人和不断吻醒她的王子就上车坐到了后排。七个小矮人掷骰子选出了一个坐在担任司机的瘸侏儒旁边。到末了莴苣姑娘也要去:"我也要进城快活快活!""我也要去!"小红帽边叫边推身边的白雪公主,于是白雪公主也喊起来:"那么我呢?"但她们谁也不能去,连无手姑娘也不能,尽管她被砍下的断手在苦苦恳求。

山妖在防护罩边用手摇柄发动马达。女巫牌汽油的质量不减当年。点着了火,马达开始轰鸣,老福特车开动了。一边是林中湖,一边是放养狍子的圈地,车就这样开出了林中空地。

因为格蕾特尔(按照我们马策拉特先生的意愿,她爱上了青蛙国王)往井里倒了一桶水,青蛙便从半老公主的额头跳到了井里,又变成国王露出头来。

青蛙国王、半老公主,还有汉塞尔和格蕾特尔都在挥手,大声和老福特车告别。连无手姑娘挂在绳子上的那双断手也在晃动致意。留下的六个小矮人朝着远去的车大声宣布此行的目的地。字幕告诉观众,他们是在"向波恩进发",好像波恩有济世良方似的。

太晚了,太晚了!母鼠带着讥嘲口气占领了我的梦境。它在一棵死去的大树上忽东忽西地叫着:你们早该动身了!你们早该吃一堑长一智了!你们早该这样,早该那样了!森林濒死的事算是奉送讲给你们听的,但臭气熏天的河流、几乎憋死的海洋、渗入地下水的有毒物质,这些也还要我一一道来吗?空中飘浮的那些使人压抑的微粒,新瘟疫,还有卷土重来的老瘟疫,伊普契和疴儿!难道还要我去算沙漠扩大了多少,沼泽缩小了多少吗?难道还要我在垃圾山上大叫"你们这些强盗、扒皮、投毒者"吗?!

话音刚落,母鼠已在垃圾山上居高临下地冷嘲热讽了:可怜哪,你们算的什么总账!到处在闹饥荒,你们还有雅兴玩文字游戏,说什么肚子里唱空城计。小战三天两头不断,你们却说这是为了避免大战。几百万人失业,你们却说他们摆脱了劳动负担。诸如此类粉饰太平的话一大箩。还有你们开的那些高消费会议:上万人挥金如土中饱私囊,就知道游山玩水,箱子里却没有一条良策。钱越来越多,但全是借的债。黔驴技穷,只会沏二遍茶。即使不能从新的、那么至少从老的那些表达愿望的词语里,比如从"自由""民主""博爱"这些字眼里获得一些晚到的认识吧,可是连这也不会。人类临近灭亡时只会自欺欺人,既无所不知又无比愚蠢。到末了你们甚至对那些最宝贵的智慧,从所罗门王①的箴言到布洛赫②最后的著作,都感到厌烦了。

它此刻不在垃圾山这座鼠类的环球大厦上居高临下地训话了,而是凑在我耳边叽叽喳喳起来:你们本来可以向我们学习的。你们本来只需认识到我们老鼠的"自我"堪为典范就行了,我们的"自我"经验极其丰富而且不断丰富,我们的"自我"咬紧牙关,一直咬紧牙关熬了过来。母鼠把我的梦境布置成黑板、粉笔、教鞭一应俱全的课堂,仿佛在模仿我们马策拉特先生那套配有写字板的老板办公室。它接着又说:对我们这些老鼠,没必要像教小孩子那样翻来覆去再三解释。懂得吃一堑长一智的是我们,而不是人类。你们从一开始起就屡教不改,一次次地掉进挖空心思设下的陷阱,好像这多有趣多快活似的。只要重读一下《摩西一书》③——"主上帝说:那人已经和我们一样,有了辨别善恶的知识"④——就不难发现,你们的这棵知识树上结的都是些什么烂果子。啊,你们这些酷似上帝的傻瓜!

说罢它奋笔疾书起来。我梦境中的母鼠用粉笔在黑板上写了起来,博览群书的它把本该使我们聪明起来的挫折列了一张长得可怕的清单。如果当初从老鼠那里学会了以集体的大我代替个人的小我,人类本来是能吃一堑长一智的。母鼠一边用粉笔写——顺便说

---

① 所罗门王(前972—前929),古以色列国王大卫之子,以智慧著称。
② 布洛赫(1885—1977),德国哲学家。
③ 即《创世记》。
④ 《旧约·创世记》第3章第22节,"那人"指人类始祖亚当。

一句,它写的是我痛恨的那种老掉牙的聚特林字体,一边喋喋不休,不是嗓门尖就是鼻音重,嘟嘟囔囔咕咕哝哝没个完。

它就这样给我上课:人类觉得我们老鼠特别好学,因为比起他们的实验来我们总是超前。当然,他们在实验室里拿我们做的那些事,即苛求那些生殖力不强、相对而言不太聪明的实验室老鼠做出的事,用严格的科学标准来衡量还是很了不起的——没有我们就没有人类的医学!——但如果当时和野生老鼠,和在实验室老鼠眼里自以为是的下水道老鼠打交道,就可能得出完全不同的、使人脱胎换骨的结果。这是一种至今还让我们激动不已的划时代的想法,一种即使以人的标准来衡量也值得嘉奖的想法。

母鼠谆谆教导着。讲台和黑板组成了我梦境的陈设,固执的母鼠坐在讲台上授课,好像面对着许多学生:我们的知识是遗传的。一代代的人都得重新记诵他们的那些基础知识,我们可不必这样!我们一生下来就知道什么是值得知道的,把知识的宝藏一窝窝地传下去。所以,听到为其老鼠实验而自豪的人类称我们是聪明的动物,我们就会露出鼠类特有的冷笑。如此瞧不起我们!如此狂妄自大!人类当初完全应该让我们来测试他们做事一遍遍重复的强迫症,让我们来对他们心里乱七八糟的压抑情结进行系列实验,让我们来按自己的方法分析人与生俱来的侵略性,分析他们的残忍、冷酷和作恶癖,分析使他们显得如此矛盾的一切!啊,人类完全应该接受我们互相关爱的善行,应该看到博爱这信条他们只挂在嘴上,而在只干不说的我们老鼠之间已经是现实了!人类当初要是这样就好了,他们这些本身令人惊叹的家伙可能今天依然存在。

我不喜欢这个梦。我数落起鼠辈的种种不是,如暴怒的老鼠混战,消灭了黑家鼠,传播鼠疫,不劳而获,咬伤婴儿,等等,列举不少从书本上看来但没有证明的劣行。母鼠耐心地反驳我的指责:只有向你们的人性靠拢,鼠性才能生存下去。我想逃,逃出梦境。可往哪儿逃?逃进童话森林?逃进画家马尔斯卡特笔下哥特式的衣服褶皱?逃到那艘满载希望和女人的船上?还是未经签证就随我们的马策拉特先生逃往波兰?

教室门关得紧紧的,梦境中不得不这样听母鼠上课。它的教学法让你躲也躲不了,你别指望能像小学生那样打着响指说:老师,我要上厕所。梦中虽然没有粉笔刺耳的咯吱声,没有地板蜡的气味,但有棱有角还带弧线的聚特林字体这我童年的痛苦却在我面前挥之不去。

母鼠抱怨个不停:人忘恩负义,光知道自我崇拜,对我们却总是谩骂、侮辱、憎恨和厌恶……

我听见自己在申辩:但是,母鼠,我不是连篇累牍地赞颂你吗,还在雕刻画上描绘了你的形象。我的纹章上始终有你一席之地。早在《洪水》那出戏里我就让两只叫"线"和"珠"的老鼠①拿人开涮。现在我上岁数了,过圣诞节时甚至还希望得到一只像你这样的老鼠呢。如你所知,我心想事成,在圣诞树下发现了那和你一模一样的幼鼠。它长得很快。你听我说,我的小母鼠长得可快了!装满白纸的五斗橱上有只始终敞开的笼子,它在里面安居乐业,不愿逃走,要我养着。

我的圣诞鼠左边是桌子,上面一沓沓纸记载着无数故事。右边工具架上放着我们的收音机。我们一起收听第三套节目,那里面说人类教育还远远没有结束。

坦白地说,形势看来确实危急。到处都在慷国家之慨,举办告别晚会。连艺术家们也不甘寂寞,这些天才用焰火和激光在天幕上作画,大手笔预示了世界末日,赢得了阵阵掌声。最近在奥地利他们真用动物的血——有三千升呢!——在来宾面前举行各各地②庆典。无论什么,甚至蔓延的饥荒都成了传奇。一点不假,母鼠,我们人类是在努力为毁灭自己做准备。为了万无一失,要保证能先后或者同时毁灭三十六次。不少人说:简直是疯了!据说有人要对此进行抵制。我想,或许随着时间推移我们人类终会恍然大悟,比如在千钧一

---

① "线""珠"二鼠是格拉斯早期剧作《洪水》中的主角。
② 耶稣被钉死在十字架上的地方。

发的最后关头开始吃一堑长一智,变得非常谦虚,不再趾高气扬,以便人类教育——你还记得吗,母鼠!——能靠你帮助再次写入议事日程……

  我们的计划是:要不断学习,
  不仅是如何和刀叉打交道,
  也包括如何和同类来相处,
  还有如何对待理性
  这最有力的开罐刀。

  但愿受到教育的人类得以自由,
  是的,自由地决定自己的轨迹,
  以便摆脱未成年状态,
  学会小心地善待自然,
  尽量小心地戒除混乱的恶习。

  人在教育过程中必须苦练
  进食用小汤勺,发言用虚拟式,
  必须苦练宽容,
  即使在兄弟之间
  做到这些也殊非易事。

  一堂特殊的课要求我们
  把理性的睡眠来监视,
  以便任何梦中禽兽,
  都得以驯化,将来乖乖地
  让启蒙之手喂食。

  有几分醒悟的人类不再在
  原始的泥潭里无计划地胡闹,

他们开始系统地清洁自身。
学会卫生者明确地宣告：
肮脏的人，你们多么不幸！

我们自称教育有成，
知识立刻被封为力量，
不再是纸上谈兵。
启了蒙的开明者大叫：
无知者，你们多么不幸！

最终还是无法消除暴力，
尽管有那么多的理性。
于是人类教会自己相互威慑，
他们就这样学会了维持和平，
直到意外不明不白地发生。

这样一来人类的教育
终于可以说是圆满收场。
伟大的光明照亮了每个角落，
只可惜光明过后天昏地暗，
谁也无法再找到他的学堂。

要写信给斯德哥尔摩。要有很多人，由医生和科学家带头，写封详详细细的长信给斯德哥尔摩，把老鼠的功绩一一列出，让那里至今糊涂的先生们明白：离开了老鼠，人类医学生物化学及基础研究等等会变得多么可怜。母鼠，看来你极有机会得奖呢。

我想，评奖委员会的那些先生可能以实验室里眼睛发红的小白鼠为首选，但谁都知道，这份殊荣属于所有的老鼠。据说世上目前共有五十五亿老鼠呢，它们会乐不可支的。我也会心中喜滋滋地给打字机换上新色带，打开你笼子边的收音机，因为圣诞鼠和我想从第三套节目中收听这一喜讯。先是科技新闻,接着收音机里突然不再播送宇航、卫星之类,而是大谈特谈你的事情了,你——你该高兴才是!——终于成了诺贝尔奖得主,因在基因研究方面作出的贡献而获得了诺贝尔奖!播音员详细回顾了你的前辈沃森教授和克里克教授的事迹,他们——这是二十多年前的事了——因发现 DNA 结构①而获准前往斯德哥尔摩领奖。然后么,母鼠,我们会在第三套节目里听到我的发言,听到我——舍我其谁?——是如何为劳苦功高的鼠类大唱颂歌的……

各位尊敬的院士!在瑞典大地上我的发言可以这样开始。即使你好像不在场,我也会首先视你为鼠类化身而表示欢迎,然后才跟驾临会场的瑞典国王打个招呼。我会开门见山地说:陛下,总算等到这一天了!有功者早就该奖励了!对人类医学尤其是在基因研究领域和功德千秋的基因控制方面作出的成就,早就该承认了!这些成就离开老鼠是不可想象的!

不,女士们先生们,我们不能贪图轻松,只把奖颁给实验室老鼠就算了事。这样做是错误的,而且是有失公正的。应该把奖颁给和人类关系极为密切的全体老鼠,颁给鼠类。它们遭到误解,被视为一害。几百年来它们蒙受冤屈,什么脏水都往它们身上泼。谁都满嘴唾沫地拿它们来骂人泄怒。它们不是在这儿引起恐慌,就是在那儿让人恶心,自始至终不得不和腐尸、臭气和垃圾为伍。它们最多也就是在那些迷惘的青年那里,在听着烦心看着扎眼的另类青年那里才能得到爱抚和信赖。在此该奖励的是它们,它们对我们人类功莫大矣!

也许有人会问:实验室鼹鼠、豚鼠、猕猴、狗、猫等动物不也是这样吗?当然,这些动物也该奖励。它们对人类的贡献同样无可置疑。除老鼠外,猴子和狗是最先被送入太空的哺乳动物。我们还记得那

---

① 指 DNA(脱氧核糖核酸)结构。

条苏联小狗莱依卡①。至于兔子，简直就是试验品的代名词，这谁都知道。我敢肯定，瑞典科学院院士在确定合格人选时也曾仔细斟酌过，是否应该把奖给猕猴或者给狗，是否即使不给鼹鼠那么至少得给豚鼠。院士先生们作决定时想必十分为难。

尽管如此，老鼠应该是首选。从人诞生那时起它们就和我们属于一类。还在我们出现之前很久便有它们这种哺乳动物了，好像它们的任务就是在其他动物问世后促使人类诞生。所以上帝让洪水淹没大地、盼咐仆人诺亚为所有生灵建造方舟时，并没把老鼠排除在外，如同《摩西一书》中描述的那样。

自那以后，文学作品都意识到了老鼠的存在。鼠性成了原则。不妨拿起长篇小说《鼠疫》②或者豪普特曼③以得奖者——当然用的是名词复数——为题的剧本④来读一读就知道了。除了歌德和常被提起的奥威尔⑤之外，还能找出不少例子来说明老鼠在世界文学发展进程中的地位。作品中要是没有明指老鼠，或者书名页上没有特别大胆的老鼠露面，那么它准是拖着长长的尾巴躲在字里行间。不过话又说回来，我们的作家喜欢维护这位得奖者的坏名声，即使他们的描写令人难忘，笔力足以创建传奇：奥威尔著名小说中的刑讯场景真是可怖，被饿坏了的老鼠把婴儿咬得体无完肤，对例外现象如此炒作似乎欠妥。与此相反，值得赞扬的是格林兄弟的童话集，还有罗伯特·勃朗宁⑥的叙事诗，他们使我们知道了哈默尔恩捕鼠者的故事。哈默尔恩这个小城的居民会为今年颁布的诺贝尔奖欣喜若狂的。

总之，据说老鼠本身的特点多与人类的苦难、贫穷、饥荒、恐惧、疾病及其人类对恶心的需求有关，它迄今为止在文学作品里受到的

---

① 1957 年苏联第二颗人造卫星上的小狗，后此卫星无法收回。
② 法国作家加缪的长篇小说。
③ 豪普特曼（1862—1946），德国剧作家。
④ 指悲剧《群鼠》，豪普特曼 1911 年作。
⑤ 奥威尔（1903—1950），英国小说家，著有《动物庄园》等。
⑥ 罗伯特·勃朗宁（1812—1889），英国诗人。

待遇是不怎么光彩的：它被迫承担传布瘟疫的罪责，被迫以到处咬东西的形象出现，总是栖身于下水道、贫民窟、地牢、集中营和黑社会。它预示着不幸、乱世和海难。

是的，它总是在场，即使我们回顾往事，历史长河里也总少不了它。我们只要先来看看瑞典历史，颁奖地点享有优先权。当初民族大迁移以人满为患的哥特兰岛为起点，船舱木板下的老鼠随哥特人扬帆远航，在波罗的海上往南，直到看见陆地即维斯瓦河入海口。历史开始前进，老鼠紧随其后。那位伟大的瑞典国王率领声势浩大的农民军准备渡过波罗的海加入横扫德意志大地的宗教战争时，每艘战船上都藏着老鼠。后来运送国王遗骸回瑞典经过基尔时，老鼠当然也不离左右。

本世纪初俄国波罗的海舰队停泊在利巴雅附近，利巴雅是波罗的海畔的一座小城。当舰队所有锅炉生火后起锚远征日本时，成千上万的老鼠离开了班轮、装甲巡洋舰、辎重船和鱼雷艇，因为出现了不祥之兆，舰队将会葬身黄海。老鼠纷纷跳水逃命，但当时谁也没有理解这大逃亡发出的警告，至多也就是对着老鼠的背影诅咒几声。

它们是我们同时代的生灵！跌宕起伏的人类史缺了老鼠是不可想象的。现在它们终于得到了应有的荣誉，这虽然晚了，不过但愿还不算太晚。人类终于表达了自己的谢意。是的，我们的确向老鼠学了不少东西。它们耐心地、忘我地帮助我们探索医学的新路。试问，医药工业离开老鼠会成什么样？现代人的平均寿命今天已经接近了古来稀的八十高龄，这要归功于它们，归功于它们作出的牺牲。

它们不得不为我们而承受痛苦。面对动物保护协会的抗议浪潮，科学界要顶住殊非易事。但老鼠实验本身不是目的，而是能获益的，老鼠并没白白吃苦。经过和著名基因学者多年合作，它们不仅在理念和象征的意义上，不仅作为文学形象具备人性，而且终于成了人的一部分。老鼠开始在人身上起作用，人开始在老鼠身上起作用了。因为原子核分裂之后，细胞核也开始分裂了。遗传密码被解开了。瞧，细胞核中保存着细胞的记忆，这种记忆能在其他部位遗传下去。

可以根据遗传结构改造说明书进行操纵了。如同以前聪明的农夫把马和驴变成了有用的骡子,今天可以对微生物重新编码获得细菌,让它们按照遗传指令把全球受到石油污染的泥浆吞噬干净。哦,是的,人性中的浮士德精神使得这一壮举成为可能,使其他壮举成为可能,因为它们,我们的老鼠,乐于为取得进一步的成功而献身。

我知道古往今来有不少人反对进步,他们总是把伟大的思路说得一无是处,杞人忧天地吓唬所有敢冒风险的勇士。对他们要大喝一声:创世时耽误了的,今天会成为震惊天下的大事!当初亲爱的上帝——当然我们对他还是非常尊重——自认为干的好事早就该纠正了,而且我们今天能够纠正了!哲学家康德说人类始终像弯曲的木头,现在我们知道这木头终于可以拉直了。人类和鼠类各自最突出的优点,人类最宝贵的遗传特征和鼠类最有名的长处可以作为精选的基因进入共生体。因为如果一切原封不动,如果让从亚当时代起就不知悔改的人类我行我素,那么人类就会毁于自己贫乏的基础。人类基因如今被解开了,透露出可怕的信息:他们先天不足,注定要完蛋。到最后走投无路,他们就只好消灭同类,消灭不可救药的人类。

这样不行,必须采取对策。理性和道德使我们必须大声疾呼:只有加上精选的配料,改良型的人类才可能将来免遭淘汰。只有用鼠性优化、充实、控制人的本质,使其有所增减损益,使其脱离个人的"小我",面向集体的"大我",如此脱胎换骨从而再具生活能力,我们才可能憧憬未来。"智人"①只有靠"挪威鼠"②才能康复。造物的梦想会成真。只有"鼠人"才有未来。

诚然,陛下,"鼠人"目前还只是我们的预感。诚然,各位尊敬的院士,"鼠人"形象目前还只有影影绰绰的轮廓,充其量也就是在梦

---

① 即现代人。
② (来自亚洲的)灰鼠,褐家鼠,拉丁语字面意义为"挪威鼠",德语字面意义为"漫游鼠"。

中比较清晰。但经过最近几次操纵实验,已有迹象证明他会存在的。无论在美国的研究中心还是在苏联的实验室,无论在日本的还是在印度的学院里,包括在瑞典久负盛名的乌普萨拉大学里,到处都会有他诞生、问世、合成,全世界的老鼠和人都铁了心要成为新的物种。

所以今天也应向"鼠人"致敬。我们庆贺当之无愧的老鼠荣获诺贝尔奖,也就是对我们翘首以待但尚未到来的"鼠人"表示了祝愿。愿他早日来临,减轻我们的负担,克服我们的缺陷,使我们脱胎换骨,得以拯救,继续生存。快来吧,我高呼,快来吧,趁现在还不算太晚!快来吧,伟大的"鼠人"!

第 六 章

"鼠人"并非不可想象——放哨时做梦——母鼠在此熟门熟路——卡舒贝血脉遍布全球——给女人们起假名——清场结束开辟后人类时代——发现我是故障原因——有钱就有权——威廉·格林计上心来

"为什么不呢?!"我们的马策拉特先生在电话里吼道,这会儿他和司机坐着的汽车正在高速公路上向东疾驶。"为什么不可以考虑安排'鼠人'的情节!"他简短有力地说,但见我有异议马上就洋洋洒洒起来:"这个想法成形了,可以说已经穿上了鞋袜和裤子……"

"但人的想法并非都得有血有肉具体化不可!"

"这句话该天父说,他动手用泥土烧制人类始祖亚当那会儿就该对自己这样说。"

我们的马策拉特先生让司机布鲁诺证实自己的看法,布鲁诺还在疗养院当护理员时就对奥斯卡编造的故事信以为真。他喜欢"鼠人"的构思,尤其是因为通过这怪物不用转弯抹角,可以直接过渡到关于马尔斯卡特及其壁画的情节:"这位画家在石益苏勒格大教堂画哥特式火鸡纹饰,总算给僵死的历史观带来了一点生气。假如他在湿泥灰层上再画些怪兽,那么亦人亦兽这一人类的宿愿就会再次栩栩如生地体现出来,所有美术史专家都会相信的。"

我们的马策拉特先生一一道来:四蹄的半人半马怪,微笑的狮身人面怪,毕加索笔下那些英俊的牛头人,卷着长鼻模样滑稽的印度象头人,女水怪和女海神,还有脑袋长得像鸟、像狗、像蛇的众神。他在画家博施的《天上乐园》①里漫步,从一个画面到另一个画面。好像希望自己长出利爪和兽头似的,他在电话里激动地大叫:"法国哥特式大教堂到处是奇形怪状阴森可怖的檐口滴水嘴,细看似乎都是亦人亦兽。胡狼和猞猁在这些做着鬼脸的怪物身上若隐若现,我还看见羊脸的婆娘和长角的汉子。我们一直盼自己变成披鳞展翅的动物,变成鹿、鹰或鱼,不能全变那么变一半也行。哪个美女不想找个怪兽来快活快活!天使有一对坚硬的翅膀!山羊附在魔鬼身上,魔鬼臭气熏天地附在山羊身上!不,不仅孩子相信有穿靴的雄猫!我们觉得自己是甲虫,背朝天一副无助的模样。童话力量太大了,我们经常不由自主地变成了狍子、青蛙、七天鹅,但依然是人,不过被施了魔法。去问问青蛙国王吧,它就住在'松脆小屋'旁的井里,在您的影片里显然只能演个无台词的角色……"

说到这儿,我们的马策拉特先生不得不停下了。汽车电话里清楚地传来了那种熟悉的杂音,刹车声,接着就是司机的咒骂声。在离赫尔姆施泰特不远的地方,一辆宝马——布鲁诺说:"开宝马车的那些家伙老这样"——在超车时闯祸了。谢天谢地,及时赶到现场的警察没有用无线电叫救护车的必要。我听见电话里说肇事者是"一对爱吵架的男女,三十五六年纪"。

"这可不是好兆头。"我说起了晦气话。

"没什么能阻挡我们前进!"

"您还是掉转车头吧,赶快回来!"

"瞎说什么!"我们的马策拉特先生叫道,"不过是常见的擦伤。最多耽误一小时。我们会带着一块凹洼几道伤痕进入波兰境内,当然奔驰车有点破相了。这些老也长不大的超速行驶者真讨厌!——

---

① 博施(1450—1516),尼德兰中世纪画家,《天上乐园》为其重要作品。

不过我们还是言归正传：为什么未来就不能属于'鼠人'呢！画家马尔斯卡特不会觉得这有什么不妥。"

马尔斯卡特暂时不能用画装饰哥特式大教堂、十字回廊、耳堂拱顶和立柱了，因为烽烟四起，他当兵去了。在吕贝克圣灵医院前厅横砖墙面上，源自十九世纪、用酪蛋白颜料绘制、被视为真正哥特式的壁画已经破损不堪，马尔斯卡特把它洗去后画上转眼就变得年代久远的哥特式作品，接着又在已被占领的上西里西亚地区完成了法伊公司委托的其他任务。做完这一切他就投笔从戎了。

从军期间，他主要是在占领挪威北部的部队，站岗放哨混上了一等兵。据我所知他从未开过枪。他既没违抗军令，也不曾被关禁闭，胸前从未挂过勋章，也无任何英雄事迹。总之没什么好说的。

"作为士兵他很差劲，但作为人他挺有趣"，马尔斯卡特的战友们五十年代中期在审理吕贝克假画案的法庭上是这样评论他的，当时他们应辩护律师弗洛特隆的要求出庭作证。战友们说，当兵时他就对美术史学者们的"火鸡之争"冷嘲热讽。只要不是军官，谁求他，他就为谁一口气画上好多火鸡。可惜，其中一位出庭作证的战友叹息道，撤退时把有马尔斯卡特亲笔签名的火鸡画弄丢了。那时同住的战友感到特有趣的就是马尔斯卡特在漫长的冬夜为他们读书，某位美术史教授在书里以火鸡为证，断言发现美洲的是诺曼人。真叫人笑得喘不过气来。

也有人说，马尔斯卡特曾把无论战争时期还是和平年代都极红的汉茜·克诺特克的明星照贴在衣柜门背面。当然，战时当兵的都在衣柜里用影星的玉照垫这样或那样的东西，但马尔斯卡特说汉茜·克诺特克是非凡的化身，以她的形象为铺垫，一系列哥特式圣母、天使和圣徒才形象鲜明起来。此外他对她崇拜得五体投地，凡她出演的电影从不错过。

在吕贝克假画案审理过程中，画家承认自己即使在战后也是这位靓丽女星的忠实观众，最近目睹芳容是在《欢乐的加油站》和《故乡的钟声》里,而且两部片子他都欣赏了不止一遍,这从他在圣母教堂主祭坛和长堂的那些壁画上不难看出来。

对比一下不仅能发现画面相似,而且能体会到马尔斯卡特层层递进的表现才能:那张本来挺老实的脸上硬被他弄出些痛苦的神情和沸腾的内心来。无论是圣所一号壁上出名的怀抱圣子的圣母,还是长堂里耶稣被钉上十字架的那组画里的圣母,无论是没了左眼因而头部残缺不全的玛丽亚·玛格达勒娜①,还是带着鸽子宣布福音的玛丽亚,这些哥特式形象全是那银幕美人儿的姐妹。在兵营的整整四年里,银幕美人儿的玉照——是拍成影片的轻歌剧《故土》的剧照——从这个衣柜搬到那个衣柜,因为马尔斯卡特所在的部队转战南北,不断换防。到哪儿他都站岗。

我眼前浮现出他端着98K卡宾枪的形象。他守卫弹药库、营房、出纳室。天冷得非笔墨所能形容,他的高鼻子都冻僵了。他真想到画家蒙克②的冬季工作室去学习表达,在奥斯陆能看到蒙克描绘呐喊和沉默的杰作。只可惜没机会去奥斯陆出差。

此外关于他的军旅生涯就没什么好说的了。后来部队由进攻突然转入撤退,当时美其名曰"拉直战线",潜水艇只见下去不见上来,城市一座接一座毁于地毯式轰炸,元首讲话的次数越来越少,大家只能将宝全押在"奇迹武器"③上,而在尚待出名的死亡营里,囚徒刚报到就被处置掉了。这时马尔斯卡特创作了一些表现挪威风景的粉笔画,用来换取香烟和罐装巧克力。他一直是个烟鬼。不过所有出庭作证的战友都说,这个深受官兵喜爱的东普鲁士人从不奉命作画,只是在自己有兴趣时才拿起画刷和粉笔。

一九四二年复活节前的星期六晚上,吕贝克遭到了英国轰炸机的袭击,他那时正在遥远的北方站岗,过后才在士兵报上读到这次

---

① 《圣经》人物,又作"抹大拉的马利亚",她第一个见到耶稣复活。
② 蒙克(1863—1944),挪威画家。
③ 指二战后期纳粹大肆宣传的V 1和V 2飞弹。

"恐怖空袭"的消息。尤其内城和大大小小的砖砌教堂损失惨重,这正是英国空军元帅哈里斯的意图。圣母教堂烧得不成样子,圣所上方的许多拱顶都塌了。后来砌了临时拱顶,吕贝克主教和大多数新教牧师一样是纳粹,他让人在最后一块拱顶石上刻上了反万字饰[1]。马尔斯卡特一九四九年提着颜料桶拿着画笔爬上脚手架发现自己将忙得不亦乐乎的时候,想必也看到了这吕贝克德意志基督徒的标志。

当然这反万字饰很快被凿掉了,五十年代初到处都在清除纳粹标志。但主教内心深处迄今还是虔信纳粹,如果他还没有断气的话。

我们的马策拉特先生对此已经斟酌再三,认为马尔斯卡特不能仅仅画美国火鸡,而且还得在门边第二块壁画"犹大之吻"下面那串圆框里画些飞奔的老鼠和蜷曲的小人,使其成两两交配状,以代替原来那条鹰狮相间的缘饰。要是马尔斯卡特真这样干了,会怎么样呢?要是他把这战后年代逐渐成熟的构思继续下去,会怎么样呢?要是他在吕贝克冬日教堂的所谓"动物之窗"上画了杂交的怪物,以哥特式手法成功地体现出这种人鼠结合或者说人鼠合好,那又会怎么样呢?

但是没法证实马尔斯卡特画过老鼠,他从未超越火鸡的界限。当然啦,推测他画过老鼠也未尝不可。结案之后,他在圣所描绘的二十一位圣徒都被无情地洗掉了,这有迄今为止污迹斑斑的壁面为证。因此不妨推测:当初柱头上七组三圣徒像紧挨着一起,他或许果真在某个柱头的平面图案之间见缝插针地画过些"鼠人"。他不是在遥远的北方站过那么多年岗吗,有理由相信他会这样做。

我们马策拉特先生的车被擦伤,在赫尔姆施泰特耽搁了不少时间,过后他又继续赶路,这会儿德意志民主共和国戒备森严的边界已在眼前了。他最后一次抓起车里的电话,说他和司机都赞同我的意见。"我喜欢这构思,"他大声说,"为什么不呢!马尔斯卡特的能力总被人低估。

---

[1] 或译带钩十字架,纳粹标志。

他当初肯定找机会——即使只是在细节上——表现他站岗时的梦境,吕贝克圣母教堂的中殿窗墙——您去证实一下!——不是画着鲸鱼嘴里的先知约拿①吗?鲸鱼和约拿看上去不是浑然一体吗?为什么老鼠不能和人浑然一体,就像《圣经》中的约拿在鲸鱼肚里?!"

显然边境检查要耽误很大工夫。司机建议改变行程,在西柏林下榻。我们的马策拉特先生却坚持要先进入波兰境内在波茨南找家旅馆过夜,接着他开始闲聊,设想与外祖母久别重逢会是何情景,同时又絮絮叨叨地回忆往事:"从波茨南出发我们就能准时到达。不知篱笆旁那些向日葵还在不在?她是否还是四条裙子套在一起穿?我小时候在市里博物馆见过一件神奇的船头雕饰,经历过多次灾难。那是一尊木雕上色的丰乳女人像,长着全是鳞片的鱼尾,名叫尼俄柏,民间称作'绿姑娘',琥珀色的眼睛据说能置人于死地。②与此相反,'鼠人'应该能赋予人活力。即使不是马尔斯卡特,那么也总得有谁来描绘我们的未来,不管这未来是可怕还是可笑。至少我对此很感兴趣,因为人已过时,变得极为乏味,早就该果断地对人进行基因操纵了。这里去掉一个基因那里添上一个基因,就我所知能干这种新活的巧匠一天比一天多。"

可能边界横木终于升起了,我们的马策拉特先生挂上了电话。他将坐着那辆受了轻伤的奔驰车以一百公里的时速横穿东德,直到奥德河畔法兰克福大桥边③的横木升起,不过这里的边界横木是红白两色④。眼前是平坦的波兰大地,像天主教徒那样⑤为自己的命运悲哀。

他既新奇又不安。外祖母是否还像他一直希望的那样心情开朗?恐怕他有点担心呢。不过现在没退路了。在过了疑云密布的大

---

① 《圣经》人物,故事见《约拿书》第一、二章。
② 这些情节均见《铁皮鼓》第一篇。
③ 德波边界。
④ 波兰国旗的颜色是下红上白。
⑤ 波兰人多数居民信奉天主教。

159

半辈子后,奥斯卡顺理成章地回家了。

梦境中呆呆地期待,
这时我就知道什么会来:
熟悉的口臭。绷紧了准备应对。

礼物都不必打开,
秘密可埋在心田。
这一角色已排练多年。
我对历史结局了如指掌,
因为早已先尝为快。

但我还在期待什么?
结巴巴台词再也念不上来。
亲爱的,我们如同陌路相逢,
从未嗅出对方的存在,
你使我变得如此通透,
可以渗进哀鸣和抱怨的语言。
再不一点一点地抱什么希望,
没有药丸能带来圆满的快感,
只是在白纸前感到胆寒。

乳色屏幕还在闪烁,
搜寻中意的电视台。
航船不会抵达目的地,
森林里不会再上演什么情节。
波兰没传来什么新闻,
但眼前还是有什么赫然眼前,
母鼠,我知道是你入梦来。

> 呆呆地期待,我能预感
> 是什么到来:下回分解的
> 便是我们末日的深渊。

母鼠脑袋冲着我,一边抖动胡子前后左右嗅个不停,以防有谁奉命闯入它的领地,一边对我说:究竟是听话的鼹鼠还是我们老鼠亲自占领了双方的电脑中心,其实都无关紧要,因为人的程序完全按照人的决定运行。我们是想不出这地狱般的闹剧来的。所以用什么字眼来准确表达这种预定结果呢?焦土。

它稍停片刻,胡子不再使劲乱抖。我现在可以想象那被无数次描绘过的所谓末世是怎样的情景了。要是换了"满目疮痍"或者"片瓦无存"之类字眼,就不足以描绘眼前的惨象。

接着它又说:卡舒贝以前称作"卡舒贝瑞士",地里种着马铃薯,灌木丛里长着草莓,还有混合林、盛产鱼虾的大小湖泊和一条名叫拉杜尼亚的小河。甚至风光如此秀丽的卡舒贝如今也面目全非了。虽然不是直接命中,但卡舒贝腹地还是深受中子射线和伽马射线之害,连特切夫和卡尔图济也未能幸免。更糟糕的是核攻击,弹着点在格丁尼亚和维斯瓦河以东的埃尔布隆格,而且在两地的市中心。平坦的地势根本挡不住冲击波,丘陵地带蜿蜒的森林成了条条火龙,一直横扫到图霍拉草原,会燃的全成了焦土。特别让卡舒贝人居住区吃苦的是暗无天日、气候骤变和放射性核尘暴。大爆炸之后核尘暴主宰了全球气候,几乎没有生灵能幸免于难。即使在好多年后的今天,我们仍在为核尘暴带来的有害物质胆战心惊。

老伙计,母鼠说,你该知道,你们的科学家作预计时连细节也知道得一清二楚。在人类历史即将告终的那会儿,大清盘啊算总账啊谁也不甘落后。弹药和死人都是数以亿计的。这些预计被称作"演出脚本",尽管读起来不无矛盾之处,但总体看来,这无数专家为之呕心沥血而作出的人类最后预计还是符合事实的:果然没有一个地区能够逃脱,普天下再也找不到诗情画意的田园,即使最南端的避难地也无法幸免,只是时间上略迟了几天。放射性微粒无处不在,再狭窄的山谷、再荒芜的小岛也不放过。在这儿死神马上降临,在那儿痛苦无尽无休。所有的生命都归于死寂,不,我们应该按人类尺度这样说:不久所有的高级生命都归于死寂了。人类有时会开玩笑地以一句俗话来表达"彻底",因为这句俗话和我们老鼠有关,不妨借来一用描述当初的情景:连耗子也没留下几个!

见我没抗议也没提问,它便跳过细节说:关于你们的结局,在此就不一五一十举例说明了。重要的是留在这个地区,尽管你喜欢云游四海,甚至连印度、中国和阿拉斯加也留下了足迹。但无论好奇心把你引到哪里,你的家乡不在加尔各答,而是在维斯瓦河入海口和波罗的海畔的山岭之间。不管怎么说吧,你的家乡卡舒贝退化成了冰碛层,寸草不生,卵石成堆,只留下几个水坑,泥浆都结成了龟裂的硬块。唯独我们老鼠还能应付这种环境,尽管我们中也有三分之二以上送了命。当然及时钻入了地下是对的,但劫后余生的老鼠也只能改变习惯,从此靠储备的口粮和艰苦的体能训练活下去了……

接着它又打算愚弄我,说什么在人类灭亡前就有些老鼠家族被选派到核电站和核废料暂存点进行锻炼,以提高它们的抵抗力。这真可笑,我叫道,只有老鼠才想得出这样的馊点子!

它继续滔滔不绝,口气出奇平静:总之,我们一走出地下避难系统就感到他妈的非常孤独。所有家畜都和人一起完蛋了。没有一条狗、一只猫熬过那场灾难。随着森林毁灭野兽全断气了,哪怕是一只刺猬、一头野猪也没活下来。过了好久才发现,原来我们并非像乍一看那样孤独,我们松了口气,但也带着几分不解。

它不断地表示惊奇:没想到,谁又能想到呢,除了蟑螂和丽蝇之外还真有几只麻雀和鸽子捡了条命?在卡舒贝地区的水坑里还有些青蛙卵和鱼卵活了下来,所以不妨估计河里将来还会热闹起来。有尾目蜥蜴目动物很快又露面了。过了好久,水坑周围出现了生命,藓苔、地衣、木贼啊什么的,还有芦苇和灌木丛。随之蚊虫卷土重来了,甚至还来了蜻蜓和那些老是慢条斯理的家伙,我指的是地上和水里的蜗牛。哦,对了,还有讨厌的蠕虫,不是真正的蚯蚓,而是我们称之为烟炱蠕虫的,但数量有限。但总觉得少了谁。啊,朋友,母鼠叹了口气,你们真让我们感到孤独呵。

见我装聋作哑不反驳,它便掉转话头,又从人类末日开始说:你们的大决战过后几天,因为地道和避难所里太静了,静得受不了,我们就派了几只小老鼠到地面上去。大爆炸时刚出生就丧命的那几窝幼鼠也得同时清理掉。上去的小老鼠不见一只回来,以后又有几次类似的减员,上去的全都有去无回。最后我们为了保护年轻的,只派老弱的上去,它们中倒有几只还带回来些消息,不过汇报完也浑身痉挛一命呜呼了:内出血,得了癌症。朋友,相信我的话,来自地面的消息听上去就像人类的夸张。那些上年纪的老鼠说地面上一无所有了,最后还用上了这样的字眼:"无人区"或者"弗伦克特埃雷夯",就是常说的"一片焦土"。我们一直考虑储备粮的问题,后来取消了、不得不取消了大家族的避难期,因为尤其是在大避难所里内部秩序已经失控。但很快我们又想回地下,宁可忍受地下的紧张也不愿忍受地上的空虚。

说到这儿母鼠不吱声了,好像要以沉默来体现那种空白,那种虚无。

于是我不再装聋作哑:你们怎么熬过来的,先是在地下像被活埋,后来又在地上像被流放?

我们别无他择,母鼠说。因为没有任何回旋余地,我们只得这样,这样的行为举止从有老鼠起我们就会。即使如此,还是只有少数老鼠能挺过这新时代的早期。许多老鼠变得病恹恹的,还有些再也生不出健康的后代。面对一窝窝畸形的幼鼠,你只得忍着。过了好久,我们才慢慢习惯了后人类时代,不,到今天还受着后遗症的折磨……

不过还算走运,母鼠叫道,在人类日薄西山时移居核电站和核废料暂存点的那帮老鼠适应了核尘暴及其放射性嫁妆,有了抵抗力,养大了第一批健康的幼鼠。但健康并不意味着一切照旧,我们原先灰褐色的毛皮变得绿莹莹的,好像我们要以此来拯救随人类一起消失的那种颜色。麻雀和鸽子的羽毛成了雪白色和猩红色。青蛙和其他两栖动物变得个子奇大,而且几乎通体透明。水坑里的鱼虽然还和以前的鳊鱼、鲤鱼、梭子鱼差不多,但鳃部和两侧的鳍都产生了变异,似乎要长出手脚来,以便上岸行走。哦,对了,还有怪事呢:丽蝇生下了活的崽子,还能哺乳,你想想,和我们一样哺乳!蜗牛会飞了,蜘蛛在水里也能结网。烟炱蠕虫还是有用的,它们靠沉积的烟炱为生,但味道难吃极了,连我们都不会去碰它们……

我叫道:这些都是你看书看来的,母鼠!从什么消遣的破书里捡来的。科幻小说中庸俗的动物展!马尔斯卡特笔下的怪兽,要不就是勃鲁盖尔家族①塑造的怪物。什么物种突变,常见的骗人把戏!

好像早就料到我会这样反驳,母鼠不慌不忙地继续说道:我跟你说,老伙计,你不愿听的事完全可以不相信。不过有机会我给你看看那些会上岸行走的鱼,看看那些嗡嗡嗡到处飞的蜗牛,还有会哺乳的苍蝇。你会大开眼界的。

我很恼火,母鼠竟然如此亲热地称呼我,叫我什么"爸,好老爸"。尽管我冷冷地指责它像书呆子净会胡思乱想,它却泰然自若地只管往下说:总之,我们又回到了地面生活。只有储备粮还藏在地下。地面上暂时还没什么可啃可咬的,即使有一点也被污染了。我们只得开发警报系统,将就着先以储备粮为生,直到我们抵抗力变得足够强,能用眼前的东西填饱肚子为止。这类东西在我们地区——以前一度是你家乡——有的是,以前人类的建筑,无论是居民楼还是兵营,行列式住宅还是厂房,教堂还是剧院,都还在,没变成断壁残垣。地窖和仓房里有我们繁衍生长所必需的物品。在过渡期我们的生活还过得去,我们乐意回忆以前波兰民兵的罐头仓库。咬开白铁罐头对我们来说不费吹灰之力,里面大都是撒佐料的猪肉白菜、煮肉肠和红烧肉。此外也能找到一听听一桶桶的肥肉和下水。还有和麦

---

① 佛兰德绘画世家。

碜儿一起煮熟后装瓶的鹅杂碎。我们在市郊朗富尔区发现了这座为了保家卫国而建立的大仓库，在霍赫施特里斯河畔，好多年前那里曾是王储轻骑兵团的驻地，最后成了民兵的营房。在但泽我们找到不少食品仓库，还有列宁造船厂食堂仓库里也堆着不少罐头。不过除此之外，这座空城的餐厅和冰箱也就没什么东西了，我们不得不找啊找啊，慢慢地就成了城里人。

你看，母鼠说，我们的日子还凑合。因为那种手下留情的炸弹仅仅杀生，所以市中心和港区的建筑都完好，甚至车辆和机器也没事。这座不断毁于人手、又不断耗费巨资重建的古城，如今尖顶啊山墙啊什么也没缺。圣母教堂还像以前那样呆呆地伫立在那儿。市政厅的塔楼托举着不知哪位国王撒满烟炱的金像，如既往地直指苍穹。长巷、女人巷、犬巷、约彭①巷和货摊巷里，房屋鳞次栉比，外墙争强斗胜。老城门全都洞开，呈现出漂亮的圆弧形。那座叫绿门的依然壮观，尽管也像别处墙面一样被熏得黑不溜秋的。石阶和露台随处可见。亚瑟王院前的尼普顿海神铜像依然挥舞着三叉戟，孔武有力又不失优雅，让我们想起不复存在的人类。

该死，我简直要相信母鼠的话了。它说起这座城市来如数家珍，像当地人一样。它知道从羊毛织工巷可以到军械库，经过大磨坊就是以天文学家赫维留命名的奥尔比斯连锁旅馆。连奶壶巷两侧的仓库岛，连下城它都熟悉：从长园往上直到克奈普阿布村。不过这一城区，母鼠叹道，全被泥浆封住了，四面冲来的泥浆一直漫到三圣教堂的山墙和奥利瓦城门。母鼠一五一十地说起市郊奥拉地区和席特利茨地区的情形，后来又提到三号月台那辆准备开往华沙的快车，火车站的位置也说对了。无论列宁造船厂的厂区，还是厂门前的工人纪念碑，它都了如指掌。我不由得要相信它的话了，它声称老鼠们在船台上、干船坞里和码头边发现了不少船，有的刚造好船体，有的正在修理，有的被铁索拴着，来自各地，吨位不一。当然船上船下都不见

---

① 约彭原为计量单位，后用作啤酒商标。

活人,母鼠说,码头工人和造船工人被烘成了干尸,但他们的轻型摩托和自行车完好无损。

嗨,母鼠!我叫道,该死,你们把那些烘干的家伙怎么了?他们应该横七竖八到处都是,身体都萎缩了,就像你描述的那样。

伙计!母鼠正色道,拿出点同情心来好不好!你是在说人,在说你的同类。

是啊,只见他们到处都是,屋子里、小巷里、教堂里,干草市场上、煤炭市场上、长桥上,有轨电车里、近郊火车里,那辆准备开往华沙的快车里,到处都是。枯瘪的尸体,干巴巴黑乎乎的,自从有那昏天黑地的核尘暴之后就这样了。这些干尸躺着、坐着、蹲着,粘在一起,仿佛他们临死时学起我们的"鼠王"来了,"鼠王"就是一胎生挤在窝里有时会尾巴缠结在一起的鼠崽子。船舱里、甲板上、码头边、列宁造船厂的职工食堂里的那些人全成了干尸,没鲜血,没鼻涕,没半点水分,体液丧失殆尽。连在一起的干尸变得那么小,我们轻而易举地就把他们处理掉了。其中不少显然是旅游者,手里还紧紧抓着相机。请相信我,人尽管如此,尽管只剩下那么一点儿,还是丰采不减当年,手舞足蹈,做着鬼脸。虽然没了口红和眼神,没了怯生生的微笑,没了温柔或者粗暴的声调,没了手指灵巧的动作,没了直立行走的步态,但还是丰采照人。干尸表面都又黑又黏,我们耐着性子把这层东西剥离下来,即使这层东西也丝毫无损他们的丰采。他们曾经一度辉煌,我们对这些辉煌的栩栩如生的残余依依不舍,好久不愿离开。但不仅是饥饿逼得我们处理了这些干尸;后人类时代应该完全属于我们,属于劫后余生的鼠类。

梦境中的母鼠似乎牵住了我的手,在远离太空舱的地方当起了向导,带我在这座空城的街巷里穿行。我身后没有影子,但自己的脚步声清晰可闻。墙体全都熏黑了,但城门上那些古老的铭文还在,圆弧形的拉丁字母有德文也有波兰文,讲述着但泽或者格但斯克的故事。有的字母我认不出,母鼠便在旁逐一解释。在长巷门上依然能见到这座曾醉心于经商赚了不少钱的城市的拉丁文座右铭,几百年来总是作为城市任性的主题词不断地被引用,如今却成了老鼠的格言:不过于冒险,也不过于胆怯。我们就要这样,母鼠说,不过于冒险,也不过于胆怯。啊,朋友,你的城市真是既壮观又适合我们安家!

我目睹的一切都证明它言之有理:外墙虽然一片漆黑没了玻璃,上面美丽的装饰丝毫无损,当然背景有点昏暗,但还是历历在目。凸出的飞檐,山墙的点缀,露天台阶,还有浮雕造型,均匀地蒙上一层烟炱后轮廓鲜明更胜以往了。从长巷经过狭窄的制袋匠巷往圣母教堂高耸的塔尖望去,依然有峰回路转之感。教堂里是否还像新教徒喜欢的那样刷得雪白,急切地期待着马尔斯卡特的壁画?我想进教堂去看看,母鼠拦住不让。以后吧,它说,以后或许会让你进。

顺着长桥,穿过座座城门往莫特劳河方向去,这一路上老鼠可闹腾了,不是在吃着什么就是在交配。我可不想看它们吞进肚里的东西。这一块块坚韧的皮革鬼知道是什么。母鼠还算体谅我,不再像往常那样滔滔不绝,只是引了几句《圣经》,是和老鼠活动有关的只言片语:你们要生养众多!公的见到母的就上,母的见到公的就来,谁都不挑肥拣瘦。交配完继续大饱口福,鬼知道在吃什么。

我们就是这样,母鼠说,担忧没吃的不能繁衍子孙,所以只得东奔西忙。你知道有比这更好的吗,朋友?

有,就是爱,我答道,就是那种博大的、有选择的、天堂般的而又极具人性的情感,每当我想起我的达姆罗卡我就有……

免了吧,母鼠叫道,你们人类完蛋那会儿男女都不分了。你们被自己的怪念头搞糊涂了,妄图亦男亦女,热衷自我交配,自己的阳具伸进自己的阴道,成为这样繁衍的哺乳类动物。

我们俩都笑了起来。好吧,母鼠!对你来说做这样的梦值得。我得把这些告诉那些航海的女人,她们甩掉了我,连我带这小小的区别一起撵下了船……

接着我们离开了右城①和老城②。沿着土堤巷,沿着老城边界,到处都被泥浆碎石包围着。泥石流看来已经干了,可以在上面行走,它延伸至叫高洼地的主坝,一直到雅各布城门和造船厂大门。大门口的铜牌上还标着列宁造船厂字样,三座高高的铁十字架上挂着三只熟铁制的巨锚,好像它们也能被钉上十字架受刑似的。这是一座纪念碑,用来缅怀那些在一九七〇年十二月死于民兵枪口下的工人。

我问道:说实话,母鼠,实话实说,你们老鼠怎么看团结工会?

它答道:这种思想我们在实践中早就有了⋯⋯

那么,要是统治者压迫你们,你们将来是否会⋯⋯

不,它说,鼠类再也不会躲进地洞。

但是假如上层的老鼠⋯⋯

真可笑!它叫了起来,这种事只有人脑才想得出来。我们老鼠没有什么高高在上者。

在港区,人类时代竖立着横躺着的一切依旧竖立着横躺着:吊车、集装箱、铲车、各种规格的武器装备。系缆柱边是三艘准备下水的扫雷艇,但是再无手臂挥舞,再无命令回响,再无海鸥飞翔了。只剩老鼠了,到处是老鼠,它们在这儿也按《圣经》行事。每艘船上全有老鼠,被啃得千疮百孔的集装箱四周全是老鼠,码头沿线全是老鼠。熏黑的废铜上烂铁前都闪现着它们锌绿色的皮毛,只有它们才使眼前景象有了点色彩。

母鼠又笑出声来。顺便问一句,朋友,你知道老鼠波兰语怎么说吗?

我什么也不想知道。我只想重返太空舱,远走高飞,让梦境中出现别的动人场面。快离开这儿,越快越好!

"斯奇祖尔。"母鼠说完便消失在我的眼前。波兰语是这样叫老

---

① Rechtstadt 从"但泽三部曲"译为"右城";亦可译为"法城",因为但泽 1334 年起中世纪的所谓"海乌姆纳城市法"生效,直至 1857 年。

② 但泽的市中心。

鼠的!它冲着我的背影大叫。请跟我读这个单词:"斯奇祖尔!"

卡舒贝只是穷乡僻壤?只是与世隔绝被人忘却的外省?只是七山背后闭塞的丘陵?不!安娜·科尔雅切克的卡舒贝血脉在全球蔓延。茹科沃成为王室领地前曾是修道院,又一次战争结束后,来自那里的沃伊克家族有两个被命运抛到了澳大利亚。单身的沃伊克兄弟扔下母亲斯泰恩坐船走了,带上了来自科科什肯和菲罗加的未婚妻。

前后两次战争结束后,几个斯托马家的和一个库措劳家的分别移居美国,在芝加哥和布法罗遇见了约瑟夫·科尔雅切克——就是众所周知世纪初在他的安娜的木筏底下失踪的那位——的后代。从此那儿就出现了不少善于经商批零兼营的科尔奇克们①。

安娜的父亲家在马塔尼亚有土地,姓布朗斯基。有一位布朗斯基早在帝国时代就移居日本了,学会了用筷子吃饭。这人有个孙子后来在香港安了家,事业有成。

四五年后,安娜的外孙奥斯卡在莱茵地区定居,安娜已故世的姐妹阿曼达、胡尔达和莉丝贝特也有不少孙辈在施瓦本和鲁尔区落下脚来。因为东部虽相对美丽,西部却比较美好。当时不仅是在卡舒贝地区的饭桌上人们才这样说。

安娜的娘家姓库比埃拉。据卡尔图济、马塔尼亚和韦伊海罗沃的教区婚丧录记载,库比埃拉家和沃伊克、斯托马、库措劳、莱姆克、施托贝家成了儿女亲家。库比埃拉家有个人加入了国家商船队四海漂泊,但从五十年代中期起就留在瑞典了。后来他又决定移居非洲,从蒙巴萨②寄来的明信片上全是棕榈树掩映下的海滩和充满异国情趣的水果,他在那儿从事旅馆业。

移居海外的卡舒贝人虽然都摆出美国公民、英联邦成员的谱来,

---

① 《铁皮鼓》第一篇里提到谣传约瑟夫·科尔雅切克并未淹死在木筏下,而是在美国布法罗改名为乔·科尔奇克经商了。
② 肯尼亚东南部一地名。

或者刻意强调自己是西德人,但他们身上还是带着卡舒贝的气味:脱脂牛奶和浓萝卜汁的气味。我们这位爱表现自己周游列国见多识广的马策拉特先生也不例外,浑身的科隆香水底下还是溢出一股让人感到亲切的马厩气味。

安娜·科尔雅切克发出邀请参加她一百零七岁寿辰庆典的明信片,遍布五大洲的后代都听到了她的召唤,包括远在蒙得维的亚①的一位。这人是失踪的约瑟夫·科尔雅切克的重孙,和所有的科尔奇克一样做建筑木材和珍贵木材的生意。此外,听说科尔奇克们还在巴西原始森林里大规模伐木,在冰岛开厂造木箱。

这就是说,不只是我们的马策拉特先生经波茨南和曾名布龙贝格的比得哥什前来祝寿。沃伊克家有人现在换了个充满冒险家色彩的名字"威金"②在铁路部门任职,他带着太太坐船从澳大利亚来了。那么多科尔奇克只有一位报到,他娶了斯托马家的姑娘,这次带着妻子从美国密歇根湖飞来了。

从香港转道美因河畔法兰克福飞来华沙的是布伦斯夫妇。他们以前叫布朗斯基,从英国殖民地香港进口廉价玩具。夫妇俩忐忑不安,布伦斯太太显然是华裔,不知她能不能和卡舒贝人和睦相处。

遗憾的是,蒙得维的亚做珍贵木材生意的商人说不能来了。不过以前当过水手、在瑞典逗留后移居非洲的那位来了,他如今是旅馆经理了,但仍姓库比埃拉。

虽然安娜已故的姐妹阿曼达、胡尔达、莉丝贝特的孙辈住在卡舒贝附近,但只有斯托马先生和他那位娘家姓皮普卡的太太答应带两个半大不小的孩子前来祝寿。斯托马夫妇从格尔森基尔欣坐火车来,他们在那儿开自行车店外加修车铺,在瓦内—艾克尔有一家分店,还养着一名经理呢。

---

① 乌拉圭首都。
② 为维京人的谐音。维京人系八至十一世纪期间自北欧向大陆各国进行掠夺性和商业性远征的日耳曼人。

我们的马策拉特先生曾劝可能是他儿子的库尔特以及库尔特的母亲搭他的奔驰一起来。但玛丽亚——众所周知她娘家姓特鲁钦斯基——再三推说脱不开身。丈夫战争临结束前去世了,她没再嫁,生意做得挺红火。奥斯卡今天认为,她丈夫的死本是可以避免的。

"不!不!我可不想再回那儿去!"据说她这样大声拒绝。于是免不了吵架,你一言我一语就对儿子的父亲是谁产生了怀疑。不过在此弄得这件不愉快的事情尽人皆知未免过分,所以姑且相信玛丽亚·马策拉特的托词:她不能撇下自己的连锁店不管。

他动身前我顺便问了一句:"您说说看,奥斯卡,在世界各地定居的卡舒贝人中有谁您认识?"他答道:"我有点胆怯,所以至今未以旅游的方式回顾我的过去。虽然有时也通信,但除了照片——那些科尔奇克们拍照特别起劲——就没什么如同谋面的感觉了。现在我希望,即使不能再看到表舅扬——他和我可怜的妈妈之间的关系亲密得令人痛苦——,那么至少也要再见见他的儿子:施特凡不过比我大两岁。"

他停下摆弄了一会儿手上的戒指,说:"嗯,不会深谈的,您知道家族大聚会是怎么回事,热闹非凡,但不会亲密无间。对我来说重要的是外祖母,只有她才真正在我心里。我是去看她的,只想去看她。不过安娜·科尔雅切克现在不住在比绍采石场了,搬到马特恩去了,那地方现在叫马特尼亚。要造新机场,所以她被赶走了,她年轻时起就种啊翻啊的马铃薯地像其他传奇一样,消失在水泥底下了。"

过了无梦的一夜,此刻他正坐在微损的奔驰车里,从波茨南赶往布龙贝格。趁这会儿得提几个问题,如果不是要他回答的,那么就是几句反问:为什么又拉出奥斯卡来?为什么不能让他永远三十岁并继续留在疗养护理院里呢[①]?既然他上了年纪,最近又醉心于媒体,为什么到现在才去给一百零七岁的外祖母祝寿呢?为什么前几年不

[①] 《铁皮鼓》结束时主人公奥斯卡·马策拉特三十岁,关在护理疗养院即疯人院里。

去呢,凑个整数庆祝百岁寿辰岂不更好？为什么安娜·科尔雅切克以前过生日总是怕麻烦,或者像她说的那样怕"费事",而现在却让人满世界发明信片当请柬？

因为她坐在屋前突然感到了不安。因为她多年来一直唠叨的那句话"我快完了"不再单指自己这个老太婆,而是具有普遍意义的谶语了:"我快完了,一切都快完了！"

所以远远近近和她搭得上边的人都收到了请柬。马塔尼亚的神甫只得替她写这些明信片,因为安娜·科尔雅切克说了:"我要祝寿,不过请柬得有人替我写。"

通过明信片她也向我们的马策拉特先生发出了召唤。他每年都准时记起外祖母生日,但最近那次战争结束后他在病中坐火车去了西德,以后再也没回过老家。这会儿他正往东北赶路,不安地凝视着司机的脖颈,好像在找什么依托,因为他和安娜·科尔雅切克一样,对未来并不看好。

蒙上布,求太平！我不愿母鼠再来唠叨,所以圣诞鼠笼子上总是蒙着块布。什么也别看,什么也别听！别听那第三套节目,把世界评论得支离破碎,其间夹杂着些巴洛克音乐。听它干吗,我知道如今世界在走下坡路,而且速度越来越快。在我写的那些东西里,局面同样糟糕:到处有森林死去。马尔斯卡特？那是陈谷子烂芝麻了。(今天有谁还想知道,那个让人在教堂圣所拱顶石上刻纳粹标志的吕贝克主教名叫什么。)只有那艘船了。或许它能幸免于难。我全靠那帮女人了……

哥特兰岛出现在眼前了。新伊瑟贝尔号考察船以九节的速度航行着,隆隆作响,柴油发动机震得够呛。刚才因为吵架,因为坚持原则为海月水母点数而耽误了不少工夫,现在达姆罗卡想把时间追回来。

女人们这会儿不吵了。女海洋学家保证现在材料足够了。

女舵手说:"在厄兰岛和哥特兰岛之间再测几次就行了。在我看来就可以……"

达姆罗卡不吱声。她不愿再三重复比目鱼告诉她的话。

大姐一边在厨房里洗碗碟,一边叫道:"我们不会迟到的。你们的维纳塔不会丢下你们。"

女舵手建议在吕根岛和乌泽多姆岛之间再把"测量鲨"放出几次,"让东德那些可恶的傻瓜相信我们的科研热情"。女轮机长表示赞成:"玛尔塔说的有道理。他们是不会允许只想寻找维纳塔、别的什么理由也没有的人进入领海的。"

女舵手的这个名字老式而严肃,我要是像熟人一样对她直呼其名,就不会叫她玛尔塔。女轮机长和女海洋学家在此突然叫作荷尔加和薇拉,其实她们在各自真正的职业中——顺带说一句她们事业有成——使用的名字完全不同。达姆罗卡在这儿也叫达姆罗卡,但我对她的亲热称呼可以少几个音节。唯独大姐是例外,无论何时何地都叫埃娜。

这些我必须交代,因为船上的这五个女人在用各自真名的情况下是绝不会结伴出海的。完全是因为我随意的安排,她们才聚集在这艘船的甲板上、中舱里、吊床旁,按我希望的线路扬帆远航。把她们弄上船真不容易呵。有人说:典型的男人作风! 这种事只有男人才想得出来。他是和事佬,想搞一次和平之旅!

我不得不要些小花招,说些善意的谎话,在出发前就许诺:不会起风暴,不必担心机器在大海上出故障。

但她们还是向我提出了条件:不许数脸上的酒窝,不许找身上的胎记,不许说哪儿有皱纹,连一条也不行。女人们都不愿彼此雷同,不愿以我想反映的形象出现。所以禁止我勾勒她们的体态,刻画她们或圆或短的额头,设计她们眼睛的形状。我要让她们说话或沉默都行,但不许具体描绘说话或者沉默的嘴。侃侃而谈或者一声不吭的上下嘴唇是怎样张开、相遇、抿紧、湿润的,这些都不许提及。颧骨是宽还是窄,下巴是线条柔和还是饱满突出,耳垂是耷拉着还是紧贴着,都不能作为脸部特征。任何气味——因为各人气味不同——都不许用形容词来描绘。颜色也不能提,因为这意味着暴露线索。所以不说船上女人的眼睛是蓝的、灰的还是像狍子,不说她们头发是深褐、浅黄还是像小麦。唯一能确定的是达姆罗卡有一头漂亮的鬈发。此外还可透露一点:五个女人的头发或多或少都开始花白了。对我来说,她们都越来越上年纪了,从四十五到近八十不等,尽管她们尤其是大姐还是那么爱做少女状。

熬过了不少年头。如果我可以这样说的话:随着时光的流逝,她们越变越美了。因为她们生来——据说如此——就很美,所以她们得以随着岁数的增长把自己以前过于直露的美变成朦胧的美。

的确如此,要去维纳塔的是五个朦胧的美人。甚至她们那些无一例外都和过去的男人有关的故事也是朦胧的故事。因为我永远都不能透露,她们是如何失去了我,我是如何变成了一个对她们陌生的、不再近在咫尺的、只是由于渴望或者偶然才得以相遇的人。至于究竟是谁伤害了、利用了、忽视了、惦念了和背弃了谁,这些不能成为一艘要去探寻海底沉城的船——新伊瑟贝尔号已驶向哥特兰岛的维斯比港了——的额外负担。

"妈的!"女轮机长荷尔加手舞足蹈地大叫,"真想上岸走走!"

女海洋学家薇拉说:"我再装个胶卷。听说维斯比有些废墟值得一看,全是货真价实的中世纪遗址。"

反正只能称作埃娜的大姐扳着手指点起要买的东西来:"无论如何需要点喝的,几瓶茴香烧酒。谁知道你们的水下王国里有什么?!"

我曾提到叫玛尔塔的那位女舵手打定主意要上岸体验体验。"我想,"她预言道,"在戒掉风流之前我还会再弄个男的来玩玩。"

至于达姆罗卡,我暗地里一直称她达姆罗卡。她打算船一靠岸就去港务长那儿取已盖好章的证件。她说:"等门西古特半岛出现在右舷,东德边防军小艇一过来我们就出示这些无懈可击的证件。这样就不会再有什么麻烦了。"

我不参与她们的谈话,心里明白可能为时已晚,但我没有吱声。

啊,要是维纳塔还向这些女人开放就好了!

母鼠按自己独特的算法确定我们的年代。它们在欧洲露面前的、用我们的历法可标明年月日的史实,母鼠一概称为"在黑家鼠年代"。它们的来路不明。母鼠下面的这些话与其说是作解释,毋宁说是编传奇:我们原来生活在里海好多年,突然有一天我们决定渡过伏尔加河漫游去。这样我们就成了尽人皆知的"漫游鼠"。

十八世纪五十年代,从大陆各港口城市和英伦三岛都传来了老鼠抵达欧洲的消息。民族大迁移开始了,在母鼠所说的"黑家鼠年代",鼠疫开始大流行了。

三十年战争期间在马格德堡、施特拉尔松、布莱萨赫等地,生鼠肉、剥皮鼠肉都有市价,煎了煮了吃都有营养。那些老鼠也是黑家鼠。

母鼠属于"漫游鼠",即明明来自亚洲、却被人愚蠢地称为"挪威鼠"的那种灰鼠,但它也为如今罕见的黑家鼠说话,维护那些黑家鼠悠久的历史。据说黑家鼠以前是小个子尖鼻子,但尾巴不合比例地长。

母鼠说:我们可不这样分类,老鼠就是老鼠,黑不黑家不家都是老鼠。作为老鼠,每次民族大迁移我们都随行,瘟疫传播我们都有份,还有十字军东征和鞭笞派游行队伍的阴影下,圣女贞德①被烧死时,麦克白②的宫殿前,列皇列帝驾临的罗马和三十年战争的沙场,到处都留下了我们的足迹。古斯塔夫·阿道夫横渡波罗的海远征波莫瑞时据说船上有老鼠,但经过基尔城时确实有我们,而且那种一身黑的老鼠。如果人们自称在哈默尔恩淹死了成千上万以擅长游泳著名的家鼠,那么人们打算淹死的还是我们。

"漫游鼠",也就是灰鼠,真正开始大显身手是在法国大革命爆

---

① 圣女贞德(1412—1431),法国民族英雄。
② 苏格兰将领,莎剧人物。

发之后。在母鼠看来,法国大革命是以巴黎公社起义被镇压而告终的,所以它觉得一八七〇年至一八七一年的那场战争意义特别重大,那时生的熟的老鼠肉又都有市价了。它准备长篇大论作报告时总是这样开头:在巴黎公社的年代,我们……或者:那是在巴黎公社起义后不久……

实验室老鼠白毛红眼,它们的历史是暗淡的,用母鼠的话来说是不值一提的,而且按母鼠的算法是在巴黎公社前不久才开始的。十九世纪五十年代,英国和法国时兴一种赌博,把一二百只灰鼠和一只特别凶残的狗,通常是叫"特利尔"的猛犬,关在一起,然后赌输赢:猛犬要花多少时间才能把老鼠消灭完。玩这种游戏的不仅是社会底层的人。不过一旦在捉来的老鼠中发现有患白化病的,就会挑出来放在屋里或者关在栏里作为稀有动物展览,这样挑选大约十年,直到后来法国和英国相继立法禁止玩这种咬死老鼠的赌博。在这十年里对红眼白鼠的需求增加了,于是开始一对对地饲养适合展览的白化病鼠,结果繁殖了好多窝红眼小白鼠。

日内瓦有个医生,我的母鼠说,率先用红眼小白鼠做了实验。他先对饲料进行测试,然后掺入药物,接着又让小白鼠感染上白喉、猩红热、流感等人类常见病的病菌。但是直到巴黎公社起义后三十五年,费城的威斯塔学院开始进行大规模繁殖,这种红眼小白鼠才在全世界广泛用作实验对象。一直到人类末日来临前不久,这种小白鼠都被称为有用的动物。

我的母鼠说:我们在欧洲登陆——是搭船来的——大约一百五十年后,实验室老鼠才进入人类的历史,从此历史就开始向大爆炸的结局发展了。

它给我上了这么一堂历史课,然后说:此外你是否知道,美国特拉华州威尔明顿市的养殖实验室在人类历史告终前一年里做了一千八百万只小白鼠的生意,获利三千万美元?

没法阻止它快镜头般地回顾二十世纪,它把第一次、第二次以及被鼠类提前了的第三次世界大战合而为一,说成是一场大战,用它的话来说当然是以大爆炸告终的。所以它洋洋洒洒开始叙述时,总是说大爆炸前时代或大爆炸后时代。近来它又用起了"人类时代"和"后人类时代"之类的字眼。

不久前我梦见它说:那还是在人类时代,不过是在家鼠时代结束五百多年后,实验鼠的纪元开始了。俄国波罗的海舰队在罗杰斯特文斯基将军指挥下,准备从利巴雅港起航出海。我们混上了舰艇。对马岛大海战时我们只加盟日本舰队。之后不久那场大战就爆发了,时断时续,人们利用大战的间歇开发新的杀人武器。大战旨在消灭人类,由三阶段组成的世界大战结束后就进入了后人类时代。

最近母鼠又开始采用我们的历法了,它说:根据人类史纪年该是在一六三〇年,我们随瑞典国王古斯塔夫·阿道夫的舰队在波莫瑞的乌泽多姆岛登陆,发现岛前方有一座沉没海底的城市。城市建于家鼠时代,起初叫尤姆纳,后来又改了名字。

当母鼠紧接着说出这座海底城市的名字时,我心里不禁发出一声悲叹:哦,上帝啊!要是那些女人得知老鼠了解维纳塔的方位,她们准会绝望的。我得向她们发出警告。我一醒来就会把母鼠、家鼠和灰鼠的事告诉达姆罗卡,告诉她先是有 rotta、radau、rät、radda、rotto 这些表示"老鼠"的词,日耳曼语和高地德语辅音转移后才演变为 ratz、ratze、意大利语的 ratto、法语的 rat 以及德语的 Ratte 和 Rättin。

母鼠又开始从头说起:那是在大爆炸以后……我愤怒地打断了它。

谎言!我叫道,纯属一派胡言!没有什么大爆炸。要有的话——这也不能完全排除——你们,包括你,母鼠,也活不过那一天。

它不为所动,又给我讲解了一遍鼠类从诺亚时代就行之有效的那套堵漏系统。它说:还在大爆炸之前,有人打算像室内除害那样往地下通道和巢穴里灌毒气,我们就让年迈的老鼠充当塞子,它们肥大的屁股把我们避难所出入口堵得严严实实。

我又大叫起来:不!这是谎言!它却把我当成了弱智学生:老伙计,你怎么这样笨,要多大耐心才能让你明白!看来等会儿你必须留下来。为了让你开窍——因为你确实一窍不通！得用粉笔在黑板上画我们安全系统的示意图。

好像我的命运就是不断恭听教诲似的，梦境中再次浮现了一块黑板。我耳边又响起了教诲声：再说我们从没必要强迫年迈的老鼠保护我们。自告奋勇者数不胜数，以致我们不得不在一个口子上前后安排三个塞子，把所有的巢穴堵得滴水不漏，人放的毒气压根儿就进不来。正如我们可以伸直四肢，把身体缩成细长条钻过狭窄的管道，我们也会吸足气，让肚子胀得滚圆作为塞子，不仅能堵住毒气，还能堵住漏水。我们当年就是这样经受住洪灾考验存活下来的，希望如此解释即使你那不开窍的脑子也终于能明白是怎么回事了。

它在黑板上画了些通道、巢穴和塞子，这一切简直是座迷宫。它真是诲人不倦：最近我们走过但泽旧城，我的老朋友，你看到许多名胜古迹虽然熏黑了但依然完好，毫不掩饰自己的喜悦。那时你也许心里暗暗吃惊：真没想到，大爆炸后老鼠日子过得无忧无虑挺滋润。但这只是假象。我们还是不时受到尘暴的突然袭击，经常只得逃进地道避难，全靠那些行之有效的塞子救命。后人类时代刚开始那会儿，我们要大量繁殖殊非易事：许多生下来的鼠崽子不得不咬死，因为它们不是缺胳膊少腿就是脑袋开花尾巴上生疙瘩。所以我们还得靠那些年迈的老鼠保障巢穴的安全。它们屁股上长出了瘤子，这说明它们的贡献依然是不可或缺的。看，朋友，你仔细看看吧。

说着它转过身来，撅起屁股让我看，告诉我它就属于那批用身体挡住放射性物质的年迈老鼠。屁股上全是溃疡，骨头都露了出来，尾巴上一长溜疙瘩，毛皮几乎全部脱落，肿瘤已经流脓了。它的阴部就像翻腾的火山口直冒泡沫，痉挛着往外流血……

母鼠，我惊叫起来，你可别死啊！

我死了又有什么要紧？——它边说边把屁股转了回去，让这块病灶慢慢地、慢慢地消失在我眼前。

没有你，我在太空舱里会感到孤独的，非常孤独……

你这样说也太夸张了。

快好起来吧,母鼠,我求你了!

我听见它轻轻地笑了,眼前又浮现出它东嗅西嗅的胡子:你这傻瓜老爸!你难道还没有发现,我们会陪着你的,会子子孙孙陪着你的,而且我们的自我与你们人的那种难免一死的"自我"不同,是由无数老鼠的生命构成因而超越死亡的?用不着担心,我们不会丢下你。你永远不会失去我们。我们会挂念你的,因为当初需要一个故障原因以便引发大爆炸开辟后人类新纪元的时候,毕竟是你正好派上了用场……

> 反正有什么不对劲,
> 不知是什么,也许是方向,
> 有什么出了错,但究竟是什么,
> 何时何地出了故障?
> 尤其当一切进展顺利,
> 即使朝着一个
> 路标表明是错的方向。
>
> 现在我们寻找故障原因,
> 在我们之外拼命寻找,
> 直到有人说原因在"我们",
> 我们谁都有可能
> 是故障原因,廾个玩笑吧,
> 假定是你或者是我。
> 我们这不是指某个个人。
>
> 大家都相互礼让,
> 当一切进展顺利,
> 朝着错误的方向。
> 据说方向只有一个,
> 尽管错误又何妨,

众人互相招呼,嗓门洪亮:
我是故障原因,你也是吗?

我们很少如此一致,
没人再去追究
出了什么错,何时何地。
也没人再提
谁之过的问题。

因为谁都明白谁都有错。
大家从未像现在这样心满意足,
朝着路标表明是错的方向迈步,
希望我们再度获救,
希望是路标有误。

  我被安全带紧紧地扎在太空舱靠椅上,吓得浑身发硬。别说了,母鼠,别开玩笑了!我就该……我非得独自一人?
  装傻,装死,装聋作哑!我大声嘱咐自己,并且真的装傻、装死、装聋作哑起来。
  现在我才恍然大悟:这样正中它的下怀。把我放在太空舱里,让我扮演什么故障原因。它的主意真是妙不可言,因为我的确胜任这样的角色:对技术一窍不通的傻瓜,放在这里原并不合适,只能意味着一种风险。我连简单的计算器都不会用,对眼前各色微处理器的信息、能力和操作更是一无所知,所以安排在这儿正是再好不过的黄金搭配。这样它就可以说,是我傻乎乎乱摆弄这键那钮来着。它就可以说,我这个在太空中胡乱转悠的废物因为百无聊赖或者觉得星期天太漫长,所以就心血来潮把娇小玲珑的硅芯片弄得晕头转向不知所措,更糟糕的是,我在转录时把科幻电影资料——而且是描写世界末日的那些蹩脚作品的片段——当作真实信息输出了,又没注意故障信号,以致我的灾难程序——正在飞向目标的不明物体——先后输入了西方和东方保护国的地面终端。当然喽,双方没犹豫多久就真干了起来。

母鼠说,大爆炸可能就是这样没有老鼠的参与被引发的,我竟然玩儿似的精确清晰地输入了那个正在飞向目标的不明物体的画面,使起先上蹿下跳的定时数码又稳定下来。

故障原因竟然是我!偏偏说是我玩儿似的导致了大毁灭的结局。不!我大叫起来,这笔账不能赖在我头上。你得明白,母鼠,我连个电灯泡都不会换,也不会开车。我一直这样,在纳粹少年团是这样,后来在 K6① 当空军地勤时也是这样,用八点八厘米炮时扫描指针老跟不上瞄准指针。直到今天我还梦见当初自己的种种无能。竟然让我观察卫星轨道!竟然让我在太空做体操!对芯片之类的玩意儿我一窍不通。宇航员说的那些鬼话我只在电影里听到过。我起先还拼命想让已经启动的一切停下来,所以对地面大声嚷嚷:快住手!是警报失误!

当然嚷也白搭。我太蠢了,不会摆弄这些玩意儿。地球!我又叫道,地球快回答!但只听到唧唧声。接着就是沉默。只有机器本身的噪声。

我在梦中自言自语:现在我要醒来。我不愿梦见自己是故障原因。醒来之后我会顾不上喝茶先抓起报纸,看看那些家伙报道了些什么。不会有什么关于故障原因的消息,恰恰相反,一切照旧,运行正常。当然危险是有的,但什么时候没有危险呢?何况和平的愿望如今非常强烈,前所未有地强烈!

尽管如此还是得警告他们一下,警告那些手指哆哆嗦嗦不离按钮左右的老头。听着,我叫道,你们这些白发苍苍的当权者:据说你们要坐下来谈判,不再剑拔弩张了。这样挺好。谈吧,求你们了,能谈就好,谈什么都行。但是我们还得问问:最近这样谈来谈去对世界有什么好处,如果在你们和平谈判的同时我们的安全系统发生故障?起先故障还是丁点儿大,接着问题就严重了,在我看来就像某些啮齿

---

① 按德军番号应为 406 海岸飞行大队。

181

目动物慢慢地咬穿了木头、水泥、金属,一直咬到——开个玩笑——假定一直咬到双方的电脑主机,在那儿捣乱,弄不好还会把所有的芯片啊什么的,把我们挖空心思安排的安全系统搞得七颠八倒,不,还要糟糕,不是搞得七颠八倒,而是埋伏在那儿,伺机引发一旦启动便无法中止的程序。啮齿目动物干得出这样的事情。比如鼹鼠,它们到处钻进钻出,洞再小缝再细也休想挡住它们。

所以要警告你们这些老头。你们听着,现在发出警报!得尽快,不,得立刻设法使双方保护国唯电脑是从的指挥中心免遭"小鼠"的侵袭。不仅要防备"小鼠",因为其他生命力特别顽强、对毒药有抵抗力而且智商特别高的啮齿目动物,比如说老鼠,可能绕过所有对鼹鼠行之有效的安全措施,完全不理睬人类的和平愿望。

它们为何这样,出于什么动机?

是这样,它们要毁掉我们,毁掉全人类,因为它们对我们腻烦了,要实现自己开辟后人类时代的梦想,要独自快活,最多再捎上些海蟑螂什么的,还有会哺乳的丽蝇和嗡嗡叫会飞的蜗牛……

听着,你们这些责任重大的要人,听听我梦见了什么:我们不复存在了。我在家乡格但斯克度过童年,加入希特勒少年团,在空军做助手,如今在这儿我只见到老鼠。我梦见自己坐在太空舱里,却不关注恒星之类天象,而是竭力把地球上发生的一切输入我的技术装备,以便地球上的人能恍然大悟:这样下去不行了。我指的是那从太空舱看下去遍地都是、亟待解决的问题。比如:垃圾怎么处理掉?或者:密密麻麻的水母怎么数得清?还有:一旦我们像童话里的王子那样终于发现了故障原因何在,谁能使森林起死回生?

梦快醒时我总算使太空舱里的显示器亮了起来。起先屏幕上的图像乱七八糟,梦境里总是如此,我这个K6炮手再次显出自己的无能。接着我终于看见几个童话人物在赶路了……

开车的是瘸侏儒,七个小矮人中挑选出来的三号坐在他旁边,后座上是迷迷糊糊的睡美人和吻醒她的王子。他们正驶向波恩,据说那是联邦德国的首都。

小矮人屁股下放着两个垫子,膝盖上铺着一张地图,他正用食指在上面找路,指挥人生地不熟的瘸侏儒:"进入左面车道!"——"到第二条马路往右拐!"

王子不断地吻醒睡美人,给他的这位公主介绍首都风光:从莱茵河大桥看莱茵河,经过贝多芬音乐厅,在议会说客的住宅区里迷了路,转出来后一座大楼跃入眼帘,楼顶上三个巨大的字母①使它显得更加高耸入云,接着是一排平房,式样摩登,但还是让人想起棚屋②。睡美人不得不一再睁开睫毛长长布满血丝的双眼,但很快又睡着了。瘸腿司机差点儿没看见停车标志,小矮人急得大叫:"红灯!"

老福特车的发动机永不疲倦,全靠了女巫的尿汽油不断轰鸣着。车进入市中心,只见前后左右都是一支支示威队伍。示威者手持各各不一、内容经常相反的横幅,王子和小矮人念了起来:"何年才是婴儿年?"——"土耳其人滚回去!"——"不要导弹!"——"发展军备保障和平!"——"反对用动物做实验!"——"消灭老鼠和丽蝇!"还有:"没有森林难道就不能活了?"——"森林死了,格林兄弟却在睡觉!"

示威队伍中蒙面的,拿着横梁当武器的,扮成死尸或者锌绿色老鼠的,应有尽有。不知是谁站着看报纸,醒目的通栏大标题是:"俄国人拐走了联邦总理的孩子!"正逢堵车,离那读报人又近,小矮人便把标题读给大家听,边读边咯咯笑,直拍巴掌。

眼前的路牌上终于标出了"总理府",又开了一小段,在检查亭旁停了下来。瘸腿司机向值日官出示证件,说自己是"拯救童话委员会"主任。王子又忙着吻醒他的睡美人:"亲爱的,我们到了。"

见值日官犹豫不决,小矮人背诵起无声片中一段较长的字幕来:"我们来拜访负责中期森林损害问题的特别事务部,和部长及国务秘书雅各布·格林先生和威廉·格林先生约好的。我们的密码是:

---

① 指 CDU,德国基督教民族联盟总部。
② 德国社会民主党总部的俗称。

183

童话街。是急事!"

值日官示意哨兵输入电子密码,显示屏上出现了"密码:童话街",接着便有了回音:"童话街:允许通过。"横木升起。值日官敬礼。王子从车窗递出小费。年轻的值日官有点不知所措,吃惊地看着托盘上的金币。(在这方面可以请教我们的马策拉特先生,是该给巴伐利亚金币呢还是该给金卢布?)

其他童话人物在"松脆小屋"里注视着波恩发生的一切。见到代表团下了老福特车,在特别事务部门口受到雅各布和威廉·格林先生的欢迎时,他们都热烈鼓掌,连无手姑娘那双砍下来的手也拍个不停。汉塞尔和格蕾特尔告诉莴苣姑娘哪个是雅各布哪个是威廉。女巫激动地咬着她收藏的一块小骨头。耳背的外婆对小红帽说:"但愿他们能把那词典给我带来,不必等到各卷全都出齐[①]。小矮人答应我的。"

格林兄弟办公室。四壁的大幅地图标着林区,受害程度用各种颜色表示。雅各布请童话代表团围着一张小茶几坐下,威廉拿出一本旧版本的《格林童话》请他们签名。先是睡美人,接着是王子,小矮人签上"三号小矮人"。瘸侏儒拉开架势准备签得大大的,一犹豫画了三个十字。睡美人见了说:"但两位先生是否知道……"他这才在旁边括号里写上"瘸侏儒"。

三号小矮人啧啧连声,欣赏着雅各布·格林玻璃柜里摆放得错落有致的玩具小人,然后转达了小红帽外婆要《格林词典》的愿望(这个细节是按我们马策拉特先生的建议添加的):"她耳朵那么聋,但那么爱读书。"雅各布·格林受宠若惊,忙交给他一本带编者签名的词典:"词典总算全出齐了。这是第一卷,从 A 到 B 字母起首的'牛奶甜酒'。其他各卷我们以后会补送给她的。"

童话人物这才开始进入请愿的正题,抱怨起来。瘸侏儒挥舞拳

[①] 雅各布·格林和威廉·格林同为日耳曼语言学创始人,合编《德语大词典》,未完成。全书 33 卷到 1961 年才全部完成。

头提要求,又是跳脚又是跺脚。王子则像个外交官,风度翩翩,彬彬有礼。三号小矮人的腔调颇有点无政府主义。刚被吻醒的睡美人睡眼惺忪,唉声叹气。

童话人物的抗议应该生动活泼,从双膝下跪到绞着双手形式多样,只有必要时才打几条字幕:"离开森林我们生路何在!"——"森林死了我们也就完了!"——"没了森林和童话,人就可怜了。"——"我们会报复的!"

雅各布·格林指着照片上奇大无比的工业设施和堆积如山的报废汽车说:"很遗憾,我们无能为力。搞民主只能摇尾乞怜,有大钱才能一言九鼎!"

威廉·格林眼泪都快出来了:"不仅是当权者的责任,森林要是死了我们也逃脱不了干系。"

睡美人哭号起来,王子怎么劝也劝不住。三号小矮人骂道:"森林完蛋了人类也会完蛋的!"

瘸侏儒暴跳如雷,把他那条为增强效果特意设计的腿拉了下来,示威般重重地扔到总理府负责中期森林损害问题的特别事务部长的办公桌上。

"松脆小屋"里,其他童话人物通过魔镜看到请愿代表在波恩不知所措的情景,全都垂头丧气的。莴苣姑娘把脸埋在长发里,什么也不想看不想听了。白雪公主恨不得再去咬密封在合成树脂里的毒苹果。留在童话森林里的六个小矮人中有一个大叫起来:"难道总该资本主义胜利吗!?"小红帽穿着小红靴绝望地跺脚:"妈的!让狼把我吃了得了!"说罢就跑出了屋子。

外婆茫然不解地摇摇头,拿起旁边那只恶继母的小漆盒,把图像从波恩切换到黑白片《小红帽和狼》。魔镜上先闪烁着各种杂乱画面,可能是不同童话题材吧,接着外婆终于看到狼是怎么瞪着血红的眼睛把小红帽吃了。

恶继母气急败坏地关掉了魔镜,嚷道:"你别添乱了,外婆!"

汉塞尔试图安慰陷入绝望的童话人物,格雷特尔则向井边跑去,往里灌了一桶水,把青蛙国王灌了出来。面对这初露端倪的三角关系,已显出贵妇体态的半老公主只能苦笑着接受。(这一情节是按我们马策拉特先生的意见加上的。)

这时女巫开始哀号了:"唉,没有森林孩子们就不会迷路了。"汉塞尔上前安慰,见她要用丰乳来拥抱自己就赶紧挣脱,大声说:"别哀号了!有志者事竟成,不会走投无路的。没有森林人也能活下去!这你现在还不明白吗?!"

在波恩,威廉·格林突然计上心来。他在四壁的森林地图上找了一阵,说:"我们去说服总理,请他务必和我们及别的专家一起去视察濒死的森林。"

雅各布·格林表示同意:"或许真能产生奇迹。"三号小矮人想了解仔细:"哪儿,视察哪儿?"

雅各布·格林在巨幅森林地图上指出视察地点,威廉·格林用红笔在视察地点上画了一个圈。睡美人刚才哭着哭着又睡着了,王子赶紧吻醒她,用纤细漂亮的手指示意她总理会在哪里视察。瘸侏儒又装上了腿。

这柳暗花明的转折传到了"松脆小屋"的魔镜上。汉塞尔记下了视察地点,小矮人们拿来了一张只能凑合着用的地图,两者进行了对照。他们找到了那地方,做上记号,和汉塞尔苦思冥想起行动方案来。

其他童话人物在魔镜上看电视,这会儿的画面是代表团准备踏上归途。睡美人吻别威廉。格林兄弟向渐渐远去的老福特车挥手。无手姑娘像着了魔似的,她那双被砍下的手也在挥舞。外婆气恼地关掉魔镜:"小红帽这傻丫头又躲哪儿去了?"说罢拄着拐棍向屋外走,众人紧随其后。

正在笼子里睡觉的狼被翻了过来。山妖拉开狼肚子上的拉链。小红帽刚从狼肚子里露出头,脸上就挨了外婆一巴掌。

借助森林地图,小矮人们向众童话人物介绍了精心制订的计划。汉塞尔、山妖和无手姑娘拿来了工具:铁锹、耙子和锄头。

代表团的老福特车驶进林子。大家小别重逢分外亲热。女巫对着瘸侏儒大肆恭维。小矮人们高声说笑,相互拍打着肩膀,三号凯旋,哥们七个又齐了。

外婆得到了赠阅的《格林词典》第一卷,开始(正如我们的马策拉特先生修改剧本时所希望的那样)朗读起可打在字幕上的词条来,都和首字母是 A 的"恐惧"有关:"恐惧,使恐惧,使我们恐惧的一切,恐惧地颤抖,在恐惧之屋居住,随恐惧之轮转动,沁出恐惧的冷汗,惊恐,恐慌……"

这一系列的"恐惧"好像和众人无关,他们欢呼着让女巫撒尿给老福特车加油。汉塞尔和七个小矮人大叫:"出发!"还操着德国口音的英语:"开始行动!"山妖开动了福特车。

一个小矮人按照女巫的吩咐取来了睡美人的纺锤,另一个小矮人把锄头交给了约琳德和约林格尔。恶继母把魔镜从"松脆小屋"里搬了出来。莴苣姑娘盘起头发,俨然准备大干一场的样子。无手姑娘吩咐自己被砍下的双手拿起铁锹。

大家准备出发,小屋里只留下外婆和词典。她还在给众人高声朗读词条,都和首字母也是 A 的"告别"有关:"告别,告别的时候,他告别,即辞别和离别的意思,举起告别杯就是喝下告别酒,告别的月光……"

童话人物一一报以告别的亲吻。最后轮到山妖,他吻了一下词典和外婆告别。

现在无手姑娘才想起把自己的断手先送上路,断手拿着铁锹飞走了,七只乌鸦①尾随其后。载满童话人物的老福特车消失在森林中,只留下外婆和狼。她对着这头畜生朗读《格林词典》的词条,都是以字母 A 打头:"砍伐,搭话,耷拉着的上眼皮,侧面,枯瘦的老人……"

美好的词语。

---

① 见格林童话《七只乌鸦》。

使人神清气爽的言语依然耗尽,
舌尖再也不会颤动表达忧郁,
向我们宣告喜悦的声音从此绝迹,
如此多的焦虑默默无语。
告别了那些描述乌斯人①的词语,
称他从母腹出来时光着身躯。

面粉匣,蜂蜜汁,瓦罐子,
但愿我们还能说这些词语!
抱怨乳娘已去。
谁还知道,啄木鸟曾叫蜂蜜蛾?
内波穆克,巴尔塔萨,谁还愿如此把名取?
词语告别了,请求晨礼、
午点、晚餐的词语。

谁会在我们身后喊再见,
谁会压低嗓门说已铺好床?
不会有什么和我们同居同房同在,
或者认出我们,就像天使许诺处女②的那样。

告别时又聋又哑一片寂静
我们的词语已然告罄。

---

① 乌斯在亚喀巴海峡东侧,是以东地的一部分。《旧约·约伯记》第1章第1节:"乌斯地有一个人,名叫约伯;即人完全正直,敬畏神,远离恶事……"《旧约·耶利米哀歌》第4章第21节:"住乌斯地的以东民哪,只管欢喜快乐,苦杯也必传到你那里。你必喝醉,以致露体。"
② 《圣经》中天使曾在马利亚面前显现并作出许诺。

第 七 章

在联邦议会发表演讲——七个小矮人各有特点——五个女人上岸想经历些什么——水母歌声起伏——我们的马策拉特先生到达目的地——马尔斯卡特在圣所做哥特式体操——孤独的母鼠长吁短叹——睡美人用纺锤戳自己——船停泊在维纳塔上方

我梦见母鼠,梦见自己独自在但泽的大街小巷闲逛;那艘驶向维纳塔的船犹豫再三,不愿在维斯比港靠岸,正如奥斯卡还在波兰公路上。接着我在梦境中又三番五次地喊"不",宣称"绝对不会走投无路",点燃一丝希望的曙光。现在,我梦见自己获准走上联邦议院的讲坛,脱稿讲或者照稿念发表见解。我看见面前按所属党团就座的议员,知道高踞我身后的是联邦议长,在我右侧一字排开的是联邦总理和各部部长,于是开始演讲,那些话仿佛信手拈来:

尊敬的联邦议长,女士们,先生们!此刻看见诸位坐在经过精心安排的席位上,宛如梦中。因为是梦中走上讲坛,所以在演讲中,不免一些细节轮廓模糊,而另一些则有棱有角会刺伤人。梦境中的画面总是不同寻常,总是有失协调的。据研究结果,梦境虽在高层次上作评判,但最终对什么都敷衍了事。比如现在,才对座无虚席的会议厅扫了一眼,党团与党团之间的界限就开始模糊了,我再也看不见各党各派，眼前只有各种各样的兴趣了。

也会出现一些奇怪的插曲。我刚开始讲话，就发现一群身穿制服的邮递员在给某些议员点票子，不断地在部长席前送汇款，每送一笔就舔一下大拇指。此外我还隐隐约约地觉得，我演讲时坐在我右面的联邦总理在把一大块奶油蛋糕逐步地往嘴里塞。

我当然明白，议员和部长不会当众笑纳金钱，联邦总理也不至于在大庭广众下展示自己对甜食的爱好。这些怪事只有在我梦境中才会发生。梦境揭露了现实，甚至允许我要求那些到现在还在忙忙碌碌的邮递员去用早点，忙坏了也该歇一歇。要贿赂要逃税也不必没日没夜连轴转哪。此外我还要请您，总理先生，留块蛋糕等下位发言时再享用，现在还是别做分心的小动作，注意听听据说只对文化有好处的建议吧。

是关于中子弹的事。你们还记得吧，女士们先生们，以前对此颇有争议。人们谴责中子弹，义愤填膺。当时我也不赞成，认为它惨无人道。它是惨无人道的，现在依然是惨无人道的，因为中子弹砸到哪儿，那儿的人就完蛋，连飞禽走兽也跟着呜呼哀哉。

我听说，加速的中子射线和伽马射线先使人的神经系统陷入瘫痪，然后使人的肠胃节奏紊乱，同时引起内出血、盗汗和腹泻，最后烤干人的体液，用医生的话来说就是脱水而导致死亡。

这太可怕了，亏他们想得出来。难怪舆论哗然。不过除了那些被烤干的人及生物，中子弹不会破坏任何东西。建筑物、机器、车辆都会完好无损，就是说，包括银行、教堂、地上地下的车库都会安然无恙。但当时有人认为这样还远远不够，这话不无道理。人都完了，即使工厂设备能用，坦克能使，军营能住，对我们还有什么意义？！

不过话又说回来，女士们先生们，请问如果中子弹能完整保存文化，情况会怎样呢？如果中子弹作为艺术之友手下留情，我们会作何评论呢？如果目标明确的中子弹不但不损坏坦克和大炮，而且还不伤哥特式教堂和巴洛克外墙一根毫毛，我们是否能忍受它呢？换言之，我们昨天谈到中子弹就咬牙切齿，如今大家都不应该再和它闹别扭,应该和它建立一种新型关系,应该认识它真正的——我直说了吧——有艺术鉴赏力的特点了。

别忘了,当年那场激烈争论阻碍了从仅有战术意义的导弹向战略上有效的中子弹的顺利发展。时间是耽误了,但来者犹可追,何况也不是没有这方面的资源。谁想看到我们的文化精品得到永久性的保护——我坚信全体议员都想看到这一点——,谁就不能不要求大量生产中子弹。

当然这种要求是针对双方保护国的。在保护文化方面必须达到平衡,正如威慑力必须旗鼓相当一样。因此亟待签订一个特别协定,明确中子弹作为一种手下留情的炸弹仅仅承担保护文化的义务。一个由双方保护国同盟组成的委员会,只要我们确有诚意,将先在欧洲后在其他洲开展活动,列出最重要的文化中心。接着就该将这些保护区不偏不倚公平合理地定为攻击目标区。最后在双方保护国继续这方面的军备竞赛,因为已有装备还远远不够。我们要尽可能保护更多的文化财产,不然它们会遭受被核武器摧毁的厄运。

女士们先生们,如果我准确地理解了你们现在的大声插话,那么你们开始对我的建议感兴趣了。你们要求我说说到底什么属于艺术。你们狂呼:艺术是见仁见智的爱好问题!

你们言之有理!但只要提一提家里即两德领域什么是值得保护的,就不难发现我们爱好的艺术是什么。我提议把西德的班贝克和东德的德累斯顿定为必须中子化的城市,重建的森佩尔①歌剧院和班贝克国王骑马雕像②这两个短语也许能帮助你们记住这两座城市。还可以设想,当然我不想说得过死,这边陶伯尔河上游的罗滕堡,那边的施特拉尔松,还有吕贝克和鲍岑……

女士们先生们,劳驾你们——谢谢,议长先生——不要再嚷嚷什么"那么策勒呢"或者"为什么拜罗伊特就不行"好不好?别嚷嚷了,

---

① 森佩尔(1803—1879),德国建筑师。
② 班贝克大教堂里著名的国王骑马雕像。

因为在制订保护计划时必须首先从整个德国的大局出发。

相信大多数城市——哪儿没点文化遗产——都会争取对艺术有利的中子化,所以尚待成立的定址委员会任重而道远。他们必须证明自己具备艺术鉴赏力。一旦这个或那个城市,不管是莱比锡还是斯图加特,马格德堡还是美因河畔法兰克福,只能定为传统核目标区,他们还得学会说不!

哦,是的,我也深表遗憾。尽管悲痛我还是不得不说,许多欧洲国家的首都将不能享受中子化的保护。但只要我们决心及时采取补救措施,受核攻击威胁的文化财产有不少是能转移到受中子化保护的城市去的。

比如,梵蒂冈的宝藏可以转移到阿维尼翁①,卢浮宫的艺术品可以转移到斯特拉斯堡,华沙有什么拿得出手的可以搬到克拉科夫去,东柏林博物馆岛上的精品可以搬到魏玛文化保护区去。我想人们尽管恋恋不舍,但还是会自愿地把熟悉的教堂大门、心爱的巴洛克外墙面、世代相传的洗礼盆、天天看惯的桥头圣徒像转移到保护区去的。再说这次全欧性大搬迁可以提供不少就业机会。难道我们会脑子转不过弯来,会不明白可以——举个例子——把科隆大教堂迁往丁克尔斯比尔,把伦敦塔迁到斯特拉德福德②?

女士们先生们,为了拯救欧洲文化遗产,难道我们会不尽力而为?! 这样欧洲就能最后一次证明自己的伟大,成为各大洲在文化保护方面竭力仿效的楷模。所以请允许我——请议长先生允许我——表达一项合乎时宜的个人见解:自从暂且可称为最后一次的世界大战结束以来,我的家乡但泽改名格但斯克;如果它有幸跻身中子化城市的行列,就是说,它大大小小的塔尖、山墙朝街的房屋、露天台阶、尼普顿海神喷泉以及所有风格严谨的哥特式砖瓦建筑有幸能够不因第三次世界大战而毁坏,那么我愿意作出任何牺牲,真的,任何牺牲

---

① 法国城市。1309—1378 年阿维尼翁先后驻有七代教皇。
② 莎士比亚故乡。

都在所不惜。

当然有人会叫:"这不人道!""这是玩世不恭!"其实起初我也问过自己:要是中子化城市里——照《圣经》上的说法——"有血肉、有血气的活物"全被烤干烤死了,那么文化保护对我们还有什么意义?还有谁来欣赏保护下来的文化,发出"啊,永恒之美!"的惊叹?

但我们还是不能动摇。我们别无他择。艺术和自由一样也有代价。所以你们,女士们先生们,应该果断地作出决策。

然而一眼望去我却发现,席位上的人越来越少,不,更糟糕,议会大厅里只剩我一个了,连总理及其内阁成员也不见了。我不由疑惑起来,暗暗地问自己:这些缺席的议员是否会决意当艺术之友,就像他们在必须保卫自由时,在讨论什么中程导弹——那玩意儿究竟叫啥来着?——时,以多数票表示赞成那样?

可惜他们都走了,听不见我说什么了。而我是多么想再提一些建议啊,使得中子化的文物保护措施更加严密。我指的是事后留下的那些脏东西。

我从后人类时代的信息来源获悉,专家们现在也已经确认,大爆炸后会烟尘蔽日天昏地暗,核尘暴作为人类最后能力的集中体现会扫荡全球,完好如初的大教堂、雕梁画栋的宫殿、令人心旷神怡的巴洛克外墙很快就会蒙上厚厚一层烟炱,到处都会是黏糊糊的烟炱,造成无与伦比的损失。真惨哪!这是对艺术的玷污!没人听吗?喂,总理先生!

总理走了,只留下蛋糕碎屑。但我们总得有对策呀,而且事不宜迟!快拨科研经费,调动德意志创新精神,要求化学工业巨头开发一种可揭下的保护层,使烟炱不至于永远……

我知道有个问题悬而未决:真见他妈的鬼,到那时由谁来揭下这保护层?反对党的女士们先生们,要是你们还在这儿,就能大声打断我——"到那时人早都被辐射线照死了,烤干了,人早就全完蛋了!"——使我陷入尴尬。但我有一条良策。正如《圣经》上说的那样,苦活累活不非得总压在人身上。我想起了常见的那些拉丁学名叫"挪威鼠"的灰鼠,它们的生存能力早已得到证实。我们消失之后它们还会活着,它们会发现我们精心保护下来的文化遗产。老鼠从古到今一直依恋人类,它们幸存下来后,会好奇地——老鼠总是好奇的——一点一点揭掉烟炱下的保护层,然后对显露出来的辉煌文化惊叹不已……

好了,我不再做在联邦议院演讲的梦了。快醒来时听见自己的结束语:女士们先生们,对你们意味深长的缺席我深表谢意!

幸好一切尚未定局:我们的马策拉特先生还在路上,考察船刚驶入维斯比港,我的圣诞鼠在呼呼大睡,也许正梦见第三套节目。不过格林兄弟笔下的森林里已经开始反抗了:童话人物决心已定,众志成城。

按照我们的设想,七个小矮人应各有什么特点?约琳德和约林格尔是所有悲情爱侣中最具悲情的一对,除此之外关于他俩还有什么可描绘的?不得不一再吻醒美人,这种现象值得进一步研究吗?

诸如此类问题的答案,我们的马策拉特先生一从波兰回来就想知道。他虽然赞成我赋予七个小矮人无政府主义者的基调,但仍然希望看到小矮人各有特色。比如说,让二号小矮人账房先生般精确地登记王子的每一个吻,而四号小矮人可以像猴一样去模仿王子吻醒睡美人的动作,不久我们还能看到一号、六号和七号小矮人以不信任的目光监视着这位亲嘴总也亲不够的年轻人。

不难发现,七个小矮人都在利用白雪公主。这瘦弱的姑娘不得不替他们熨洗衣服缝纽扣,把七双鞋子擦得锃亮。不仅如此,常常还有谁和这个总是逆来顺受的女佣钻进她住的阁楼。不一会儿客人吹着口哨下来了,白雪公主摇摇晃晃地走出阁楼,看上去一次比一次憔悴,恶继母则在楼下收钱,全是旧版硬币,普鲁士塔勒夹杂着金币。

他们五短三粗,嗓门洪亮,酷爱玩一种叫"剪子石头布"的游戏。他们钩手指绊腿闹着玩,一起锻炼身体。他们只对女巫比较客气,在女巫面前不但所有住店的旅客,连恶继母也很恭敬。女巫和恶继母有时也谈谈妇女解放问题,但没找到任何答案。

"松脆小屋"的女房东始终像个青少年旅店管事的大妈,对客人既严厉又关心,只是偶尔玩弄汉塞尔的指头时才暴露真面目。也许她和仆人山妖或者和瘸侏儒不明不白,没准和两人都有关系,因为她只要食指一弯,粗鲁的巨人和跑堂的瘸腿就会吓着,对她言听计从。她不愿看到莴苣姑娘替山妖梳理胡子,也不愿看到瘸侏儒解开残缺的下肢和无手姑娘残缺的上臂相比较。

女巫经常找青蛙国王,她和格蕾特尔不时往井里灌水请他出来,即使影片情节不需要时也这样。她俩都爱找这位头顶王冠的潜水好手闲聊,他的水底故事经常高潮迭起,引人入胜。那位贵妇般的半老公主对这些闲聊充耳不闻,青蛙离开额头跳进井里她就头痛,别的什么也顾不上了。"松脆小屋"的女房东给她送来干青蛙卵捻成的镇痛丸,让她喝口青蛙般绿莹莹的液体冲服,这体现了对她这位病美人的赞赏。

女巫喜欢躺在井边。半老公主允许她躺在自己的位置上,井边的青蛙却怎么也不肯跳上她女巫的额头。似乎想让字幕上出现"爱不能强迫"的成语,半老公主微笑着在井边躺下,马上得到了青蛙带来的清凉。格蕾特尔见到这一切脸上露出奸笑,这女孩好像知道怎样才能教会青蛙国王拈花惹草。

我们马策拉特先生提出的构思并非都能让人明白。比如他想要——即使这是为了刺激我——让一只大蜗牛把格林兄弟编纂的词典一卷一卷地背来,直到外婆三十二卷全部收到。此外,他去波兰前还指示,要等到外婆拒绝让小红帽躲在自己的层层裙子下,才让这傻丫头拉开狼肚子上的拉链钻进去。我不想作任何评论,尽管我不明白我们的马策拉特先生为什么要对我的剧本作出这一改动,小红帽的外婆又不是安娜·科尔雅切克[1]。不过当奥斯卡提出浓墨重彩地

---

[1] 《铁皮鼓》中有奥斯卡·马策拉特的外祖母安娜·科尔雅切克让逃避追捕的约瑟夫藏在自己的四层裙子下的情节。

表现王子的亲吻强迫症时，我还是表示同意了。

亲吻是荒唐的行为，王子是吻习难改的惯犯，吻醒睡美人是机械的过程，是对卫生要求的愚蠢蔑视。这一切都要求扮王子的演员具备如下素质：见到任何有几分像睡美人的，都能以同样无动于衷的态度去亲吻。这是因为随着情节的进展，王子将失去他最初的亲吻对象，他将不单要去吻莴苣姑娘和白雪公主，而且还得去吻一个六号和七号小矮人用稻草、青苔和破布做成的木偶。

本来我绝不会像我们的马策拉特先生这样过分，把亲吻称作一种充满死亡情调的病态。不过影片情节应该显示出，王子这样到处乱吻会带来什么危险。王子空虚，又英俊，离开睡美人会发疯的。

约琳德和约林格尔呢？永远不变的悲伤表情怎么刻画？莴苣姑娘呢？怎么表现她那一头长发呢？那么长，那么浓密，什么梳子也伺候不了，怎么办呢？

不，我的剧本里不能出现假发套。无法无天的小矮人会把假发套扯下来当球踢，这样莴苣姑娘就成笑柄了。不，必须是梦幻般的长发，灿烂的金线编成但同时又是自然生长的长发，在"松脆小屋"楼上窗口飘拂着。希望的头发，梦想的头发，是我唯一愿意追随的旗帜。所以我说我的达姆罗卡有一头漂亮的鬈发。她的头发给予我的，要多于母鼠——天哪，它又来了！——振振有词地否定的。真的千钧一发，我真的全靠达姆罗卡的鬈发了，所以也不能——抱歉，马策拉特先生——给莴苣姑娘戴上假发套。

五个女人把船停在哥特兰岛维斯比港，离开维纳塔却比以前任何时候都更远了。她们向东航行了足足三百五十海里，先经过默恩岛，然后波恩霍尔姆岛又渐渐从视野中消失，她们在哈讷湾争吵的时候，都能看见瑞典大陆的于斯塔德了：这段海岸线比较平缓，一路尽是工业设施。终于狭长的厄兰岛从左舷消失了。她们航行了六十二小时，据我估算消耗柴油七百升还不止，驶入维斯比港时后备油箱都快空了。船上东西都快用完了，淡水不多了，毛线就更别提了，也没有什么可以再一遍一遍说的话了。最后一次在哈讷湾捞水母时吵架,她们挥霍了不少词儿,所以现在处理必要船务时她们话都不说整句了。

时间很紧,所以只能上岸逗留几个小时。达姆罗卡去港务长那儿取已办妥的民主德国签证。女轮机长和女舵手给新伊瑟贝尔号加足了油,连所有的后备油桶也灌得满满的。大姐和女海洋学家在消费品合作社里扫荡冰冻柜,凡厨房里用得上的都没落下。但买不到茴香烧酒,只有低度啤酒,大姐不由诅咒起瑞典王国及其道德来。最后在几座简易仓库之间全靠一个芬兰醉鬼的帮助,她出高价总算搞到了两瓶一升装的劣质烧酒。

现在女人们才真正闲下来可以上岸逛逛了。赶快换衣服,卷起雨披。达姆罗卡本想待在船上,但经不住大姐和女海洋学家一再劝说——"你不去就一点意思也没有了!"经不住女轮机长和女舵手一再威胁——"你不去我们也不去了!"最后还是去了。她有点心不在焉魂不守舍,找钥匙,锁驾驶舱,可惜忘了把所有扶梯口都锁上。

时间太紧,维斯比游览图上这么多景点根本转不过来。散落四处的废墟遗址女海洋学家来不及全拍下。女舵手想顺便勾引一个男人未能如愿,大姐打算再弄点酒也未能如愿,达姆罗卡则没有愿望。女轮机长只想上岸随便逛逛,说出了自己对闹市生活的看法:"走,我们跟着别人,没准会出什么事儿。"

因为这时维斯比和许多城市一样,常有这样那样的示威活动。四五支游行队伍朝着不同的方向前进,横幅五花八门,口号此起彼伏,抗议拿动物做实验,为波兰和尼加拉瓜争取自由,还记得几句瑞典语的达姆罗卡只得为大家翻译横幅和口号的内容。

女人商议几句便作出了决定。她们不想再参与反军备竞赛的游行。大姐叫道:"对毒品问题我从不感兴趣。"女轮机长说:"波兰总不能和尼加拉瓜相提并论。"于是她们加入了动物保护主义者的队伍,因为女海洋学家说:"去看看吧,他们是否也反对测量水母。"

她们经过坍塌的教堂,又经过部分坍塌、部分整修一新的城墙。据游览图上介绍,这段城墙是维斯比历史的见证。游行队伍在城边上一排平房前停下了。平房虽然摆出一副科学殿堂闲人莫入的架势,但显然已经声名狼藉,因为这支男男女女老老少少三五十人、包括考察船的五个女人组成的游行队伍在用瑞典语连声高呼口号,反对动物实验。用德语喊叫的先是大姐一人,接着女海洋学家也开始帮腔:"结束测量水母的愚蠢行为!"

下雨了,多雨的夏季常这样。游行者先是喊口号,继而开始扔石块,玻璃碎了,接着石块便如同雨点。转眼工夫,基础研究所面街的窗户玻璃全砸烂了。

我敢肯定,第一块石头是女轮机长扔的,第二块石头是女舵手扔的。扔第三块石头的不是大姐就是女海洋学家,因为达姆罗卡从不扔东西。这以后我看见瑞典人也开始动手了。不管怎样吧,反正始作俑者是女轮机长,她就想弄出点事儿来。鸽蛋大小的卵石路边到处都是,随手可得,是建筑队留下的。

平房里没动静,也没人会阻止瑞典民众从玻璃全被砸烂的大门冲进去。女舵手想大吼一声"跟我来"往里冲。女轮机长操起一根建筑木料当武器。女海洋学家端起照相机,说要"抓拍两三张留念"。大姐高喊道:"赶快行动!也许还能在里面找到几瓶酒呢。"但达姆罗卡一锤定音:"我们必须离开这里。到此为止,不能再在岸上耽搁时间,过一小时我们启航。"

结果女人们就没能看见,全穿着黄色或者红色塑料雨披的瑞典人救出了哪些供实验用的动物。我却亲眼目睹了,他们救出了豚鼠、实验室里的老鼠和鼹鼠,此外还有十只兔子、五条狗和四只猕猴。因为途中不断有游行队伍堵塞交通,最后警车也呼啸而来,忙着在这里设置路障,在那里放出警犬搜索,所以女人只能绕道,好不容易才拖着疲惫的双脚回到港口。

女轮机长猜测道:"我敢打赌,他们肯定放走了不少畜生。"大姐抱怨说:"这些动物真可怜,现在只能到处流浪了。我们刚才该收养一只的,那里面有条狗还很小呢。"大家默默无言地接受了她们的这种猜测和抱怨。

不用达姆罗卡发令,大家便放开缆绳。她则打开驾驶舱门,到最后一个扶梯口时她沉思起来,因为船舶入口处还没锁上。

女轮机长发动了柴油机。女海洋学家说:"你们谁知道,我的计算器哪儿去了?"大姐还没来得及打开芬兰劣质烧酒和女舵手一起畅饮,新伊瑟贝尔号就启航了。

刚过晌午,雨停了。女人们谁都不想说话。扔石头没扔出什么名堂。这次上岸失望了吗?看这情形女人们似乎发誓要保持沉默,若无意外发生,不到海底城市就不开口了。

黄昏时分,北国的天幕依然明亮。她们来到哥特兰岛以南的胡布里恩浅海,马上陷入密密麻麻水母群的包围,只得降低航速。即使考察船往右避让,水母群还是追着不放,五个沉默的女人,也包括我——其实是我封住了她们的嘴——,都觉得海面上荡漾着歌声。这曲子没有歌词,无头无尾无尽无休,千百万水母——不是它们还能是谁?——在浅海里突然或者由于某种超凡意志的驱使神奇地哼唱起来。

女海洋学家已经把"测量鲨"拖上了甲板。在女舵手帮助下,她把这特制网放进海里,过了片刻在船低速航行的情况下——因为达姆罗卡也有意再捕捞一次——又收起,把捕捞物倒在中舱桌子上。十二只或者史多中等大小的水母摊在工作台面上后,她和女舵手、女轮机长都听见,水母发出一种噪音,不,是一种曲调,比海面上的歌声低沉些,但越来越响成了合唱,尽管马达轰鸣,可甲板上都听得见。厨房里的大姐放下手里的意大利面条,违反了我不准她们出声的禁令,叫了起来."天哪! 它们真的在唱!"五个女人,最后连女海洋学家都相信自己听见了音域或高或低的歌声。

海月水母宛如画中美人,软绵绵的身体中部盖着呈紫蓝色四叶苜蓿状的烙印,它竟然会唱歌。它通体透明像夜空的繁星,和大海一起呼吸,成群结队地游弋。它这被人视为祸害加以诅咒的"美杜莎",往常放上桌子就会无声无息地开始收缩,想用福尔马林延缓收缩就会失去光泽,可是现在它尽管口腕软绵绵的却会唱歌。歌声时起时伏,高时颤抖,低时如管风琴一般沉吟,使这原来装货的船舱显得太逼仄了。这样急切的歌声闻所未闻,除了在《圣经》的火炉里。

不管让谁相信,都得拿出证据来。达姆罗卡批准放出"测量鲨"进行第二次和第三次捕捞。她让女舵手负责驾驶,自己则根据女海洋学家的建议,用那台一直播放巴赫康塔塔①和管风琴前奏曲的录音机录下"美杜莎"的歌声,似乎唯有通过技术手段才能对这闻所未闻的现象进行证实,或者——就像女人们希望和暗中担心的那样——证伪,倘若录音带上最终没有声音的话。

她们开始录音。技术上无可指摘,"美杜莎"的歌声录下来了。女海洋学家把录音机提到甲板上,录音带上的歌声和海面上音域稍高的歌声奇妙地融为一体,仿佛大自然和技术现在破例愿意合作一次。

很晚,到夜幕降临时,水母群才逐渐消失,管风琴声才慢慢停息。不过女人们还不想上吊床睡觉,她们一遍遍听录音,听那些先在工作室、后用长鱼竿挑着话筒紧贴海面录下来的歌声。听的时候,女人们话不多,只有女海洋学家说:"研究所里没人会信,我在这儿当场录下了什么。"

但当大姐说这现象无法解释时,大家却报以一笑,继而七嘴八舌地推测起来,比如女轮机长问是否可能从"美杜莎"歌声的音高算出水母群的密度。"要是这样的话,"她说,"我们就找到了一种新的测量方法,用不着'测量鲨'之类的玩意儿了。"

达姆罗卡认为各水母群在进行多声部大合唱,还提到杰苏阿尔多②的合唱作品。女海洋学家对数据了如指掌:"胡布里恩浅海的水

---

① 大型声乐套曲。
② 杰苏阿尔多(1560—1613),意大利作曲家。

母群虽然非常大,但密度还是不及基尔湾。基尔湾三月至十月间曾测得七十亿个个体,按'美杜莎'平均体重计算,总重量可达一百六十万吨。你们想象一下这么大的生物量唱起歌来会是什么情形,我们可以用话筒……"

早已过了半夜,女人们还在想象密度如此之大的"美杜莎"唱歌的情形。达姆罗卡用礼拜歌曲作比喻,"从格列高利圣咏直到帕莱斯特里纳①"。

大姐一边叫:"尽胡扯!你们就爱瞎解释!"一边端起劣质烧酒,为这无法解释的现象干杯。

谁在说这是"宇宙的影响"?女轮机长?还是女舵手?

女人们七嘴八舌。我喜欢她们这样叽叽喳喳激动得像中了邪,像善良的仙女和凶恶的女妖。我喜欢她们这样手舞足蹈,微笑着再没一点儿实事求是的意思。随着录音带上"美杜莎"的歌声,她们着魔似的齐声唱着,总算达成了一致,在歌声里达成了一致。不然我永远不能使她们的声音如此协调地交织在一起……

她们最终还是准备在吊床上躺几小时,达姆罗卡喝着刚煮好的咖啡接过舵把开船。她说:"起先我想,妈的,这唱的是《尊主颂》②里的'扶助以色列'呀。不过现在我敢打赌:水母是十二音音乐家③。"

这一夜剩下的时间里就只有柴油发动机轰隆作响了。

然而随着旭日东升,海面上又飘来了水母的哼唱声。小睡方起的女人们不再捞水母测量,这会影响航速。她们一盘盘录下水母的歌声,现在水母渐渐少了,歌声也渐渐轻了。录下新的擦去老的,擦

---

① 帕莱斯特里纳(1525—1594),意大利作曲家。
② 马利亚知道自己因圣灵而怀孕后所唱的歌,参见《圣经·路加福音》第1章第46节以下。
③ 十二音音乐指以奥地利音乐家阿诺尔德·勋伯格(1874—1951)为开拓者和主要代表的非调性音乐。

去的不仅有巴赫康塔塔和管风琴前奏曲，还有琼·贝兹①和鲍勃·迪伦②的作品以及女人们随着年龄增长开始听的其他歌曲。

女海洋学家把录音机计数器上的数字记在海图上。她们已经开出了中滩的浅水区，此刻正进入博恩霍尔姆岛东北的航道。这里的水深增加百把米，但水母群比较稀疏，海面上哼唱声仍若有若无，直到黄昏一路顺风。

傍晚她们在奥得滩西北又驶入浅水，先用望远镜，最后肉眼也能认出吕根岛、阿科纳角、白垩岩以及亚斯蒙德半岛的陡峭海岸了。这时歌声才响亮起来，船速也慢下来了。在纬度相当于格赖夫斯瓦尔德小岛的海面上，一艘民主德国边防艇拦住了她们。

减速，发动机的突突声消失在"美杜莎"多声部大合唱中。三个身着制服的男人上船检查，达姆罗卡出示签证。边防警彬彬有礼但一丝不苟地进行检查，显然对这艘考察船进入德意志民主共和国领海早有准备。他们检查了吊床，未作任何评论，然后友好地翻了翻测量资料，对示意图和数据统计显出颇为喜欢的样子。但女海洋学家瞎起劲，告诉他们"美杜莎"会唱歌，警惕的边防警顿起疑心，一口否定有这种事：他们没听见什么歌声，水母数量也完全在正常范围内，而且谁都知道，至少在民主德国谁都知道，水母不会唱歌。

女轮机长狠狠地推了女海洋学家一下，示意她别用录音带来证明水母会唱歌。达姆罗卡设法消除边防警的职业疑心病："先生们，你们知道，我们女人有时甚至能听见跳蚤咳嗽呢。"

边防警听了女船长的话都笑了，还厚着脸皮说起了男人的笑话："女人也能游泳吗？"但他们坚持不喝大姐递来的半碗劣质烧酒，理由是东西德通用的俗语："喝酒管喝酒，工作管工作！"然后祝女人们"一路顺风，周末平安"。

---

① 琼·贝兹（1941— ），美国民歌手，反对越战及美国政府其他政策的社会活动家。
② 鲍勃·迪伦（1941— ），美国著名摇滚歌手。2016年获诺贝尔文学奖。

边防艇开动了,一名警察朝着考察船叫道:"我们会把这事当作喜讯汇报的,姑娘们,民主德国的水母会唱歌!"好像要证实这一进步的正确性,两船渐渐分开时"美杜莎"的歌声又响亮起来了。

在此我想声明一点:这歌边防警听不见,只是为女人及她们此行的目的地唱的;因为当她们半速往南驶向大陆海岸前的乌泽多姆岛时,"美杜莎"的合唱不仅音量更大,而且表现力也越来越强,宛如唱起了"和撒那"①。这是欢呼的合唱,对新伊瑟贝尔号的到来表示欢迎,为这艘考察船导航;因为每当船头朝西向着格赖夫斯瓦尔德湾或者偏东对着波兰海岸和沃林岛方向时,歌声就会减弱,待到航向正南才又响亮起来。

达姆罗卡从海员行李袋里取出那张泛黄的、标着维纳塔凹地的航海图铺开,在鲁登岛以东佩内明德以北标出的位置上找到了那座海底城市的名字。达姆罗卡完全按照"美杜莎"歌声指引的方向航行,并对照海图得到了证实。夜里她们在海图标明的方位抛了锚,但天黑根本看不清海底情况,女人们只得等到次日早晨,尽管她们恨不得马上就住进这座心仪已久的城市。

繁星点点的夜空下,"美杜莎"歌声依旧,随着柔和的呼吸飘荡着。达姆罗卡说她听见了弥撒曲,先是《求主怜悯颂》,后是《上帝羔羊颂》。女海洋学家听见了电子音乐声,而大姐则认为耳边响起的是美国沃利策公司生产的管风琴声。不是女舵手就是女轮机长把这歌声比作星空天籁②。她们久久围坐在驾驶舱后面,聆听着她们自称听见的各种乐声,直到达姆罗卡提醒大家"好好睡一觉明天才能精神饱满"才罢。她们上了吊床,却翻来覆去难以入眠。

明天是星期日。我不知道以后是否还会去呼唤比目鱼。即使知道,我也不会听见它能说什么了。

---

① 赞美歌,原为对进入耶路撒冷的耶稣表示欢迎的呼喊。
② 指传说唯有神才能听见的天体运行中产生的乐声。

不，不，母鼠！还有人会到达目的地。不想听你说，我叫道，母鼠，我不想听你说！其他人的旅程也得走完。

我梦境中的母鼠说：那好吧，伙计。即使这一切都已完结都已过去，你还得在场还得说：她们在吊床上辗转反侧，他坐着豪华奔驰车沿着林荫大道驶向奥利瓦门，女人们明日一早将……他今天就马上会……

周六下午，我们的马策拉特先生和司机抵达格但斯克，在火车总站对面他们定了房间的莫诺波尔宾馆下榻。他们先在城里逛了一会儿，四周摩肩接踵的旅游者在对比明信片上的风光和眼前的景色。马策拉特先生从塔楼经过长巷门找到了长巷，往旁边的小巷张望了几眼，认不出眼前就是他的故乡但泽了。尽管看到尼普顿海神喷泉和浑浊的莫特劳河水有宾至如归的感觉，他还是决定今天即外祖母寿辰前夜赶往卡舒贝，最多绕个小弯去市郊朗富尔区儿时玩耍的那几条街转一转。一种难以抑制的不安驱使他匆匆直奔外祖母家，抑或拉着、拽着、吸引着他的是外祖母的魔力？反正奥斯卡只在清凉街和佩斯塔洛齐学校那一长溜砖瓦房前瞟了几眼，把看见的一切当作前尘旧事抛在脑后，也不想去圣心教堂或者圣母祭坛逗留片刻了。他催促司机直接取道霍赫施特里斯和布伦陶去马特恩，安娜·科尔雅切克从被赶出比绍采石场后就在那儿的一间矮屋里安了家。

矮屋有花园，篱笆边上种着些苹果树和向日葵。正式祝寿前屋前栗子树下已聚着些人了。外祖母明天将度过她一百零七岁生日的小客厅实在太小，容不下这些远远近近的来宾。

卡舒贝孩子们见到奔驰车全被迷住了，布鲁诺守在车旁。我们的这位小驼背马策拉特先生和沃伊克家、布朗斯基家、斯托马家、库比埃拉家，还有远道而来的威金家、布伦斯家和科尔奇克家的人会面了。他穿着度身定做的衣服，微微地欠了欠身，融入了栗子树下祝寿的人群。见他亲临大家很惊奇，尽管他们似乎都知道我们的马策拉特先生的传奇故事,而且在看到他的奔驰车之前就知道了。他们以一种不仅仅是亲热而已的微笑欢迎他,好像在说:我们对你知根知底。

但他还是一一向各位来宾作了自我介绍。身材魁梧、带着老婆和两个半大不小孩子从格尔森基尔欣来的自行车商人西吉斯蒙德·斯托马充当翻译,把亲戚们的卡舒贝恭维话翻译成一种在鲁尔区通行的德语。布伦斯夫妇从香港风尘仆仆地来到卡舒贝,给现在这预庆活动添加了几丝异域色彩,我们的马策拉特先生用相当流利的英语和他们聊了起来,当然还会和澳大利亚来的威金夫妇、密歇根湖来的科尔齐克夫妇交谈。威金夫妇和科尔奇克夫妇,还有印度洋畔蒙得维的亚来的卡西米尔·库比埃拉稍后会在挤得水泄不通的小客厅和他热烈拥抱,闹哄哄地打招呼。

不过这会儿他还站在栗子树下,用英语称布伦斯太太"尊敬的夫人",以致不久大家都叫她"尊敬的布伦斯夫人"了,似乎她出身于中国的名门望族。

他嚼着罂粟糕,也不介意来上一小杯马铃薯酒。矮屋前有一长桌,上面放着卡舒贝即使歉收年头也拿得出来的东西:酸蘑菇,煮得硬硬的鸡蛋上撒着绿绿的葱花,还有荷兰芹菜烧酒拌凉菜,满满一碗碗猪头肉冻,小红萝卜,莳萝黄瓜和芥末黄瓜,发面糕、罂粟糕和凝乳蛋糕,切成拇指大小的香肠,麦糁布丁和香草布丁。马塔尼亚那位写了一大堆明信片请柬发往全世界的神甫还给我们的马策拉特先生送来了板油、苹果酱和俄式肉糜馅饼。

这位黑衣神甫还给他介绍了别的亲戚,其中有两个在列宁造船厂工作的小伙子。他们蓄着流行的大髭须,眼睛是那么蓝,所以奥斯卡毫不怀疑自己是在和施特凡·布朗斯基的儿子们说话。"我觉得,"他说,"显然这是扬,你们亲爱的祖父、我的表舅、同我可怜的妈妈关系挺好的扬·布朗斯基想看看我,他以前经常这样看着我,心中藏着秘密欲言又止的样子。"

布朗斯基的儿子们要弯下腰来才能和表舅拥抱。而他问候这两位船厂工人的父亲施特凡时略嫌冷淡,虽然这些话神甫不必翻译。两位先生的血缘关系可能比他们愿意承认的要近①,岁数也差不多大。"又见面了。"我们的马策拉特先生敬而远之地对施特凡说。

这么一大群亲戚!除了寒暄,还相互通报病情。接着神甫说:"我们现在进客厅拜见老寿星去吧!"做着手势把奥斯卡带进了屋。屋里全是来宾,挤在一起不停地大口喝酒,不停地笑着招呼。穿过这道人墙就能看到,奥斯卡的外祖母蜷缩在靠窗的一张扶手椅上。

几小时前,她星期日才穿的黑色盛装上多了一条红白两色的绶带。有两位先生特地从华沙赶来,以波兰人民共和国的名义给老寿星授勋并立即给她佩上勋章。她以前身材高大,可岁月无情,如今老了缩得这么瘦小,脸就像冬天的苹果。她虽然高兴地看着眼前闹哄哄的人群,两手却紧紧地攥着念珠不断地数,好像依旧有说不完的祈祷词。

啊,我心中暗想,不知我们的这位小驼背会怎么惶恐不安呢?他会怎样高兴或者害怕地随着神甫穿过这道来宾的人墙?会不会这样:大家突然停止喝酒,也不再谈笑和拍打肩膀,因为都想看看我们的马策拉特先生是如何一步步向外祖母走去的?

扶手椅四周鲜花环绕。窗外朵朵向日葵探进头来。经过凉爽多雨的初夏,向日葵虽然算不上特别高大,但依然耀眼,让人想起多年前外祖母家花园篱笆边上的那些高大的向日葵。

勇敢点,奥斯卡!我大声地给我们的马策拉特先生鼓劲。花团锦簇的扶手椅左边是两名政府官员,右边的高级修士是代表主教大人从奥利瓦来祝寿的。在国家和教会的拱卫下,安娜·科尔雅切克坐在中间,黑色盛装下肯定还套着不少宽大的裙子。鼓起勇气!马塔尼亚来的神甫已把小驼背推到了他思念已久但刚才还有点害怕的位置上。我要帮他一把,大声建议他跪下。

---

① 《铁皮鼓》中奥斯卡·马策拉特的母亲和扬关系暧昧,因此他和扬的儿子施特凡可能是兄弟。

206

但我们的马策拉特先生没有失态。他镇定地弯下腰来亲吻那双数着念珠的手,在鸦雀无声的众多宾客注视下叫了一声"尊敬的外祖母大人",然后介绍自己的外孙身份:"您肯定还记得,我是奥斯卡,对,小奥斯卡,不过现在也快六十了……"

安娜·科尔雅切克只能像她一辈子习惯的那样说话,她先轻轻地抚摩了一下小驼背的手,并不耽误数她的念珠,然后满嘴土话唠叨起来:"我早知道,小奥斯卡你会来的,我早知道……"

接着祖孙俩谈起了往事。谈起了以前发生的、如今一去不复返的事情。谈起了总是越来越糟、只不过有时稍微好转的事情。谈起了本该如何、但却搞砸了的事情。谈起了谁已离开了人世,而谁还在这儿或那儿活着。谈起了谁从何时开始安息在哪座墓园。

我敢肯定,只要一谈到安娜·科尔雅切克的女儿、马策拉特先生的母亲阿格内斯,一谈到扬和阿格内斯两人、阿尔弗雷德①和阿格内斯两人、扬和阿格内斯和阿尔弗雷德三人之间的事情,这祖孙俩就会流泪。但挤在一起的宾客这会儿又闹哄哄地寒暄起来了,祖孙俩的谈话我只能听清几句,耳边不断飘来的只是"我知道,小奥斯卡"和"这我永远不会忘的"之类土话。

外祖母顺带问起了玛丽亚和库尔特,最后我又听清了一个问题:"你去过邮局,看过那出事的地方了?"

我们的马策拉特先生答应外祖母,明天就去雷姆河畔如今已成历史的波兰邮局大楼看看,缅怀一下表舅扬。

然后他告别,说"在明天这个伟大的日子"一早就来:"尊敬的外祖母大人,请允许我像以前一样叫您'好外婆,亲爱的好外婆'。您还记得吗,当年在货运火车站告别时我就是这样叫您的。"

我看见我们的马策拉特先生,一个穿着大方格上衣的小驼背,消失在人群中。不久他又在布朗斯基夫妇和沃伊克夫妇之间露出头来了。人太挤,挤得都有酸味了,就如同客厅刚用乳清抹过。他不停地

---

① 奥斯卡,马策拉特的父亲。

和美国来的科尔奇克们打招呼,卡西米尔·库比埃拉开口就邀请他去蒙得维的做客。那位中国女士在众多卡舒贝人中间显得特别娇小。水般清澈的马铃薯酒喝了两杯,所剩无几的俄式馅饼吃了一个,最后他终于朝奔驰车走去。布鲁诺戴着帽子一动不动地坐在车里,恪守司机的职责,严防贪婪的手触犯车头的标志"奔驰之星"。

  他穿三十五码的皮鞋,鞋尖和鞋跟都是藏花红,衬托着中间雪白的鞋面。我的圣诞鼠不得不洗耳恭听,听我讲如何打扮我们的马策拉特先生:他鼻子上架着金丝边眼镜,粗短的手指上戴着过多的戒指。他的行头中还有镶红宝石的领带别针。天气凉爽时他戴柔软的丝绒帽,溽暑季节则选择草帽。他的奔驰车里有一张可以翻开的小桌子,长途旅行累了他就在那上面摊开纸牌,找两个人玩斯卡特①。奥斯卡会很高兴的,如果以后回莫诺波尔宾馆途中玩"心和手"②牌戏赢了扬·布朗斯基和他可怜的妈妈的话。

  即使眼下在卡舒贝腹地探望外祖母,他也不住地挖掘五十年代的题材,仿佛这块土壤里埋着特别的宝物。比如奥利瓦来的那位和蔼得宛如涂了圣油、德语水平差强人意的高级修士就不得不耐着性子听哥特式炮制者马尔斯卡特的故事,似乎是被奥斯卡特意雇来当听众的,就像这会儿对我洗耳恭听的圣诞鼠一样。

  栗子树下正在谈论被禁的团结工会,谈着谈着闻出了火药味,我们的马策拉特先生赶紧躲开这场一触即发的争论。高级修士陪着这个佩着镶红宝石领带别针、穿着小号双色皮鞋的驼背侏儒朝着外伤清晰可见的奔驰车走去。秃脑瓜上洒着夕阳余晖,草帽按在胸前,奥斯卡打开了话匣子,好像面前不止一人在听他讲演。我听见高级修士在长吁短叹,不知他是为马策拉特的理论在叹息呢,还是因为"团结工会"这个单词继国家之后又给教会带来了麻烦。他这种天主教

---

① 德国三人玩的牌戏。
② 牌戏术语。

式的耐心使我想起了我那圣诞鼠泰然自若的神情。我敢肯定，圣诞鼠对我重提奥斯卡往事不感兴趣，它更愿意收听第三套节目的科普教学内容，比如恒星、光速、远离地球五千光年的外星系……

它竖着两只耳朵，胡须不断颤动，眼睛像玻璃球闪闪发光；他身披黑衣，戴着有厚厚的镜片的眼镜，眼镜里外似乎都涂满了圣油；圣诞鼠和奥利瓦来的高级修士就这样保持着各自的姿势，分别听我和马策拉特先生讲述画家马尔斯卡特的故事。高级修士当然知道，健谈的侏儒不久便会钻进奔驰车离开，以后便是教会说了算了。我的圣诞鼠当然也明白，只要它进入我的梦境，我就得听它唠叨。

不过现在还得听我唠叨，还没轮到母鼠发言呢。完蛋之前，如果真会完蛋的话，还会上演一场滑稽戏……

从一九四九年底一九五〇年初的那个冬天起，马尔斯卡特就在三十米高的脚手架上做他的哥特式体操，充满创新精神地东奔西忙，先是在吕贝克圣母教堂的中厅，后来又移到了圣所。马尔斯卡特独自高空作业，因为迪特里希·法伊极少亲自上来，这位风度翩翩、不断开拓联系的雇主在下面的建筑垃圾堆里忙着呢。法伊必须掩护马尔斯卡特，严禁闲杂人等偷看吕贝克奇迹的诞生过程。因此他让人到处竖起警告牌："谨防坠落！"——"小心！"——"闲人莫入！"

甚至泥水匠和搭脚手架的工人也成了闲杂人等，他们也不得擅自上去进入马尔斯卡特的领地。从一九五一年初起，不断有国内外的美术史学者独自或者集体慕名前来，诸如此类的内行一到，法伊和助手就拉动绳子，发出啪啪声向上面的马尔斯卡特发出警告。在多数情况下，法伊总能用些复制品敷衍来访的学者，这些东西是为了宣传目的和流动画展顺带复制的，全出于马尔斯卡特之手。

流动画展在全国非常成功，连联邦总统和瑞典国王也曾在几幅作品前点头赞许呢。一个新词在报纸上报告里频繁出现："吕贝克风格"。这座城市被誉为"哥特式作品的摇篮"，还盛传这儿的艺术工作室在一位天才的大教堂主建筑师带领下，从十三世纪末起就开始了别具一格的创作。世人对吕贝克奇迹深信不疑了。

难怪州文物主管希尔施费尔德博士对此奇迹的挑剔态度难以持久。他是率先发难者,但后来连他自己也搞糊涂了,在其著作里这样评价吕贝克的圣母教堂:"……在圣所和中堂窗墙上的大师作品前,我们能直接感受到那种只有原作才具备的有力证明。"

好景不长,一九五一年七月形势再度告急。西德文物保护工作者召开大会,有几位慕名来到吕贝克欣赏奇迹的代表不顾法伊的阻拦爬上了脚手架。马尔斯卡特谦虚地退到一边。法伊怎么解释、证明、摇动三寸不烂之舌,也挡不住舍佩尔教授和德克特教授提出异议。虽然法伊能说会道,教授们爬下脚手架时还是疑问未消。

次日文物工作者当然云集吕贝克,这时奇迹却又出现了:与会者竟然没有提出谴责,反倒要求波恩政府再给吕贝克教会拨款十五万马克。教会管理委员会主任格贝尔乐坏了,马尔斯卡特也乐坏了,觉得自己以小时计算的工钱有保障了。

别的干扰几乎不足挂齿。有个女生的博士论文题为《吕贝克圣母教堂壁画》,她偷偷爬上脚手架想当场证实自己的论点,结果被法伊当场逮住。法伊态度和蔼但立场坚定地指出,她这样登高太冒险了。虽然她穿着适合登高的轻便鞋,并且声称自己绝无恐高症,但还是没有获准再次进入马尔斯卡特的高空作业现场。

尽管如此,这位女博士生在上面匆匆瞥了几眼回到地面后,还是提出了质疑。她以照片和复制品为据,指出人物衣服上的皱褶带有罗马风格的成分,对圣所壁画颜色亮度的惊叹中也掺杂着怀疑。她说,一九四二年复活节前星期六晚上吕贝克圣母教堂大火从里往外烧,中堂窗墙以圣所的铜绿色按理应该氧化变黑的。

女博士生试图再次登上马尔斯卡特的脚手架,取点铜绿的色样,又被法伊逮住了。他威胁道,再不识相就不准她踏入教堂了。擅长发明的画家就这样被孤独地隔离在三十米高空。

不久,科尔贝小姐——女博士生芳名科尔贝——驱除了自己的怀疑。她开始为吕贝克的奇迹激动不已,尽管在博士论文中依然称圣所空前绝后的壁画实在令人难以置信。无论她怎么找也没能在壁画上找出与北德通常的皱褶风格相似的地方。尤其是对第三拱梁处的罗马风格她觉得困惑，最后得出这样的结论：圣所总体上使人感到有来自沙特尔①和勒芒②的影响，吕贝克教堂圣所画师准有在法国学艺的经历。

当然对马尔卡斯特前生有何经历以及在十三世纪末如何游学，无论你怎么猜测都行。但有一点是肯定的：他如今高踞脚手架之上，勾勒轮廓时不受拘束地按自己的方式感受哥特式，并使这种感受在圣所的二十一位圣徒和中堂窗墙的五十多位圣徒身上一点一点地得到有力的体现。时光无足轻重，对他来说七百年弹指一挥间，不过是深情怀旧时的瞬间罢了。

那些一方面上当受骗、另一方面目光敏锐的美术史学者当时认定，可以将石益苏勒格大教堂的壁画视为吕贝克圣母教堂壁画的热身作品。尽管打过仗当过兵，马尔斯卡特还是马尔斯卡特，也许更成熟了，复古之心更坚定了。如果我现在说中世纪是他的世纪，那么我眼前浮现出的就是他七百年前在脚手架上的形象：乱蓬蓬的羊毛帽盖住了耳朵。

斯陶芬帝国③衰亡后那些无法无天的混乱年代里，他可能在许多教堂和圣灵医院忙活，忙活到老，忙活到瘟疫开始流行，他的艺术工作室的痕迹无处不是。所以我们不妨认为，圣母教堂的中堂窗墙上五十六位圣徒出自他的笔下。尽管圣所的早期干壁画④和中厅里后期红、蓝、黑、土黄色的作品之间有几十年时间跨度，但那些对人间苦难视而不见的圣徒无一不在衣服皱褶上体现出圣所画师的笔法。

而且这笔法是"一次性上色"⑤，是自由创作的笔法，模仿圣像学

---

① 巴黎西南的城市。
② 法国西北部城市。
③ 斯陶芬王朝（1138—1254）后德意志皇权开始衰落。
④ 干壁画指用水、蛋黄、胶料等调色在干的石灰墙上作的壁画，与湿壁画相对。
⑤ 即不上底色，也不再加色的画法。

样本的地方寥寥无几。后来审案时发现马尔斯卡特的资料来源于一个叫贝尔纳特的人的著作《中世纪绘画》①,但这也只能证明早先罗马、拜占庭以及多边形圣所南面正墙上表现出来的科普特②的影响罢了。马尔斯卡特成功地再现了七百年前圣所和长堂画师的作品。他就这样跨越了几世纪,熄灭了最后一次战争破坏文物的烈焰,悠悠时光也只得俯首称臣。

当然我知道舍佩尔先生和格伦德曼先生会提出什么异议:这儿受到君士坦丁堡索菲亚教堂基督像的启发,那儿可见端坐在里雅斯特大教堂的圣母的影响。对各种颜料进行了高温试验,对灰浆成分进行了深层剖析,还动用化学和显微手段做了深入研究。此外还有马尔斯卡特的供词:钢丝刷! 刮破边线和色块的碎瓦! 熟练的做旧手艺! 粉袋!

对这些异议应如此回答:是雇主法伊要求他这样使人对抹平一切痕迹的似水流年产生信任感的。他想要的不是新玩意,而是老东西,略有破损也不要紧。对才华横溢的马尔斯卡特可以提出这样的额外要求。于是这位装饰圣所——当然也装饰长堂——的后起之秀在币制改革③前那些年里仿造了不少夏加尔④和毕加索的作品,经过一九四五年起就成为其雇主的法伊之手流入了艺术品市场。生活就是这样勉强维持。

新币一夜间代替了不值钱的帝国马克,也开辟了新纪元。这新纪元开始时要求一种更地道的造假行为作为基础。因为作假和伪造渐渐成了普遍的生活方式,不久官方也卷入其中,把老的——好像老格局不是恶果累累似的——说成是新的,于是德意志大地上出现了两个国家,作为"五十年代的赝品"——我们的马策拉特先生对久别了这十年间问世的东西都如此称呼——进入市场,参与流通,到现在

---

① 该书出版于1919年。
② 古埃及人的后裔。
③ 指二战后德国在1948年实施的币制改革。
④ 夏加尔(1887—1985),生于俄国后定居法国的犹太画家。

也算是两件真迹了。

马尔斯卡特的所作所为完全顺应时代潮流。假如他保持沉默的话,就不会吃那场官司。他本该把自己的骗子行径掩盖起来,就像政客们那样。政客们的双重作伪果真大有前途,不久就使全世界都相信,这个国家属于一个战胜国阵营,而那个国家属于另一个战胜国阵营。他们就这样把一场全军覆没的战争变成了一种有利可图的双重胜利:虽是两件"五十年代的赝品",但能带来哗哗的银子。

当然明摆着是赝品,可双方的造假者连眼都不眨都把赝品当作真迹,连后来反目为仇的那些战胜国对捞钱都无反感。即使认出是赝品,大家还是喜欢美丽的外表,因为真迹太破旧了:两大堆废墟,还不愿意合为一体。

所以我们的马策拉特先生总是说:"马尔斯卡特活该。他本应把自己置于彩画柱头上阿登纳和乌布利希之间,不要怕受拜占庭和科普特的影响,使自己居中成为三圣之一供人顶礼膜拜,比如像南面右正墙上,那儿就有三位被称为僧侣的隐士在约会。"

这话说得太轻巧也太晚了。洛塔尔·马尔斯卡特当年顶着刺骨的穿堂风站在三十米高的脚手架上,放手在圣所七块墙面上画各种圣徒像,在中间拱梁上画怀抱圣婴的处女①,同时不停地抽他最爱抽的朱诺女神牌香烟。金钱源源不断地从波恩流向吕贝克,而他每小时的工资按新币制计算只有区区九十五芬尼。他当时怎么可能把自己放在那两位政要之间呢。

不,马策拉特先生,不!您远在卡舒贝,如果奥利瓦来的高级修士还在你面前洗耳恭听,你对前联邦总理和前总书记的估价可能是对的,那老家伙和那山羊胡子②是地地道道的造假者,今后仍然可叫他们"五十年代的赝品"。但马尔斯卡特不同,他在其哥特式作品下还是署了名,尽管遮遮掩掩的。

---

① 指从圣灵怀孕生耶稣的圣母。
② 指阿登纳和乌布利希。

有分歧便分庭抗礼，
双方端出同一盘谎言。
彼此的旧报纸上，
都裱糊一新颇为体面。
共同的重负直起腰来，
化为数字游戏，极具统计价值，
最后凑成整数，少补多减。

双方的房子装饰一新。
遇上特别的日子有几丝羞惭，
赶紧换掉路牌。
记忆中冒出头来的立刻抹平，
罪责包装起来，保质不坏，
当作遗产留给后代。
只不过现有的保留，曾有的不再。

于是双重的无辜成了注册商标，
因为即使对立的东西也可以赚钱。
边界左右的赝品相映成趣：
比真的还真，真得绰绰有余，
为以假乱真而掩盖。
梦境中的母鼠说，
德国对我们而言从未分裂，
而是可以大嚼大咬的一整块。

的确，从那时起生活过得还不赖。后人类时代很合胃口，我们不但发福而且发展。无人的地球终于又热闹起来，"有血肉、有血气的"活跃非凡。大海恢复了呼吸，空气仿佛也返老还童了。到处是足够的时间，无穷无尽的时间。

但我们还是愿意看到人类悠着点消失，别这么突然退出历史舞台。毕竟人类设置了若干种延期、中期乃至长期的结局程序,结局是开放性的。人的思维总是同时有多种追求。比如对自然要素的毒化,手段非常先进但考虑不够彻底。这种最终会导致我们鼠语叫作"乌特莫夕"的毁灭性结局的污染有增无减,连鼠类都觉得够呛。虽然我们这样的动物终究能把任何毒物当作美食受用,但我们还是忧心忡忡地看着人类如何糟蹋江河海洋,如何执意让空气肮脏不堪,如何面对濒死的森林却袖手旁观,最多只会抱怨。作为生活就意味着力求生存的老鼠,我们只能这样猜测,生活对人大概已是味同嚼蜡了。他们大概是活腻了。他们大概是活够了。他们放弃了自我,只不过还有点矫揉造作。他们拿自己的未来开玩笑,把自己早先设施齐全的一排排居所不当回事,却认为虚无是值得盯住不放的东西。他们的任何作为——他们一如既往还是有所作为的——都带有一股无意义的气味,而且是一股让我们老鼠感到恶心的酸臭。

你也不例外,伙计,你在告别时也挺起劲。这有白纸黑字为证,而我们老鼠确是博览群书的。啊,一派末世情调! 他们滔滔不绝说了多少未卜先知的废话! 他们调动自己全部的虚荣心举行大决赛,更滑稽的是那许多艺术家:他们为末世来临欣喜若狂,把自己出卖得干干净净,好像古今皆然,他们准能戴上常青桂冠长生不死似的。

我觉得母鼠似乎在动情伤感地怀念我们,但接着它还是言归正传了:你听着,另一种毁灭性结局可以通过人口爆炸而实现。越穷就越想多生孩子,仿佛子孙满堂就能脱贫,他们最后的那位周游世界的教皇开的就是这张方子。如此一来,饿死就成了上帝所愿,载入史册时就不仅仅只有统计学的意义。他们把本来就紧张的存粮都吃光了。

为什么,母鼠叫道,为什么我们老鼠够吃了人类却吃不饱呢? 因为一地的富足来自另一地的匮乏。因为哄抬粮价囤积居奇。因为极少数人的生活离不开大多数人的挨饿。而他们却宣扬说:我们人口太多了,所以才会有人没吃的。

这种算法真可笑! 福策希斯索雷夕! 你们的短缺经济真该诅

咒！我们不怎么费力就能填饱肚子，而且我们在全球也有几十亿之众呢。按理说，在大爆炸之前和我们数量相近的人类完全能吃饱，仓库里有的是粮食。此外，我们希望当时能赶上人口预计增长率，到二〇〇〇年时力争七十亿确保六十亿。让每个物种都不挨饿，皆大欢喜。

母鼠往我的梦境塞满了统计数据，然后说：可惜这算盘落空了。人类决定既不慢慢饿死，也不慢慢毒死，也不慢慢饿死慢慢毒死兼而有之，也不因为水越来越少而慢慢渴死，而是寻找一种暴毙方式。人类的这一利己主义的、孩子般不耐烦的决定给我们带来了始料不及的问题：我们不得不改变自己。后人类时代要求我们有全新的行为方式。我们失去了习惯的对立面。人类没了，他们的收成、库存、垃圾没了，他们厌恶我们的感觉和灭绝我们的欲望也都没了。今后全靠我们自己了。坦白地说，在人类的阴影下生活很容易，太容易了，但现在人类却离我们而去了……

见它又开始唉声叹气，我喊道：不是还有一些中子化了的城市吗。亏得有中子弹，我们创建一些外表完好的避难所。人类毁灭前最后一项功绩就是制定了一项对你们有利的文化协定。你别这样，母鼠，我们不久前不是还走过无人小巷吗？我们俩看见虽然熏黑但丰采不减的山墙、塔楼、门洞以及各处名胜不是很高兴吗，不是感到像回家一样亲切吗？

我的安慰无济于事。梦境中的母鼠还在长吁短叹。我不再看见它躲在地下避难，不再看见它在但泽的小巷里奔跑，而是发现它住在垃圾堆里。它要么在报废车的残骸里向我描述对鼠类依然有害的核尘暴，要么钻进塑料袋逃难，风刮着塑料袋，恰似一艘帆船载着我的母鼠到处游弋。它不停地唠叨什么大爆炸，不停地唠叨什么事后的孤独感，不停地唠叨什么鼠类非常怀念人类。

可我不是还在这儿吗！我叫道，我在太空舱里，我在运行轨道上，我在你我的梦境中，我，我和你都在！

言之有理，老伙计。母鼠让步了。总算还有人在，而且会说

"我,我,我",不断地说"我",听了真感到安慰。我们都有点崇拜你了。住在城里避难的鼠群简直是在对你祈祷了:它们在广场上教堂里学习直立行走时,就是在对你祈祷。而我们这些乡下鼠群除了你之外还有个奄奄一息者值得祈祷。她萎缩得不成样了,但还活着,显然是个老奶奶。当时别人都往外逃,结果全都丧了命,只有她在扶手椅上没动。如今她艰难度日,全靠我们老鼠养着。我们对老奶奶不错,她渴了就喂水给她喝。城里老鼠对你祈祷,我们则对她祈祷。这高寿的老奶奶叽咕叽咕,给我们讲过去是怎么回事,什么一去不复返了,来探望她的都是些谁,还有是什么给她带来痛苦,剥夺了她最后的一点欢乐,让她心里老不是滋味。

这怎么行,我叫道。母鼠,真是岂有此理!她生日还没过呢,明天才是星期天。她要祝寿,她要别人来祝寿。

是啊是啊,母鼠说,但她现在求死不得,想死死不了就给我们讲那些悲伤的、有时也是有趣的往事。战前、战时、两次战争间歇时发生的往事。卡舒贝人和波兰人、德国人是怎么相处的,有时还凑合,有时则很惨。她还是个妙龄少女时是怎么坐小马车的,后来社会进步了,又是怎么每周乘火车从科科什肯去城里赶集的。她的背篓里都装了些什么:土豆、芜菁甘蓝、黄瓜、覆盆子果。她卖鲜蛋,十五个卖一古尔登①。逢圣马丁节②卖两只鹅。每年秋天还装满一筐筐油口蘑、栗子菌、鸡油菌、褐盖菇夫卖,卡舒贝森林里有的是蘑菇……

信不信由你:这座森林依然完好。在我们这部名为《格林兄弟的森林》的影片里,林木疏密有致,有山毛榉、冷杉、柞树,有水曲柳、桦树,甚至还能见到枫树和榆树。灌木林时开时合,矮树丛里小动物在撒欢儿。不断地绽出新绿,但也不乏夏末秋初的色彩。山梨结果了,铺满苔藓和落叶的地上冒出不少毒蘑菇、灰球菌和高脚小伞菌

---

① 德国以前和荷兰的币名。
② 宗教节日,11月11日。

来。柞树下,蛤蟆菌呼唤身旁的牛肝菌快快出来。肉齿菌像鱼一样长着鳞。树墩上下榛蘑挤得密密麻麻。欧洲越橘能用梳子来采集。夹在蕨类植物之间的林中小路上,童话人物正向行动地点挺进,山妖和小矮人步行,其余的坐在瘸侏儒开的老福特车上。

一个小矮人——我想是老二吧——站在车踏板上对小步快跑的伙伴们大叫:"停下!"在一片蘑菇环绕的苔藓地上,七个小矮人铺开手绘的森林地图。他们忙着测距、对照,为所谓拇指跳跃值①争论不休,最后总算确定了方向:"这儿,就在这儿!"无手姑娘那双拿着铲子提前出发的断手也赶到了,立刻开始干活。

因为要在这儿另开一条林中路,而且老路不能留下任何痕迹。连除了悲伤什么也不会的约琳德和约林格尔现在也在刨地铲土了。

女巫吩咐几棵树自动搬家,到指定地点重新扎根。那姑娘被砍下的双手挖了个洞,三号和四号小矮人在洞里竖起了路标,这路标本来指着别的方向。

青蛙国王跨入林中小溪,摇身一变完全成了青蛙模样。他把小溪引入一条与原来的老路相交的新河床,然后恢复了国王形象,用溪水给他那位痛得发呆的半老公主的额头带来清凉。

山妖手脚并用在老路上爬,胡子碰到哪里,那里就长满苔藓,冒出蕨类植物和蘑菇。

瘸侏儒又在使劲用脚跺地,蚂蚁不得不移动蚂蚁山,搬到七步远的地方重新安家养儿育女去了。(根据我们马策拉特先生的指示,应该让傻乎乎的小红帽蹲在空树洞里吮手指,懒洋洋地看着别的童话人物挥汗如雨。)现在假作真时真亦假,新路出现了,老路不见了。

恶继母命令山妖硬行把睡美人和王子分开。刚才还兴高采烈的山妖顿时脸色阴沉下来,他用一只手抓起睡美人,分明不再是仆人,而是巨人山脉的暴君了。一号、六号和七号小矮人按住哭哭啼啼的

---

① 测量距离用的拇指跳跃值,即交替闭合两眼与向前伸出的大拇指的想象移动量相适应的角距离。

王子不放,四号小矮人则举着纺锤一溜小跑追山妖,因为山妖驮着这会儿又进入梦乡的睡美人往行动地点方向去了。

王子无意接受白雪公主的温存,也不愿和跳出树洞的小红帽搭讪。无手姑娘的断手抚摩着王子的鬈发,王子噘着嘴绝望地往远方送去飞吻。他痛苦得简直要疯了,莴苣姑娘好不容易才用长发引开了他的注意力。

"拿镜子来!"恶继母大声吩咐,无手姑娘的断手赶紧从老福特车里取来魔镜,搁在树墩上。童话人物围到镜子前,汉塞尔和格蕾特尔居中,那情形就像是一大家子每逢周四看《达拉斯》[①]。众人各就各位,恶继母马上打开了她神奇的电视。(这是因为我们的马策拉特先生最近说过:"别用那些不是源自童话的最新媒体。")

大家先看见山妖背着梦乡中的睡美人,深一脚浅一脚地在死森林里向前行走。四号小矮人不知疲倦地拿着纺锤在后面追。

接着荧屏上出现了小红帽的外婆,她还在给狼朗读《格林词典》第一卷。

现在的画面是高速公路上联邦总理的车队,还有随行的部长和专家。他们还在赶路,前面是蓝光闪烁的开道车,两边是警察护卫的摩托。

恶继母又换了频道:小矮人举着纺锤追山妖,山妖背着睡美人在塔楼废墟中拾级而上,一直爬到塔顶全塌的最高处。突然又见姑娘的断手在打扫,山妖小心翼翼地让睡美人躺在石桌上,小矮人把纺锤放在睡美人怀里。

魔镜前,众人都称赞无手姑娘的断手干活勤奋。王子透过莴苣姑娘的长发目睹了这一切,哀号着要去像习惯的那样吻醒睡美人,可不管他怎样挣扎,小矮人们就是按住他不松手。莴苣姑娘又用长发遮住了他的视线。

魔镜中又放了几个外婆给狼读词条的镜头,然后切换到联邦总

[①] 德国电视台首次播出的美国肥皂剧。

理的车队。车队拐弯驶入这座依然生气盎然的森林,在蓝灯闪烁的开道警车指引下越来越近了。女巫一个手势,童话人物全藏了起来,小矮人们把老福特车推进了灌木丛。只有汉塞尔和格蕾特尔没动弹,好像被大家排斥遭上帝遗弃了似的,站在以假乱真的新路边上等着。

　　随着闪烁的蓝灯,林子深处出现了联邦总理的车队。汉塞尔和格蕾特尔挥手大喊:"在这儿,爸爸!这儿,我们在这儿哪!"他俩喊着沿以假乱真的林中路飞跑。当联邦总理的爸爸跟在后面,往他们的行动地点的方向过来了。开始还生气盎然的森林渐渐露出病态,变得越来越泥泞不好走了。步话机里发出噼啪声、啸叫声,指令不断:"跟着总理的孩子!"——"散开,包抄!"

　　车队陷住了,里面的人只得下来。黑色轿车一辆接一辆陷进突突直冒气泡的泥潭,连总理的座车也未能幸免,车头上奔驰之星一直闪耀到最后。

　　总理、专家和部长包括格林兄弟在死森林里乱作一团。警察端着打开保险的冲锋枪,竭力履行自己的保安职责。电视台工作人员扛着沉重的器械累得直喘,尽管局面混乱但还是没忘了拍摄。

　　总理扯直嗓子大叫:"孩子,你们在哪儿?你们到底在哪儿?孩子!"

　　专家们为方向问题争了起来。警察们你吓我吓你都吓得不轻。格林兄弟相互扶持着从泥潭里脱出身来。总理还在大叫。电视摄像机锁定目标。七只乌鸦停在枯死的大树上。汉塞尔和格蕾特尔把这群不知所措的要人继续往死林子深处引,他俩大声招呼着:"往这儿来,爸爸,这儿!"

　　根据我们那位一向看重次要情节的马策拉特先生的建议,格林兄弟此刻在荒林野地里发现了一根长长的金发。没走几步,又找到一根金发,一会儿又是一根在闪闪发光……格林兄弟随着金发不断往前,最后终于发现是谁引开了他们:死树丛中站着莴苣姑娘。那一头长发真迷人呵,是她把主管中期林害的部长和国务秘书引到这儿来了。

树丛里还有其他童话人物出没:七个小矮人在抬躺着白雪公主的棺材,癞侏儒一边蹦着跳着一边嚷嚷:"真棒,没人知道我叫癞侏儒。"小红帽提着篮子步履匆匆。

来来回回的童话人物有增无减:忧郁的约琳德和约林格尔,可怜的无手姑娘,半老公主美丽的额头上蹲着青蛙,还能不断地看到女巫在大笑。凡是家庭童话集①中写到的角色应有尽有。格林兄弟木偶般地跟着自己笔下的人物走,直到死亡森林又变成童话森林。走着走着豁然开朗,童话森林中的一处空地上矗立着纪念碑,一看原来是格林兄弟肩并肩的石像。(在影片的这部分,我们的马策拉特先生原想安排一群教授。他们应该都是研究童话的专家和探赜索隐的学者,应该在此进行一次长时间的学术讨论,从社会学、语言学和心理学角度阐释格林兄弟的家庭童话。我反对这样安排。)

雅各布和威廉·格林当然会惊讶地端详着自己的石像。慢慢地,所有童话人物都围拢过来了。

白雪公主一脸微笑在玻璃棺材里直起身来。茵苣姑娘的长发遮住了身子。无手姑娘把残肢藏到背后。巨乳裸露的女巫有点尴尬地系上胸前的纽扣。都到场了,除了山妖。

山妖躲在一边抹泪,因为格林童话里没提到他。(尽管如此,我认为我们的马策拉特先生有点异想天开,他竟建议让可怜的山妖呼唤那位塑造他的童话作家穆塞乌斯②。比较有说服力的构思应该是:威廉·格林敏感地觉察了山妖的窘境,找到这个粗鲁的巨人,让他加入格林童话人物的圈子。)威廉的台词打在字幕上:"山妖从此也是我们集体中的一员了。"

"是啊是啊,"癞侏儒说,"格林先生们,我们又见面了。"

威廉·格林说:"你瞧,好哥哥,都在我们身边了,一个不少。"

---

① 指格林兄弟的《儿童与家庭童话集》。
② 穆塞乌斯(1735—1787),德国作家,著有五卷《德国民间童话集》。

雅各布·格林说:"不是一个不少,好弟弟,汉塞尔和格蕾特尔就不在。你再瞧瞧,睡美人也没来。"

王子要喊冤,看守他的三个小矮人拉住不让。恶继母见格林兄弟时纽扣系得好好的,她一本正经地把魔镜放在石像下,开始转播行动实况。

在行动地点,睡美人坐在塔楼顶的石桌旁,怀里抱着纺锤。无手姑娘的断手时刻注意不让纺锤从她怀里掉下来。塔楼被总理及随从团团围住了。先前拿着纺锤追来的那个小矮人学着王子样,飞快地吻醒了睡美人,然后下楼,与躲在废墟后的汉塞尔和格蕾特尔一溜小跑逃走了。无手姑娘的断手和七只乌鸦也跟着飞走了。格蕾特尔边跑还边喊:"但愿能够成功!"

围着塔楼的专家们又争了起来。警察在总理和剩下的那几位部长周围站成一个保卫圈。精疲力竭的总理让一名主管从旅行给养袋里给他拿奶油蛋糕。"啊,"他大声抱怨,"我执政怎么这样难!"说罢,他咬了口蛋糕,悲伤地嚼着,忽然发现睡美人坐在破烂不堪的塔楼顶上。睡美人的眼皮直打架,看来她又要进入梦乡。塞着半嘴蛋糕的总理冲着她喊:"喂,你是否看见我那两个可爱的孩子?"

睡美人吓了一跳,用纺锤戳自己的手指,直到鲜血直流才停下。

刹那间,大家都一动不动了:手持蛋糕的总理,争吵不休的部长和专家,端着冲锋枪的警察,时刻准备抓拍精彩镜头的电视台摄影师,时刻准备抓住精彩语句的新闻记者。刚才他们还你指着我我指着你争吵,端着冲锋枪搜索,唰唰地速记,扛着摄影机嗡嗡地转动,啊呜啊呜大嚼蛋糕,可现在所有的人都和睡美人一起坠入了沉沉的梦乡。

死树之间的不毛之地上随即长出一道荆棘灌木丛来,越长越高,越长越密,越长越像难以逾越的铁丝网,直到睡美人的塔楼废墟脚下的这群纹丝不动的人再也看不见了,政府以及与其有关的一切销声匿迹了。

童话人物和格林兄弟注视着石碑基座前的魔镜,看到他们的行动大功告成都兴高采烈起来,连格林兄弟也觉得这种夺权方式不错。

大家热烈欢迎汉塞尔和格蕾特尔,欢迎四号小矮人和无手姑娘的断手。女巫向他们表示祝贺:"你们干得棒极了,孩子们!"

所有人都使劲拍巴掌,那双断手也不例外。只有格林兄弟不知所措,因为又见到了总理的儿女,只不过这俩孩子脱胎换骨成了汉塞尔和格蕾特尔。虽然威廉·格林和蔼地和他俩打招呼,字幕上映出了他的欢迎词:"我们刚才还在担心总理的孩子被俄国佬拐走了呢。"不过雅各布·格林却疑虑重重:"啊,你们这俩孩子真可怜!再说政府也没有了。恐怕会天下大乱,会一片大乱的。"

以吻醒睡美人为己任的王子从莴苣姑娘的长发里挣脱出来,跑到格林兄弟面前自告奋勇:"要我再去吻醒睡美人吗?我能行!"

他正要动身,三个小矮人马上行使看守职责拉住了他。山妖朝着王子就是一耳光,山妖、烧炭工加野人的本性暴露无遗。汉塞尔叫道:"留在这儿别走!"(我们的马策拉特先生去波兰前就说过,影片此处应这样安排:青蛙国王的那位半老公主头疼,便让哭哭啼啼的王子吻她的前额。我却不以为然,因为添上这一次要情节只会冲淡后面的故事。)

现在童话人物干脆请格林兄弟去参观他们下榻的"松脆小屋",一连串蜗牛已把《格林词典》全部驮到了那里,最后一只蜗牛送来的是第三十二卷,收有最后一个字母开头的词条,从"貂"到"柏枝"……

  童话里的外婆
  还在为童话里的恶狼
  读词典的条目。

  装拉链的狼肚
  可开可合塞满古词:
  产婆,肠断,惨痛……

> 现在《格林词典》已到齐,
> 外婆找到了维纳塔,
> 那座海底城市的名字。
>
> 淹没前维纳塔人住那里。
> 狼嚎叫起来,想从外婆嘴里了解
> 比词典里更多的维纳塔故事。
>
> 能听到,只要风平浪静,
> 外婆对童话里的狼说,
> 人们能听到教堂钟声长鸣。

不,她们难以入眠。船停泊着,躺在前舱吊床上,耳边传来无尽无休的哼唱声。你们这些柔软、透光、乳白色的水母,你们这些花纹从淡蓝到紫色深浅不一的海月水母,你们这些成群结队的"美杜莎",谁都知道是靠浮游生物和鲱鱼幼体为生的。关于你们的研究几近于无,你们声名狼藉,因为你们把大海,不久就会把我的波罗的海变成水母的一统天下。你们这些随波逐流的佳丽就像离不开陆地的老鼠,肯定为人类所憎恶。大碗小碟般的你们泛滥成灾,全都在敏感地颤抖,显得神秘莫测——你们这些不可悉数的不死者本来注定是无声无息的,谁知现在竟会引吭高歌。

难怪女人们睡不着。歌声太响了,她们在吊床上辗转反侧。像以前一样,我怎么劝也没用。大姐已经在诅咒了,责骂"美杜莎"的歌声让人听了上火。女舵手又翻出陈谷子烂芝麻来,为了一些好久前说的话和女海洋学家争吵,接着又向达姆罗卡发难,说这位女船长背叛了考察船的使命,选择了一条有悖理性的航向。何必跟在神话和传说后面跑呢,该去证明波罗的海正面临生态灾难的威胁才对。达姆罗卡失职了,她谋求的只是私利。"这方面你一直非常拿手。不能再这样下去了,明天航向由我来定!"女舵手嚷道。

女轮机长和女海洋学家什么理由都没说——连我也没提到——

就与达姆罗卡唱开了对台戏。看来新伊瑟贝尔号上要发生水手暴动事件了,不,确切地说,要民主罢免女船长了。连大姐也开始动摇,一会儿这样说,一会儿又那样说。午夜时分,女舵手叫道:"你那些关于比目鱼的胡话我们都听腻了!"话音刚落,"美杜莎"的歌声就消失了,不是渐渐隐去,而是戛然而止,犹如是一支指挥棒干脆利落地永远结束了这场大合唱比赛。耳边只传来船本身的噪声。如果说刚才水母的哼唱让女人们感到难受因而好斗,那么现在这突然降临的宁静竟使她们觉得震耳欲聋。

大姐首先跳下吊床,准备一杯连一杯地灌烧酒。"我早说过,"她叫道,"这怪现象无法解释!"

女海洋学家想弄清原委。她要捕捞水母,在女轮机长的帮助下撒下了环形网,先左舷再右舷拉了两网,两网都不见水母,连小刺鱼也没有。

船上笼罩着某种不安。女海洋学家咬着指甲。此刻连女轮机长也要一杯连一杯地灌烧酒了。女舵手先是偷偷呜咽,接着就哭叫冤枉,声明刚才斗嘴时说的那些话其实并非她的本意。月亮躲得几乎没影了,女人们在驾驶室后面或蹲或坐或站,听达姆罗卡说着什么。达姆罗卡好像要驱除孩子心中的恐惧,说起了索布人的居住区尤姆纳[1]。尤姆纳被维京人和丹麦人摧毁后又重建,称为维纳塔。尤姆纳从渔村发展成了城市,起初附近还有约姆斯堡作为维京人的避难地。达姆罗卡还知道老哥尔姆[2]和蓝牙哈拉尔[3]的故事,蓝牙哈拉尔曾在乌泽多姆岛上征服了索布人首领布利斯拉夫。"这是一千多年前的事了,"她说,"蓝牙哈拉尔和布利斯拉夫在殊死搏斗后又携手经商了。布利斯拉夫有个孙子叫维茨拉夫,娶了卡舒贝之王斯万托波尔克的女儿达姆罗卡为妻。据说维茨拉夫就是我的祖先。"

---

[1] 传说中的地名,可能在奥得河畔。
[2] 老哥尔姆(约860—940),丹麦国王。
[3] 蓝牙哈拉尔(约910—985),丹麦国王,老哥尔姆之子。

她讲起了约姆斯的维京人,这些人不安分,到处抢劫,一路占地霸田,一直骚扰到冰岛和格陵兰岛。"他们在海塔布①做生意。还在哥伦布之前他们就开始掠夺美洲海岸,从那儿带回陌生的家禽,就是脾气暴躁、后来哥特式教堂壁画家酷爱描绘的雄火鸡。但尤姆纳人留在家乡,他们经商,兜售抢来的东西,把野性的雄火鸡驯化成了闹腾的家禽。据说因此尤姆纳的纹章起先就是一只雄火鸡。"

海面上静得可怕,停泊着的船也不再被无数"美杜莎"簇拥着和大合唱的欢呼声包围着,所以达姆罗卡想以雄火鸡的故事调动船上女人们的情绪。但即使维京人滑稽的名字——那些家伙叫什么"吐壳儿""爬儿""可挪的"——都没能让她们笑出声来。

达姆罗卡说:"他们自相残杀。尤姆纳呢,富了又穷穷了又富,你们知道那些男人颠来倒去是怎么回事。后来据说尤姆纳烧了三天三夜,因为城里囤积了大量火棉。不过我不信。恐怕还是曾沿着波罗的海岸一直走到奥得河口的亚当·封·布雷门②说得对:维岑人和维纳塔人这两个斯拉夫部落占领了尤姆纳,继而又有另一帮家伙自相残杀,这座城市就改名维纳塔了,富了起来,富得流油,直到后来遭灭顶之灾,大概是在一二〇〇年左右吧,随着西北袭来的暴风雨海潮猛涨。当然也有别的说法,都有点儿对有点儿错……"

她口若悬河,让人听了还想听。女人们喜欢听达姆罗卡描绘温柔的统治,就是那种由婆娘当家的统治。她说,除了妇女委员会之外还有男子委员会。男女陪审员一起判案。所以记载里也提到了女剑子手。甚至还有关于女船长的传奇故事。"但后来异乡人来了,从威悉河来了男男女女一百三十个。一个市属笛手到处招募人,甜言蜜语作许诺把他们招募来了。他们被称作新移民。他们一来——这是一二四八年圣马丁节的事——维纳塔城就走下坡路了,因为新移民中的男人坚决反对女人当家,而且还有成千上万的老鼠为他们摇

---

① 9—11世纪石益苏勒格南部维京人经商处。
② 亚当·封·布雷门,11世纪的德国历史学家。

旗呐喊。城市最后的纹章上因而除了雄火鸡之外还能见到一只老鼠,火鸡嘴朝右,发情的老鼠往左。"

达姆罗卡从驾驶室里取出旧海图,借着昏暗的光线指给女人们看她们的锚地。"就是这儿,"她说,"在佩内河口前这座海岛城市向东延伸。我们就停泊在市中心上方。听说当时海啸前,大海和今天一样水平如镜。人们还说,那年水母泛滥,海面漂浮着天使般的歌声。"

于是女人们决定,睡不着也要去睡上一觉。星期天早上她们要考察一下,她们的锚地是否确如泛黄的海图上标明的那样叫维纳塔。对此表示怀疑的不仅仅是女海洋学家。

已躺在吊床上的达姆罗卡说:"此外,发生海啸的那天据说是星期日。所以如今风平浪静时还能听到教堂的钟声。"

第 八 章

默哀五分钟——祝寿活动有序进行——母鼠讲述关于异端邪说的事情——影片里现实中布谷鸟挂钟都在响——女人们把自己打扮得漂漂亮亮——奥斯卡钻到了裙子底下——几乎一切都到了末日——主教山上竖起了十字架

星期天清晨,我们的马策拉特先生比司机早了近一小时用完早餐。他赶在扶手椅里的外祖母从神甫手里接受圣餐之前,离开莫诺波尔宾馆,摆动短腿穿过部分新建、部分重修的老城,往雷姆河边的钩织坊赶去,坐落在那里的波兰邮局正在等待他的光临。但泽还是一个自由市时波兰邮局的红砖瓦建筑竣工,如今虽已关门大吉,但还能给人留下颇深的印象,此刻正在恭候他这个见证人兼作案人、叛逃者兼知情者。大门前可见一块献给这座历史性建筑群的石板,上面用楔形文字镌刻着波兰邮局全体职员的名字。当年二战在此爆发,就是这些并非训练有素的邮局职员从窗口和屋顶天窗进行抵抗的。除了牺牲的和两三个逃跑的,他们不久都进了监狱,在离此不远的萨斯佩旧坟场被处决了。①

他擦了擦金边眼镜,终于在石板上找到了表舅的名字。他往后

---

① 有关波兰邮局的情节参见《铁皮鼓》第二篇。

退了退，托着草帽，并拢浅黄色皮鞋的鞋跟，肃立默哀。远远近近的教堂钟声并非为他而鸣。也没人拍照作为此情此景属实的证据。早起匆匆赶往圣母教堂或者卡特琳娜教堂做礼拜的教徒能看见一个驼背小老头，西方人装束，若有所思地凝视着邮局门前的花岗岩石板。

我敢肯定，我们的马策拉特先生不仅在缅怀表舅扬·布朗斯基和自己可怜的妈妈，而且也在回忆以前那个没有参与但什么都有份的无辜天使奥斯卡。不管当初是否身不由己，反正现在他又站在这儿了，而且没有心不在焉。至少看上去是这样。他遵照外祖母的嘱托低头沉思着。朝阳在他头顶上洒下点点亮光，偶尔也飘来几朵遮阴的云彩。

大约过了五分钟吧，他开始从肃穆中解脱出来，犹疑片刻又戴上草帽，毅然决然地转过身，快步地、然而肯定心情沉重地踏上了归途。到了莫诺波尔宾馆门前，有人轻声建议他做一笔价格优惠的外汇买卖，他径直钻进了等候已久的奔驰车。

他不用对司机吩咐什么。布鲁诺昨天就证实了自己对此地道路的熟悉程度。作为他以前的护理员，布鲁诺听过他那些讲不完的往事，他讲过有轨电车售票员沿途报的站名，还回忆过当时来来回回走的路，所以布鲁诺对这儿的交通情况了如指掌，不用吩咐就再度从奥利瓦门顺着后来改称兴登堡大街的林荫大道，开到同样几易其名的朗富尔的干道，然后往右拐驶往霍赫施特里斯，经过先后驻扎过轻骑兵、保安警察、国防军和民兵的营房，最后绕过奥斯卡可怜的妈妈长眠的布伦陶沙土坟场，进入卡舒贝丘陵地带。无数往事历历在目。他读起一本钱币杂志来，解解闷。

众亲戚又聚在外祖母矮屋前的栗子树下，似乎从昨天就没离开过。不过今天通往厨房的门上悬着扎成107字样的矢车菊。厨房里还有好几扇门，分别通向后面的牲口圈，右边的卧室和左边的客厅。门都开着，到处是客人，连闲置多年的奶牛圈里也不例外。客人们不是坐在长凳、小板凳、椅子上，就是紧挨着一起站着，喝着加糖的大黄茎汁或者——尽管天色还早——水样清澈的土豆烧酒。奇怪，储备的土豆烧酒看来反倒增加了。

安娜·科尔雅切克坐在扶手椅上，好像永远不想离开了。旁边有张桌子，靠近她的一半上点着教会捐赠的一百零七支蜡烛，另一半上早早地摆开了各种寿礼。大家欣赏着一匹马尾飞扬的奔马，这件易碎的瓷器是布伦斯夫妇从香港带到卡舒贝的。布伦斯太太一身红黄色的花丝绸，纤纤玉指令人眼花缭乱地闪动，她在向众人展示这件寿礼把明朝瓷马仿制得如何逼真。

威金夫妇从澳大利亚带来了电烤架，他们认为这玩意儿对肉类供应紧张的波兰是合适的礼物。因为完美的技术本身就值得一看，所以他们在众目睽睽下试用起电烤架来。一按电钮，这件厨房电器裸露的烤肉铁钎便慢慢旋转，加速后嗡嗡直响，时而还能发出信号声，告诉大家现在烤肉是全熟了呢还是半熟。众人看得目瞪口呆。

科尔奇克夫妇从密歇根湖带来一尊巨大的青铜头像。头像特征依据一张二十年代的旧照片，刻画的是大胡子约瑟夫·科尔雅切克的生前形象。约瑟夫在威廉皇帝时代是被追捕的政治纵火犯，在后来改姓科尔雅切克的安娜·布朗斯基的裙子下得到了如此完美的庇护，以致后来他们爱的结晶阿格内斯来到了人世。已为人父的约瑟夫却被迫再次逃亡，在芝加哥隐藏多时后又冒出头来，靠做木材生意赚了不少钱。他生了不少小科尔雅切克，这些孩子后来都自称科尔奇克了。他本来有望成为参议员，不料一九四五年二月苏联第二军团在罗科索夫斯基元帅指挥下进入卡舒贝，虽然远隔千山万水，他却心肌梗死一命呜呼了。据说安娜看到约瑟夫铜像这件美国寿礼沉思片刻后说："要是在我这儿，没准他还能再活一阵子呢。"

卡西米尔·库比埃拉从印度洋畔的非洲城市蒙得维的亚带来了一尊乌檀木女雕像。女雕像有一把椅子高，黑油油的丰乳肥臀，众人看了心旌荡摇，最后连奥利瓦来的高级修士也摸了摸这罪孽的尤物，连声称赞这是艺术，行家般地查看每一细部。

我不知道斯托马夫妇从格尔森基尔欣带来了什么寿礼。也许是那只电池驱动、每过半个钟点会报时的黑森林布谷鸟挂钟。钟边上是一幅圣心耶稣像,上有波兰裔教皇的亲笔题词。高级修士亲手把他送的这件寿礼挂在墙上,代替了原来那幅蝇屎点点的圣餐图。

我还要逐一清点哪些寿礼呢?在卡尔图济和韦伊海罗沃之间定居的卡舒贝人虽穷却爱送礼。他们把手工钩织的小台布放在羊羔皮衬里的室内便鞋和刻有题词的瓷杯旁边。这么多精心制作的小玩意儿。国家邮局的秘书献上了一把琥珀柄的拆信刀。施特凡·布朗斯基的儿子们以及列宁造船厂代表团的其他成员也没空着手来,但他们的礼物被别的礼物遮住看不见了。是故意这样放的,尽管政府代表昨天就匆匆赶回华沙了。

为这件礼物还吵了一架,平息后还都耿耿于怀。这是一件精美铁艺,上面手写体字母组成单词"团结工会",其中 n 的收笔处竖着一面红白两色上釉的旗帜,过去和现在看上去都像一件不妨挂在圣心耶稣像右边的室内装饰品。但不仅仅华沙来的政府官员看见这铸铁招牌会不乐意,连高级修士也认为它虽然是一件凝结着高尚信念的艺术佳作,但不适合眼下与政治毫不相干的生日庆典。平时的艰难困苦今天都该被挡在缀满鲜花的大门之外,他话的大意就是这样。

施特凡·布朗斯基也以类似的话反驳他的儿子们。不仅在客厅里,甚至屋外和厨房里也再度唇枪舌剑争论起来,一直到司机驾着奔驰车把我们的马策拉特先生送来。虽然一到就被卷入了这场沸反盈天的争吵,但我们这位喜欢发表原则性意见的马策拉特先生一句话就轻而易举地折断了几支唇枪和舌剑。他对为政府禁止的工会而争论不休的众人说:"对我们卡舒贝人来说,政治虽然带来了不少纪念日,但并没带来什么幸福。"只有那位在蒙得维的亚被称为"卡西"的卡西米尔·库比埃拉还在栗子树下要求对团结工会开禁,显出他不愧当过水手的个性。话音刚落,施特凡·布朗斯基就在斯托马先生支持下再次疾呼维持社会秩序,不仅素来对此十分重视的德国人,而且波兰人也必须维持社会秩序。最后奥利瓦来的高级修士出来打圆场,在重视社会秩序的一方和支持团结工会的一方之间斡旋,站在教会立场上给双方祝福。

布鲁诺即使在低矮的客厅里也不摘下司机帽。他现在才开始一件件往屋里搬礼物,这些礼物是安娜·科尔雅切克的外孙在巴登巴登和巴特欣茨纳长期疗养时以及在四处搜集古钱币的旅途中精心挑选的。布鲁诺打开礼物包装时不让人插手。他解开包扎丝带然后塞进口袋的样子真奇怪。他绝对不用剪刀以节约时间,而是每个结都慢悠悠地耐心解。终于所有包装都打开了。现在卡舒贝的孩子们可以把烧得只剩下一点儿的蜡烛吹灭了。三下五除二就为奥斯卡送的礼物腾出了地方。

大家为树形蛋糕热烈鼓掌。奥斯卡强调这蛋糕高达九十四厘米。格尔森基尔欣来的斯托马太太马上像主妇一样切开蛋糕,每人有薄薄一小片,巧克力精品蛋糕像圣饼一样在卡舒贝人舌尖上融化了。

布鲁诺刚打开第二件礼物,大家就惊叹起来。这是一架宝丽来牌即显相机,马上可为来宾们拍这样或那样组合的集体照以及——正如马策拉特先生强调的那样——为"我们尊敬的老寿星"留念。按动快门后马上就能取出照片,照片开始色彩暗淡,转眼就清晰亮堂起来,谁都能看到别人的形象,还会目瞪口呆地发现自己的尊容。

接着一阵哄堂大笑,原来从一只小袋子里倒出了一百三十个蓝白色塑料小人。这是为茁壮成长的大批卡舒贝孩子准备的。又响起了欢呼声,因为布伦斯一家夫唱妇随,笑容满面地指出大部分玩具小人脚底刻有质量验讫记号"香港制造"。这说明多半是布伦斯自家的玩具厂生产的,而且也说明——大家都有同感——世界真小。

介绍完所有这些为卡舒贝人及其后代准备的礼物之后,最后再来看看一只漆盒。漆盒有十一格,白丝绒上放着一百零七枚金币,都是送老寿星的珍品。应众人要求,马策拉特先生指着金路易、金马克斯和金弗里德里希,分门别类一一讲解:这些是瑞士的,那些是南非的,这枚和这枚是帝国时代的,那一格里全是哈布斯堡王朝铸造的。还有杜卡特、克朗、沙皇俄国的金卢布和苏联的纪念币。大家都对瑞士的弗蕾内利、称霸世界的美元、墨西哥的比索和南非的金币啧啧称奇。甚至还能欣赏到一枚供收藏用的中国钱币,上面有熊猫图案。金币在众人手里转了一圈,如数回到了原处。

"这些真的都是金币吗?"安娜·科尔雅切克疑惑地问,手里依然不停地数念珠。

"这些是金杜卡特,"外孙向她保证,"每年一枚,岁岁有金币,好外婆。"

她拿起一枚老但泽的杜卡特掂量着,是西吉斯蒙德·奥古斯特国王①时代的金币。

奥斯卡学着外祖母的乡村土话说:"这样就不会再穷了。"只有在乔·科尔奇克面前他才提起跌了好久的金价,话里带着弦外之音,似乎他保险箱里的宝贝贬值全怪定居美国的卡舒贝人。

客人们都很高兴,有的看着玩具小人儿哈哈大笑,有的拿着用宝丽来相机试拍的照片乐不可支。这时我们的马策拉特先生凑到怀抱金币的外祖母耳边,说:"唉,好外婆,世界形势可不妙啊。人类想把自己毁了。所有活物他们都能弄死。到处都是坏兆头,倒霉的日子恐怕不远了,不是今天就是明天。"

听到这宣布大难临头的耳语声,安娜·科尔雅切克并不扫兴,她还在乐呵呵地看着眼前闹哄哄的来宾和亲戚,说:"我知道,小奥斯卡,到处都有魔鬼。"

然后她让外孙把耳朵凑到她的嘴边,近一点再近一点,说:"以前屋后有老鼠。圣母马利亚哦约瑟夫!现在老鼠都不见了。"

外孙了解这一情况后又加入到祝寿的浪潮中去了。他得给众人解释钱币及其重量。不断有人想用手掂量掂量金币,尤其对一枚五十比索的墨西哥金币赞叹不已。从卡尔图济、韦伊海罗沃、菲罗加、科科什基和卡尔热姆基米的卡舒贝人三番五次地发誓说,金币上刻的重量是三十五点五克,还有咒语"奥洛普罗"②。大家开始传看这

---

① 西吉斯蒙德·奥古斯特国王(1520—1572),立陶宛国王。
② 西班牙语,有"纯金"意。

枚沉甸甸的金币,都有点害怕。一位海乌姆来的库措劳先生不肯碰这金币,而爱逗趣、爱在女人堆里扮演单身情种的卡西·库比埃拉则把一枚瑞士弗蕾内利纯金币当作单片眼镜夹在眼睛上了。

司机布鲁诺这会儿已摘掉了帽子,一群群不同组合的卡舒贝人都愿让他这位客人充当摄影师。先是美国来的科尔齐克夫妇要和茹科沃来的沃伊克两口子合影。接着是澳大利亚的威金夫妇站在中间,一边是施特凡·布朗斯基先生和他娘家姓皮普卡的太太,一边是布朗斯基的儿子们及其未婚妻。布伦斯夫妇打算把那匹中国瓷马再拿到老寿星面前拍合影用。斯托马夫妇不得不推着拉着半大不小、总有点受委屈样的女儿,准备和卡尔图济来的斯托马夫妇合影,安娜居中,她坐的扶手椅背上今天多了一束红白两色的芍药。尽管邮局秘书小声抗议,穿白衬衣的卡西·库比埃拉坚持要把那件带"团结工会"字样的铁艺捧在胸前,和列宁造船厂代表团拍张照作为永久的留念。

每次模糊的底片上图像出现,就如同屏息期待的奇迹得以实现。这情形既神秘又紧张,介乎献祭和化体①之间。

无论我们的马策拉特先生如何婉言推辞,当然还是免不了被一再拉去合影,而且经常还得居中:在波兰政府代表和波兰教会代表之间,作为远近亲戚一大家子之间的纽带,或者被卡舒贝的孩子们簇拥着。这期间当然也忘不了喝喝唱唱,哭哭笑笑,拥挤的客人堆里酸臭味久久不散。大家兴致不减,再次相互通报病情:有何不适,怎么治的,熬了多久。还有,为什么卡西·库比埃拉还是光棍一条,芝加哥有多大,香港的生活费多贵,安东尼·威金在澳大利亚铁路局能赚多少钱,等等。最多偶尔旁敲侧击几句罢了,喜庆气氛能使人握手言和,所以无论是列宁造船厂的客人,还是赞成德国人波兰人都得维持社会秩序的来宾,都对蓝白两色的玩具小人儿爱不释手。施特凡·布朗斯基说:"你知道吗,奥斯卡,你又一次给我们带来了惊喜。"

---

① 化体指使圣餐面包和酒变成耶稣的肉和血。

在场宾客都有同感,他们举起土豆烧酒,还有新上桌的蛋黄利口酒,为他的健康干杯。不过在他奔驰车的后备厢里,在他以前无法信赖的内心里,我们的马策拉特先生还给准备了一种能给众人带来惊喜的特殊礼物呢。

早先我们对世界比较了解,但在后人类时代初期就不同了。在无法用年计算长短的初期,消息闭塞,我们对别处钻入地下的鼠群情况知之甚少。我们确信鼠类无处不在,所以更是如饥似渴地想得到新的信息。后来开始有老鼠从东方来,它们被迁往城外、卡舒贝腹地依然沼泽般泥泞的河中滩地,不过这些新移民也所知有限,只是说俄国局面也很糟,比这儿更糟,连老鼠也受不了。这算不上新闻,不够具体,只是些我们听腻了的怨言和谣言罢了。

当年在人类时代可不是这样的,我梦境中的母鼠说,当年我们经基尔往返各大陆一直都搭船,只要那些大大小小单独出海或者结伴同行的船只上没有预兆海难的气味就行。西班牙无敌舰队葬身海底时我们不在场。我们也没上泰坦尼克号。一九四五年一月,"快乐带来力量"①的威廉·古斯特洛夫号在原名哥特港的格丁尼亚满载难民出海,离开但泽湾不久就被鱼雷击沉,那时船上也没老鼠。装着四千伤员的施蒂本号,还有戈雅号等触雷、倾覆、头朝下沉入海底时,也没有老鼠陪葬。这些船全是一位海军上将派遣到库尔兰②去的,目的是把尽可能多的士兵和平民转移到西部。这我们知道,因为那些船上没有淹死的老鼠也是往西部去的。阿科纳角号我们共坐过七次,到达丹麦和北德港口上岸时我们的数量甚至翻了番,不过后来这艘原来的豪华客轮满载诺因加默集中营囚徒出海那次我们没有搭乘,果不出所料它遭了灭顶之灾。

母鼠不停地庆幸多次海难没有鼠类陪葬。谁要是不信,就想想

---
① 纳粹的劳工休养组织。
② 拉脱维亚地区名。

我们当年是怎么逃离俄国波罗的海舰队的吧：我们预感到对马岛战役会发生，就离开了那些装甲巡洋舰和班轮……

它就这么心醉神迷地聊着自己最喜爱的话题。巡洋舰斯维特拉纳号和舍姆聚克号，旗舰奥斯恰巴号，装甲巡洋舰纳希莫夫号，班轮博罗季诺号和斯库沃洛夫号，它如数家珍。一九〇四年十月十三日那天夜里，尾巴光溜溜的老鼠离开了一共四十五艘不吉利的舰船。

不过，朋友，它叫道，为什么还要谈什么灭顶之灾呢。不是有许多别的值得纪念的船吗，我们曾经无忧无虑地随船旅行并且平安抵达目的地，尽管有时冻得够呛，比如那些新西兰老鼠就有此经历，它们当时坚持要搭乘满载羊肉的货船到地球上相对的另一点即欧洲去。新西兰老鼠冻得够呛，但还是顶住了保存羊肉的冷气，到了终点伦敦港后又活蹦乱跳起来，严寒没给它们带来任何后遗症。冰冻没给它们的记忆力造成损害，相反能保持内容的新鲜度。老鼠的记忆力没有因受冻而衰减！它们带来新信息，下一航次又把新信息传往别处。

母鼠赞扬鼠群连接各大洲的循环信息系统，不时抱怨几句后人类时代信息匮乏，随后就更起劲赞美当年，即它称为人类时代末期的那些年的发达技术。它说有些老鼠当年不但搭乘货机，而且还坐客机旅行呢。没一家航空公司的旅客中没我们，它叫道，我们不停地到处跑，无论如何比人类消息灵通！比起以前来我们今天真惨哪，几乎就听不到新闻。

但是母鼠，我说，你们要新闻要信息干吗？安安静静的，没那些朝三暮四、纯属多余的通栏大标题，没那些从不间断的灾难报道，你们不是终于能过鼠类的太平日子了吗？你们给忙碌的人世画上句号后，应该对新闻无所谓，听到追求轰动效应的消息就打呵欠才对。

从原则上说你言之有理，它承认道，如果不必知道七山后面在计划做什么，那么日子可以过得安生。但我们很想知道，别地方的老鼠是如何控制局面发展的，这里的局面已发展到使在此定居的鼠群陷入不安的地步，不，更糟糕，可能毁了我们，因为……

我隐约看见它不安地上蹿下跳,变成了模模糊糊的三重身影,但说话声还是一个。它叫道,诚然,不难理解扶手椅里那求死不得的老太太得到了乡下老鼠的敬仰;诚然,市区有不少完好如初的教堂大家能共用;但是,对老太太表示敬仰,我们鼠群在教堂聚首,这是否一定会在乡下沦为偶像崇拜,在城里走上非理性的歧途?不容否认,我们变得具有宗教性了。人类刚刚消失,我们就开始往万物背后张望,寻找意义,为自己制造偶像了。这本来即使不好理解至少可以忍受的,假如有能使天下归一的唯一信仰能让我们变得虔诚的话。但是不,现在是俨然当年人类,信仰五花八门。表面形式标志着流派,各派遵循各派的信条。这样就有理由挑起争端,而且还都死不让步,似乎铁了心要重蹈人类覆辙。

母鼠的轮廓清晰起来,但还是三重身影,连胡须也不例外。它说:粗略划分有三种教派,可能和各鼠群的出身地不无关系。我们祖祖辈辈在此居住,另一些老鼠是大爆炸前不久经过所谓"旱鼠桥梁"从西方迁来的,还有些是最近才从辽阔的俄罗斯大地溜进来的。这三大鼠群无论本质还是后人类时代的锌绿毛色都差不多,只是假虔诚起来就闹矛盾……

它说这番话时,我不知道是哪只说的"假虔诚"和"闹矛盾",因为这会儿眼前活跃着三只梦中母鼠。它们彼此回避或者对峙,躁动不安地上下乱窜,相互追逐。我永远不知道是哪只与我在梦中对话。它们声嘶力竭地互相攻击,耳边传来的尽是些荒谬的指责。一只母鼠诅咒另一只母鼠,要它远远地滚回俄国去,另一只则批评波兰的经济,因而被那上帝才知道为什么相互仇视的俄国母鼠和波兰母鼠齐声痛骂为"普鲁士娘们"。

三只母鼠都可能是我的母鼠,它们争吵的焦点其实是信仰问题,骂骂咧咧的腔调中能听出些基督教论战的特点来。它们以博爱为名相互攻击时,颇有点像当初人类的唇枪舌剑。一方狂热地宣扬新教主张,另一方则固执地坚持天主教观点,而第三方——这究竟是哪只母鼠?——则从东正教立场出发企图在狂热和固执上都压倒那两个对手。它们缩紧身体准备扑向对方,要不就是怒目相向龇牙咧嘴,气冲冲胡须直抖,接着又都背转身去独自嘀咕着什么。它们争些什么,我觉得要理清这团乱麻谈何容易。

撇开所有神学论战以及使其人类般好斗的其他东西不谈,那么它们就是在为空间问题纠缠:谁可以在什么时候在哪座教堂集会。从俄罗斯迁来的老鼠不得不在维斯瓦河低地勉强栖身,现在它们要求独用下城被泥浆包围的巴尔巴拉教堂。人类完蛋前不久才从德国移民过来的老鼠,以及世世代代定居此地的老鼠,则要求拥有圣母教堂,此外还要使用和瓜分其余的教堂建筑。信奉天主教的波兰老鼠说什么也不肯把以前的多明我会教堂让给皈依新教的同类。祖籍德国的老鼠同样大吵大闹要求独霸比吉特教堂和圣卡特琳娜教堂。

可是,我对着眼前这闹哄哄的一切吼道,真见他妈的鬼,博爱精神都到哪里去了?! 宽容点行不行啊,我求你们了。

话音刚落,它们仨全冲我来了:真是岂有此理,都剩最后一个人了,竟然还要教训我们老鼠。这家伙也许在太空舱里待腻了。他最好别管闲事。真是太放肆了! 人类什么都干得出来,就是不会宽容。说罢它们仨又自顾自吵去了,看来还吵出滋味来了。

信仰论战继续进行,转眼有四只母鼠了,过会儿该是五鼠闹天宫了。它们相互抬杠,咬住不放。如果我没搞错的话,那么这是新教内讧了,而且东正教阵营中也出现了原始基督教兼共产主义的派别。这种分裂对卡舒贝的波兰老鼠——哪只是信奉天主教的呢?——来说真是求之不得,它们马上要求归还下城的巴尔巴拉教堂,当然还有圣母教堂旁以前的波兰皇家小教堂。真荒唐,第四只母鼠竟要在圣母教堂里让加尔文派①聚会。共产主义的原始基督教派则希望将早先的列宁造船厂附近的雅各教堂作为碰头地点。

那好吧,我说,妈的,反正教堂多着呢。不过最好让那些虔诚的老鼠也能进入所有教堂,登上所有的布道坛,即使不能宣传宽容,也

---

① 以宗教改革家加尔文的神学学说为基础的宗派。

要讲讲爱,讲讲耗子的博爱。

这下我又惹得母鼠们——此刻它们成五只了——都冲我发火了。我又陷入了熟悉的困境,这类体验三番五次,真受不了。我想缓解气氛,想把那艘女人驾驶的船召入梦境,嘴里却还在一个劲地对鼠弹琴呼唤博爱,真他妈的!多点博爱就不行吗?!

回答我的是一阵嘲笑:这用不着对老鼠宣扬,古往今来老鼠一直注重博爱。只有人类才把博爱挂在嘴上,事实证明他们完全口是心非。他们不但不遵守博爱信条,相反还发明了谋杀和刑讯,形式还在不断改进。五只母鼠中不知是谁叫道:剩下的这最后一个人该待在太空舱里闭上臭嘴!

我继续提出抗议,以切换梦境相威胁,不是还有别的真实梦境吗:我们的马策拉特先生还有惊人之举没有公开,那艘船还停泊在维纳塔上方的海面,睡美人行动尚未结束,总理及其随从沉睡未醒呢。我刚说完就听五只母鼠全都大笑起来,但只有一只——大概是那只信奉天主教的吧——在大吼:"快滚!别叽叽喳喳说你那些故事了!别来烦我们!那老太太还在扶手椅里唠叨个不停呢,想死也死不了……"

接着母鼠们又吵起来,不过不再为了这劫后城市里保存的教堂如何使用的问题。不再像在布道坛上似的高谈阔论,而是乱哄哄地在一堆瓷器碎片、玩具小人和随手丢弃的钱币上,就那位求死不得的老太太的问题争长论短。那老太太我觉得似曾相识,尽管我不愿说出她的名字。我自言自语道,只要你不去和她搭话,她就不会真正消失。

我们的马策拉特先生好像要作最后陈述。他拍着巴掌,那双小手上到处是戒指。他有好为人师的强迫症,总爱扮演指挥的角色,现在就高踞一把椅子之上,以便大家都能看见他说话。他就这么在低矮的天花板下请大家安静,脚下的众人马上聚精会神起来。

在远房亲戚的簇拥下,在连远亲都不是的来宾的包围中,奥斯卡终于开始侃侃而谈。在众人仰视的目光中,他谈起了自己,谈起了世界和自己。他以前经常在我面前讲,仿佛就是为今天作预习。所以句子早就烂熟于心,都是致人类的话,所谓最后陈述。

"请问,"他说,"你们是否在我身上看到了这样一个人:他在虚假富有的西方当老板,手下这家中等大小的公司及时关注所有的传媒可能性,制作五花八门的节目,成千上万的录像带推上了市场。因此今天我可以对亲爱的老寿星说:没有什么我们没拍过的东西了!我的话合乎传媒要求极为可靠,我能一一道来:命运把多少事情记在了我们的账上,回首往事我们能追忆起什么——无论是似曾相识的事情还是掺杂着闻所未闻的谣传——什么东西的滋味像小孩吃的流质、婚礼上的煎肉、葬礼后的宴席,什么让我们吃得连连打嗝或者越吃越爱吃;所有这些往事都不厌其烦地拍摄过了。然而我们希望,未来有新的色彩、谣传、滋味,加上新的情感,不是那些老掉牙的而是白纸般的情感,能供媒体使用,拍成一盘又一盘的片子。我已经说过,一切都拍摄过了!我们认为是新体验的事情,实际上在成为事实之前就已经在别的地方放映过了,成为历史了。所以,尊敬的亲友们,我们以前认定相互之间从未谋面——尽管卡舒贝枝蔓遍天下四处常青——但实际上非常熟悉,在老片子里都见过面了,那些黑白片记录了其他聚会,要聚会总有理由,随时都有,比如发生了什么悲伤的或者是让我们感到有趣的事。很快就又有理由聚会了,你们的奥斯卡马上要庆祝自己的六十岁生日了。在此诚邀诸位大驾光临,当然首先是您,尊敬的外祖母,好外婆。我准备九月举办生日庆典,那情形现在就像放电影一样历历在目了:怎么开始,怎么渐入佳境,怎么达到高潮,又怎么受到无数伴随发生的小事干扰……"

大家鼓掌,感谢他邀请去如此遥远的西方。不等掌声落,我们的马策拉特先生又说了起来:"显然,这世界并不能向我们提供多少新东西,充其量也就是把我们安排来安排去,位置刚放好又出乎意料之外地颠倒过来,就像那些玩得入神的孩子手里的塑料小人。哦,是的,我们是预制的玩具人,特制成——并非都得来自香港!——成人大小，以便能在成千上万的影片里这样或那样粉墨登场，扮演自己熟练的角色，进入各种各样的情节。或是喜庆然而愚不可及，或是伤感大都以悲剧告终，或是紧张得让人喘不过气来，或是冗长乏味使人昏昏欲睡，各种各样的情节被我们视为生活的展印，尽管它们其实是预制的、预先拍摄出来的生活。我们跟在这种生活后面追得气喘吁吁，唯恐漏掉一个亲吻或者打斗的场面。让我说什么好呢：没有多少新的认识！三番五次端上来的都是没了热气的冷咖啡！想想老寿星的独生女、我亲爱的妈妈阿格内斯吧，当初只要朋友们围着她的桌子玩斯卡特牌赌几个小钱，她总是大声地说：生活就像一部影片！"

这番高论使得四面八方来此祝寿的卡舒贝人恍然大悟。列宁造船厂的工人、波兰教会和国家邮局的代表都惊讶地对此点头称是：难道生活不真是酷似我们熟悉的影片吗？波兰的苦难不是不得不一再咀嚼以弄清到底是怎么个滋味吗？人们不是一直在担心，以后的路怎么走，是崎岖小道呢还是康庄大道？

"说得对，奥斯卡！"施特凡·布朗斯基叫了起来，"事情过去怎样，现在还是怎样。"

缀满鲜花的扶手椅前后，卡舒贝人杂草丛生的枝蔓即从沃伊克到斯托马各家的后代，都在玩那些可爱的玩具小人。除了树形蛋糕、宝丽来相机和杜卡特金币外，我们的马策拉特先生还从富裕的西方带来了许多玩具小人。玩具小人都戴着白帽，肚子深蓝色，脸上是肉滚滚的大鼻子。它们大多在奸笑，好像有足够的埋由奸笑似的，不过间或也能看到有几个噘着嘴、孤苦伶仃、黯然神伤的样子。玩具小人不是手持工具就是背着东西，都忙着呢。有的拿着体育器械，有的大啃奶油蛋糕，有的左手操泥馒右手拿砖头，有的在挥斧子，有的是机修工拿着扳子，有的手持镰刀怀抱麦捆俨然农民代表，有的举着红白两色、写着"停"字的牌子在指挥交通，有的在咬午后的点心，有的仰着脖子在喝着什么。都忙着，只有一个玩具小人两手空空，它没活干，羞愧得站在那儿不敢抬头。卡舒贝的孩子们玩的这些小人刻画的是忙忙碌碌的人类，而这时奥斯卡正在对预制生活的影片大加赞

241

赏呢。

"好极了,"我们的马策拉特先生说,"能与自家人团圆真是好极了。甚至你们的病情都还是老样子。基本上一切照旧。当然还有政治,不过政治这玩意儿我们以前也体验过。我们这些小人物会变老,这点在我的录像片里也早已考虑到了。正如我曾经指出过的那样,发生的一切都会一而再再而三地发生,包括微弱的变化和时髦的更新。我们这些根在故土如今远道而来的卡舒贝人,对我的观点是最好的例证,所以我给你们,首先是给您,好外婆,带来了一盒特殊的录像带。它能让你们对未来先睹为快,与我制作的、即将以'后事'为商标在全球发行的系列片完全合拍。"

话音未落,司机布鲁诺就在一位船厂工人的帮助下把一架超大屏幕电视机搬进了低矮的客厅。马上有人抬来小桌子放在墙根,正对着安娜·科尔雅切克。电视机接上了录像机,正好遮住了墙上的刺绣壁挂,壁挂表现的是一位天使在保护小孩不让他坠入深渊。圣心耶稣像旁的布谷鸟挂钟响了起来,十一点半了。

司机把已作预告的录像带塞进了录像机。祝寿的客人们笑着,小杯喝着酒,有点想流泪,但总体上还是充满生活情趣和听天由命地左右排开,高级修士和邮局秘书拱卫在缀满芍药花的扶手椅左右。卡舒贝的孩子们撂下了手中的玩具小人,或蹲或躺或站,在大人前面各就各位了。大伙儿都盯着面前暂时尚无动静的电视机屏幕,似乎等着圣母显灵。"小奥斯卡!"安娜·科尔雅切克叫了起来,"你想吓我?"

我们的马策拉特先生谦恭地站在边上。他一挥手,司机布鲁诺马上开始放预制的录像带。屏幕上首先映出顶天立地的标题:"尊敬的安娜·科尔雅切克(娘家姓布朗斯基)一百零七岁寿辰"。然后外祖母的小农舍出现了,还有栗子树、苹果树、花园篱笆和这多雨的夏季里低矮的向日葵。接着镜头推向篱笆后的宴席,第一批客人来了,其中有布伦斯夫妇,他们使得场面热闹起来,真的,瞧他们风卷残云的样子,无论是这里的俄国馅饼还是那里的罂粟点心全都一扫而光,紧挨在一起的祝寿宾客都惊讶地发出了原来如此的呼声,又轻轻地叹息着安静下来。这时插入了几个镜头,先是屋门上扎成107数字形状的矢车菊,接着出现了厨房,然后是挤得水泄不通的客厅。老寿星暂时还没露面,她被众人遮住了,不过那些刚才先是点着后来又吹灭了的蜡烛在画面上一支支全在燃烧。

所有客人片子里都提到了:来自奥利瓦的高级修士和来自马塔尼亚的神甫,两位可惜昨天就走了的波兰国家代表,现在还没走的列宁造船厂代表团。连迟到的邮局秘书也出现在镜头上了。每位客人的在场都在片子里预制好了:美国来的科尔奇克夫妇热情地大声招呼茹科沃来的沃伊克夫妇,格尔森基尔欣来的斯托马夫妇不断地同施特凡·布朗斯基和他那位总是拉长脸站在一边的妻子干杯,旅馆经理卡西·库比埃拉把威金夫妇的英语翻成波兰语,以便来自科科什肯、在铁路部门就职的安特克·库措劳对澳大利亚的铁路运输业有所了解。香港玩具厂老板为出身远东的太太以及作为寿礼的瓷马感到自豪,太太和瓷马都被未卜先知的摄像机预制在镜头上了,飞扬的马尾和儿童般的发式一样没漏。啊,布伦斯太太在影片里和现实中都是那么脆弱!

卡舒贝孩子甚至在真正吹生日蜡烛和玩从富裕的西方带来的塑料小人之前,就已经在制作录像片时吹过玩过了。按照影片的预先设计,施特凡·布朗斯基的儿子们和一个长着海边居民特有的金色鬈发的胖丫头以及一个头发深褐色不大像家里人的娇姑娘几年前就订了婚。"房子多,不是吗!"影片的土话配音对此加以证实。伴随着这全部场景的波尔卡曲调时而轻柔,时而强烈,邀人翩翩起舞。

只有音乐是新的,其他一切都已发生过了,无论是屋门前的还是客厅里的都是如此。各色饮料,开胃小点,让人百吃不厌的美味,酸溜溜的,甜津津的,总之一切都已经喝过嚼过消化过了。碎肉冻、发面糕点、黄瓜、布丁,早已尝过滋味了。有些客人开始哼曲子,营造出一派欢快气氛,但在这现实之前他们已经在片中引吭高歌过了。大一点的卡舒贝孩子早就在影片中唱了"林中乐、林中乐",对奥斯卡表示敬意,如今又再次唱起这支德语歌曲。连造船厂工人和波兰国家代表关于"团结工会"合法性的争论也预先在影片中得到了声情并茂的反映,现在不过是原汁原味重复一遍罢了:一方是来自蒙得维的亚的卡西·库比埃拉,另一方是来自格尔森基尔欣的斯托马先生和施特凡·布朗斯基,他俩用德语和波兰语大声疾呼:"必须保持社会秩序!"吵到最后,还是波兰的高级修士出来打圆场。这位神职人员为双方祝福,想把劳动人民和国家代表都变成心平气和的上帝羔羊,造船厂工人听了却干咳着笑了起来。

这时施特凡·布朗斯基大声发问,嗓门压过了影片的配音:"奥斯卡,这你到底是怎么拍出来的,说呀!"

我们的马策拉特先生不假思索地答道:"阁下,以前把这叫天意注定,是吧?可现在只消有一丁点儿大的微处理器就能储存已经发生的一切,输出将要发生的一切了。余下的活就归传媒了。容易得很,就像小孩的把戏!"

他接着又说,一切可以想象的都是可以制作的。随着给众人解释的话音,他终于露面了,无论在影片里还是在外祖母正在放映这部先知影片的客厅里,他都受到了大家热烈的欢迎。客人们再次惊讶地看到,我们的马策拉特先生从西方带来的是什么!他们看到,安娜·科尔雅切克坐在花团锦簇的扶手椅里为树形蛋糕和杜卡特,尤其是为小驼背欣喜若狂。"小奥斯卡!"她叫道,又乐开了。

影片继续放映,我们听见她在现实中说:"小奥斯卡,我想象中的生日一直就是这样的。"她在影片中看到杜卡特时的台词就是她在手里掂量一枚西吉斯蒙德·奥古斯特国王时代的古尔登时说的那句话:"这都是金的?"

装满玩具小人的礼品袋出现在镜头上,卡舒贝的孩子们顿时欢呼起来。他们看见影片画面上自己在摆弄玩具小人,和刚才布谷鸟挂钟敲响十一点半时他们摆弄玩具小人的情形一般无二,于是相信影片确实逼真地再现了他们的游戏动作。

他们真快活啊!现在影片里出现了他们的新玩具,特写镜头上那举着"停"的牌子指挥交通的玩具小人。还有几个玩具小人拿着泥水匠的抹子,连手持镰刀的玩具小人也加入了其他六名收割者的行列。在玩具小人的乐团里,挎着红白两色铁皮鼓的那个特别引人注目。"奥斯卡,这是奥斯卡!"卡舒贝的孩子们在电视机前欢呼起来,他们熟悉奥斯卡的故事。仔细看不难发现,所有玩具小人,包括挎着铁皮鼓的那个,都只有四个手指:大拇指加三。孩子们想知道这究竟为什么。但即使布伦斯大叔,无论在影片里还是在现实中,香港来的布伦斯大叔都回答不上来,尽管他生产了数百万可爱之极的玩具小人,并且盖上了他那座以勤奋著称的城市的质量验讫章。

还用说吗,那些不到一小时前用马策拉特先生送的宝丽来相机抓拍的镜头,在制作影片时就用上了,包括波兰国家和教会的代表在安娜·科尔雅切克的扶手椅左右拱立的镜头,包括列宁造船厂代表团簇拥下的卡西米尔·库比埃拉的镜头。库比埃拉把"团结工会"的铁招牌端在胸前,好像是哪位圣人的遗物。"我早说过,"安娜·科尔雅切克兴奋地喊道,"不会有什么新鲜事,一切以前都有过,都有过。"

好像是证明这句关于古已有之周而复始的至理名言似的,此刻录像带上我们的马策拉特先生推出了那件早已预告的惊喜:他那擅长预示未来的公司制作的"后事"牌产品。祝寿的宾客看见画面上没戴帽子的司机和那个船厂工人已把电视机抬进了客厅放在护身天使像前早已准备好的小桌子上,他们俩刚才就是这么忙活来着。内置电池开始为特制录像机充电,随着波尔卡曲调的背景音乐放起了录像带。

影片中放起了影片,戏中戏就此开始。刚才布谷鸟挂钟敲响了十一点半,在现实中布谷鸟马上就该啼叫十二声了。客厅里祝寿的客人们却陷入了沉默,不再恍然大悟地说什么"原来如此",也不再叹息或者干笑。祝寿的众人惊呆了,全都呆若木鸡地盯着屏幕,录像带上祝寿的众人沉浸在影片中,兴高采烈,坚信不疑。奥利瓦来的高级修士刚才还微笑着把这部影片当作天意的技术版本接受了,现在却用手连连画十字想把它驱逐出境,因为影片的情节发展下去必然会……

好像这还不够邪乎不够乱似的,此刻连现实中的客厅里也着魔似的响起了布谷鸟的啼叫,是教皇亲笔签名的圣心耶稣像旁那来自格尔森基尔欣的布谷鸟挂钟连敲了十二下:布谷,布谷……连我们穿着定制西服的马策拉特先生也吓了一跳。像在影片中一样,现实中的他也尴尬地摆弄着领带上的别针。现实中的他满腹疑虑地看着影片中满腹疑虑的自己,好像是在和自己永诀……

近海机帆船新伊瑟贝尔号上,女人们的心也都像灌满铅似的沉重。她们在吊床上躺得太久了,睡过了头,耽误了时间。等她们披着睡衣来到甲板上,已经是星期天上午了。波罗的海已经红日高照,却再也不闻歌声,"美杜莎"全都弃她们而去,唯独远处往佩内明德方向也停泊着一艘民主德国边防艇,好像在安慰这五个女人:昂起头来,姑娘们!你们并不孤独。

女人们摇摇晃晃磨磨蹭蹭,光顾着打呵欠伸懒腰了,只有女海洋学家比较清醒了。她顺着左右两舷来回跑,不时弯下身子,先在船头后在船尾手搭凉棚观察水平如镜、气息全无的海面,然后大叫起来:"孩子们,快醒醒吧!我们到了!我都快乐疯了!这下面就是维纳塔!"

大家闻声都弯下腰,双手握成空心拳遮住炫目的阳光。女轮机长不敢相信自己的眼睛,喊道:"这真奇怪,但妙极了。这情景我不知在什么地方见过。"

"妈的!"大姐叫了起来,"不但有七座教堂,我还看见不少酒馆呢,不比教堂少,没准更多。"

面对海底城市,女舵手不愿光看不做:"就这儿了,我们下吧。"

女海洋学家也认为目的地已到:"我早就知道或者预感到了,既然别处无法容身,我们总有一日会……"

女舵手比谁都看得更清楚,海底的女性王国扇扇大门洞开,好像随时欢迎入住。女性王国好客地展开双臂,准备接受她们怀了好久都焐热了的,不,像胎儿一样怀得都过了产期的希望。确实如此,水下那城市就是维纳塔,古时文德人称尤姆纳,广场、塔楼、山墙向街的房屋比比皆是。这就是她们最后的避难所,她们此行的目的地,她们从未坦率地承认过,经常为之争论不休,但这确实是她们预定的目的地。

为什么达姆罗卡一言不发,只是看啊看的?

维纳塔的街巷纵横交错,显得那么眼熟。城市位于河畔,河中有岛,岛上木框架建筑背后高大的谷仓暗示着富足。河上一座座桥都连着城门。街两边房屋的华丽山墙争奇斗艳,还像以前那样有点高傲。外窗台层层叠叠。圆柱拱立的楼门前是通往街道的露台,三角楣饰光怪陆离,这边是天鹅,那边是金锚,这边是乌龟,那边是猪头,女轮机长还找到了脚蹬滚珠的幸福女神。大姐发现不少山墙上,不,到处,包括拱门上、通往市政厅的露天台阶上到处都是市徽,大声喊着:"这儿有,哦,那儿也有。"达姆罗卡曾说——不过她现在一声不吭了——这里的市徽上是火鸡下是老鼠,都带有纹章风格。

"那边,"女舵手叫了起来,"妇女委员会开会的市政厅旁准是妇女之家。妇女之家才会有这种细长尖顶的窗户。"

妇女之家对面的山墙要高出一头,因为上面有尊手持天平的女人雕像,在女海洋学家看来准是女陪审员判案的场所。她们发现到处是适于解决妇女问题、维护妇女权利、建立妇女王国的房屋和广场。整座城市如同刚擦洗过一般,墙上不见半根海草,屋顶上、拱门里也都没有藻类的踪影。她们不由得想下去,手挽手在大街小巷里转一转逛一逛。

"出发!"女轮机长喊道,"我们去占领维纳塔!"

"当然,"女海洋学家说,"说下就下!"

"跟我来!"大姐叫着就要带头往下跳。女舵手却认为自己应该当先锋:"我要让你们瞧瞧!我为妇女事业奋不顾身的时候,你们还跟在汉子后面跑呢,你们依靠男人,甘愿在男人面前唯唯诺诺,不是吗?姑娘们,我第一个……"

达姆罗卡一直在全神贯注地盯着海底看,连头发都弄湿了。这时她对女伴们说,也有可能只是在自言自语:"搬进维纳塔前,我们得把自己拾掇得漂亮点,总不能像现在这样披着睡衣下去吧。"

我们这位不紧不慢的达姆罗卡再次显出船长风度。女舵手连珠炮似的说:"言之有理,我也正想这么建议。我们得打扮一下,把自己弄得漂漂亮亮的像过节。"

说干就干,女人们回到前舱。尽管她们已经耽误了不少时间,但我还是爱看她们在行李袋和箱子里东翻西找的样子。快脱掉这些汗津津的长睡衣!

说说也没有什么关系:她们中没一个丰满甚至肥胖,相反都很苗条甚至瘦削。只要她们离我近在咫尺或者还很陌生,她们都爱怀着某种虔诚把自己打扮得漂漂亮亮的,唯独女轮机长是个例外,她总喜欢穿着晃荡晃荡的无腰长袍到处乱跑。

她们似乎早料到要盛装登场,所以行李袋里行头多得惊人。她们摊开衣物挑啊拣啊,扔得到处都是:细褶宽袖、齐脚踝长的连衣裙,用的料子可以肩部打褶到处打褶的盛装,式样庄重的礼服,好像兜售鲜花儿嫩果子似的轻便服,据说像浇上去一般合体的紧身衣,充满东方气息的裙裤,还有大小不一的薄纱、绶带、披肩、方巾。瞧她们为这次航海带了多少首饰呵:沉甸甸的银挂件,风格粗放、长得过分的琥珀串,象牙项链和珊瑚项链,再加上人造宝石胸饰,珍珠别针,乌檀木、缟玛瑙和牛角做成的手镯。还有大大小小的鞋子和纤巧的女靴。甚至还能在箱子和行李袋里找到各种帽子。至于内衣么,不是式样简朴的就是透孔织物的。

真不错,船头隔开前舱的木板墙上还挂着面镜子,虽然裂了但还能将就用来比试衣服。过了好一阵子,女人们总算挑出了各自认为合适或者合身的行头。

我想让她们互换礼服和盛装,但她们不谦让,自己选好的连一小片布也不愿让出来。我宁可看到达姆罗卡而不是女轮机长穿充满东方情趣的裙裤,此外还觉得女舵手穿式样庄重的礼服还不如穿那件滑稽的轻便服更讨人喜欢,但女人们就是不按我的愿望办事。我至多只能劝她们别扎这条过宽的腰带,别戴太多的那种项链,或者提醒她们手脚麻利点,因为时间已经耽误得够多了。

我承认我的担心有点小市民气,我担心她们可能穿戴得过于花里胡哨,打扮得过于妖里妖气地走上甲板,就是所谓"着装过度"。我为她们的登场忧心忡忡,但当她们终于从舷梯上来时,却显得那么美,无论是整体还是个人都美极了。率先登场的是女海洋学家,穿一件中国式紧身开衩的丝绸旗袍,围一条西班牙风格的薄纱巾。接着露面的——这前后次序好像是和我商量过似的——是达姆罗卡,她穿橘黄色宽袖盛装,粗放的琥珀项链和波浪式的长发分两道垂在胸前。女轮机长扎着一条红旗般的头巾,与肥大的裙裤相映成趣。我没想到,女舵手头戴宽边白帽,斜斜的还往前倾,竟然也配得上黑礼服。大姐身穿轻盈的碎花齐膝连衣裙,脚蹬有鞋襻的花童鞋,妙龄少女般走上舷梯,此情此景让人称奇。

我还发觉了什么?黑礼服上是沉甸甸的银挂件,绿莹莹的珍珠别针固定着头巾,开衩旗袍系着漆腰带,人造宝石胸针别在碎花裙上。达姆罗卡走上舷梯时脚蹬高筒黑靴提着衣裾。

耳环,耳饰,珊瑚的项链,沉重的手镯。女人们臂上挽着小提包或者是细网眼的钩织小手袋,里面装着不可须臾离开的物件。她们脸上都涂着白粉或者胭脂,睫毛刷得黑黑的,或者——像女舵手喜爱的那样——带着痛苦的神色。

女人们又拖拖拉拉了好一会儿。尽管时间已经很紧了,她们还在甲板上跑来跑去,好像只想自我欣赏不让他人悦目似的。真难得,独一无二!我觉得仿佛在什么地方——在电影里吗?——见过她们,见过这种令人难忘的情景。伟大的费里尼![1] 瞧这肘弯,这脖颈,这疲惫、悲哀却充满挑战的眼神!瞧这些姿态,或张扬或内敛的

---

[1] 费利尼(1920—1992),意大利电影导演。

姿态！她们在驾驶舱和船头之间来来回回。大姐的步子如此轻盈。达姆罗卡找到了女海洋学家掉了的耳环。女舵手戴着帽子站在那儿宛如雕像，穿着宽松裤的女轮机长则围着这尊雕像一跳一跳地转圈，动作怪诞。我希望但认为不可能发生的事情发生了：她们相互问候着微笑着，尊重对方，情同姐妹。达姆罗卡发话道："现在是时候了。"

　　日丽中天。女人们再次手搭凉棚挡住炫目的阳光，站在两舷往海底张望。维纳塔依然历历在目，但她们发现这座海底城市的大街小巷似乎热闹起来了。眼前有一些阴影在闪动。只是反光？不，不是幻象，也不是倒影。不是刺鱼，也不是鲱鱼群，而是老鼠，是老鼠在大街小巷跑，它们已住进了维纳塔，建立了自己的王国。老鼠忙忙碌碌地从各座城门往市政厅集市方向跑，出了妇女之家，进了女陪审员的法院。老鼠涌进了维纳塔众多的教堂，做完礼拜后又涌出来在大门外盘桓。尼普顿海神喷泉周围，通往仓库岛的桥上，露天台阶上，行业会馆门前，遍地是老鼠。楼梯、尖顶、塔楼，到处有老鼠跑上跑下。

　　它们和装饰山墙的鹅、乌龟、雄火鸡雕像结成了对子。主要教堂的屋脊小钟楼上，直到市政厅的塔尖，直到离波罗的海平滑的肌肤咫尺之遥的地方，都是老鼠，伸手可及。它们明明白白地抖动着胡须，仿佛要告诉船上的女人：我们捷足先登了，维纳塔已被占领，已有居民，已经名花有主了。人类统治也好，女性王国也罢，别都想在这儿立足了。当然，除非你们向我们申请避难，今后跻身老鼠的行列。来吧，快来……

　　她们在这个世界无立足之地了，除非她们不再表示厌恶，不再像现在这么尖叫什么"呸，好恶心！"而是默默地、像她们现在的着装一般庄严隆重地加入老鼠的行列。女人们明白了这道理，知道再也没地方可避难，但她们还是没跳——"你们快跳啊！"——，她们没跳。说时迟，那时快，远远近近的天幕被闪电撕裂了，从未见过如此炫目的强光，她们的眼睛立刻就睁不开了。一排毁灭性的热浪横扫过来，她们不见了,无论我怎么指点和寻找,她们踪影全无了。

锚地往东南往西,还有北边天际处,人们经常描述的那种蘑菇云越升越高。被击中了三处,就是附近的施特拉尔松和佩内明德,还有稍远的什切青。炫目的强光过后,冲击波和热浪席卷而来。甲板上的一切,无论是驾驶舱,还是桅杆和通风设备,都和女人们一起消失了。只有船体还在闪闪发光。假如像以前在易北河上运货时的多拉号那样是铁的,那么连船体也早就荡然无存了。

新伊瑟贝尔号的船名也随着油漆熔化而消失了。两根锚链都断了,船的残骸向东漂去。

> 乌特莫兮!
> 一大堆账单尚待付清,
> 文件登记号码未及注销。
> 结婚的还没结,离婚的还没离,
> 财产也没分割完毕。
> 剩余的假期打了水漂。
> 烤肉用完后连蛋黄布丁也没上,
> 因为大结局在周日休息的时候。
> 发誓,诅咒,祈祷,话才说一半,
> 冒号之后就万事皆休,
> 笑话的包袱还没抖开就戛然而止,
> 还有我本来想说什么尚未开口……
>
> 这么多的乐趣就此完结。
> 无论何处,肉体之欢刚要兑现
> 就已消失,一去不复返。
> 玩牌时扔掉了无王大满贯,①
> 或者周日午后小睡

---

① 斯卡特牌"无王大满贯"是一种孤注一掷的玩法。

像俗话说的,一睡不醒成长眠。
不少事就此落空:屡屡推迟的
同学聚会,以后的续会,以后的寿筵,
年终的工资税平衡结算,
孩子初次长牙,明天的气候变换,
对朋友的回访,第二回合的比赛,
留下的遗产,焦急等待的化验单,
到期债务,邮件。
啊,还有许诺已久的购物逛街。

我们多想不久换换环境换换地毯,
多想像以前三日两头结伴看戏,
然后大快朵颐,去意大利餐馆。
条件允许的话,我们还想
一切从头开始,
这样或那样把自己善待。
我们答应孩子们去小马驹庄园度假,
孩子们答应对我们多加体贴。
已经积了点钱,打算再买辆车,
还有全套野营设备、《格林词典》。
我们的计划是:好好放松一下
再也不心存高远,欲壑难填。
我们还想……

当然,这许多小规模战争和饥荒会结束,
社会主义随着资本主义的灭亡而结束,
善随恶的灭亡而结束,爱随着恨而结束,
全新的理念来不及臻于完善,
教育改革就这样停留半途。

关于上帝等等的追问没有回答。
或许吧，有些人已经知足，
但还有大大小小的愿望尚未实现，
连金价也在跌，今后再也不……
因为
在一个星期天，
乌特莫兮！

圣心耶稣像旁那只黑森林布谷鸟挂钟叫了十二声"布谷，布谷"，没过几分钟，五分钟后，几乎是同时——因为最终程序相继启动了——，东南西北四面八方都受到了打击，就是说格丁尼亚和格但斯克也未能幸免，前者挨了个普通的原子弹，后者则领受了四或五枚具备建筑物保护功能的中子弹，完全符合全球文化协定的条款。波兰政府不久前刚刚批准通过了那项文化协定，真是及时。

马塔尼亚虽然离开作为打击中心的这两座城市还有一段路，但毕竟离开得还不够远。这村庄边上，安娜·科尔雅切克正坐在扶手椅上数念珠，在客人簇拥下庆祝她的一百零七岁生日。

她和客人们刚才一直在看外孙制作的一部"后事"系列片。除少数细节略有出入——比如：华沙政府官员提前走了，装饰用的芍药多了四朵——这部片子非常成功，看得客人们感动不已，尤其那位来自奥利瓦的高级修士发觉天意和神权在这新媒体中得到了最终的证实。

正当他们祝寿并在荧屏上看到自己祝寿的时候，像在世界上其他地方一样，卡舒贝的天幕也被闪电撕碎了。客人们你推我搡，刚冲出门来就全都鸣呼哀哉了，只不过有的走运死得利落，有的则死得更惨些。他们全被烤干了水分，缩得一丁点儿大。马塔尼亚、菲罗加、茹科沃、卡尔图济、以前称作贝谢沃、现在水泥跑道建成好几年了的地方，现在受到了两套毁灭系统的双重打击，不但领教了冲击波、热浪和放射性尘埃，也没躲过高速的中子和伽马射线。

瞧那小屋，连牲口圈带厨房带卧室全毁了。剩下的窗户上玻璃成了喷雾器里出来的粉末,屋顶也被掀掉了。那棵有了年头的栗子树和所有的苹果树燃起了熊熊烈焰,遭受同样命运的还有马塔尼亚北部的几处林子。这些林子属于从丘陵延伸到海边的大森林,现在烧了起来,好像它们生来就注定要葬身火海似的。

热浪引燃了几辆停在花园门前的汽车,冲击波使之成了废铜烂铁。还有几辆在静静燃烧,包括高级修士极为气派的高档车和我们马策拉特先生的奔驰车。

乍一看似乎只有坐在刚才还是花团锦簇的扶手椅里的安娜·科尔雅切克大难不死,眼睛瞎了但还有气。实际上她外孙也在废墟下面挣扎着呢。刚才所有客人都往外挤,连司机布鲁诺也跟着逃命,只有奥斯卡留下没动。多亏客厅四墙保护,也多亏我在母鼠面前奋力抗争没按它的意图行事,这祖孙俩才捡了条命。

当然安娜·科尔雅切克再也看不见此刻宾客满堂的祝寿画面了。荧屏上依然热热闹闹,因为我们马策拉特先生的这部除了如此结局对一切都未卜先知的录像片无意终止自己的娱乐功能。镜头上又出现了布伦斯太太,两旁是施特凡·布朗斯基的儿子们,高级修士又在煞有介事了……随着波尔卡乐曲,录像带终于接近了尾声,屏幕上最后出现了老寿星依然精神抖擞的大特写,然后便是静止不动的一行字:"刚才播放的是尊敬的安娜·科尔雅切克(娘家姓布朗斯基)一百零七岁寿辰。"只有荧屏还在闪烁。电池耗尽后,它也会陷入死寂的。

奥斯卡的外祖母坐在扶手椅上,不闻宾客和亲戚们喧闹便连连叫道:"你们都去哪了?"她不明白是怎么回事。

她身边桌上的瓷器奔马早已粉身碎骨,剩下的树形蛋糕成了一摊烂泥。房梁砸在电烤炉上,布谷鸟挂钟从墙上掉了下来,约瑟夫的青铜头像埋在了废墟下,一丝不挂的乌檀木女雕像断成了几截。但铁铸的"团结工会"招牌和琥珀柄的拆信刀完好无损。桌子上,扶手椅四周,到处散落着金杜卡特和可爱的玩具小人,其中有那个挎铁皮鼓的。小奥斯卡,安娜·科尔雅切克叫道,我看不见,告诉我你在哪?

或许他也瞎了。或许只有气味在给他引路。他再也发不出声来,但他在爬。他从厨房废墟中爬了出来,艰难地往客厅里扶手椅方向爬,往呼唤"小奥斯卡!"的外祖母身旁爬。奇怪,他的金丝边眼镜竟然还在。但领带别针不见了。我仿佛觉得,我们的奥斯卡在全世界包括卡舒贝都完蛋的时候变矮了,突然缩小了。现在他爬过了房梁,现在他爬到了可爱的玩具小人边,现在他爬到外祖母脚下了。我们这位变矮了的马策拉特先生目标明确地钻到了外祖母层层叠叠的裙子底下,仿佛这是他毕生寻求的避难所。

他不见了,我摆脱了他。他该就此销声匿迹。不会再听见他抬杠了。他会在裙子底下继续萎缩片刻,然后像书上写的那样被烤干最后一滴水分而死去。安娜·科尔雅切克不再呼唤"小奥斯卡!"只是数着念珠,她知道奥斯卡在自己裙子底下吗?

  这种结局人们并不生疏,
  我们蒸发着萎缩着还能垂死疯狂,
  此情此景早已搬上荧幕。

  这种结局在意料之中,
  我们早知道会有尘暴和漫长的寒冬。
  消息灵通的我们将不再消息灵通。

  加拿大、新西兰和瑞士腹地的鼠群
  正在锻炼度过浩劫的生存本领,
  听到这类消息,我们脸上绽开笑颜。

  对己对人都得严酷,
  然后再关心延续繁衍。
  不倒翁和不倒婆当然永不言败。

  按协定,一切将重新在欧洲开场,

很合理,因为过去事情也是如此,
在此萌发,继而向全球扩张。

一切进步都从我们这儿起步。
有点不堪历史重负的我们
确定了末日,一切历史的末路。

这番话是我们的马策拉特先生去波兰前的告诫,还是布道坛上的母鼠对底下密密麻麻的鼠群说的?

母鼠要求各鼠群回归唯一的信仰。或者母鼠在回首往事,而我们的马策拉特先生却在评论一部启蒙录像片,用表示最后关头的时间概念——现在差五分十二点——呼唤理性。世界都快散架了,可人类的那些大头目还不着急,从今天的工作午餐拖到明天的工作午餐,事情久拖不决。所以我们的马策拉特先生谈到影片时预先警告道:世界开始分崩离析了,到处都发出嘎吱嘎吱的声音,可你们还说是正常的材料老化,不值得大惊小怪。

人类看到自己末日将临,但还是宣称有可能逃过劫难。母鼠遗憾地发现了人类的执迷不悟,而我们的马策拉特先生却仍然一提就来气,看来他还抱有幻想:你们这些傻瓜难道还不明白,现在快完了但还不晚,局势还在你们掌握之中……

啊,母鼠叫道,我们对他们够好了!给他们的警告难道还少吗?

你们,奥斯卡又一次推心置腹地对人类说,你们难道没看见老鼠光天化日之下到处跑向你们发出警告吗?

别的动物,圣母教堂布道坛上的母鼠回忆道,都显得惶惶不可终日,唯独人类固执地拒绝恐慌。

那条善于辞令的比目鱼,奥斯卡说,最近露了几次面后就不再吭声了,海面上只有成群结队的水母开始引吭高歌。

但他们仍然视而不见听而不闻,母鼠对底下正在祷告的群鼠抱怨道。其实他们看见了也听到了,就是不愿变得理智些,奥斯卡也责怪起人类来。

母鼠挖苦道:即使母鸡生出有棱有角的蛋来警告人类,人类也会把这四四方方的鸡蛋称为一种进步的。奥斯卡大发雷霆,似乎开始乞灵于永恒的声音:难道非得河水倒流山头倒立,你们才会恍然大悟不成?

圣母教堂布道坛上的母鼠冲着人类的背影,不住地说些意在警告的笑话,嚷着:梅舒格雷兮巴勒塞克斯!我们的马策拉特先生则不知疲倦地以灭亡威胁人类,花的时间和他那部启蒙电影的长度相仿。他当初打算从波兰回来就制作该片,就是为了威胁人类。母鼠继续滔滔不绝地布道,告诫所有聚集此地的鼠群切勿像以前人类那样为信仰问题吵得四分五裂,而应该在信仰方面万众一心,才能共同为最后的那几个人祈祷。

它这是指扶手椅里的安娜·科尔雅切克,还有在太空舱里绕轨道运行的我。它还在布道坛上,但不再以布道的告诫口气,而是心情愉快地给我讲——这会儿奥斯卡插不上嘴了——后人类历史上的新鲜事。

它说:大发雷霆常有奇效。你应该高兴才是,伙计,我们不吵了!宗教之争降温了。让步了,还发誓说不是有意分裂的。鼠类之间可以好好商量么。提出了不少建议,其中有些值得考虑。这意味着:我们天主教老鼠又如愿以偿了。帮忙的是那些少数派,它们——不知你是否还记得?——背弃了东正教,自称是原始基督徒兼共产主义者,所以这些数量有限的改弦易辙者遭到了其他各派的迫害。无所不用其极的迫害者不是东正教徒就是新教狂热分子。据说严刑拷打了叛变者,让它们受了几乎只有人类才能想得出来的罪之后才公开处决,以儆效尤。一直谣传我们天主教徒是迫害者,这说法没什么真实性,虽然发生如此触目惊心的事对我们来说正中下怀。

就这样,我听它描述主教山上的十字架酷刑。它说:你知道,从这个高度俯瞰城市一目了然。

不由想起了荷兰流派的中世纪木版画。那些画表现的是基督和罪犯被钉在主教山的十字架上,背景是但泽城的群塔,群楼后可见千帆竞发的波罗的海。

它们,母鼠说,它们把一百三十只原始基督教派的老鼠钉死在主教山的十字架上。

这我不信,我不信!我叫了起来。

它们把十字架竖成三排。

是怎么、用什么钉上十字架的?

当然是用钉子,你这小傻瓜!

胡说!全是老鼠的谎言!

为了使我相信,母鼠指给我看是什么在主教山上使当初四分五裂的鼠群团结起来,用它的话来说就是达成和解。母鼠随时可以召来往事的镜头,我看见一百多只啃得非常精致的十字架上全钉着原始基督教徒。正如圣母教堂主圣坛上被钉上十字架的耶稣脚下左是玛利亚右是约翰,镜头中一百三十只被钉上十字架的老鼠脚下各有两只老鼠直立着哀嚎。

十字架是用发洪水时漂来的树木做的,母鼠介绍道,至于钉子,从寸制钉到钢销钉随处可得。

山顶上一排排的十字架赫然眼前,连背后被中子弹保护下来的市容也好像理所当然似的历历在目,大大小小的塔楼和尖顶熏得乌黑,再往后便是大海,不过无论岸边还是天边都不见一片帆影。

杀一儆百的成功范例!从此我们不但团结起来了,而且终于开始着手清除建筑物上的保护膜。这些保护膜是人类在大爆炸前不久覆盖在所有确定要保护的文物建筑上的。人类真聪明,末日来临还念念不忘自己的文化。

好像要把我的注意力从被钉上十字架的老鼠身上引开,母鼠把镜头推向城市,评论起眼前这再度繁荣的景象来:顺便说一句,信仰新教的鼠群看来特别喜欢清除保护膜的工作。它们极其卖力,好像要将功赎罪。不过也可能因为它们是德国血统,所以才如此勤奋。瞧,使建筑露出本来面目的活它们干得是多么有板有眼啊。它们分几班日以继夜地苦干,还成功地使那些恶心的煤炱蠕虫——你还记得吧,就是那些我们称为"无法享用"的蠕虫——替自己打下手。不管怎么说吧,反正圣母教堂的塔楼有一半重新露出了红砖,圣三教堂那装饰华丽的山墙也是如此。你看看,保护膜下的砖瓦建筑完好如初!

我看见了。不计其数的老鼠在剥离墙上的保护膜,清除那些尘暴带来的烟炱,帮手是大拇指长短的煤炱蠕虫。甚至在那些不属教会的世俗建筑物上,我也看见有新教的老鼠在将功赎罪:它们清扫通往莫特劳河和长市方向的绿门,清扫亚瑟王府的外墙和市政厅,它们一直爬到市政厅塔楼上,那里矗立着一尊波兰国王的镀金塑像。

塑像金光闪闪,再现辉煌了! 这难道不是很美吗? 母鼠叫道,难道不值得继续生活下去吗? 我们对自己说,看来主教山上老鼠的鲜血没白流。我们老鼠在信仰问题上又万众一心了,我们共同崇拜扶手椅上这最后一个还有气息的人。这位老太太和我们老鼠一样在祈祷中寻求力量:她在不断地数着念珠祈祷。只听她喃喃低语:"你,悲伤的圣母……"

我怎么办? 我叫道,我该向谁哀求? 现在只有船的残骸在海上漂浮,达姆罗卡也完了,让我在太空舱里怎么坚持下去……

"……你为我们受苦。"母鼠无动于衷地只管跟着安娜·科尔雅切克祷告,直到渐渐地在我眼前消失。

第 九 章

女人们又复活了——国家没了政府——忍饥挨饿——搬走了两具干尸及所有附件——不久开始耕作——老鼠、飞鸟、向日葵成了一景——人类只是似乎存在——到处在发芽、抽条、长蔓——奥斯卡又来插嘴——第一次辅音转移①后庆祝收获感恩节

  我本该说说画家马尔斯卡特的事,说说他怎么画完了第四拱梁又画第五拱梁,总之要随着他勤奋工作的进度亦步亦趋地叙述。但我刚顺着吕贝克圣母教堂内的脚手架往圣所的圆拱顶上爬——上面有穿堂风,又潮又冷——,现实就把我从脚手架的跳板上拉了回来:眼下森林死了,童话也随之完了,谁还关心五十年代的造假者?现在我白天黑夜都梦见奥威尔笔下的年代,那么上次战争结束后那些年代发生的事怎么还能引起我们的兴趣?还有,安娜·科尔雅切克现在求死不得,新伊瑟贝尔号的残骸正往大海深处漂去。都是些临近结局的故事,唯独马尔斯卡特的故事还要不断地开始,好像翻出陈谷子烂芝麻其乐无穷。把阿登纳老头和蓄着山羊胡子的乌布利希重新

---

① 今日的德语通过历史上两次辅音转移而形成。第一次称为日耳曼辅音转移,发生在约前500—100年。第二次称为高地德语辅音转移,发生于约500—700年。

挖掘出来,让他们重新登台,就因为这两位建国领袖相映成趣的造假行径为画家笔下宗教的海市蜃楼提供了素材。我们的马策拉特先生动身去波兰前说过,这样造假能对付着过日子,今天依然如此。

什么叫"今天依然如此"?我梦境中的母鼠说,今天我们终于不再争吵不休,各鼠群集合在宽敞的圣母教堂里,仰望着最后一颗绕地卫星齐声祷告⋯⋯

我就在卫星上,在太空舱座椅上,扎着安全带。眼前,我眼前一览无余,黑烟尘散去后世界又是亮堂堂的了。古老的地球看上去真奇特,海岸线似乎又回到达·伽马①时代的样子,那时的地图都不十分精确。

母鼠对我的问题作了肯定的回答:是融冰和海潮把海岸线弄成了破破烂烂流苏状。不仅阿拉伯海和地中海的面积增加了,而且我的波罗的海也开始膨胀。大大小小的岛屿消失了,江河的入海口更为开阔。从空中鸟瞰,一道淤泥的城墙隔开了但泽或称格但斯克和被淹没的河中岛。听说波罗的海现在没水母了,母鼠补充说。每当我在太空舱里说宏观的大话,它都会这样插话。

维斯瓦河入海口一带以前是肥沃的低地,如今都在海平面以下了,那些未获准在市区落脚的俄罗斯移民鼠怎么能在此安家呢?见我这样问,母鼠答道:不是还有些残坝、铁路路堤和一堆堆淤泥吗。我们老鼠到处都能立足。何况大水也退了,一派诺亚当年水退后的景象。

我引用第三套节目中的话或者举出美元汇率、奥运纪录等当前的具体事例,试图证明人类的存在。母鼠反其道而行之,絮絮叨叨地聊起了后人类时代的日常生活。它谈到鼠类香火不绝,繁殖的后代一代代都很健康。其间我还听到安娜·科尔雅切克在嘟囔:真想快点死。

太空舱越过此长彼消的各大洲,孟加拉湾和一度人满为患的加

---

① 达·伽马(1460—1524),葡萄牙航海家。

尔各答跃入眼帘时只剩个黑点了。梦境稍纵即逝,我又看见了下面的波罗的海,那船的残骸无目的地漂着漂着却渐渐东去了。我赶紧把话题转向人类的现在:多好啊,死森林里荆棘树篱还在长高,睡美人的老把戏依然有效。我逃进五十年代,看见马尔斯卡特正在画二十一幅轮廓画里的第十三位圣徒。为了动摇母鼠对后人类时代的自信,我说:阿登纳总理很快就会来吕贝克参加七百周年大庆,他看到这一奇迹会惊讶不已的!

我梦境中的母鼠不再以闲聊的口气,而是激动地说:你船上的那五个婆娘已经蒸发了……胡说,我嚷道,这我比你清楚。不但安娜·科尔雅切克没完,而且那船上也没人丧命。是我要这样的。不管怎么说,母鼠,毕竟是我出于恐惧和无奈让女人们上了这艘以前运货的平底船。我对五个女人都恋恋不舍,和她们有千丝万缕的联系。但随着时光的推移我还是失去了联系,这就是我为什么又千方百计地找到她们,让她们聚集在一个狭窄空间里的原因。她们应该和睦相处才是,最好能情同姐妹。所以我就构思了这条船,让她们做合格的水手。这并不难,因为她们的动手能力都不错,都会摆弄螺帽扳手火花塞什么的。她们都知道自己的目的地,起先在云端里找了很久,最后在水底下发现了。她们已经看见了自己的目的地,抵达前还梳妆打扮得漂漂亮亮的,可这时你,母鼠,却用鼠语高喊"乌特莫兮",宣布"完了,结束,告终"。如今她们遍体鳞伤地趴在甲板上,弯着身子想看那座沉没在近海水下的城市。五个女人中有一个在叫,她失去了美丽的鬈发,和女伴一样都成了秃子,她在叫,好像她那张现在伤口一般的嘴还能叫多久似的:这儿,这就是我们的维纳塔!在我们下面。海水从未像现在这样清澈见底,没有一点儿海藻海草遮住视线。巷子里广场上暂且还冷冷清清,但维纳塔的女主人们很快就会一身华服出现在城市里,招手欢迎我们加入她们的王国,那里没有暴力,没有压迫,只有脉脉的温情和友善的交往。你们看哪,姐妹们!所有巷子里都有动静了,人来人往多有趣啊。我们到了,终于到了目的地……

白日梦真让人痛苦。眼前各种画面络绎不绝。我想梦见明媚的景象,梦见大家和谐地围成一圈跳轮舞——人来人往多有趣啊——,但是维纳塔巷子里只有老鼠在窜来窜去,在大大小小的教堂里成群结队地钻进钻出,在桥上……

女人中不知是谁张着伤口般的嘴嚷了起来:她们都中邪了,着魔了,有什么咒语附身了。我们得解开这咒语。

这是比目鱼念的咒语!另一张嘴叫道。

得让比目鱼来帮忙,解开咒语赦免女人!

比目鱼!她们高喊起来,快听听我们的呼唤!女人们不断呼唤着,直到精疲力竭,要求那条无所不能的比目鱼兑现诺言,让维纳塔成为无鼠之城,重新成为女性之城。

然而比目鱼没来帮忙解开咒语赦免女人。海面上没有水母,除了水下巷子里乱窜的那帮混蛋,没一点儿生命气息。天幕空荡荡的,只见东西两面滚滚而来的烟雾。

是这样吗,我向苟延残喘的安娜·科尔雅切克发问,如今只剩下老鼠了,到处这样,连维纳塔也不例外?维纳塔城门对女人开放,比目鱼当初在满是石灰岩的默恩岛不是许诺过,而且以后每叫它一次它就这样许诺一次?

安娜·科尔雅切克本来只想默默死去,这时却开口答道:没什么比目鱼了,也再没什么童话了。人也完了。全被他们抢走了弄砸了。从没好事儿。现在完了,都完蛋了,被亲爱的上帝惩罚了。啊,我真想脱离苦海!

不过即使我写她死了,她可能还是死不了。正如此刻的我,绕着地球一圈一圈地转,欲罢不能。

马利亚呵约瑟夫!安娜·科尔雅切克叫道,什么都完了。

快回话呀!坐在太空椅上的人大声嚷嚷,妈的,难道真的全完蛋了?你们总不会全埋在废墟里了吧……

现在连那伤口般的嘴也不吱声了。女人只有出气没有进气了。我想保她们也保不住了,再也想不出什么法子能让她们苟延残喘了。

伊瑟贝尔号的残骸现在才——或者说现在又——在烟尘蔽日的天幕下向远海漂去。

安娜·科尔雅切克还在喃喃自语：啊，亲爱的上帝，啊，亲爱的上帝。啊，我想马上就死……

我听见自己在哀叹：我们究竟干什么了？是什么导致我们如此下场？女人们完了，比目鱼完了，童话也完了，因为至死还在呼救的森林化作了烟雾……

好像为了宽慰我，母鼠说：不过还有我们在呢。再说烟雾也已消散。尘暴不偏不倚，平均散布焦灰，以便所有生物都能分享放射性的福祉。地球不知要转多少圈才能重见天日得到温暖。即使我们，当初漆黑的严寒过后也所剩无几了。但很快不单我们老鼠数量大增，而且水洼、江河、浅海里到处都热闹起来了，出现不少改头换面的老物种，还有连我们见了也惊讶的新物种。鼓起勇气，朋友，要有信心！世界会变得生气勃勃，地球会再度旧貌换新颜。老童话会神奇地在新童话里再生，一窝一窝地流传下去……

大功告成。睡美人的纺锤扎出了血，使周围的人都着了魔。总理和他的部长们，所有的专家和警察，甚至那些电视台的家伙，连替报纸撰稿的快手也保持着刚才速记的姿势坠入了睡美人式的梦乡。密不透风的荆棘树篱刚长好，童话人物就都走了：离开死森林中的行动现场和石头雕像，前往生气盎然的活森林，来到下榻的"松脆小屋"，那里只有小红帽的外婆和狼在留守。

汉塞尔和格蕾特尔拉着格林兄弟的手。瘸侏儒一条腿蹦着往前走。老福特车上坐着手持魔镜的恶继母，后排是白雪公主和老爱动手动脚的小矮人，开车的是无手姑娘那被砍下的断手。

莴苣姑娘用秀发勾引泪流满面的王子。王子不断回头噘起嘴，似乎他只想着一件事，只会做一件事，似乎他责无旁贷，患上了不可救药的强迫症，只要他的睡美人一进入梦乡就得去吻。他犹疑片刻站起身来，挣脱了莴苣姑娘长发的纠缠，要用那把小宝剑劈开荆棘树篱,拾级而上直奔废墟顶楼,在睡美人身边俯下身来……不料,女巫正埋伏在空树洞里,见他过来便一把揪住他脖子使劲吻,直到他鞋带都松开了才住手。王子哭着往众人这儿跑,女巫跟在后面穷追不舍。队伍的最后是山妖,他使劲推着约琳德和约林格尔往前走,因为这对爱侣只想和石苔一样静静地悲伤。

"松脆小屋"里又恢复了旅店气氛。服务员瘸侏儒端来了蓝、红、绿各色饮料。格林兄弟喝着香车叶草鸡尾酒。青蛙国王把什么一饮而尽,抱起患偏头痛的半老公主放到井边,自己跳入井里,变成青蛙又蹦了出来,纵身上了公主的额头。格蕾特尔也躺到半老公主身边,好像她额头上也需要清凉。刚才还呼吸均匀的青蛙突然不安起来,在半老公主和格蕾特尔的额头之间跳来跳去,不住地蹦跶。女巫瞪大黄黄的眼睛看着,试着也躺到公主身边,果然青蛙也上了她的额头。跳来跳去片刻不停,每个额头上都急需清凉。

旅店的客人饶有兴趣地看着青蛙气喘吁吁地来回蹦跶。七个小矮人指指点点,对这样跳来跳去的意义冷嘲热讽。汉塞尔生起了格蕾特尔的气:"她脑子出毛病了!"格林兄弟不无诧异地看着这花样翻新的跳跃运动。威廉对雅各布说:"哥,你瞧见没有,我们的童话开始独立自主了。"

趁女巫不在,恶继母开始向格林兄弟介绍博物馆的展品:"一切都得到了妥善的保存,小骨头,毒苹果,梳子,带子,只有纺锤不在这儿。先生们,你们当然可以想象,纺锤到哪里去了!"

现在格林兄弟周围的女性都想展示自己的童话,小红帽和她外婆特别起劲。可魔镜中刚开始放映那部黑白旧片,她俩就被莴苣姑娘赶到了一边,因为莴苣姑娘想用与自己有关的影片让王子转悲为喜。小红帽和莴苣姑娘争吵起来,你来我往没几句恶继母便过来劝架:"我们该让王子散散心,瞧这可怜的人多痛苦啊!"

于是大家和既感动又困惑的格林兄弟一起在闪烁的荧屏前观摩起过时的蹩脚片子来。

影片情节悲极了,无手姑娘不由哭了起来。她咬着左手指甲,断

265

下的左手托着断下的右手。瘸侏儒伤心得直擤鼻涕。约琳德和约林格尔泪水涟涟。

睡美人的那位王子傻里傻气地盯着影片中的王子,不合时宜地笑了起来,因为影片中王子的喊声打在魔镜的字幕上:"莴苣,莴苣,垂下头发,接我上去!"

小红帽气呼呼地跑了。外婆赶忙追出屋去,差点儿就没看见她躲哪儿去了。外婆坐在肚子圆滚滚、拉链紧绷绷的狼身边,给它读起德文中前两个字母相同的词条来:变态,抱歉……

青蛙尽管有点累了,但还在几个额头之间来回跳跃。

山妖在屋外怒气冲冲地堆木材。

七个小矮人在"松脆小屋"前玩纸牌。

没人再想看到这部讲述莴苣姑娘故事的影片如何大团圆结尾,只有她披着长发,忘我地等待着影片中自己幸福的到来。

以吻醒美人为己任的王子不安地在屋里跑来跑去,一心想吻、吻……他刚吻了无手姑娘一下,就被她的断手左右开弓狠打了两个耳光。

格林兄弟不安地劝说起恶继母来,汉塞尔在一旁帮腔。(在此应让情节继续展开,而不能像我们的马策拉特先生建议的那样,马上开始讨论睡美人童话原版的问题:原版中讲的是恶生母,后来贝希施泰因①版本中才出现了恶继母。)

雅各布·格林说:"不能再听之任之了!共和国已处于无政府状态了。"

威廉·格林忧心忡忡:"弄不好会出乱子的!"

汉塞尔叫道:"对!波恩的那帮人肯定神经错乱,已经宣布紧急状态啊什么的了。"

白雪公主的恶母(根据格林版本就是恶生母,根据贝希施泰因版本就是恶继母)说:"那么快来看看最近的动态吧!"

---

① 贝希施泰因(1801—1860),德国作家,毕生搜集整理童话和民间传说。

她毫不迟疑地按下按钮,停止放映已近尾声的有关莴苣姑娘的影片,招呼众人:"注意,大家注意!我们现在切换到波恩。"

话音刚落,外婆拉开了拉链,小红帽从狼肚子里蹦了出来,山妖不再堆木材,小矮人们放下了纸牌。青蛙使尽最后一点气力从格蕾特尔额头上跳进井里,又变成国王跳出来,依次将他那位半老公主、女巫、格蕾特尔从地上扶了起来。他劳累过度,这会儿手里使不出劲。半老公主谅解地笑着,格蕾特尔的微笑不再儿童般天真,女巫看来从刚才的卧地疗养中得益匪浅。

她恢复过来又端起女老板的架势,开始发号施令起来。"不许这么干扰正常秩序!"她吼道,"在我的旅店里我说了算,'大家注意'的命令该我来发。"

恶继母和女巫交换了一下眼色,骂道:"外面城里乡下全都一团糟了,你们却还在这儿懒洋洋的,不是打牌就是争风吃醋闹着玩。波恩已经没有政府了,我们童话人物夺取了政权!"

众人都射来怀疑的目光,不相信自己真能夺权。只听恶继母又开口道:"镜子镜子,挂在墙上,德意志大地出了什么事?"

魔镜上先是杂乱的图像,紧接着人潮、游行、抢劫、军警出动和蒙面者暴力抵抗的镜头交替闪现。波恩等地的小贩在叫卖报纸,通栏大标题赫然眼前:"先是孩子销声匿迹,继而总理踪影全无!"——"总理及内阁成员消失林中!"——"联邦德国群龙无首!"——接着出现了高压水枪和警棍飞舞的画面!囤积居奇。黑旗飘扬。都不是好兆头,内战一触即发。

"松脆小屋"里,围坐在魔镜前的童话人物全都鸦雀无声。自豪和尴尬参半。连恶继母也不相信自己的镜子了。

格林兄弟惊讶地发现,童话还在不断产生何等伟人的力量!威廉在雅各布耳根悄悄地说:"哥,这是我们的杰作!我们搜集和编选了童话,会被视为真正的教唆犯。"

雅各布低声答道:"他们把我们简简单单的家庭童话也过于当回事了。"

267

汉塞尔和格蕾特尔高呼:"我们大显身手的时候到了!有什么能耐全使出来吧!施魔法,咬耳朵,赦免,捆绑,怎么都行啊!女巫!快动手吧!"

她破天荒第一次发出了让人心颤的女巫之笑:"我们把森林搬到他们大大小小的城里去!"

"言之有理,"瘸侏儒高声附和,"让它到处发芽,抽条,扎根,让它处处草木繁盛,郁郁葱葱!"

格林兄弟想让大家少安毋躁:"且慢,且慢。我们做事别过分,别把书上写的太当真。"

七个小矮人无一例外,都不赞同格林兄弟的看法:"要么不干,要么大干!"他们一面跺穿靴的小脚,一面有节奏地高喊:"一切权力归童话!"

女巫已把矮柜、大橱、圆桶、首饰盒和面粉匣全都打开了。她在"松脆小屋"前开始呼唤,字幕上没有打出解说词,因为她召来的不是来自森林就是来自虚空:善良的仙女,邪恶的女妖,形形色色的乌鸦,地神,披头散发的林妖和别的小精灵,著名魔术师,野人,林鸽,老鼠。最后女巫还手舞足蹈用魔法召来了她的姐妹,全是骑在扫帚或者吸尘器上的航空健将。婆娘们声势浩大,颇有女权主义者的排场。

久别重逢,握手拥抱,寒暄起来没个完。这次聚会极富童话气息,但与会者都像中产阶级一样衣着整洁,魔术师默林[①]特别引人注目。画眉嘴国王平易近人,先和青蛙国王再和格林兄弟寒暄。格林兄弟在你推我搡的人群中有点失落,不知如何是好。

大家胸前都按会议惯例挂着姓名牌,所以我们知道谁是荷勒太太、勇敢的小裁缝[②],谁是灰姑娘、七美人、幸运儿汉斯。大拇指正坐在带他来的那个巨人的耳朵里,若不是照相机特意对准他,我们还认不出他来。

---

① 默林,中古稗史中的幻术家与预言家。
② 见格林童话。

268

当然七只小山羊也跟着老母羊来了。但在场的不仅仅是格林兄弟、路德维希·贝希施泰因和约翰·卡尔·奥古斯特·穆塞乌斯搜集和加工的童话人物,安徒生那些可爱的发明(这是根据我们马策拉特先生的愿望安排的。若不是被困在波兰,他也会乐意以小驼背的身份参加这次盛会的)也来汇聚一堂了:意志坚定的锡制玩具兵以及飞箱,即使这飞箱并不载人。因为黑森林濒临死亡,让威廉·豪夫童话《石头心》①中的小玻璃人在场也未尝不可。

女巫向所有应召前来者分发一包包、一袋袋、一瓶瓶、一罐罐的魔谷和魔汁。催生油膏和奇效仙丹也货源充足。她把飞箱装得满满的。善良的仙女和邪恶的女妖交换起窍门和秘密来。伟大的默林非常友好,把魔术棒借给几个外表漂亮却身无分文的童话人物。灰姑娘给林鸽喂据说有神效的谷粒,喂得它们嗉囊鼓鼓的。那些小女巫撒的魔饲料都被老鼠吞下了肚,但愿这样魔饲料就能被带到别处发挥奇效。无手姑娘的断手卖力地把一小瓶一小袋的东西分给那些还没拿够的人。汉塞尔和格蕾特尔帮起女巫来过于起劲了,连阔气的画眉嘴国王也从他们手里得到了什么,巨人耳朵里的大拇指也有所获,给了他一个撒调料用的小瓶,让他也能派上用处。

所有的箱、柜、盒、匣、橱都空了。格林兄弟的异议——"你们不能这样! 这样的童话是没有好结果的!"——依然没有听众,因为这时女巫已让在此聚会的动物、林妖、魔术师、仙女、小精灵、野人、荷勒太太连带她的羽绒被,还有装得满满的飞箱四散出发了。

女巫打着手势、吐着咒语宣布散会后,勇敢的小裁缝用神针和魔线把自己装备起来,吃饱肚子的七只小山羊和背满行李的七个小矮人也上了路。出发,或步行,或飞翔。大魔术师默林一下子就变没影了。

雅各布·格林面露忧色,不,他是大惊失色了:"你们到底想干

---

① 威廉·豪夫(1802—1827),德国作家,该童话又译《冷酷的心》,描写一个贫穷的烧炭工因贪图钱财,向魔鬼换取石头心的故事。

什么?这是骚乱,是无政府主义行为!"

威廉说:"哥,难道我们不是早就知道,我们的童话有左右人类的力量?"

兄弟俩忧心忡忡地看着童话人物,看着他俩以前——那还是在拿破仑时代——辛勤搜集来的童话人物。他俩一直以为这些家伙在《儿童与家庭童话集》里被看管得严严的呢。

不,以吻醒睡美人为天职的王子不能走,女巫抓住了他的衣领。恶继母也得留下。不过白雪公主可以抹上胭脂跟她的小矮人离开这儿。山妖赶着约琳德和约林格尔消失了。既然王子走不了,莴苣姑娘也必须留下。无手姑娘被砍下的双手飞走了,左手拎瓶右手拿袋。姑娘挥动残肢和断手告别。小红帽提着篮子上路了。小红帽的外婆给狼念词条……

"女巫""耍巫术""中了巫术"……
三根发①并未糅进,
天仙子②并未掺入。
均非急需:
无论是施法的还是解法的咒语,
无论抽穗的庄稼还是充沛的雨露。

嫁接南瓜和洋葱,
让老鼠和猫交配,
这我们已学会已掌握。
控制基因:搬俩过来,弄仨过去,
大自然有什么了不起?
我们无所不能,甚至能替上帝纠错。

---

① 见格林童话《魔鬼和它的三根金头发》。
② 有毒性能起麻醉作用的植物,传说女巫常用来配药害人。

老字典里只能找到
低级杂种的名称。
已经纳入我们的计划：
高级的人即将合成。
储存在基因库里，他会日益充实，
并非仅具备理性的才能。

比起和其他动物来，
甚至包括和猪，
老鼠更愿意和人嫁接，
以便人能脱胎换骨。

　　后来发生了饥荒。你们的垃圾，堆积如山的白铁皮罐，还有你们萎缩成皮革状的尸首，我们靠吃大爆炸后剩下的这些东西活了下来，不久我们在地道和巢穴之外也生出了一窝窝鼠崽子。就这样在划定的各居住区里又都形成了鼠群，只是能啃的东西太少了。也许是食品匮乏使得我们虔诚起来，或者说正如我们嘲笑的主子看到的那样，使我们变成了天主教徒。
　　仿佛要扮演饥饿的化身，母鼠这次入我梦境时瘦骨伶仃，毛发蓬乱，一副惨样。我见它在啃白铁皮，啃废铜烂铁，啃石头。它说，也就剩这些东西能啃了。牙齿总在长，一刻不停地长，所以即使是钢的螺帽扳手或者残留的铁丝网也得啃，你瞧，都啃碎了。总算周围还有一些萎缩成皮革状的尸体，但这不是我们想吃的美味。
　　接着母鼠又以脑满肠肥、皮毛光滑的形象出现在我面前，打着饱嗝叙说当初的饥荒，对最近生活为何富裕起来却只字不提。当初是饥饿教会了我们祈祷，它说，但虔诚带来的只是势不两立的怒气。我们有一块居住区，虽也是穷乡僻壤但与众不同，因为那里一间还能凑合的小屋里有个按人类算法已是高寿的老太太，她呼吸微弱，但还在不停唠叨。伙计，你该知道这老太太，那些至今余音袅袅的故事里她都有份。

总之连我们也对她崇拜起来。她是那么耐心地忍受了我们以及我们的好奇心。她不管怎么唠叨,也不管我们离她多么近,从来就没说过我们半句坏话。有次我们听见她嘟囔:马利亚呵约瑟夫!但愿老鼠能帮我解脱……

但我们不能。除了远在太空舱里优哉游哉的你之外,这老太太对我们来说是硕果独存的最后一人了。我们要体贴她,关心她,为自己留下她。昏天黑地的严寒过后,她已气若游丝,不再唠叨,我们就分批分组到她跟前照料。不但乡下的,连城里的老鼠也派了不少代表来。老太太越缩越小,虽然还有点儿气,但差不多都干透了,于是我们给她补充水分,把食物嚼得烂烂的喂她,食物不多,但这一口还省得下。总是小老鼠值班照顾她。对她我们不仅虔心祈祷,还悉心伺候。

我眼前浮现出母鼠叙述的后人类时代饥荒的情景,我看见安娜·科尔雅切克缩成了个小不点儿,节假日才穿的华服显得如此宽大,以致她都快消失在里面了。我看见年迈的老鼠围着她祈祷,精瘦的小老鼠围着她忙这忙那精心伺候。我看见她无牙的瘪嘴张开了,值班的小老鼠正在往里喷水,喂事先嚼烂的食物。

真恶心!我不由叫道。

这种论调我们并不陌生,母鼠回答说。

可她想脱离苦海啊。

但她现在还觉得有滋有味,你听听,她吃得吧嗒吧嗒呢。

她觉得什么有滋有味,吃的是什么东西?

我们不得不牺牲几只幼鼠的生命,当然是从健康的那几窝里挑选出来的……

妈的,你们为什么不让她去死!我叫了起来,却发现自己的呼声没得到任何反响。

母鼠沉吟良久方才回答,似乎要向我暗示时光的流逝:她还活着就是我们的圣人了。她身边的一切都成了我们祈祷的对象,她脚下有好多东西。扶手椅四周随意散落着些金币,币值一面或者老鹰一面朝上,有的金币上是戴王冠的头像。不过我们觉得废墟上下到处都是的玩具小人更值得崇拜,它们反映了人丰富多彩的活动,使我们想起了已死光的人类。玩具小人擦一擦就显出原来的蓝白色,手上的工具和其他装备除去烟炱后又重度红、绿、棕、银、黄五彩缤纷了。它们眼睛瞪着你的样子多可爱啊。它们表现自己勤劳的样子多滑稽啊。要不是这些小人都和老太太一样对我们来说非常神圣,我们真想和它们一起玩耍。

此情此景也浮现在眼前了:我看见老鼠和金杜卡特、玩具小人在一起。地上的东西还不止这些呢:粉身碎骨的瓷马、铁字招牌、琥珀柄的拆信刀、指针停在十二点零五分这最后时刻的布谷鸟挂钟。还有五花八门别的东西,比如砸扁了的电烤架,安娜·科尔雅切克的假牙。假牙准是人爆炸时从她嘴里掉出来的,不过念珠她还攥在手里。

对,母鼠说,她成了我们的主心骨,她使我们后来在信仰问题上重新统一起来。关于何为正确信仰的大争论与大饥荒如影随形,你还记得吧,我们当时学人样迫害刑讯,把自己同类钉在十字架上,所以或许真能把我们老鼠视为狂热的异教徒和迫害异教徒的狂热分子。到最后有那么一帮数量不算很少的少数派对异端邪说如此痴迷,以致我们完全有理由担心老太太会遭不测。如果要翻出人类史上的信仰之争,要在人类史上寻找类似残酷的失误作比喻的话,那么也许可以称它们是瓦尔登泽派[1]和胡斯[2]派,或者是再洗礼派[3]和托洛茨基派。它们有七群老鼠之多,屡次试图占领老太太的领地,突破我们划定的神圣界限,它们在口号中声明此举旨在"结束偶像崇拜!"。打了好几仗,结果我们元气大伤。或许饥饿也使我们变得动不动张口就咬了……

它话音刚落,我就看见老鼠们在你死我活地相互撕咬。安娜·

---

[1] 彼得·瓦尔登泽1176年所创建的教派。
[2] 胡斯(约1369—1415),捷克宗教改革家。
[3] 宗教改革时期创立的教派,主张从精神上革新教会,成年后再施洗礼。

科尔雅切克的破屋前战火纷飞,四周原来是花园和土豆地,现在成了一片荒野,正适合各鼠群之间进行不共戴天的战争,我们称之为天主教徒和胡斯派教徒之争。

破屋前是一堆堆不知原来是什么的废铁,我却在其中认出了我们马策拉特先生那辆奔驰车的残骸。车头防护罩压得面目全非,只有奔驰之星还那么可笑地竖着。争夺奔驰之星的战斗异常激烈,鼠群对咬,血肉横飞。能啃穿薄钢板的利牙,此刻直奔对手咽喉。鼠牙交错,直咬得两败俱伤气息奄奄。肚子被咬穿了,身体被对手和自己的肠子缠住,不辨东南西北乱咬一阵,不料咬到了自己的心脏。

我又看见老鼠在以前安娜·科尔雅切克的客厅里打仗,显然是为了玩具小人,因为玩具小人也被咬坏了。接着战争蔓延到了安娜·科尔雅切克层层叠叠的节假日衣裙上,转移到她膝间攥着念珠的双手上,最后连打细褶子的领口也未能幸免。所谓胡斯派老鼠,先是一只,然后又是一只,开始咬安娜·科尔雅切克萎缩成一点儿大的脸。我惊叫起来,挥手驱散了眼前的惨象。但梦境却无法驱散,此刻梦境被母鼠占据了,似乎刚才没发生过任何骇人暴行。

母鼠说:后来战争停止了,但饥荒仍在继续。多数派的意见获得胜利,我们在信仰问题上又归于一致。终于握手言和、同声祈祷了。

什么?我叫了起来,她还活着吗?

老鼠激战时她受了几处伤,母鼠说,我们耐心地替她治好了,只不过她从此少了左耳朵……

还少了什么?!

你何必这么激动呢?母鼠劝道,态度谦恭点好不好?不久老太太就去世了。最后还有几次尘暴,有次过后,我们发觉她断气了,但不想把她的遗体当食物。当然有几小撮屡教不改者还是那么记仇和贪吃,不过被我们及时阻止了。

它没提最后那几场殊死搏斗,停了一会又说:好吧,反正她已经干透了,身子萎缩得只剩下可怜的一点儿,搬起来不重。不能再让她留在破屋里,我们以多数票通过决定,将她转移到一个更合适的地方去。各鼠群都表示同意,于是我们就轻手轻脚地把她抬下扶手椅,小心翼翼地不让任何部位开裂、扯破、折断、脱落。正抬着,从她层层叠叠的裙子底下掉出一个干瘪的小不点儿来,或许是大爆炸那会儿来到世上的。奇怪的是这小不点儿身穿漂亮但过于肥大的衣服,脚蹬黄白两色的镶拼皮鞋,手上全是戒指,鼻子上还架着金丝边眼镜。从裤子和上衣可以推断,我们也确信:老寿星临终前生的是个男娃。这小家伙我们也要抬走,但要让那不会萎缩的戒指和眼镜架不掉下来可真不容易。老鼠们轮番上阵,走走停停把这位轻量级的女圣人连带她的小孩抬过荒野。这活儿挺费工夫。

你要是不相信,那么就睁眼瞧瞧吧,母鼠说。你瞧,运送工作进行得多么缓慢和仔细啊。

我看见,老鼠们挨着班把安娜·科尔雅切克的遗体以及我们那位又变得一点儿大的奥斯卡抬过起伏不平、寸草不生的卡舒贝大地。队伍越来越长,因为越来越多的老鼠拖着蓝白两色的玩具小人,甚至还拖着中国瓷马的碎片,尾随着两具干尸而来。顺带说一句,是外孙在前,外祖母在后。背重物的老鼠远远地落在后面,驮着指针还指着末日时间的布谷鸟挂钟,气喘吁吁地驮着铸铁招牌。其他老鼠叼着一些小玩意儿:镶红宝石的戒指,是从奥斯卡皮包骨头的手指上掉下来的,还有安娜·科尔雅切克衣服上的勋章绶带,是波兰以国家名义授予她的。另一些老鼠结对合作,扛着琥珀柄的银质拆信刀,还有她的假牙和眼镜。它们甚至觉得有必要把各派激烈争夺的奔驰之星运走。殿后的一长溜老鼠嘴里都衔着枚金币。

也许安娜·科尔雅切克的破屋里还留着些杂七杂八的东西,比如电视机、砸扁了的澳大利亚电烤架、曾名约瑟夫·科尔雅切克的美国人乔·科尔齐克的青铜头像。总之,这次运输极其艰难,是后人类时代饥荒岁月里一项壮举。有些老鼠累趴下了,不得已成了同类的腹中餐。而且队伍两旁有押运的老鼠,搬运的老鼠就怕它们上来咬。终于,我远远地看见了城市的塔楼。

到了,我们成功了!母鼠欢呼起来。你瞧,我们把安娜·科尔雅切克搁在圣母教堂的圣坛基座上。高高的拱顶上嵌着十字架,正下方就是我们这位女圣人的位置。人子耶稣挂在三颗钉子上,她就坐在人子耶稣脚下那只在人类时代称为神龛的盒子上,裙子底下是那衣着华丽的小男孩。在她的位置和宝座——说宝座是因为她是坐着变干的——周围我们横七竖八地放了好些东西,都是属于她的,都是和她一样值得顶礼膜拜的:金币、小家伙的戒指、沉甸甸的铁字招牌,还有那些怪可爱的玩具小人,只可惜它们在宗教纷争的乱世被咬得不轻。不过你瞧,它们还是蓝白相映,楚楚可怜。它们还是勤奋的人类滑稽的翻版,只不过比人类比我们少了一个指头。瞧,多好玩哪!

真引人发笑!我看见,放干尸的圣坛基座上全是玩具小人:独立独行的,成群结队的;拿泥抹的,拿扳手的,拿斧子的;七个手持镰刀的收割者,一帮吹拉弹唱的玩具小人,其中有个敲鼓的;无所事事的,仰脖痛饮、这样或那样的玩具小人。我点了点数,一个不少,不过身上都有牙痕。

接着我的梦境又被母鼠霸占了,只听它说:我们注视着女圣人和她的小孩[①],注视着玩具小人和金币,竭力分散自己饥肠辘辘的感觉,但这样毕竟填不饱肚子。我们不得不使老鼠的窝数减半。看来鼠类像以前的人类一样前景暗淡了。但这时主祭坛上三五成群的玩具小人中有几个使我们急中生智,或者不如这样说,老寿星怀里攥着念珠的左手掉下一个指头,滚到七个玩具小人那儿停了下来——这七个手持镰刀站成一排,别的蓝白色玩具小人拿着禾把。老寿星这一含义丰富的指示虽然激活了我们的思路,但还远远不能填饱我们的肚子。

然后它静静地抖动着胡子,仿佛要强调新思路多么难产。过了好久它终于又开口了:不,这不是偶然的。我们老鼠不懂得什么偶然。末日将临那会儿我们在地道最深处储藏了口粮,如今还剩下些,其中有几类种子因为包好放在干燥处,所以没有受到损害。我们从

[①] 外祖母和奥斯卡放在一起影射教堂中常见的怀抱圣婴的圣母像。

实践角度阐释了老寿星的指示,模仿蓝白色玩具小人的样子到处翻地,翻出几块长着野生萝卜和羊角芹所以看来还能耕种、预计收成良好的地来。我们拔去这些试验田里的杂草,隔一段距离挖一条沟,播下种子,盖上泥土。后来我们都不抱希望了,谁料这些劫后余生的种子竟然发芽了。春雨没带来什么有害物质,尘暴也绝迹了,后人类时代的气候趋于稳定,温暖湿润,只要发了芽都能成熟。

听母鼠的口气,似乎种庄稼对老鼠来说始终是小事一桩:夏末秋初我们就有了首次收获。你瞧,我们种了小扁豆、玉米,这儿是大麦,那儿是萝卜。向日葵长势特别好。这种不讲究却总是硕果累累的植物很快就成了我们的主食,因为葵花子含有丰富的油分。新的气候条件下可以一年种两季。不仅卡舒贝的丘陵地带,连环绕城区的泥坝也适宜种植向日葵。我们这些以前夜间活动的老鼠如今在白天劳动了。我们这些习惯昼伏夜行的老鼠现在种起向日葵来了。瞧,伙计,那么大一片……

  它们是来自香港的廉价品,
  这只手和那只手上
  都只有四个指头。
  它们四指拿工具,也能握网球拍,
  或者持着花束倜傥风流。

  用有色塑料压制而成,
  它们经久不坏真长寿,
  至少会——这点毋庸置疑,
  无论成群结队还是独立独行,
  比迟暮的人类活得长久。

  这真令人安慰。以前它们模仿我们,
  模仿生活意味着辛劳的我们;
  不过现在手拿锤镰、电话,

在玩儿在劳动的
是天性欢乐的玩具小人。

任何事都不能使它们扫兴，
不管发生什么，它们每天的清晨
都会快乐地开始。只有它们的语言，
在此称作玩具小人德语的语言，
最后可能会遗弃它们。

留下的便只是无声的狞笑
以及二十四小时连轴转，
它们的勤奋。

　　你孩提时起就对卡舒贝丘陵地区非常熟悉：森林和水洼之间是一片土豆地。还有萝卜、燕麦、大麦和其他什么庄稼。如今森林已经绝迹，只有小水塘和新形成的水域——连拉杜尼亚河也从别处涌出地面了——周围开始有些矮乔木怯生生地露出头来，所以我们特别珍惜这些极有前途的植被，希望它们能长大成林。从卡舒贝南部的丘陵到波罗的海边的沙丘，我们在所有肥沃的泥浆堆上，在这儿的黏土那儿的沙土上耕种。低洼地的泥浆堆成的土堤特别适合种小麦，只可惜我们没种子。

　　它又出现了，一面耕种一面竭力使我相信：不，再没有土豆了！这种耐饥的粮食随着人类消失了。不过我们轮流种植玉米、萝卜、大麦和大片的向日葵。瞧，向日葵一排排金光闪烁直至天际。我们这些以前的昼伏夜行者变了，你觉得奇怪吗？重复一句不中听的话：我们不再怕光了。我们为食物奔波，成了日出而作日落而息的打工仔。

　　它就这样让我惊讶地目睹眼前的奇观，接着又说：也许是金灿灿的向日葵，也许是它蛋黄般的光环使我们改变了夜生活的习惯，觉得日光比黑暗更有味道？不，并非如此！我们是迫不得已才一反常态接触日光的。人类在大难中都不愿改变和调整自己，所以注定要灭亡。而我们改变了自己。

母鼠不再唠叨。这时我看见高低起伏的向日葵地夹在卡舒贝的大小水域之间，水洼、池塘、湖泊里倒映着蓝天白云，倒映着新生树木，有桤木、桦树、柳树和茂密的芦苇。我看见老鼠在地里干活，看见它们一排排在砍那些茎秆高、花盘大的向日葵，所谓"砍"就是在茎秆上咬，不弄倒不罢休。它们很快就咬断了茎秆。它们极卖力，但也极仔细，一颗葵花子也不浪费。它们动作灵巧地砍下花盘，顺着田边一字排开晒干。一支训练有素的劳动大军，再不见挥着皮鞭催命的监工。不过它们也安排岗哨，似乎它们的收获受到威胁——天知道还有什么还有谁会威胁它们的收获？——似乎有异族会掠夺它们辛勤劳动的成果，似乎大爆炸后除了老鼠和据说属于哺乳类的丽蝇之外还有什么值得一提的动物劫后余生。

好吧，母鼠说，会飞的蜗牛、水里的蜘蛛、胎生的苍蝇当然都不是真的。因为你喜欢听吹牛，我们就编造了些可怕的畜生和变态的怪物来哄你。不过你听，小主人，确实到处是叽叽喳喳咕咕的叫唤声。你知道，在后人类时代有麻雀还有野鸽。它们迅速繁殖，尤其麻雀可能形成大面积灾害。还有什么呢？蝙蝠也卷土重来了，傻归傻但挺有味道。偶尔还能见到几只小兔。银白的是麻雀，透着粉红是鸽子的羽毛，而鼹鼠是一身可笑的黄色。这都是大爆炸导致的变异，正如我们不得不放弃了原来的灰褐色。老鼠幼年时毛色呈锌绿色，后来渐渐渗出一种土色，年迈时便转成红褐色。不管怎么说，你能看见我们那些身手敏捷、还是锌绿色的小老鼠在保护正在成熟的向日葵，不让鸟雀啄食茎秆上沉甸甸的花盘。

我看见了高高的很快成熟了的向日葵，每株背后都埋伏着一只小老鼠。显然我的梦是彩色的，因为毛皮的锌绿色和花盘底部的绿色并不相同，尽管区别微乎其微。接着我看见小老鼠一次次咬住前来掠食的麻雀，百发百中。它们甚至还能制服野鸽：咬住野鸽咽喉，野鸽扑打着翅膀把它们带到空中，负重飞行很快就累了，终于掉下来成了战利品。好几次突然起飞，在向日葵地上空激战，然后像石头一样坠落……我发现它们保护收成的行动效率极高，捕获的野鸽和麻雀和收割下的向日葵花盘一样整整齐齐地排在田边。按照老鼠的本性，无论得了什么大家有份。我们人类当初为自己牟利的时候，就知道老鼠是有福同享的动物，却没以老鼠为榜样。

从此老鼠、飞鸟和葵花就成了一幅不可分割的画面。在梦中还能分门别类的，醒来后就觉得是理所当然浑然一体了。只要向日葵还在花园篱笆边像以前那样招手，我就再不会视它为普通植物，我必定会联想到衔着飞鸟的老鼠。

梦境中的老鼠却依然冷静地就事论事。它说：我们不允许寄生虫糟蹋我们的葵花子，就像我们自己在大爆炸前那样不劳而获。那时我们是训练有素的吃白食者，经常使印度的大米小麦和墨西哥的玉米收成减少三成甚至更多。我们在仓库里捞到多少油水就更甭提了，当时人类为了哄抬市价，仓库里谷物都堆成了山。

但接着母鼠把农作物全都提到了神秘主义玄思的高度。它说：比起玉米棒、大麦和我们赖以填饱肚子的大头菜来，比起所有农作物来，向日葵对我们具有更早也更重要的意义。是向日葵使我们这些惧怕日光的夜行动物变成了酷爱日光、追随日光的生灵，从此在对日祈祷中发现了神性的力量。这样我们在圣母教堂倡导按老鼠方式虔信上帝就又多了一项理由。圣母教堂也是我们不断哀叹人类消亡的场所。

梦境中场面越来越大。圣坛基座连同四周的新装饰先远后近，应召似的跃入了我的眼帘。从现在起，这圣坛基座不仅是风干的安娜·科尔雅切克以及缩成一点儿大的小外孙最后的栖身地；农作物也搬了上来。圣坛上重新排座次，玩具小人不得不相互靠拢，摩肩接踵地在那儿聚会。散落的金杜卡特如今叠成一摞摞，好像有收银员整理过一般。铁字招牌遮住了不再动弹的布谷鸟挂钟。假牙、眼镜、戒指、勋章和奔驰之星紧凑地构成了一幅小型静物画。如此这般腾出的空间留给了颗粒特别饱满的向日葵花盘和精选出来的战利品飞鸟。到这会儿我才发现，圣坛基座本来空无一物的外围现在也有主了:大个的萝卜,还有一捆捆玉米棒和大麦穗加入了祭品的行列。不过我觉得在这些祭品中,安娜·科尔雅切克怀里那株成熟的向日葵特别重要。向日葵遮住了她的双手,她缺了一根手指的左手肯定还攥着念珠不放呢。在她脚下我看见了献给小奥斯卡的祭品:成堆的干扁豆。

你们这样究竟算是怎么回事!我叫了起来。母鼠,难道你们又背弃了天主教?难道你们祈祷的对象不再是被钉在十字架上的人子耶稣了?难道这老太太和小男孩对你们来说成了神,成了收获之神,繁衍之神?你们的理智都到哪儿去了?

它又占领了我的梦境,玩弄着葵花子,看来有几分尴尬。

回答呀,母鼠!我嚷道。它用鼠语轻声嘟囔着,大都是我还不习惯不理解的新词。

我听不懂,请你用正常语言回答!

母鼠说:好吧。我们这是权宜之计。我们对人类依依不舍,所以这样来表达我们对收获的感恩。暂时这样,或许以后会有新办法,其他办法,而且是比较理智的……

什么办法?我吼了起来,难道要去供奉什么超级老鼠、太上老鼠不成!

不,不,小主人!它答道,不再抖动胡子。供奉一种比较伟大的、从未有过但在人类时代本应该设想的形象,不,是若干形象,超越已有鼠性和已故人类的形象……

它爱听琉特曲,对《传媒快讯》兴趣有限,对《每日回音》兴趣索然,对新闻栏目更是兴趣全无,一听就睡着。我的圣诞鼠还是最爱听普及教育节目。昨天教的是如何区分税、费等等必须交纳的钱。一档采用广播剧形式的报道节目讲到了历史上的苛捐杂税,恐怕还是十世纪的往事,讲到当时农民如何不堪重负,被税史们逼得喘不过气来,要交这要交那,最后连种子都留不下多少。我的圣诞鼠激动得窜来窜去,听得兴致勃勃胡子直抖。

今天教育节目播送的内容是古今农业生产法,采用广播剧形式,从火耕讲起,讲到三年轮种法、单一种植法,一直讲到施有机肥种地,讲到堆肥、荨麻汁等等。它一声不吭,聚精会神面对着收音机,圆耳朵竖得尖尖的,胡子全体肃立。连结束曲《农家乐》它也听得津津有味。

第三套节目播送完了。它和我都不想再听布鲁塞尔当局是在什么观点指导下控制牛奶过剩现象或者重新测定大西洋鳕鱼捕捞率的。根据联合国粮农组织的数据,全世界每秒钟有三点五到四个孩子饿死,这我们早知道了。圣诞鼠和我意见一致:无论怎么赌咒发誓,嚷嚷什么"局势正在好转!我们又有希望了!"实际上一切每况愈下,都在走下坡路,都在滑向统计学意义上无可置疑的末日。

不过也有可能是这样:末日已至,我们已不存在了。我们只是似乎还活着,回光返照,临末了再蹬几下腿罢了。

或者我们是活在谁的梦境中。是上帝或者类似的神灵,是某个大腕儿三番五次地梦见我们,因为他喜欢我们或者觉得我们挺滑稽的,所以丢不下我们,看不够我们的垂死挣扎。在他怀旧的脑海中,感谢某种神性原则的传媒癖,我们才得以这样苟延残喘,尽管告别演出,或者用母鼠的话来说"乌特莫夕",早就结束了:我们不知不觉地完蛋了,因为即使人类偶然得知末日会在六月某个星期天来临,他们的行为举止,他们日常的业务、约定的日期、长期的债券,他们那些可爱的习惯和可怕的积习,也是不能改变、不能解决、不能取消、不能废除的。人类不可救药,无论过去还是现在。

好像我们还存在似的,我对圣诞鼠说:注意!第三套节目常在午间新闻前播放合唱音乐,你不是挺爱听无伴奏圣歌吗。等你欣赏许茨①的时候,我就爬上脚手架到马尔斯卡特那儿去。他活干得不赖。画完长堂五十多个人物后,他还要在圣所塑造二十一位圣徒的形象,这些圣徒会三人一组投下哥特式的目光。

我借了双适合爬脚手架的鞋,上去拜访马尔斯卡特。我恭维他,

---

① 许茨(1585—1672),德国音乐家。

夸他的轮廓画笔力雄健,和他一起嘲笑那些愚蠢的教士和只会饶舌的美术史学者。但我还是另有所图,于是左劝右劝,劝他即使不在柱头饰纹上也要在空白处画上向日葵,就是老鼠不让鸽子偷吃的那些向日葵。我称这种象征性图案明白易懂,何况鸽子和老鼠也差不多,都能顽强地面对未来……

马尔斯卡特对此并不反感。我递给他支烟,当然是朱诺女神牌的。我们聊起年轻时都看过的那些汉茜·克诺特克主演的影片,又随意谈到了鸽子和老鼠。他说:这种哥特式鼎盛期的图案可以回溯到十四世纪中期起肆虐全欧的瘟疫。那场灾难是黑家鼠和一种现已死绝的野鸽传播的,作为天谴使基督徒们认识到世界末日即将到来,吕贝克也不例外,十有八九命丧黄泉……

不,不!我喊着爬下脚手架。没有老鼠和野鸽我们也能行,不需要什么瘟疫来作天谴。马尔斯卡特的哥特式鼎盛期后,人类又获得了继续发展。人类完全自发、自负、终于可以自主地终结自身的存在了,而且干净彻底,免得留下几个劫后余生者受苦受难。所以人类现在就开始折磨大自然,剜除大自然的附赘悬疣。人类自身毁灭前,森林先得完蛋,连带那些多愁善感的灌木丛、有悖理性的世外桃源、神秘莫测的画眉嘴国王的地盘……

小红帽的外婆还在念字典里那些早被遗忘的单词,不得不留下的狼听得津津有味;格林兄弟忧心忡忡,生怕童话人物已经开始的行动会过火,会导致失控的天然状态;莴苣姑娘和以吻醒美人为己任的王子玩着多米诺骨牌,女巫和恶继母下着连珠棋消磨时光,无手姑娘思念着飞走的断手;与此同时,善良的仙女、邪恶的女妖和各类乌鸦一起在城市和乡村、住宅楼群和水泥跑道上空播种,无人驾驶的飞箱徉一望无际的厂区里撒籽。

不但有这些贵宾下凡,工厂林立的大地上还来了别的不速之客。七个小矮人往加油站分流泵里掺魔汁,计数器上只显示几小滴。经过几处地铁站,小红帽手里的篮子越来越轻了。高压电线蜿蜒远去,无手姑娘的断手在一座座铁塔上显得那么灵活。火车站里,大桥底下,遍地都是披头散发的林妖、地神和其他小精灵,全都忙得不亦乐乎。红绿灯杆旁七只小山羊正在撒尿。没一处控制台上没留下证明到此一游的鼠屎,没一只喇叭里没沾着鸽子嗉囊中呕出的渣滓。

车水马龙的广场上魔术师们来去匆匆,伟大的默林足迹遍布四方。此刻他正陪着画眉嘴国王,以便所到之处大门洞开通行无阻。他们参观煤电站和核电站,参观赫希斯特公司和勒沃库森拜耳公司①的颜料厂。他们如同腰缠万贯的大亨,在一帮殷勤的先生们的簇拥下,视察了沃尔夫斯堡、科隆、内卡苏尔姆②的生产流水线。此刻他们又在鉴定克劳斯—马菲伊工厂的豹式坦克装配线了。默林背诵着凯特人的咒语,画眉嘴国王发订单,指定交货期。

这时在莱茵河美因河机场③,浓妆艳抹的女巫们和散发着异国情调的野人们混到了一群群旅游爱好者中。自动扶梯上、检票口都有他们的身影,女巫们还当上了空姐。荷勒太太逛了不少自助商店,不时把花枕头里的羽绒弄得四处飞舞。勇敢的小裁缝刚才在高楼各层里撒针,现在又把他的大线团放下来。

长话短说:哪儿涌动着获利意识,哪儿发现了市场缺口,哪儿唤起了人们的需求,哪儿的国民生产总值有望增加,那儿就有这些时而播下时而滴落的力量在搞颠覆活动。整个系统的每条裂缝都被考虑到了,自由市场经济这架机器从未得到过现在这样无微不至的照料。

悄没声地念咒语双手合十,无须打出解说的字幕。坚强的锡兵不断更换军装,混进了联邦国防军和保护国盟军的军事禁区。他摇身一变成了大官,所以受到驻军司令的热烈欢迎。他抚摸着坦克、大炮、导弹发射架,参观了各种高速战舰,还登上超音速飞机过了一把副驾驶的瘾。甚至秘密文件他也能去翻上一翻,到处,连在国防部里

---

① 均为德国的大化学公司。
② 大众汽车公司等大企业所在地。
③ 指德国法兰克福机场。

都留下了些小颗粒,坚强的锡兵就是这么丢三落四。

马上就有反应了:新春起初还犹疑不决,怯生生地不自信,但接着就突然喷涌出来了。先还只是植物变异令人惊讶,然后便是一片蓬勃生机引得举世瞩目了。

烟囱口桥墩上在发芽,在蔓延,草木繁荣。高速公路的路面绽裂了,蔓生植物冒出头来,转眼便是一大片。流水线、发动机、自动扶梯、升降机井道、自动售货机、商店收款处,到处郁郁葱葱。核电站冷却塔上爬满了青苔地衣,随时准备出动的坦克和超音速战机也是绿茸茸的。海藻给驱逐舰和导弹巡洋舰染上一层绿色,连最高处的雷达天线也不例外,似乎舰队提前沉没了,不过它们反正是要葬身大海的。攀援植物上了高压线架和电视塔。炮筒里钻出了发芽的枝条,不久便绿叶萋萋蔚然成林了。火车站成了大温室,莱茵河美因河机场仿佛一片绿色汪洋,政府各部和公司总裁的办公室窗口也是葱翠欲滴。扑进眼里全是绿意,只有绿在蔓延。

竟然如此生机盎然!大自然到处和人类作梗,想出些从未见过的奇草异木来,其中有些还能挤碎水泥,冲破大墙,压弯钢管,甚至还能吞食索引卡片,用吸盘删除数据资料。银行里长满了青苔和地衣。镶木地板变成了蘑菇培养基。公司巨型招牌上插条繁殖开了,以致一人来高的字母都辨认不出来。大自然势不可挡地占了上风。东西南北再也不见车来车往,烟囱里再也不见浓烟滚滚。没了废气,空气不再给你稠厚的感觉。起先目瞪口呆的众人突然兴高采烈起来,他们不必匆匆忙忙了。

停产的厂区成了草木繁茂的植物园,夹在中间的高速公路绿草如茵,人们三五成群地在上面悠闲地散步。这边刚摘下朵花儿,那边又发现了甜得作孽的野果。小伙儿和姑娘顺着攀援植物往上爬。情侣们在巨大的草莓里安下了窝,这类果子到处都是,引人去玩些暧昧的游戏。一座大乐园,对谁都敞开大门。

难怪男男女女老老少少都在长满杂草的广场上举着标语牌和横幅,上面写着:"一切权利归童话!"——"深吸一口气吧,活着又值得了!"——"让格林兄弟来领导我们!"——"总算又有了盎然生机!"——"我们要求一个童话政府!"

我们看到到处是寻欢作乐的人们,眼前的景象蓦地变小,成了魔镜上的画面。"松脆小屋"里同样一片欢声笑语。恶继母和女巫手牵着手。汉塞尔和格蕾特尔破天荒第一次可以真正像个孩子。几个童话人物收工回来了。不仅无手姑娘,连约琳德和约林格尔的脸上都绽开了笑容。只有格林兄弟满腹疑虑地摇晃着脑袋。(我们的马策拉特先生一旦从波兰回来,也会这样满腹疑虑的。)

"这样会出乱子,会越轨的!必须维持某种秩序,而且得由国家出面,遵照上帝旨意。这样下去不行!"雅各布·格林和威廉·格林轮番疾呼着。

青蛙国王和他的半老公主,还有白雪公主和以吻醒美人为天职的王子,犹疑片刻后都赞同格林兄弟的看法。在白雪公主的鼓励下,王子说:"我认为现在该去吻醒我的睡美人了。"

山妖威胁着要打王子耳光。女巫和格蕾特尔对青蛙国王大失所望。见王子要走,瘸侏儒伸腿去绊,女巫像邪恶的女妖们一样伸手乱摸。不过没等她们抓住他,王子就在汉塞尔的指挥下被小矮人用莴苣姑娘的一绺长发绑了起来,扔到在一个用稻草、青苔和树叶扎成的假人旁。这假人酷似睡美人,王子一见便狂吻起来。小矮人们转身又扑向白雪公主,拉着她往灌木丛里拽。

格林兄弟见了气不打一处来,他们始终反对暴力行为和精神折磨。"你们应该感到羞耻!"威廉吼道。雅各布嗓门也不小:"难道你们也不想让我们走吗!?"

七个小矮人虽然放开了白雪公主,但还在跺脚挥拳。山妖气呼呼地摆出山大王架势。女巫眼睛又变黄了。汉塞尔和格蕾特尔见状说:"让格林兄弟走吧。"——"他们会组成一个新政府、好政府的。"

先后都来到客栈前的童话人物为此吵了起来。七个小矮人在邪恶的女妖支持下拼命反对。善良的仙女、青蛙国王和他的半老公主、荷勒太太,还有画眉嘴国王则表示赞成。魔镜里呼吁"格林兄弟上台执政"的横幅越来越多,"松脆小屋"里由于恶继母举手赞成也形成了相应的多数。只有瘸侏儒、勇敢的小裁缝、七个小矮人和邪恶的女妖仍持反对态度。不少人还举棋不定。无手姑娘的断手在猜拳:石头,剪刀,布。女巫扔起了小骨头,山妖抠着鼻孔,小红帽的外婆拿起字典大声嚷嚷:"这儿写着:表决!"

压倒多数通过了"让他们走"的决议。善良的仙女和邪恶的女妖商量着什么。最后,三个善良的仙女用鲜血直流的手指在睡莲叶上写下了童话人物的要求:"清爽的空气!干净的水源!无病的果子!"这要求读来多么简单,多么起码呵。

仙女们以翩翩舞姿表达她们的要求。格林兄弟接过睡莲叶当文件收好,答应大家组建一个新政府和好政府。"今后童话应该参政!"威廉大声许诺。

在三个善良仙女的陪同下,他们离开了林中空地上的"松脆小屋"。童话人物中有几个向他们挥手道别,有几个陷入了沉思。青蛙国王跳进了井里,半老公主躺在了地上。青蛙国王蹦到她额头上,又想转移到格蕾特尔和女巫额头上。不过女巫只顾扔她的小骨头,那女孩脸色阴沉地站在一旁。

无手姑娘的断手再度猜起拳来:石头,剪刀,布。以吻醒美人为天职的王子忘我地吻着那假人。小红帽的外婆给狼读过时的旧词语。大家都希望,这童话会有一个圆满的结尾。

"不行! 我对这部片子不看好,"他叫道,"情节这样急转直下太惨了。为什么要无缘无故这么宽宏大量! 说什么也不能就这么放格林兄弟走啊。"

他又出现了,又在插嘴了。他又摆出一副老板派头要当制片人了。话说回来,这次波兰之行真够他受的。他变老了,腰板不再笔挺,站在那儿腿都是弯的,而且见镜子就躲。眼神郁郁寡欢,透着满腹的痛苦。衣服还是那套定做的,但这会儿穿在身上直晃荡。我们的马策拉特先生路上究竟遭遇了什么?

刚踏上归途就犯病。尿频,每五十公里就憋得难受,越往后越糟,一见公路边有灌木丛他就要下车费力地解手。起先他还想:"是激动的关系吧,久别重逢又依依惜别,这对膀胱功能不无影响。"但下午奔驰车接近波兰西部边境上的奥得河时更是苦不堪言,小便简直成了一种折磨,尿急却就是排不出来,几乎一滴也排不出来。布鲁诺见状,脸上堆出一种超越司机职责的担忧:"奥斯卡先生,我们一到西德就得去看医生,比方在不伦瑞克,最迟到了汉诺威就得去看。"

尽管车上座椅柔软舒适,但我们的马策拉特先生在民主德国境内一路受够了罪,额头上沁满了汗珠,粗短的手指敲打着或者紧按着哆嗦不止的膝盖。尿憋得受不了,还担心弄湿裤子。

祸不单行。奔驰车不时在路旁停下,也顾不上有没有灌木丛遮羞,再恼火也白搭,小便就是不顺畅。虽然他只排出小小的利口酒杯那么一丁点儿,可还是引起了东德巡逻民警的怀疑。他们喝令停车检查,盘问起来没完没了令人难熬:民警说什么也不相信,一个坐奔驰车的人——当然车头的奔驰之星不见了——会有这种普通得不能再普通的不适。他们不厌其烦地把一切记录在案,包括奔驰之星在波兰失窃的事实。我们的马策拉特先生要求担任记录的民警证明亲眼目睹他身体不适。民警犹疑片刻便祝他一路平安。

还好,边境检查马马虎虎就过去了。等不及到不伦瑞克或者汉诺威,车到赫尔姆斯泰特就摸黑去市立医院看急诊了。亏得布鲁诺嗅觉灵敏,没绕多少弯路。值班大夫检查了奥斯卡的下体,马上叫来一位泌尿科医生,这位专家随即戴上手套做了肛门指检,奥斯卡哭丧着脸坐立不安。

这些我都知道,而且是根据第一手资料。他经常絮絮叨叨说自己背运,刚从波兰回来就不让我耳根清净:"我总以为自己心情愉快身体健康。没料到会这样。老年男性常见病,上了岁数身体不行了。泌尿科大夫说是特别严重的前列腺腺体增大,你懂吗,就是前列腺肥大。必须手术,开刀。用个套圈经过尿道把它刮小,或者肚子上开个口子根治。"

赫尔姆斯泰特医院只给我们的马策拉特先生插了个一次性的导尿管,这当然使他轻松多了,尽管他觉得这样处理很尴尬。

膀胱里尿液有一千四百七十毫升之多,太多了。"岁数不大但很能干"的泌尿科大夫见排出这么多尿吓坏了,但他不同意奥斯卡的以下解释:"这是在波兰过于激动的结果,大夫,是我外祖母一百零七岁寿辰,久别重逢百感交集呵。"这并非什么教堂落成纪念之类一年一度的活动导致的尿潴留,而是慢性病,所以得马上设法使前列腺缩小。

"但别在我六十大寿之前动手术!"我们的马策拉特先生刚才还在嚷嚷,转眼已被插上一根永久性导管。痛苦顿消,只是导管晃啊晃的颇不雅观。他仍坚持多方求医——他说"全是高手!"——,希望哪位大夫妙手回春根治这病,但始终未能如愿。他劝我别喝咖啡别喝酒,尤其别喝白酒和冰啤酒,但当我问起他这次波兰之行的具体细节,他就支支吾吾没什么话了。

最多能从他嘴里听出这么没头没尾的几句:"团结工会这出悲剧还没完……吵架都吵到家里来了……老是什么政治……这不关卡舒贝人的事……最后没什么好结果……圣母马利亚不断地被牵扯进去……也许是波兰的厄运转移到我膀胱上了。"

我直接问起他家里的情况,他回答只是三言两语。是的是的,外祖母身体还好。礼物她都很喜欢,尤其是那些玩具小人让她高兴得像孩子似的。她甚至还打算——你想想会有这种事——出趟门呢,说外孙六十岁生日"我挺想去"。

当然我没告诉我们的马策拉特先生实际上他已经没用了,就让他继续充老大吧。其他人——包括我在内——也都还相信,不管怎样总能过下去。所以没必要让他知道卡舒贝现在局面不妙。他插着导尿管回家,这已经够糟糕的了。

所以我们就谈起了《格林兄弟的森林》,谈起了五十年代的造假者,那时马尔斯卡特在脚手架上制作的假画吃香得很。不不,绝不能让他知道他现在成了一点儿大的干尸，搁在圣坛上当装饰供老鼠祷告用呢。因为所有医生都嘱咐他千万不能激动！我们的马策拉特先生必须好好保重身体。

我们有音乐天赋，这大概谁都知道。不过那种大爆炸前广泛流传、野草般四处蔓延的说法大谬不然，是愚蠢的迷信。他们胡诌什么我们偏爱笛子曲，横笛和竖笛对我们极具吸引力，还说什么只要有人用灵活的手指和训练有素的嘴唇演奏笛子，吹出莺舌百啭的曲调来，我们就会跟着他这位常被提起的捕鼠者走，稀里糊涂地陷入为我们精心设置的绝境，比如跳进威悉河悲惨地淹死。

那还是在家鼠时代，母鼠对我说，亲爱的——它最近开始称我主子或者小主子。我对鼠语的了解比以前多了，因为它革新了说话方式，不再又尖又高，而是像乡下人那样带着长长的拖腔。亲爱的，它说，关于哈默尔恩我们来日再谈。哈默尔恩的传说全是胡诌。不过有一点是对的：我们老鼠能用一种高音远距离传送信息，这高音人耳听不见，无论笛子、小提琴还是别的什么乐器都奏不出来。顺便说一句，人类时代末期科研人员曾借助超声波测出了这高音的序列，是在美国波士顿。

母鼠有点吹牛了，说什么"我们的信息系统"！接着它又说：如果你愿意的话，小主子，也可以把我们的声音和你那些女人——母鼠的措辞是"你那些娘们"——出海寻找水下城市时认为是水母哼唱的声音相比。虽然女人们说是"美杜莎"的歌声，但也有人称水母唱歌是在模仿一位音乐教皇。所以我们的声音如转换成人能听见的声音，能让人想起格列高利圣咏。再说人类的宗教音乐我们一直非常喜欢。

我仿佛听见有人在由弱而强地吟唱赞美诗，这时母鼠对我说：还在基督教早期，我们就和基督徒们——他们当然听不见我们的声音——在他们避难的墓窖里同声歌唱了。我们和他们一起谱写了弥撒曲中的祈祷歌。我们和他们一起虔信上帝。我们和他们一起遭受侮辱和迫害达数世纪之久。假如后来也这样和谐下去该多好：我们事事与他们协调，他们也事事与我们协调。啊，他们练熟了的合唱曲！啊，他们的多声部！定居于此的波兰人一直到大爆炸前都在心潮澎湃地引吭高歌，所以我们如今越来越频繁地在圣母教堂拱顶下回荡的歌声也带着某种据说是波兰人民特有的激情。

不不，小主子！没有必要担心有民族主义的弦外之音。虽然我们早就知道，老鼠在波兰语里叫"斯奇祖尔"——我们相互之间也这样戏称，或者温柔一点儿叫"斯奇祖日厄察"——但我们当然不是什么波兰鼠。古往今来没有什么波兰鼠，正如无论以前还是在后人类时代都没有什么葡萄牙鼠或者匈牙利鼠一样；尽管人类有见什么就要起个名的强迫症——天知道为什么非要这样——把我们称作"挪威鼠"。不过话又说回来，我们还是不无波兰风格的，当然是在这一带。比如我们对酸甜食品和撒佐料食品的偏好便可回溯到以前这儿流行的口味。因此我们今天除了种植主要农作物之外，黄瓜、南瓜、荷兰芹的收成也不错，我们地下避难所里也有这类蔬菜的种子。我们还培养一些菌类作物。食物里放些烂糊糊的东西就变得又酸又甜了。在性格方面我们也有点波兰特征。我们和那些从西方移民过来的，不，确切地说是迁居过来的鼠群不同，它们总想把一切都弄得有条有理，我们则生活得无忧无虑，但也并非没有一点儿执着的、按某些说法是顽固的严肃性。我们有所憧憬，我们的祈祷充满了向往。某种更高级的东西，得不到的、暂时还得不到的东西——波兰人以前称之为自由——在我们眼前飘荡……

真荒唐！有悖理性！母鼠打断了自己的话。当然没什么波兰鼠德国鼠之分，它们之间的区别微不足道。我们鼠类只是有时在表面上发生矛盾，比如在大饥荒时代我们为宗教问题咬得不可开交。当然，它们一直娇生惯养，喜欢计较得失，计较自己在富裕的西方得到了什么失去了什么。它们对我们表示怜悯，赞扬我们艰苦朴素，不过赞扬声太大次数也太多。它们忙忙碌碌没个停，好为人师的脾气总也改不了，但在有些事情上，比方如何储存种子，它们确比我们在行。

对它们来说自由并非当务之急,所以它们比我们讲究秩序,不过有自负的怪癖。在港区,它们内行似的对船厂设备产生了浓厚的兴趣,这倒也罢了;但它们竟然把大大小小的螺丝、轴承、螺栓、销子分门别类地整理好,然后费力地除锈,而且还吹嘘自己的备件仓库,这样装腔作势就未免太可笑了。此外它们还对我们的金属处理法冷嘲热讽,而实际上我们处理这些拾来的废铜烂铁时虽然玩一样地随意,但并不笨拙。我们装配出来的东西几乎称得上是艺术品,放在亚瑟王院前或者女人巷的露天台阶上展出,但经常遭到故意破坏。

对此你们不必太较真,我插话道。德国鼠身患秩序强迫症其实也苦不堪言,它们欣赏你们灵巧的双手,欣赏你们即兴表演的天赋和与生俱来的艺术鉴赏力。那些用废铜烂铁装配出来的雕塑值得一看!

何足挂齿!母鼠说,弄着玩打发时间罢了。但我们努力做的正经事也没得到认可。毕竟我们为维护古建筑出了不少力,而它们对这些老房子的现状漠不关心。我们用冲积沙中的贝壳制成石灰,取来不断被风吹进巷子的黄沙,搅拌成一种干后经得住风雨的灰浆。要是没有这种不受气候影响的灰浆,格但斯克老城和右城的历史建筑会坍塌得更快。它们总以占领者口吻谈论我们的但泽城。根据各方面的报道,俄国局势仍然不妙,从那里又陆续迁移来一些鼠群;倘若没有这些移民,这里的矛盾,我们不妨直言,这里波兰鼠和德国鼠之间的冲突难免再度激化。有俄国鼠来真好,假如只有那些德国鼠和我们就糟了。谁都明白,这在以往的人类时代和现在的后人类时代都导致了什么结果;大饥荒时我们咬作一团,不但狂热地奉各自的信仰为正宗,还对骂:你们这些波兰佬!你们这些普鲁士佬!

小主子,母鼠叫道,自从我们开始种地并且全都不再怕日光之后,一次辅音转移又使我们统一起来了。这可真好!我们的语言开始适应新活动和新习惯。亲爱的,你难道没发现我们最近说话变柔和了,腭音多了?我们不再吱吱尖叫,还能发出深沉宽厚的声音呢。某些构成名词的词尾,以前不习惯的单词如"种子""肥料""黄瓜"

"谷物",当然还有"向日葵",这些我们都能张口就来了。我们以往尖细的声音变得醇厚了,不过也变得平缓了,拖腔拉调的。这是因为我们经常谈收成和播种,不断谈天气的缘故。乡下说话带有醉意和哭腔。城里出现了一些过渡音,那里的老鼠已能发出优美的 A、O 和 U 来。我们苦练含这三个音的德文单词,如"悲哀""罂粟花""晚霞"。

我听着母鼠滔滔不绝,它说着城里话,但舌头滚动时带着点土音。无论城里还是乡下,"尾巴"都发成"为吧"或"围坝"的音。谈起大爆炸后天寒地冻的那段日子,它们就操起了土话:那时真饿得够受,我们都快断粮了。"雨"叫"玉","豌豆"叫"玩逗",老寿星被称作"娆娆"或者"歪坡"。声音听上去像在温暖如春的室内那样舒适,似乎是安娜·科尔雅切克的说话方式帮助城里和乡下的老鼠完成了辅音转移。母鼠用安娜·科尔雅切克的腔调①说:"亲爱的,你不想去教堂听听,收获感恩节排练了些什么节目?"

它指给我看长市上展出的几座表现人类形象的雕塑,是用废钢铁制作的。它又指给我看几支劳动大军,正在用灰浆加固老城里剥落的墙面。接着它把我拉进了圣母教堂,好像不三番五次带我来这哥特式万灵殿就不行似的。在这儿每个词都会变得意味深长。

难怪连石板地和上面镶嵌的但泽老贵族世家的墓碑都看不见了,各鼠群都聚集在此,挤得密不透风。开始时充满悲情,继而转向欢呼,这歌声低时幽咽高时清亮,显然是若干唱诗班在合作,各声部水乳交融的大合唱在这座厅堂式教堂里回荡,震撼着哥特式网状拱顶。拱顶下根根立柱向上延伸着,寻找属于自己的冠石。

圣母教堂里老鼠弥撒已经开始,抑或这弥撒无所谓始也无所谓终?各鼠群随着歌声的节奏晃动,从西大门一直到远处的主祭坛——我曾多次梦见,主祭坛上是缩成干皮但还能认得出来的安

---

① 安娜·科尔雅切克在小说中的话均为语音不同于标准德语的土话,译文甚难表达。

娜·科尔雅切克,脆裂的多层裙子下是她那值得老鼠崇拜的外孙奥斯卡。各鼠群合而为一,直起身来,开始表演叠罗汉。它们后脚直立,抖着胡子,嘴冲着拱顶,前脚却并不合十做祷告状,细小的爪子伸得笔直,似乎被某种憧憬攫住了;与此同时,它们的多声部合唱也迷失在憧憬中了。它们连尾巴都翘得笔直,一根接一根直指苍穹。接着又四脚着地,中堂和两厢堂里只见圆圆的脊背。它们全都夹起了尾巴练习谦恭,然后这支数千之众的鼠群再度直立,摆出祈求和憧憬的姿势。

我看着它们祈求祷告——土绿色的大鼠在后,依然是锌绿色的小鼠面朝圣坛,觉得这违背天主教仪式,带有异教色彩;堆在圣坛上做祭品的农作物盖住了所有供物,比如安娜·科尔雅切克的念珠和那块铸铁招牌,只有玩具小人和金杜卡特还依稀可见。除通常的那些农作物外,又多了些黄瓜和南瓜。不过占主导地位的还是向日葵,连圣坛上方挂着的十字架也被饱满的花盘遮得严严实实,以致我们只能猜想那上面还钉着人子耶稣。

不,不!我吼道。你们不能这样!这是异教,是偶像崇拜,是亵渎神灵……

母鼠压低嗓门对我说:别出声,小主子,你没见它们正在祈求太阳吗……

真是岂有此理,母鼠!你们不是说要重归基督教吗,不是说即使不能重归基督教,至少也要重归天主教吗?

你们这主跨和侧跨一样高的厅堂式教堂,母鼠答道,本来就是为多种信仰设计的,对我们正合适……

可我不愿意这样!我叫道。我再也不要听这些哀求。信仰从来就不是我的强项。你们有什么憧憬我才不管呢。此外,以风干侏儒的形象装饰你们老鼠的祭坛,这我们的马策拉特先生恐怕做不到,他前几天刚从波兰回来,没错,是他本人,有血有肉的。这次波兰之行使他元气大伤,又是重逢又是告别的,再加上尿急又尿不出来,够他受的。从此之后他就插着永久性导尿管,不仅麻烦而且难堪。不过等他不久六十大寿时,外祖母会来看他的。你听见了吗,母鼠,她要亲自去看看她的奥斯卡……

是啊是啊,母鼠说,你还在不停地为你那故事构思续集。

后来,后来怎么了?
后来进行了币制改革。
后来,后来又怎么了?
真妙,缺少的陆陆续续全有了,
当然大都是分期付款。
应有尽有之后又怎么了?
养了些孩子,买了些附件。
那么孩子,孩子后来干什么?
他们尽提些傻问题,以前怎样,
以后这样,接着又怎样。
你们一股脑儿全说出来了?
我们想起了
三九年适合游泳的夏日。
还想起什么?
后来倒霉的时候。
那么后来,后来怎样了呢?
后来进行了币制改革。

第 十 章

庆典时风雨大作——我们的马策拉特先生固执己见——母鼠说漂泊的船骸上有秘密——王子溜之大吉——哈默尔恩传来新消息——密密麻麻的老鼠满怀期待——没有特拉沃明德来的邮件——新时代来临时钟声悠扬

这是我的大海,沿岸有许多国家。从波罗的海东岸诸国的雷维尔①和里加②到西边深深浅浅的海湾,教堂林立。吕贝克、施特拉尔松、但泽有圣母教堂,什未林、石益苏勒格有大教堂,默恩岛上的斯泰厄有约翰教堂,埃尔默伦德的教堂石灰刷得雪白。在许多丹麦城市里,然后沿着索能③海岸,沿着岛礁星罗棋布的瑞典海岸,在于斯塔德和斯德哥尔摩,甚至在波的尼亚湾,无论在波罗的海北去的芬兰沿岸,在波恩霍尔姆岛、哥特兰岛、吕根岛,还是在一马平川或者丘陵起伏的腹地,总之凡有过砖窑的地方,大教堂、厅堂式教堂、市政厅、军械库比比皆是。此外还有圣灵医院、圣乔治堂、西多会④和方济各

---

① 即塔林,爱沙尼亚首都。
② 拉脱维亚首都。
③ 瑞典南部地区。
④ 隐修院修会之一,1098 年创立于法国第戎附近的西多旷野。

会修道院,它们和文德人居住区汉萨同盟①时代的房子一样,都被归入哥特式砖瓦建筑的范畴,如今围绕着我的大海,围绕着风平浪静但危机四伏、含盐量低但水母成灾的波罗的海。这些建筑无论哪座都塞满了艺术珍品,不是这儿的唱诗班座席,就是那儿的行会银器被誉为意义非凡。城市贵族纹章下的铭文愚蠢而傲慢,却自以为对上帝非常谦恭。马利亚身材过于苗条,但还是给人怀孕的感觉。有两扇侧翼的祭坛和刻画十字架行刑的木雕群像都值得一看,当然刑讯室的器械同样能使你一饱眼福,有时还能意外地发现令人惊讶的壁画残余。

在石益苏勒格的施莱湾大教堂,画家马尔斯卡特把灰浆涂层上的壁画,包括拱顶十字形回廊里的,都重新弄成了哥特式;这段情节我已交代过了。至于他是否像传说的那样,举手之劳就使吕贝克圣灵医院隔墙上出现了哥特式全盛期的湿壁画,至今尚无定论。但有一点可以担保是事实:他先在长堂的中殿窗墙,后在圣所高空辛勤劳动。这座圣母教堂尽管具备法国大教堂的规模,却被视作所有哥特式砖瓦建筑的母本,不久将要举行七百周年大庆。

马尔斯卡特必须抓紧时间了。雇主法伊已经在催了。长堂里的脚手架已经拆了,因为要举办一次国家级的庆典。甚至还发行了纪念邮票,暗绿色的面值十五芬尼,红棕色的面值二十五芬尼,两枚的图案都是画坛快手马尔斯卡特的报福音圣徒组画。邮票印销了几百万,所以即将举行的庆典显得更加重要,吕贝克的教会管理层还能捞上一票。

这些穿黑袍的②赚了十八万还是崭新锃亮的德国马克。那些今天在邮市上身价倍增——我猜是贵得作孽——的邮票却没给画家带来一文钱。别人发横财时候,他鼻涕不断地在高高的脚手架上忙碌,笔下的报福音圣徒组画得到了云集于此的艺术内行异口同声的赞

---

① 13—17世纪北欧城市结成的商业、政治联盟,以北德城市为主。
② 指神职人员。

赏,但他本人却一无所得。

他超然物外。人们很容易忘了他,他在高空独自苦干,心里唯有一个念头,这念头宛如树上的蛀虫钻劲十足。一九五一年九月一日,庆典终于在吕贝克圣母教堂举行,但我们这位绝无恐高症、先后在长堂和圣所苦干了三年的画家却未能成为这次大庆的焦点,未能像他的雇主那样理所当然地坐在应邀出席盛典的达官贵人中间,而是在倒数第二排找了个座位,混在了平头百姓堆里。我见他这样不由自问,他当初的念头是否还像钻劲十足的蛀虫。远远地注视着他的还有圣所的二十一位圣徒像,他们三人一组共七组,站在彩绘的立柱托架上,有的穿着旁边开口的尖头鞋,有的干脆就光着脚丫子。

马尔斯卡特静静地坐在后排,离他较近的是长堂里的许多圣徒像。窗墙上每个空间拱都有他的杰作。以轻轻一碰就尘土飞扬的残余色彩为基础,根据起先还依稀可辨的痕迹,不过主要根据自己的构思,他开发出了艺术宝藏,换取几个子儿的报酬。此刻坐在后排的洛塔尔·马尔斯卡特显得那么空虚,他被掏空了。他坐在那儿,身上的旧西服是当年在石益苏勒格装饰十字形回廊时迪特里希·法伊穿过的。裤子太短,上衣肩部也嫌窄,穿着紧得很,他就这么拘束地坐在那儿。所有圣徒都俯视着他这可怜的稻草人,怀抱圣婴的圣母从主圣坛正面远远地端详着他这迟到的受坚信礼者。他创作的这圣母像如今赫赫有名了,作为插画收入了美术史学者的精装本著作。那本著作把吕贝克圣母教堂的壁画捧为奇迹,对马尔斯卡特却只字未提。

他心中暗笑起来。这圣母像虽然轮廓线被数百年的时光咬得残缺不全,被白色的灰浆截得七零八落,但脸上却有特殊的表情:野性、矜持、隐而不露的甜腻。一九五〇年五月——那时食品定量刚取消——有次休息吃早餐时,他手里画着这幅如今尽人皆知的圣母像,心里想着那位女影星。前一天晚上他去电影院,在《快乐的加油站》里和她故友重逢,对她记忆犹新,似乎这当中根本就没发生过什么二战。

马尔斯卡特还在窃笑不止,布道坛上潘特克主教开始对下面的听众,尤其是对泥塑木雕般正襟危坐的阿登纳总理讲话了。这位主教不是那个鬼迷心窍把纳粹标志放在圣所拱顶上当冠石的家伙,而是一个矮老头。他开始对贵宾和要人、或许也在对后排的百姓布道。

我不知道,主教布道时马尔斯卡特为什么偷着乐。我只能猜他是想起了以圣母形象出现的女影星,或者是那钻劲十足的念头又上来了。我也不知道,阿登纳总理听了潘特克主教的布道后在想什么。被安排在他前后左右的嘉宾和显贵个个满脸的无辜,总不会是这些家伙使他陷入了沉思。但不妨猜想他是在考虑如何让不久前被缴了枪的德国重新拿起枪来,此刻脑海里千军万马,或者,他是在以天主教徒的风度无动于衷地听主教大人宣扬新教?

主教赞颂着感谢着上帝,把上帝硬往长长短短的句子里塞。他提到上帝的恩典,上帝的慈悲,上帝即使对罪人也绝不吝惜的仁爱,上帝在黑暗年代创造的奇迹。他还结合当前形势提到了战败者,说上帝以画的力量向他们发出了某种信号。

潘特克主教唱起了"现在让我们大家感谢上帝①",洛塔尔·马尔斯卡特亮开嗓子跟着唱。跟着唱的还有雇主法伊、教堂建筑工程主管芬德里希、教区委员会主任格贝尔、文物管理局长明特尔,有从波恩为吕贝克奇迹提供经济支持的某部处长封·舍内贝克,有联邦及各州的政治家,有任何时候都跟着唱的平民,有新出炉的德国的首任总理。总理和洛塔尔·马尔斯卡特一样是个创造奇迹的天才,另一个德国的创始人和创造奇迹者完全叫以和他相邻而坐——或者相对而坐——齐声高唱,即使唱的是世俗的歌词。我们的马策拉特先生有理由看见这三驾马车——阿登纳、马尔斯卡特、乌布利希的合作。还在他称为"造假五十年代"的阶段开始之前,这三人就可能在分崩离析的虚无中从事整旧如新的勾当,成功地把全世界蒙在鼓里,当然戏法人人能变巧妙各有不同。

这听上去挺合乎逻辑,但我不赞成我们马策拉特先生的以下建

---

① 此句源自《旧约》的伪经,后由诗人马丁·林卡尔特(1586—1649)用于圣歌。

议:有了必需的距离感之后,五十年代的骗局终于被揭露之后,今天应该印些条幅格式的邮票在全德国发行,图案是立柱托架上这难舍难分的三驾马车,就像以前的报福音圣徒组画——组画今天价格不菲,近乎作孽。来自东普鲁士的画家脑袋上是粘而乱的羊毛帽,右面应是出身莱茵地区的总理头顶礼帽,左面该安排萨克森的国务委员会主席戴着鸭舌帽。左右拱卫的两位手里可有标志性的道具,比如美式和苏式玩具坦克,居中的不妨拿着画笔和钢丝刷。当年的造假行为如此三位一体人格化后,便升华为一种价值符号,正如今天的富裕无疑是以已过追究期限的诈骗罪为基础一样。

"但也是以勤奋为基础的!"我们的马策拉特先生叫道,"他们孜孜不倦地制造假象,连细节也非常逼真。前两位仁兄各自拉帮结派抱成团,或操着萨克森方言,或假装虔信上帝,信口雌黄,变戏法似的变出各自的德国来。接着第三位便在两德接壤的吕贝克给他们设计了个哥特式拱顶。这三人怎么会不引人注目呢,尽管他们只是在邮齿环绕的方寸间联手。信封上,邮包上,甚至在不值几文的明信片上,我都能看见他们东奔西忙两边跑的身影。政治上的未竟之业,在邮路上成了现实。一种全德通用的价值符号得到了认可,盖上了邮戳。集邮业的丰功伟绩!"

我提出异议,但我们的马策拉特先生懒得理会。即使非要发行邮票,我说——不过他只听自己的话——那么也应该只让乌布利希和阿登纳两个在上面露脸,肩并肩或者两幅侧面像并排,就像两位作家格林兄弟的合影一样。因为毕竟马尔斯卡特在七百周年大庆后不久就离开了造假三人组,而且在思想上早就为此做了准备。

一九五一年九月一日下午,他和几个建筑工人坐在弗雷德哈格斯酒家里继续庆祝。还穿着施特雷泽曼西服①的雇主法伊只过来打了打招呼,请大家喝了一圈白酒和啤酒。接着他就赶往市政厅,他,是的,一表人才的他,而不是马尔斯卡特,将被介绍给联邦总理。据

---

① 根据德国魏玛共和国总理施特雷泽曼(1878—1929)的名字命名的西服。

当地报纸的报道,阿登纳说:"嗯,您让美术史学者们有事干了。"说罢还朝法伊眨了眨眼睛,不过这是传说,信不信由你。

之后马尔斯卡特又和几个工匠伙计去了尼德雷格尔咖啡馆。他终于决定揭穿骗局。脑海里钻劲十足的念头催促他快使这事真相大白。因为上午举行庆典时,美男子法伊刚接过那张填明日期、盖着大印的奖状,吕贝克上空便雷电交加起来,暴风雨仿佛就是奔庆典而来的。显然老天发怒了,坐在教堂倒数第二排的画家不由大惊失色。他怀着作画时一样的虔诚,深信这屯闪雷鸣乃是上帝斥责的手指。电光霍霍,一次次突然照亮了长堂和圣所墙上的假画。再说,把国家庆典安排在九月一日实属对上帝大不敬,十二年前就是在这天对波兰宣战的……

电闪,紧接着是雷霆万钧的大谴,这还使人想起了一九四二年复活节前的星期日英国飞机空袭吕贝克市中心的情景。当时一枚燃烧弹击穿了圣母教堂的屋顶,这座砖瓦建筑顿时陷入火海,不仅大钟坠落在教堂大厅里,而且那一层层半寸厚的、从宗教改革运动时期起就使教堂内墙显得新教徒般淡泊的白涂料也脱落下来,露出了下面哥特式壁画的轮廓和色块,当然只是些隐隐约约的旧痕,昔日风光不再,仅留下几许碎落的余晖。那夜大火之后,残画的状况更是每况愈下了。以这些旧痕余晖为基础制造出吕贝克奇迹的,不是荣获奖状、听说总理还对之眨眼示意的法伊,而是他马尔斯卡特,是他一人。

他笔下的圣徒圣所里的三米高,长堂里的两米高。这儿立柱上有,那儿华盖下也有。哦,是的,他们脸上罗马、拜占庭甚至科普特风格的细节清晰可见。头顶着笔直的框线,两脚向外侧翘起如同鱼鳍,圣徒们默默相对,但此时无声胜有声,比如第四空间拱的复活画面正和南侧空间拱耶稣被钉上十字架的场景遥相呼应呢。一九五一年六月差小多大功告成那会儿,法伊领着美术史专家们爬上高高的脚手架,专家们尤其赞赏第三空间拱上圣巴多罗买①的形象,就是拿刀的

---

① 《圣经·新约》中的人物,十二使徒之一。

那位。

当时马尔斯卡特躲到了旁边的脚手架上,在那没人看见的地方听着法伊朗朗的解说暗自发笑。好像只有他法伊才明白、才知道、才事无巨细一清二楚。马尔斯卡特忙中漏画的细节,比如复活者左手上的伤疤以及圣弗兰茨双手上的烙印,都被法伊归结为哥特式全盛期圣所及长堂画师的疏忽:准是当年作画也得赶时间。

细高个、夏天还戴绒线帽的马尔斯卡特就这样在脚手架上听着假行家撒谎。他像从小就学会了的那样抿着嘴偷笑,第一次有了将自己在脚手架上的秘密公布于众的念头。

他去文物局踏遍了教会管理部门大大小小的办公室,但谁也不信他的话。负责文物管理的官员认定他是个吹牛大王,吃教会饭的就怕出丑闻。没几天就到七百周年大庆的日子了,联邦总理明确宣布届时他将亲临盛典。酷爱真理的马尔斯卡特还有他的那些关于钢丝刷的故事只会添乱把好事搅了。"哪会有什么假!"穿黑袍子的那些家伙吼道,"百来个专家都说这全是实实在在划时代的真品,他们绝不至于看走眼。"

难怪,那是个眨眼示意的年代,贝西尔洗衣粉白得扎眼的年代,假象美得晃眼的年代。那十年大家都做无辜羔羊和无瑕白璧状,杀人的刽子手身居要职,伪善的基督徒当道执政,所以任何人对任何事都不会过于认真,无论发生了什么都眼开眼闭。

马尔斯卡特真想作罢,让骗局继续掩人耳目吧。要不是吕贝克雷电交加风雨大作的话,他也许会保持沉默。但这次上苍发话了,天意再明确不过,所以画家就把速写稿、草图、创作日记及其他证据都翻了出来,带了位律师去投案自首,使这件混淆古今作假案的真相大白于天下了。

他显然还满意,尽管永久性导尿管插着有点难受。他一边抑扬顿挫地大发宏论,一边麻利地来回踱步,这次穿的是漆皮鞋。他寸步不让,凡他设想的都必须实现。他的老板办公室大得过分,正墙无窗,他让人在书写板旁挂了一张放大多倍的黑白照片:条幅格式,是出自马尔斯卡特笔下的一组三圣徒。这幅三人组画一如既往地占据着吕贝克圣母教堂中殿窗墙的第十七个空间拱,当年结案后被洗刷掉的只是圣所里的圣徒像。

他手持教鞭指点着画面上的细部:"那个拿剑的。中间拿画笔的。这第三个留着尖尖的胡子。"他像教小学生似的开导我。"真让我笑掉大牙!"他喊道,"这些也算圣徒,而且还算使徒?在哪里,请问圣徒的光环在哪里?哦,是啊,我知道你们会这样解释:马尔斯卡特丢三落四,心不在焉,计时工资太低做事也就马虎,忘了画上三道碗口般的光环;正如他不是忘了画鞋,就是忘了画主耶稣的伤疤和圣弗兰茨的烙印一样,他也没顾上画这一、二、三道光环。但如果我们仔细观察——并非人人都喜欢这样——就能发现这里别有深意在。这三个男子,我说,并非不完整的使徒,而是代表了、即使不是以肖像形式那么至少在理念上代表了我们这位精明的画家及那两名政客,或者用你们母鼠的话来说,那两个'大头目'。不,不,我不愿断言马尔斯卡特某天曾在高高的脚手架上对自己说:嗨!现在我决定把自己画在老阿登纳和山羊胡乌布利希中间。我只是猜想:当年的时代精神赋予了他这种三人组的灵感,他恍然大悟,很快发现自己居中而立了。抑或,他只是无意地、或者说无辜地使世俗的组合混进了圣徒的团体?我要去找他,我要和马尔斯卡特去尼德雷格尔咖啡馆坐一会儿。我们会喝茶吃糕点有瘾似的回忆往事:是什么、是谁对当初的造假风推波助澜?若不是插着这导尿管,我今天早就上路了。"

幸好他碰上了这小小的倒霉事。若无这异物挂在身上,他早就作出结论了,就像往常发表长篇演讲后那样。但现在我们的马策拉特先生沉默了,显然正沉浸在对往事的回忆中。他不安地踱来踱去,寻思如何开口,终于找到了合适的字眼,于是伸出无名指——就是那戴红宝石戒的——召我过去,让我近点再近点。我只得弯下腰闻他身上的科隆香水味,因为他要和我耳语:"你想除掉我,谋害我,是吧?你打算让我的故事远远地在波兰,在我外祖母的层层裙子下结束。这是一个谁都会觉得可信、太容易想到的结局。也许我是过时了,但奥斯卡不会就这样完了!"

我们的马策拉特先生陷在深深的老板椅里,他停了一会儿,让自己、也让我喘口气,然后说:"你想尽快圆满结束,这我完全可以理解,甚至我还弄懂了:我活着有人就觉得烦,觉得我不该再插嘴。你希望甩掉我,希望今后别人不要再说到你就提起我。总之,要是事情都如你的意,我已经被一笔勾销了……"

当然我要反驳。但无论我怎么竭力申明,他咬定我有谋杀他的企图:"你别再否认了,你确实打算以精心准备的讣告了结我即将到来的生日。我患致命的尿毒症,这在你看来再合适不过:这样的下场简直是为我度身定制的!幸亏我的司机识破了你的用心,抢先了一步,在赫尔姆施泰特就下了高速公路,及时找到了当地最好的泌尿科大夫。你想想,膀胱里有一千四百七十毫升尿液……"

说着说着我们的马策拉特先生又提起了那些已知的细节,人也变得生龙活虎起来。自从他被迫插上导尿管之后,他的自我中就有了新材料。没什么能使他分心,这大有神益的小管子及上面的塞子吸引了他全部注意力。"这项发明多简单,多巧妙啊!"他惊叹道,滔滔不绝地开始解释:通过插在尿道里的软管的分叉,樱桃大小的球囊如何渐渐鼓起顶住导尿管,给病人一种安全感。"你瞧,"他说,"人就是了不起,虽然现在处境不妙,但最终还是有法子对付。"

我不敢苟同,认为现在处境每况愈下,这点谁都不会否认,即使他也不会,这种颓势恐怕不是什么导管能够对付的。他听了不以为然:"晦气话[①]!我现在听到的全是晦气话!不过你瞧瞧我,虽然我的末日早被精心设计好了,但我还是从卡舒贝农田里回来了,尽管身体欠佳。尽管我过了六十难免要动手术,但你可以放心,不是我会有脱离这个世界的危险,而是你会飞上天飘忽不定,似乎被谁施了魔法弄进了太空舱,即使只是开个玩笑……"

---

① 格拉斯后来在 1992 年有《铃蟾的叫声》问世,亦可意译为"晦气话"。

非得这样吗,母鼠?非得发生一次大爆炸,给进行中的一切突然画上句号?我非得这样吗:勉强对付着为沦为祭坛装饰的小不点儿奥斯卡操心,接着连时差都没有就马上得听这位马策拉特先生唠叨,他还在制订计划,向全世界宣告他还活着——我非得这样吗?什么都不肯结束,连第三套节目也不愿停播吗?母鼠,你们大大小小的鼠群一季季地收获,葵花子都堆成了山,而我只能说说那艘随波逐流的破船的故事,因为女人们刚见到海底的维纳塔就化为乌有了?能让我突然想起的全是讣告?

注意力被迅速引开,离女人们已近在咫尺,因为她们不时向我输送情感:第一个柔情似水,好像是在对待自己;第二个热情洋溢,有点迫不及待的意思;第三个只是偶一为之;第四个始终是大无畏的样子;第五个全面控制了我,直到今天,她就是达姆罗卡……

你得承认,母鼠,总是缺些什么,要不就是所剩无几。我从不像希望的那样在家。圆圆的球上总有一处凹陷。所以我设想了一艘船,让女人上去当海员。只是抱着试试的心情,看看结果会怎样吧,我乐意安排她们和和睦睦地一起出海,虽然她们是死对头,在现实中总是尽可能少来往。以前都说女人就这样。可你,母鼠,你却取消了我让她们情同姐妹的试验,而且猝不及防。啊,我本来可以和她们一起化为乌有的。

但你要我写,我就写:船的残骸向东漂去。

你要求我从太空舱鸟瞰,一旦波罗的海再次一望无际地铺展开来,就别让这飘飘悠悠的破船脱离视野。

这破船只有你才觉得重要,我早把它一笔勾销了,正如我早想把我们的马策拉特先生一笔勾销了一样。他还想要什么!他还在我面前插什么嘴!这该诅咒的破船我要来干吗!

女人随着甲板上黑线轮廓蓝漆表面的建筑设施付之一炬了。我怅然若失,真想念她们呵。和她们在一起的日子是多么可怜又多么美好。亲爱的!这你完全不懂,母鼠。这种嫌多又嫌不够的感觉。

你们只想保住生命,只想让生命继续下去。别让破船脱离视野!你大声喊,那有动静了,伙计,那儿有什么动静!

哦,是甲板上咯咯作响。残余的舷栏杆断了,掉入大海。除此之外还有什么动静?光影相戏明暗交替?心中愿望映在海面?抑或录音机自动放起了磁带?

我什么也没听见。不闻"美杜莎"的歌声。海面时而一碧如镜,时而漾起涟漪。尘暴侵袭、昏天黑地的日子已经过去,如今大海波光点点,仿佛返老还童了,大概还散发出我儿时熟悉的气息,那一个个夏天的气息……

或许是大海获得了新生,舒口气变得生机勃勃起来。最近又出现了浮游生物、鲱鱼幼体、海月水母,还有没准哪天会上岸去的各色怪鱼。或许是比目鱼从海底沙床里冒出头来,就像你们老鼠从洞里钻出来一样。或许是发生了什么事情,但那船仍然只是一具残骸,漂在海面上不见半点生气。但它在往东漂,即使潮流方向相反也往东漂。

母鼠建议我好好考虑一下。你还记得吗,它说,末日来临前不久你的那些婆娘在哥特兰岛维斯比城上岸时发生的事情?她们五个可真是好动,水手的步态体现得淋漓尽致。快想想,伙计,快想想那时的情景!

婆娘中最瘦小的,就是那头发花白、总在烧饭洗碗不停拾掇的大姐,原打算留船上值班。但后来——对,我想起来了——她们五个都上岸了,准备把这游客如云的遗迹博物馆搞得鸡犬不宁。什么叫鸡犬不宁!她们起先只是采购些东西,比如瑞典的冷冻食品。烧酒哪儿也买不到,游行队伍却随处可见。是那会儿常见的抗议活动,反对这反对那,要求和平。哥特兰岛上老老少少都在街上示威,脚上不是胶靴就是运动鞋。下着雨吗?蒙蒙细雨。那年夏季天气糟透了。不过大家都太太平平地跟在标语横幅后面。哥特兰岛居民对此驾轻就熟,没睡醒也能这样在城里溜达,对胸前牌子和手中横幅上称为危险的弊端进行抗议。对,母鼠,我愿意回忆末日来临前的那些现实问题。到处是石油污染和贫困化,外加军备竞赛和森林死亡。我已经说过,他们反对这反对那。有些人拥护耶稣。哦,对了,还有一批人反对用动物做实验。

这就对了,母鼠说,你总算回忆起来了。那么后来又发生了什么?那些人仅仅在闲逛不成?

这支游行队伍不算太长,除横幅外还抬着表现狗和猕猴的特大手绘模型,有几个人还戴着鼹鼠或者老鼠图案的面具。我那五个女人跟着这支游行队伍,上岸前她们全都打扮得漂漂亮亮的:一个套着件长长的什么衣服,金黄色的;另一个包着头巾,穿着宽大的灯笼裤;第三个一身黑丝绸……

母鼠提醒我不要离开正题。我还拿女人们取笑,说她们昨天还捞了些水母上来测量,今天就和动物保护主义者一起发情去了。我说着说着就说到隐私上去了,母鼠一听又打断了我。

这我不感兴趣,它叫道,别扯上这些婆娘的风流事。只有在维斯比城发生的事,今天还有点意义。

那好吧,后来发生了骚乱。在市郊一家研究所前,那是瑞典乌普萨拉研究所的分部。我想始作俑者并非哥特兰岛的老老少少。第一块石头可能是女轮机长或者是大姐扔的,接着女舵手也动起手来。不管怎么说,是平时动作最慢的达姆罗卡率先冲进了研究所,别的女人紧随其后,连哥特兰岛人也跟进去了。后来听说她们在里面就像旺达尔人①,把实验室里价格不菲的设备砸了个稀巴烂,然后唰唰几下把笼子门全都打开了。听说有只猴子放出来后咬了一位瑞典女图书管理员,后果严重,因为这猴子……

别,别扯开去。继续,继续往下说!母鼠吩咐我道。

兔子、狗、所有猕猴和豚鼠,甚至还有几只鼹鼠后来又都被捉回去了。蓝灯闪烁的警车赶到现场时,女人们当然已经回到了船上。

---

① 亦指摧残文化艺术者。旺达尔人属日耳曼民族,公元四至五世纪进入高卢、西班牙、北非等地,并攻占罗马。

不想和警察有麻烦,马上起锚驶向维纳塔。听说逃掉了二三十只特别有意思的老鼠,最后是一个芬兰水手在港区看见了它们,不过那水手当时喝得酩酊大醉……

我们找到它了,母鼠叫起来,胡子不再东闻西嗅,接着便嘱咐我继续密切注视漂浮的破船,说那破船失踪好久了,即使在太空舱里视野宽阔的我也有一阵子没看见。你还记得,伙计,大爆炸后陆上海上浓烟滚滚,全球漆黑一团。你说不清,我们也道不明黑咕隆咚了多久。天寒地冻的那几天里——或者那几月、那几年里——破船究竟怎样了?在棺材般的黑暗包围中继续漂浮,还是被冰封住了,在持续的严寒中动弹不得?我们老鼠常常自问,如果船骸上有生命,有任何一种形式的生命,试问怎么挺得住?

言之有理!我大声说。谁能挺得住,连臭虫也受不了。我们该把这破船一笔勾销,反正派不上什么用处了。我们的马策拉特先生也该一笔勾销,让他见鬼去吧!都是些前尘往事。母鼠,还是说说你们农业生产搞得怎样了吧。春天气候是否过于潮湿?前几次收成好吗?你们是否注意到庄稼必须轮作?

当然注意到了,小主子!母鼠高声答道,拖着长长的土腔。我看见眼前的大片土地直达天际,种着萝卜、玉米、大麦、向日葵。我看见向日葵沉重地弯着腰,花盘饱满,葵花子一排排整整齐齐。我看见田野上空的飞鸟五彩缤纷。一个美丽的梦……

格林兄弟前脚走,跑堂的瘸侏儒后脚就嚷:"喝点茶,候佳音!"他给聚在屋前的众人端来茶水。兴高采烈,打趣逗乐,三五成群地站着聊天,看来是女巫请了依然名扬天下的童话人物参加立餐会,即站立就餐的聚会。大家互相说些老式的奉承话,但前世带来的不和也有所表露:邪恶的女妖忍不住恶语中伤起善良的仙女来。勇敢的小裁缝在野人面前寻衅滋事。小矮人和林妖忙着到处吵架。女巫和恶继母你瞪我一眼我瞪你一眼。山妖惹得荷勒太太生了气。小红帽开始挑逗汉塞尔。青蛙国王不愿往井里跳,所以格蕾特尔想躲进狼肚子,不料拉链怎么也拉不开。外婆捧着词典读那些老掉牙的单词,可谁也不听她的,因为别的事更加吸引人:默林魔术师和画眉嘴国王正在上朝呢。小矮人和林妖你推我搡往前挤,连下三流的小女巫也想离得近一点儿。"让雅各布·格林这样的人来当总理,连我也同意!"画眉嘴国王喊道。刚才还在讲亚瑟王①圆桌骑士团里怎么钩心斗角的默林让步了:"像我们这样的人对格林兄弟至少还能容忍。"大家笑着,举杯为新政府祝福。

只有无手姑娘闷闷不乐,细绳上那双断手无精打采地挂在颈前。她在闲聊的人群之间踅来踅去,不想喝瘸侏儒端来的饮料,也没兴趣听山妖吹嘘当年如何吓唬烧炭工人和玻璃吹制工人。她忧心忡忡地看着小矮人们依次把白雪公主拖进灌木丛,遇见约琳德和约林格尔心情就更为悲伤,最后悄没声儿地溜进了"松脆小屋",只见那儿莴苣姑娘的长发把王子捆得结结实实,她本人则靠着恶继母坐在窗台上,窗帘在身后随风飘荡。

王子还在不断吻着那具根据睡美人仿制的模型。莴苣姑娘和恶继母交替用手指把细绳结成各种图案,无手姑娘久久地注视着她俩玩这复杂的"跳绷绷"游戏。

终于她鼓起勇气说:"能不能让我看看,我那位父亲大人是怎样两次动斧子的?"恶继母显得非常友好,于是姑娘的断手从恶继母手上接过精美的"跳绷绷"图案,让她腾出手来去按魔镜电视的小按钮。屏幕一闪一闪亮起后,恶继母又从姑娘断手上拿回"跳绷绷"图案交给莴苣姑娘,莴苣姑娘接过时改变了图案的花样。

现在魔镜里热闹起来了,童话场景接二连三:我们看见七个小矮人围着白雪公主的玻璃棺材;瘸侏儒气冲冲地扯下自己的腿;小山羊四散奔逃,其中一只钻进了挂钟;半老公主老是头痛,她幼年时的金球此刻又滚进了井里。最后魔镜终于开始放映无手姑娘的童话

---

① 亚瑟王为传说中的古代历史人物,其事迹在民间广泛流传,后成为西欧骑士文学的重要题材。

故事。

　　无手姑娘蹲在凳子上，脑袋凑在魔镜前，怀里是系在绳子上的断手。她目睹父亲身处困境不得不听命于魔鬼两次挥动斧子，看见自己带着被砍下系在绳子上的断手痛不欲生地在林子里乱跑，最后终于在一位王子的帮助下、在爱情的陪伴下拥抱了一棵奇树，断手重又长好，和王子幸福地生活在一起了。

　　恶继母手里玩着复杂的"跳绷绷"，却把童话片里的一切都看在眼里。她恶习难改，用小指不怀好意地操纵着影片的进程，把画面搞得七颠八倒：一会儿是父亲两次挥舞斧子猛砍，一会儿是王子帮着无手姑娘拥抱奇树，然后又是凶神恶煞的父亲，接着又是乐于助人的王子，转眼又是斧子；快乐须臾即逝，恐怖无尽无休。

　　如同在影片中一样，魔镜前凳子上的姑娘的断手也长了上去，然后又被砍了下来搦在怀里，周而复始，令人绝望。

　　立餐会也毫无结束的迹象。几个童话人物演起了各自的角色。小红帽的外婆睡帽拉得低低的，突然露出一张狼脸。女巫让扫帚跳起舞来。山妖把铁棒全折弯了。青蛙国王的那位半老公主梦游似的手持托盘，把青蛙在各个人群之间端来端去。汉塞尔和格蕾特尔从"松脆小屋"的自动售货机里取来了最后一点山毛榉果实和榛子。善良的仙女和邪恶的女妖轮流着变成稻草人。灰姑娘、画眉嘴国王、坚定的锡兵和荷勒太太也都沉醉在童话里不能自拔了。他们忘我地扮演自己。连白雪公主也不愿老是跟着这个或那个小矮人到灌木丛中去鬼混了，她要打扮得花容月貌比现在强一千倍，不管是为了哪个悦己者。各个童话故事就如此这般纵横交错乱了套。约琳德躺到了锡兵身边，约林格尔和灰姑娘睡在一起了。只有女巫只对自己忠贞不贰，当然也对汉塞尔：他依偎在她的巨乳之间，梦见的不只是野蔷薇丛后发生的事情。

　　这时玩得差不多同样入神的还有恶继母和莴苣姑娘。她俩你传给我我传给你玩着"跳绷绷"，却没发现以吻醒美人为天职的王子挣脱了莴苣姑娘长发的束缚，拨开随风飘荡的帘子跳窗逃走了。屋后树林茂密,他蹦了几下就无影无踪了。

无手姑娘对此也浑然不觉,因为她还在看关于自己的童话片。刚才片里又有一位王子给她带来了幸福,可惜好景不长,那恶继母还在用小指操纵屏幕。

外面的立餐会散了。阵阵狂风袭来,成双捉对的露宿者忽然感到了凉意。大家慌忙一窝蜂地挤进屋里。恪守跑堂职责的瘸侏儒一边继续端茶水上果汁一边说:"不知格林兄弟是否已组成了一个新政府和好政府?"

童话人物闻言大惊,思绪回到了现实。在影片里双手又被砍下扔在怀里的姑娘被七个小矮人粗暴地推到边上。恶继母不再玩"跳绷绷",把魔镜切换到波恩。所有人,包括披着长发的莴苣姑娘,都紧挨着站在一起,想看看远方事态进展如何。

波恩郁郁葱葱,草木还在到处蔓延。连联邦总理府窗上,连内阁会议厅里都爬进了攀援植物。格林兄弟正在那儿召集临时政府的第一次会议。与会的内阁成员有工业界巨头、主教、将军和教授,他们传阅着睡莲叶片,上面写着童话人物的三项要求:清爽的空气,干净的水源,无病的果子。主教和教授们小心翼翼地点着头。将军们坐在内阁会议桌旁纹丝不动,觉得四处乱爬的攀援植物讨厌极了。工业巨头们怒不可遏地手脚乱舞,敲打着面前长满青苔、谁都会说是"绿色"的内阁会议桌。时而大声争吵,时而窃窃私语。快成丛林的桌子底下,有人给教授和主教们偷偷塞钱。

除了格林兄弟之外,谁都反对——主教们不无遗憾地也反对——这三项要求,尽管这是很起码的要求,读来也非常简单。雅各布·格林气得平生第一次猛敲桌子,但大吃一惊的只有他弟弟。巨头和将军们的神情是诧异加鄙夷,教授们则显得有点尴尬。

雅各布大叫:"总理还是我,我还是总理!"

威廉点头称是:"这点请你们务必记住!"

回答兄弟俩的是一阵哄笑。连主教们也笑了,虽然笑得较有分寸。

"松脆小屋"里,只见屏幕上威廉·格林在给忍俊不禁的阁员讲三位善良仙女的故事。大家全神贯注地观察着波恩的事态发展,不安地发现格林兄弟在波恩说话并不顶用。

这时格蕾特尔猛地叫了起来:"王子呢?王子到哪儿去了?"

惊慌失措,乱作一团,没头没脑地乱找一气。山妖痛打七个小矮人。女妖揪住莴苣姑娘的长发,转身就要去抓剪子。恶继母囔道:"他走不远!"

说罢她关闭了波恩频道——那里面威廉·格林还在如痴如醉地讲述善良仙女的故事,用魔镜细细搜索,直到出逃的王子出现在屏幕上。

女巫、默林和恶继母轮番作法,朝逃犯念起了巫咒、魔咒和恶咒。被咒的王子踉踉跄跄,跌跌撞撞,磕磕绊绊,但还在跑。现在他鼻子变长了,耳朵变大了,但他还在不停地跑。各色咒语的力度渐增,互相攀比,彼此抵消,于是王子一会儿变成狍子,一会儿变成独角兽,一会儿又变成了圆球,但他仍然不停地跳跃、疾走、滚动。他来到林边时又完全恢复了王子形象,找到了杂草丛生的高速公路,按照杂草丛生的路标的指示,大步流星往波恩去了。

"松脆小屋"里,魔术师默林和恶继母吵了起来。(按照我们马策拉特先生的设想,眼睛都气黄了的女巫还是抓起了剪子;我可不愿看到一个光头的莴苣姑娘,所以让汉塞尔去和女巫周旋,以保住莴苣姑娘长长的秀发。)汉塞尔好像在野蔷薇丛后变成了真正的男子汉,他一把夺过女巫手中的剪子:"这样于事无补!"

格蕾特尔叫道:"局势还没到不可收拾的地步!"

恶继母遵照汉塞尔的吩咐,再次转播内阁会议实况。只见雅各布·格林在弟弟支持下还在和腐败的临时政府作斗争。工业巨头和将军们在窃窃私语。教授们在桌底下点钱,都是俗称的"大票面"。主教们在桌面上微笑,那笑的模样是主教们的专利,他们边笑边转动着大拇指,或者翻着每日祈祷书。

雅各布·格林扯开嗓子大叫:"大政方针现在还得我来定!"

工业巨头们把睡莲叶请愿书撕得粉碎。其中一个吼道:"但这里是我们说了算!"

另一个大声附和:"谁也别想绕过我们做什么决定!"

众人齐声高呼:"去他妈的什么童话!"

现在我们看见威廉·格林泪流满面。雅各布累得一屁股坐了下来。一位将军按铃把卫兵叫进了内阁会议厅,命令他们逮捕格林兄弟。总理宝座刚空出来,另一位将军马上坐了上去。

尽管教授们表示这样恐怕不尽妥当,格林兄弟还是被戴上了手铐。威廉说:"你看,哥哥,从古至今都这样,对我们一直不尊重。"

雅各布说:"但我们不能认输。我要写份调查报告。"话音刚落,卫兵就接到了把兄弟俩带下去的命令。

这时以吻醒睡美人为天职的王子上气不接下气地冲进内阁会议厅。他向众人送着飞吻,哼哧哼哧地开始报告:"我被……我就……我跑啊跑……现在总算到这儿了!"

他见格林兄弟戴着手铐,便按宫中规矩鞠了个躬,高声道:"各位大人,我乐于效劳。但我必须恳求你们,马上下令释放尊敬的格林兄弟。"

见军人和大资本家们犹豫不决,王子赶紧再进一言:"我们把话挑明了:没有我和我的吻,这里就会瘫痪。睡美人行动。你们难道还没闹明白?!"

将军和工业巨头们还在磋商,一位主教就按照那位刚出炉的总理兼将军的指示,把格林兄弟的手铐取了下来,另一位主教露出了宽容的微笑。总理兼将军说:"让我们慈悲为怀,就软禁吧。这样两位就可以安心写点想写的东西了,童话也行!"

教授们殷勤地把帽子递给格林兄弟。雅各布和威廉戴上帽子,不无悲伤但昂首挺胸地走了出去。

(因为我同意我们马策拉特先生的看法,现在不必切入甚至欣赏此刻"松脆小屋"的痛苦情景,所以画面就留给那以吻醒美人为天职的王子了。)王子在巨幅森林地图上指着出事地点告诉大家,

313

那儿密不透风的荆棘丛遮住了睡美人、睡总理及其沉睡不醒的随从们。

大家顿时手忙脚乱起来。"发出三级警报!"——"向特别行动队传令!"——"目标明确地取消睡美人行动!"

丛生的杂草下找到了电话机,命令发出。以吻醒美人为天职的王子预感到幸福即将来临,抱住主教们挨个亲嘴,最后干脆到处送起飞吻来。(我们的马策拉特先生所言极是:这是一种病态。更糟糕的是:亲吻里藏着死神。)

别碰,不许动手,
糟了,有人弯腰,
投下阴影,开始动作。

再不能让哪个傻王子
把他的角色演到最末,
大厨师傅打了帮厨小子
一记响亮的耳光,
接着就是必然的结果。

只需吻一下就能取消行动,
睡着的一切就会继续活动,
依然故我,甚至变本加厉,
仿佛什么也没发生过。

但睡美人行动依然有效,
把所有人继续控制在梦乡,
一旦放走他们,局面不堪设想。

今天,第三套节目和其他广播节目一样都在不断地预告警报演习。警报据说以嚎叫声的轻重区分不同的含义,有的由强而弱,有的由弱而强,有的持续平稳,不一而足。这些含义都得弄懂才行,所以广播里请大家按时打开收音机,收听重要通知。通知里怎么说就得怎么做。即使谁还对上次战争的警报声和解除警报声记忆犹新,那也得重新唤醒心头的恐惧。

不久,我和我的圣诞鼠果真听到了含义丰富的警报声。附近造船厂汽笛设施良好,无论处于和平时期还是发生紧急情况都能保证有备无患。我们得分清什么是预先警告,什么是空袭警报和解除警报。一切都像广播中预告的那样顺利。现在我们都明白了。

奇怪的是,这些层次分明的警报声体现出一种关怀,让人感到安全有保障。万一有事我们不会措手不及。

接着我们收听教育节目,讲的是交通安全教育,然后是问题儿童的教育,然后是"大家谈"。播送头条新闻时说,布鲁塞尔峰会的失败只能视为暂时的失败。新闻节目快结束时传来了一条喜讯:瑞典乌普萨拉的科学家成功地从埃及木乃伊里分离出了两千四百年前的遗传物质,分离出了极古老的基因,并且在组织培养中进行复制。又有了进步。

我和我的圣诞鼠所见略同:这些报道似是而非。好像一切都还行,实际上什么都不行了。第三套节目提到的,无论是布鲁塞尔还是乌普萨拉,实际上都快接不上气了。回光返照而已,苟延残喘而已,亵渎古尸而已!我诅咒起布鲁塞尔那些编造巨额预算以饱私囊的家伙来,诅咒瑞典那些谋取遗产的家伙——你想想,他们竟然要把木乃伊化的信息植入露珠般新鲜的细胞!我在诅咒,我的小老鼠却蜷缩着身子睡过了头,从它老鼠的视角来看似乎这根本不值得抖动胡子稍加注意。

于是我告诉它我最近在哈默尔恩了解到的情况,当时我在庆典安排的内容之外参观了卜尼法斯教堂的墓窖。

现在我了解得比较清楚了,母鼠。那是在童子军东征的年代,离鼠疫大流行还有六十多年。当时人世间一片混乱,全都束手无策。多年帝位空悬,都在肆无忌惮地烧杀抢掠。恐惧无处不在,对未来提心吊胆,见什么都不寒而栗。年轻人东南西北城里乡下到处游行,在西边沿莱茵河往上。他们像被刺痛了似的跳舞,为赎罪把自己抽打得鲜血直流。犹太人听了他们的歌声,听了这鞭笞派的号叫便心惊胆战,因为鞭笞派在恐惧的驱使下滥杀犹太人。

不过别的年轻人比较有理性,并不惊恐万状,他们东进摩拉维亚和波兰,一直深入到卡舒贝和维纳塔地区,在波罗的海边定居下来。听说哈默尔恩有一百三十名少男少女在施洗约翰节——那天是一二八四年七月二十六日——跟着一个招募者走了。人们说,那招募者的笛声美妙绝伦。

请相信我,母鼠,史书上没有关于你们的记载。学者们一直未能证实那位笛手顺带着还从事捕鼠的营生。连思想家莱布尼茨也只是猜测而已,说这可能是——确实很像是——一次迟到的童子军东征。有一点不容置疑:有关老鼠的情节纯属后来编造,因为人们说,准引诱我们的孩子——即使是引诱他们理性地出走也罢,谁就是捕鼠者;而谁是捕鼠者,谁就也会诱捕孩子。

但我却认为,自从去过圣卜尼法斯教堂的墓窖后我就坚信,这并非历史真相。哈默尔恩一直有不少磨坊和粮仓,就是说一直也有老鼠。当然以做粮食生意为生的人不喜欢老鼠。无论对哪位磨坊主、粮贩子以及与此相关的同业公会会长来说,老鼠都意味着烦恼。但这些人的孩子却因为身处疯狂年代而玩起老鼠来。或许是为了气气父母,他们喂老鼠,带着老鼠在公共场合抛头露面,就像今天这些小淘气喜欢做的那样。一如今天的"髯客"或者"朋客",当年哈默尔恩的孩子也把老鼠当宠物放在肩膀上、头发里、衬衫下。口袋、背包里都有小老鼠探出脑袋来。

这就带来了麻烦,引起了家庭纠纷。不久市政委员会作出决议,严禁玩老鼠、喂老鼠甚至把老鼠带在身上。有些少年儿童怕受罚就让步了,变乖了。但哈默尔恩还是至少有一百三十个孩子不肯就范,他们置禁令于不顾,成群结伙地带着老鼠游行,在面包师大街上来来回回,沿着大教堂街一直到威悉河,经过磨坊穿越文德人居住区拥向集市和市政厅,占领市政厅达数小时之久,放肆地把市政厅叫作鼠政厅。甚至去卜尼法斯教堂望弥撒和做晚祷时他们也带着老鼠,完全可以打着官腔说他们像老鼠一样疯狂。

虽然不时会有这个或那个孩子在集市上被鞭打几下,绑在柱子上示众,但因为有声望的市民甚至市议员的子女都属于那一百三十个不可救药的老鼠迷集团,所以陪审员们无法决定使用拉、夹、烧之类的酷刑。

不久大家私下都在议论什么"撒旦弥撒"或者"老鼠崇拜",并且一再提到大教堂的墓窖。不久那一百三十个孩子开始一身老鼠打扮,拖着光溜溜的尾巴,光天化日之下抢劫面包店和肉铺,野蛮得越来越像他们的老鼠。到了这时,连制皮革的背口袋的都开始小声咕哝,对迄今为止网开一面、放任自流的做法不满起来。同业公会里聚在一起就大发怨言。布道坛上的多明我会修道士声嘶力竭地抨击这些不人不鼠的小崽子。

在僧侣们的压力下,或许也因为害怕各行各业都起来造反,市政厅和陪审员们终于在一次秘密会议上决定采取万无一失的对策:许诺重金从外地请来个会吹笛子和风笛的人。这个城里谁都不认识的外来笛手按计划和那些都没人样的孩子们混熟了,然后有一天——是施洗约翰节——用笛声把他们引出东门,来到附近的髑髅山①,看起来只是一次有趣的郊游。在一个深不可测的洞穴里,笛手和一百三十个带宠物老鼠的哈默尔恩孩子开始聚会,煎着猪肉香肠,喝着大麦啤酒,轮流起舞时听说还有老鼠伴舞,地狱般的歌声震耳欲聋。

欢乐的聚会达到了高潮,大麦啤酒喝得孩子们有点迷糊了。这时笛手悄悄溜出洞来。接着,牲口圈门大小的洞口就被市政厅的差役封锁了,被同业公会的泥工砌死了,被农民运来的一车车沙子填没了,最后还被修士们冷酷无情地洒上了圣水。听说洞里只传出几声

---

① 耶稣在耶路撒冷附近的各各他被钉上死在十字架上,见《圣经·路加福音》。

喊叫。还有一种流言,说唯独一只老鼠逃了出来。

  大家为被活埋的孩子们伤心不已,但用叮当作响的银币付了那外来笛手的工钱。这座城市很快就多了一段传奇故事。史书上记载此事时用了个多义词:"迁出"。自那以后,哈默尔恩就成了弄虚作假的化身。这会遭报应的,母鼠,一定会遭报应的……

> 孩子们越来越忧心忡忡,
> 头发染上扎眼的颜色,
> 脸上抹得不是发霉似的绿,
> 就是石灰般惨白,
> 只为了驱走心中的恐怖。
> 我们失去了他们,
> 他们无声地疾呼。

> 朋友,和我一起变老的笛手朋友
> ——偶尔相见远远打招呼,
> 他的华彩乐段花样翻新总是成功。
> 他失去了二十岁的儿子,
> 好几回险些失去,
> 这次却永别再难相逢。
> 儿子们早早离家出走,在《圣经》
> 或别的什么哺育下的儿子们,
> 谁都不愿体验父亲的临终,
> 不愿承担债务,等待祝福声。
> 我们提供的日益廉价只能打动自己,
> 有何价值呵,如此人生。
> 他们可没工夫按我们的尺度,
> 走完这段路程。
> 我们忍受的,滑稽地鼓励我们的一切,
> 他们觉得忍无可忍。

他们甚至懒得用愤怒的"不!"
来回答我们勤奋的"是!"
干脆关机,熄火,走人。

啊,亲爱的朋友,是什么
教会了我们如此执着地怀疑?
何时起我们必然歪打正着地走向目标?
为什么我们的存在可能毫无意义?

我为儿子们担心,也为自己,
因为母亲们,擅长理解一切的母亲们
也茫然不知所措。

它最早是货运帆船多拉号,以后装了柴油发动机改名伊瑟贝尔号跑沿海,最终成了考察船新伊瑟贝尔号。此刻它的残骸随风漂荡,不,顶风往东,不仅有航向,而且在海尔半岛的纬度上还减了速。这半岛以前岬角曾被淹没,现在又长高了,使海湾成了潟湖。船的残骸绕过半岛,进入潟湖往南,朝着格但斯克城的防波堤和港口驶去——如果船骸还能用"驶去"这样的字眼的话。防波堤、港口和但泽这座汉萨古城的塔楼一样,远远望去依然清晰可辨,散发着不可抗拒的魅力。不然的话我怎么会总是,这无助的破船怎么会现在也是如痴如醉地往那儿去?

破船半速航行着。我在太空舱里一次又一次地看见波光粼粼的波罗的海。在规定的运行轨道里犹如雾里看花,尼罗河三角洲、孟加拉湾、大小巽他群岛都笼罩在一片朦胧之下,但只要我从北俯瞰大地,瑞典南部的海岸就显露出来,脚下分明是我的大海,小水洼般的波罗的海。虽然所有岛屿包括哥特兰岛和波恩霍尔姆岛都踪影不见,但瑞典最南端的沃土上各种农业结构却历历在目。

我有望远镜之类的光学设备,可以把那破船拉得很近,清楚地看见它不在随波逐流,而是循着一定的航向。现在是夏天。这一带后方地里的向日葵和其他庄稼也开始熟了,一派生机勃勃的景象。我不由得想呼叫:地球!地球!快回答!——但我知道,不会有人回答:罗杰!① 或者:什么事啊,查理②? 只有母鼠会回答,会告诉我最近的新闻,知道的比我能张望到的更多,能嗅出些耸人听闻的事情,甚至还能听到……

听!母鼠叫道,突突的声音。仔细听呀,是船上的发动机在突突地响。你该高兴才是,小主子,你的伊瑟贝尔号上又有人了。不然船上的发动机怎么会响。假如不是你的那些女人,那么肯定有谁在摆弄发动机了。发动机不是全毁了吗,可现在又在不停地转了。这老掉牙的柴油机还真不赖,转得顺顺当当的,你听见了吗?!

我从未见过它这般激动。先在突堤上,接着又沿着长桥来回乱窜,一会儿在造船厂里飞跑,一会儿又绕着港口泊位在码头堤岸上转圈,最后跳到系缆柱上,搜肠刮肚地想词儿,可还是没挤出几句完整的话。小主子,亲爱的! 它结结巴巴地叫道,如果……尽管天寒地冻天昏地暗,但可能……虽然有尘暴,有该死的射线这连我们也受不了的上天恩赐……但还是……因为以前……难以想象……或许剩下了几个……你看,我们充满了期待,充满了希望,不过也忧心忡忡……

不仅仅是它在泊位的系缆柱上,一群群老鼠把码头设施全占了。所有吊车上,列宁造船厂的船台拖曳滑道上,平时避之唯恐不及的硫黄池旁的散装仓库顶上,高高的干船坞壁沿上,到处挤满了老鼠。凡是视野宽阔的地方,莫特劳河和死维斯瓦河汇合处的突堤上,莫特劳河两岸,密密麻麻全是老鼠。新航道以前称作新斯科舍人港,其居住区一直到弗尔日兹什齐都被泥浆覆盖了,泥浆围堤上如今种了庄稼,大都是向日葵,宛如一条绿化带围绕着港区;这新航道一直到防波堤都是老鼠,好奇不安地叠起了罗汉,磕头碰脑地搅成了一团。

一百八十马力的发动机突突直响,现在这再也不是什么值得怀

---

① 无线电联络时字母 R 的代称,通信用语:已收到,明白。
② 无线电联络时字母 C 的代称。

疑或者源自期待的幻觉了,而是作为唯一的声音占领了我的梦境——周围静悄悄的,老鼠们呆若木鸡。传言升格为消息了:这艘以前用以考察的破船并非驶向现代化的远洋码头,而是要停靠在历史悠久的老港口。老港口的长桥旁只有两艘原先是白色的游船,末日来临后就停在那儿不动了。突突作响的考察船残骸驶近了,甲板上依然空空如也毫无生气,终于从航海技术角度而言无可挑剔地在长桥对面靠岸了,停在二战时的仓库废墟和两次战争间歇时重建的仓库前。来者最终停靠在以前波兰语称作"斯皮赫莱热"的仓库岛了,消息在各鼠群中一传开,老鼠就从新城的船厂和港区,从新航道,从泥浆围堤一窝蜂地向老城和右城拥去,穿过那儿的大街小巷向莫特劳港飞奔。于是考察船残骸靠岸后不久,女人门、货摊门、绿门、圣灵门全都水泄不通了,岸边所有设施上密密麻麻全是老鼠,面向莫特劳河的哥特式建筑窗口摩肩接踵全是老鼠,连山墙上都停满了老鼠,鸽巢鼠占了。

锈迹斑斑的游船上同样鼠头拥挤,每个位置、每个瞭望点都得到了充分利用。天文台的小塔也被老鼠占领了。烧得乌黑的吊车残骸上无插足之地。宽阔的绿门前到处是老鼠安营扎寨,大大小小的雕像不见了本来面目。只有仓库岛岸边例外,刚才还挤满老鼠,考察船残骸停稳后这儿就腾出了地方,似乎要为即将发生的大事留出空间。

出于尊敬也好,因为畏惧也罢,反正此刻理应保持一定的距离。我们虽然预感到将要发生什么事情,但不知道这事情将怎样发生。通过齐声祈祷,脑海里尽管也曾浮现出不少景象,但这些景象大都此消彼长,走马灯似的。虽然我们在圣母教堂里——你经常见我们一脸虔诚地在那儿聚会——引吭高歌,呼唤人类卷土重来,我们祷告时也总是念叨那位老太太和她那缩成一点儿的小男孩,但我们还是拿不准人类将以什么形象复活,连他的剪影会是怎样的我们也心中没数。

难怪种种猜测如雨后春笋,母鼠说。他会是什么模样?身材像我们熟悉的那样?还是会出奇魁梧宛如巨人?是独眼龙还是长着四目前后左右到处张望？尽管我们把人类时代日薄西山时大量生产的人形玩具，就是那种蓝白两色的小人，醒目地摆在我们主教堂的主圣坛上，但我们还是希望，人类重返我们身边时别像侏儒一样。期待中的人到底是怎样的，我们竟然语焉不详；而我们本来应该知道或者可以想象自己注定的命运。我们受过测试，熬过好几轮漫长的实验，身上注射过各种毒药和解毒药，为人类科研出过大力，最后还荣获嘉奖；我们当然明白，在要对人类进行优化时——他们的科研项目就叫优化人类——他们脑子里最终设想的是什么。我们快乐地期待着，但最后出来的结果，不妨说是最后暴露在光天化日之下的东西，还是把我们吓了一跳。

破考察船刚缓缓驶入，我们就在左右两根系缆柱周围摆上了向日葵、玉米棒、个儿特大的萝卜，还有拎了毛的野鸽和麻雀。不过有点手忙脚乱，因为我们想在他们露面之前撤离完毕。我是否提到过，老鼠们拧成一股绳，在圣母教堂钟楼里和其他教堂尖塔上齐心协力敲响了钟声？一百多脑满肠肥的大老鼠悬在钟绳上。总之，大家呆呆地期待来者露面的时候，所有教堂的钟都敲响了，一如在人类时代。

我看见他们从通前舱的舷梯上来了，直立行走了几步又站住了。我看见他们懒洋洋地两腿交换着支撑身体的重心。他们个子约有三岁孩子那么高，无论男女身上都有几处鼠毛，四肢基本符合人体比例。尽管看不出有一点老鼠尾巴的痕迹，但他们长长的脖子上分明扛着个硕大的老鼠脑袋。

正蹲在斜对面绿门檐板上的母鼠说：开始他们装作没注意到我们。教堂钟声继续响着。他们坐久了要活动活动腿脚，在甲板上来回走，时而伸伸腿，时而踢踢脚。然后才懒洋洋地朝对岸，朝房屋山墙和城门塔楼招手，好像要喊"你们好！"。如果说我们刚才还在你推我搡想看得清楚点，那么现在我们都愣住了。请相信我们，主啊，没有一条尾巴在动，只有胡子里还透出点儿生气。吓坏了？有点失望，一种要取笑他们的欲望也油然而生，他们刚到就想取笑他们。不过主要还是吓坏了。谢天谢地,钟声渐渐消失了。

我见到母鼠指给我看的情景,忍俊不禁,在梦中笑了起来。长毛的鼠人或者长毛的人鼠——起先有五个,然后是七个,最后成了十二个——把新伊瑟贝尔号残骸的缆绳系好,其中两三个上了岸,发现了好客的老鼠堆在系缆柱周围的礼品。他们毫不客气地抓起萝卜、玉米和向日葵狼吞虎咽起来,连玉米的棒子和向日葵的花盘也吞下了肚。鸽子和麻雀他们没动。显然是讨厌生肉,他们把这些拧了毛的腐尸扔进了莫特劳河。

这就是钟声消失时的情景。一群群老鼠不再发愣,开始活络起来。大小建筑上,山墙和城楼上,长桥的码头设施上,龙门吊车废墟前的游船上,老鼠都开始纷纷撤退。它们无声地消失了,显然是大失所望了。或许它们到圣母教堂去了,那是它们集体静思的地方。

后来正当我想变换梦境的时候,耳边响起了母鼠的画外音:为了这种可笑的所谓科学产品,人类当初——你准还记得,主子——把诺贝尔奖都给了我们。据说是表彰我们在基因技术方面作出的杰出贡献。可最终鼓捣出来的,你看,竟是鼠人或者人鼠。"来者"竟是这种杂种,对满怀希望的我们简直是一种嘲讽。

我们起先叫他们"来客"。有时也叫他们"杂交物种"或简称"杂种"。最后我们想起了那两位获殊荣的先生,他们在人类社会末期发现了DNA结构,分离了细胞核,解读了基因链。就是鼎鼎大名的沃森和克里克。所以我们便给"来客"起名"沃森克里克"。"沃森克里克"妊娠期较长,长达十八个月,而且下崽少,一胎只有四五只,繁殖速度比我们逊色多了。顺带说一句,船上下来的那十二个"沃森克里克"里有五个孕妇。我们本该全部消灭他们,马上消灭他们。

听我讲述了鼠人登陆的情况之后,我们的马策拉特先生认为鼠人个子有小男孩高就足够了,认为整体上不啻为成功的构思。我桌上的信件一大摞,但从特拉沃明德还是没消息来。最近我的梦总是内容重复或者大同小异。不仅常梦见女巫拿起恶继母递过来的剪刀,咔嚓咔嚓把莴苣姑娘的长发给剪了,而且不请自来的母鼠每次带给我的画面也是翻来覆去差不多:先是女人们的头发——达姆罗卡的鬈发!——烧了起来,然后她们全都葬身火海。不,应该说是这样:女人们越来越苍白,最后化为不断剥落的石灰浆上的点点色斑,画家马尔斯卡特此次是受我们马策拉特先生的委托,用根须做刷子清除这点点色斑,然后胸有成竹地挥笔勾勒五个女人的形象,不过她们全都酷似女影星汉茜·克诺特克,一点儿不像我的达姆罗卡。

特拉沃明德依然不见明信片寄来。第三套节目一切照旧,我的圣诞鼠照例每周准时得到新褥垫。哈默尔恩的庆典无声无息地结束了,没什么值得一提的。不过从乌普萨拉传来消息,从古埃及木乃伊身上分离出来的遗传物质开始以克隆方式大量复制,这情景接二连三地进入我的梦境,在"沃森克里克"登陆之前就给他们塑造了远古的形象:宛如来自拉美西斯①时代,他们行走站立的姿势酷似雕像,双肩有棱有角,手、脚乃至肚脐都显出特定风格,连那老鼠脑袋也好像源自尼罗河三角洲。

这副模样我们的马策拉特先生无法接受。他想看到上岸的鼠人体现出瑞典人的特征。不过当我特别提到这十二个鼠人中有四五个戴着首饰时,他表示同意了。鼠人们刚决定上岸亮相,我就看见他们戴着银首饰,还有象牙、缟玛瑙和黄金项链。

这条银丝编结而成的腰带,我在梦中喊道,在达姆罗卡放杂物的海员行李袋里见过,现在系在那快分娩的女鼠人大肚子上也不嫌短。另一个女鼠人经过瑞典基因处理,老鼠脑袋下是珊瑚项链。这项链是我当年和女海洋学家要好时送她的礼物——不过她可能早就忘了。还有这件和那件首饰我也认出来了,以前是放在女舵手的首饰盒里的,那时她对此百戴不厌,尽管我俩的关系很快就完了。哦,耳环!女鼠人都怀着孕,其中一个戴着耳环,下面还垂着长长的流苏;

---

① 拉美西斯系古埃及新王国时期(约前1315—前1090)统治埃及的十一位国王的名字。

要能想起这些贵重物品我是何时送给何人的——我只记得价格了——就好了！是在谁过生日的时候？哪年的圣诞节？或者是母亲节？

只听梦境中的母鼠又来说三道四：即使世界毁灭了，你的那些风流韵事也没个完！你瞧仔细了，老家伙！这些戒指是你还了几句价就淘回来的旧货，有事没事慷慨地分发，如今被那些男鼠人滑稽地戴在大拇指上。

接着又见女巫抓起剪刀，秀发去净的莴苣姑娘泣不成声。接着又见马尔斯卡特趴在高高的脚手架忙活，他并不担心在风格上张冠李戴，偏要让哥特式壁画显出几分古希腊的严谨。这幅自画像唰唰几笔就完成了：年轻、诙谐、有点像奥伊伦斯皮格尔的他硬挤到了两位早已画好的、古希腊特征明显的老人之间。然后我又梦见了盖着特拉沃明德邮戳的信件。然后我又看见我们的马策拉特先生和格林兄弟签了约。然后布谷鸟挂钟敲了十二下。然后"沃森克里克"们再次登岸，伴随着教堂的钟声……

第十一章

"来客"定居下来——睡美人行动可怕的结局——哈默尔恩的三胞胎出人意料——吕贝克假画案做出判决——仓库岛挤不下了——我们的马策拉特先生又是什么都能未卜先知——"沃森克里克"使得一切秩序井然——鸿雁传佳音——乐声带来了安慰

我俩的梦境
烟消云散，
我俩清醒地对立
直到疲倦。

我梦见了一个人
——我梦境中的母鼠如是说，
我不断解释，直到他相信
是他梦见了我，直到他在梦中说：
我梦见的母鼠以为它梦见了我。
就这样我们在镜像中
对视着，对问着。

抑或：我和老鼠，
我俩都是被梦见者？
梦非你梦亦非我梦，而是来自第三者？

最后，待字眼耗竭，
我俩就会发现什么是真实的，
而且不仅是人力可为。

他们蓝眼睛。他们慢慢成形了，投下身影，具备性格，其中不乏可笑的性格。

如果我们刚才说过，除了长着老鼠脑袋和身上部分有毛之外，他们符合人体比例，完全直立行走；那么我们现在要说，他们毛皮状的头发是金黄色的，所以蓝眼睛配上特大的老鼠脑袋并不显得怪异；实验室老鼠无论是白毛的还是红眼的都植入了典型的瑞典基因，所以再也不能怀疑这些移民的斯堪的纳维亚出身，再也不能掺进别的什么遥远国度来的配料。毋庸置疑，这些移民确是乌普萨拉大学分部的产品，那里的基因技术人员和波士顿、孟买、第比利斯的同事们经常鱼雁往来，那里很早就培养储藏了不少浓缩的细胞核。科学家在全球范围内协调合作。因此，鼠人在欢迎的钟声中登陆应视为人类历史的延续。大爆炸后短暂中断的进程，现在得以延续下去：通过又一次入侵。当年载满哥特人的船只来到这里，他们在维斯瓦河入海口站住了脚，无精打采地待了没多久便挥师南下，为民族大迁移作出了自己的一份贡献。同样，那些在哥特兰岛首府被放了生的也应被视为一种力量，一种——这点现在非常清楚了——创造历史的力量。

这番话谁说的？我梦境中的母鼠？是我鹦鹉学舌的复述？还是母鼠说了我硬让它说的话？抑或是母鼠和我在梦中异口同声？

"杂交物种"登场的情景以及他们夸张的金发碧眼让我俩都大吃一惊，尽管母鼠盼望而我则害怕他们的到来。开始时我们为了掩饰故意大笑：瞧他们模样多滑稽，让人笑掉大牙！瞧那胳膊多像壶把手！瞧那直挺挺的膝盖，走起路来踩高跷似的！瞧他们撒起尿来男的遮羞女的下蹲的样子!瞧他们竟然这样啰里啰嗦打招呼煞有介事打手势!真的:他们是些可笑的丑八怪!

只见他们从登陆后就不断侵吞土地,各鼠群对此听之任之。他们占据了莫特劳河支流之间的仓库岛这一具有历史意义的地方,在通往右城和下城的座座桥梁上有目标地撒尿拉屎,以鼠类通行的方式划定自己的势力范围。他们圈起地来显得那么理直气壮,好像这是白纸黑字写着的权利。

当年的条顿骑士团,母鼠和我异口同声地说,恐怕也是这样圈地来着。"来客"理所当然地占了仓库岛,所以当地的鼠群不仅忍了,而且还尊他们为不可抗力的见证人——当然是敬而远之。是敬而远之,没有接触,没有玩过较劲的游戏,敲钟欢迎之后也没有低三下四的奉承举动。最多也就是像前几天那样,在桥上走近了相互嗅嗅:陌生得很。

我们耐心等待。天天看到他们,但暂时还看不透他们。不过母鼠和我一致认为:注入瑞典基因的鼠人——母鼠坚持说是"人鼠"——有一种内敛的、惰性的,也许是阴郁的力量,一种暂时还不必自我证实的力量。我们也相信他们万不得已时会采取有力措施:动作既快又稳,但会酌情适可而止。他们代表着一种力量,但不是盲目的暴力。他们天生就有一种不经意的纪律性,遵循着一种含而不露的秩序,而不必有龇牙咧嘴的看守——可惜这对老鼠是必要的——在旁边才循规蹈矩。

母鼠这样说,我点头称是:"来客"上岸时留下的可笑印象烟消云散了,他们现在很美,惊人地美。若不是远眺而是到桥上近看,便不难发现他们各有特点,并非千人一面的克隆,而是男男女女你有你的英俊我有我的标致。他们的眼睛是蓝的,从浅浅的清水蓝或乳白蓝,到凉凉的金属蓝,直到深深的、会突然变黑的、在人类时代据说是英雄目光所特有的那种蓝,其间还不时可见点点耀眼的天蓝。他们的蓝眼睛真迷人。

母鼠和我看见他们毛色黄黄的,像麦穗又像面包,带点金又掺点红。他们在仓库岛上巡视,占地方不动声色。他们或是站在"中间那次战争"即二战的废墟前若有所思,或是不知道和阿德巴尔巷平行的慕尼黑巷曾是最后的犹太人规定居住区。这段历史并非他们的负担。他们没什么往事需要反省的,他们脱胎换骨从零开始,不受任何负罪感的困扰。我们看着真羡慕。

他们笨手笨脚的,站那儿还有点罗圈腿。他们并非全都毛皮光滑,有几个后背、上臂、大腿上长着卷毛,甚至手指和脚趾上——不错,他们赖以取物、站立和应急的是人的手脚——稀疏的汗毛也是鬈曲的。有几个长发光滑的留着分头。他们深浅不一的瑞典蓝眼睛上也有金黄色的睫毛。

我觉得这样很美。母鼠却认为他们身上除了鼠的成分之外还有猪的特点,指出他们没有细长的尾巴。经它指出我才发现,这些鼠人的脊椎臀部以下是卷成环状的尾巴,虽只有一点儿但还看得见。母鼠这样说的时候并无嘲讽口气,似乎用猪基因和鼠基因来控制人基因的做法优于仅以鼠基因和人基因相配的方案。

诚然,滑稽的环状尾巴算是条证据。母鼠既然多次指出,我总不能视而不见。但我对这长度锐减且呈环形的尾巴还是另有评价。我拒绝称之为猪尾巴,指出可能是经基因控制的大自然心血来潮所致,坚持认为这是一种新物种:鼠人或人鼠。这样优化组合就行了,只有鼠性能够或者应该在人性中显露出来。大家习惯已久的我们不复存在了,但至少经过如此再造的我们又能存在了。我认定只有老鼠才能使人类得到升华和优化,只有这种基因链才能胜过大自然,只有这样才能使造物得以延续。有猪的特点?母鼠,你这是什么话!我可说不出来。

鼠人结对生活,其中女性占上风,虽不过分但能感觉到。女鼠人不满足于生养子女,我们看到她们给三胞胎或者四胞胎喂完奶后就若有所思地闲庭信步,由男鼠人照料孩子。显然男女平等最终还是实现了。在人类时代不可能的事,总是在厨房里卧室中引起争吵、再怎么相爱也无法协调的事,如今通行无阻了:没一点儿强迫,要多和谐就有多和谐，尽管这样不免有些单调。我真想在他们日常生活中发现点紧张气氛或者初露端倪的不和，但就是不见磕磕碰碰，不见一点儿火星，日子过得那乏味不由你不信。

他们一上岸就繁衍后代。虽然不像本地鼠群那样转眼子孙满堂成千上万，但很快第一对小夫妻已经同房，很快这经过瑞典基因处理的物种已成了一大家子，要不了多久就会形成新民族。母鼠和我数了数，有一百多蓝眼睛在仓库岛上定居下来准备发展壮大。"中间那次战争"即二战后重建的木框架五层楼房有两幢从下到上都成了幼儿园和青少年宿舍。他们暂时还无饥饿之虞，因为所有仓库里满满的都是本地老鼠的存粮：玉米棒、谷物、堆积如山的小扁豆和葵花子。

母鼠——我认为是它梦见了我——目睹这一切，不无忧虑；我——母鼠说是我梦见了它——也很担心：有存粮不假，但坐吃山空，迟早会出问题。

母鼠却抱怨当初坐失良机：我们早就该干掉他们，他们一上岸就动手宰了他们，不过才十二个么，本来是小菜一碟，三下五除二就全解决了。

原则上我同意母鼠的意见，没准还是我出于对但泽地区定居鼠群命运的担忧而要求立即消灭"杂交物种"呢。不管怎么说吧，我俩一致认为：目前的和平只是假象。仓库岛不久就会人满为患，蓝眼睛的第四代都已进入青春期了。仓库里的葵花子一层一层地在减少，以前赖夫埃森①农贷协会的存粮——原来那儿存放的是大麦——显然吃空了，莫特劳河支流的水面上漂着越来越多啃完了的玉米棒。虽然鼠群现在还不至于挨饿，何况前几次是大丰收，但仍然不免要发愁：等到粮尽了怎么办？等到他们人丁过旺而又个个饿急了的那天，怎么办？

他们聚会时暂时还是一派和平景象。晚上他们三五成群站在那

---

① 赖夫埃森（1818—1880），德国农贷协会创始人。

儿或者手挽手四处闲逛,看不出对我们有任何威胁,他们的心思全在自己和繁衍子孙上了。相对而言男的温柔女的霸道。他们井然有序地居住在仓库岛上,似乎有这块地方就够了。一旦看见自己的孩子玩着玩着上了那几座桥,越过居住区边界往绿门或经过奶壶塔向下城——我们的俄国鼠就在那儿的泥浆围堤后面安家,他们便毫不留情吹起口哨把小家伙们叫回来。

他们的教育以服从为原则。他们从小就学习遇事举手表决,从不仓促决定,而且重视发展睦邻友好关系,生来喜欢不偏不倚保持中立。他们举手投足体现出令人惬意的斯堪的纳维亚风格,似乎经过基因技术处理他们行为举止变得有几分像社会民主党人了。我们对自己这样说,宽宽心。

还没有一个"沃森克里克"在长市、市政厅或者亚瑟王院前露过面。他们并不好奇,觉得待在自己领地里就行了。我们为他们和我们的未来如此担心,但他们自己却无忧无虑的样子:这些经过基因处理的家伙真能泰然自若。存粮日益减少,空间日益狭窄,但这并不能妨碍金毛碧眼的鼠人一天天增多。这种美的威胁越来越强烈,大大小小的仓库窗口全是他们或平滑或鬈曲的毛皮在金光闪烁。

我们欣赏他们的妩媚,但最近有件事令人注目:那些长足了个的"杂种"聚在一起演习了。母鼠和我看见他们在莫特劳河对岸时而排成四方队列,时而组成三角阵形。他们直立行走,齐步前进。啊,上帝,他们练起了行军。左转弯走,向后转朝了右,原地踏步,呆呆地等口令,目光注视口令指示的方向,又开始起步前进。隔着静静的河水,母鼠和我倾听着他们阵阵的口令声。这是一种带腭音的、你愿意的话不妨称为令人心旷神怡的语言,它使我想起马策拉特先生带到波兰送给卡舒贝穷孩子的那些玩具。是的,我似乎听见"沃森克里克"们不断在喊:小人向右转走!小人向后转!小人齐步走!小人一二三!小人一二三!小人……

他们来了!"松脆小屋"里济济一堂,大家都围在恶继母的魔镜前。只见水泥地堡突然张开血盆大口,一种从未见过的履带车接二连三地爬了出来。抓手左右摆动,清障栅向前伸出,装着冲头和撞槌,两侧还有灵活的大吸管,这些怪车酷似传说中的龙,因而唤作"清障龙",正如人们用猛兽为坦克起名一样。

"清障龙"碾平了高速公路上所有绿化,越开越近了。(若按我们马策拉特先生的愿望,这些迄今为止只适用于在印度和南非清除大片贫民窟,如今却无论是谁一概驱散的特种车辆还应装上火焰喷射器。我反对这种老式装备,但也不得不估计到奥斯卡早年的印象最终可能会占上风。当年在波兰邮局的战斗中动用了火焰喷射器①,这给他留下的印象太深了。)

"松脆小屋"里开始人心惶惶。画眉嘴国王担心自己的产业,善良的仙女号啕大哭,邪恶的女妖弯着腰像被人踹了一脚。约琳德和约林格尔呆若木鸡,莴苣姑娘怕冷似的披下长发裹住身子。青蛙惊慌失措地从半老公主的额头跳进井里,又变成青蛙国王战战兢兢地爬出井来。无手姑娘用砍下的断手蒙住两眼,不想再看这恐怖的画面。小红帽的外婆给所有愿听的人朗读《格林词典》中"不祥"前后的单词:"不顺、不幸、不悦、不仁不义、不伦不类……"不过也念了:"无忧无虑、无明火起、无所畏惧……"

起初只有山妖手持大棒准备抵抗。现在勇敢的小裁缝和坚定的锡兵也决定拼死一搏了。在小矮人们的催促下,几个小女巫往匆匆找来的空瓶里撒尿,完了由小矮人用软木塞封住瓶口。无手姑娘的断手练习着技术动作。

白雪公主和小红帽在一边劝总理的孩子快走:"你们该回家去,孩子,趁现在还不算太晚!"但汉塞尔和格蕾特尔不愿临阵脱逃:"我们属于你们!"

这时魔镜显示"清障龙"已经下了高速公路向森林扑来。它们在林中咬出一条通道,在身后吐出碎木片。青苔搅得面目全非,树根

---

① 参见《铁皮鼓》第二篇。

砍得七零八落。领头的那辆"清障龙"车顶上,以吻醒美人为天职的王子正在给现任临时政府总理的将军指路,并向荆棘树篱后睡美人的方向送着飞吻。

"松脆小屋"里,大家还在为王子的叛逃义愤填膺。莴苣姑娘羞惭满面。女巫、魔术师默林、邪恶的女妖试图用魔法和咒语阻拦"清障龙",但所有的魔咒不是撞得火星四溅弹了回来,就是仅仅改变了来者的外形:那些特种车辆现在长出了龙牙,多了些骨碌碌直转的龙眼,冲头和清障栅之间伸出了撕裂成一条条的滚烫的舌头,看来"清障龙"还是装备了我们马策拉特先生建议的火焰喷射器。

不为这一切所动的只有王子,他陶醉着,忘我地送着指引方向的飞吻。"清障龙"车队压阵的那辆载有一支特种部队,大兵们手持盾牌头戴面甲。转眼车队开进了林中空地,那儿矗立着格林兄弟的石像。

"松脆小屋"里的童话人物在魔镜上惊讶地发现,一辆"清障龙"伸出撞槌开始冲锋,撞了石像又撞基座,第二次冲锋格林兄弟的石像就轰然倒下四分五裂了。另几辆"清障龙"把碎石块碾进了森林地下,连两个我们相知有素、如今惨遭重创的格林脑袋也未能幸免。

目睹这一暴行,"松脆小屋"里的童话人物都恨不得随格林兄弟到地底下去。善良的仙女和邪恶的女妖大叫:"妈的这些小子,他们知不知道自己都干了些什么!"

以吻醒美人为天职的王子目睹这肆意破坏的暴行先是不知所措,继而拉下帽檐装没看见,这会儿却又开始指路了。但那些"清障龙"不再听从王子的吩咐,而是朝相反方向开去了。先不忙着粉碎荆棘围篱背后的睡美人催眠行动,当务之急是算清一笔老账,于是车队一路杀进郁郁葱葱的森林中去。

"天哪!"白雪公主惊呼起来,"这样一来我的童话完了!"
约琳德和约林格尔长吁短叹:"我俩的悲情故事不复存在了!"
小红帽这傻丫头大声发问:"或许他们只是想来拜访我们?!"
莴苣姑娘知道该怎么回答:"没了童话人类难免贫困化。"

"胡诌什么呀，"瘸侏儒说，"他们早觉得我们可有可无了。"

字幕上打出唉声叹气的台词（甚至我们的马策拉特先生听了也有同感，他附和道："结局如此糟糕，令我担忧！"），山妖却挥舞大棒号召大家奋起反抗："都跟我上！"

大家都离开了"松脆小屋"。恶继母带上了她唯一的宝贝，这面魔镜刚放映过"清障龙"把一切夷为平地的壮举。外面的狼被从锁链上放了下来。邪恶的女妖从着魔的乌鸦、天鹅和狍子身上收回了所有的咒语，霎时一群小王子恢复了人形，他们狼狈地扭伤了腿，很快又纠集在一起：显得既胆怯又倔强。

小矮人分发灌满女巫尿的瓶子。画眉嘴国王别无良策，只得把坚定的锡兵提升为将军。狼夹起尾巴想回到锁链边上去。青蛙打算躲进井里，但他的那位半老公主和女巫却怎么也不让他开溜。无手姑娘比谁都先听见了铁蹄渐渐逼近的隆隆声，赶紧捂住耳朵。汉塞尔紧紧地攥住格蕾特尔的手。

"清障龙"冲出森林，一共六辆扇形排开包抄过来。抓手、冲头、两侧的吸管一起伸出，还有气势汹汹的撞槌和清障栅。清障栅和冲头之间吐出撕裂成一条条的火舌。一双双龙眼睛骨碌碌滚动好生吓人。"清障龙"后面，跳下车来的特种部队在盾牌和面甲的保护下开始在清空的场地上布置警戒。亲吻王子从车塔里露出头来，傻乎乎地笑着向准备战斗但败局已定的童话人物招手致意。他甚至还送开了飞吻，直到指挥员用拳头把他逼进"清障龙"肚里才罢手。在其他特种车窗口，主教们在为注定发生的事情祝福。（我觉得我们的马策拉特先生仿佛年轻时的积习难改，又去和敌人套近乎了，即使没有和他们结盟。我感到，不，我目睹他和工业巨头们在一起。）那位总理兼将军的口号是："砸烂童话世界！"

七个小矮人和其他精灵、林妖朝敌人扔灌满女巫尿的瓶子，好像那是莫洛托夫鸡尾酒①。虽然瓶子爆炸了，但所有"清障龙"只是车

---

① 作手榴弹使用的燃烧瓶。

身上多了点鬼脸般的花纹,正面攻势依然不减,一条条火舌蹿得老远。

山妖挥舞大棒试图挡住"清障龙"去路,他首先被碾倒在地,其次遭殃的是坚定的锡兵,然后轮到七个小矮人、精灵和林妖们倒霉了,他们见势不妙想钻入地下为时已晚。接着"清障龙"又干掉了所有刚从天鹅、乌鸦和狍子恢复人形的小王子。狼终于开始进攻,才扑上去就被撞得粉身碎骨了。善良的仙女和邪恶的女妖、画眉嘴国王、直打哆嗦的青蛙国王连同半老公主和大大小小的女巫、白雪公主、恶继母、小红帽、约琳德、约林格尔、瘸侏儒、荷勒太太,最后还有野人和勇敢的小裁缝,都不是被轧死了,就是像飞箱和骑扫帚的众女巫一样被车队的抓手、吸管、火舌抓住、吸入、绞碎、烧掉了,或者用大白话说一扫而空了。"清障龙"前面逮着的都从后面吐了出来。

魔术师默林被冲头顶死了。莴苣姑娘的长发卷进了一辆"清障龙"的履带。无手姑娘连同断手烧成了焦炭,不过那双断手到最后还在坚持战斗,不是试图堵住这儿的瞭望孔就是打算拧松那儿的螺丝,但还是不敌这些暴龙。小红帽的外婆直到被碾碎前还冲着嗷嗷叫的暴力高声朗读《格林词典》中的词条:"仁慈!仁慈的,仁爱的,无仁慈之心的……"但"清障龙"所向披靡,什么也拦不住。

捎带着就把"松脆小屋"给掀了。压烂、破裂、撕碎的东西满地都是:魔镜、瘸侏儒的断腿、小矮人的帽子、拉链拉开的狼肚子、小红帽的帽子。无手姑娘的断手面目全非了,白雪公主的棺材四分五裂了,《格林词典》全撕烂了,连一卷也没留下……

啊,真惨!惨不忍睹!(我们的马策拉特先生说:要不是及时改换门庭,他自己的下场没准也这么惨。)

只有汉塞尔和格蕾特尔捡了条命,及时逃跑是他俩的长项。"清障龙"在后面穷追不舍,他俩手拉手从活森林逃进了死森林,一直逃到密密麻麻的荆棘围篱边,那群被睡美人行动催眠了的家伙还没醒来。

汉塞尔和格蕾特尔在地上横七竖八的树木后藏了起来。以吻醒美人为天职的王子又在给总理兼将军,给从各辆"清障龙"车塔上探出头来的主教和工业巨头们指路。两个孩子躲在树后,看着这些统治者利益的代表如何以资本、教会、军队三合一经典组合的阵营撕开、碾倒、推平了荆棘围篱,直到眼前豁然开朗:塔楼废墟、睡美人、纹丝不动被催了眠的总理及众随从。

担任指挥的那辆"清障龙"伸出一只抓手(这时我们的马策拉特先生从侧面的瞭望孔向外偷看,装出天真无辜的孩子样),高高举起车塔上以吻醒美人为天职的王子,越举越高,一直举到废墟里的无顶塔楼上。说时迟那时快,王子搂住他的睡美人发疯似的吻了起来,狂热程度前所未有。他既绝望又不无侥幸心理——好像还有什么值得希望似的,以一个长长的吻吻醒了睡美人,然后抱起她随着向一侧旋转的抓手腾空而起,离开了塔楼废墟。渐渐地,总理及其随从都苏醒过来了。

嘿,这童话情节还能行。总理马上又咬起了那块刚才催眠状态下一直抓在手里的大奶油蛋糕。专家和部长们积习难改,一醒来就又在为鸡毛蒜皮的事争吵不休了。转眼间警察又端起了冲锋枪开始警戒。记者们接着先前突然中断的句子往下写。胶片盘立即重新转动。都知道该用什么提示语,大家各干各的本行。像什么也没发生过,一如既往,一切正常。

总理大叫着,顾不上嘴里最后一口蛋糕还没嚼完:"孩子们!我亲爱的孩子们!一切恢复正常了,骚乱平息了。你们快回来吧!爸爸妈妈求你们了,快回家吧,家里一切都好,和以前一样。"

汉塞尔和格蕾特尔从树后站起,转眼又溜之大吉了。(我们的马策拉特先生这会儿又从故事中脱身出来了,他想让情节如此发展。这种情节发展毕竟不是不可设想的,我点头同意了。)总理大人满以为自己从此又能执政,好像那些将军、主教、工业巨头都不存在似的,但现在担任指挥的"清障龙"不听他盼咐,伸出抓手把亲吻王子连同他的睡美人扔得远远的,两人马上摔成了肉饼。

"清障龙"从这对至死还在亲吻的爱侣身上碾过,直奔汉塞尔和格蕾特尔的背影而去,要追上总理的这两个孩子轧死方休。但孩子们已经去远,远走高飞了,逃之夭夭了……

> 这绝非我们的初衷,
> 深为震惊的一些人
> 对同样深为震惊的另一些人说。
> 震惊次数奇多,极富统计价值,
> 收视率从未这么高过。
>
> 我们为之愕然!一帮人
> 对另一帮惊诧不已的人齐声高喊。
> 我们为之愕然,惊诧不已,
> 这样的人是多数派,这并不难计算。
> 然后谈起重新坚定信心,
> 谈起日子还得过下去,
> 虽然损失巨大令人肝肠寸断。
>
> 新的多数派重新鼓起了勇气,
> 我们绝不轻易言败轻易低头。
> 不过正如评论中所言,
> 人总得会不时做震惊状,
> 至少在晚间节目播完之后。

我答应我的圣诞鼠,不会孩子们远走高飞了故事就完了,我要另外构思一个或许有闪光点的尾声。最近有一次,我们的马策拉特先生和我像往常一样互相找碴,他三言两语——"要有希望!发生奇迹不是不可能的!"——向我建议了一个柳暗花明的美好结局。圣诞鼠听了却躲在袖珍木屋里无动于衷,只露出胡子末梢。什么节目都无法引它出来,宗教音乐会不行,易北河和萨尔河的水位预报不行,《每日回音》就甭提了。甚至它平时爱听的大众教育节目,这会儿喋喋不休也提不起它的兴趣。第三套节目这我们每天生存的证据失灵了。

另辟蹊径,讲点哈默尔恩的事试试。听着,小老鼠,哈默尔恩的庆典已经持续了几周,他们发表节日演说,展出画有老鼠形象的作品。我也寄了几幅去,描绘的是对你的印象和我的梦境:练习直立行走的老鼠,往地底下钻的老鼠,逃亡的老鼠,祈祷的老鼠;一只老鼠在跑,背景是塔楼林立的但泽城或曰格但斯克城;还有鼠人或曰人鼠。不是用墨黑的毛笔或者西伯利亚的炭笔画的,就是在铜版上雕刻出来的,线条极为精细……

我本来更愿意在哈默尔恩讲讲七百年前发生的真事。但那里的人不想听,他们对当年娇惯老鼠、和老鼠如胶似漆的哥特式"髯客"不感兴趣。这可悲的事实也不宜排入庆典计划,可能会搅了餐饮业和旅馆业的好生意,没准还会引得如今的髯客心血来潮,带着染成粉红色或者绿得扎眼的老鼠远道而来,在威悉河畔缅怀他们哥特式时代的前辈。他们尖声叫喊,身上链子丁零当啷响,脸上涂得死人般苍白。倘若让他们这样来扰民,哈默尔恩市区又会一片混乱,又得呼吁并且设法保持秩序。会用电传从汉诺威和卡塞尔调来配备化学警棍和高压水枪的警察大队,数百名警察个个手持盾牌,戴着头盔,俨然中世纪武士。谁愿见到这样的情景:棍棒飞舞,巷战激烈。七百年大庆就难免一团糟,报纸上就难免出现诸如此类耸人听闻的通栏大标题:"哈默尔恩振臂一呼,髯客们招之即来!"

不,这故事绝不能排入庆典计划,它暴露的事实过于赤裸裸了。而且,小老鼠,据说被砌没和掩埋在髑髅山里的那一百三十个哥特式时代的髯客中,市政长官兰贝特·里克的小女儿和她的老鼠特别惹人疼爱。这个文静内向的姑娘叫格蕾特,年方二八,已经许给了富有的磨坊主霍纳姆勒的儿子。她梳着麦黄色的小辫,擅长祈祷,言辞恳切,直到她跟着别的少女少男爱上了所有的老鼠但对其中某一只情有独钟。听说市政长官的小女儿格蕾特叫她的爱鼠汉斯,没准和她的汉斯胡搞过,那事干了远远不止一次。

什么"听说""没准"！她就是胡搞过,鬼混过,干了那事,而且还怀上了。

原先她还守身如玉,以超凡脱俗的祷告把所有试图非礼的念头拒之门外。最多是那位富有的磨坊主霍纳姆勒的儿子可以在听得见她叫声的范围内逗留。即使上教堂的时候,除了互送秋波之外,不可有任何逗人发痒的举动。

人不可以,爱鼠可以。起先格蕾特还只是让爱鼠上身来玩玩,接着她的这位汉斯的特权越来越大,到最后什么都能干了,而且还可以一干再干。不久市政长官的千金就有喜了,过了短得异乎寻常一段时间便生下了三胞胎。这些婴儿虽然身体偏小,但比例和哈默尔恩正常的小宝宝相仿,浑身上下都有人模样,唯独那可爱之极的小脑袋酷似老鼠。

那一百三十个哥特式髯客为此欣喜若狂。教会主管的儿子欣纳有钥匙,所以夜里大家从法衣室小门进了卜尼法斯教堂,然后钻入墓窖,给三个男婴取了东方三王①的名字:卡斯帕、梅尔希奥、巴尔塔扎。这些鹑衣百结的少男少女们一脸虔诚地围着洗礼石盆,不让缝在破衣烂衫上的小挂铃叮当作响,连藏在一头乱发里或者乞丐服下贴肉处的老鼠也都肃然无声。教会主管家的欣纳说些洗礼时该说的话,其他人则在低矮的拱顶下虔诚地用拉丁语表白:我信唯一的上主⋯⋯

接着去威悉河畔通宵狂欢。市民们却无意分享哥特式髯客的欢乐。当时"核酸""基因链"这些词汇尚未流行,像动物的人和像人的动物还只出现在童话中、寓言画册里或者——真糟糕——中世纪传说的魔女盛会上,但不能在光天化日之下在哈默尔恩露面。人们交头接耳,大街小巷充斥着愤怒的窃窃私语声。灰衣修士和白衣修士唠唠叨叨地说地狱就在眼前了。引车卖浆之流开始聚众闹事,反对城里当政的达官贵人。等到不仅制革工和搬运工,而且磨坊主和精

---

① 即三博士,天主教有"三王来朝节"纪念耶稣诞生时三王来朝拜的故事。

美糕饼店主都开始出言不逊时,骚乱也就一触即发了。

市里的捕快要抢走那小妈妈的特型婴儿,一百三十个髯客见状忙在可爱的三胞胎周围组成防护圈,还威胁说如果真要动武就一把火烧了所有磨坊、教会养老院的院子和许门前的谷仓。

最后还得市政长官里克亲自出马。他在全体市政议员、教会主管和汉萨同盟长官的催促下,为了小女儿的脸面,从遥远的卢厄河畔小城温森叫来一个据说演技不凡的笛手。在得到事成后重金酬谢的书面许诺之后,笛手欣然前来,吹起高低疾徐的笛声和一百三十个髯客混熟了。只要他们愿意,就为他们的舞会伴奏,教他们跳新的舞蹈。不久他就摸清了他们的藏身处和避难所,包括髑髅山里那宽敞的洞穴,年轻的母亲格蕾特和她的爱鼠汉斯带着三个与众不同的儿子就躲在那儿,逃脱了市里捕快的魔爪,没被磨坊里干活的那些粗汉打死。

在施洗约翰节,笛手演奏起他同样拿手的风笛,把其余一百二十九个髯客带出了城,说要给可爱的母亲格蕾特、她的汉斯和三个小宝宝举办一个庆祝会。他领着他们沿着田埂,跑过草地,穿越矮乔木林和榛树丛,来到大山洞,拿出大麦啤酒、大块面包、熏肥肉和蜂巢准备好好热闹一番。

当然没忘了随身带来的那些老鼠,有它们爱吃的奶酪皮和葵花子。一百三十个衣衫褴褛、浑身铃铛的髯客和他们的老鼠一起狂舞,午夜过后还狂舞不休。有商人阿梅隆的儿子,精美糕饼店主施滕克的女儿,还有骑士斯卡德劳·约尔格、不少行会头头和酿酒业老板的孩子,他们肢体扭曲,手脚狂舞,格蕾特和她的汉斯也在其中。跳步踩步抖动身子,舞姿多样精彩纷呈。事情就发生在忘情狂舞的时候。狂舞者相互间如此痴迷,快天亮时连吹笛者失踪了都未察觉。趁气氛达到高潮,别的姑娘也和各自的老鼠好上了的时候,吹笛者溜了。

听说他趴在一棵大树上挥动羽毛帽,接着蓄谋已久的事情发生了。洞口——正如我们知道的那样——被砌没了,填实了,还洒上了圣水。如果算上卡斯帕、梅尔希奥、巴尔塔扎这三个男婴,一二四八年七月二十六日就有一百三十三个哈默尔恩的孩子在髑髅山消失了,永远消失了。

我娓娓道来的时候,圣诞鼠爬出了它的小屋,胡子翘得高高的。我对它说:如果不按美术史学家的见解,而是从画家马尔斯卡特的前生来看,那么这时吕贝克圣母教堂的内部装饰已大功告成了。不仅长堂和圣所,连窗帮和拱廊也画好了。窗上表现寓言故事的诙谐画跃入了眼帘:有穿针引线的驴和孵蛋的鸡,那些蛋里准会钻出恶魔来。我们还看见蟹在下棋,狐狸修士在给绵羊和山羊布道。那头鹿为什么坐在绕线杆旁边埋头干活?寓言故事窗的三叶拱上和尖拱顶之间的飞禽也许是鸽子。但在一处窗帮上却能见到两个同样大小的圆形画像,下面的是童贞女,上面的人面兽满脸胡子,长长的尾巴光溜溜的。见到这人面兽你就不必再费劲猜了:哈默尔恩对吕贝克圣所画师和长堂画师的影响证据确凿。

不管怎么说,砖结构哥特式圣母教堂的壁画留下了乱世的见证。大约六百八十年后又有一名画家登上脚手架时,便能想起奇迹和预感,想起病态和死亡的舞蹈以及所有注定的灾难和恐惧。据说此后不久老鼠就带来了瘟疫,原先不祥的预感全都随着奄奄一息时的大汗成了现实……

由洛塔尔·马尔斯卡特自首而引发的吕贝克造假案拖了两年多,这位东普鲁士被告每次出庭都能在听众中引起轰动。但我只要翻一翻起诉书或将庭审记录逐一过筛,就不难发现,吕贝克地方法院的审理除了连篇空话就没什么值得一提的结果了。虽然马尔斯卡特及其雇主法伊分别判了十八个月和两年徒刑,但真正的骗子们却被法官敬若神明,他们就这样招摇撞骗、耍花招、假正经混到今天。政坛上那两个惑人耳目者也从未被送上被告席,而是逍遥法外,后来寿终正寝入了土,一个死后哀荣,另一个差不多被人遗忘了。

所以五十年代骗人的玩意儿,就是我们简称为"西德"和"东德"的赝品,至今还被人视为真货。而马尔斯卡特艺术中大多数,比如七个空间拱上的二十一位圣所圣徒像纯属他自己的创作,却在一九五五年被人用大大小小的刷子刷掉了。由于忘了按破坏圣像运动①分子的惯例给如今再无艺术可言的墙面刷上新教的石灰,所以斑点和污迹至今仍在告诉人们当初这儿马尔斯卡特的作品是如何遭难的。

啊,要是当初把他的画保留下来——何况是他使真相大白于天下的——而将从未承认过的真骗局予以揭露,将那两个"建国元勋"的劣品予以销毁,那该多好!在法官面前供认不讳的他被投入了监狱,而那两个造假大师却未伤一根毫毛,得以继续玩他们两国对峙的鬼把戏,谎言与谎言对峙,假币与假币对峙,而且不久——在马尔斯卡特的哥特式壁画被匆匆毁掉的同时——就把整师整师的士兵,把德国士兵,送上了对峙的靶场。作为两个老家伙的遗产,这种局面持续至今,双方动用士兵越来越多,目标精确度越来越高,横下一条心要大家彻底完蛋。

不,母鼠,教育台节目对我们毫无帮助。《每日回音》对我们有什么用,如果往日恐怖和罪行的回声被纯属偶然的唠叨盖住了的话?各档节目相互抵消,什么也不会铭刻心头,不会有任何切肤之痛。我们只是一鳞半爪地记得:曾经有这么回事,还发生过那么回事……

只留下些痕迹。恰巧在双方军事联盟签约的时候,按照吕贝克教会事务管理委员会的指示,二十一个圣所圣徒像被刷掉了,不,与其说是被刷洗干净了,不如说是被涂得面目全非了。除了主要壁画之外,不少小品也给毁了,那是马尔斯卡特或心血来潮或出于对自己哥特式创作期的忠实而画在这儿或那儿的衣物皱褶间,画在柱头上或者纹饰下的小品,是些随意几笔画下的或者刻在石灰底面上的小品。

显然是些当代的东西:我发现第四空间拱上一位圣徒的尖头鞋边上有一幅指甲刻出的地图,图上称为"卢基雅"的吕根岛和佩内明德之间有一个十字看来别有深意,因为十字边上刻着那座海底城市的名字"维纳塔"。第六空间拱的彩绘柱上有一幅微型画,是一条表

---

① 1566年荷兰等地民众捣毁教堂摧毁文化遗产的运动。

现三个长着动物脑袋的尖嘴小人在吹笛子的纹饰;这条纹饰本来可以极自然地汇入柱头上的涡形装饰,倘若不是灰浆底面上一侧刻着如下说明词的话:"事情就这样发生在施洗约翰和保尔节的哈默尔恩。"

吹笛子的显然是三个男孩。光腚三人组。我并不怕把三个男孩的头称作"小老鼠脑袋",但由于影印比较模糊,所以这后来才发现的细部不宜作为吕贝克造假案的补充证据,何况对马尔斯卡特的判决早已生效,他也心情愉快地服刑完毕。

甚至还免了他几个月刑期。信件雪片似的飞来,他的荣耀在朦胧的年代里闪闪发光。他把速写本和彩色粉笔带进了牢房,却只画了一些无关紧要的东西。不再有往日乱世的见证。不再有哥特式的余晖。现在一切都是明日黄花了。

它在说话。抑或它以梦见我的方式让我纯真地继续相信,它为我而梦而且是为了使我沉默而梦,以母鼠身份分明再次掌握了发言权?

还有,这太空舱仍是我该待的地方吗?难道这轨道就永不更改了吗?梦中听见些破碎的句子,心里希望生活不要太单调能稍有改变,就这样下了飞船,好像我压根儿就没有系上安全带。

女人门通往莫特劳河,它就蹲在那旁边天文台的圆顶上。只听它说:当初天文学家约翰内斯·赫维留[1]就坐在这儿的大象限仪边上监视月相[2]。在这老房子我们能警惕地四下观察,往回看也行:我们该动手,早就该动手了。再不动手就来不及了。

我看见了母鼠回顾的情景:诚然,大爆炸后我们各鼠群非常团结,活下去是当务之急啊。但在"沃森克里克"占地为王之后我们就争吵不休了。我们在圣母教堂祈祷时再也不像以前纯朴,亲爱的朋

---

[1] 约翰内斯·赫维留(1611—1687),波兰天文学家。
[2] 指"新月""上弦月""满月""下弦月"等。

友,面对那种纯朴你会认为我们老鼠一片虔诚宛如天主教徒。圣坛前圣坛后爆发出来、顺着柱子往上一直蔓延到哥特式网状拱顶的新教狂热再度使我们陷入分裂。像人类一样争吵什么是正道,每张嘴脸上都荡漾着自以为是的神情,非此即彼的论调简直和人类毫无二致。我们吵翻了,恨不得把对方撕碎了才解气。一派大声疾呼:消灭这些"杂种"!干掉它们,说干就干!另一派则不以为然:少安毋躁,等等再说,我们不能操之过急。

它一肚子怨言:我们本来意见一致,全都在希望人类复归,以什么形象复归都行。尽管幸运地活了下来,吃得不错队伍也在扩大,但离开了人类我们心里不是滋味。那高寿老太已经萎缩得连我们都搬得动,脚下是干得皱巴巴的小男孩;如果说我们对她顶礼膜拜,那么是希望人类复归的心愿使得我们如此虔诚。甚至那些蓝白色玩具小人也进入了我们的祈祷词,希望它们教我们耕种。主子,你从我们的歌声里听出格列高利圣咏的味道来,我们的歌声是召唤人类的,只是召唤人类的,召唤他们这些救世主来驱除我们无人陪伴的孤独。

是的,母鼠说,我们孤独,但也不至于孤家寡人。渐渐地出现了别的动物,有让我们感到恶心的,比如哺乳类的丽蝇,有务农时能捕到的,如野鸽、麻雀、田鼠,但大自然偏偏没想到推出具备人性的生灵。主子,我们浑身颤抖着把那艘船盼了来,大白天做梦预感到他们会来,他们终于来了,可给我们带来的却是巨大的失望。

这样可不行!我们发出了第一声惊呼。我们不要他们这种非鼠非人的模样。这些怪物真是不伦不类,虽说长着蓝眼睛。这些杂种既滑稽又可怕,还带着几分猪的特征,和我们鼠类并不相称,对我们心中完美的人类形象更是一种亵渎。我们活下来可不是为了这劣品,不是为了这种——你不得不承认——人类敷衍了事的产物。我们梦见你在太空舱里或者和我们在一起的时候,总是觉得你非常伟大,堪称楷模。

或许我们这一派,母鼠蹲在女人门边——从这儿看仓库岛最清楚——天文台的圆顶上说,呼吁"消灭他们,干掉他们!"是操之过急了,或许是我们这些激进派未经深思熟虑就试图把自己的正确认识转化成大家除掉他们的普遍意志。不管怎么说吧,反对的声音马上就响了起来:先别忙动手!密切注意他们的动向!观察他们的习性再谨慎地推论!寻找他们的弱点!

也有心怀侥幸瞎估摸的:没准他们会自己撤走。没准他们的后代会因发育不良而死绝。没准他们只是计划失误的产物,从这个意义上来说甚至还挺有人的特点。

于是我们安排了观察哨,在这儿,在这古老的天文台里观察仓库岛的西岸,在奶壶塔的射击孔边观察仓库岛的东岸。我们放了好几个星期、好几个月的哨,可对岸毫无动静:他们既没有撤走也没有死绝。你难道没看见,他们越来越人丁兴旺,而我们却争得越来越不可开交。不仅在乡下,而且在城里我们也开始离心离德。萝卜地、玉米地和向日葵地都分了。各自画地为牢,势不两立。为了种子大家你争我夺,大麦和扁豆的种植面积不得不大大减缩。两派各有各的库存。连在圣母教堂的集会也轮流进行了。

最近作出了决定:左边从货摊巷、约彭巷通往莫特劳河的所有巷子都属于我们,右边的巷子直到城郊的壕沟都是和解派的地盘。那些和解派满怀希望地唠叨:也许能和他们长期和睦相处。只要我们能使他们满意,这些人鼠是会来适应我们的。毕竟他们要靠我们,靠我们积余的、多次丰收积余下来的粮食过活。我们应该让他们各取所需才是,无论称作实物津贴、什一税还是称作进贡都行。不管怎么说,不能让他们挨饿。饿肚子会使他们好斗的。我们老鼠应该明白什么叫饿肚子!

似乎几千年的体验都被勾了起来,母鼠苦笑道:你听听,主子,这些不可救药的克制派、和解派嘴里的陈词滥调!而我们看得很清楚,人清楚了。他们会贪得无厌,欲壑难填,到最后反倒给我们些残羹剩饭。我们会被逼得只能定量供应粮食。贪欲,他们的贪欲会够我们受的。这就是杂种身上的人性。我们高喊"该结束了!"却并不收场,而是撕咬着自相残杀。在羊毛织工巷,塔楼四周和军械库背后爆发了巷战,不过乡下只有些小冲突。

它们相互厮打的情景跃入了我的眼帘。咬成一团直到断气。老鼠的牙齿宝刀不老,锋利依旧。它们的口角在哪儿升格为搏斗,母鼠就把我带到哪儿。和仓库岛严格保持距离,不让那些杂交物种察觉鼠群之争,但在市中心各派斗起来就毫无顾忌了。军械库近来和相邻的剧院一样成了粮仓,有几群老鼠从那儿往外搬玉米棒子和未取下葵花子的花盘,准备把这些当作什一税,途经羊毛织工巷和长巷,穿过绿门上桥运往仓库岛。不料在军械库大门口就遇上了从约彭巷袭来的另几窝老鼠,双方肉搏起来。和解派运粮的老鼠死伤惨重,只有几只杀开一条血路上了桥:杂交物种到手的粮食屈指可数。

我叫了起来:这样进贡太少了!

母鼠答道:这样已经够多了!

我不服:不管怎样说,他们缺粮食。

他们活该! 母鼠喊道:他们就知道吃东西,生崽子,生崽子,吃东西!

仓库岛看来挤不下了。虽然他们不费一枪一弹又占领了基尔沟和莫特劳河之间离稻草堤不远的小岛,在以前的泵站和铅厂开辟了新的营地,但仓库墙上顶上的所有窗口里还是有大大小小的"沃森克里克"在朝外张望。码头设施上,波兰人称为赫梅尔纳的啤酒花巷里,全都挤得水泄不通。各座桥头,尤其是在跨越以前作为护城河构成右城边界的列宁格勒大道桥头,密密麻麻净是鼠人。到处都是他们瘦骨嶙峋的身影。他们以前的那种斯堪的纳维亚式的冷静,那种瑞典社会民主党式的淡漠,现在被有增无减的不安,被难以遏制的躁动取代了。水面上传来了什么声音? 他们说话虽然沙哑,但一直从容不迫带着玩具小人的腭音,如今却也带着喉音咒骂和威胁了。

接着母鼠和我发现他们在列队布阵。他们并没有全副武装,并没有拿着不费力就能从地窖窗口折下的铁条,而是手无寸铁地组成楔状突击队形,跑步上桥,穿过了绿门,冲进了长市。后面各路纵队紧紧跟上:碧眼金发,老鼠脑袋直往前冲,似乎不必左顾右盼,似乎只有一种意志。当然男女是平等的,两种性别的"沃森克里克"未遇任何抵抗就占领了长市,一直到马茨考巷为止。他们男女搭配布下双岗,控制了山墙成片的城市贵族豪宅前的露天台阶。好像与己无关似的,他们听任一拨拨老鼠从做了标记的建筑里逃出,从成了玉米仓库的亚瑟王院逃出,从塔楼高耸、改作谷仓的市政厅——市政厅地窖里存放的是葵花子和甜菜——逃出。他们的进攻到此为止了。从雄狮雕塑拱卫的市政厅大门下台阶就通长巷,他们在大门口搬来人类时代种花用的水泥桶封锁了巷口。这还不算,他们还拉屎撒尿划定新的边界线。

然后就安静下来了,再没见什么激烈的动作。他们慢悠悠地吃着,吃完了便三三两两交替围着尼普顿海神喷泉懒洋洋地站着,做斯堪的纳维亚沉思状,好像在考虑如何让这漂亮的铜像,这肌肉发达、手持三叉戟的裸男子重新玩起艺术喷泉来。有几个还傻乎乎地模仿海神的模样。

得留神,母鼠说,他们不会就此沉默,不会就此满足。他们还会安静一阵子,等再生下几窝来,就轮到长巷遭殃了,一直到城门,到塔楼,然后就该从跑马场到铁锚铺巷的住宅区倒霉了。也许他们会把城郊留给我们,但会席卷以圣母教堂为中心的整个右城,一直挺进到老城的护城河才罢手。留给我们的就只有卡特琳娜教堂四周波兰人称作"旧城"的那一带了。会恩准我们挤在那儿,挤在蛙潭和肉铺巷之间,挤在本来就挤得够呛的下城,直到有一天连这些地方也不让我们待了。再后来么,我敢打赌,要把老鼠赶下乡他们才会罢休,老鼠将不得不在从维斯瓦河畔低洼地到卡舒贝山区的乡下种地,在他们监督下挥汗如雨,为他们这些"沃森克里克"提供足够的粮食。

我默默注视着仓库岛和长市之间忙忙碌碌的景象,暗暗好笑地看着好几个大家族拖着桌椅模样的家具,从农贷协会仓库搬进了城市贵族山墙成片的豪宅。这时母鼠赶紧开口,似乎要把我的注意力从杂种们身上其余的人性引开:顺便说一句,我们鼠类又开始迁移了,从俄国又搬来了不少,最近来自印度的首批移民也到了。它们带来了有趣的消息。基辅和敖得萨①两座城市虽然不复存在,但那里也出现了人鼠,是步行或者乘船去的。从马拉巴尔海岸②也有同样的消息传来。即使这些消息半真半假,但也不能置若罔闻。至少我们对别处情况有所了解了。印度的杂交物种据说和我们这儿的相仿,只是多了翅膀,就像天使的双翼。俄国杂种据说有四乳,繁殖起来比我们这儿的瑞典杂种麻利。唉,母鼠叫道,要是我们当初立刻把他们干掉就好了,就像那些据说来自格鲁吉亚的俄国"沃森克里克"一样,刚上岸就遭到我们同类的追杀,全都横尸在敖得萨城的废墟上了。基辅的那些家伙则强盛起来了,听说他们——尽管听起来匪夷所思——是人类临近灭亡前渗透进去搞颠覆的美国种,个子很大,其中还有不少黑的。

按我们马策拉特先生的意思,最好把这拍成录像片。所以不能排除这样的可能性:他的公司会把鼠人奇迹般活下来这件事以及鼠人今后的发展作为预制未来的录像带的素材,正如奥斯卡事先连外祖母安娜·科尔雅切克一百零七岁寿辰的细枝末节都知道得一清二楚,还让公司制作了连结尾都没漏掉的"后事"影片供祝寿的客人们观看。

他知道如何把握未来,懂得如何对未来先尝为快。他用画面演绎了布洛赫③的"尚未"概念。不过我们的马策拉特先生必须把一切,不,不仅是他自己以及他身上包装精美的疑点,而是把一切,把曾经发生、正在发生和将要发生的一切都置于历史的框架中,鼠人在后人类历史进程中的地位当然也不例外。

在他这部预告会走红、会风靡整个录像片市场的作品中,新伊瑟贝尔号的残骸并未直接经海尔半岛驶向但泽港,而是不得不等着,让

---

① 乌克兰地名。
② 印度西南部一沿海地区。
③ 布洛赫(1885—1977),德国学者,著有《乌托邦的精神》《希望的原则》等。

那些一千五百多年前抓阄决定必须离开家乡的哥特人先上路。从维斯瓦河入海口到黑海海岸,我们的马策拉特先生对他们进行全程追踪,一直随他们来到偏远的伊比利亚半岛①和意大利的最南端。老鼠不断清理一个又一个营地,各个战场上都能见到老鼠的身影。

瑞典国王古斯塔夫·阿道夫,亦称"午夜雄狮",据说是一六三〇年七月二十六日登陆的。这一事件被用来作为鼠人上场的铺垫。我们的马策拉特先生似乎非要消除自己幼年的侏儒形象和长大后的驼背形象,总爱设计宏伟场景,叙事也不干脆,老是大肆铺排。因而他以文学大师德布林的长篇小说《华伦斯坦》②中阶梯式瀑布般的句子——谁来数战船,谁来数风帆?——评论瑞典人在乌泽多姆的登陆。这部录像片双向展开,他一方面从以往历史中剪出些故事碎片,另一方面又对未来状况作出了大胆设想。

当然老鼠也随着古斯塔夫·阿道夫的战船渡海南下。当时主宰欧洲历史的还不是灰鼠或称"漫游鼠",而是黑家鼠。当然老鼠也随着瑞典和芬兰的农家子弟上了岸,在内尔特林根和吕茨恩,在维特斯托克,在所有战火连绵的地方起着具有历史意义的作用。

一九〇四年俄国罗杰斯特文斯基将军指挥的波罗的海舰队也停在利巴雅的港口和泊地,以便诸君能看到老鼠是如何匆匆离开这支声名狼藉的舰队的。或许观众中会有人觉得此乃多此一举,但这部即将上市的录像片的制作者力求面面俱到。他就是这么一个人,总是这也要那也要。他甚至还让俄国水手在再无老鼠踪影的船上唱起了悲歌。不过现在,在发生年月或明或暗的那些故事的充分铺垫下,经过基因控制的鼠人终于上岸了。或者还没有上岸?是否还得在序曲前再加序曲?是不是还缺一段什么历史作为衬托?

我们的马策拉特先生不愿把自己生活发生转折的那个年代剪掉。于是我们就看到了烈火熊熊的但泽城,看到了陆上和海上逃难

---

① 欧洲西南部。
② 德布林(1878—1957),德国小说家,该长篇小说取材于三十年战争的史实。

的队伍。苏联军队逼近了,所以船全都满载,打算把平民、纳粹亲信、伤兵和暂时还手脚利落的军人运到波罗的海东岸港口去。我们看到一九四五年一月三十日装着五千多人的威廉·古斯特洛夫号在离施托尔帕明德十二海里处沉没,二月十日施蒂本号上三千五百多人葬身鱼腹。阿科纳角号往返三次救出了两万七千名难民,最后终于在离石勒苏益格—荷尔斯泰因海岸不远处起火倾覆,诺因加默集中营来的五千五百名囚徒死于非命。英国飞机炸错了目标。这事发生在五月三日,离"中间那次战争"即二战结束只有五天。

但老鼠们早料到会有这支小插曲,谁也不愿随威廉·古斯特洛夫号踏上不归路。我们还看到,集中营囚徒刚登上阿科纳角号,成千上万的老鼠就像史书上记载的那样匆匆离开了这艘不祥之船。

我们的马策拉特先生面面俱到,把这一切,连剩下的摆渡船沿海货船包括平底货船多拉号上的人和老鼠都一五一十展现在我们面前。他超前预示未来,又插入新伊瑟贝尔号考察船出海的镜头表现大爆炸前的短暂时光;就这样他实践了自己同时把握一切的录像编剧理论。

终于得以欣赏五个女人在维斯比基因技术研究所前的镜头了。我们听见呼喊声,看见玻璃在爆裂。大大小小的笼子在有录像片瘾的我们眼前被打开了,我们分享着动物们重获自由的喜悦。乍一看好像只是释放了普通的老鼠,但细看就不难发现,重获自由者中至少有一打的经过了好几轮实验:人和鼠,或者说鼠和人,通过基因紧密结合在一起了。这些完美的"沃森克里克"直奔港口去了。

特意取了个极平实的片名《之前和之后》,我们的马策拉特先生不厌其详地向我们展示一切:个子都不到一米的鼠人怎样到了码头,怎样发现一艘戒备森严的海关巡逻艇,怎样觉得游船并不适用,最后又怎样选中了新伊瑟贝尔号;他们怎样背着从仓库抢来的口粮上了这艘以前运货的平底船,又怎样看到有一处扶梯口没锁上;十八或十九只老鼠怎样钻进舱口,在木舱板和铁甲板之间躲了起来。

片中鼠人的模样我在梦中仿佛见过。不久五个女人也上了船,我发现我们的马策拉特先生也觉得女船长秀色可餐。她酷似我的达姆罗卡,片中别的女人我也觉得似曾相识。我们看见考察船起锚出海了。

从现在起,录像片的情节直线发展了。古斯塔夫·阿道夫做了的事,新伊瑟贝尔号上的女人们要步其后尘:她们驶向乌泽多姆。古斯塔夫·阿道夫没做的事,就是女人们的希望和目的地:她们停在维纳塔上方的海面。接受检查,民主德国边防警一无所获。接下去的镜头可真漂亮:女人们梳妆打扮戴首饰,在甲板上闲庭信步,扮演着她们最喜欢的角色,清一色的女王。

当然,我们的马策拉特先生完全可以、或许还必须在此再插入历史镜头。但他省略了会说话的比目鱼在与达姆罗卡交谈时宣告末日降临这一插曲,对后来的"美杜莎"多声部合唱也只字不提,凡他称为"非理性的"一律删除。同样,他对海底城市的历史和希望中的妇女王国也跳过了,毫不拐弯抹角地直奔人类历史的终点。

或许,奥斯卡担心会说话的比目鱼及其幻象会把观众注意力从他本人身上引开。或许,海月水母的"美杜莎之歌"会勾起他对儿时唱碎玻璃经历的痛苦回忆。也可能是因为个子矮但刻意做猛汉状的他对女人的权力欲抱有疑虑。是也好不是也罢,反正他省略、删除、跳过、否定了这些内容。他不允许自己的录像片追求层层推进的效果,而是让大爆炸像晴天霹雳一样发生了。

大爆炸是作为命运、作为不可逆转的命运发生的。谁也不愿如此,但谁也未能阻止。没人提"谁之过"的问题。也无任何迹象可以证明是老鼠在电脑中心作案。一切都是自然而然地发生的。我们体验了闪电和凶光,经历了这最后的演出。我们目睹了佩内明德、施特拉尔松以及远方冉冉升起在别的电影里见过多次的蘑菇云。倘若不是我们马策拉特先生大天使般的声音回荡在这末日景象的上空,我们也许会以为这一切都是自然现象呢。

他的喊声震耳欲聋:"酝酿已久的就这样发生了。人们相互许诺的就这样实现了。人类教育就是以此为目标的。本来就不该开始的就这样结束了。啊,理性!啊,不朽!虽然什么都没有完结,但现在一切都大功告成了。"

船上的女人们顺理成章地蒸发了,到末了还是没找到她们的维纳塔。我们的马策拉特先生预测未来时难道就不能设想一种温和的、毕竟还是可能的命运,设想一些令人宽慰的事情?假如他允许大结局前比目鱼在维纳塔上方仰游,张开歪斜的嘴呼唤船上的五个女人首先是我的达姆罗卡到海底去,那么他编剧理论的水平就能上一台阶。虽然在海底能远离后人类时代的一切,但本来还是完全可以通过建立女儿城开辟新纪元,从而使旧时代的终结显得比较温和。可是他偏不!顺理成章、不改初衷的做法是:女人的美必须化为无。我不愿意这样。是奥斯卡坚持如此。从今往后我就见不着这些女人了,心如刀绞。

船骸凄惨地往东而去。不过船艏部又有动静了,是经过基因处理的生命。他们在焦黑的破船上晃动,但在录像片里只有几秒钟的镜头。他们也损失惨重。这新物种有六个,不,有七个已经咽气了,被扔进了海里。还剩下十二个。隐隐约约能发现他们长着人类的四肢和老鼠的脑袋。有四五个显然是女性的鼠人正在熟练地干着海员活:使这破船保持航向。突然他们全躲到甲板下不见踪影,哦,原来是尘暴袭来了。

"沃森克里克"也害怕这全球性的灾难。从插入的几个镜头不难发现,世上到处惨不忍睹。不仅莫斯科和纽约化为了齑粉,不仅顿涅茨煤田①、波河平原②和鲁尔区成了一片焦土,连苏黎世、孟买、里约热内卢、开普敦也只是过去的名词了。香港!天哪,这地方以前是香港?

不必去数马策拉特先生未卜先知的录像片摧毁、夷平了多少地方,弄出了多少火山口般的景色,或者在必须保护文化遗产的特殊情

---

① 顿河下游,顿涅茨河西南。
② 意大利北部。

况下使多少城市变成了衬托的背景,比如佛罗伦萨、京都以及——我们都知道的——格但斯克。尽管影片表现了全球范围的最终了结,尽管持续地天昏地暗天寒地冻,尽管同时尘暴无情地摧毁了所有生命,但那艘船的残骸还是隐隐约约地在眼前挥之不去,最后太阳从黑暗中露出头来,助尘为虐的大风也逐渐停息了。甲板上已有几个杂种在伸懒腰了。

我承认,马策拉特录像片的这部分有冗长之嫌,毕竟我们对如何以影片形式探讨灾难问题已经了如指掌,人类史末期流行的此类电影数不胜数。"游戏人"①又以丰富的想象力描绘了自己未来的结局。但马策拉特的创作尽管有上述不足,还是有别于一般的末日片,它未雨绸缪地超前表现了以后的生命,从而开辟了新的前景。

片子结尾颇具说服力,描绘了后人类时代向新人类时代的过渡:比起母鼠以胆怯的鼠类观点在我面前评论的那些梦境来,录像片中的鼠人,尤其女鼠人,显得更加美丽,是的,更加魅力四射。摄像机镜头不断地在金红色、浅黄色的毛发里搜索着什么;手臂、大腿和胸口的绒毛媚态可掬,紧贴双肩是一层毛皮,臀部的环状小尾巴显得颇为滑稽,周围的毛酷似粗呢料子,头发当然也不能漏拍。顺着小小的老鼠脑袋往下看——啊,瞧他们蓝眼睛上的白睫毛!——,背部的毛或光滑或鬈曲,多亏这部片子对漂亮的卷毛作了精细的描绘,我最近梦见的达姆罗卡更加栩栩如生了。

来得缓慢甚至还有点迟疑:是她,长着漂亮的卷毛。达姆罗卡的琥珀项链现在挂在了她的脖子上。啊,亲爱的马策拉特先生,但愿"沃森克里克"战胜卑贱的鼠群!我心所愿已初见端倪,使我能怯生生地希望……

总之,这部熟悉当地情况的录像片未卜先知的一切,母鼠都对我说了:自从在钟声中登陆之后,他们占领了一个地区又一个地区,城郊护城河和老城护城河之间的右城都落入了他们手中,而且并不诉

---

① 荷兰历史学家赫伊津哈(1871—1945)1938年的一部作品即以此为题。

诸武力,全仗着一种不怒自威的气势。他们没对鼠群下毒手,只是在自己需求的驱动下排挤鼠群。他们无须提什么要求,理所当然似的就开始分享库存的大麦、玉米和葵花子。在城里集中存粮的管理和分配方面他们也按部就班、有条不紊地助上一臂之力。

母鼠承认:分配是合理的,尽管等候的时间越来越长。各鼠群仍然可以去圣母教堂,此外还可以去圣卡特琳娜教堂、比吉特教堂、三一教堂和尼古劳斯教堂。他们以腭音或喉音,但也以极亲切的玩具小人口气颁布法律,大体上还是体现了宽容精神:不能再天主教徒一言堂,所有老鼠都有权信仰任何宗教。于是大家又以不同方式祈祷了。城里的生活就这样在经过绿化的泥坝背后有条不紊地进行着。乡下的事他们不怎么管,只是偶尔去检查一次。在卡尔图济、特切夫和以前用德语称作诺伊泰希的新池,他们设立了分部。

总之,经过基因处理的瑞典鼠人和卡舒贝鼠以及移民鼠——最近从非洲来了若干大家族——还能和睦相处,这就是我们的马策拉特先生设计的美好未来。他一方面玩具小人似的坐在萎缩的外祖母脚下,另一方面靠永久性导尿管活着。

他给我单独放映了这部名为《之前和之后》的录像片后说:"不久我庆祝六十岁生日时,希望在来宾里能见到您太太和您在一起。"

好像没有电话似的,船在特拉沃明德港靠岸的消息是通过一张明信片传到我这儿的:"余见后信。"

后信里充满了爱心和挂念:除了在双层床上睡觉用的羊毛毯外,还替我结了件圆领套衫。我又读到:船按计划航行正常,连驶经民主德国领海时也没遇上什么大麻烦,只不过格赖夫斯瓦尔德港和佩内明德港都不让进。"老吃罐头没新鲜菜!晚上常听到无伴奏合唱。"

信中还说,考察任务基本完成了。尽管海月水母数量恐怕还会增加,但不能或者暂时还不能认为波罗的海已经水母泛滥了。当然在藻类持续为害的情况下,地区性突变的危险依然存在,海水较浅处已经臭气熏天。"至少我在数水母的时候感到吃不消了。"

我在这封继明信片之后寄来的信中还读到:当然船上的紧张气氛是不可避免的。"正如我早就说过的那样,这简直是条舢板,太挤了!"当然陈谷子烂芝麻全又翻了出来。现在回头来看,女舵手的行为最让人生气,她总要唱主角,尽管声音像乌鸦叫。她和女轮机长唇枪舌剑——"那是在维斯比上岸的时候,她把我们都拉去看电影,是部美国的什么烂片子:半人半兽的怪物……"——但还是不难相处。令人失望的是女海洋学家:"她就知道自己的工作。"

信中说,这三个女人都在基尔就下了船。"女舵手和州高级法院约好了有事,刻不容缓的要紧事!女轮机长又得去应付税务检查。当然研究所等女海洋学家去都等急了。这些女士一下子都有急事要处理。唯独大姐擦餐桌刷甲板,一直坚持到船在特拉沃明德系好缆绳。"

天上的怪云,多雨的夏日,这些在信里也都提到了。但一字未提深海里的维纳塔。默恩岛的陡崖和吕根岛的石灰岩"比想象的更美"。甚至船上还开了个庆祝会:"当然没请外人。真带劲!"突然我又读到了这样的字句:"这次航行尽管周折不少但非常有趣,不过有趣归有趣,伊瑟贝尔还是得卖掉。"多次的经验表明,女人们学不会在空间狭小的船上和睦相处。"不知道为什么会这样!她们之间老是磕磕碰碰。连我有时都觉得船上女人一多就烦心。"

信读到最后,我在象征亲吻的唇印后面又发现了一片爱心,外加一句宣言:我的达姆罗卡马上要重返乐坛了。

  入我梦境的并非母鼠,
  是架黑钢琴长满仙人掌,
  它要被运往欧罗巴
  那严禁拥有钢琴的地方。

  我梦见在欧罗巴
  有位女钢琴家硕果独存,
  她的手指离不开,

离不开仙人掌,等等,等等。

是架贝希施泰因①三角大钢琴,
黑色躯体上如今绿意盎然,
这架非同寻常的钢琴,
把传统欧洲风格的钢琴家呼唤。

她用剪子剪去绿被,
琴键盖子才露出来,
还有钢琴的一双踏板
本来藏在丛林里踪影不见。

在我梦中她只弹了一小段
巴托克②:快板慢板又快板。
转眼仙人掌又疯长起来,
如往日的巴西树木森然。

母鼠又出现在我的梦境,
听我一一告知后它却声称
仙人掌只是我的想象罢了,
那钢琴是管风琴劫后余生。

于是我听见了圣母教堂里的巴赫:
嘹亮,低沉,雄壮。
教堂里挤满了老鼠,
女风琴师漂亮的鬈发披在肩上。

---

① 19世纪著名钢琴制造商。
② 巴托克(1881—1945),匈牙利钢琴家和作曲家。

第十二章

一辆马车驶进过去的岁月——两位老人回首往事——又一个秀发鬈曲的达姆罗卡——博物馆里搜集的展品——喂肥的老鼠——霾耗给寿宴蒙上阴影——团结工会获胜——人类消亡,只留下最后破碎的希望

只有汉塞尔和格蕾特尔死里逃生。其余曾在童话里出现、会使故事以喜剧或者悲剧告终的一切,都被那些恶龙般的特种车辆撞倒、压扁、碾烂、轧碎,又从背后吐掉了,无一幸免。王子吻醒了睡美人从而驱散了总理及其随从的睡意,到末了却和醒来的睡美人一起被碾进了森林的地底下,以致我们这些在影片中生活中都沾不到光的人只能看见一张亲吻的唇印了。今后再也没人像他那样爱吻了。我们再也不会嗜睡了。将来都会睁着双眼做梦。

军人们狂笑着。"全摧毁了!"边说边相互拍着肩膀。

难怪涛声依旧,哦不,是今不如昔,因为现在连希望都没了。专家们在吵架,好像不吵就不行。部长和大亨依然做他们的交易,而且丝毫不用担心安全,因为周围的大兵又端起了冲锋枪。将军们接受祝福,因为主教们除此之外也没什么新点子了。为了电视转播,也为了让记者们高兴,总理扯着嗓子大叫:"小汉斯!玛加蕾特!"但汉塞尔和格蕾特尔还是逃走了。

357

我们的马策拉特先生愿意这样安排。我也同意。总得有人逃走才行。总不能完全没有童话。

这话上上下下谁都在说,不过当记者问道:"总理先生,孩子不在身边您想他们吗?"回答的却不是孩子的父亲,而是那位当上了总理的将军:"我们能经受住这一损失带来的痛苦。"

尽管身后没人在追,汉塞尔和格蕾特尔还是惊恐万状,在死尸般僵直的森林里狂奔。别回头,跑得越远越好……

电视台记者举着话筒问工业巨头:"森林问题怎么解决?"其中一位大亨答道:"一笔勾销!干脆把森林一笔勾销!我们对童话这样,对森林也这样!"

这些话出现在字幕上,片中汉塞尔和格蕾特尔手牵手仍在狂奔。

主教们在回答问题,事无好坏一股脑儿都说成是上帝的意志。一位说:"上主赏赐的,上主又收回。"①另一位说:"这样多好!"②

助理导演每采访一人都要敲一下开拍板,上面写着电视报道的标题《女巫呜呼,童话哀哉》。

最后问起了部长和专家的意见,只听他们七嘴八舌乱成一片:"必须重作鉴定!"——"当然要请中立者来作鉴定!"——"现在该分清轻重缓急!"——"别人大谈森林,我们暂不讨论!"——"死去的不是森林,而是出效益的意志!"——"这真幼稚,太幼稚了!"

汉塞尔和格蕾特尔笑着跑了。他们手拉手在死森林里飞跑,林里冒出新绿来。枯死的枝丫跳跳蹦蹦换了新颜,两个孩子也随之欢笑雀跃起来。好像在逆时针运动,汉塞尔和格蕾特尔换了旧日的时装。紧腰裤、系带鞋、针织袜、长裙子,他俩这身打扮跑着,小帽下露出左右晃动的小辫和迎风飞舞的鬈发。这是美术师路德维希·里希特设计的形象。绿森林则出自虔诚的画家莫里茨·封·施温德之

---

① 语出《旧约·约伯记》第 1 章第 21 节。
② 德国作家舍费尔(1826—1886)诗体小说《塞金根的号手》中有名句"愿上帝抱怨你,不这样该多好!"此为滑稽模仿。

手:苍郁的冷杉树,高大的山毛榉,还有橡树和榆树,这古老的混合林深处还没人进来烧过炭。

他俩就这样跑着,似乎童话依在,似乎独角兽随处会出没,似乎在松鸦飞起的地方还有啄木鸟笃笃的叩击声、长成一大圈的蘑菇和躲在一旁的巫婆。矮树丛里有什么在活动。又是一座蚂蚁山。就像当初希望尚存时那样,林鸽的喙上衔着根金发,在空中引领他们跑过羊齿丛、沼泽地、针叶林,在若隐若现的林中阳光照耀下总有条路可走。

林中十字路口,汉塞尔和格蕾特尔发现一辆套着白马的四驾马车,脸上并无惊讶的神色。驾驭台上不见马车夫,车身缀满银钉,好像是哪位热情的城堡主人派来接他们的。

白马打着响鼻,笼头闪闪发光。车门打开了,故人重逢。雅各布和威廉·格林热情地打着招呼,装束和汉塞尔、格蕾特尔一样显出毕德麦耶尔风格①:高高的帽子、镶边的领口、天鹅绒上衣、带绦带的袋口和袖口。这形象我们并不陌生,早在褪色的旧版画上看过了:当年在黑森等地搜集童话时,当年森林还像森林时,兄弟俩就是这身打扮。

(我们的马策拉特先生认为现在没什么可多说的了。)我还是给威廉·格林加了一句台词:"坐到我们这儿来,孩子们!"雅各布·格林的欢迎词打在字幕上:"当今的世界没法待了。没人要我们了。"

其实也不妨让汉塞尔和格蕾特尔彬彬有礼地屈膝鞠躬,二重唱似的说:"我们早料到不会永远像现在这么流浪。"

他俩上了马车。马车上没车夫,由四匹白马控制方向,不是马在前车在后前进,而是车在前马在后倒驶,向"昔日世界"倒驶。一路上甚是有趣,遇见了形形色色的小人物。

路颠颠簸簸,不久就出了这座森林,在草地和麦田上辘辘而过,往远处森林而去。只见路边来了些一身古装、衣衫褴褛或者穿着制

---

① 德国十九世纪一种被认为有庸俗化倾向的艺术流派。

服的人,有的步履艰难,有的健步如飞,有的负重而行。弯着腰背干柴的老妪,背蜂箱的男人,背篓子的女人,牵着小牛的农夫,两个沿途找活干的工匠,放鹅的姑娘,乞讨的小伙,还有没田种的穷汉,戴着锁链、前后左右都有士兵押送的囚徒。

汉塞尔、格蕾特尔和格林兄弟坐的马车向后倒驶,一路上遇见的人都在一步步地倒走,似乎是干柴拉着老妪,蜂箱拽着男人,沉重的背篓拖着陶匠的妻子,小牛牵着农夫。流浪匠人一路逆行一路歌。姑娘好像被鹅赶进了圈。小伙子倒着走沿途乞讨。没田种的穷汉、囚徒和押送的士兵希望这样拖着推着退入昔日王国纵深后能弄到土地、摆脱锁链或者发饷时能多拿几个。这是昔日世界的许诺。

以濒死森林和童话末日为题的无声片《格林兄弟的森林》到此可以结束了。谁要是觉得这倒转时光的片尾给人过多的希望,以希望来粉饰,还不够惨烈,谁就——在我们马策拉特先生看来——不妨打开报纸读一读总理身边那些专家的言论,直至读到怒火中烧。汉塞尔和格蕾特尔的童话反正到此结束了。

啊,老鼠,小老鼠!除了第三套节目我们还有什么?哪儿还有希望?梦境中我还能和身边的谁说:我们还在!我们还活着!我们要怎样怎样,我们将如何如何……

当然,有马尔斯卡特呢。经历了这么多当今事之后,他精疲力竭了,蜗居在吕贝克附近的德彭沼泽地,靠近两国间绝对安全的死亡边界。两国都自诩是不同于对方的德国。作为一个诚实的造假画家,他活得比那两个直到入土还在造假的同时代人更长久。他日子过得虽然艰难,但获得了众人的敬重,而那老狐狸和那一口萨克森方言的山羊胡子我们一提起就心烦。

小老鼠,如果我断定不仅马尔斯卡特还活着,我们的马策拉特先生也还活着,而且还在制作在市场走俏的录像片,那么你就该相信我,相信我这同样也还活着、只是暂时躲在太空舱里的人说的是大实话。是我给你带来了你爱吃的碎奶酪。是我抚摸你,对你好言相劝,给你笼子里换上新的刨花垫,从而证实了我的存在。达姆罗卡也还活着,她隔三岔五提着咖啡壶过来坐一会儿,看我们如何互相沟通。

只有一个观点必须反驳。按照那观点,一切皆空,都是回光返照,还说什么:我们其实都不存在了,只是似乎在活动,只是在唯一真实存在的鼠群的梦境中活动。鼠群不断地重新虚构曾经存在过的我们,以便人类不至于在老鼠想象中完全消失。它们有意识地梦见我,梦见你,梦见你敞开的笼子,梦见碎奶酪,梦见德彭沼泽地小岛上的马尔斯卡特,梦见不时来串门坐一会儿的达姆罗卡,梦见为传媒神魂颠倒的马策拉特先生以及第三套节目。第三套节目主持人以大无畏的气概声称:生活在继续,活着是值得的,收听大众教育节目是值得的。有希望,尽管这希望只有面包屑大。只要保持理性,只要懂得放弃,只要彻底改变观念,无论什么危局都能扭转。事在人为。只要这样,就能设计未来。无论怎样怀疑,二〇〇〇年一定会到来。他甚至还说什么:要给剩下的森林罩上一层保护膜,不妨给大型居住区安装玻璃拱顶以保证大家能呼吸到新鲜空气,饥荒问题可通过基因技术解决,不久就能发明使人类持久和平的新药,连时光都会渐渐变得听话,任你前后挪动。有志者事竟成,第三套节目宣告道,只要有志做一个有志者,只要尽快改变观念……

就这样我们活了下来,在唯一真实的鼠群的梦里。它们的历史车轮在不断向前。母鼠说,"沃森克里克"得到的越来越多了。我们马策拉特先生在录像片里描绘的前景成了井井有条的现实:它们在但泽或称格但斯克的地区建立了一种分配制度,确保人鼠粮食吃不完,至于乡下的老鼠么,确保耕者有其田。

无论怎样协调权力关系,财产所有权显然是不可或缺的。这点即使在后人类时代也是共识。老鼠梦境中的我们能对我们梦境中的鼠人产生建设性的影响吗?据说以前,上帝即那个留胡子的男人是认同他在我们脑子里的形象的。

它长大了,我的圣诞鼠明显长大了。尽管谁都知道,能活三年的普通灰鼠和实验室老鼠一辈子都在不停地长个儿,但我还是很惊讶,看着它这样猛长不免忧心忡忡。它可能某一天就死了,僵硬地背朝天呜呼哀哉了。要是没了这可爱的老鼠,要是只有马尔斯卡特和他那段老掉牙的故事,只有我们的马策拉特先生在录像片市场游荡,只有达姆罗卡不时出现,只有伴随着第三套节目的我,只有彻底脱离了梦境的我还在,那么我过圣诞节还能提什么愿望?

母鼠声称,"沃森克里克"成功地使尼普顿海神喷泉又绽开水花,圣母教堂的管风琴又乐声悠扬。从波兰回来还没坐定,我们的马策拉特先生就把预制的那盘超前描绘外祖母一百零七岁寿辰盛况的录像带推上了市场。

圣母教堂的管风琴在"中间那次战争"即二战结束前夕葬身火海了。但人类时代结束前夕,约翰教堂幸存的正面琴身上又新装了琴管。

现在我们的马策拉特先生打算拍一部系列片来反映"阿登纳—马尔斯卡特—乌布利希"这一主题。片名暂定为《造假者在行动》,或者干脆就叫《五十年代的造假者》。

母鼠说,鼠群爱听管风琴演奏,"沃森克里克"每逢周日都给它们欣赏圣乐的机会。

听说最近我们的马策拉特先生去德彭沼泽地的岛上拜访了画家马尔斯卡特。当然我们的马策拉特先生是带着司机坐奔驰车去的,见没有桥通往沼泽岛便大声叫:"渡船!"马尔斯卡特用小划子把奥斯卡这小驼背接上岛。司机守着奔驰车耐心等候。

永远无所不知的第三套节目里此刻响起了巴赫的 F 大调《托卡塔①与赋格》。不过,母鼠说,"沃森克里克"对布克斯泰胡德②也不陌生。

这两位老先生在岛上谈话的内容不用保密。其中一位在狭窄的小屋里来回踱步,好像有点地方就得活动,同时指手画脚口若悬河。

---

① 键盘乐曲,指利用乐曲惯用的风格上的要素而创造的一种即兴演奏。
② 布克斯泰胡德(1637—1707),瑞典管风琴家和作曲家。

另一位凝神细听,始终戴着的羊毛毡帽下露出半只耳朵。一位说:"本来该拍摄死森林的,不过你的案件更重要!"另一位听了默默无言。

"圣所圣徒的毁灭,格林兄弟的森林,这一切要视为后果和整体。"小驼背来回徘徊着说。画家的毡帽下只是偶尔传来只言片语,他最多也就是谈几句细节方面的技术问题。

间或他们也聊聊自己的童年,宛如退后几步拉出距离便能重新起跑。他们称但泽和柯尼斯堡是令人难忘的地方。"决定我一生的事情是,"其中一位说,"我三岁时妈妈送了我一只漆着红白两色的铁皮鼓作为生日礼物,打那以后我就铁了心再不长个了。"——"我还是个孩子的时候,"另一位说,"就画了不少画,父亲开的古玩店里有些古代大师的作品可供模仿。"然后他俩就不再唠叨儿时的往事,寥寥几句打发了战争年代,称战后黑市盛行的年代苦中有乐,然后就如数家珍地谈起他们的五十年代来。

"那首美国歌,"一个说,"一直是由'唱片四人组'[①]演唱的。歌名颇具说服力——您准还记得吧,亲爱的马尔斯卡特先生——叫《伟大的冒牌货》,本来完全可以用来作为两个德国的国歌,当然其中的名词要用复数。"

"我们是些伟大的冒牌货。"其中一个用英语唱道。接着另一位建议唱五十年代的一首不断提出报酬问题的狂欢节歌曲。

"我们的片子,"我们的马策拉特先生说,"会利用新媒体,利用沟通古今的录像技术。应通过强大的视觉冲击力,着重让那些不知何为欺骗和谎言的小青年睁开双眼,对以前那些大肆造假的年代有所认识。"

"在那场大骗局中,"画家马尔斯卡特说,"我只是个小角色。而且毕竟我是自首的。当时我突然觉得再这样干下去没意思了。"

我们的马策拉特先生并不接画家马尔斯卡特的话茬,只顾自己

[①] 1953年由赫布·列德创立的四人组。

滔滔不绝起来:"片子可以从四十年代末搭脚手架开始。要不断切换,从各个有代表性的角度向观众展示吕贝克圣母教堂里的脚手架是如何拔地而起的。接着可以把镜头转向双方各自准备建国的现场,比如西部议会理事会里热火朝天的情景,东边潘科区和卡尔斯霍斯特①之间人欢马叫的盛况。这样我们就从三个层面引入了全德大造假这一主题。美国佬、俄国佬以及美术史专家虽然从一开始就预感到这些全是哄人的假象,但他们不愿承认骗局长此以往就会弄假成真。因为只有纷纷扬扬的五彩粉尘说明圣母教堂里曾有过壁画,所以得让一位东普鲁士画家为了赚取微薄的计时工资无中生有,确切地说是让他从自己从小不断积累丰富起来的素材宝库里挖掘出哥特式立柱圣徒的形象来。无论莱茵地区教会色彩的凤愿,还是萨克森普鲁士格调的凤愿,也都是这样实现的。那俩政客一个相貌酷似印第安人,一个颇具毕德麦耶尔风范,等了多年才等到如今这么多的机会。对极富哥特式艺术造诣的画家来说,有如此大展宏图的机会也是平生第一次。不久,假国家就被称为什么共和国,假壁画就被称为什么吕贝克奇迹了。虽然无论在西边还是在东边,还是在圣所的拱顶上,纳粹党徽带钩十字架全被凿掉了,虽然西边灌输民主,东边灌输共产主义,学习材料像牛奶汤一样下了肚,但修葺一新的门面背后依然响着旧日的吼声,精心砌没的地窖里依然逸出尸臭,有些吕贝克教士脸色屎一样呈褐色②,要涂脂抹粉扮无辜谈何容易,恐怕再也难讨上帝的欢心。但不管怎么说,骗局成功了!刚才还在求饶的战败者这会儿投入了各自战胜国主子的怀抱。什么叫作毛皮上的虱子添麻烦!从军事角度来看,他们已经重获了对自己行动负责的能力。他们鼓噪着'重建家园!东山再起!'。他们谈起罪责来,那神情就像在谈欠款或者分期偿还额。转眼间一些人的贫穷程度就低于精疲力竭的战胜国,另一些人则坚信不久准会比赢得战争的邻国更有钱。

---

① 均为柏林地名。
② 褐色暗指纳粹。

连吕贝克圣母教堂的壁画也比以前的作品丰富多彩,现在不再是哥特式的小打小闹,而是大手笔大展宏图了。到处是站着、躺着、跪着欣赏的观众,面对铺天盖地的赝品心潮激荡。全世界都惊呆了,他们竟然能如此神速地转败为胜!在废墟上重获新生!① 我们卷土重来今非昔比了!人们这样唱着,喊着,弹冠相庆。你们倒是来学学看!昨天还被人看作狗屎一堆,可今天呢?诚然,那边是有场可悲的工人起义风流云散了,这边也发生了与其说是高呼不如说是嘟囔着'我不干!'的示威游行,大大小小的丑闻和尴尬事也不在少数,但这些事别的国家同样也有。只要乖乖地做两大战胜国的小宠儿,只要不让任何人爬上脚手架,只要大讲特讲第一个工农当家的德国,大讲特讲我们民主自由的基本制度,大讲特讲北德哥特式自成一体的艺术魅力,骗人的把戏就能到处开花结果,波恩、柏林潘科区、吕贝克就是范例。吕贝克七百周年大庆时,连荣登总理宝座的造假大师阿登纳也上了当。抑或老头明知壁画有假,只是欣赏这种造假技法?'画得可真不赖!'据说他一边操着科隆方言赞扬,一边天主教徒般地眨巴着眼睛……"

我们的马策拉特先生说到这儿方才打住,在马尔斯卡特的小屋里小步地转圈。他还对《五十年代的造假者》这部系列片的制作三言两语地提出了些设想:那年代的时尚和品位必须形象地表现出来。腰子形小矮桌必不可少,内容像打呵欠的大嘴一样空洞的巨画必不可少,此外要有梅塞施密特微型车和几种博格瓦德豪华车的镜头,当然两国不断壮大的军队也不能忘了。卡普里岛夕阳西下的画面要伴着歌声频频闪现,还要有弗里茨·瓦尔特②驰骋绿茵场的镜头,官运亨通、地位显赫的刽子手必须不断在我们中间出没。"非这样不可!"他喊道,"漂亮的门面背后罪恶之钟要嘀嗒嘀嗒不住地响,这钟

---

① 民主德国国歌的首句。
② 弗里茨·瓦尔特(1920—2002),德国足球运动员,1954年德国队获世界杯冠军时的队员。

你没法让它停下。不知是否属实,最亲爱的马尔斯卡特,听说您在柱头纹饰和圣徒衣褶里偷偷地画了些老鼠,或是单个或是成双的老鼠……"

马尔斯卡特一口否认:画过些寓言动物不假,比如石益苏勒格十字形回廊里的火鸡即出自他的笔下,但他从未画过老鼠,他做梦也不会想到去画老鼠。

两人陷入了沉思,沉思像灰尘一样飘落在他们身上。他们开始回首往事。尤其我们的马策拉特先生乐于给自己人生的各阶段来个精彩回放。然后他取下金丝边眼镜,露出一双能洞察任何奇迹的蓝眼睛,冷不丁地开口邀请画家参加自己即将举行的生日庆典,还加上一句:"亲爱的马尔斯卡特,对那骗局您本该保持沉默。"画家答道:"也许您说得对,但没法子,谁让我是个老实人呢。"

> 正如进教堂祈祷要说"阿门",
> 一切均为事先预定。
> 所以在无数书报和精彩影片里,
> 我们的末日早已降临,
> 而且成了哈默尔恩故事般的传奇,
> 那故事也是事先预定。
>
> 当孩子们连同他们的老鼠
> 被埋在髑髅山里,
> 时光不再流逝,
> 他们低声相互鼓励:
> 大人会找并找到我们,
> 这不会是我们的末日。
>
> 把自家孩子连同老鼠埋在山里,
> 又砌没洞口的哈默尔恩市民
> 决定去找孩子,佯装去找,

出发,动身,
喊声阵阵:
我们一定会找到他们。

唯独一个孩子告诉他的老鼠:
不会找到我们,因为谁也不在真找。
我知道,这是事先预定。

我能在白纸上画出她的形象:我梦境中的母鼠一身卷毛,越来越像个女人了。她随口对我说:事实证明,新瑞典人种"沃森克里克"在但泽或称格但斯克地区行的是仁政,他们不用暴力也能应付局面。她这话实际上是在说自己。不是什么圣诞鼠,再也不是什么尾巴光溜溜的母鼠使我白天或者夜间的梦境变得生动活泼,而是这个长着漂亮鬈发的鼠人让我想起达姆罗卡:达姆罗卡本来和别的女人一起在考察船上丧了命,可因为我梦见一张注明详见后信的明信片,她就突然又来了,到家里来了。

她耐心地听我倾诉。她理解我的抱怨,理解我为什么要否认她辉煌的真实性,她不断花样翻新地炫耀自己的鬈发。亲爱的,她说,你还不满足吗?只出现在我的梦里,只被我梦见,从此不再负任何责任,因为离开我的梦境你就不存在;难道这还不够吗?

被她,被口中"我"字不断的她梦见,固然是件好事。她向我展示一切,比如在但泽右城巷子里直立行走的新瑞典人。他们成双结对带着儿女——这些小鼠人看上去真可爱——在长巷门和长市之间来回闲逛。普通的老鼠连个影子都不见。只有当他们去周边地区,去维斯瓦河畔的注地和卡舒贝巡视——他们巡视起来也是成双结对——时,一般的老鼠才会出现。

"沃森克里克"们友好地监视着鼠群耕作。他们知识渊博,经常出谋划策。主要作物还是大麦和玉米,一大片高低起伏的农田里向日葵依然金光闪烁。小老鼠埋伏在收获的篮筐后面,准备捕捉野鸽、麻雀和其他害鸟。

新瑞典人说:我们为人温和。毕竟是这些未经基因处理的老鼠不仅养活了自己还养活了我们,而且它们本来完全能趁我们当初势单力薄之机下毒手,但它们没有这样做,而是接纳了我们。我们抵达时它们还敲钟欢迎,认识到我们是改良型的人种。亲爱的,与其说它们衷心希望你归来,不如说它们是为了我们到来而祈求而歌唱。你给我讲述了弥撒的情景,按照你自己的理解把鼠群的祈祷称作天主教仪式。这是胡诌,是迷信。我们赋予它们的集会一种新秩序,堪称宗教改革的新秩序。

我发现圣母教堂内确实大变样了:安娜·科尔雅切克的干尸不见了,本来躺在她脚下缩得一点儿大的奥斯卡不见了,连圣坛上的饰物,如金杜卡特、蓝白两色的玩具小人、眼镜及眼镜盒、拆信刀、假牙、团结工会的铁字招牌、波兰国家勋章,还有奥斯卡的戒指,全都不见了。教堂里一派肃穆寒气逼人,空荡荡的俨然新教模样。在圣坛边辅弥撒的是两个新瑞典男鼠人,似乎要相互监视,动作僵硬而拖沓。不过高踞布道坛对着下面鼠群滔滔不绝的是她,我的鬈发美女。她颠来倒去说了半天只有一个主题:辛劳和工作。

圣坛和布道坛上弥漫着一种忧郁的庄严,那么沉闷,那么压抑,压得坛下的老鼠只能匍匐在地,直不起身来。它们的歌声里也听不出丝毫格列高利圣咏的味道。它们在唱分段的圣曲,我好像听到是"上帝是我们坚固的城堡……"①,要不就是"你们这小小一撮,不要沮丧……"②。但这些熟悉的圣曲歌词听来充满了玩具小人的风格,每唱两三个词就会加上"沃森克里克"的嘟囔声。我都忍不住要跟它们唱了。

这就是第二次辅音转移,经过基因处理的达姆罗卡说。她自己发音却不带什么转移,充其量也就是发 R 音时颤动舌尖,前波莫瑞

---

① 为马丁·路德所创一圣歌的首句。
② 为瑞典国王古斯塔夫·阿道夫的一随军传道士所创圣歌的首句,类似《新约·路加福音》第 12 章第 32 节:"你们这小小一群,不要害怕……"

地区的居民自古如此。我发现她坐在管风琴凳上,琴凳是按新瑞典人种的身高改制的,和演奏台一样都显得那么矮小,尤其是与高耸的琴管相比。她手脚并用弹起了前奏曲,似乎对她来说演奏管风琴和呼吸一样是与生俱来的本事。之所以有这才能,全靠那三个字母组成的神奇公式:DNA①。

达姆罗卡弹起了"耶稣,我的快乐"的变奏,我耳边响起了她的声音:那具可怕的干尸和那个木乃伊化了的侏儒我们都没毁掉。你可以在楼上管风琴最后面的角落里找到他们,扔在那地方如今谁也不去理会。你知道,我们不用暴力也能应付局面。我们提倡无痛苦的缓慢过渡。理性的认识指引我们的行为,所以我们并未禁止对这两具木乃伊进行朝拜,而是采取容忍态度,在某些特定日子甚至还鼓励这样做。比如在大爆炸纪念日。到了这和登陆纪念日一样年年庆祝的日子,我们就把木乃伊拖出来供鼠群朝拜。这两具仅存的人体现在还能起威慑作用,作为一种迟到的认识大有神益。我在布道坛上总是这样开导下面的听众:你们看,悲剧永远不能重演。你们看,当初人类把事都搞到了怎样的地步。这两具木乃伊对我们是提醒也是警告。你们看,此情此景何等触目惊心!

这秀发鬈曲的鼠美人甚至开导起我来。她一边手脚不停地演奏着管风琴,一边说:承认自己身上有鼠性,我们就真正具备了人性。意识到自己身上有人性,鼠性就成了我们的本质。我们虽然本是人类的作品,但我们超越了创造我们的人类,回想起来他们也真够可怜的。他们失败的原因是他们自己,而我们拥有未来,因为我们身上有鼠性。

她停止了演奏,把鼠嘴和两边长长的漂亮鬈发都转向我,说:也是出于这一原因,我们以同情但矜持的态度注视着鼠群,看它们如何分组对着太空轨道上仅存的人造卫星祈祷。亲爱的,你就在那上面永远安家了,我只能不断地在梦里把你召来。我们听见你在骂骂咧

---

① 指通过基因控制而得到的杂交品种。

咧地发牢骚。你抱怨什么要求什么我们都知道。地球,快回答!快回答,地球!——听到你这样呼叫,我们有时忍不住要拿你开玩笑了。我们知道,在你与世隔绝的梦境中人类依然思路开阔奋发有为。我们能够理解,理解你的愤怒,理解你迟到的悔恨。你为达姆罗卡心如刀绞,这份悲情也使我们感动。

我觉得可以把头依偎在她的鬈发里,让我的孤独感有所依托。只是她的笑声使我不知所措。她还端坐在琴凳上,不过双手移到了怀里。她说:有时我们笑你,因为你总是不断声称,唯独你人性的阳刚和你那些乏味的裙钗故事才是真的,而毕竟是你情人的我以及所有经过基因处理的瑞典人都是可有可无可由其他梦境取代的,何况那些如今托付给我们的鼠群也是你梦中的产物。

只听她口气突然强硬起来:不能这样说!这样的托词我们无法接受!逼急了我们或许会忘了你,不再认为你滑稽可笑,我们梦见的或许就不再是你,而是哺乳类丽蝇啊什么的。希望你能明白我这小小的暗示。

我俩吵了起来。我吼道:什么哺乳类丽蝇,你说的这些纯属子虚乌有!

她反唇相讥:不久你也会纯属子虚乌有!

我开始退缩:那好吧,达姆罗卡。别这样威胁我了行不行?

她寸步不让,拉了拉管风琴音栓说:这只是个警告,亲爱的朋友,为了让你明白你会掉进怎样的窟窿,一旦我……

她的后半句话淹没在汹涌澎湃的管风琴声中了。我低声说——我的声音也许太低了,不过她能听见——别,别,请别这样。我觉得你总是那么美。不仅如此,我还梦见你的全身,像俗话说的连皮带毛,真想在你的拥抱之中享受温存,只是你们这些杂种的个子也太小了。不过我会习惯的,我努力去适应,连你那张鼠脸也不能吓退我的爱情。我们应该靠得近些再近些,要不是这张琴凳太小你那窟窿也太窄的话,我们就能……

我听见自己的大嗓门盖住了巴赫或者布克斯泰胡德,盖住了管风琴的所有音区:是的,我只要你,我要的只有你!爱,我从未对爱有如此深切的感受。做你的什么都行,做你的丈夫、你的小丑、你的太空新郎,我都愿意。我喜欢你,我要搂住你啃,把你吞下肚,连皮带毛全吞下肚……不过,我最亲爱的,别再否定我这点可怜的真实性。这点真实性归我所有,我绝不会放弃,你明白吗!你要老鼠般地扭扭捏捏,悉听尊便!等会儿一醒,我就会转动旋钮,让第三套节目证实我的存在。第三套节目总能出些好主意,会安慰听众,会让一切基于理性,会预先告诉你明天布鲁塞尔将通过什么决议。这能给人带来希望,即使是芝麻大的希望,比如不久就能开始马拉松谈判。不管怎么说吧,这里或者那里都还有些动静。比如利息降了,教皇要马不停蹄地四海云游,夏末大拍卖将推动经济发展。还有,我们的马策拉特先生打算庆祝自己的生日。他快六十了,诚心诚意地邀请我俩,达姆罗卡,这还用说吗,当然我俩在邀请之列。可你呢,一副无动于衷的样子,似乎这一切——教皇、布鲁塞尔、夏末大拍卖——都是杜撰,都是无中生有……

她的琴声戛然而止,连半点余音都没有。我不由害怕起来。无论是她还是那小琴凳都摸不到了。我又被安全带绑在太空舱里了。这时耳边传来她的声音,显示屏上出现了她呆呆的愁容。我结结巴巴地解释:刚才我只是想把几项中期数据……

颤抖的舌尖音 R。她说话带有前波莫瑞口音:别这么东拉西扯地瞎说了行不行!慢慢地你也总应该明白了:你们以及那什么第三套节目其实只存在于我们的梦中。或者——爱归爱说归说——我把话说白了:只要我们和托付给我们的鼠群还愿意想起你们这些上帝般的自戕者,就还有人的喧嚣,包括你的这些越来越弱的反射动作。顺便提一下,我们对自己记忆的衰退,对一度非常清晰的印象现在逐渐淡化觉得非常遗憾。但我们并未听之任之,而是采取了对策,先是在亚瑟王院,继而在市政厅建立了博物馆,把人类时代的遗物陈列起来对大家进行教育。你们留下的垃圾俯拾即是。储藏室杂货店里堆着的东西也极为壮观:打字机、电话机、一架摄影机、一辆完好无损的大众汽车、各种附件和配件,甚至还有一台保存得还凑合的贝希施泰因三角钢琴呢。那老太太和她的小男孩也不能再撂在楼上管风琴的角落里积灰了,而应该作为我们的展品获得最后的安宁。当然我们还会仿效鼠群以前的做法,千方百计地保存但泽城或称格但斯克城里的建筑。上帝明鉴:活够多也够累的。

又是恳求又是奉承,也不知过了多久,我终于可以松开安全带凑近她了。在她的关照下,人类后期历史博物馆展现在我眼前。只见一群群老鼠在"沃森克里克"带领和指导下,沿着盘旋梯拾级而上,在市政厅大大小小房间里窜来窜去。这里的展品摆放得井然有序,各得其所。要看什么有什么,应有尽有!

看哪,我的这位情人叫道。鬈发和我的达姆罗卡一样,脖子上挂着琥珀项链,她这样像是在过节。看哪,你们都留下了些什么!

我看见一张牙医诊所里的椅子,边上放着相应的医疗器械。老式商用秤旁是一台电脑。艺术展品琳琅满目,其中不乏哥特式。你简直难以想象:还有瓷器!不过也能欣赏到各色轻重武器,比如地对空导弹!旁边是诱人的玩具展厅,摆满了一件件或一组组玩具小人:带斧子的、拿镰刀的、挥着网球拍结伴休闲的、举着牌子在玩具世界里指挥交通的、无所事事的、卖水果的,还有些玩具小人在一条搭建得非常专业的微型铁路边或月台上各司其职,总之个个可爱不减当年。我看见了厨房用具:搅拌机和烤面包的电炉。我看见了警察的装备:警棍、手铐和带面罩的头盔。我看见了人类史的残余,大都和德国、波兰有关系:勋章和奖章之间是团结工会的铸铁招牌,倒数第四个字母上依然是红白两色的小旗在高高飘扬。

啊!连这也有!这是我不想见到的,可只听她在喊:看哪,你快看!于是我见到了与我儿时有关的展品:位于潟湖和波罗的海之间的集中营当时叫斯图特霍夫,只是一千六百多座集中营中的一座。现在它的模型作为人类史的见证赫然眼前,连焚尸炉也没忘,棚屋一排排都在。

往回走的路上我看见一架地球仪,参观的老鼠很想去摸一摸转一转,可是不允许它们这样做。和乐器展厅一样拥挤的图书展厅里,我发现了琳琅满目、但大都站不住脚的图书中有波兰巨著,是贡布罗维奇的《费尔迪杜尔克》①。我便开始找他和他外祖母,但一直找到以前放"第拿流"②的红色市政大厅才见到安娜·科尔雅切切克和她的外孙。两具木乃伊总算得到了安宁,他匍匐在她脚下,身上盖着破布。不过似乎还缺些什么。

我轻声把这感觉告诉她,我的情人。她笑了,这鬈发美人,我知道她是我的达姆罗卡。她莞尔一笑,说可以把我刚才在玩具展厅一眼就发觉了的那只保存尚好的铁皮鼓陈列到红色市政大厅来。两个新瑞典人纠察马上就把鼓搬来了。奥斯卡得到了他刚才缺少的东西。我见了对我的情人笑道:以前人们是怎么说来着?凡事都得井井有条!

后来到了别处,或者准确地说,再度被囚在太空舱内后,我耳边又响起了她的声音,不过先前并不见她那经过基因处理的妩媚身影。只听她说:你看,我们尽力而为了。不少展品是在市区搜集的,其他展品如卡舒贝陶器碎片则是从城外搬来的。我们的意图是不让对人类的印象消失殆尽。所以必须让各鼠群回忆起人类的伟大和骄横,当然我承认,我们这些人鼠或你说的鼠人有时也得采取强迫手段。我们下令参观博物馆。我们控制了葵花子、麦子等存粮,所以不难保证我们的命令得以执行。通过授予契据等所有权凭证,即使不能让在乡下务农的鼠群依赖我们,也能让他们依恋我们。这样地就分了,从入海口到丘陵的田地都分完了。所有鼠群都得承担运输任务,因为所有粮食都得集中储存。只有在城里才能确保总揽全局。分配在城里进行,我们进行分配。在这种制度下谁也不会饿死,它的口号是在能够忍受的范围内的短缺……

---

① 贡布罗维奇(1904—1969),波兰小说家,其名作《费尔迪杜尔克》描写一位绅士因被人当作小孩而返老还童的故事。
② 路德《圣经》译本中称罗马帝国交税用的钱币,又译"一钱银子"。

说着说着她停了下来,陷入了沉思。趁此间歇,我与别的现实打开了交道,脑海里浮现出其他日程安排,比如不久就要举行的生日庆典。接着耳边又传来了她忧虑的声音:事情这样发展,我们看着也不是一点也不发愁。行为举止又像我们非常熟悉的人类,这种重蹈覆辙的危险已经初露端倪,何况我们现在会击石取火了,而击石取火正如你知道的那样,将带来,不,是已经带来了后果。我们人鼠烧、煮、烤的不仅是玉米棒,而且还有务农的老鼠捕获的鸟兽,最近这些战利品必须全部上交,因为我们吃烤肉的胃口越来越大了,多多益善。当然老鼠们唯命是从,但烤肉还是不够,而且越来越不够。我们花了九牛二虎之力,总算通过计划经济的手段使肉类短缺的局面得以缓和。

她报告的情况比起我的预感有过之而无不及:在某些地区,特别是在肥沃的低湿地,鼠群繁殖太快了,不得不决定实行优选以降低鼠群密度。先是在维斯瓦河入海口地区试行,那里住着从俄国和印度移民过来的鼠群;然后推广到卡舒贝腹地,祖祖辈辈在此休养生息的老鼠和德裔老鼠各有一小块土地。我们把那些特别年轻力壮的小老鼠集中在边远地区……

对!她叫道,你猜对了:在我们登陆的地方,考察船残骸至今还拴在那儿供大家节假日前来参观,在所谓仓库岛上,我们用百里挑一的葵花子和上品谷物把优选出来的年轻老鼠喂得直打饱嗝儿,达到屠宰标准。我们填肥了肉鼠,使其体重远远超过平均水平,今后即使过了收获季节野鸽少了,烤肉供应也不成问题。自从我们开始吃熟食以来,我们什么都不缺,锅里总有东西焖着煎着。我们该满足了,该知道节俭了。但上几季大麦丰收,于是又开始酿啤酒,尽管新瑞典人市政委员会里对这一改革众说纷纭。在军火库带天棚的购物街,在女人巷里几座露天台阶上,在市政厅地下室的酒店里,现在都有啤酒卖了。当然限量,不能乱来。聚众酗酒必须经过批准,现场还得有人监督。尽管如此,最近大爆炸七十五周年纪念日时,我们的人给在场的老鼠代表团还是留下了堪称令人作呕的印象:长巷里只见一群群醉鬼跌跌撞撞,尼普顿海神喷泉边到处都是吐的秽物……

亲爱的,这一切使我忧心如焚,她说着又坐在小小的琴凳上离我近在咫尺了。她弹起了前奏曲。琴声如泣如诉,宛如基督受难曲。啊,达姆罗卡!

> 寻找人兽之别,
> 总说人有爱,
> 有爱的特长。
> 这里指的不是博爱,
> 说起博爱,动物比人类擅长;
> 而是指特里斯坦和伊索尔德①
> 以及别的典型情侣结伴成双;
> 即使在天鹅群里
> 这样的情侣也难以想象。
> 正如我们对公鲸母鲸的事所知甚少,
> 浮士德和甘泪卿②之间的缱绻柔情
> 在这些哺乳类巨兽眼里,
> 即使不是变态也陌生。
> 所罗门的雅歌③比发情的鹿鸣高雅。
> 春心萌动的猴子怎及得上维罗纳的情侣④。
> 不是夜莺,不是云雀,只有人才能
> 不顾一切地爱,即使在高潮期之外,
> 爱到发疯,咽气之后仍在爱。
> 正如诸君知道的那样,
> 情侣甚至要把对方吞进肚里,

---

① 戈特弗里德·封·斯特拉斯堡约1205—1215年所作之同名爱情史诗中的情侣。
② 歌德名著《浮士德》第一部中主人公赢得平民女子甘泪卿的爱情。
③ 载《旧约·雅歌》,以诗的体裁描写一个男子和一个女子互相倾诉爱慕之情。希伯来原文注明为所罗门作。
④ 指罗密欧和朱丽叶。

对,亲爱的,连皮带毛全入口。
但在此之前——在琉特琴声中——
我们先给自己煎两份
嫩嫩的猪肉。

求你了,我们接受邀请吧,瞧,他已经印好了请柬,有点傻,是聚特林字体的。他不打算兴师动众,只想请些最亲密的朋友。他在亲笔来信中特别提到了你:"……请带您的达姆罗卡一起光临……"至于着装,我们愿穿什么就穿什么。"敬请回复。"(听说马尔斯卡特婉言谢绝了,真遗憾。)

我们来得太早了,客人寥寥无几,其中有他选中的那些双腿修长的女人。她们看上去永远像没穿白衣的护士,就爱管头管脚,让人感到累得慌。他还没有出场。达姆罗卡穿着一身金黄色衣服。我带来了他的回忆录译本作为寿礼,是波兰出的盗版,稀有的两卷本,纸张很差劲。(正版最近才推出,马上就销售一空了。)

制片部来了几个客人,还有他的代理人、销售部的女士、两位日本客商和若干有名的制片人。这些制片人多少对他承担着某种义务,其中有一位青春长驻者穿着燕尾服和登山鞋,酷爱在原始森林、沙漠或者像以前的路易斯·特伦克尔①一样在崇山峻岭里发挥自己的天才。在场的还有一位特邀的教授和一位未刮胡子的诗人。诗人的目光始终阴沉沉的,但他的女伴一身稚气,有点像嫁给马策拉特前爱把木珠当项链戴的那个小丫头玛丽亚·特鲁钦斯基。不过现在穿着笔挺套装真出现了的玛丽亚却戴着货真价实的项链,她根本没注意眼前这和自己当年有几分相似的少女,而是忙着为胖嘟嘟的顽皮儿子操心,因为小库尔特一来就往冷餐桌上扑。

他还没有出场。我向达姆罗卡低声介绍着现在差不多来齐了的祝寿宾客。教授她已经认识了。"那侍者,"我说,"就是把甜得要命

---

① 路易斯·特伦克尔(1892—1990),德国演员、导演、作家,拍有登山题材的影片。

的香槟端来的侍者叫布鲁诺,是他的司机,一个多面手。"

室外九月小阳春。朝着游廊的正面窗子透进点点晚霞。达姆罗卡不喜欢穿登山鞋的天才:"这家伙老是顾镜自怜。"三五成群的来宾头上回荡着教授的声音,他那架势好像是面对着黑压压一大片听众高谈阔论。说到至今尚未露面的主人时,他提请大家注意他关于局外人角色的基本论述。不久前才以自己的作品描述了寿星早年经历的一位制片商点头称是:对极了,我想刻画的也是奥斯卡典型的局外人心态。

他终于来了。但我们的马策拉特先生不是从两扇大门,而是出人意料地从可称为裱糊门①的边门进来的。客人起先没发觉,等回过神来便热烈鼓掌起来。

我们发现他有点尴尬。这三五成群的来宾他不愿加入任何一群。他的上衣和裤子都是大方格图案。难道他的眼镜片蒙上了水汽不成?他茫然地在客人中搜索,尽管我身边是达姆罗卡还是没看见我,他没找到这个或者那个,当然也没有找到马尔斯卡特,最后突然站定,当着众人面问候起玛丽亚来。如今年高望重的夫人玛丽亚得弯下腰才能吻到他的面颊,这在两人早年相爱时就让她颇为难堪。小库尔特远远地躲在冷餐桌后大快朵颐:鲑鱼片,香脆煎肉。

然后我们的马策拉特先生被众人团团围住,开始没完没了地接受祝贺。(他感谢我给了他永久导尿管,但对那位蒙教授指点认识到他是局外人的制片商更有好感。)

客人送了他多少寿礼呵!长桌上大包小包堆成山。他只是匆匆扫视了一下打开的礼物,不过看来他挺喜欢自己回忆录的波兰版本:"晚是晚了,但总比没有好。"

我把也比我高出一头的达姆罗卡介绍给他。他仰起秃脑袋,斜睨着达姆罗卡,终于挤出一丝微笑。谁见到这种微笑都突然感到一股暖流涌上心头,同时又周身发冷。"我懂了。"他说罢再没二话。

---

① 门和墙以同样的材料裱糊因而难以区别。

接着他又陷入了包围圈。

诚然,关于生日庆典开始时的情景还有很多可说。比如:大家马上动手享用的冷餐是由玛丽亚的美食店特价供应的。或者:露天平台刚打开,日本客商就忙不迭地咔嚓咔嚓为寿星拍合影照留念,其中有一张是奥斯卡站在达姆罗卡和我中间。或者:小库尔特迫不及待地告诉我们的马策拉特先生自己欠了多少债,称他"心肝哥哥"。或者:夏末的晚上,没有蚊子骚扰,欢乐的气氛,金色的……但我还是忍不住要给这庆典投下一道阴影,尽管它看来会进行得非常自然,最多在细枝末节上有点儿矫揉造作。

送来消息,用银托盘送来电报的是布鲁诺。别的电报和加急贺信他都堆在放寿礼的桌上了,唯独这封电报他送了进来。布鲁诺送重要消息时总是不紧不慢,好像有谁挡着道似的,或许正是这使得祝寿宾客逐渐安静下来。继我之后,那位刚才声称一度了解奥斯卡心态的制片商也觉得眼下这局面是冥冥之中谁在操纵的。接着那位教授,最后所有在场者对此都有同感了。

难道我没说过,我们的马策拉特先生要读什么时总是取下眼镜?他这会儿把眼镜拿在一边,小指翘得高高。他看信,环顾四周,蓝莹莹的目光洞察一切,接着招手叫小库尔特过来,称他"我的儿子",说"她是你曾外祖母",然后吩咐他念电报。

电报是马塔尼亚教区的教士发来的,宣告安娜·科尔雅切克与世长辞了,说她活到了《圣经》人物的高寿后才安息。小库尔特并不胜任这项工作,一个字一个字地念得结结巴巴。电文中最后说:"我们和您一样感到悲伤。"

布鲁诺大概早料到我们的马策拉特先生得知外祖母的噩耗后会作何反应,因为他已未雨绸缪给所有客人斟满了酒。这样一来,奥斯卡的愿望就马上能实现了:请大家举杯和他一起缅怀安娜·科尔雅切克。然后他宣布不接受哀悼和吊唁,请诸位尽兴随意,虽然生日庆典被蒙上了阴影,但应继续进行作为对死者的纪念。

于是客人们都留了下来,只有小库尔特例外。大家三五成群地低声交谈着。当我们的马策拉特先生请大家原谅他要坐下时,玛丽亚站到了他身边。他坐在这宽敞的大厅里显得那么失落,只有踩在镶木地板上的那双漆皮鞋引人注目。达姆罗卡说:"瞧,她攥着他的手呢。"玛丽亚这种姿态持之以恒,只要他坐着她就站边上。

我记不起来了,除我之外是谁请教授就此噩耗发言,也许是制片商和那位诗人吧。不管是谁请的,总之教授开讲了,虽然是即兴演讲,但却洋洋洒洒,似乎要以这篇悼念安娜·科尔雅切克的讲话对世界和世界局势作出全面的阐释。"众所周知,她代表了什么,"他说,紧接着便透露了所谓众所周知的内容:"她代表了一个多世纪来对可怕乃至野蛮的历史的一种忍耐。诚然,她在社会边缘忍受着时代的痛苦;介入世事的是她的外孙,有作为,哦,也有过错。但若没有她,没有她自始至终坚守在卡舒贝农田里——我们现在懂了,这些农田意味着世界——,那么他,我们的局外人和极端可疑的英雄,早就无法立足,早就陷入迷惘了。"

接着教授回忆起奥斯卡的三十岁生日,以一种事无巨细无所不知的知情人口吻说:"当时他以为能摆脱我们。"教授又称我们马策拉特先生的后半生具有典型的五十年代特征,然后谈到了自己和他的局外人心态,提及马策拉特的录像片制作时虽是寥寥数语,却不无批评的弦外之音:"我们的朋友就是有传媒癖!"在从句中捎带着提到了我,又向迷人的玛丽亚表示敬意,最后他得出了公认的结论:"不过现在奥斯卡又完全属于我们了!"

就这样,生日庆典虽然蒙上了阴影,但仍然进行得轻松愉快。大家祝贺教授演讲成功。若非我的达姆罗卡使教授卷入了一场关于早期巴洛克圣乐的长谈,那么到最后庆典的中心就是他而不是寿星了。随后她又向他讲起自己的波罗的海之行,绘声绘色地一站未漏:默恩岛陡崖、维斯比港、格赖夫斯瓦尔德浅海湾……"不过,"她说,"水母我可受够了。"刚才还被玛丽亚攥着手的奥斯卡,现在也终于重新来到了客人们中间。

我无意中获悉,《格林兄弟的森林》的制作暂停了。"后事"公司代理人还告诉我说,最近准备拍马尔斯卡特案件,但愿这消息能使我稍感安慰。据说马策拉特先生坚信,关于我们未来问题的答案必须到尘封的五十年代去找。

制片商谈起了他们最近的日程安排。诗人的脸色不知何故阴沉下来。玛丽亚走了,也没和我打个招呼就走了。我太傻了,居然和那位天才为了什么话题争论起来。教授和达姆罗卡谈兴正浓,这可真好。他俩甚至还开导诗人,尽管没刮胡子还是该面带笑容才对。我们的马策拉特先生友好地拍起他那双小手,请大家安静。

好像为了使庆典能有一个合适的结尾,他宣布现在要放映影片。他说这部片子"主要是私人性质的",但由于刚才传来的"噩耗"可能对大家都有意义。于是大家开始看这部"后事"系列的片子,其中的情节现在成了往事。布鲁诺拉起窗帘遮住夕阳,随意排好椅子,把大屏幕电视机放在当中,再次给众人斟满酒,然后把录像带塞进录像机:"尊敬的安娜·科尔雅切克(娘家姓布朗斯基)一百零七岁寿辰。"

幸好现在看到是乡下那场寿辰庆典的录像片;因为假如奥斯卡也为他这场城里举行的六十大寿庆典预制了录像片,那么我现在就不得不说明,他的预感在细节上如何符合现实,就不得不一一道来,如玛丽亚提供的精美冷餐有多少鲑鱼片和烤鹅胸片,来了哪些客人,还有诗人的胡子楂,我的达姆罗卡的金黄色衣服,那位天才配燕尾服的登山鞋,最后还有银托盘上的电报,小库尔特如何结结巴巴地念电文,应邀演讲的教授如何海阔天空洋洋洒洒,还有他本人如何小个子穿着大方格;我不得不说明,未来一切尽在他预感之中,他未卜先知地制作了这部片子,连玛丽亚手攥着他的小手这微不足道的细节也没遗漏。但他体谅我们,把他六十大寿庆典的结尾安排在安娜·科尔雅切克的客厅里了。

我和达姆罗卡随最后一批客人挤到衣帽架旁,我们的马策拉特先生再次向我招手。"让我们谈点实事吧!"他大声说,"您数过那些'沃森克里克'有几根手指吗?认认真真从一数到五了吗?去数吧,快去数一数！"

我等到机会数了数。和奥斯卡去波兰时送给卡舒贝孩子、孩子们为之欢呼雀跃的那些玩具小人一样，进入我梦境的所有新瑞典人，包括我那位坐在小琴凳上的鬈发美人，每只手上除了大拇指外只有三指。但他们和玩具小人一样能干，我分明看见他们动作熟练，以致人类留下的那堆垃圾都恢复了以前的功能：螺旋扳手、锤子、轮子、圆规。他们的语言不仅在发号施令时听上去像玩具小人，而且我只要侧耳细听就不难发现，每三个单词中总有"小人"作为前缀、后缀或者词根。他们吃得"小人般"地饱，与斯堪的纳维亚的出身相应，他们"小人般嘴巧"。

我们的马策拉特先生认为：嫁接杂种，不但为他们设计四个指头的手，还为他们编制这种活泼泼的语言程序，这一定给哥特兰岛的基因处理专家们带来某种童趣。这种天真语言的基本特征，后人类时代的研究者从小就熟悉。甚至不妨这样猜测，在这种语言学灵感背后，乌普萨拉大学的真正意图是在口语层面上也让走极端的鼠和走极端的人握手言和。

确实如此，不能否认"沃森克里克"在登陆和入住仓库岛时为人处世确实体现出一种不妨称为社会民主党式的中庸之道。他们没完没了地进行表决和政务辩论，嘴里老挂着"社会玩具小人党的玩具小人制度""玩具小人主义政体"等概念。各鼠群洗耳恭听，虽然离得远远的，但抱着好学的态度。难怪鼠群的语言也在第二次辅音转移期间接受了玩具小人的缩略语。所以，从儿时起、从还没有玩具小人时起对玩具小人的本质就不陌生的马策拉特先生打算给自己制作的、描绘后人类历史发展的影片插入字幕，比如：世界要想康复，全靠玩具小人！

可惜世界并未康复，一切又开始重蹈覆辙。听完大众教育节目后我对圣诞鼠说：你瞧，新瑞典人开始烤肥鼠吃了。这是必然的发展趋势，他们身上的人类基因太多了。我梦境中的母鼠不屑与普通灰鼠为伍,想学我的达姆罗卡长一头金色的鬈发。

抑或是我不愿再梦见你这小老鼠,是我认为既然梦见老鼠就要梦见一只经过基因处理的?无论梦境是这样还是那样,反正不能让那些杂种拥有未来!消灭他们!小老鼠,你这畜生,快钻出来!快说,这事我们能办成!他们会自我毁灭,我们会帮他们毁灭!他们变得太像人类了。

直到第三套节目开始报告易北河和萨尔河的水位,它才从笼子里钻出来,伸了伸懒腰,像往常那样四处嗅嗅,在食盆和水罐之间伫立片刻,等到午间政治节目絮絮叨叨地谈起尼加拉瓜,它才又溜进了自己半明半暗的住所。

它已经长大了,尽管还在不断地长个。我们达成了共识:再也不能让"沃森克里克"如此猖狂下去了!我们的马策拉特先生本想在自己的录像片里让人鼠拥有未来,但即使他也在六十大寿庆典后不久的一次最后谈话中忧心忡忡起来。

"您瞧,"他以稍息姿势站着说,"我从小就受媒体支配。我要赋予那铁皮玩具比它本身更大的力量,但可怜的我失败了。别人背后议论说我的声音能施暴,我的声音固然尖锐,但我无法担保它施暴能达到别人描绘的程度。在那邪恶横行的年代里,我的这种防身媒体也完了。后来局势好转,造假的五十年代煽起了要这要那的希望,这时我因为无可挽回地失声了,不得不再度乞灵于儿时的铁皮鼓。我把这过时乐器重又翻了出来,敲着它呼唤过去的岁月,使鼓声在音乐厅里久久回荡,直到每个人都对过去的岁月腻烦为止。就这样我靠利息和回忆凑合着度日。在我几乎要放弃、准备向时刻悬在头顶的黑暗让步的时候,我对新媒体产生了兴趣。特别让我中意的是私密性强的录像带,它适合家用。总之,我找到了市场缺口,制作起开放程度中等偏上的性教育片来。但后来当全部人类历史的终结可以越来越明确地预言的时候,我又发现了一块与我的才华相应的用武之地。我还得最后一次回眸往事,自己的和画家马尔斯卡特的往事,接着就要通过新伊瑟贝尔号的出航证明我们的末日来临,预演后人类历史的进程。当然我真希望新瑞典人能多一点鼠类本能,少一点人类理性。展望未来,所有迹象都表明有可能会采取果断行动。被统治的鼠群已经准备揭竿而起了。很遗憾,一切都在按预定进行。用我故世不久的外祖母的土话来作一大胆的预言吧:到时什么也不会留下。"

序幕不是在河中岛,而是在卡舒贝揭开的。杂种从玉米地和大麦地边上消失了,在大面积种植的向日葵地里不见了。在越来越多的老鼠的突然袭击下,他们监工的义务结束了。看来儿戏般简单,犹如孩子们玩官兵捉强盗。早就该这样干了。那些刚才还可能被放在玉米秸篝火上烤的肥鼠,此刻啃着经过基因处理者身上的肉。

不,错了,在卡舒贝和河中岛相继出事之前就出了事。陈列在市政厅做展品的那块铸铁招牌不翼而飞了。新瑞典人虽然觉得招牌被盗挺可惜,但并未特别在意,平时也会偶尔失窃,比如个把玩具小人。但他们犯了个错误,他们以为自己大权在握尽可高枕无忧,低估了那块招牌表达的内容及其可以回溯到人类时期的意义。总之,招牌被盗后便转入地下发挥作用,不久"沃森克里克"为维护自己的制度苦心经营的一切就开始逐渐崩溃了。

的确是来了一批新监工。但很快他们也在田里无影无踪了,最多留下几具骨架。玉米棒和向日葵花盘的运输受到严重影响,装大麦和扁豆的车辆不能顺利行驶,到达市内中心仓库如大磨坊、赫维留旅馆、军械库、城市剧院和列宁造船厂食堂的车辆越来越少,最后干脆没了。围剿部队不是扑个空就是被引开,在维斯瓦河畔的低洼地和卡舒贝起伏不平的田野地折腾得精疲力竭,生还者十无二三。后来卡尔图济和新池的边卡以及曾名奥利瓦的那片戒备森严的海边瓦砾场也岌岌可危了,终于守不住,新瑞典人只得撤到泥坝绿化带背后退守市区了。哈格尔山要塞不留一兵一卒,最后连主教山也放弃了。

事到如今他们才想起认真追查那件失踪的展品。所有圣器室法衣室以及船厂食堂的地下室都有嫌疑。听说在这儿或者那儿有人见

383

过那被盗的招牌。一无所获，流言却四起。小肥鼠密密麻麻的全集中在仓库岛，在一次最终还是一无所获的搜寻行动中，他们和小肥鼠发生了冲突，不得不以大屠杀相威胁。在列宁造船厂，在那几座因老鼠集会而臭名昭著的教堂里，比如在圣比吉特教堂里，也没找到招牌。但招牌上的字眼却好像在空中徘徊，在咬耳朵的过程中越传越广。只能咬耳朵，这该诅咒的字眼不能说，禁止说。甚至以玩具小人口音传播这四个字也不行。因为以前屡有醉汉怪叫这四个字的事情发生，加上现在大麦供应反正也中断了，所以即刻起全面禁止酿造啤酒。

无奈他们只得排成两行对军械库、磨坊、旅馆大楼以及所有仓库严加防守，却丝毫没有察觉，他们的麦子和葵花子都经过地道流失了，似乎地下产生了巨大的吸力。本来堆得几层楼高的粮垛无一幸免，日益减少。后来连圆滚滚的大肥鼠也造反了，先是喂肥它们的仓库，接着是整个仓库岛，到末了连铅厂都落入它们手中，所以新瑞典人管理的肉品储藏中心里渐渐只剩下骨头和金黄色的食物残渣了。饥荒开始了，开始有人鼠饿死了。

只见他们惶惶不可终日，再无斯堪的纳维亚人的从容气度，再无哥特兰岛人的冒险精神。他们在右城和老城鳞次栉比的房屋里躲了起来。以前他们习惯在巷子里闲逛，比如沿着女人巷往前，再从长巷折回，而现在再这样散步就很危险。各鼠群从依然开放的下水道系统潜入新旧不一的房子，是硬钻过狭窄水管鱼贯而入的。至此新瑞典人连躲在屋内也无安全感了，万般无奈只得决定逃往他们最后的避难所：圣母教堂。这决定挨门挨户地进行了传达。

我看见他们从木市和煤市撤退，虽没忘了列队，但别提多慌张了。市政厅空了，长市也空了。从犬巷经制袋匠巷撤退，排成楔形从钩织坊和波兰邮局旧址向莫特劳河方向逃去，鱼市、长桥、圣灵门，一路狂奔。座座城门挤得水泄不通。快到圣母教堂时已溃不成军，人数不到两万，如不出现奇迹，他们都将饿死在圣母教堂里。这座宽敞的厅堂式教堂不能提供庇护，遑论奇迹，因为仰视便知这里也是危机四伏:拱顶、立柱直到顶端的冠石上到处都是年轻力壮的老鼠,像串串葡萄倒挂着。它们正在以逸待劳呢。

好不容易才压住心头极度的恐慌。"沃森克里克"们饥肠辘辘,谁料雪上加霜,瘟疫又流传开来。看来他们身上的两种基因在打架。人类基因显然渐占上风,为了鸡毛蒜皮的小事他们就不惜下毒手,把对方往死里掐。教堂中殿里尸体渐渐地堆成了山,他们不得不步步退缩,先是放弃圣坛,接着撤出管风琴楼座——那里本来还有音乐能带来些许安慰,最后的一支巴沙卡里耶舞曲①奏完后现在就没动静了。残余的鼠人害怕所有出口都被切断,便一起向北大门拥去。他们总共还不到一百个了,而且人数还在逐日减少。他们还想自相残杀,但已经力不从心,同类吃得都要吐了。最后剩下的新瑞典人——是五个,不,待我数来,九个,十二个——好不容易振作起来逃出了这座殡仪馆。

他们沿着女人巷逃命,步履艰难地走过一座座露天台阶,那儿全被老鼠占了。墙上柱上外凸的横线脚上,大门的边框上,大大小小的窗子上,密密麻麻的全是老鼠。仅存的十二个鼠人未遭袭击,但还是又少了下去,九个,八个,穿过女人门到长桥上时仅剩七个了。只有五个从绿门过桥上了仓库岛,我那疲惫不堪的达姆罗卡也在其中。他们在达姆罗卡率领下过了莫特劳河到了对岸,正要上船,却发现新伊瑟贝尔号甲板上老鼠早已捷足先登了。

这难道不是早该意料到的吗?考察船的残骸作为集休参观的景点在此停泊了这么久,难道还能扬帆远航?退一步说,即使柴油机能发动起来,这几个劫后余生者又能逃往何方?

占领了甲板、中舱上下扶梯和船头的是那些年轻力壮、以前被称作美味的肥鼠。经过基因处理的新瑞典人只有三个还没倒下。他们摇摇晃晃地相互搀扶着,有气无力地挥手请破船上的肥鼠们让位,看着真让人心酸。他们的金发失去了光泽,呈黏土色,乱蓬蓬地缠在一

---

① 原为西班牙和意人利民间慢步舞,后成为器乐形式。

起,而原本锌绿色的小老鼠却成了灰褐色,最后全黑了:从起来造反那天起,它们就开始设法把自己弄暗弄黑。这样鼠群就退化成人类时代末期拉丁学名为"黑家鼠"的、据传给人类带来鼠疫的那种动物了。

到末了连我的达姆罗卡也站不住了,她头发披散着双膝跪地,倒在了伙伴身上。最后仅剩的这五个全被黑家鼠扑倒了。他们肌肉在萎缩,只能抽搐,但他们没有呻吟,没有哀嚎。我仿佛听见了钟声,不过这钟声很轻,比"沃森克里克"们登陆那会儿轻多了。

> 梦境里我可以希望。
> 只剩下碎屑,盘里吃得精光,
> 但我希望有什么正在路上,
> 不是理念,而是一种偶然,
> 堪称友好的偶然正在路上,
> 扩散着,传染着一种有益的鼠疫,
> 所向披靡,势不可挡。
>
> 梦境里我又可以希望,希望
> 有过冬的苹果圣马丁节的鹅,
> 希望草莓冬去春来年年有,
> 希望儿子开始谢顶女儿生白发,
> 孙子寄明信片来问候,
> 希望有预支的工资利滚利,似乎
> 人类又有无限额贷款不发愁。
>
> 我梦见我又可以希望,
> 寻找能证明希望的词章,
> 证明可在梦中希望。
> 于是我尝试着,说出了
> 好希望、新希望、小希望。

> 小心希望后该突然有希望。
> 我称它为骗人的希望请它宽宏大量。
> 梦境中最后的希望,
> 浮现在中气不足的胸腔。
>
> 梦境中我最后能希望:
> 到处都有人放下点火钥匙,
> 开着门大家从此相安无事。
> 我的希望没有骗人:
> 不会有谁再霸着面包独自啃;
> 但我希望的欢乐不属我们,
> 我们在最后的希望中
> 错过了一切,自那以后
> 老鼠便大笑着对我们冷嘲热讽。

嗨,你看见那铸铁招牌了?你辨出那上面的字母了?我们离开甲板准备结束时,那四个字就在破船中央,清晰可辨。

它又来了,笑着。当初在维斯瓦河洼地被选出集中喂肥的那些小黑鼠里,有一只就是我的母鼠:我们又能说了算了!他们全完了,连碎屑也没留下。你瞧,未来完全属于我们,属于我们老鼠。

我看见鼠群在飞快地繁殖。地球终于给了它们无人的空间。海里又会鱼虾成群。城背后的山峦上又会树木葱茏。鸟儿在天空飞翔。从未想到过的生灵都冒了出来,其中终于有了哺乳类的丽蝇。古老的但泽城却无可奈何花落去了:雕梁画栋的墙面脱落了,大大小小的塔楼开裂了散架了,哥特式山墙倾斜了倒塌了。慢慢地全垮了,砖瓦建筑、圣母教堂、所有教堂,全垮了。

母鼠以总结的口气说:人类最糟糕的念头就这样完了。他们最后鼓捣出来的怪物就这样被灭了。将那块铸铁招牌的内容付诸实施的是我们,而不是人类。没有任何迹象表明他们可能继续生存。

我习惯地说不。不,可能的,母鼠,你真岂有此理,我们还有最后的希望……

是吗,我们早就把你,把关在太空舱里没完没了转圈子的你给忘了。怎么,又有什么新打算了,又有约定的事情要办了?

它说:可为什么不呢?因为人类已经不存在了,所以人类可以不断地、永远不断地希望,以便我们偶尔梦见你们时能有些笑料……

它隐没在笑声中,笑声越来越大,成了环绕地球的欢乐。一窝窝,一窝又一窝,无数拖着长长尾巴的老鼠都在看着我乐。

尽管如此,我说,希望还是很大的,真实存在的可能不是你们这些梦境中的老鼠,而是我们……

我们老鼠的存在比你梦境中的真实。

可不管怎样,必定……

没有什么是必定的,没有。

但我还是要,要……

要?要什么?

假设我们人类还存在……

好吧,那我们就假设吧。

……这次我们要相依为命,还要和平共处,你听见吗,要有爱心,要温柔,就像我们与生俱来的天性那样……

一个美梦罢了,母鼠消失前留下这么一句话。